宁波高校：创业精神引领专业创新发展

行走的新闻
2017 年度新闻报告

刘建民 —— 主编

ZHEJIANG UNIVERSITY PRESS
浙江大学出版社

图书在版编目（CIP）数据

宁波高校:创业精神引领专业创新发展:行走的新
闻 2017 年度新闻报告 / 刘建民主编. —杭州:浙江大
学出版社，2017.9
ISBN 978-7-308-17347-6

Ⅰ.①宁… Ⅱ.①刘… Ⅲ.①新闻报道—作品集—中
国—当代 ②地方高校—教育建设—宁波—文集 Ⅳ.
①I253 ②G649.21-53

中国版本图书馆 CIP 数据核字(2017)第 216178 号

宁波高校:创业精神引领专业创新发展

——行走的新闻 2017 年度新闻报告

刘建民　主编

责任编辑	李海燕	
责任校对	傅百荣	
封面设计	续设计	
出版发行	浙江大学出版社	
	（杭州市天目山路 148 号　邮政编码 310007）	
	（网址:http://www.zjupress.com）	
排　　版	杭州中大图文设计有限公司	
印　　刷	浙江省良渚印刷厂	
开　　本	787mm×1092mm　1/16	
印　　张	22.5	
字　　数	493 千	
版 印 次	2017 年 9 月第 1 版　2017 年 9 月第 1 次印刷	
书　　号	ISBN 978-7-308-17347-6	
定　　价	62.00 元	

序

胡赤弟

党的十八大提出,要深化教育综合改革。2015 年,国务院发布《统筹推进世界一流大学和一流学科建设总体方案》。同年,教育部、国家发改委、财政部印发《关于引导部分地方普通本科高校向应用型转变的指导意见》,引导本科高校把办学思路真正转到服务地方经济社会发展上来,转到产教融合校企合作上来,转到培养应用型技术技能型人才上来。2014 年,浙江省启动高考招生制度综合改革试点,对高校的学科、专业建设带来了新的挑战;2017 年招生录取首次由报考学校变为报考专业,专业被直接推到了面向考生和社会的"前台"。

面对这些高等教育领域的新变化、新挑战,宁波市以敢为人先的锐气勇做改革先锋。近年来,宁波市各高校紧紧抓住国家"职业教育与产业协同创新试验区"和"教育国际合作与交流综合改革试验区"这两个国家级改革试验区建设的发展机遇,主动对接"中国制造2025"、"大众创业,万众创新"、"供给侧"结构性改革、"一带一路"等国家重大战略,积极推进高校办学体制、管理体制、人才培养模式等方面的改革,大力加强大学生创新创业教育,不断深化服务型教育体系建设,持续提高高校为区域经济社会发展服务的能力和水平。在服务国家、省、市战略的过程中,宁波各高校以"敏于观察、善于创新、勇于实践"的创业精神,引领专业结构调整、内涵建设、特色培养,以新理念、新思路、新平台大力推进学科、专业建设,努力打造一流学科和一流专业。目前,我市共有国家特色专业建设点 11 个,省"十三五"优势专业建设项目 36 个,省"十三五"特色专业建设项目 52 个。

为了全方位展示我市高校在专业建设方面的优势、特色,以及对区域产业转型升级、经济社会发展和学生成长成才的贡献,市教育局委托本书编写组,对我市 49 个具有代表性的国家级、省市级高校重点专业进行了走访,汇编成《宁波高校:创业精神引领专业创新发展》一书。这 49 个案例充分展现了我市高校专业建设革故鼎新、与时俱进的发展历程,既是我市高校坚持以改革、创业的精神深化专业建设的一个个精彩缩影,也是我市高等教育内涵式发展的成果体现,主要呈现出以下几个特点:

一是主动对接地方产业发展需求,打造跨学科交叉专业,实现"从无到有"。在甬高校面向区域产业转型升级和经济社会发展需求,不断凝练学科专业发展方向,强化错位发展,打造跨学科交叉专业。如,宁波职业技术学院乐器制造技术专业针对我市乐器制造厂家众多、但大多数不懂不会乐器演奏的问题而专门设立,填补了国内高职院校乐器制造艺术类教学名录的空白,专门为区域乐器生产厂家培养既懂乐器又能制造乐器的紧缺一线高技能大学生技术员工。浙江工商职业技术学院影视动画专业于 2002 年设立,通过与台湾龙华科技大学开展深度教学合作、推进"四室合一"项目化教学改革、搭建真实项目实践平台,大力培养学生专业核心技能,提升专业服务产业能力。宁波卫生职业技术学院家政服务专业于 2013 年开设,通过与宁波市商务委合作成立宁波市家政学院,搭建政校行企协同平台,大力推进家政服务专业人才培养,目前已有三届毕业生,受到了企业和社会的欢迎。宁波大红鹰学院立足我市产业发展需求,创新性地在国际经济与贸易专业设立大宗商品交易方向,专门培养具有国际化视野和大宗商品交易实践技能的高素质应用型人才,并积极向教育部申请正式设立大宗商品交易专业。

二是紧紧围绕国家重大战略,打造优势特色专业,实现"从有到特"。在甬高校面向国家、省、市重大发展战略,大力加强相关专业建设,凝练专业发展方向,强化特色发展,着力培塑专业核心竞争力。如,浙江工商职业技术学院电子商务专业面向"电商换市"重大战略,针对国内众多高校纷纷开设电商专业,但电商人才培养定位雷同的严峻形势,立足宁波地方经济对电商人才的特殊需求,逐渐将专业定位向网络销售方向聚焦,大力推进大学生创新创业教育。浙江大学宁波理工学院机械设计制造及其自动化专业主动对接"中国制造2025"重大战略,加强高水平师资队伍建设,与企业共建重点实验室等平台,培养具有应用研究能力的高素质人才。宁波城市职业技术学院艺术设计专业面向"东方文明之都""文化强市"建设,率先推行政校行企合作共建的"工作室"制人才培养模式,与东钱湖管委会合作共建211创意产业园,加快培养文化创意设计人才。浙江医药高等专科学校中药学专业面向"健康中国"重大战略,推进中药学专业教学资源平台建设,加大课堂改革力度,着力培养高技能基层中药学服务人员。浙江纺织服装职业技术学院现代纺织技术专业针对我市纺织产业转型升级和产业结构调整对高层次、高素质、技术性含量较高岗位人才的迫切需求,面向时尚纺织、创意纺织、技术纺织,构建新型校企合作机制,培养高端时尚纺织人才。

三是充分挖掘自身优势和发展潜力,打造品牌专业,实现"从特到强"。在甬部分高校根据地方经济社会发展需求的变化,充分利用自身的资源禀赋,不断调整优化本校特色专业的服务面向,大力提升专业服务产业能力,努力把特色专业打造为在省内国内名列前茅的品牌专业。如,浙江万里学院面向宁波会展经济发展需求,早在2002年,在教育部尚未设立会展经济与管理专业时,就提前布局,通过在国际经济与贸易专业设立"国际会展与服务贸易特色班",逐步从几门课程发展为一个专业方向,又从专业方向发展为一个独立的专业,并于2015、2016连续两年被艾瑞深校友会列为国内98所开设会展经济与管理专业高校第1名。宁波大学水产养殖学专业作为我国最早创立的4个水产养殖类本科专业之一,紧紧抓住国家、省、市发展海洋经济的大好契机,以创新、服务和产业化为主线,推进产学研协调发展,培养高素质人才。目前,该专业在"中国大学本科教育专业排行榜"中连续3年排名为4/54,为四星专业。宁波工程学院土木工程专业主动服务我市海洋经济建设,积极融入地方产业发展,先后参与了杭州湾跨海大桥、舟山跨海大桥等重大工程建设,并于2015年通过国家住建部专业认证。

这49个专业所取得的建设成果是我市高校创新办学体制机制、深化教育教学改革、提高人才培养质量的成果体现。这49个专业所承载的创新创业的精神,所形成的可复制、可推广的经验,必将引领、推动我市我高等教育不断深化改革、提高水平,在新一轮的高水平大学和一流学科、专业建设中取得更大的成绩。

(作者为宁波市教育局副局长)

目 录
CONTENTS

行走的新闻

宁波高校：创业精神引领专业创新发展

红走的新闻

宁波高校：

创业精神引领专业创新发展

一个头牌专业的诞生

——记宁波大学海洋学院水产养殖专业

👤 专业名片

宁波大学海洋学院水产养殖专业创建于 1958 年(原浙江水产学院),是浙江省高校最早创立的水产类唯一本科专业,也是我国最早创立的 4 个水产养殖类本科专业之一。目前本专业拥有完整的"本一硕一博"培养体系,是国家特色专业,浙江省"十二五"优势专业,宁波市高校重点建设(品牌)专业。宁波大学获批的"水产养殖"卓越农林人才(拔尖创新型)培养教育计划改革试点项目,是浙江省唯一获批的"拔尖创新型"水产人才培养专业。

经多年专业建设与改革,显示了强劲的发展势头,自主创新成果显著。近几年已获国家科技进步奖二等奖 2 项,省级科技进步奖一等奖 2 项,其他省部级科研成果奖 13 项,厅市级奖 37 项;多项成果达到国际先进、国内领先水平。该专业已初步建成了在国内同类专业中竞争力强、知名度高、具有示范和引领作用的一流优势和特色专业。目前专业及学科排名均为全省第一,在"中国大学本科教育专业排行榜"中连续 3 年排名为 4/54,为四星专业。

水产养殖团队 16 年攻克一条"鱼"

2016 年 12 月,宁波象山举行了"东海银鲳产业化前期技术研究与示范"项目验收会。会上,宁波大学银鲳研究团队宣布:经过 16 年的努力,他们成功克服了种种技术难题,今年人工养殖银鲳亲鱼数量达到近万尾,出海即死的银鲳终于被人工养活了!

在养殖基地清澈见底的池子里,近千条十几厘米长的东海银鲳默契地朝着一个方向欢快地游动,在灯光照射下,鱼身不时闪过一抹耀眼的金属银色,十分漂亮。

项目负责人之一、宁波大学海洋学院教授徐善良说,目前,他们项目组已经养殖了可供人工繁育的鲳鱼近万条。做到这样,他和他的团队用了整整 16 年,而且是在千百次失败的基础上。

银鲳在我国东海、黄海南部产量较多,也是目前东海主要的捕捞对象。2010 年前,东海鲳鱼年产量基本维持在 10 万吨以上,产量仅次于带鱼。然而,到了 2013 年,浙江海区鲳鱼的捕捞量仅为 8.5 万吨,且每年呈现 1 万吨左右的下降趋势,即使是伏季休渔制

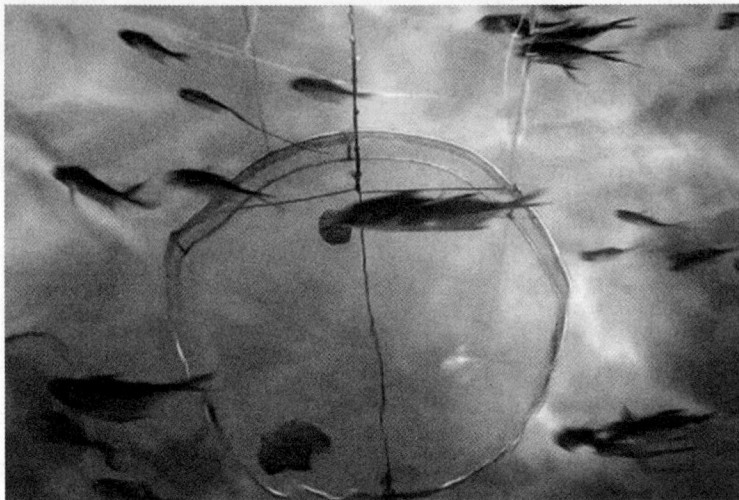

↗鲳鱼在享用专门为它们配制的美食

度,也无法改变银鲳越来越少的现状。有专家担忧,按此速度,再过 10 年将无鲳鱼可捕。

为了拯救这一舌尖上的美味,人工养殖这一专业技术被提上了日程。多年来,美国、日本等国一直想攻破银鲳人工养殖难题,但收效甚微。

如今,宁波大学水产养殖专业团队成功了! 并且创造了迄今国内人工养殖银鲳亲鱼最多的纪录! 他们 16 年攻克了"银鲳"这条鱼!

你所不知道的水产养殖

关于什么是水产养殖专业,百度百科是这样解释的:水产养殖是人为控制下繁殖、培育和收获水生动植物的生产活动。一般包括在人工饲养管理下从苗种养成商品鱼或水产品的全过程。

宁波大学海洋学院水产养殖专业徐善良教授则是这样介绍道:"水产养殖主要研究水生生物的分类、生态、行为以及人工培育制种,水产动物的病害及养殖方法。其实也就是你们大多数人所理解的养鱼养虾,这是最普通的解释了。"

虽然水产养殖可以简单理解为饲养水生生物,但这并不是随便说说那样简单的事,水产养殖是一门很有研究的学问。

如今大家吃的虾,大都是靠人工养殖出来的。海区的虾不用人管,但是会慢慢捕光。养虾又是一门技术活,不是一般人说会就会的。现在,随着环境越来越恶劣,虾的病害也越来越多,水产养殖要靠的就是养殖技术。只有掌握更多的知识,运用更多的方法,才能养出更好更多的虾,也能获得更多的收益。

徐老师说,一亩塘是 667 平方米,过去只能产出 500 斤虾,现在能产出 5000 斤、10000 斤,最多的时候甚至可以产出 16000 斤。为什么能产出那么多虾呢? 因为现在技术发达了,而这都是学习水产养殖这一专业的人才所带来的。

中国是水产养殖大国,浙江省又是海洋与水产大省。水产养殖专业因此得以依托这一发达的海洋产业优势,围绕浙江省水产养殖产业提升计划,培养出一批又一批深度对接浙江海洋经济的人才。

水产养殖的前世今生

其实,宁波大学的水产养殖专业历史悠久,最早可以追溯到它的创建期:1958 年。它是浙江省高校最早创立的水产类唯一本科专业,也是我国最早创立的 4 个水产养殖类本科专业之一。水产养殖专业曾经属于浙江水产学院。1996 年,原宁波大学、宁波师范学院、浙江水产学院三校合并,联合办学,组建了如今的宁波大学。由此,水产养殖专业进入宁波大学海洋学院,成为宁波大学的一个头牌专业。

经过 50 年的发展和沉淀,水产养殖专业取得了突破性的发展:2002 年被确定为浙江省重点建设专业;2007 年被确定为第一批国家特色专业;紧接着 2012 年 11 月,又被评为宁波市重点建设品牌专业。

历年来,宁波大学的水产养殖专业受到省市各级政府和学校的重点支持。获得的荣誉称号不胜枚举。它是浙江省重中之重一级学科,也是浙江省唯一的水产养殖博士点。2012 年,宁波大学海洋与水产校外实践教育基地获批国家级与省级校外实践基地。

水产养殖专业一路发展至今,已形成了一支学科较齐全、年龄结构合理、具有较大发展潜力的师资队伍。目前专业及学科排名均为全省第一,是四星专业。其在全国的排名也是不可小觑。全国共有 54 所大学有水产养殖这一专业,宁波大学排名第四。每个专业又都有滋生学科,全国共有 27 个有水产学科的高校,宁波大学的水产学科排名第三。

水产养殖王牌专业

宁波大学有一句调侃:水产养殖专业是宁波大学一个没人要读的王牌专业。大部分的农科专业可能都会面临的一个困境就是学生对农科专业不熟悉,水产养殖专业顾名思义就是养鱼的专业。大部分学生和家长对这样的专业怀有偏见,认为学习这样的专业出来与农民无异。正是因为有了这样的想法,使得水产养殖这个专业即便王牌,报考的人数也不及其他专业。

许诺是一名通过“三位一体”招生进入宁波大学的学生。“三位一体”是浙江类似于自主招生的招生方式,通过学生自主面试,按学生面试考试成绩加上高考成绩以及职业水平考试的三个综合百分比组成排名进行录取。许诺在参加“三位一体”招生时,是由她的母亲进行网络申报。许诺喜欢小动物,所以想报考的是水产养殖专业,结果她的母亲不顾她的想法,为她填报了经济专业。为此她与母亲还产生了一些摩擦。幸运的是,高考志愿她填了服从调剂,调回了水产养殖。现在还是大一的许诺学习的大部分都是公共课,唯一与水产养殖相关的课程是动物学,现在这门课就是她最喜欢的一门课程。

在一次动物学的课堂上，有一次老师组织学生解剖牛蛙，其他同学的牛蛙都蹦来蹦去，只有许诺的牛蛙乖乖地待在盘子里。在与牛蛙相处的时间里，许诺就对这只牛蛙产生了感情，她请求老师给她换一只牛蛙，让她把这只牛蛙带回去养。令人欣喜的是，老师同意了。现在，许诺还养着那只从实验室带回来的牛蛙。"待在实验室是一件幸福的事"，许诺最后这样说道。未来，许诺想一直学习水产养殖，留在实验室里搞科研。

水产养殖依托强大

水产养殖专业的学生对于专业如此热爱的原因，除了与自身的兴趣爱好有关，不可遗漏的一点就是宁波大学海洋学院的强大依托——创新的实践实习体系。

水产养殖专业采取"一对二"导师制（校内校外双导师），使学生能够更早进入实验室，与自己的导师一同进行项目研究，从而提高对自身专业的认知度。

这一专业十分注重学生的实习情况，把顶岗实习作为专业实践教学环节的核心。要求学生在大三第二学期进行，连续顶岗实习 14 周。顶岗实习内容就是水产动植物人工育苗和养殖。这一个时期往往是水产养殖专业学生最为期待的时期，可谓是机遇与挑战并存。他们既可以从实习中获得相关工作经验，也可能遭遇项目研究的瓶颈期。

海洋学院拥有"应用海洋生物技术"教育部重点实验室、浙江省海洋科技创新服务平台等多个平台；购置了扫描电镜、透射电镜、核磁共振仪、液质联用仪等大型科研与教学仪器，设备总值 2602 万元，万元以上的仪器设备 337 台，实验教学建设经费共投入1398 万元。这样一个庞大的实验基地，学生当然愿意花费精力在它的身上！

↗ 学生正在海藻培养室观察生长中的海藻

水产养殖广为出路

外行人对于水产养殖专业一般都有误解，认为只能养养鱼、虾。对于这个问题，徐善良老师也是感慨万千，觉得大家的想法过于狭隘了。他以自身为例说，现在的大学培养计划跟他们那一辈完全不一样。改革开放前十年，国家主要培养的是专才，一个人只要在一个方面有所长就足够了。但是现在培养的是宽口径的人才，现在大学生是适应不同的知识层次需要的，出路更广。

总体来说，水产养殖专业的学生毕业后能够适应的工作面相对很广。他可以去从事经营性、生产性的活动。一些私人企业里有研发部，可以做技术研发；当然也有营销部，做产品批售类工作。譬如宁波余姚的天邦公司，在整个国家的水产饲料里坐到第三把交椅，规模非常之大。这样一个大公司就需要水产养殖专业的学生去做饲料配方的研制与研发，还有养殖设备、养殖技术的研发。此外，还有其他和水产相关的经营性活动，如水产贸易公司、电商公司和生物公司等等。

除去直接工作的学生，还有一部分就是要继续深造的。部分学生考取全国各个高校的硕士、博士。如果家庭条件允许，也可以自费出国留学或者自行创业。

水产养殖专业的考研率每年可达百分之二三十。考取的学校一般为中科院海洋所、中国海洋大学，浙江大学相对较少，因为浙大在水产学科方面并没有比宁波大学强劲，因此学生去考的时候往往对口的专业较少。此外，厦门大学、中山大学、上海海洋大学、华中农大、中科院的水生所都是水产专业学生主要考取的学校与研究单位。值得一提的是，水产养殖专业的班级都采取小班制原则，一般40个人以下，控制在20到30个人左右。这样一个班每年大概能考取十来个人，比例相当之大。

在国家每年的公务员招考目录里，水产养殖专业的招考人数其实也很多。因为公务员是全国统考的，只要考过了就有机会进入那些有名的国家企事业单位。比如各级部门，包括国家在北京的各种水产研究部门，像水产技术推广总站，每年都会招入水产相关学科的学生。除此之外，还有像国家海洋局下面的那些具体的事务处，都有招收水产相关专业的大学生。宁波大学2016年水产养殖专业毕业的好几个学生就考到了嘉兴市渔业局推广站，还有温州的水产相关企业。

水产养殖在路上

"乌贼全部孵出，是这一段工作的一个阶段性节点，从最开始的5池到4池，然后合成2池，再到1池，直至今天捞出最后一个卵皮，每一次都收获了一点喜悦和成就，这个过程是枯燥的，每天俯身45度或者更多（当水位低时甚至有时会趴在池子上）重复一两个动作成百上千次，每次捞完扭扭脖子总能听到脖里啪啦的响声，不过一切付出终有回报，看着重新回到各个池子里的由一个个卵变成一只只或白或黑（色彩机制暂时未理解，总之红色筐和蓝色筐中的乌贼颜色不同）的乌贼时，内心是满足且自豪的，因为通过初步计数,剩下的 6 万卵共孵出了约 5 万只乌贼,师兄说这是一个不错的孵化率。晚上,我们乌贼三人组以及两位师兄出去定海聚餐吃了一顿小龙虾。"

大四实习是所有大学生都必须经历的阶段。2016 年 4 月到 7 月,宁波大学的大四学生王文开始了为期三个月的实习。宁波大学的实习期相较其他大学而言长得多,王文的全班同学被分为 3 组,每组大约 10 个同学,这 3 组同学被分配到不同的实习单位。王文被分配到舟山市水产研究所。

"到研究所的第一感觉不错,地理位置不算太偏,但进来后才发现所里人比较少,大概是上午员工都在车间上班的缘故。研究所后面就是堤坝,堤坝后是大海,环着研究所有一条河,海水流入河道经过沉淀成为了研究所的绝大部分养殖水来源。"

↗ 王文与团队成员在室外实习

研究所设备齐全,王文到来后,研究所的几个老师对他们进行了一个精简的养殖培训。他们在熟悉后很快就开始分别进入各自工作岗位并参与各项养殖过程。王文和另外两名同学被分配到了乌贼育苗组,实习的三个月他负责的是虎斑乌贼、拟目乌贼的育苗与养殖以及南美白对虾养殖塘的水质监控。这三个月的实习是王文参与的一次较完整的水产动物育苗过程。通过实习,使他对水产养殖这个行业有了进一步的了解,并且养成了每日作息有规律的习惯,培养了吃苦耐劳的精神。

三个月的实习早已结束,王文也离开研究所回到了学校继续学习。水产养殖专业的学生从来不怕找工作,目前已有多家研究所与王文联系,等到 6 月他就会进入某家研究所开始工作。

时间流逝飞快,转眼采访就接近尾声了。

徐善良老师笑道:"关于水产养殖专业,三天三夜也讲不完。"

📖 专业评价

　　背倚陆地、雄踞东海，这一地理特点让宁波尽得山海之利，宁波港以水为魂，联通五洲，推动着宁波从陆地走向江河、走向海洋、走向世界。

　　作为一所地方性综合大学，宁波大学牢固确立为地方服务的理念，积极推动学校与社会良性互动，为宁波乃至浙江的海洋经济发展提供了强有力的科研支撑。宁波大学水产养殖专业抓住服务海洋经济发展的重大机遇，发挥现有的人才培养优势、学科科研优势、人才队伍优势，既服务经济社会，又凝练办学特色。水产养殖学科作为宁波大学的传统优势学科，在服务海洋经济发展中，不仅产生了巨大的经济效益和社会效益，同时也提升了学科的综合竞争力。

文/图：林莹莹　陈丽红

指导老师：吴　彦

人才培养新模式的探索者

——记宁波大学机械设计制造及其自动化专业

👤 专业名片

宁波大学机械设计制造及其自动化专业于 1988 年开始招生,是宁波大学建校初期的 8 个本科专业之一,旨在培养具有国际视野,掌握机械设计、制造及其自动化的基础知识和基本创新方法的高级工程技术人才。经过 20 多年的建设和发展,创建了机械(国贸)复合型人才培养特色班以及机械工程留学生班,形成了教学资源体系国际化、专业培养模式多样化以及实践教学系统化三大特色,专业培养方案中实践类课程比重高,实践教育四年不断线,具备系统化的实践教学体系。该专业 2003 年获批浙江省重点建设专业,2008 年成为国家特色专业,2012 年获批浙江省"十二五"优势专业和宁波市品牌专业,2013 年获批国家专业综合改革试点项目。从 2009 年开始嫁接加拿大曼尼托巴大学的优秀教学资源开展了"2+2"教育合作,从 2011 年开始开设留学生班。拥有 30 余家校外实践基地,20 余家暑期短期工作型实习及社会实践基地。毕业生实践能力较强,就业率年均 90% 以上。

人才创新:人才竞争持久化

在 2009 年"全国经济新闻人物"推评结果的名单里,笔者欣喜地发现了浙江明峰建材集团董事长王瑶法先生的名字。在浙江众多的民营企业家中,王瑶法名不见经传,而在浙江水泥界却小有名气,这不仅在于他敢于拼搏的胆略、善于经营的精明,更是由于做出了一件不平凡的事——"吃"进的是煤灰、炉渣、钢渣等生产废料,"吐"出的是水泥、矿粉等建筑"宝贝"。

这种粒化高炉矿渣微细矿粉,给举世闻名的杭州湾跨海大桥披上了"防护衣",筑就其百年不坏的"金刚之身",被人称之为"魔粉",也因此攻克了多年来的世界性难题——跨海及沿海工程耐海水"腐蚀关"。矿粉的研制成功为明峰建材集团的水泥厂注入了新的活力,更为我国循环经济的发展提供了思路。低成本、低能耗,集团创造的财富,不仅仅是金钱,更是节能环保的精神和执着追梦的情怀。

而在这成功的背后,正是宁波大学机械设计制造及其自动化专业 1992 届毕业生王瑶法所付出的不懈努力。

"明峰"二字不仅是公司的名字,也是王瑶法人生态度的体现。当问及为什么为公司取名为"明峰"时,王瑶法微笑地解释说:"今日的奋斗是为了攀登明日的高峰。"简简单单的一句话,却洋溢着这位年轻的企业家追梦的心绪。

↗ 明峰集团的王瑶法

宁波的水泥产业有市场无资源,如何进一步发展企业成了王瑶法日思夜虑的一桩心事。那几年,国家连续提出"科学发展观""循环经济""节约型社会"等经济发展战略,王瑶法从中看到了一个企业、一个企业家必须面对的时代命题。

为了企业的进一步发展壮大,2004年,王瑶法决定实施战略转移,试制矿粉。但"战略转移"并没有想象的那样顺当。王瑶法看到,因为炉渣、钢渣等废料经磨机磨成粉的过程中会产生很多热量,磨出来的矿粉温度很高,影响混凝土的搅拌,产品销售因此受阻。

"不行的话,咱们就自己改造一下!"学机械出身的王瑶法动起了设备的脑筋。他们换衬板、换钢球、磨内喷水,很快一套改造方案出炉了。经过近3个月的努力,改造后的磨机磨出来的粉终于符合混凝土搅拌的要求了。

磨机改造初试成功,王瑶法又对提高粉磨效率动起了脑筋:要是能在磨机的进料口处安装一台挤压机就好了。他知道挤压机的粉碎效率要比磨机高出几倍,物料经挤压后,再送入磨机粉磨,效率就会大大提高了,但也容易出故障。王瑶法本身就是搞设备出身的,如今正好显示他既懂水泥又懂设备的跨学科优势。早在2001年初,他在明峰水泥的磨前加了一道挤压工序,这在当时浙江省水泥行业尚属首次。

明峰的生产线改造成挤压一粉磨后,电能利用率达60%～70%,生产1吨水泥耗电降到了26度。而在当时,浙江省行业标准是每吨35度。凭借着这一技术成果,年轻的王瑶法被浙江省水泥界的同仁们所认知,被业内人士称为"水泥行业的粉磨技术专家"。

回忆起母校,王瑶法先生思绪万千,对于机械专业更是有一种情结。他坦言:"那是我最好的时光,我学到了很多东西,并给今后的创业埋下了种子。创业不是一种传奇,是人生的一种状态与过程。要把创业的梦想变成一种实实在在的过程,跨出的每一步都不会是轻松的。作为年轻创业者,有些东西我们永远输不起,比如你的家人、你的信

记宁波大学机械设计制造及其自动化专业

人才培养新模式的探索者

誉等等。所以我们必须在做任何生意之前,全面考虑清楚你究竟输不输得起,如果输得起,那么就义无反顾地去做吧。"

王瑶法多年来一直心系宁波大学的发展,担任宁波大学校友企业家联谊会第一届理事会常务副会长、宁波大学特聘教授、宁波大学创业导师。在宁波大学 30 周年校庆来临之际,王瑶法与夫人潘华素向母校捐赠一台价值约 1500 万元的 PET/CT,主要由宁波大学医学院附属医院用于开展临床科研、医学教学培训,以及日常诊疗工作。该设备投入使用后,医学院附属医院每年将从该项目所得利润的 30% 捐给宁波大学教育发展基金会,并设立"宁波大学明峰教育基金",用于优秀教师和学生的奖励,以支持相关学院开展产学研相结合的工作。

教学创新:实践教学系统化

为何宁波大学机械专业的毕业生能在社会工作中有如此持久的竞争力,这不仅源于他们自身的不懈努力,也得益于学校对于教学系统的不断优化与完善。

一群身着蓝色工服的学生穿梭在校园里,成为了一道独特的风景线。他们就是宁波大学机械专业大三的学生,正在进行着金工实习,这对于他们来说是一次不小的挑战,不仅要实打实地接触各种机器设备,还要在一周的时间里完成老师布置的任务。

这天早上,徐磊同学接到了老师分配下来的这一周的实习任务,以一段钢材作为原材料,最终制作一个表面为一平方厘米的立方体并保证光滑。不要小看那么不起眼的钢材,这个过程可是个体力活。

首先要用钢锯截取一小段,接下来就要花费大量的时间去锉,以达到加工前的标准。课上的时间不够,徐磊就拿课外的时间来弥补。因为这项工作可以带回宿舍完成,所以那段时间徐磊的宿舍常常很晚才熄灯,就是为了卯足劲去对付这么个小家伙。他坦言:"不得不承认还是挺累的,手磨破是常事,不过一旦习惯了也就没什么了。"

可别以为做完这些就结束了,这还仅仅是为后面的工作所做的铺垫。带着这个来之不易的小家伙,徐磊一行人兴致勃勃地来到了数控培训中心,在这里他们将进行接下来的车床、铣床等步骤。

推开培训中心的大门,映入眼帘的就是排列整齐的机器以及墙上"安全第一"的四个红色大字,俨然一副生产工厂的样子。在经过老师的讲解后,大家伙就各自开工了,那样子就像从业多年的老师傅!

不过问题也是随之而来的,比如不知道机器的某个部件怎么使用,某个计算数据出现了微小的偏差。这些都没有打断同学们的热情,大家在"工厂"里干得热火朝天。从他们的笑容里,可以看到他们对于这种实践课的喜爱。

在随机的采访中,记者询问他们是否在困难时有过放弃的念头。一位同学告诉记者:"如果说没有那是假的,不过这种想法很快就消失了。不仅仅因为这是一门课程不得不完成,还因为对于一件作品完成时的那种满足感是无可替代的。"采访中很多同学都提到了"满足"这个词,确实,道路是艰辛的,但结果往往是令人欣喜的。

机械设计制造及其自动化专业自从开展首批省重点专业建设开始,就致力于打造系统化的实践实验教学体系。学校设置了三个平台一个基地,分别是基础课程实验平台、专业课程实验平台、工程训练平台和科技创新活动基地。平台与基地的构建给学生的实际动手能力带来了很大的发展空间,从理论知识到动手操作,让教学变得更加直观易懂。

↗ 实验平台一角

机械专业同时构建了由从工程项目—设计(CAD)—辅助制造(CAM)—数控加工—检测的正向工程训练和从实物—检测(三坐标测量)—建模(数字模型)—反求(IE)—加工的反向工程训练组成的实践教学体系。相对于理论课,这样的实践机会不仅拓宽了同学们的视野,也极大地提高了他们的动手能力,为将来的工作打下了良好的基石。

按此模式经过多年的建设,已经实现了专业实践教学不断线的培养体系。根据同学们的需求,学校设置了必修实验(基本型实验)、选修实验(提高型实验)和课外科技创新实践活动(研究创新型实验),提高了综合性、设计性、创新性实验所占比例。一共开设实验课程18门,实验项目128项,三性实验比例达70%。生产实习时间跨度达到4个月之久。

模式创新:培养模式多样化

宁波大学机械设计制造及其自动化专业除常规培养模式外,一直积极探索机械专业多元化人才培养模式。在浙江经济迅猛发展的大背景下,"工贸一体"复合型人才培养模式应运而生。

工贸一体复合型人才培养模式契合浙江省外向型经济对人才的需求,主修机械专业,辅修国际贸易专业,利用"工贸一体"复合型人才培养模式的优势为浙江省机械装备制造业外向型经济的人才培养输送了大量复合型人才。

邹长武,宁波大学研究生在读,本科毕业于宁波大学机械设计制造及其自动化专业,是"工贸一体"复合型人才培养计划的受益者。他在修读本专业的同时辅修国际贸易,是"工贸班"的一员,毕业后选择考研,现跟随导师邓益民从事相关方面的研究。

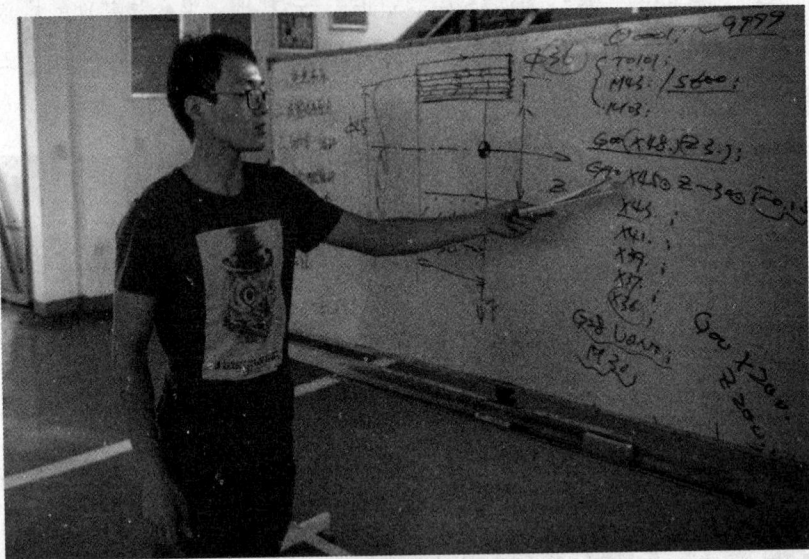

↗ 邹长武同学

　　他回忆起自己本科学习的时光,由衷地感慨道,自己做了一个正确的选择,这也间接影响了他选择考研继续这方面的学习。对于当时课程上的情况,邹同学讲述道:"工贸班其实就是融合了机械专业与国际贸易专业,课程的比例大约是六比四。它分别砍掉了两类课程中一两门相对分支的内容,提取主干知识加以整合。"

　　这种"融会贯通"虽然给同学们更多发展的可能,但也带来了不小的课业压力,短短四年的时间真的能完成如此多的课业吗?笔者带着这样的疑问请教了邹同学,他笑着解释道:"不必担心,学校给了我们很大的选择空间,你既可以同时修读两种专业毕业时拿到双学位,也可以在一段时间的学习后选择只修读机械专业。何况既然报了这个班,我想大多数人都做好了心理准备。"

　　课业压力给同学们带来的并非怨声载道,恰恰相反,笔者在他们身上看到了一往无前的动力。同学们坦言,许多课程确实挺麻烦的,要经历很多次推倒重来的困境,但完成时的那一刻成就感也是不言而喻的,好像自己完成了一件了不起的事。这大概就是这门专业的魅力所在!

　　这种模式所带来的益处也是不言而喻的,它给毕业生带来了更强的竞争力。据邹同学介绍,虽然自己选择了继续读研,但当时的同学大多找到了一份不错的工作,有着较高的收入。在"最难就业季""更难就业季"一浪更比一浪高的严峻就业形势下,大学生的综合能力就显得尤为重要。以机械专业毕业生为例,假如毕业后去某企业从事相关方面的工作,自然无法只局限在技术。机械制造是为了生产,生产是为了销售,想把这一条线连通贸易就起了很关键的作用。与此同时,国际上相对国内有更为庞大的市场,也缺乏这方面的人才。从企业的角度出发,也自然希望能招聘到更多的复合型人才,为企业创造更大的价值。

除此之外,学校还开展了"单件小批"式个性化人才培养和"机械工程留学生班"的改革实践,探索了复合型、个性化、国际化的人才培养模式,拓展了学生的社会适应面。

宁波大学位于制造业发达的宁波,作为港口城市,宁波自改革开放以来依托于对外贸易,经济实力飞速发展,周边有许多大型的制造企业,形成了完整的产业链,出于发展规律的需要,对人才也提出了定向性的要求。

个性化人才培养是在传统的模块化教学体系基础上,进一步细化人才培养的类别,这有利于专业人才和拔尖人才的培养。笔者从黄海波副院长处了解到,也正是因为培养出人才的高就业率,使得选择考研的毕业生也比较少,仅有 15% 左右。

理念创新:人才战略国际化

为了顺应经济全球化的时代趋势,在改革开放初期,我国对外交流的人才需求就已经体现,光有技术已无法满足国际市场的需求,市场环境对人才的培养提出了更高的要求。为了符合时代需要,"培养具有国际视野的,掌握机械设计、制造及其自动化的基础知识和基本创新方法的高级工程技术人才"成为了宁波大学创办机械设计制造及其自动化专业的办学宗旨。

进入 21 世纪,许多先进的技术引进以及产品的出口都需要依托于对外的交流,国外的产业与我国不管是经济还是技术领域上的合作交流都日益密切。作为专业特色,宁波大学的机械设计制造及其自动化专业辅修国际经济与贸易专业,利用"工贸一体"复合型人才培养模式的优势,为浙江省机械装备制造业外向型经济的人才培养输送了大量复合型人才。同时事实也证明,工贸结合的人才培养模式使得毕业生的就业率大大提高,并且大部分服务于高端产业,或是与国外的尖端研究团队进行技术交流,或是与国际制造公司进行贸易往来。

据黄海波副院长介绍,为适应全球一体化,宁波大学机械设计制造及其自动化专业正加紧发展其国际化水平。

宁波大学机械设计制造及其自动化专业遵循培养方针,加强对外交流,在建设期内完善了与加拿大曼尼托巴大学优质教学资源嫁接的改革实践,吸引了其他国家和地区的学子来宁波大学学习深造,拓展了师生的国际交流机会。这在当时可是独树一帜,省内机械类专业仅有宁波大学一家开办留学生班。宁波大学机械设计制造及其自动化专业的国际化优势已然成为了一大特色。

大的时代背景,铺就了宁波大学机械设计制造及其自动化专业的特色化道路,比传统机械制造专业拥有了更加蓬勃的生命力与实用性。2008 年获教育部首批一类国家特色专业,2012 年获批浙江省"十二五"优势专业和宁波市品牌专业,2013 年获批国家专业综合改革试点项目,使得这一专业的品牌形象彻底打造完成。

如今,为适应宁波作为"中国制造 2025"排头兵的角色,该专业拟通过面向智能制造的专业课程体系改革、创新实习实践平台建设以及提升国际化内涵等措施和手段的协同互动,以浙江省创新驱动战略的实施和宁波建设首个"中国制造 2025 试点示范城市"为契机,使专业在特色领域的探索更进一步,进入发展的新阶段。

专业评价

制造业是国民经济的支柱产业,是经济高速增长的"发动机",而机械设计制造及其自动化是制造业的基础,是实现制造业现代化的关键。宁波大学"机械设计制造及其自动化"专业于 1988 年开始招生,2003 年获浙江省首批重点建设专业,2007 年获批为教育部第一类国家特色专业,2012 年获批浙江省优势专业,2013 年获教育部国家专业综合改革试点专业。经过多年的建设,逐步形成教学资源体系国际化、专业培养模式多样化以及实践教学系统化等专业特色,多年来为宁波市及周边地区的制造业培养了大批人才。特别是从 2009 年开始嫁接加拿大曼尼托巴大学的优秀教学资源开展"2+2"教育合作,以及从 2011 年开始开设留学生班,专业的国际化程度进一步得到加强,也进一步提升了专业的办学能力和人才培养水平。近年来,随着"中国制造 2025"等国家战略的提出和实施,大力发展制造业、加快制造业转型升级已成为共识。为了服务宁波及周边地区制造业发展的需要,本专业确立了立足机械制造业,面向经济全球化,积极培养机械制造业高级应用型人才的专业定位,必将为"中国制造 2025"在宁波及周边地区的推进和发展提供有力的人才支撑。

文/图:王泽斌　冯高奔

指导老师:吴　彦

一个老专业的新生机

——记宁波大学英语专业

👤 专业名片

英语专业 1986 年在宁波大学建校之初就开始招生，为该校最早举办本科教育的专业之一。2006 年，该专业在教育部本科院校专业评估中获评优秀，2007 年被确定为宁波市高校重点专业和浙江省 2007 年度本科高校重点专业，2008 年被教育部、财政部确定为国家特色建设专业，2012 年被确定为浙江省本科院校"十二五"优势专业。2001 年，英语语言文学获得硕士学位授予权，2010 年，获得翻译专业硕士学位（MTI）授予权，同年以该专业为重要支撑的外国语言文学获得一级学科硕士学位授予权。

2016 年 6 月 10 日，在宁波北仑体艺中心举办的世界女排大奖赛上，16 名英语志愿者一直活跃在现场，提供了高质量的翻译服务，为本次宁波站大奖赛的有序开展提供了有力支持。他们就是宁波大学外国语学院英语专业的学生，这也是学院志愿者第二次助力世界女排大奖赛。

在为期 6 天的女排大奖赛中，志愿者们负责陪同翻译和新闻翻译等工作，接待来自中国、德国、泰国、美国等国家的女排成员以及世界各地的新闻记者。他们在现场不断来回奔走，有时连喝一口水的时间都没有，但从他们的脸上好像看不出一丝疲惫。他们与其他国家的女排成员亲切地交流，一口流利的英文让人惊叹不已。世界各地的记者到来时，他们即刻上前耐心地引导，直到记者们到达指定的区域。北仑团区委在比赛结束后大力称赞外院专业志愿服务团队志愿者们精神饱满、服务专业，体现了当代大学生志愿者的良好面貌，也希望在今后的女排大奖赛中外语学院能与北仑建立长期志愿合作关系。

据悉，自 2015 年以来，外国语学院学子已经连续两年服务世界女排大奖赛，这使他们获得了解别国文化、与国际友人交流的机会。

外语学习的特性，是人文性和应用性

数十年来，宁波大学坚持不断完善第一课堂人才培养模式的同时，也投入大量资源和精力构建庞大的第二课堂英语人才培养平台。校外通过外语专业志愿服务行动、多所省重点中学教学实践等，让学生走出校园，走进 2008 年奥运会、2010 年广州亚运会、上海世博会、中东欧博览会、世界女排大奖赛等大型国际赛事、会议现场，走进外贸企业等职场第一线，开拓视野、积淀人文情怀。每年，宁波大学都会根据国际国内形势和社会需求，加入一些新项目，如杭州 G20 峰会后城市国际化形象问题广为社会关注，宁波大学便开展提升城市国际化形象，城市外文公示语的纠错和语料库建设活动；比如 2012年在杭州举办过一个关于城市形象的活动，宁波大学就主动成立一个城市形象纠错小分队去参加。在宁波，宁波大学也有外语小分队，为城市纠错并提出一些建议。之前的546 路公交车，车上的广播在英文提醒这一块语气不好，虽然语法没问题，但是在用语方面却是不恰当的，学生就给相关的部门提建议。这不仅改善了宁波的城市形象，也使学生的专业能力得到了锻炼。这种实践培养模式对学生最大的帮助就是提供了大量的内容充实、形式丰富的机会和平台，切实提高了学生的语言运用能力。

校内则通过口译、写作、演讲竞赛的方式，来训练培养学生的实践能力。除此以外，外文文化艺术节也是一大亮点，让学生在演讲、辩论、翻译、模拟联合国会议、模拟APEC、外文话剧专场演出等活动中学以致用、夯实基础、提升技能。

在杭州师范大学恕园 7 号楼 500 座剧场，曾上演过外文话剧专场《誓约》，这是外语学院子午线话剧社的精良之作，在宁波大学林杏琴会堂上演后，得到了到场观众的一致好评，继而走出甬城，走向杭州。

《誓约》是一部轻喜剧，全剧围绕一对情侣的感情波折展开。他们在热恋时分手，无奈成为好朋友，却定下了一个 28 岁之约。九年后的两人都发生了巨大的改变，他疯狂地爱上了另一个她，并决定与之携手走入婚姻的殿堂；而起初把誓约当成儿戏的她却如梦初醒，发现自己深爱了他九年，于是她决心改变这一切，挽回曾经的爱人。

子午线全体成员辛勤付出，倾情呈现此话剧。跌宕起伏的情节、演员出色的表演、完美契合的配乐、诙谐幽默的字幕、精彩有趣的对白，都让观众印象深刻。很多观众对四位主演评价极高，"演员们都很投入，人物富有生命力，很精彩！"当然，更多的人对他们出色的英语口语能力赞叹不已，他们把外语很好地融入话剧之中，台词和情感的表达也张弛有度，让人们深刻感受到外语文化与艺术的交融。

"知是行之始，行是知之成"，屠国元院长借用明代思想家、心学集大成者王阳明的这句话来阐述英语专业的人才培养模式。英语专业的学习有"人文性"和"应用性"的特点，单一的知识习得、语法背诵不足以探视英语学习的全貌，更无法掌握英语学习的精髓，还需要大量的实践来提升英语技能、拓展国际视野和积淀人文情怀。

外语实践的成功，是创新能力的最好体现

邱琮，一个可以靠专业来找工作的女生，但是偏偏不走寻常路，她选择了自主创业。2007 年创设了拉拉翻译，成为宁波第一批发展起来的翻译公司。

据了解，该公司是一家专门为国际采购者服务的口笔译翻译公司。经过近 10 年扩张发展，拉拉翻译已聚集了来自 50 多个国家的外籍翻译人才，可提供 50 余语种的口笔译服务，是目前省内乃至国内一家非常有影响力的翻译公司。

↗ 自主创业的邱琮同学

　　其实这个女孩子已经很棒了，也许是天生的野性，她从不安于现状，因此这个女孩子在 2013 年与其合伙人筹建了朗维国际和亦说外语会客厅。朗维国际的核心理念为"海外集客营销"，主要是集成外语人才与外籍专家，由外国人助力中国外贸企业开拓海外市场。通过帮助外贸企业的软实力提升，直接把原材料经过一系列加工之后所赚取的利润留在中国企业。2014 年 7 月，朗维国际成为阿里巴巴唯一一家外语服务的第三方服务商，服务千余家阿里巴巴国际站、速卖通、亚马逊等外贸电商。邱琮在朗维团队的共同努力下，一步步地把朗维的服务带到了全中国，朗维国际在北京、广州、青岛、上海等地开设了 50 场训练营，多次举办外籍专家交流沙龙，开展了 100 多个营销咨询服务项目，为很多的优秀毕业生提供了交流和学习的机会。

　　吃水不忘挖井人，邱琮，就是这样一个女孩子，她总是为自己的母校提供着各种的服务，只要是学校举办的活动，就有她的资助。同时她也培养了很多优秀人才。

　　从她的微博来看，这是一个很会生活的女孩子，从她的微博的定位点可以看得出来，都是在宁波，在她主导的亦说外语会客厅。在这个会客厅里，从甜点和饮料都可以看得出来主人是一个非常心细的女生，在这里，拉拉翻译和朗维国际的人才、客户、资源、外籍专家进行聚会。在这里，你可以很轻松地欣赏到你感兴趣的内容，如油画课、手冲咖啡、探戈音乐会、外语湾、辩论会、黑胶赏析会、电影会、训练营等有趣的活动，全年不间断的活动使亦说外语会客厅成为了一个无国界思想交流的大本营，也成为了宁波多元文化交流和外语交际的一个主场。她的会客厅变得越来越有趣，不同的思想文化在这里不断地碰撞，可以说在这里你能畅所欲言，容易形成文化创业的风暴。

　　这样一个爱生活又知感恩的女生自然会回馈社会，她手下的公司——拉拉翻译和朗维国际多次出钱出力，资助各种社会公益活动。

　　就实践能力而言，宁波大学英语专业在师范类这一模块会安排学生每年赴宁波效实中学、宁波外国语学校、蛟川书院、镇海中学等浙江省一流中学实习，其业务素质得到了实习单位的肯定与褒扬。此外还有三个模块，分别是语言文学、翻译学和商务英语。语言文学这一模块，主要还是培养学生的学术研究能力。其中，外国语学院文学人文社科重点研究基地就是宁波大学的一个重点学术研究基地，是具有高级别的课题申报以

一个老专业的新生机
——记宁波大学英语专业

及高质量的论文发表、高质量的人才培养的一个集中基地。基地设立以来,在2005年之前,宁波大学外国语整个学院的国家级课题就只有2项。而至今,国家级课题已经达到了40项。

商务英语是学校与校外企业合作的项目。当前外贸高端人才紧缺,宁波大学将与企业合作,建立渐进式外贸人才校企培养班;宁波地区每年高规格国际会议、赛事需要大量外语志愿者,宁波大学将进一步整合资源,培养符合社会需求的外语专业志愿服务人才。

翻译学是英语专业人才一门极为重要的学科。考虑到翻译学科实践性和应用性较强的特点,宁波大学外国语学院于2015年成立了"浙江翻译研究院"。下设四个研究方向:中西译论研究与对比、典籍翻译、外宣文本翻译和口译教学与实践。

研究院成立时间虽然不长,但在翻译理论研究方面取得了不俗的成就,现有国家级课题3项、省部级课题多项、出版译著近10部,仅2016年就在海外发表学术论文3篇,显示出良好的发展潜力。课题主要是对翻译家的研究,在浙江,从佛经翻译开始,到明清科技的翻译,再到五四的西学翻译,这是三大翻译高潮。

在这三大翻译高潮中,所涌现出来的翻译家有260多人,都是浙江人。现在在全国,浙江的翻译家数量是排第一的。所以浙江翻译研究院现在的课题,就是要去研究浙江涌现如此多翻译人才的原因,然后再进一步为国家将来的外语布局以及人才的分布提供决策建议。浙江翻译研究院承接了宁波市人民政府外文网站五个语种的翻译和维护工作,分别为英语、日语、德语、法语、韩语五种语言。其中,英文网站连续八年获评"全国省会城市及计划单列市外语版"第一名的佳绩。

中国现在发展的是文化"走出去"战略,习近平总书记曾发表过讲话说要讲好中国的故事。如何讲好中国故事?就是在这个大的背景下,结合宁波的浙江优秀翻译传统建立的。讲好浙江故事,主要传播的是浙东文化,浙江翻译研究院要做的就是结合国家的战略需求,将浙江的地方文化、资源,以译著的方式,通过在国外的出版社出书,让文化流传出去,让它们更好地走向世界,让西方国家更好地了解浙江文化,了解中国文化。

英语专业学生的创新能力当然不仅仅体现在他们的工作实践能力上,还有英语的运用能力。

英语运用能力要求学生将跨文化的能力体现到写作之中去。近五年来,宁波大学英语专业学生发表学术论文92篇,获批科研项目78项,其中浙江省新苗人才计划6项、校级重点项目20项。仅2015—2016学年,英语专业学生各级各类学科竞赛获奖共计16人次,其中国家级奖1项、省部级奖15项(特等奖1项、一等奖6项、二等奖4项、三等奖4项),这体现出学生良好的创新能力。学生也参加各项比赛,比如CCTV举办的全国类的英语演讲比赛,宁波大学历年也都有学生获奖。全国性的英语写作比赛,宁波大学学生获特等奖1项、一等奖2项,还有各类的口译比赛,学生都有不俗的成绩。

外语文化的深造，需要国外的氛围

在全国硕士研究生招生考试即将拉开帷幕时，为激励全体考研学生以饱满的精神和最佳的状态参加考试，12月23日上午，宁波大学外国语学院研究生会举办首届"情意暖寒冬 考研送温暖"活动。外国语学院辅导员老师、研会人员、优秀研究生代表来到包玉书阅览楼前，给考研学子们送去祝福。院研究生会为每位考研学子送上了一份精心准备的"考研礼包"，其中包括考试必备的文具和来自研会的祝福卡，为学子送去人文关怀。随后，"送温暖"人员来到公寓9号楼，为部分在寝室自习室的学院考研学子送去关怀。考研学子们接过这沉甸甸的祝福，脸上洋溢着欢喜和感动，相信这祝福会陪伴着他们至金榜题名。

考研和出国是英语专业本科毕业生的主要发展方向，但并不是唯一出路。"培养学生还是要应对社会需要，社会需要什么样的人才，我们就要培养什么样的人才，尽力培养出全方面的人才。考研、出国，并不是我们的主攻，但毫无疑问也是显示我们学术水平的一种维度，当然我们是鼓励考研、出国的。"贺爱军副院长在谈及这一问题上发表了他的看法。因为每个学生个体的生涯规划、家庭情况不尽相同，因材施教在英语专业本科学生的学习中尤为重要。但是，一直以来，考研和出国是更加有助于学生进一步掌握英语学习的技能，提高专业水平、开拓视野、提升人文修养。这也符合外国语学院的人才培养目标和宁波大学建设研究型大学的目标。

学习外语，出国体验一下外语的文化，体验一下外国的氛围是必要的。因为在国内，毕竟是以汉语为母语的语言氛围，与国外是大不相同的。现在，宁波大学也在陆续出台各类出国游学文件，尽力给学生提供更多更好的出国游学的机会，现在的阻力，主要还是学费这一块，同时宁波大学也在积极和国外学校取得联系，争取合作，在学校的层面，出资资助学生，补贴他们出国的经费。

近年来，宁波大学已经与美国的普渡大学、特拉华州立大学，英国的布莱顿大学，澳大利亚的悉尼大学、西澳大学，瑞典的克里斯蒂安大学等校建立了稳定的长期友好交流，为英语专业本科学生出国交换、游学和深造都提供优秀的平台。目前考研和出国越来越受到英语本科生的关注，学院每年有20%以上的英语专业本科学生报考国内研究生和申请国外研究生，每年有30人左右到国外大学交换、游学。

📖 专业评价

结合宁波的区位优势和宁波大学的实际情况，宁波大学制定了外国语学院英语专业的培养目标："立足地方，面向世界，培养具有较高人文素养、熟练语言技能、厚实专业基础的创新型高级专门人才。"这里所说的创新型人才首先指的是思维模式的创新。所谓"知中不知外，谓之鹿砦；知外不知中，谓之转蓬"，英语专业培养的学生必须融合中西思维模式，既有"他者"意识，亦不乏本土自信。通俗一点讲，外语主要培养的还是跨文化传播意识,需要考虑到他人,是一种双文化的意识。在与别人交流的时候不仅要有对自己国家文化的自信,也要充分尊重他人。在国外,也需要充分地去了解当地的文化,去了解他人。其次指的是研究理路上的创新,所谓"他山之石,可以攻玉",英语专业的研究一定是将中国的现象放在全世界的视域下进行解读与阐发。比如在出论文之前做调研工作的时候,不仅要了解中国的,也要了解世界的,因为通过外语这一工具,才有能力地将中国的问题、现象,放在世界的角度去关注思考,不能仅仅局限于当下。

文/图:周珊珊　王　丹

指导老师:吴　彦

奋斗三十载，明天更灿烂

——记宁波大学计算机科学与技术专业

⚇ 专业名片

宁波大学计算机科学与技术专业创建于 1986 年，是宁波市最早创建的本科层次计算机专业，被评为国家特色专业、浙江省重点建设专业、浙江省优势专业。近 30 年来，与宁波大学同龄的计算机科学与技术专业为社会培养了 3200 余名毕业生。目前每年招收本科学生 55 名左右，研究生 40 余名。

该专业学生曾获全国首届"创青春"大学生创业大赛金奖、ACM 国际大学生程序设计竞赛金奖并进入全球总决赛、中国"互联网＋"大学生创新创业大赛金奖、全国大学生服务外包大赛一等奖等，并在多个重大学科竞赛中屡获殊荣。

这里的学生志存高远，勤勉努力，探索着计算机的奥秘。这里的老师心系学生，认真教学，阐释着计算机的魅力。宁波大学计算机科学与技术专业坐拥"宁波大学重点建设专业""国家级特色专业建设点""浙江省优势专业"等称号，多年来以建造有深度的专业背景为己任。通过有秩序有原则地对人才培养的计划、更新教学设备等方式来培育计算机专业人才。自 1986 年宁波大学计算机科学与技术专业创立至今已三十载，三十载岁月的风雨，才铸就了这硕果累累的计算机科学与技术专业，得到了来自学生、家长以及社会各界的高度认可。

桃李满天下 春风遍人间

当时光的列车携带着梦想，缓缓驶过宁波大学，宁波大学的老师就坐在那一片金黄的银杏下，深情的目光望过去，都是自己曾带过的优秀学生的影子。

"金奖，金奖，这可是金奖呐！"当厉刚所在宁波大学的团队在首届"创青春"全国大学生创业大赛中获得金奖消息传到宁波大学，校园像是一瞬间被点燃了一般，金奖一下子成为了校园的热议话题，学生，老师，甚至白鹭林里的白鹭都在叽叽喳喳地议论，热闹非凡。"创青春"全国大学生创业大赛是为贯彻落实习近平总书记系列重要讲话和党中央有关指示精神，适应大学生创业发展的形势需要，在原有"挑战杯"中国大学生创业计划竞赛的基础上，共青团中央、教育部、人力资源与社会保障部、中国科协、全国学联决定举办的，可以说有着重要的意义。

作为"创青春"全国大学生创业大赛团队队员的厉刚，不仅是宁波大学信息学院计算机专业2014届毕业生，还是宁波星宏智能技术有限公司总经理，更是一个颇具传奇的人物。

↗ 厉刚

休学两年来创业，这或许是厉刚在大学6年里做出的最艰难的决定，也可能是最为正确的决定。

在教育部公布的通知下，高校要建立弹性学制，允许在校学生休学创业。而这一公布正是人们期望中可以缓解就业难这个老大难问题的关键。

2014年6月，计算机专业的2008级学生厉刚终于完成学业顺利毕业，这也是他入校的第6年。为了实现创业的目标，厉刚完成学业比正常人多了两年，但这珍贵的两年休学时光却是他创业生涯真正的起航。

校园旅游工作室——厉刚的首次掘金，刚入学的厉刚就有了创业的萌芽，他跟着学长合伙开了一个校园旅游工作室，与景区谈门票，组织车队，不仅给同学得到更加优惠的价格，而且还可以挣取他应得的收入。到大二时，厉刚已成为旅游工作室的负责人，一年能赚七八万元。

2011年，厉刚迈出了正式创业的第一步，在家人的资助下，解决了资金问题后的厉刚开始做出了创业尝试，他成立了一个5人的小团队开始试着做代工业务，勤勉的工作给他们带来整整38万元的资金收入，也增强了厉刚创业的决心。

2012年，在一次偶然的机会中厉刚接触到了"物联网"，经过调查分析后，厉刚看到了其中蕴含的商机，在慎重的思虑和谨慎的尝试后，他利用宁波大学和地方政府签署的支持政策，成立了一家智能技术有限公司，决定开始从通信工程行业转型进军"智能家居"行业。8个月的时间转瞬即逝，厉刚带领他的团队做出了第一代智能家居产品。而在产品面市前，消息发布在网上的第一个月，就有70多家经销商找上门，真可谓吃香。

2013年，厉刚将之前创业所得资金开始了整合，最后以500万元资金注册成立了宁波星宏智能技术有限公司。

宁波星宏智能技术有限公司是一家集智能家居产品的研发、生产、销售于一体的高新技术企业，在成立的两年多时间里即实现销售收入2500多万元，净利润200余万元，目前已成为宁波地区最优质的智能家居原厂商，公司的创业事迹也多次受到央视新闻联播、《浙江日报》等媒体报道。

公司的成立，给了厉刚莫大的鼓舞，也给了他更大的动力。在公司创立的一年多后的发展中，他们申请获得7项实用新型专利，1项发明专利，18项软件著作权，智能开关、智能网关产品成为2013—2014年度国内智能家居行业的明星产品，他说："我们计划在未来3到8年内，研发出更加完整的智能家居系统，搭建云服务平台，推进与房地产、国内外家居企业的合作。"

还是那辆列车，随着时光送走了旅途中的匆匆过客，静静地，驶往下一段旅途，这一路，风景依旧精彩，仍有更多的优秀学子，踏上这辆列车，在宁波大学的怀里，成长，成熟。

四处弥漫的粉尘，隐藏了厉刚等优秀学生的艰苦创业过程，但渐行渐远的车辙，是他们留给学弟、留给老师、留给宁波大学最好的印记。

金光老师静静地坐在办公室里，办公桌上整齐地摆放着各类书籍，不远处还有研究生在那里操作电脑，宁波大学白鹭林里的鸟叫虫鸣，绵长悠远，无论是盛夏还是深秋，每当他走在校园里都可以听见大自然的美妙歌声，而路边如今早已堆积的黄叶，更增添了一股深秋的气息，宁波大学以它最美的景色陶冶着金光老师，而金光老师在这座底蕴深厚的学校已经有很多年了。金光老师拥有的荣耀有很多，他是宁波大学信息学院教授，硕士生导师。他毕业于浙江大学计算机科学与技术专业，获工学博士学位，研究方向：无线网络、网络协议。长期从事网络领域的教学科研工作，主讲"计算机网络"、"无线网络技术""信息安全"等本科/研究生核心课程，已累计指导研究生30余人。

厉刚只是宁波大学计算机科学与技术专业的优秀毕业生中的一个，时光荏苒，不知道多少从宁波大学计算机科学与技术专业的毕业生走上了相关的工作岗位，正是这些不断涌现的人才，使得整个宁波计算机科学与技术专业变得更加熠熠生辉。

省内有优势，国内有影响

窗外吹进来的一丝风，令金光老师熟悉的味道在空气里弥漫，金光老师露出了灿烂的笑容，这是一门与他这么多年来的生活相关的专业，谈起来实在是感触良多。

"您觉得计算机是一门怎样的专业呢？"

"计算机科学与技术专业是宁波大学最早的8个专业之一，从专业角度来讲也是理工科内实力最好的专业之一。要对它来个总的评价，10个字足矣：'省内有优势，国内有影响。'金光老师对计算机作出了相当高的评价。

"对于从计算机科学与技术专业毕业的学生，他们有何就业前景呢？"

金光老师思考了一下说道："计算机专业毕业生的薪资算是毕业生中最高的几个，就业情况也是最好的之一，但这样也导致考研率不是很高，因为本科毕业就可以取得蛮高的薪酬。"

"那您对计算机科学与技术专业的未来又作何期待呢?"

"首先,社会对人才的需求是可以看得到的,所以应该要扩大招生规模,然后再给同学提供更加完美的人才培养计划,让本科生可以更早地进入老师的科研项目,所以师生要共同努力,才能把宁波大学计算机科学与技术专业建设得更好。"金光老师一边笑着一边做着手势,此时大家的眼前就好像浮现出一幅生动的蓝图。

对于如何培养本科生,金光教授讲述了宁波大学采取的本科生导师制:每个老师带几个本科生做科研项目,引导若干学生参与老师的科研项目。而就金光教授本人而言,就有 10 个左右的本科生长期参与老师的科研项目。对此,金光教授认为:"带动同学积极参与教师的科研项目,这样在教学实践环节就更有针对性,要不然学生就只是重复老师的实验。"由此可以看出,宁波大学计算机科学与技术专业对于本科生的教育是十分看重并且有着针对性的教育。

宁波大学在人才培养上的优势还体现在学科竞赛方面,以赛助教,以赛促学,赛学融合,成功地推动了程序设计类课程的教学内容和方法的改革。宁波大学计算机科学与技术专业学生曾获全国首届"创青春"大学生创业大赛金奖、ACM 国际大学生程序设计竞赛金奖并进入全球总决赛、中国"互联网＋"大学生创新创业大赛金奖、全国大学生服务外包大赛一等奖等,并在多个重大学科竞赛中屡获殊荣,由此也发掘了许多人才,像厉刚这样的优秀毕业生就有许多是在这些大赛中发光发热而引人注目的。

古语说:"师傅领进门,修行在自身",此话诚然无错,毕竟现今的大学生学习要靠自控力和自主学习能力,而非老师时时刻刻的耳提面命。但一个优秀的老师会让你在这条专业的漫长路上少走许多弯路,而宁波大学计算机科学与技术专业就有这么一批足以让你少走很多弯路的老师。

宁波大学计算机科学与技术系现有专任教师 31 名,其中教授 9 名,副教授 9 名、硕士生导师 19 名、博士生导师 5 名。所有导师具有研究生学历或学位,其中具有博士学位 22 人,具有海外学习研究经历的教师 12 人。团队拥有教育部新世纪优秀人才 1 人、教育部优秀青年教师资助计划 1 人、省新世纪 151 人才工程 6 人、省高校中青年学科带头人 2 人、省高校优秀青年教师资助计划 3 人。

宁波大学计算机科学与技术专业教师队伍还于 2008 年获首批浙江省省级教学团队的称号,数据不会骗人,宁波大学计算机科学与技术专业的确有着优秀的师资。

摸着石头过河,从无到有,实现创新

"自己学习新东西,自己挖掘新东西,再编撰成教材,再教给学生。"金光老师回想起当初开设无线网络课程时,眼角泛起波澜,停顿了片刻后才说到。

随着网络越来越贴近人们的生活,无线局域网(WiFi)已经渗透进了人们的生活,也在我们的生活里扮演着越来越重要的角色。鉴于无线局域网的重要性和必要性,金光教授在全国只有极少数的学校开设了无线网络的情况下,在缺乏教材、缺少实验器材的荒地里开设无线网络的这门课程并编撰了教材,目前这本《无线网络技术教程》已被全

↗ 金光教授

国百余所高校选用。

"原来十几年前读博士时,学的都是很前沿的东西,而现在本科生教学学习的都是比较基础比较老的知识体系。但 IT 就是要不断突破、更新、翻新,计算机技术的情况大家都看得见,一直在翻新,而本科的教材、课程、知识体系很多都是旧的,并不能完全适应现有的计算机发展速度。"所以在金光教授心里便有开设一门新的课程的想法。

所有从无到有的过程往往不是一帆风顺的,平地起高楼总是会有许多困难。教材的缺乏、实验器材的缺失是开设这门课程一开始就面临着的不得不解决的困难。

为了解决没有合适教材的困难,金光教授决定自己来学习新东西,自己挖掘新东西,自己编撰教材,然后再教给学生。时光总是不会辜负诚心的人,经过长久的学习研究,不懈的努力,金光教授终于完成了《无线网络技术教程》教材编写并出版,至今为止,该书已经在全国专业领域内被高度认可,并且已经进入了 100 多所高校的教学课堂。其中还有像南开大学、国防科技大学这些非常有名的学校的计算机科学与技术专业也采用了金光教授的《无线网络技术教程》教材。

"有些实验器材是真的没有,没有的话,只能自己动脑筋,有的 DIY,有的到淘宝上淘,有的自己搭建器材。"金光教授回忆起当时面对器材问题的窘境说道。

所幸的是,在金光教授和其他许多师生的努力下,无线网络技术这门课程在宁波大学由青涩慢慢走向成熟,宛若新春的嫩芽在时光长河里享受了新鲜的露水、温暖的阳光后散发芬芳。而无线网络课程在培养计算机领域的优秀人才方面也起到了相当作用,同时,金光教授也获得宁波大学教学创新奖一等奖,并被评为"2014 年度信息学院最美导师"。

工欲善其事,必先利其器

"原来大家都还在上课呀!"金光老师带领着我们参观了各个实验室,其中在宁波大学的计算机房里只见学生们聚精会神地在练习着老师布置的题目。在讲台前也有一部分学生围着老师在深入探讨问题,学生拿着笔和本子,当老师一说到令人恍然大悟之处,他们便赶紧用笔"刷刷刷"做好笔记,身后的黑板上也是各种问题的解析。他们许久都没意识到金光老师的到来,认真钻研精神是学好这个专业的第一要素。问好问题的学生露出会心一笑然后回到自己的座位上,开始信心满满地在计算机前操练起来。

↗宁波大学计算机实验室

所谓"工欲善其事,必先利其器"。宁波大学有着雄厚的教育资金、良好的教育器材和教学环境,这也便成为了宁波大学的计算机科学与技术专业不同于其他学校的相同专业的优势之处。

"因为有了博士点、硕士点和重点学科的支撑,所以得到了许多一般专业建设没有的经费,得到的这些经费又可以买许多的实验设备,可以引导本科生一起参与老师的科研项目",金光教授说,"这都是有利于本科生的培养。"

宁波大学计算机科学与技术专业建设了符合专业特色的、满足教学需求的完善的实验环境,包括电工电子省级实验教学示范中心、软件技术实验室、计算机原理与组成实验室、接口实验室、计算机网络实验室、信息安全实验室、嵌入式技术实验室、图形图像与虚拟现实技术实验室等10个基础、专业实验室,"宁波大学大学生软件设计实训基地"和"宁波大学大学生电子创新基地"两个浙江省高校实践教学基地。

宁波大学计算机科学与技术专业还构建了多层次、立体化、开放型实验实践平台。在人才培养的全过程都加强了产学合作,吸纳了产业界专家参加培养方案的制定、培养过程的改进和培养效果的评价。

同时,还建立了1个省级大学生实践基地,12个基础、专业实验室,11个校外实践、实习基地,5个产学研工程中心。形成了理论教学与实践教学之间、实践教学各层次之间、学校实践与企业实际工作之间的"无缝连接"。

倾尽全力,只为了打造一个更加完善的计算机科学与技术专业,宁波大学的计算机专业的影响力也会在更大的程度上得以提升。

网络时代的今天,宁波大学计算机科学与技术专业的学生怀着内心的梦想,憧憬着未来的生活,用自己所学的专业知识,努力提升自己的水平,完善自己的技术,提升自己的生活。

专业评价

年华璀璨,计算机专业从原来的青涩走向成熟,每一位宁波大学的老师都是这次成长的见证者,而对于即将来到宁波大学计算机专业的同学,他们会见证到宁波大学计算机专业更加灿烂的明天。

信息产业是当今社会发展最快、经济影响力最大的产业之一。在"互联网+"时代,社会对计算机专业人才的需求持续旺盛,计算机专业具有极其广阔的发展前景。如今,计算机技术和理、工、农、医、文等多领域交叉,渗透到社会的各行各业中。宁波大学计算机科学与技术专业构建基于校企合作的科技型培养体系,志在培养具有深厚的计算机科学知识,能基于互联网、移动设备等各类应用环境,进行研发设计的高级人才。信息化时代,宁波大学计算机科学与技术专业大有可为。

文/图:卢宜岚 李 可

指导老师:吴 彦

三十载法学实践出真知

——记宁波大学法学专业

☺ 专业名片

　　法学专业作为宁波大学设立的第一批本科专业，从 1986 年开始招生到现在已经有 30 年的历史了。在这风雨 30 年间，依靠众多优秀教师的不断努力和学校领导的大力支持，在 2007 年发展成为浙江省重点专业，2009 年获国家特色专业建设项目立项，2013 年成为国家教育部专业综合改革试点项目，2016 年顺利通过验收，成为浙江省优势专业建设项目。

　　宁波大学法学专业的蓬勃发展不仅由这些荣誉称号来体现，作为法学专业本科学生就业饭碗的司法考试通过率已连续 5 年超全国平均通过率近 40～50 个百分点，且研究生考试录取率近 4 年位居省属法学院前二，公务员录取率 4 年位居全省法学院校之首。

　　走入宁波大学校园，可能正是上课时间，高大的树郁郁葱葱，宽阔的大路上没有几个学生。问了好几个学生后终于走到了法学院，高耸的白色大楼，干净空旷的环境，让人不禁肃穆起来。

柴志峰：坚持正义的指引，传递温暖的力量

　　"对对对，这是那时候根据我们的故事拍摄的微电影。"多媒体显示屏上播放着柴志峰同志的法制宣传视频，他的脸上掩饰不住心里的喜悦。柴志峰在杭州的法律界早已声明赫赫，然而当他回忆起自己在宁波大学法学院的时候，他还是觉得当时的自己只是什么都不懂的学生，而从那时开始就已经奠定了他现在能成为优秀的检察院科长的基础。

　　柴志峰，2003 年毕业于宁波大学法学院法学本科专业，现任杭州市拱墅区人民检察院公诉科科长。他笑着说，自己从一个腼腆的男生慢慢变成一个话唠，很大一部分原因就在于这个需要用语言伸张正义的专业。虽然自己现在已经先后荣立个人三等功两次，获得 "浙江省优秀公诉人" "杭州市十佳公诉人" "杭州市检察业务尖子" "杭州市首届检察官、律师控辩大赛优秀辩手" "运河杯控辩赛十佳辩手" 等各项荣誉称号，但他心里一直保存着大学校园里学习的珍贵记忆，时而翻出来回味，这四年光阴，虽然已经逝去，

但历久弥新。

当然，宁波大学法学院培养了一届又一届人才，而柴志峰确是把自己大学参加的实践经验真正用进自己的工作中的人。13年的一线工作赋予了他丰富的办案经历。他独立办理各类刑事案件600余件1000余人，成功办理了一系列有较大社会影响或疑难复杂的刑事案件，如余杭区原副区长陈某某滥用职权、受贿案，拱墅区原庆隆股份经济合作社董事长叶某非国家工作人员受贿案，萧山区看守所原副所长韩某某滥用职权、帮助犯罪分子逃避处罚、受贿案，张某某等二十人抢劫、聚众斗殴、寻衅滋事、非法持有枪支案等重大刑事案件。在办案过程中，他审查细致，指控有力，注重庭审效果，切实履行打击犯罪职能，实现了案件办理三个效果的有机统一。

2005年起，柴志峰开始负责该院青少年维权岗工作。2014年，他在办理一起未成年人刑事案件时，发现涉案未成年人何某某没有任何直系和旁系亲属，在杭州居无定所近三年，生活特别困难。考虑到其犯罪情节轻微，认罪悔罪并积极退赃等综合情况，他和同事一起为何某某量身定做了一套以社会救助为核心的帮教方案，取得了良好的社会效果。2015年，该案被评为杭州市检察机关"三个效果"有机统一优秀案例，据此拍摄的未成年人帮教微电影《承诺》荣获第十一届全国法治动漫微电影大赛优秀奖。

针对拱墅区职业高中、技校多的特点，他与学校联手，开展预防青少年犯罪共建活动，坚持到共建学校上法制课，安排职高学生旁听案例，参与学校安全管理。在他和同事们的努力下，拱墅区院青少年维权岗被共青团浙江省委和浙江省人民检察院授予省级优秀"青少年维权岗"称号。

柴志峰知道，要追寻梦想，需要不断地充实自我、完善自我、超越自我。一路走来，他两次立功、屡屡获奖并成功入选浙江省优秀公诉人才库。十佳公诉人、业务尖子、十佳辩手等一项项荣誉记载了他从一个检察新兵到一名优秀检察官的成长历程。

作为一名检察官，他深知肩负的责任。不忘初心，方得始终。他坚持把每一次案件的办理，当做一次新的挑战；把每一次遇到的困难，当做人生新的洗礼。他相信每一次成功的喜悦都是前进的新起点，奉献青春激情的路途中，理想追求一直都在。

他说，在打击犯罪的过程中，要坚持正义的指引，也要传递温暖的力量，就如西湖的喷泉、钱塘的灯光，在黑夜中绽放。

郑曙光：在我的心里学生和学问一样重要

郑曙光，宁波大学法学院教授，博士生导师，一个深受学生喜爱的老师。在法学院11年来所开展的"学生最喜爱的老师"评选活动中，他年年当选；在全校开展的"十佳教授""十佳教师""最美教授"评选中，他高票当选；2015年荣获宁波市"甬城英才—教育名师奖"，2014年荣获全国优秀教师荣誉称号。老师被学生所喜爱，必有其特质所在，从郑曙光教授33年的高校教学生涯中，我们可以发现其热爱教学、关心学生成长的教学人生。

学校核定给教授的教学工作量为每年300学时，而郑曙光教授每年完成的教学工作

↗ 郑曙光教授

量高达 1300 多学时,除了研究生教学外,他每年必定要为法学本科生开设 2～3 门课程。很多学生因为未能选上他的课程或他为本科生导师而感到十分遗憾。问他为何年年如此专注于教学工作,给自己加压,他说,作为教授,心里不只是要有学问,更应有学生,学问与学生应当一样重要。

对于他来说,每天早晨 5 点起来做学问或备课已成为自己的生活常态,图的是什么?他说:"作为一名教授,必须要有走在学术前沿的研究领域,如果教授没有去关注并深入研究最前沿的专业问题,对很多问题只会一知半解,更无法透彻地传授给学生。即便能部分教给学生,教学质量也会打折扣,学生也就成了知识的'二传手'。"郑曙光教授还说:"只有将问题吃透,将自身的专业水平提升,才能把最新鲜的知识深入浅出地传授给学生。"

"非诉讼演练教学"开启新型教学方法

以演练为教学手段的课程,郑曙光教授苦苦思索了很多年,他看到法学教学中,非诉讼法律行为与演练教学法在全国并未实际开展的现状,萌发要开设此类实训课程的想法,终于于 2005 年开始付诸实践。他花了很多心血,日日夜夜想着如何精心修订教学计划与教学日程,应该收编怎样的具有鲜活性的案例资料,还向学校提出设置专门的非诉讼法律行为演练教室的要求。

郑曙光教授凭借自己多年的教学经验和丰富的实战经历,开创了法学教学上的非诉讼行为演练教学法。课程开设已有 10 年多,近千名学生接受过这门课程教学,每年选课学生爆满,课堂效果反馈良好。不少学生认为能从郑曙光教授的课中学到不只是书上的道理,而是生活中的法律经验和人生哲理。

在过去的这个学期,每周三晚上 6 点,在包玉书 11 号楼法学院 215 非诉讼行为演练教室,会准时上演一场"小品"。每次有不同的主题、不同的角色进行模拟演练,比如法务谈判、公司并购项目的洽谈、合同纠纷的处理等等。双方面对面,按照事先由老师提供的演练材料,郑重其事地进行实战式演练,或唇枪舌剑或彬彬有礼,几个回合下来不知不觉已将很多已经修完的法学课程的知识点串联了起来。

台下坐着80多位同学观看，他们既是演练者，也是点评者，每一组学生自愿上台模拟，"大家积极性很高，都争着抢着上台，有的组甚至演练好几回，最后由郑曙光老师点评。他的点评就像是指点迷津，使我们突然明白了好多问题，这样的教学真管用。"一位学生说。

郑曙光教授同时也是一位"双师型"教师。他既是熟练驾驭课堂的教师，也是具有丰富实战经验的执业律师，他还是宁波市人民政府法律顾问、浙江省人民政府规范性文件专家审查组成员，这些社会职位可以让他接触到大量的案例素材。"不仅可以拉近学者跟社会的距离，接触大量一线的社会案例，还可以有效提高课堂教学的鲜活性和互动性。"他说。

近10年来，郑曙光教授主持了4项法学类国家级科研项目，3项省部级重点项目，2项浙江省教育厅重大攻关项目，10余项厅局级科研项目，出版专著(含教材)8部，发表论文60多篇。由于学术上的贡献，他荣获"浙江省十大中青年法学专家"荣誉称号。

讲课不难，难的是用心从教

前沿的科研成果、生动的案例素材就好像壶中之水，怎样才能最大限度地注水给学生，让学生学有所获，学有所成，郑曙光教授有自己的原则和信念——用心从教，与学生共享成长的快乐。"我在高校从教已经30多年，自己开设的几门课也已经讲了20多年，从某种意义上说讲课不是问题，关键在于如何讲出品位，讲出新意，才是每次讲课的难点所在。这就要求自己有足够的时间和精力投身于教学事业上。"郑曙光教授说。

虽然讲课已经轻车熟路，课程内容也烂熟于心。但每年郑曙光教授依然会修改讲义和PPT，为的是让快速更新的法律法规与学术观点走进课堂。他力争每节课都要讲出学术前沿问题，讲出新颖性问题。他主持的国家精品资源共享课程《经济法学》网站，年年更新、年年提升，从中可以看出他平时的教学积累和教学投入以及他对教学的严谨与认真态度。

郑曙光教授连续几届被学生评为"最喜爱的老师"。在同学们眼中，他是位儒雅的教授，教学、科研、为人，样样优秀，人人称道，而最让学生们敬佩的是他对教学的认真。尽管郑曙光教授是公认的教学高手，但每一堂课，他都认真备课，一天都不懈怠。

他还有个二十几年雷打不动的习惯，就是每次上课必然提前几分钟到达教室，夏天总是帮学生开好空调。大四的纪森森同学说："提起郑老师，不由你不敬佩，不感动。"

法律的生命在于经验而不在于逻辑

在石慧副院长与我们的交谈中，我们发现，她对宁波大学法学专业的发展有一个非常重要的观念，就是"法律的生命在于经验而不在于逻辑"。这或许不仅代表她个人的看法，而是整个法学专业都在向这一目标靠拢。为了将课堂上学到的法律知识落实到实践上来，宁波大学在这方面费尽了心思，为学生们开设了三门富有实践趣味的课程。

法律诊所是其中影响最为深远的一门课程，还有两门分别是非诉法律行为演练和模拟法庭。

法律诊所

法律诊所就开在学院的办公楼里面，面对真实的当事人与案件。当事人有问题需要咨询的时候，可以走进法律诊所，每一天都会有法学专业的学生在里面值班。有案件来的时候学生们要做好接待，等案情清楚了以后整个小组要在老师的带领下进行讨论，最后予以解决。法律诊所在假期的时候也会在各个村庄社区开展活动。

↗法律诊所

我们走进法律诊所时，恰好有两个女同学在里面值班。她们是法学专业一年级的学生，今天轮到值班。据她们说，平时一般都是附近农村的居民会过来询问，因为村子里面的人文化水平比较低，也没有足够的钱去请律师，所以他们选择到学校里的法律诊所也是比较相信宁波大学法学专业学生的水平和能力。

当问及这两位同学现在是否能够独立处理案件时，她们脸上露出了羞涩的表情："当然还不行啊，我们才读大一呢。我们要了解情况，然后回去跟学长学姐一起讨论，有结果之后再征求老师的意见。"可以预见，即使是现在刚刚踏进宁波大学法学专业的这两位同学，腼腆羞涩，对自己的能力还不抱有多大的自信，在四年的学习磨炼之后，也能成为独当一面的律师。

环顾法律诊所的四周，会发现一面墙上挂着一排鲜艳的锦旗，其中一幅上书"帮扶弱势群体、体现法律尊严"。这面锦旗是 2016 年年初，一位老人在家人的陪同下来到诊所专程送上的。他在签署拆迁协议时并不能完全理解其内容，拆迁办某些工作人员便利用他的文化水平低、不识字等，在合同签订和之后的拆迁补偿过程中屡次违规操作致其利益受损，他察觉后向相关部门多次反映未果。之后，他通过朋友介绍找到了法律诊所。法律诊所的志愿者克服重重困难，经过长达一个学期的博弈，发现拆迁办某些工作人员遗漏计算当事人房屋面积 8.37 平方米,并找到相关确凿证据,最终打赢了这场官司。

老人家对法律诊所的学生们的感激不言而喻,更是对学生们的能力给予了很大的肯定,学生们做的这些事不仅充满正义,而且充满善意。老人家说,这些学生为了我这个案子忙了好长时间,我都看在眼里,记在心里,送这面锦旗就是为了表彰他们。而宁波大学法学院的这些学生才真的是这个时代善行的实践者,法律的传播者。

墙上还有一面锦旗上书:"情系民工、伸张正义"。诊所志愿者为一江西籍在宁波江东区某建筑公司打工的农民工免费代理一起工伤医疗纠纷案件,通过多次与宁波劳动局、江北区人民法院接洽,最终为该农民工讨回医疗费 4 万余元,该农民工出于感激之情特意送来了这面锦旗。

石慧老师说,宁波大学法学院的法律诊所是整个浙江省开展最早的,在 2000 年左右就开了法律诊所。"当时开法律诊所,因为学院的领导特别重视,学院知道法学在于经验,而不在于逻辑,就让学生提早了解真实的案件,毕竟课堂上的案件跟真实的案件是有差别的,关键是思维上的转化。"

法律大篷车

将知识与经验互换,不仅体现在课程的开设上,法学专业学生的课余实践活动也数不胜数,法律大篷车当属实践活动中的亮点。

18 年前,宁波大学法学院实施"法律大篷车"学生社会实践项目,迄今,这辆"大篷车"已载着同学们行遍了宁波 200 多个乡镇街道社区,他们通过法治宣传、蹲点调研、法律咨询、流动诊所、主题讲座、法律帮扶、课题研究等方式,组织了 1000 余项免费法律服务活动,将法律知识送到社区、学校、工地和企业,直接受益群众早已过万。同学们撰写调研报告 10 余万字,被宁波电视台结集出版;撰写蹲点日记近 150 篇,成为司法一线的重要工作参考。

郑思菁同学是宁波大学法学专业 2015 级的学生,也是法学院律风服务大队的一名成员。她说:"从学长学姐手上接过送法进基层的接力棒,我们也要一代代传下去,永不停歇!"其中,令郑思菁感受最深的就是为期一年的社会观护团制度的大调查。他们用课余时间走访了宁波市北仑、镇海、江北、江东、鄞州、海曙等地的检察院和法院,了解社会观护制度的实际情况以及现实问题,并将调研报告提交给宁波市中级人民法院。宁波市中级人民法院未成年人案件综合审判庭庭长吴伟民专门来信写道:"该社会实践小组很好地总结归纳了不同法院的社会观护制度运行中存在的不足,并提出了颇具针对性的意见,具有很强的实践指导价值!"

宁波大学法学院院长张炳生也认为法律大篷车、法律诊所、律风服务大队等众多平台,为大学生提供了深入社会、了解社会的渠道,激发了青年学子融入社会、服务社会的积极性和主动性。在服务过程中,同学们弘扬了法治精神,帮助了众多群众,使法治理念深入人心。

三十载法学实践出真知
——记宁波大学法学专业

司法考试通过率高,就业对口率高

对于严格要求自己的法学专业学生来说,仅有这些实践经验是远远不够的,能够体现自己水平并能为未来铺路的极为重要的一点还是通过司法考试。司法考试是中华人民共和国司法部依据《中华人民共和国法官法》《中华人民共和国检察官法》《中华人民共和国律师法》《中华人民共和国公证法》及《国家司法考试实施办法》的有关规定设立的职业证书考试,被大家称为"中国最难的考试",国家司法考试每年的通过仅占考试人数的10%,是担任执业律师、法官、检察官和公证员必须通过的一项考试。

宁波大学法学专业2016届毕业生司考通过率高达51.02%,甚至高于人大、复旦等著名高校,如此优异的成绩跟老师学生的共同努力脱不开关系。宁波大学法学院从院长到每一位老师在课堂上都非常强调司考的重要性,让学生从入学开始就清楚对于法学专业来说,通过司法考试是必须的。

"正是因为做老师的知道这个考试有多么重要,每一次在课堂上在开会中都会告诉学生这就是你们必须要做的事情,是不能逃避的,全院都统一思想能够认识到这个事情的重要性,非做不可,不做的话你将来能找到工作,但不是专业领域的工作。比如说你要做法官做检察官做律师,你没有这个资格证你进不去。恰恰在这点上,别的学校没有达到宁波大学法学院同样的重视程度。想要司法考试取得这么好的成绩一定要思想上高度重视。其次就是课程设置,其他教学环节的设置也要服务于这个中心,比如说毕业实习会在司考结束以后安排学生毕业实习,让学生在司考之前安安心心准备,等考完了以后再安安心心参加毕业实习,这都是老师们精心策划过的。"石慧副院长在司法考试这一点上,表现出了非常强硬坚定的态度。

每次司法考试都是法学院精神最集中的时候,同学们和老师们齐心协力,共同朝一个目标迈进。石慧副院长还说法学专业体现一个学校办学是否成功也是看毕业的学生是否能够更多地从事本专业相关的工作,浙江省教育评估院的调查结果是属于中立的第三方,根据所给出的情况来看,宁波大学法学专业近三年都达到了80%左右。

正确领导＋师资庞大＋优秀生源＝宁波大学法学院

石慧副院长说,宁波大学法学专业为什么能有自己的独特之处,第一是跟正确领导有很大的关系。学院需要正确的指挥棒、正确的导向,宁波大学法学院从顶层设计来说抓住了法学专业的两点:一是法律的生命在于经验而不在于逻辑,在于经验就说明法学专业的实践性是生命之树常青的源泉。二是认识到司考的重要性,让学生切身体会到通过司考对他们的人生多么重要,发动学生参与进来,让学生也认同整个学院的教学理念,让学生也参与进来。

第二是法学院的老师相当优秀,教师队伍庞大。这批老师无论是老一辈,像郑曙光老师,勤勤恳恳地教学,还在争取国家级的精品课程、国家级的规划教材。还有事务非常繁忙的张炳生院长,从来不落下一节课,而且很关心学生。不单单是这一批人,新进来的一批老师也非常好学,把他们对法律的理解充分带给学生,整个教师团队的教风就是积极向上的。

还有一个就是学生,宁波大学法学院的学生都是高分进来的,但是他们高考之后依然不松懈,第一年还得要高分才能顺利通过大类分流这个环节进入到法学专业,进入到法学专业后,大二马上就是密集的法学专业课程,大三基本上就是准备司法考试,从大一到大三司考之前一直处于紧张学习的状态。

所以说三方面缺一不可:顶层设计、教师和学生的共同努力。

专业评价

法学,是无数青年人十分向往却又畏惧踌躇的专业。宁波大学法学专业司法考试通过率比全国平均通过率高出 30%~50%。在整个学科建设当中,宁波大学法学专业比较注重于民商法、经济法、海洋管理法这一领域的教学与科研工作,不仅注重于理论课程的建设,还非常注重于实修类课程的建设,比如法律诊所、诉讼非诉讼法律行为演练、模拟法庭等等。这就是这个专业建设的突破口。

依法治国、依法办事的社会发展大趋势使社会对法学人才的需求不断增加,同时生态文明、一带一路、海洋发展的战略格局,对法学人才也提出了新的要求。

在法庭上成就正义理想,在生活里体察人情温暖。如果这是你的理想,那么法学专业或许是你梦开始的地方。

文/图:郭　瑾　陈冰纯

指导老师:吴　彦

三十载法学实践出真知
——记宁波大学法学专业

"老师,我们拿了总冠军"

——记宁波大学体育教育专业

👤 专业名片

体育教育专业于 1994 年招收本科专业,2007 年获批宁波市重点建设专业,2012 年获宁波市品牌专业建设项目;2007 年 12 月被浙江省教育厅确定为省重点建设专业,2010 年 10 月被教育部确定为国家特色专业,并完成验收结题;2012 年 5 月被浙江省教育厅确定为本科院校"十二五"省优势专业建设项目。现拥有国家精品课程 2 门,省精品课程 3 门,省教学团队 1 个;在建设期间新获批国家精品资源共享课程 1 门,主编出版国家"十二五"规划教材 1 部;2005 年获得全国体育教育专业大学生基本功大赛总冠军,叶萍等 10 人次获得教育部最高奖——新苗奖;2010—2016 年期间本专业学生在省师范生教学技能竞赛中获中学综合组二等奖 1 项,三等奖 2 项。

体育之魂,优良之基

他是宁波大学体育教育专业的带头人,他是当年杭州大学体育理论专业的硕士研究生,他经历了三校合并,见证了体育教育专业在中国的兴起,他认定科学运动,将制定运动策略放在提升学生运动素质的第一位,他就是陆亨伯老师,体育教育专业的辉煌就是他的骄傲。

"陆老师,西安那边的基本功大赛,我们拿了总冠军!"电话那头传来激动的声音。

电话这头的中年男人冷静地举着听筒,拿着报告文件的手微微颤抖,无论怎么样都掩饰不了他内心的喜悦之情,沉默良久,他放下手中的文件,靠到了椅背上,对着电话听筒,吐露出了他的认可:"你们太棒了!"

2005 年 10 月 29 日,当宁波大学体育学院 301 办公室的电话铃声响彻整个楼道的时刻,这注定成为宁波大学体院自成立以来绝不平凡的一天。

时间倒退至 10 月初,宁波大学体院成立十人团奔赴西安参加西安体育学院承办的全国体育教育专业大学生基本功大赛,此十人团是通过教育局"先抽选再训练"的方式组成,临行前,十人团受到了宁波大学最完全的教育体系的训练,就为了能在全国基本功大赛中斩获一席之地。

"沉着冷静,努力发挥出最好水平,为宁波大学争光。"这就是陆老师在十人团出发前给予他们的最真挚的鼓励。经过一个月的奋力拼搏,宁波大学代表队在激烈的比赛中脱颖而出,不仅在足球、篮球等体育实践项目中取得了优异成绩,甚至在体育心理学、卫生保健理论等素质考试中也名列前茅,在计算机和外语口语辩论等综合性能力测试中独占鳌头,综合成绩远超浙江大学、杭州师范大学等同类一流院校,最终获得了全国体育教育基本功大赛的总冠军。

十人团载誉归来,其中的一位参赛学生陈于和说道:"我本是体育专业一名普通学生,因为这次比赛的机遇,让我接受了体育教育专业严苛的培训,正是因为这些训练,才让我变得与众不同,让我有了辉煌的成就,没有人知道我们付出了多少艰辛,但是我们共同见证了属于宁波大学的荣耀,我们能够取得今天的成绩,与体育教育专业的栽培是分不开的。"

宁波大学体育教育专业贯彻以学生体育良好教育发展为己任,致力于学生更好的体育未来发展。

经过这次比赛,宁波市教育局在培养体育人才方面形成了三个目标层面,第一点就是要有专业自觉,由"要我学"的被动学习模式转变为"我要学"的自主学习模式,从而使专业学生对自己所学专业有更深层次的理解,甚至是更大范围的接受;第二点就是培养"多能一专"的能力;第三点就是讲求"智能平衡",使得理论素质和专业实践能力相平衡。

为了响应宁波市教育局培养体育人才的号召,也是为了不负这次比赛中所获得的成果经验,陆亨伯老师带领体教专业的核心团队开始了上下求索的过程。

"当下国民身体素质降低的原因很大程度上是公民体育意识没有形成。"陆老师提出了这样的观点,他的团队开始针对公民健康体育习惯的养成进行了一系列的研究,为体育教育专业的学生树立了目标——体教专业所培育出来的体育老师,需要对他人的体育活动作出更为科学的指导,在工作中发挥举足轻重的作用。

"想起那次接到报喜电话的时刻,整个人都按捺不住兴奋的心情。"陆亨伯老师的脸上难掩激动之情:"正是因为那次比赛宁波大学获得了如此优异的成绩,我们才会更加坚定地探索体育教育专业的发展,才有了之后宁波大学体育教育专业获批重点专业,成为品牌专业的可能。"

经过十余载的风风雨雨,陆老师总结出了更新的教学模式,鼓励学生们去探求体育教育的本质。

"比如一个推铅球的动作是既定的,我们不仅要让他们知道怎么做好这个动作,更要让他们知道为什么要做这个动作,钻研其中的原理,更重要的,也是我们专业最根本的,是要告诉学生以后如何去教别人。"陆老师谈及自己的教学经验的时候举了很形象的例子。

人们常说,十年磨一剑,陆亨伯老师带领团队不仅最终取得了硕果累累的业绩,其间获得的荣誉也是数不胜数。

功夫不负有心人,通过陆老师团队的不懈努力,宁波大学体育教育专业在 2007 年获批成为宁波市重点专业;2012 年获批成为宁波市品牌专业;2016 年完成宁波市教育局验收结题,其间体育教育专业又获批成为浙江省重点专业,浙江省优势专业;2010 年获批成为国家特色专业。现拥有国家精品课程 2 门,省精品课程 3 门,省教学团队 1 个;在建设期间新获批国家精品资源共享课程 1 门,主编出版国家"十二五"规划教材 1 部,体教专业的扎实基础便在此建立、夯实,为创新培育做好了发展准备。

运动为骨,精神为翼

"体育专业应当培育学生吃苦耐劳的精神,这是我们专业和其他普通的体育课区别最大的地方,学生的精神塑造对他们的成长影响非常大。"陆老师语重心长地说。

宁波大学体育学院秉承教育学生体育能力,更培育学生体育精神的教学原则,十年如一日,坚持将体育与科学进行有机融合,潜移默化地影响学生,促使他们养成科学的体育习惯和核心体育素养。

当清晨的第一缕阳光照进舞蹈房的时候,一个亭亭玉立的身影便在空旷的房间里翩翩起舞,连贯的动作,高难度的技巧,一切都在悄无声息中循环着,没有他人的雀跃欢呼,也没有雷鸣般的掌声,只有汗水时时刻刻陪伴着她。

"生命是短暂的。我要在有限的生命里努力去做一些自己喜欢做的事,我不怕付出心血和汗水。"宁波大学体育教育专业 2010 级研究生邹琴如是说道。

↗ 邹琴获第十二届世界健美操锦标赛冠军

邹琴在 2006 年凭借专业课全省第一的好成绩考入宁波大学体育学院,在体育学院获得了最严格的训练,三年后,她顺利进入了国家队。

"每一个运动员的对手就是自己,运动员要打败对手先要战胜自己。面对困难和失败,得有一颗平常心。"邹琴在考入宁波大学之后,接受了系统的健美操训练,每天都是第一个到达训练场地,晚上又是最后一个离开,日复一日,她坚持着枯燥乏味的动作,忍受病痛的折磨,即便是风吹雨打,她都选择了坚持。

进入了国家队后，带给邹琴的感受只有两个字——痛苦，每天早上6点钟便要早起拉韧带，训练到晚上9点钟，日日如此，但是她没有忘记自己在宁波大学学习时受到的教导，体育教育专业带给她坚持不懈、坚韧不拔的动力，在体育教育专业求学的过程中，体教的老师所教授的体育精神已然深深地扎根在了她的心里。

↗ 邹琴和队友赛后合影

2011年，她站在了世界大学生运动会的战场上为国拼搏，在团队中有一人伤病退赛的情况下凭借沉着冷静的发挥和顽强的毅力奇迹般夺冠。

培养学生优良品质是宁波大学体育教育专业一直坚持的办学理念。"体教专业作为一个老牌专业，需要创新，需要跟着国家发展与时俱进，需要有所改变。"陆亨伯老师说道。

宁波大学为了更好地促进体育教育事业的发展，成立大健康研究院，将"研、学、产"三者有机地结合在一起。

2016年10月22日，当宁波大学大健康院的挂牌仪式在西校区顺利落下帷幕的时刻，陆亨伯老师的内心长吁了一口气，仿佛心中的一块石头落了地，他一直以来希望将体育科学化、医学化的梦想得到了实现。

陆老师的观点是——"只有将体育与医学科学结合起来研究，才能保证好的体育习惯的养成。"

大健康研究院宗旨的逻辑顺序是先研究，即对生物力学等科学领域的研究，探讨如何将体育和科学进行融合、体育生活化等问题，这是团队的研究方向。从培养的方式上也在进行改变，一个是培养目标还需要修整，北师大研制的、国家已经出台的政策里提到要培养学生的核心素养，作为积极响应的一环应该明确作为体育教育专业对培养学生核心素养所做出的贡献在哪里，比如培养吃苦耐劳、坚持不懈的优良品质，在体育教学中潜移默化地影响学生，另外一点就是清楚对于体教专业的在读生，他们的核心素养

↗ 大健康研究院挂牌仪式

应当怎么样培养,怎样拉动其他的核心素养共同发展,要明确最关键的培养目标,动一发以牵全身。

体育教育专业正在以六个维度的层面培养学生,文化维度保证体育生的文化程度达到一定水平,还要保证职业道德和素养的学习,经过研究认识到职业道德的教育对人的发展是起到非常大的作用的,还有独立自主能力、创新能力、体育技能、自身的教学技能等,现在宁波大学积极响应国家对教学质量的治理,进行开放式的办学,不仅体育学院的老师办学,还可以聘请外面有能力的相关人士来进行教学活动,形成多元化的教学模式,由社会和体育学院共同合作进行体育教学,这是目前也在努力的一个方面。

运动之才,成果永存

宁波大学体育教育专业建立了相应教育实践基地,根据宁波大学要求已建成体育学院教师发展中心,建立校内教育实习见习基地,完善校外名校实习基地,现实习基地有镇海中学、鄞州中学、慈溪中学等,并与这些名校建立互动的长效机制。

在对外合作上与安踏、法国 OXYLANE 集团等企业合作,实现资源共享,师生教学科研条件明显改善,横向课题立项率显著增加。

2014 年 5 月 18 日,杭州师范大学承办的浙江省第九届"挑战杯"泰嘉大学生创业计划竞赛决赛在杭州师范大学举行,这是一场关于创新创业的比拼,是体现当代大学生崭新思维技巧的对抗。

"你们是代表本专业去参加创业计划竞赛的,你们都是本专业的优秀人才,你们要让别人知道,我们不仅在体育教育上有建树,在创业创新方面也有很多想法。"陆老师对体教专业的创业参赛团队寄予了厚望。

↗ "挑战杯"开幕

"我们认为在处理资金运营……"辩论台上的同学们进行着唇枪舌剑的争论,面对评委的种种质疑,沉着应对,对答如流,一位同学发言完毕之后紧接着下一位同学继续同评委进行问答的对抗,成员之间的默契和答辩的高水准让评委们连连点头,参赛组员的脸上虽然已密密麻麻地渗出了汗珠,但是依旧保持着自信的微笑。

"一等奖!我们是一等奖!"经过了评委们的层层筛选、许久讨论之后,评委代表微笑着有力地宣布了大赛的获奖名单,当评委代表念到宁波大学体教专业的时刻,队员们的心都提到了嗓子眼,有的目不转睛地盯着评委手中的获奖名单,有的甚至仰头闭上了双眼,等待着评委说出下半句的时刻。当评委代表宣读完毕的时候,所有成员都像心中一块大石落了地一般,他们相互拥抱在一起,高兴得像个拿到了心仪玩具的孩子一般。

宁波大学体育教育专业学生主持完成的《禹州市华锐电瓷电器有限公司项目运行报告》荣获实践创业竞赛一等奖,这是体教专业学生在创业领域的创新发展。除此之外,在宁波大学第六届"挑战杯"大学生课外学术科技作品竞赛中,王杏、刘建秀、池邵威等研究生获得校赛三等奖,2010—2016年期间体教专业学生在省师范生教学技能竞赛中获中学综合组二等奖1项,三等奖2项。

"创新创业要抓得牢,自己的本职工作更不能忘,全面发展才是我们专业的特色。"陆亨伯老师这样总结了体育教育专业。除了创业实践方面,体教专业学生在运动竞赛成绩突出,成果斐然,在国际、国内重大赛事中分获14枚金牌、30余项冠军,冯极同学代表中国队参加2013年第三届亚洲大学生乒乓球锦标赛获得男子团体和男子双打两个项目的冠军。

实践能使人进步,通过一次次的磨练,宁波大学体教专业在风雨中更加成熟,教学质量不断提高,学生综合素质快速提升,2011年毕业生就业率98%。2012年12月以后本专业在原有的基础上,通过优势专业的建设方案的实施,又有新的突破。2015年本专业学生就业率98.7%。

为什么宁波大学体育教育专业能够在众多同类专业中出类拔萃,获得如此多的成就呢?陆亨伯老师对专业培养模式提出了认可:"宁波大学体教专业在专业人才的培养上独树一帜,讲求'三个结合一个利用'的专业实践教学体系建设。结合课程体系研究,构建师生互动的实践创新平台,规划开放型教学实验体系,进行开放型教学试验体系的实施方案研究。"

↗ 宁波大学大健康研究院

这份建设成果来之不易,受到千万赞扬,曾几何时,陆亨伯老师作为专业的带头人,居安思危,提出了自己的困惑。

"小赵啊,扩大招生这件事还是需要改革。"望着办公室外亭亭如盖的樟树,陆亨伯老师小心翼翼地摘下了眼镜,抿了口茶。伴随着成果的丰收,体教专业也尝试过扩大招生的政策,让更多的学生接受体教专业的学习,让更多的人才展现他们的风采,但是一年的实验下来,发现扩大招生反而导致了生源质量的下降。

"扩大招生还是太心急了,还是要一步一步脚踏实地地来,把招生数量先稳定在一个正常的范围内,保证学生的质量,我们不能误了学生,也不能误了社会。"陆老师的意见得到了大多数人的认可,体教专业最终将招生人数稳定在80人左右,做到了既保证数量,也保证了质量。

面对现阶段体育教育专业的发展,陆亨伯老师说道:"经过了这些年的探索尝试,现在的专业面貌蒸蒸日上,但这永远不是终点,我们也还有很多需要改进的地方,像现在的博士生过分追求理论知识的研究,抛弃了对体育本质的认知,不均衡发展是体教专业学生面临的大问题。"

因此,体教专业的核心团队修订体育教育专业实验教学大纲,吸收近年来相关学术领域最新的科学技术成果,增加综合性、设计性实验比重,保证学生专业技能的提高和培养目标的实现。更加注重人才培养的国际化,体教专业不断加强与国外境外教学研究机构合作。与国外和港澳台教学机构、大学建立合作伙伴关系,如台湾辅仁大学、美国普渡大学、英国拉夫堡大学、利物浦大学等高校,加强在师生互访、交换、科研合作等领域的广泛交流,运用世界先进教学理念,结合中国的实际,创新人才培养国际化模式,开展多元化的交流合作。

　　一张旧式木桌上,叠放着各种大大小小的文件,一台电话机,面向东面的座位是陆老师十几年如一日未曾变更的,抬头便可见窗外的大樟树,四时更替,大树也换了几批新芽,陆老师就在这个小小的办公室里,接到了无数同学的喜报,审阅了无数专业改革的文件,见证了体育教育专业的蓬勃发展。

　　正如陆亨伯老师所说的,生命在于运动,生命需要运动,体育教育专业如同一颗现代教学中的明珠,照耀着每一位热爱体育的学生成长,让他们带着体教专业的光芒洒向祖国大地。

专业评价

　　随着宁波大学"平台+模块"课程体系和人才培养模式的改革深入,这个专业在课程、教材等教学基础建设上取得了快速发展。科研工作一年一个新面貌,教学科研的整体实力和水平逐年提高。特别是"十五"以来,体育学院加大了对科研工作的扶持力度,出台了《体育学院科研奖励办法》等一系列优惠政策,专业发展势头喜人。该专业为中国体育事业的发展贡献了一份力量。

文/图:王　珏　张逸凯

指导老师:刘建民

教学之道，贵在坚持

——记宁波大学临床医学专业

专业名片

宁波大学医学院由香港著名医学科学家汤于翰博士于 1996 年发起捐资，并于 1998 年正式成立，临床医学（五年制）专业也同时创立。经过 18 年的求索和建设，从一个创立之初仅有 30 名在读学生的新生专业，逐渐成长为浙江省重点专业，在专业建设、学科发展和科学研究等工作中卓有成效。

2014 年 1 月 5 日晚 10 点多，一段视频引来许多网友的关注：当天下午 4 点左右，铁路宁波站售票处一名中年男旅客突然休克倒地，一位路过的小伙子马上跪在地上对其实施长达 20 分钟的人工呼吸，累得满头大汗。

"@野生女王"就是拍下视频的网民。她是一名大四学生，原名叫曹佳莉，当天刚好要从宁波返回绍兴的学校，在售票厅看到了这一幕。

她回忆说，当她看到这位中年男子时，他已经倒在地上，围观的路人已被疏散，一个戴眼镜的年轻小伙子正专注地对他做胸外按压和人工呼吸，一旁还有一位看着像家属、一直在哭泣的中年妇女。

"那人没有醒过来，但小伙子没有停止急救，没几分钟他就累得满头大汗了。"曹佳莉说，她被感动，一时间都忘记了赶火车，拿起手机拍下了这个过程，并发到了微博上。

坚持了 20 分钟人工呼吸的是李勤平。他说，当天他是陪姐姐去买票，刚刚进售票厅就看到有人倒在地上，旁边一位中年妇女在大声哭喊："谁来救救我哥哥。""作为医生，这个时候我出手相助肯定是义不容辞的。"李勤平说。虽然当时患者已基本没有心跳和呼吸，但抱着 1% 的希望，他还是进行了不间断的急救。

遗憾的是，男旅客最终没能逃过一劫。不过，李勤平的善举，赢得众人的好评以及死者亲人的感谢。

李勤平 2013 年 8 月从宁波大学临床医学系毕业后进入妇儿医院工作，在经历几次轮转培训后，目前在第一医院急诊外科进行规范化培训学习。

顺当从医，是这个老家在江西上饶农村的 90 后小伙子自初二以来一直希冀的人生路。"初二那年有节英语课的情景对话，老师问我长大后想从事什么工作，我直接回答就是'医生'。"不过，那时的他对医生这个职业其实并没有确切的概念。直至高二那年，父亲在工地上打工遭遇意外，导致左脚脚踝处骨折，他才坚定从医的信念。

↗ 李勤平为休克旅客做人工呼吸

幸运的是,学习成绩一向不错的他考上了宁波大学临床医学系,并在五年后通过本市卫生系统的统一招考,顺利进入妇儿医院外四科。

"我觉得自己挺适合做外科医生的,动手技术不错,尽管暂时都是打下手。"李勤平有些小得意。

现在在第一医院急救外科学习的李勤平,每天都会见到一些急症重症的病人,逐渐适应了快速处理病患的节奏。

"忙的时候,打下手,顺便'偷学'各种技术。稍空了,就看书,准备执业医师的考试。"目前的生活,忙碌充实,只是李勤平对自己的腼腆性格有些不满意。"我想更开朗一些,这样就可以和病人及家属进行良好的沟通。"他觉得,一个好医生,不仅医术要高明,而且还应是与病患沟通交流的高手。

"生命面前,坚持 20 分钟不算什么,"李勤平在接受采访时这样说道。

一切以生命为重,所谓医者仁心即如此。不仅李勤平是这样,在宁波大学临床医学专业的每一个人都秉持着这样的信念。这样的信念,已经存在了 18 年。18 年也是临床医学专业在宁波大学已经存在的历史时长。

历史悠久 不忘勇进

"顺,"这是周文华院长说得最多的一个字,"学院成立之初收到了市政府部门和宁波帮的大力支持,学院的建设没有遇到什么经济上的困难。"

临床医学专业就是这个"顺利"的医学院最初建立的专业之一,经过 18 年的专业建设,临床医学专业已经成为宁波大学医学院人才培养成果丰硕、科研水平过硬的优势特色专业。

人流不息的实验室、来来往往的"白大褂"告诉我们,这里是宁波大学医学院公认的

↗宁波大学医学院实验动物中心

人才培养最为集中的专业。作为教育部和卫计委首批"卓越医生教育培养计划"改革试点专业、浙江省重点专业、浙江省优势专业、宁波市重点专业(品牌专业)，宁波大学临床医学专业现拥有的"重点"和"精品"的头衔数不胜数，有国家级教学团队 1 个(临床医学专业基础核心课程)、国家级精品课程 1 门(人体解剖学)、国家级双语示范课程 1 门(生物化学与分子生物学)、国家精品资源共享课程 1 门(人体解剖学)、省级精品课程 4 门；获批教育部和卫生部卓越人才培养改革试点项目 1 项(五年制临床医学)、省重点专业 1 个(临床医学)、省优势专业 1 个(临床医学)、省重点实验室 1 个(病理生理学技术研究)、省实验教学示范中心 1 个(基础医学实验教学中心)、省重点学科 3 个(临床医学、公共卫生与预防医学、生物学)、市级重点实验室 8 个、市重点学科 3 个、省教育厅和宁波市科技创新团队 5 个。学院于 2014 年获得临床医学专业硕士授予权。

作为宁波大学医学院历史最悠久的专业之一，临床医学专业在学术领域中，与医学院共同成长。2012 年至今，临床医学专业所在的宁波大学医学院获浙江省科学技术奖二、三等奖各 2 项，厅市级科研成果奖 5 项；获科研立项 116 项，其中国家自然科学基金 30 项，省部级项目 53 项；发表学术论文 311 篇，其中 SCI 收录 116 篇；获 25 项专利授权，其中发明专利 10 项。2012 年在教育部临床医学专业学科排名中，宁波大学位列参评高校第 40 名。根据美国汤普森(Thomson)公司 2015 年 5 月 7 日发布的 ESI 数据，临床医学专业首次进入全球学术机构 1‰ 榜单。

成立 18 年来，临床医学专业已经取得了丰硕的教学、研究成果，但他们依然没有忘记进一步加强专业优势。

"我们与国际最顶尖学府还有差距，"周院长说，"我们现在正瞄准国际高水平医学院教学水平、研究水准，积极与国外著名高校开展合作、进行师资培训的同时，与香港中文大学深化合作，进行课程体制改革，进一步缩小自身教学、科研水平与国际最顶尖学府的差距。"

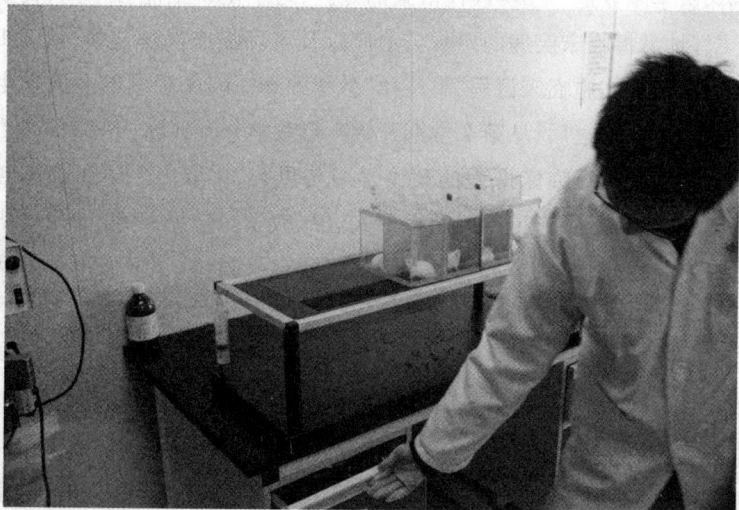

↗宁波大学医学院实验室中忙碌的学生

教学之道 贵在独特

午后的阳光洒进宁波大学医学院的院长办公室,徐雷艇副院长脸上洋溢起一丝骄傲的微笑,他说:"宁波大学医学院之所以在 18 年来始终保持着高质量的教学,取得丰硕的教学成果,就是因为医学院始终没有忘记自己的初心——教学之道,贵在坚持。"

2016 年 6 月 5 日,医学院临床医学本科 2006 届 1 班 50 余位校友回到母校,举行了毕业十周年同学会。原医学院党委副书记、011 班班主任孙欢欢,曾担任该班任课教师的尹维刚、马青、郭俊明等老师应邀参加了聚会活动。

校友们兴奋地穿上十周年纪念衫,开了一堂重新相互认识的班会,流连于南天门、大草坪、白鹭林、至真楼等熟悉的宁波大学景观,一起合影留念,交流分享,欢声笑语弥漫整个校园。

在同学会上,校友们通过一张张老照片重温了漫漫五年的同窗经历,一起感怀逝去的青春,分享重逢的喜悦,感念恩师的授业,期盼母校的发展,更期待下一个十年的相聚。

临床医学 2016 届 1 班,大部分校友毕业后供职于宁波市各大医院,有些已成为医学院的临床带教老师。

从临床医学专业走出的学子已经有了不同的方向,朝着更加光明的未来走去。培育了他们的这个专业也有自己的未来。

随着专业的发展,临床医学专业在医学院的重点关注下,逐步摸索出了适合自身发展,有益学生发展和学术研究的专业建设之路。在 18 年的专业建设中逐渐形成了自己的特色优势。

临床课程"小班化"是宁波大学医学院 2016 年来在临床医学专业率先试点进行的教

学改革。临床医学专业是一门实践性很强的专业，为了使学生能够早期、长期和反复地接触临床，更好地掌握临床疾病的诊断与治疗以及各项临床操作技能，从 2014 年起，医学院在临床医学专业实施临床课程"小班化"教学改革。临床医学专业的学生在完成医学基础课程阶段的学习之后，从第 7 学期开始实行教学分流，以 20～25 人左右的小班规模分配至各附属医院进行临床课程的理论学习与见习，采取上午学习临床各科理论知识，下午到相关科室进行床旁见习的组织形式进行教学。曾经，一度让周文华院长头疼的职业医生下教室、进课堂兼职教师所带来的责任感不强、教学意识不强等问题也同时迎刃而解。

除此之外，宁波大学医学院对临床医学专业有着专业的学科支撑。医学院拥有医学生物信息学二级学科博士学位点，以及临床医学一级学科硕士学位（专业型和学术型）授予权，同时开设二级学科硕士点 13 个。临床医学学科是浙江省重点学科和一流学科，2012 年在教育部临床医学专业学科排名位列参评高校第 40 名。临床医学专业在浙江省内只有宁波大学和温医大是省优势和重点专业。在 2015 年年底顺利通过教育部组织的专业认证。通过学院集中优势资源对临床医学专业的不断投入和持续建设，2015年 5 月，临床医学学科首次进入美国基本科学指标数据库（ESI）全球排名前 1% ，是省内继浙大和温医大之后，第三个拥有临床医学 ESI 前 1% 学科的高校，而且排名有较快上升。

专业的教育国际化也是临床医学专业的一大特色。临床医学专业基础医学教师中有 20% 在海外获得博士学位，专任教师 70% 以上拥有海外著名高校进修经历；临床教师已有 77 名在全球排名前 10 的英国伦敦大学学院医学院为期 4 个月的临床教学进修，绝大部分教师能用全英文进行教学；先后聘请多名外教从事临床医学教学。临床医学生国内外交流比例超过 20% ；在校临床医学留学生（MBBS）400 多名，在省属高校同专业中国际化程度最高。现在宁波市政府推动下与香港中文大学签署了临床医学合作办学的框架协议。

医者仁心　博学守仁

"用宽容和温和的目光注视这个时代，用爱心和行动坚守理想信念；弱者的生存处境经由他们的帮扶摆脱了冷硬的现实，而他们成为这个时代高尚品质的先行者。他们用行动宣告楷模的力量，他们为构建和谐开创出新的可能。"这是 2015 年宁波市公益慈善组委会为最具爱心慈善楷模奖获得者准备的颁奖词。该奖项的获奖团队之一——宁波市人体器官捐献协调员团体的负责人凌晖是 99 级宁波大学医学院临床医学专业本科生。凌晖始终坚信，"没有捐献就没有移植，为更多的人呈上一份生命的礼物，为他们带去新的生命，带去光明，我愿意。"

现在的凌晖已经是鄞州二院器官捐献办公室副主任。他讲了这么一件事，11 月 1日晚上，鄞州人民医院有位重症病人脑死亡。他和章娉立即赶去，病人家属都已经从湖北老家赶来，包括正在念高三的女儿小蔡。

↗ 宁波大学医学院院训

当时,小蔡打破众亲友的一片沉默,第一个站出来表示同意:"爸爸总是要我做好人,要我尽可能地去帮助别人。他说过,做些好事,帮助别人,自己心里就会快乐。我相信,爸爸一定会支持我这么做。"

小蔡的一番话令凌晖十分感动。得知小蔡家境困难,父亲出事后缺了顶梁柱,彻底失去了经济来源,凌晖当场表示,小蔡将来考上大学的学费和生活费他愿意承担。

"努力了这么久,我从小蔡身上看到了这代人的希望。将来,我们会在这条路上走得越来越轻松。"凌晖说。从刚开始的困难重重,到现在一点点看到光明前景,"我们现在做的这些事情,最大的愿望就是若干年后,我们的国家不再有我们这支所谓的'器官捐献协调员'队伍。"

多年的器官捐献协调工作,他感触良多:"老一辈最讲究叶落归根,身体发肤受之父母,容貌不能毁损,所以早些年我们在和家属沟通时,不光常常吃'闭门羹',情绪激动的家属还会指责我们。"

这件事让他备受鼓舞,让他看到人身上的温暖与希望。而一直支持他做这份协调工作的,正是"博学守仁"之理。

宁波大学医学院院训"博学守仁",学院内各专业始终致力于培养医术精湛、医德高尚的医学岗位人员,临床医学专业也不例外,专业建设 18 年来,无数个同凌晖一样有技能、有医德的毕业生在自己的岗位上持续发光发热。

卓越医生人才培养改革,使临床医学培养质量稳步提升。

翻开学院的招生宣传册,上面写满了专业在 18 年风风雨雨中取得的成就和荣誉,"临床医学生生源地广,本科生报考率和第一志愿录取率高,临床医学生就业率高,执业医师考试通过率高。通过'两誓对接、塑人塑心',学生具有良好的人文精神和职业素养。学生科学创新能力强,近三年,学生获得'挑战杯'大学生课外学术科技作品竞赛国家级特等奖、一等奖、二等奖、三等奖各 1 项,省级特等奖 1 项、一等奖 4 项,获得'挑战

教学之道,贵在坚持
——记宁波大学临床医学专业

杯'大学生创业计划竞赛省级一等奖1项,2名学生获第三十届全国青少年科技创新大赛十佳青少年科技创意之星。本科生国内外发表学术论文者超过30%。临床医学生的研究生录取率超过44%,其中36%的学生被"985""211"和国外高校录取;医学生就业专业对口率接近100%,就业以市县级医疗单位为主,为临床医学生的职业发展和成才奠定扎实基础……"

　　丰硕的成果已是昨日的辉煌,前进的道路正在脚下。每一位宁波大学医学院的学子,都秉持着自己的信念,成医先成人,所以我们还会听到"生命面前,坚持20分钟不算什么"的执着,我们才会听到"为他们带去新的生命,带去光明,我愿意"的坚定,我们才会为拥有这样美丽心灵的医生们喝彩。

　　人类需要医术,人类更需要仁心的医者,而临床医学专业的他们,正在这样践行着。

专业评价

　　针对临床医学后期教育中职业道德和临床技能教育的突出问题,医学院大胆进行了临床医学学科教学模式和教学质量评估体系的研究与实践教改工作。在充分考虑宁波市本地经济、社会发展和文化积淀的基础上,借鉴与综合国内外医学院校教改的成功经验,利用宁波市本地丰富的医疗卫生资源,使之成为医学院的办学优势。教学之道,贵在坚持,通过几年的努力,逐步形成宁波特色的临床教学新模式。

文/图:魏　申　贺奕斐

指导老师:刘建民

培养在全球化浪潮中的弄潮儿

——记宁波大学商学院国际经济与贸易专业

🖳 专业名片

国际经济与贸易专业是宁波大学最早开设的本科专业之一。1994年国际贸易学科被确定为浙江省重点学科,2003年国际经济与贸易专业成为浙江省首批重点建设专业,2012年获批浙江省"十二五"优势专业。2009年开始招收全英文学生,2012年开始招收国际学生。

"十二五"期间获得省级教学名师1名,省青年教师教学技能大赛一等奖1项,市级教育成果奖三等奖1项。省高等教育教学改革项目1项,省高等教育课堂教学改革项目2项。

电话打进来时已是晚上8点,宁波大学商学院国际经济与贸易专业负责人陈钧浩老师正在家里工作。陈钧浩老师是宁波大学的毕业生,1997年从学校毕业后留校任职,经历了宁波大学近二十年的成长,直到现在,陪伴国贸专业发展为宁波大学的一大特色专业。接到电话时,陈钧浩老师有些意外,在了解到笔者的来意后,他不徐不疾地放下笔,交谈起来。在此之前,笔者就已联系过陈钧浩老师,就他所负责的国际经济与贸易专业了解了许多问题。这次则是学科建设的补充采访,问题涉及更加日常的方面。对于这些问题,陈老师常常略加思索,才给出答案。

8点半,陈钧浩老师的采访结束。很快,联系到了女孩郑璐。

刚加上郑璐的微信时,这个女孩给人的感觉和她的资历是完全不符的。郑璐是宁波大学商学院国际经济与贸易专业的应届毕业生,成绩优异,同时也是宁波某银行的职员。6月,她将毕业,并正式入职,开启自己人生的新篇章。此次,她经老师授意,代表国贸的毕业生来回答本次采访问题。郑璐同学是非常优秀的毕业生,回答严谨、官方,将国贸学生理性的一面展露无遗;言语间,郑璐又完全是个稚气未脱的孩子,回答之余,尽是少女般的语气。特别是当说起国贸专业,说起老师同学时,她完完全全表露出了欢喜之色。

她说:我们国贸师生不只会做学问

若说每个专业都有自己的独特形象的话,郑璐心中国贸专业的精神特质则是这样的:"大气,做人做事做学问都很踏实,吃苦耐劳能力强。""不过,这离不开老师平时的言传身教。"她又补充道，"国贸的老师们都很大气，淡泊名利，踏踏实实做学问，也总向我们推荐好书，多关注一些国家大事、国际新闻，希望我们拓宽知识面，丰富自己的见识。整个国贸的学习氛围十分浓厚，课余时间，同学们会跟着老师一起做科研。"

在大学四年中，让郑璐同学感受最深的是国贸和谐的师生关系以及家庭般温暖的氛围。"在这四年里，最大的收获还是知道了如何去学习吧，也许很多年以后，书本上的内容我不记得了，但我仍然拥有学习的能力，这种能力无论是对未来继续深造还是对进入职场，都是非常有帮助的。同样，这和老师平常的帮助有关。"被问到如何评价学弟学妹时，她这样回答："长江后浪推前浪，学弟学妹们都很优秀，他们是国贸专业的明天，希望他们能够以国贸系为荣，继承国贸系踏踏实实做人做事做学问的系风，一步一个脚印，走得更稳，走得更远。"

谈起这些国贸同学，陈老师的话语也轻松了不少："我们国贸的学生，各不相同，有些人非常细致，沉着内敛，有些人却外向奔放，热情洋溢。怎么说呢？静若处子，动若脱兔！而这些同学的共同点就是，能力都非常强，也很好学。我希望他们毕业后都能有好的发展。"

国贸专业融洽的师生关系以及严谨的科研态度，都为其造就学者型人才打造了良好的环境。注重学习态度，不闻世俗之声，也是大学里亟须的一种治学精神。在这个校园与社会的过渡阶段，认真二字也十分重要。国贸专业的师生在这方面也起到了示范作用。

他说：我们国贸专业很国际化

若说这宁波大学国际经济与贸易专业有什么特色，最大的吸睛点恐怕是全英文授课。

作为一门在全球化浪潮下应运而生并持续发展的学科，宁波大学国际经济与贸易专业一直十分注重英文的学习与应用。陈老师介绍道："开设全英文教学的初衷是拓展学生国际化视野和国际化能力，增加学生综合素质，使其'国'字头专业名副其实，使毕业生真正适应经济全球化发展的要求。现在看来，教学的国际化发展已经成为大势所趋，国际化发展已成为宁波大学的特色之一，再加以重点推进，已远远超出当初我们所设想的，未来高校的教学和科研活动将会越来越国际化，也将越来越广泛地开展国际交流。"

据了解，其实早在 20 世纪 90 年代中期，国贸专业就与加拿大汉伯学院建立了合作办学。在此基础上，为了更加适应全球化的大趋势，2009 年，宁波大学又设立了国际经济与贸易全英文专业，该专业除了公共平台课程外全部采用全英文授课。2012 年开始接收国际学生，全部课程采用英文授课。此外，宁波大学还探索了全英文专业培养的学制模式，形成了 1＋0.5＋0.5＋2 的学制模式（即阳明学院学习一年，二年级上学期在商学院学习，下学期在国外学习半年，三、四年级在商学院完成），使全英文专业学生培养更加国际化。与此同时，更是引进了国际先进的教学模式，对全英文和国际学生授课试点开展国际先进的"lecture＋seminar"教学模式,加强教学互动,充分调动学生学习积极性,提升教学效果。在人才引进方面,为了打造国际化人才培养师资队伍,国贸专业通过引进海归博士和海外博士、选派教师赴海外课程进修、聘请国外合作高校优秀师资等方式来提升师资队伍全英文授课能力和国际化水平。实现了自有师资80％以上教师有三个月及以上的海(境)外访学、课程进修经历的计划,更优选聘请外教10名,极大地提升了国贸专业教师的全英文教学能力。

↗ 老师和同学们在一起

"学生们的母语都是汉语,在此之前大多都没有上全英文专业课的经验。学校这样安排,是否太过于强硬,以致学生们学习效率不高呢?"面对疑问,陈老师给出了自己的看法及解释:"国际经济与贸易全英文专业已开设 7 年,总体效果良好。在 7 年里,我们的确碰到过很多困难。比如就像你说的,由于我们的老师和同学的母语是汉语,因此采用全英文教学确实存在着学生不太适应的情况,也在一定程度上影响学习进度和深度。"他顿了一顿,又道:"这不是教师单方面可以完全解决的,需要师生双方共同努力。就教师而言,尽力做到备课充分,上课讲授时发音准确、清晰、语速适中,加强课堂交流互动,适当控制进度和难度。就学生而言,首先必须打好英文基础,并充分利用课余时间做好预习和复习,课堂内积极配合教师互动交流。在师生的共同努力下,全英文教学也将进行得更为顺利,呈现出更好的效果。"

他们说:国贸毕业生都是全才

如果把国贸专业当作一个人,又该如何评价呢? 出乎意料的是,陈老师和郑同学给出了一致的答案:复合型人才,十八般武艺样样精通。

"我们可不是只能做外贸!"郑璐同学急切地先发表了自己的观点,"在很多人印象中,总觉得我们国贸出来的学生好像大部分都去做外贸了。其实并不是这样的,在国贸专业的优秀毕业生中,也不乏企业、政府、事业单位等人才。"回忆起在国贸专业的这四年与专业课程,她满是自豪:"我们国贸专业不单单要学国际经济与贸易方面的知识,还要学习金融、会计、营销、法律、应用文写作、英语等各个方面的知识。这给国贸专业的学生提供了更多的就业方向,也具备了适应更为复杂多样工作环境的能力。通过这四年的学习,国贸同学的知识储备日益完善,综合能力也得到了提升。如今,宁波的各个领域都有宁波大学国贸专业的优秀毕业生。"

在这 20 余年中,社会对毕业生素质能力的不断提高和变化,需要专业人才培养方案和实施与之相适应。宁波作为发达城市,又依临港口,对人才的需求不断扩大,对毕业生能力要求不断提升。由此,国贸专业遇到了师资队伍知识结构、实训实验实践教学组织实施等问题。

"我们通过三个方面来解决师资问题。第一是加强在职教师的进修和挂职锻炼,通过学历进修,提高教师学历层次,改善知识结构,通过挂职锻炼,提高教师专业方面的职业技能,并积极鼓励教师考取相关职业技能资格证书,努力提高教师队伍中的双师型比例;第二是加强骨干教师、优秀博士的引进力度,提升师资队伍的学历结构,优化师资队伍的年龄结构;第三是加强兼职教师聘任,通过聘任政府经济管理部门、知名企业相关业务领导和业务骨干以及知名培训机构培训师资担任兼职教师,承担相应的实训实践教学指导教师,以弥补在职教师实践经验不足。""实训实验实践教学组织问题也有可以完善的地方,一是通过积极申报实验实训平台建设的政府支持项目,我们在 2008 年获得了财政部财政支持的商科综合实验平台建设项目。二是通过积极寻求企业合作搭建实践实训平台,结合兼职教师聘任,尝试开展多种形式的实践实训教学活动。"

再说国贸:高起点,重实践,应用型人才从这里诞生

随着全球一体化的趋势,经济贸易也在这一浪潮中充当了十分重要的角色。在中国已然成为出口大国的今天,国际经济与贸易也成为了各大高校的热门专业。而宁波大学的国际经济与贸易专业更是站在全国该专业的前列,自成立至今 20 余年,培养了许多专业人才,在各项科研项目中取得了突出成就。而在这一系列荣誉之后,宁波大学国际经济与贸易专业亦在不断寻求突破,以其独特的专业优势为社会输送人才,并在宁波等地区拥有了良好的口碑。

20 世纪 90 年代,宁波大学初建,国际经济与贸易学院也悄然在这片土地上生根发芽,温润了这片土地上的莘莘学子。国际经济与贸易原属于工商经济系,该系由复旦大学援建,并拥有由著名经济学家伍柏麟教授领衔的一批优秀教师,这为国贸专业发展奠定了扎实的基础。优厚的教研资源使得它在当时就已经积累了比较丰富的研究成果,相关研究已经走在该学科的前列,比如王才楠教授主持获得了宁波大学第一个理论经济学国家社科基金项目"东方大港组合模式及其协调开发和协调营运研究",其研究在国内领先。国贸专业所依托的宁波大学一级学科——应用经济学更是在 2012 年教育部学位中心评估排名全国第 58 名,在浙江省属高校处于前列。依托的学位点有二级学科博士点——渔业经济与管理,一级学科硕士点——应用经济学,以及二级学科硕士

点——国际贸易、国际商务专业硕士和 MBA。

此外,宁波国际大港和外贸强市的地方特色,专业依托的产业背景强大、外贸企业云集,为国贸专业开展扎实的实践教学提供了丰富的资源,也为国贸专业学生就业提供了广阔的舞台。

众所周知,国贸专业是实用性较强的专业,也就是通常意义上的应用性专业、热门专业。毕业生的一次就业率均保持在 98％以上。由于是应用性专业,强调实践技能的训练,因此,宁波大学在培养方案中不断加强实验类课程,目前专业课程中与实践相关的课程有 8 门设置了配置的实验课程,以加强专业技能的模拟训练,同时通过加强实践实训基地的建设,多渠道地给学生提供实战训练的机会。

为了方便学生就业,国贸专业探索出了一套政府职能部门、涉外企业参与培养的校政企合作人才培养机制。一是联合涉外企业打造校内、校外实训基地。与宁波市大中型外贸企业合作,探索校企双赢合作机制。二是引入政府相关职能部门参与人才培养。专业建设中,加强与这些政府相关职能部门联络与沟通,正确解读相关经济政策,把握地区经济发展趋势,适时调整人才培养目标和方向。三是整合实验教学课程,设立综合性实验项目。实验课程与企业运作相结合。每门实验课程中安排 2～4 个课时,邀请行业资深从业人员介绍业务实际操作方法和技巧。

此外,国贸专业还十分注重对学生的创新创业教育。在加强专业实践教学的基础上,通过创新创业训练提升学生综合能力。一是支持学生参加学科竞赛。鼓励学生参加挑战杯、电子商务、ERP 沙盘模拟等学科竞赛,创造条件举办包括国际贸易知识、国际商务英语以及国际商务谈判等竞赛,达到"以赛促学、以赛促教",促进学生创新实践能力的提高,实现学科竞赛与教育教学改革良性互动。二是鼓励学生积极申报各级各类创新创业项目。加强指导教师配备,积极鼓励学生申报各级各类 SRIP 科研项目和学生创业项目,尤其是调研类项目。三是吸收优秀本科生参与教师科研活动。鼓励教师面向本科生开放研究项目,组织有兴趣的学生成立"科研小组",参与并协助教师进行科学研究。

在各种培养计划下,国贸专业每年均有 10％的毕业生考取北京大学、中国人民大学、复旦大学等国内知名高校和英国诺丁汉大学、利兹大学,德国爱丁堡大学等国际知名大学的研究生进一步深造。这些对于国贸的学生来说,都意味着无限的机会。

专业评价

该专业培养具有专业基础扎实、知识面广、适应能力强,能够熟练运用外语、计算机从事涉外经济工作的高级专业人才。学生通过系统的专业培养,能够系统掌握国际经济与贸易等方面的基本理论、基础知识和基本技能,了解当代国际经济与贸易的发展现状,熟悉国际贸易规则和惯例,以及中国对外贸易的政策法规,可以运用计量、统计、会计等方法进行理论分析和实务操作,能熟练阅读英文资料,能运用外语、计算机从事涉外经济活动。

专业建设是人才培养的先决条件,而将一个专业建设成功,并人气口碑双收,这是师生共同努力的结果。当下,有许多专业也正在摸索出一条新的道路,无论最后社会反应如何,科研成果如何,就如国贸专业的师生所提到的,做人做事方面的学习,是最重要的。在此基础上,才能培养出真正为社会发展做出贡献的人才。这是各大高校需要共勉的,也是共同追求的目标。宁波大学商学院国际经济与贸易专业无疑是一个标杆,在治学上,严谨而求精;在处世上,律己而宽人。以此,人才辈出。

文/图:王紫轩

指导老师:刘建民

行走的新闻

宁波高校:创业精神引领专业创新发展

求学于师　施学育人

——记宁波大学小学教育专业

👤 专业名片

    宁波大学教师教育学院小学教育专业历史悠久,最早始于宁波师范学校和 1956 年成立的宁波师范学院。2006 年正式招收小学教育本科生,已经为浙江省、宁波市培养了一大批优秀的小学师资和教育管理者队伍。

初来乍到,愿不忘初心

    "命运让我注意到了这个专业。"吴昊笑声中带着阳光少年的气息。

    "我喜欢和孩子们在一起的感觉。"吴昊同学说道,"小学教师这个职业比较稳定,而且可以和孩子们呆在一起,让我保持年轻快乐的心态。而且教书育人,培养孩子,可以对社会有所贡献。"

    这是 2016 年以文科最高 625 分进入小学教育专业的学生——吴昊,在接受我们采访时袒露的肺腑之言。虽然报考这个专业的男生不多,但随着专业招生政策的改革和社会需求量的增加,像吴昊这样的男生正在逐渐增多。

    高考制度的改革,也冲击着宁波大学,作为宁波大学的特色专业小学教育专业也在招生政策上做了一些改革,增加了三位一体的自主招生模式。宁波大学教师教育学院小学教育专业系主任张宝歌说道:"为了解决小学教育专业男生人数极少的问题,学校将在三位一体的面试环节中加大男生的数量比例,男女生采取分标准的方式录取,同时加大对小学教育的宣传力度,增加该专业对男生的吸引力,让更多优秀的男生了解并报考该专业。"

    张主任告诉我们,"小学教育专业未来的就业目标十分明确,即小学教师,然而从这个职业本身来看,对男生的吸引力不是很强,因此导致了小教专业的男生数量极少。就目前的考试机制与入职体制来看,想要改变男女生人数极度不平衡的现象还需要很长一段时间。从升学选专业到最后的入职考试这个过程来说,报考小学教育专业的男生数量在一开始就占少数,在通往小学教师这个职业的过程中又要经过层层筛选,因此最后能够成为小学教师的男生甚是稀少。"对此,学校的专业建设也给出了多种吸引人才措施,比如开展人才培养国际化计划、小班化教学、信息技术优化与教学深度融合等,取得了巨大成效。

严雪薇和吴昊同学一样，是小学教育专业的学生。作为理科最高分的学生，她也是一个有志向的入学新生。

在被问及为什么选择这个专业时，她笑着说："我喜欢小学教育，喜欢小朋友。"

"我在小学时遇到了好老师，她对我的影响很大，所以我觉得做小学老师很有意义。"她真诚地说。相信在学校的栽培下她一定能够成为自己心中所想的小学教师，启发与影响更多的小学生。

在这个专业里和吴昊和严雪微一样的同学还有很多，他们可能不如他们俩一样，一开始就深深地喜欢这个专业，但是相信在今后的课堂学习与课外见习中，可以加深他们对该专业的感情。本校在 2013 年到 2015 年毕业生的就业率达到了 97.29%，在这个就业困难的时代，也有不少同学看中了小学教育专业明确的就业目标与较高的就业率，相对稳定的工作可以保障他们未来的生活。

为人师表，必先求学于师

小学教育专业 2009 年获批浙江省重点专业，2012 年获批为浙江省优势专业。这些优秀的头衔背后一定离不开杰出的领导与强大的教师团队。

"小学教育专业现有专任教师 74 人。现有教授 14 人，副教授 32 人，具有博士学位教师 26 人，教师来自北京师范大学、华东师范大学、华中师范大学、东北师范大学、厦门大学、浙江大学、日本名古屋大学等国内外名校。"张主任说。

"你要给学生一杯水，自己就要拥有一桶水，还要是活水。"张主任讲到学校的师资队伍时蹦出来的话，活脱脱把我逗乐了，回头品味，还真是那么一回事。张主任是宁波大学小学教育专业的带头人，2015 年作为高层次人才被学校引入。他于 2008 年 7 月毕业于东北师范大学，取得博士学位，主要从事研究高等教育、小学教育、农村教育。近三年来出版著作《中小学生能力培养》《青少年心理咨询与辅导》等。曾获得 2 项省部级教学科研成果："高职'双师型'教师素质提升：培养与评价一体化"与"深化教师教育课程体系改革，培养基础教育精英教师"。已经在教育界声名赫赫的他，私下里交流，丝毫没有一点架子。聊天的中途，张主任泡了茶，邀请我们一起喝。茶香氤氲在古朴的办公室里，他将他所带头的专业师资队伍实力娓娓道来。

问：您刚才说"要给学生一杯水，自己就要拥有一桶水，还要是活水"，这句话很有意思，可以具体解释一下吗？

答：科研是我们教师的动力与源泉，教师想要不断地拥有一桶活水，就要提高自身的科研质量，在外力的督促下，教师只有不断地提高自己，拥有高质量的科研成果，才能保证提高课堂教学水平。目前我们的专业教师承担各级教学改革项目 20 项，其中由乐传永老师提出的成人高等教育"学历＋技能"人才培养体系的研究与实践的教学科研项目。该项目历经 4 年，为了克服实践推广的困难，与省内高校进行了广泛的合作，获得了国家级教学成果一等奖。教师获得省级以上荣誉多人，其中贺国庆教授在教育史理论

↗ 图为张宝歌主任

研究取得了突出成果,其所著《职业教育通史》获得浙江省哲学社会科学优秀成果一等奖,他本人也获得了全国模范教师的荣誉。

问:张老师,据我了解您在农村教育问题上发表了自己的新锐观点,而且在农村教育领域,您也有独到的建树。可以和我们分享一下您的工作体会吗?

答:我曾经参加过"应对农村基础教育需求,高师院校人才培养模式的探索与实践"的教学科研项目。农村基础教育是中国基础教育最薄弱的环节,如学校布局不合理、教学设备落后、师资队伍不稳定、留守儿童等问题非常突出,而我国县以下都属于农村教育,国家每个五年规划都非常重视农村基础教育。现在最重要的是应当全面了解新中国农村基础教育取得的成就及存在的根本问题、解决情况,中央关于农村基础教育政策的落实情况。开展乡村教师行动计划不是一时半会儿就能够做好的,这是一个循序渐进的过程。首先要结合宁波市、浙江省乡村教育实际需求,采取多种方式,定向培养"一专多能",鼓励学生"下得去、留得住、教得好",从事本土化乡村教师;其次采取"包片定点"的方式,培养乡村教师课堂教学能力、信息技术应用能力、教学改革和研究能力;同时积极参与"国培计划"项目,采取顶岗支教、网络研修、送教下乡、专家指导的方式,培训乡村骨干小学教师。下一步,我打算深入全国进行抽样分层调查,选择发达地区、中等发达地区、落后地区等进行实地调研和访谈,了解现状、发现问题、提出建议。

问:老师,你们专业的教学模式吸引了很多慕名前来的旁听学习的老师,有什么秘诀吗?

答:首先,由于小教专业一直处于生师比比较低的状态,因此我们开展了小班化教学,实现 25 人一个班的教学模式,这在全国的小学教育专业中都是罕见的。同时,近年来我们在人才教育培养方案上做出了新的调整,加强了实践教学体系建设,在人才培养国际化计划上也制定了政策方针。为了全面提升师生专业外语水平,聘请国外名校教授直接为本科生授课。在加大双语课程建设的同时提高专业教师与学生出国比例,鼓励学生考取国外硕士研究生,鼓励专业教师与国外高校教师联合开展教学研究。在

2015年,我们还制订了针对党的十八届五中全会上通过的中共中央制定的十三五规划建议中的乡村教师行动计划。

张主任用诚恳的态度为我们一一道来,除了乡村教师行动计划,张主任还提出了与"一带一路"沿线国开展小学教育课程体系研究与交流的计划,不愧是小学教育专业的带头人,其才能不容小觑。

该计划是根据党的十八届五中全会上通过的中共中央制定的十三五规划建议中提出的具有合作发展理念与倡议的"一带一路"国家战略所提出的。张主任将国家战略引用到教学改革上,他坚定地说道:"对于该计划,我们一定要做好两件事。一、与沿线国共同研究编写双语小学教材;二、针对小学教育改革做好多边交流,促进文化融合,推广中华民族优秀文化。"另外学院也将利用社会实践、志愿者服务、文化体验,为外国小学生对我国文化理解提供支持。

党的十八大以来,以习近平同志为总书记的党中央坚持实施创新驱动发展战略,就是要把蕴藏在亿万民众中的创造力发挥出来。李克强总理提出:高等教育要着力培育更多创新型人才。教育是国家发展的基础,关系民族的未来,高水平教育是国家综合竞争力的重要体现。因此,小教专业还开展了小学卓越教师培养行动、专业学生"综合素养"提升行动,将从2016级学生的二年级开始实施,同时将信息技术优化与教学深度融合来满足国家对创新型人才的需求,我们期待着宁波大学小学教育专业未来的发展。

宁波大学小学教育专业的优秀教师可谓数不胜数,但是作为一所历史悠久的名校,宁波大学依旧在广纳人才,并且勇于创新与突破。

专业建设,践行八字校训

作为一所名校,不断地创新与突破是它的使命,校训便是它的灵魂。

走进宁波大学,"实事求是,经世致用"吸引了我的眼球。

经过了解,我们得知宁波大学首任校长朱兆祥是在宁波长大的,他非常仰慕这种精神。在宁波大学开学不久的校长办公会议上,他提议将"实事求是,经世致用"作为宁波大学的校训。"实事求是,经世致用"要求求真务实,学以致用,创新创业,为中华民族伟大复兴作出贡献。它蕴含了治学的目的、方法与价值,体现了宁波大学人的理想、信念与追求,表达了宁波大学办学的历史使命感与社会责任感。

宁波大学教师教育学院的小学教育专业也将这八字校训落实到了教学实践之中。小学教育专业系主任张宝歌说道:"要从办学条件出发,了解我们在什么层次上,我们的师资水平如何,以此做到实事求是。"

"我们的学生啊,毕业后一定要管用!"谈到经世致用时,张主任这样说道。近年来为了迎合新时期小学教育的新要求,高校被要求要培养德、智、体、美全面发展的同时能够适应小学教育改革与发展需要,具有现代教育观念和可持续发展能力,并能从事一定教育科研工作的具有本科学历的小学教育工作者。"怎样让学生们进入社会后管用呢?

我们培养的学生就要具有实用性，即他们在入职后能够在短时间内适应工作，并且有较高的教学、管理水平，符合基础教育的需求，能够使用多媒体教学等等。""在教学方面，我们要具有有效性。就是不能封闭，教授们研究的理论与新时期小学教育需求要相结合，理论要可用于解决实际问题。"张主任用他的话语来告诉我们这八字校训在小学教育专业中发挥的奥秘。

临近正午，阳光正好透过窗子包裹着书架上一本本看似有点年月的书。张主任起身，从书架上取下一本厚重的书籍，一页页翻开，带着我们追溯小学教育专业的发展历程。

"综观宁波大学的整个办学过程，小学教育专业已经有很长的一段历史了。"他感慨着，手在下巴的小胡碴上搓了搓。"小学教育专业最早始于宁波师范学校。1996年3月，宁波师范学院、浙江水产学院宁波分院与宁波大学合并，形成了一个新的宁波大学。原先的师范学院改成了教育学院，成为了宁波大学不可或缺的一部分……"张主任一边翻页一边为我们讲解着。

小学教育专业的实力也在这样的变革中不断地增强。目前建成了1个省级教师教育实验教学示范中心，1个浙江省教师教育基地，16所省级教师发展学校。

近年来学校在专业建设方面可谓倾心倾力。小学教育专业近三年累计投入专业建设费606万元，其中由学院领导班子、党政联席会议通过的教师教学业务提升培训方面投入了112万元，教学设备更新投入145万元，建设了"现代多媒体智慧教室"，受到了广大师生的好评。信息资源建设经费入投105万元，建设1个网络教学平台，建设网络资源课程8门。"十二五"期间专业经费投入分为平台建设、师资培训、资料建设、设备更新、课程建设，均产生明显的建设效果，信息化水平明显提升，教师教学投入、教学项目研究能力和教学成果质量都有较大提升。

学以致用，挑战无限可能

为了更好地发展小学教育专业，凸显宁波大学的教学特色，领导与教师们开始思考"如何利用宁波大学作为综合性大学的优势来办好小学教育，使其有别于师范院校的小学教育专业"。同时为了挖掘自身的特色，小学教育专业加强了与宁波优秀小学的联系，增加了实质性的接触，能使学生更加深入地理解小学教师这个职业。

"多以优秀的小学为依托，进行实地教学。在培养人才的过程中实现双向同时培养，即在大学教育的基础上配上实地实践教学，开展更有针对性更有特色的教学实践活动，使得在校生更加深入地学习了解小学教育。"张主任认真地说道。

又到了见习的日子，刘良婷与同班同学欣喜地前往怡江小学。

"刘老师来啦！"一个小朋友兴奋地向同学们喊道，大家蜂拥而至，把刘良婷团团围住，一声声"刘老师"，一张张可爱的笑脸触动着她的心。在上课过程中，孩子们还时不时地回过头看看良婷，看着一张张真挚可爱的脸，才大二的她不禁暗暗地下定决心，一定要当上一名优秀的小学教师。回到学校，良婷在日记里写道："今天，我再次见到孩子们,他们纷纷来向我要签名、QQ号,被叽叽喳喳的孩子们围在中间我感到很开心,我也在努力记住每一个学生的名字……得到给学生们上一堂课的机会,我要开始好好准备了!"从刘同学的字里行间,我们可以感受到见习过程中她对孩子们的喜爱与她对小学教师这个职业的感情。

"四年间在不同的学习阶段安排不同的学习实践任务,不仅是为了培养学生的能力,也是培养他们对小学教师这个职业的感情。"张主任说道。"四年不断线"的实践教学体系是常规见习—特色见习—特色实习—综合实习—岗前实习。张主任说:"学生入学一段时间后安排常规见习,一个月进一次小学,同时开展不定期专题特色见习,还有结合专业培养进程进行综合实习。综合实习包括上课、班级管理以及班级活动等,最后还有八周以上的岗前实习。"

目前与宁波高新区实验学校、镇海第二实验小学、李惠利小学、鄞州区东南小学等都有一定的联系。专业课与实践课相结合,无疑是对学生最好的栽培。

除了进小学开展教学实践活动,课堂内的实验性课程也是小学教育专业的一大特色。

"啊!我们得奖了,我们得奖了!"2012级小学教育专业的方晨露同学激动地打电话给同班同学吴冉冉。页面上"浙江省第十二届大学生多媒体作品设计竞赛(DV)二等奖"几个大字触动着她们的心,这不仅仅是一个奖项,更是对她们的鼓励与称赞。"当时是在黄东明老师的指导下,我们决定要拍摄微电影。拍摄制作期间刚好是夏天,天气很热,时间也很紧。前期寻找合适的拍摄场地和演员等花了很多精力与时间,暑假期间在学校里留了很长一段时间,忙着剪辑与后期加工。当真的看见成品时,内心的感受是无法用言语表达的。虽然过程艰辛,但是觉得一切辛苦都是值得的,也感谢学校给了我们这样一个机会接触到了很多自己专业接触不到的东西。"方晨露回忆道。尽管距离当年参赛已时隔3年,但学校对她们的教导让她们至今难忘。

吴冉冉同学真诚地说:"学校为了让我们做到全面发展,来适应新时期小学教育的发展需求,不断推进实践教学体系的建设,为我们建设了不同的特色教室,有科学实验室、微格教室、电钢琴训练室、动画制作室、语音实验室、书画室等等。我们专业的张丽、王成如、殷红君等老师还申报了开放实验课,这些特色教室为我们开展有趣的课堂奠定了基础,极大地激发了我们的学习兴趣,也是在那个时候我们的动手能力不断增强。如果没有学校为我们的付出,就不可能有我们之后的奖项了。"

↗ 电钢琴训练室

桃李芳菲,感谢母校栽培

"同学们,这道题听懂了吗?"宁波市海曙外国语学校 101 班里传来一个富有亲和力的声音。

"懂了","老师老师,我懂了。"孩子们稚嫩欢快的声音此起彼伏,原来是汤彦老师正在为孩子们上数学课呢。

汤彦作为宁波大学教师教育学院优秀毕业生,不仅在校成绩优异,毕业后也深得学生们的喜爱,在参加工作以来收获了不少奖项。汤彦的脸上带着满满的笑容说道:"参加工作以来,一直教授数学学科,担任大队辅导员。先后获得全国 smart 杯电子白板课堂教学比赛一等奖、浙江省辅导员技能技巧比赛银奖、宁波市少先队活动课程比赛一等奖、浙江省辅导员技能技巧比赛二等奖、海曙区辅导员技能大赛一等奖等。在教学上,多次承担学校、学区及海曙区等各类教研公开课,并参加学校多项市级立项课题,所写教学论文多次获得市级区级一二三等奖,还获得海曙区教坛新秀荣誉称号,被授予海曙区优秀志愿者、海曙区关心下一代先进个人荣誉称号。在开展的少先队工作中,多次承担市、区级大型展示活动,所在学校大队部还被评为宁波市少先队先进工作集体、德育先进集体。我取得的这些成就离不开当年学校对我的教育,除了专业课,我们的老师还十分注重师德素质的培养。经常会请一些优秀的小学教育家或小学校长为我们授课、培训,让我们领会以人为本、尊重与平等的教育。同时让我们通过常规听课、见习等与当时任职的小学教师做交流,加深了我们对新时期小学教育的理解。"在这些优秀头衔的背后体现了母校对她的栽培,也体现了她对学生们最真挚的关心与呵护,她不断地提升自己，为的是给自己的每一个学生带去最好的东西。"努力就会有收获，用心去对待每一节课。"她将用她整个教师生涯来诠释她所说的这句话。

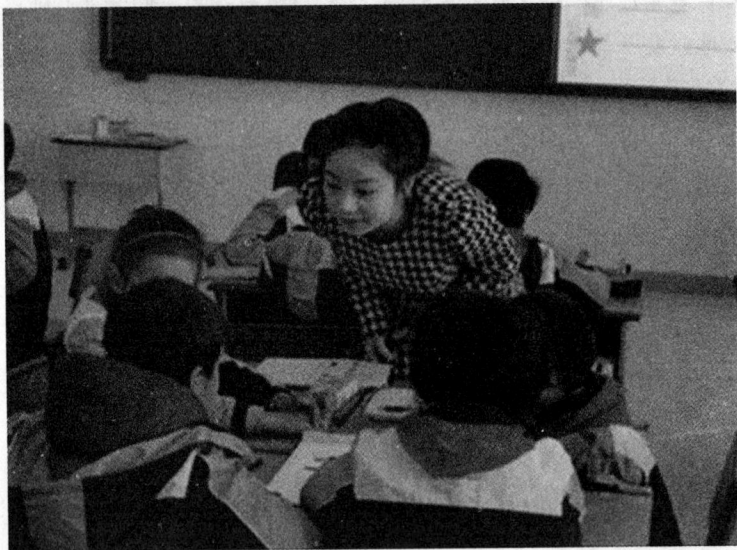
↗汤彦给小朋友上课

但是初入岗位的她也遇到过不少困难，"面对学生的时候往往课堂调控会占用新教师较多的精力，因为小学生在课堂上不能很好地控制自己，就需要教师来把控，"她认真地说道，"希望学弟学妹在实习期间记录听课教师们的课堂调控语言、手势、神态，因为学生的听课状态比自己的教学流程更重要。每一次的试教的确是场磨练，只有放开身心，融入学生，才能坚持到底。要知道一堂课对教师来说可能是试教，但对学生来说，他们接触这堂课的机会只有一次，因此，无论如何，都要对学生负责，要认真面对。"汤彦学姐的建议可谓十分恳切，她希望能有越来越多的优秀毕业生加入小学教师的队伍，为祖国的未来呵护好每一棵即将破土的嫩芽。

学弟学妹们的确没有辜负优秀学姐的一片期望，在 2013—2015 年的毕业生就业率平均达到了 97.29%，很多优秀毕业生被浙江省内各地市公立名校正式录用。"专业知识扎实、专业技能过硬、教学上手快、综合素质好。"这是用人单位对我们毕业生的一致肯定。宁波大学教师教育学院小学教育专业系主任张宝歌一边翻着学院成果记录手册一边自豪地说道："你看，我们 2016 年上半年，2013 级学生在国家教师资格考试中通过率达到了 100%。去年还有多名学生被美国威斯康辛大学、英国爱丁堡大学、澳大利亚墨尔本大学、北京大学等国内外名校录取为研究生。"小学教育专业最大的意义大概就是教育出一代代出色的教师，让他们再去教育一代又一代的孩子，这是一个良好的传承，他们带着国家光荣的教育使命。

这时脑海里回响着张主任的一句话：培养师德高尚，专业基础扎实，能够适应新时期小学教育要求的优质教师是我们专业的教育理念！

📷 专业评价

　　小学教育专业最大的意义大概就是教育出一代代出色的教师，让他们再去教育一代又一代的孩子，这是一个良好的传承，他们带着国家光荣的教育使命。宁波大学小学教育专业培养德、智、体、美全面发展的学生，适应小学教育改革与发展需要，为现代教育和可持续发展所需要的创新型人才提供动力。

　　宁波大学小学教育专业，在人才培养上，打实专业基础，适应新时期小学教育要求，挖掘出了自身的特色。

文/图：郑一玮

指导老师：刘建民

梦想在这里扬帆启航

——记宁波大学航海技术专业

专业名片

宁波大学海运学院（Maritime College of Ningbo University）是交通部向国际海事组织（IMO）推荐的我国首批 7 所高等航海院校之一，是我国航运业、物流业和交通运输业高层次人才的重要培养基地之一。航海技术专业是海运学院的支柱专业，也是宁波大学最有特色的涉海专业之一。航海技术专业为社会培养了大批德、智、体全面发展，具备海洋船舶驾驶、船舶运输管理等方面知识，能在海洋运输各企事业单位从事海洋船舶驾驶和营运管理工作，符合国际和国家海船船员适任标准要求的创新型高级航海技术人才。同时，为地方培训了 10 万人次以上的各类航海专业人才，为浙江实施"海洋强省"战略提供了强有力的人才保障。

第一次踏入这所学校，对一切都不是那么熟悉。幸好有美景、和风、暖阳相伴，一路兜兜转转终于找到了我们所要采访专业所在的学院——海运学院。一条小径通向远方，拐弯后，眼前赫然出现了一幢长相奇特的大楼：海水般蔚蓝的玻璃，通体由水蓝色的墙砖堆砌而成。这栋楼叫做"宗瑞航海楼"，由香港泰昌祥轮船（香港）有限公司董事长顾国华先生出资 900 万元人民币助建。航海楼位于校区南侧，旁临甬江，环境得天独厚。大楼外型呈船型，犹如一艘巨轮矗立于甬江之滨，昂首向东。而这正是宁波大学海运学院航海技术专业的所在地，航海楼里配备安置了非常完备的航海仪器模型，学生大多数专业课程都在这栋大楼里进行。一批批的莘莘学子怀着对蔚蓝大海的渴望，梦想便在这里扬帆起航。

知行合一 理论建设与实践应用相辅相成

走进航海楼，来到了四楼的航海模拟实验室，先前负责联系采访时间的张老师已经在门口等着我们。走进实验室，实验室的内部构造就像一艘船的内部，被分为了实验室、办公室以及会客厅。"我去给你们开一下我们专门用来培训学生的航海模拟器，待会儿带你们参观一下，体会一下开船的滋味。"张老师进去之后，偌大的实验室只能听到各种仪器的滴滴声。不一会儿又来了一位王姓老师，通过一部视频简单地介绍了航海专业之后，带着我们进入了实验室。张老师在操作仪表盘的时候，向我们介绍了这套先

↗ 海运号

↗ 海运学院航海楼

进设备：作为中国一流的航海院校之一，这套航海模拟器是中国为数不多的稀缺仪器之一。作为教学器材的航海模拟器，运用了虚拟仿真技术，使整个模拟器的环境最大程度地仿真动态环境和静态环境。拥有雷达与 ARPA、操舵仪、GPS、测深仪、计程仪、拖船及带缆和锚泊功能，最大程度地模拟在真实条件下轮船的各项数据和操作。航海仪器里录入了 30 多个大型国内外港口，最接近地模拟了港口的环境，可以让学生在操作轮船的过程中，欣赏各地人文景观。同时，也可以模拟在各种恶劣的气候条件下对轮船的操作和对海上遇难船只的救援工作。这使得航海技术专业的学生们可以获得更多的实操经验，为以后更快地适应工作岗位提供了便利。

航海技术专业拥有较完备的教学和科研设施。拥有财政部资助建设的"航海适任能力训练与评估中心"，拥有浙江省教育厅资助建设的省级"海运与物流实验教学示范中心"，拥有包括大型航海模拟器、综合物流模拟室、港口管理实验室、综合导航驾驶台、模拟船、高消实验楼和天象馆等多个在国内处于领先水平的实验室。航海技术专业的学生们不光能获得先进的理论知识,并且能在完备的硬件条件的支持下收获更多的实践经验,这为他们在日后走出校园走入社会从事相关工作岗位提供了便利。

↗ 张老师操作航海模拟器

中西合璧　半军事化管理与国际化教学齐头并进

为了培养符合国际船员标准的一流航海人才,海运学院根据实际情况,对在校学生实行半军事化管理。学院于 1997 年 4 月与东海舰队某部队签订了共建协议书,由该部队派至少一名教官和数名优秀士官常驻学校,与院主管学生工作的副书记、辅导员等共同组成半军事化管理办公室,对在校学生实行从进校到毕业全过程的半军事化管理。该管理方式探索了在综合性大学内开展这项工作的新途径,并取得了显著成效。

在操作航海模拟器的过程中,谈到学生的管理方式,两位老师均露出了自豪的笑容。王老师向我们解释道:"海运学院的学生有很大一部分是从各地招过来的国防生,很多都是在编军人,在这些学生的带领下,整个学院都采取半军事化管理,一定程度上规范了学生,让他们时刻培养良好的自我意识。"由于是半军事化的管理,学生的纪律观念、服从意识、自我成才意识明显提高,寝室卫生优秀率、文明宿舍率列全校第一,违纪现象极少发生,各项管理工作规范有序。

"学院除了完成国家交给我们的教学任务以外,还有专门的外籍教师教授相关方面的知识,目前在聘的就有 Frank 船长。学院注重国际交流合作,积极拓展办学空间。"提到 Frank 教授,张老师眼睛里闪烁着喜悦的光芒,学院里的学生都对这位满头白发的外国老船长充满着敬意。为了更及时地了解世界航海技术的更新,学院与英国南安普敦大学、美国德州农工大学等世界著名高校开展了实质性合作。与南安普敦大学开展了深入的师资双向交流和科研合作。学院还与西班牙加泰罗尼亚理工大学、香港科技大学、台湾辅仁大学、澳大利亚西悉尼大学等国外高校开展学生交流与交换合作,与英国爱丁堡龙比亚大学签订了联合培养攻读博士学位协议,联合培养博士研究生。聘请了爱尔兰籍船长 Frank 担任航海技术专业的全职教师,同时聘请了多名国外知名学者、教授来院开展学术交流,担任学院的包玉刚讲座教授和客座教授,并支持在岗教师出国访学、培训、进修。

重视创新　第二课堂硕果累累

不知不觉,航海模拟器已经开始慢慢靠近虚拟的上海码头,世博会的上海馆慢慢向后淡出了视线。张老师掌着船舵,把船稳稳地停靠在了码头边,动作一气呵成,十分娴熟。王老师在一旁小心地检测着仪器,仔细地擦拭着显示屏上的灰尘:"其实啊,这仪器就像人一样,保不定哪一天就会生病,我们学生不仅要学会诊断问题,还要学习解决问题,更要思考如何将它们优化改良。我们老师近几年带领学生参加了各类有关的竞赛,都取得了不错的好成绩。"航海技术专业重视培养学生自主学习和创新学习的能力,积极依托第一课堂,全面推进学生科研训练、创业实践、科技竞赛、人文素养提高和职业技能培训等第二课堂活动,不断提高创新创业训练水平,积极鼓励学生投身于创新创业活动,使学生学科竞赛、创新项目及成果水平上获得突破。

学生在 2011—2015 年共发表论文 34 篇,实用新型专利 20 项,全国和省"挑战杯"比赛获奖 9 项。仅 2015 年,学生获第四届全国海洋航行器设计与制作大赛特等奖 1 项、二等奖 2 项;全国"挑战杯"竞赛三等奖 1 项;浙江省"挑战杯"竞赛特等奖 1 项、一等奖 1 项;浙江省第七届职业生涯规划大赛一等奖 1 项;实用新型专利 7 项。在创业实践上也取得了长足的进步,2014 届学生赵连威(郑彭军等老师指导)的宁波镇海悠哉校园配送有限公司等 5 个项目被列为国家级大学生创新创业训练计划。《中国教育报》以题为《学生长本领企业得人才》的专题报道了本专业学生的创新创业工作,优秀成绩有目共睹。

在学生努力的同时,老师们也在为学院的荣誉添光增彩。近三年来,航海技术专业教师在教学和科研上取得了丰硕的成果。冯志敏老师的《依托地方特色学科提高研究生创新能力的探索与实践》获浙江省教学成果一等奖;郑彭军老师的《海上原油过驳智慧监管体系和信息化监管手段研究》获浙江省航海科技奖二等奖;王永江老师在第八届浙江省高校青年教师教学技能比赛中获一等奖;胡云平老师的《综合性大学航海类人才培养的探索与实践》获宁波大学教学成果一等奖;杨国华老师的《以国际船员标准和工程师素养双重规格培养航海类人才的本科教学创新与实践》获宁波大学教学成果二等奖。

术业专攻　为学生拓宽就业道路

在选择专业的时候,每个大学生关心的都有将来的就业前景这一方面,当然航海技术专业的学生也不例外。航海人才前程似锦,目前航海人才供不应求是中国航海事业的人才现状,在这样的大背景下,招生办主任大致地透露了目前航海技术专业毕业生的去向,大体上分为三种:其一,毕业之后考取船员证,成为海航的船员,从最基本的水手

↗ 张老师介绍教学器材

做起，一级一级地往上升。其二，进入轮船公司，主要从事轮船部件的设计改良，不用去海上吹风淋雨，主要依靠脑力活动。其三，通过正式的公务员考试，进入国家或者地方的政府机关工作。目前的专业就业情况就是这三种，大多数学生都选择了第二种就业途径。该专业很少出现学生毕业以后找不到对口工作的状况，就业对口率高达 90%。

目前，宁波大学航海技术专业实行校企合作政策，与企业成立联合实验室，建立技术合作关系。每年向香港泰昌祥轮船(香港)有限公司输送大量优质毕业生。在学校学习期间，专业实行了一套辅助学生就业的实习方案，首先会在大一时带领学生参观船厂，登上轮船进行参观和模拟操作，大二则安排海上认识实习，学生们跟随船员出海一周进行深入的学习，到了大三大四则会有 1～2 月的系统实习，帮助学生们更好地融入社会，依据企业的实际需求进行人才打造。

现任象山县海洋与渔业行政执法大队队员的李智广，就是上述就业模式中的典型成功案例。李智广是宁波大学海运学院航海技术专业 2013 届毕业生，毕业后，经过浙江省公务员考试，被象山县海洋与渔业行政执法大队录用。作为一名海运学院的毕业生，李智广感到骄傲而自豪。临近年底，正值渔民出海捕鱼的高峰期。见到李智广时，他刚跟随中国渔政 33028 船执行完一批渔船的登临检查工作。他告诉笔者："把好海上安全关，才能满仓打渔还，如果自己能够多排除一起灾情隐患，对于渔民们来说，就多了一份安全的保障。我们既要保护人民的安全，也要确保自身的安全。"在平时的课程中，老师们会带着大家学习如何在海上进行援助和保障自身安全，把每一次的训练都当成是真实情况来对待，这是李智广对自己的要求，也是老师们对航海技术专业的学生们的要求。凭着对工作的激情，对本职岗位的热爱和那种不怕困难、不怕挫折的勇气，李智广在单位崭露头角。2014 年、2015 年，李智广分别被评为优秀党员和先进工作者，并于 2015 年 3 月被上级任命为渔业执法课课长。2015 年 4 月，李智广代表单位接受了中央电视台的采访，向全国观众介绍了宁波市的海洋渔业执法情况。

积蓄师资　为专业发展提供强大动力

在近代和现代史中,中国航海科学技术落后于西方发达国家。新中国成立后,特别是改革开放以来,航海事业有了很大的发展。然而,在航海科学技术方面,则主要是学习、借鉴、引进、消化、吸收西方发达国家的航海科学技术成果,为我所用。但自我国实行改革开放政策以来,航海事业迅速发展,在各方面都取得了振奋人心、享誉全球的发展成就。同时,也产生了第一批将航海技术引进国内的先驱人才。这批人才如今依旧活跃在各大航海院校,为国家贡献着自己的力量。

王老师身为海运学院的副教授,年过半百,双鬓雪白,却依旧为海运学院挑着重担。"不是我一直赖着不下去,实在是后继鲜有人啊。"王老师脸上露出担忧的愁容,他的话语深深地触动着在座各位的心。与其他专业不同,航海技术专业的老师们不光需要教师证,还需要船员证。而一般来说,考到船员证需要10年以上的航龄,这就使得航海技术专业的老师很难招聘到。一名有资格证的船员,已经是十分稀有了,然而,有着学位的船员更是少见。学院里一群年过半百的老教授们,纵使身体日渐老去,却依旧甘为航海事业洒尽一腔热血。

虽然历年的教师新鲜血液不多,但是宁波大学航海技术专业依旧在坚持落实有效可行运行办法。一是通过校企合作,从轮船公司招聘适龄船员进行培训考取教师证。二是自给自足,通过学院自己的培养,发展定向学生。三是与国内外知名学校合作,引进优质师资。这些无疑都给宁波大学航海技术专业的发展提供了强大的师资储备,也为专业的创新发展奠定了基础。在走出实验室的时候,张老师语重心长地感叹道:"从来到这个学院开始,我们送走了一批又一批优秀的学子,我们是越来越老了,但是我相信年轻的一代必定是比我们更优秀的一代,必当有勇气接下我们肩上的重任。"

窗外,阳光正是它一天中最耀眼的时候,它们渗透到每一个角落,仿佛要消灭所有的黑暗死角。整个海运学院都沐浴在这盛大的阳光之中,象征着海洋的蓝色玻璃折射出五彩的光芒。我们坚信在不久的将来,航海技术这个专业一定会到达它最辉煌的顶峰,向世界交一份满意的答卷。

📖 专业评价

随着经济全球化和供应链一体化的发展,国际贸易量逐年增加,我国90%以上的国际贸易运输量是由海上运输完成的。港航业对于国民经济发展起到重要作用。宁波处于我国东南沿海和长江"T"型位置的交汇点,紧邻亚太国际主航道,对内通过陆路通道和长江连接中西部的广阔腹地,对外可通过海上通道实现国际互联互通,区位优势突出,在国家"一带一路"及"长江经济带"建设中承担着重要使命。宁波大学航海技术专业在"平台十模块"课程结构体系的基础上,巩固并完善以"宁波大学船员教育和培训质量体系"为主体的教学管理体系,形成了有港航特色的人才培养体系。

👤 专业名片

　　学院根据国际海事组织的《STCW78/95 公约》和《中华人民共和国船员教育和培训质量管理规则》，建立了"宁波大学船员教育和培训质量体系"，对整个教学过程进行管理和监督，确保学生的培养质量。2002 年，"宁波大学船员教育和培训质量体系"获得浙江省教学成果一等奖。学院依托综合性大学的外语、计算机等基础学科优势，加强基础教育，注重学生的人文素质教育和综合素质培养；坚持知识、能力、素质协调发展，构筑新的人才培养模式。学院围绕"船舶与海洋工程"和"交通运输工程"两个一级学科建设，突出海洋与港航特色，促进学科交叉和协调发展；以教学为中心，积极开展科学研究和社会服务，通过学科建设带动专业和团队建设，是我国航运业、物流业高层次人才的重要培养基地之一。

文/图：高　锐　王邱石

指导老师：刘建民

多年耕耘育葱茏

——记宁波大学数学与应用数学专业

🧑 专业名片

数学与应用数学专业是宁波大学的传统优势专业,创办于建校之初。其数学学科为"浙江省重点学科"和"宁波市重点学科",拥有优秀的科研团队和杰出的学术带头人,获得国家自然科学基金重点项目 2 项及多项青年项目,纵向科研经费 360 万元/年,近几年发表 Top 期刊论文近 20 篇,承办全国性学术会议 5 次。本科生发表 SCI 论文 11 篇,其中 SCI 二区 2 篇,一级核心论文 4 篇,主持浙江省大学生科技创新活动计划暨新苗人才计划项目 3 项,宁波大学 SRIP 项目 36 项。该专业紧扣长三角地区和海洋经济的发展,同时结合国际合作化办学理念,培养既可以从事科学研究和服务地区经济建设,又具有国际视野的创新型人才。2016 年 12 月,本专业被评为浙江省普通高校"十三五"优势建设专业。在这繁盛葱茏之后,是无数师生的辛勤耕耘。

升级版导师制,助力学生个性发展

2015 级入学的宁波大学应用数学系大二学生们最近心里都充满着别样的激动和紧张。原来,大二的学生们正按数学系常年来的惯例,向自己喜欢的教授递交了"导师申请书",现在正紧张兴奋地等待着教授的回复。

"蛮紧张的,我选的教授非常热门,光我知道的就有十来个同学也选了他作为导师,竞争非常激烈,所以现在心里也没底。"一位女生告诉我们采访小组。

这究竟是怎么回事呢?怀着好奇,采访小组叩开了李本玲副院长办公室的大门。

"升级版导师制是 2010 年起我们数学系开始实施的新型师生模式,"李老师介绍道,"设立的最初目的是为了增进大学校园里的师生互动,加强师生关系,现在经过七年的发展,这个制度在宁波大学数学系有了一定的发展基础了。"

"每年大二大三学生都会向自己喜欢的教授递交申请,教授也会从中选择自己满意的学生,这是一个双向选择的过程,到最后会使每一个学生都有自己对应的导师,给自己在校的学习生活以帮助指点。"李老师脸上露出了笑容,她显然对导师制的成果很满意,"导师们不仅定期与学生交流沟通、关心学业情况、指导职业规划、走访寝室以及参与学生活动,而且导师们会根据学生的数学基础和应用能力,量身打造适应学生特点的学习方案,定期进行专业性和应用性研讨。"

"升级版导师制"使学生在高质量论文发表、学科竞赛、出国率等方面获得丰富且具有突破性进展。

2008 级学生章宏睿就是"导师制"雏形的成功范例,大二大三时,为了参加全国大学生数学竞赛,系里专门安排资深的数学教授俞国华老师,结合他自身特点予以单独辅导,并且还专门腾出一个办公室,为他提供更好的学习环境。章同学也不负众望,取得了当年全国大学生数学竞赛一等奖的骄人成绩,获得了保送北大数学系研究生的资格。

↗ 章宏睿

不仅是过去,在今天,导师制在宁波大学数学系也起到了关键性的作用。每天上午,数学系办公室的圆桌边上都坐满了建模小组的成员,他们每天自发地来到这里,参与建模小组的讨论,同学之间交换自己的思路创意,向老师咨询遇到的问题,得到指导。他们成为数学系广为人知的"圆桌骑士",每天的小组会议也被戏称为"圆桌会议"。

接轨国际育人才,融汇中外为栋梁

即使同属于数学系,这仍是一个与众不同的班级,站在教室外,你就会有这种深切的感受。隔着一道门,你会听到里面的教授正说着长长一串夹杂着许多专业性词汇的英文,不时传来一阵键盘的敲击声,偶尔是学生流利的英文回答。事实上,这是宁波大学数学与应用数学系中美精算科学与风险管理班的课堂。

精算班在数学系的历史并不长远,2012 年才刚刚出现,但它的形成有着一定的社会背景,当前随着市场经济的发展,国内精算人才日益稀缺,现下国内外银行、保险、证券、信托等金融领域,外贸、物流、商贸等企业单位,以及地方政府部门和科研机构所需的创新型、应用型、交叉型金融人才缺口大,宁波大学数学系根据当下实际,与美国中田纳西州立大学合作,制定培养适合国内乃至国际金融行业所需人才的培养目标和培养计划。

在专业形成之初,不可避免地会遇到许多艰难险阻。美国和中国无论是社会结构、政治制度抑或是学习方式等都有着很大的差异,所以当年在课程设置上,数学系的老师就头疼了很久,中国的大学注重思想理论教育,像思想道德教育等这类课占有不少学时,而美国以专业课偏多,并没有理论课。老师们两相权衡,最终采取了略微增加课程任务的方法,来协调中西方课程的差异。

精算班的学生在宁波大学读两到三年后,会前往美国中田纳西州立大学读一年,而语言就成了大问题。为了提高学生们的英语水平,在课堂上,教授们都采用中英双语教学的模式,帮助学生早日适应全英文的环境,更好地在国外生活。

因材施教助学业,师生融洽促发展

针对不同学生的不同状况,宁波大学数学与应用数学专业的老师们从不懈怠,争取让每个学生都能得到更好的发展。他们将学生大致分为两类:本身对数学有兴趣的和兴趣不大(比如被调剂的)。对于第一类学生,由于他们本身就有一定的基础,再加上学习数学的兴趣和热情,老师们只要再加以引导和指点,他们就会实现很大的突破。另外,学校也会为他们搭建更好的平台,比如,不定时会有各种讲座,使他们开拓视野、增长知识,为他们营造一个良好的学习氛围。对于第二类学生,他们往往是不太擅长数学或学习数学的积极性不高(当然,调剂这一情况 2017 年高考改革之后就不存在了)。学校安排有专业导论课学习,帮助他们了解和适应这个专业,从而对自身能有更清楚的定位。另外,还开设各类数学选修课,培养他们对于数学的兴趣。当然,对于实在不适合学习数学专业的学生,学校允许他们转专业,不耽误任何一个学生的发展。

师生关系是宁波大学数学与应用数学专业一道亮丽的风景线。谁说大学老师和学生的关系很疏远? 在该专业,学校会定期召开师生趣味运动会,在丰富校园生活的同时,提供给师生更多的共处时间,从而培养师生亲密关系。期中期末还会有师生座谈会,老师们会尽力了解学生在学习与生活中的各种困难并悉心帮助解决。另外,对于想要考研的学生,老师们会做很多工作提高学生被录取到心仪学校专业的可能性,比如,他们会下很大工夫在研究生录取中的"调剂"问题上。"没有什么很感人的事情,但这都是我们实实在在的付出。"李本伶教授如是说。

学风浓厚助成才,师恩难忘自传承

李逸老师是浙江宁波鄞县人,2000—2004 年在宁波大学数学系求学。回想起当年青涩时光,老师感慨万千。当时所报的第一、第二志愿都以几分之差未能如愿,阴差阳错地被调剂到了数学专业,但他并不灰心丧气,凭着对数学的浓厚兴趣,潜心学业钻研,一切顺其自然,水到渠成。在这将近 20 年时间里,李老师完成了从宁波大学本科生到浙大数学系硕士至哈佛大学数学系博士的转型。如今的他，是上海交大数学系的特别研究员。面对诸多耀眼成绩，李老师表现得十分谦虚："我不是什么学霸，在宁波大学比我努力的大有人在。"

↗ 李逸从哈佛大学毕业

在李老师的记忆中，那时的日子没有让人沉迷的游戏，没有鱼龙混杂的社交软件，学生组织社团也并不兴盛，就连如今家喻户晓的谷歌搜索引擎也是第一次得知。在这样清幽的岁月里，将时间留给学习，去揭开几何殿堂神秘的面纱，于代数迭代中窥得人生哲学。在数学与应用数学专业良好的学习氛围中，李老师遇到了与他一样热爱数学的朋友，"那时大家学习都挺努力，晚上 11 点熄灯后，我们寝室 6 个人搬着板凳跑到厕所里看看书，做做题。"在幽暗的灯光下，手持一本《吉米多维奇习题集》，笔尖刷刷地流泻出行行数字，思路在反复演算中豁然开朗。学习空余和朋友打打篮球，这样的时光里缺少了手机、电脑的出席，却趣味无穷。"我记得当时图书馆的二楼，有三分之一的同学是我们班的。"讲到这，李老师抑制不住的自豪感洋溢在脸上，正是数学与应用数学专业浓厚的学习氛围和严谨的治学态度，为同学们学习搭建平台，培养出了一代代优秀的数学研究性人才。

除了志同道合的学习伙伴，恩师的帮助也不容小觑。"毕业这么多年了，只要我回宁波，就会抽空去母校看看老师。当时我的数分老师是周颂平老师，高代老师是张荣娥老师，还有别的科目的老师，每一位我都很喜欢。"李老师觉得自己的成功与老师们的引导密不可分，在他们的带领下进入了数学更广阔的领域，微分几何、数论、数分、几何分析这些以前从未听说过的名词，在老师的讲授下变得生动有趣起来，"当时我们班的数分作业还是我批的呢！"李老师笑着谈道。把修改作业的任务交予学生，学生在享受这份赏识的同时，也无形中提高了自我要求。学生们在与他人作业的比较中，弥补自己的不足。老师用这种方式激发学生学习的积极性，让枯燥的数字演绎得妙趣横生。在之后的研究生、博士生涯中，李老师更是遇到了对自己帮助巨大的导师，一如浙大的刘克峰教授，哈佛大学的丘成桐教授。在丘成桐教授的指导下，李老师解决了著名的 Hopf 猜想。

成为了上海交大数学系研究员的李逸教授，也延续了导师们的品质，给予学生谆谆教诲与深切关怀。在上交大，李老师被称作"灵魂画师"，他在抽象的数学建模上简单勾

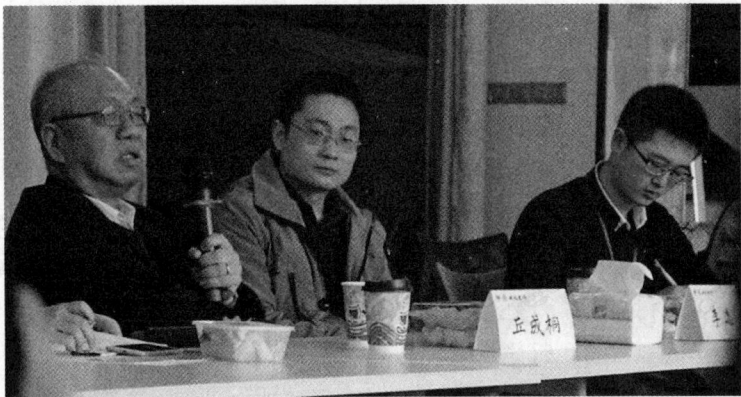
↗ 李逸教授和导师丘成桐教授

勒几笔,挥就一幅图画,让牛郎织女、黑洞等跃然于白板之上,幽默风趣的上课风格收获一致好评。李老师也很注重教学方式,他认为数学中的每一个科目都有锁链般联系,知识间相互渗透,因此每一门课都要尽力学好。"2015—2016年我的第一届学生是安泰经济与管理学院的学生,他们可能觉得经济是偏文科的东西,对数学学习不上心,我就会告诉他们,学不好数分就会导致概率与统计也学不好,之后微观经济、宏观经济、金融市场分析起来就会很吃力,所以既然学了,就要把它学好。"在李老师的眼里数学的魅力远不止这些,它与我们的生活息息相关。也许很多学生在面对各种定理时会发问,我们学这些有什么用,只是为了解题吗?李老师一语道破,"生活处处蕴含数学原理,像GPS定位里就运用了数学模型,炒股票用到了概率论,时下火热的大数据也隐含了各种数学原理,只是你现在没接触到,所以会觉得没什么用,建议同学们多读读书,听听报告,补充知识面,会有很大收益!"

一谈起数学魅力,李老师滔滔不绝。数学中的人生哲理也别有一番风味。李老师说,人生就像三角函数,有波峰也有波谷。人的一生,经历过波澜壮阔后归于平静,在平淡中寻得真意。正如三角函数,波峰的数值与波谷的相加,恰好等于零。所以当我们处于低谷时,别灰心,那些沟沟坎坎并没有太多恶意,也许下个路口,峰回路转,阳光明媚。

在对于学弟学妹的职业生涯规划上,李老师建议大家要结合个人兴趣,不是学数学就非得搞研究,考研也好,创业也好,但不论选择如何,一定得早日规划,树立清晰的目标。遇到问题主动找老师,结合自己在哈佛的求学经历,李老师发现国外的学生学习更刻苦,主动性很强,爱在课堂上提问,与老师随时随地聊,而国内的学生与老师课堂互动性略差,因此老师鼓励同学多与老师交流,不要有什么顾虑。如果对自己规划中有什么不懂的,欢迎同学主动找老师聊天。至于未来人生,老师提议最好走点歪路,跌倒过再爬起来,以后的路才会越走越顺!回首在母校的点滴生活,李老师语重心长地说:"哈佛有句校训,大意是说要成为对国家社会有贡献的人。如果母校需要我,我一定愿意为母校出力,培养人才!"

一个人的成长深受环境影响,宁波大学数字专业浓厚的研究氛围为李逸教授的发展成功奠定了基础。

数学建模拓思路，交流互动添真情

王立洪老师对数学的兴趣是从小便有的，他对数学的热爱执着至今，毕业后在众多就职条件优异的工作面前依然选择在母校的数学系专业从教。问及为何留校，王老师表示当老师是他从小的愿望，他在宁波大学学习后发现数学专业具有优良的团队，该专业也有着很好的发展空间，所以他选择留校从教。数学专业在很多人看来是很模糊的一门学科，许多人将它定义为复杂专一的学科，但王老师不这么认为，他非常看好数学学科，他说数学的学习很多时候是需要做科学研究的。"科研这个东西，是一个消耗量非常大的工程，做科研就好比跑步，锻炼的话，只要持之以恒就能到达终点，科研的话，必须得一下子跑完 3 万米的量，更要求学生尽快进入科研的状态，因为这一过程思维一旦被打断，就需要重新进入状态。科研要求学生不仅具备数学方面的知识，也需要其它的知识，像一些数学科研问题就很接地气，什么嘀嘀打车啦，海洋浮标问题啦，涉及的就是生活问题，所以说数学没那么可怕。"他鼓励同学们潜心研究数学问题，持之以恒终能攀越数学的高山。

↗ 王立洪

王立洪老师是数学建模比赛的指导老师，与他的交流中不难看出他对数学建模特别的情感。他说学习数学建模是个非常痛苦的过程，但他同时也说了学习数学建模的好处。"1＋1＝2，这大家都知道，如果不学习乘法，那就会永远停留在简单的加法，停留在低层次，上不了高平台。数学建模就考验同学们破解问题的能力，就是一个高平台，其中涉及的知识面也非常广，需要的是智慧的凝集。"王老师带出过许多得过国奖的队伍，当问及队伍里是否都是数学系的学生时，王老师说大部分都不是数学系的，"大学生对数学建模都挺有兴趣的，来报名参加的很多，像机械专业、海洋专业。其实只要有兴趣,我们做老师培养起来也会方便很多。"王老师与我们讲述了前几年带队参加全国建模比赛的经历。"那一次是参加一个比赛,以夏令营的形式。前期争取名额就十分不易。因为这个比赛是面向全国高校本科、研究生、博士生报名的,但每个省只能出现一个队伍,这就意味着我们要和省内的大学先进行 PK。好不容易杀出重围,全国比赛更是激烈,我记得当时学生上去讲论文,台下老师都不做评价的,因为现场都是做过数学建模题的学生,他们早就把问题的难点重点都思考过了,所以台上的同学说法一有漏洞,台下马上就是一片举手质疑。这就考验了同学们的意志和水平。"抬头仰望数学建模比赛,越望越觉得高,着手努力钻研,越钻研越觉得不可穷尽,这也正是数学建模比赛的魅力所在。

采访王立洪老师时,他总是笑眯眯的,问及一些问题时,他也会轻松自然地举几个表现优异的同学的名字,那些名字就像是朋友一般被提及。"数学建模比赛的同学都爱往我这跑,一有空就来。"王老师的办公室里总会有同学在,对着笔记本或是书籍,研究数学建模问题,一有疑问便与老师交流商讨。王老师和同学们的关系非常好,采访时有几位同学就在现场,老师与同学间的交流没有高低之分,思想碰撞出智慧的火花,师生情也在火花中萌发坚固。王老师说他前几年当班导师时,经常与同学们一起策划活动。谈到美好的回忆,王老师不禁滔滔不绝起来。"记得 2005 年中秋节的时候,我们班就组织了一场中秋晚会,邀请同学们上台来展示才艺,中秋节好多同学不能回家,班级就算是个小家了。不止是中秋节,像是一些有特殊意义的节日,基本上我都会组织学生搞一些小活动,像包饺子啊什么的,大家聚在一起彼此之间感情也能培养起来。还有 2010 年的时候,我们全班集体春游,去的是东钱湖,玩真人 CS,我喜欢和学生一起玩,我与同学们的感情也是在活动中培养起来的。到现在我很多以前毕业的班长都会回来看我。"作为一名老师,能得到同学们的尊重和喜爱,无疑是幸福的事,王老师就是这样一位幸福的老师。与同学们玩在一起,成为学生心中有趣的老师,是他不变的初衷。

沉舟侧畔,终过千帆。王立洪始终带着对数学的初恋之情,秉持本心,潜下心来做大学问,用师长的关怀之情教书育人。王立洪老师格物致知、温和谦逊的态度和性格也将影响数学系的学子们。路漫漫其修远兮,数学院必将上下而求索。

物尽其用设备精,群英荟萃科研强

看到这个数学实验室了吗? 别看它小,却是宁波大学斥资 100 万元建造的,用于数学建模、精算以及数学师范教学等,并安装了 maple 系列软件,可供师生充分地完成课堂教学。

"对于这个实验室,我们专业可谓是物尽其用了。"李本伶副院长这样告诉我们。利用该实验室,学校开设了开放性实验课程,还实行了一对五的小班化教学,让师生能在课堂上进行充分的交流,从而提升教学质量。

2004 年 11 月 30 日,宁波大学的"非线性科学研究中心"在理学院报告厅正式诞生。该中心依托于"应用非线性科学与技术"浙江省高校重中之重学科、宁波市非线性科学

↗ 数学实验室

创新团队进行建设，积极开展学术交流与合作研究。其研究团队包括屈长征教授、贺劲松教授、李传忠副教授、李茂华副教授等卓越人才。中心成立以来取得了非线性系统对称性及其相关研究、非线性现象的分离变量法研究、非线性分离变量法及其应用研究等多个研究成果，并获得了 2007 年度高等学校科学技术奖自然科学奖、2008 年度浙江省科学技术奖、2007 年度宁波市科学技术进步奖等多个市级以上荣誉。

兢兢业业研究，勤勤恳恳教学

屈长征教授是宁波大学理学院数学系教授，也是非线性科学研究中心的主任，数学与应用数学专业的负责人。虽然很遗憾，我们去采访时屈教授刚好临时出差了，但他的秘书全晶晶老师仍热情地接待了我们。

"屈教授是一个充满正能量的人。"提起屈教授，全秘书这样说道。他总是严格要求自己，尽心尽力地投入到科研和教学中去。在中心，每天屈教授总是最后一个离开，甚至连周末时光，他也大都是在办公室里与他的数学研究一起度过的。"坚韧不拔地学习研究"是他对自己的要求，也是他最真实的写照。

赵露毕业于河南农业大学，现是宁波大学研二的学生。提起当初考研的情况时，她说："我是慕名而来的，我大学的导师就是屈教授的学生，他说既然考研就要选择一个好的导师，因此当初考研时我就冲着屈教授去了，也非常高兴能成为教授的学生。"虽然已经研二了，但赵露还是跟着研一的学生又听了一遍屈教授的课，她说，"屈教授上的课是不一样的，每次听课都会有不同的收获。"即使已经身为教授，即使在现代化信息技术如此发达的今天，屈教授仍坚持以传统板书的形式给学生们上课，他将研究生当成本科生一样地教导，当成孩子一样地照顾。一起过生日、下雨天送伞、反反复复唠叨那些大道理，这都是他对学生满满的关心和爱。

↗ 屈长征教授

怀揣梦想求进步，脚踏实地稳前行

宁波大学的数学专业从来不乏优秀的学生。他们有各自的规划,踏踏实实学习、认认真真生活。

长相不算出众,却干净清爽、落落大方。言谈举止从容不迫,每问及之处颇有见解……这是数学与应用数学专业(师范方向)大二的杨嘉欣同学留给我们的印象。数学是理性的世界,给人的感觉就是男生的天下,而眼前这位柔弱的女生却在这个专业游刃有余,真是巾帼不让须眉啊。杨同学不光学习成绩好,还是班长,班主任对她的评价很高,称其在管理班级事物上从来不需要他费心。

问及选择数学专业的初衷,杨同学毫不掩饰对于数学的兴趣,并表示选择师范方向将来可以有稳定的工作。当然,真正开始大学学习时她也发现专业与自己想象中的差别,知识变得更加抽象,很多都是理论的推理证明。学霸也并非天生的智商高,也是靠后天的努力一步步变优秀的。学习过程中杨同学发现最难的是数分。"数分老师教完一本书后感觉自己还是云里雾里的。然后,慢慢地去看书,整本书大概看了两到三遍,每看一次就觉得自己懂得更透彻,每看一次就有新的领悟。平时也会问数分学得很好的学长啊,学长特别好,经常会给我理数分的思路,教我怎么把握证明题的整体思路。"

虽然数学专业听起来是那种每天刷题做推理证明泡实验室的,但学校会组建许多社团组织、举办相关活动来丰富学生们的校园生活。比如与数学建模相关的社团就十分热门,"百团大战时我想加,结果人已经招满了。"杨同学至今仍略有遗憾。另外,理学院的数理文化节也颇受学生们的青睐。

为满足学生的知识需求,学校图书馆提供了非常好的资源,与数学相关的藏书也十

↗ 杨嘉欣

分丰富。"每次开学时我都会去借阅一些与课程相关书籍作为辅助材料,对课程内容进行补充。"

谈及未来规划,杨同学认为由于自己是师范方向的,有选择的余地,可以毕业之后直接当老师,也可以考研转方向。"我打算明年三四月份考完教师资格证之后再去考编,如果考编考上了,我就不去考研了。"杨同学如是说。

新东方掌门人俞敏洪说:"目标和梦想是成长的核心成分。勤奋学习和努力工作是成长的必经之路。征服的勇气和愉悦的心情是成长的营养剂。不断地阅读和独立思考是成长的加速器。"心中有遥远的梦想,脚跟有贴近的驱动力,宁波大学数学与应用数学专业的学子们必会在人生之路上越走越远。

专业评价

数学与应用数学专业是宁波大学的传统优势专业,师资力量雄厚,办学经验丰富,科研能力卓越。专业紧扣长三角地区和海洋经济的发展,同时结合国际合作化办学理念,不断加强专业建设,根据学生特点设立基地班、中美精算科学与风险管理、师范三个专业方向,实行导师制等优秀培养模式,师生相处融洽,学术氛围浓厚,为社会培养了一大批既可以从事科学研究和服务地区经济建设,又具有国际视野的创新型人才。近年来,该专业无论是在科研成果方面,还是在师资培训和学生培养方面都取得了不凡的成就。我们有理由相信,未来的数学与应用数学专业会越办越好,如阳春里的绿树,抽芽,生长,枝繁叶茂。

文/图:陈佳琳　童威楠　林晓蝶　王之璇　余杜颖

指导老师:刘建民

六十年风雨铸就栋梁

——记宁波大学汉语言文学专业

宁波大学人文与传媒学院汉语言文学专业创建于 1956 年,汉语言文学专业是学校创办最早、办学时间最长的一个专业。其前身为宁波师范学院中文专业,后归并入宁波大学文学院,已有 60 年办学历史。这个专业致力于培养人文底蕴丰厚、理论基础坚实、实践能力突出、创新意识前瞻的高素质、应用型本科人才。先后被评为 2005 年校重点专业,2007 年宁波市重点专业。

"在古典中探究文化,从语言中寻求魅力。"这是汉语言文学专业最好的解释。宁波大学汉语言文学专业的前身为宁波师范学院中文专业,经历了两个文化底蕴深厚的学校,汉语言文学专业也独具自己的深厚积淀。作为浙江省重点学科,一级学科硕士点授予权,汉语言文学专业致力于培养人文底蕴丰厚、理论基础坚实、实践能力突出、创新意识前瞻的高素质、应用型本科人才。这样一个历史悠久又备受重视的专业,更需为人所识。

古典专业,魅力无限;学做结合,平台任选

汉语言文学专业作为一个传统专业,培养具有汉语言文学基本理论、基础知识和基本技能,能在新闻文艺出版部门、科研机构和机关企事业单位从事文学评论、汉语言文学教学与研究工作,以及文化、宣传方面的实际工作的汉语言文学专门人才。宁波大学的汉语言文学专业更是一个具有深厚历史积淀的专业,它初创于 1956 年,其前身为宁波师范学院中文专业,后归并入宁波大学文学院,现依托宁波大学中国语言文学学科,具有强大的学科背景。宁波大学中文学科在全国中文学科的排名中连续提升,且幅度较大。2016 年中国语言文学全国排名第 106 位,四星专业,在全国共 537 个中文专业中的排位比为 19.74%,这与中国语言文学学科力量的支持密不可分。

从 1956 年到 2017 年,60 余年来,它就像一个睿智的学者静静思考着,它沉淀也创新,它思考也改变。它与时俱进,新一代老师开创出新的一代教学方式,他们与国际接轨,尝试着在悠久的传统专业上架起与国际接轨的桥梁,他们开创国际汉语言教育,试图培养一批传播中国文化的使者;他们延续传统,继承先人理念,努力拓展汉语言教育,

试图培养新一代江南学者;他们与其他专业相交融,取其精华,在汉语言文学中新加影视写作,开发学生兴趣,试图培养引领下一代文化观的作家……他们以平台加模块的新兴理念指导着新一代青年。他们以"把成才权交给学生"为教学理念,因材施教,并且把课堂实践时间大大提高,培养新一代大学生的实干能力,提高学生毕业后的竞争能力,这也是任茹文教授对汉语言文学专业的一些教学理念。本专业学生的实践实习环节依托于多样化实训基地资源,通过与宁波日报报业集团、《文学港》杂志社、宁波人民广播电台、效实中学等30多个校外实践基地合作,安排学生根据专业需要和就业趋向参与社会实践,给学生接近社会机会。宁波大学汉语言专业还与浙江省作协有着合作,给学生接近文学的平台。

作为一个传统学科,它保持着优秀的传统文化,却有着新兴的教育设施,它与时俱进,拥有宁波市资助建设的人文传媒实验室、网络实验室、实训实验室等,实验室拥有IBM专用服务器5台,学生用联想启天计算机近300台,多媒体投影仪5台,交换机及集线器30余个,购置、开发了SPSS、马克威等经济分析实验软件,另配有模拟操作软件,可满足本专业实训课程需要,同时也保障了培养方案中汉语国际教育等新模块设置的教学需要。

宁波大学的汉语言专业培养具有文艺理论素养和系统的汉语言文学知识,在新闻文艺出版部门、高校、科研机构和机关企事业单位从事文学评论、汉语言文学教学与研究工作,以及文化、宣传方面的实际工作的汉语言文学高级专门人才。汉语言文学专业毕业生除了可在新闻文艺出版部门、高校、科研机构和机关企事业单位工作外,还可以考取教师资格证成为教师。其就业出路广泛,其毕业生以其深厚的文学素养,在学校、报社、企业等多类职业岗位上占有一席之地。

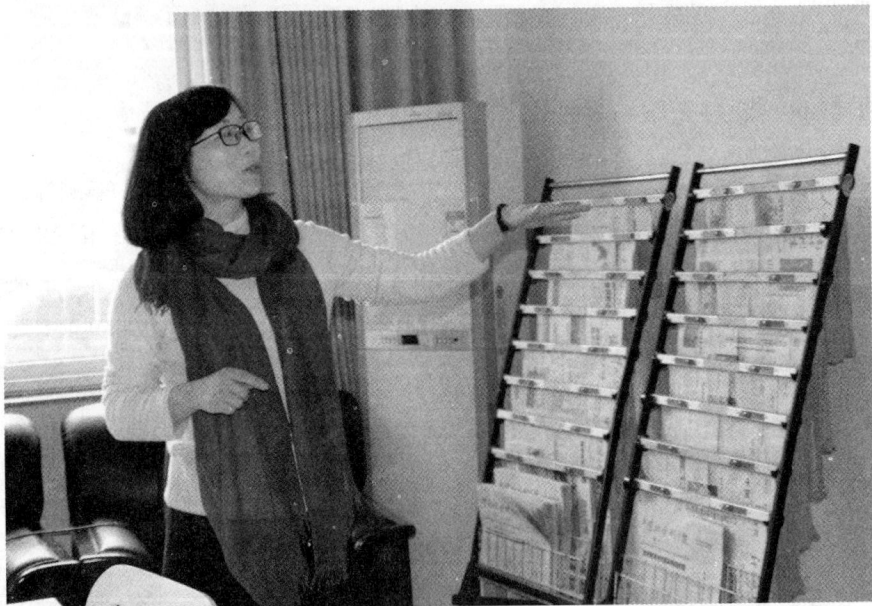

↗ 宁波大学汉语言文学专业老师介绍收藏的报纸资料

专业学子,风采飞扬;吸引外院,竞相加入

"随风逐梦、季末春深",如此诗意的笔名来自宁波大学汉语言文学专业的优秀学生安永亚。他爱好文学,时常"混迹"于各个文学网站,著有文章散见《参花》《哲思 2.0》《山东大学报》《大河报》《德育报》《周口晚报》《全国优秀作文选》等,现为郸城县作协会员。

在安永亚看来,宁波大学汉语言文学专业的学习令他受益匪浅。"汉语言文学是分文学和汉语言两个部分的。文学部分主要是学习文学史和文学理论,还有就是对文学作品的鉴赏,而汉语言部分就主要是调查方言使用情况,了解方言特色与方言意思等等。相对来说,后者更具有实践性,"安永亚对汉语言文学专业是这样评价的,"我个人觉得这个专业挺好的,虽然在全国可能很多人都不大重视这个专业。汉语言文学,是语言学和文学的综合。我是比较偏重文学方面的,我觉得文学应该是一棵常青树,一个永远不会过时的话题。在这个专业,可以了解中国的文学史,学习很多优秀作家的作品,最重要的是可以遇到很多兴趣相投的同学和老师。而且现在关于文学整个国家都是很重视的,就个人而言,腹有诗书气自华,文学对个人的影响力是无可估量的。"

安永亚是在大二第二学期转到汉语言文学专业的,很多人可能会觉得太晚,对于这个问题,他的回答令人印象深刻,"大三都可以! 只要你敢。"的确,时间对有理想的人来说从来都不会是一个问题。只要心中有一个确定的目标,你便会愿意为它付出加倍的努力并且不论多艰辛都乐在其中。

↗ 老师与同学融洽地交谈着

说到转专业的经历，安永亚滔滔不绝地讲述了起来。"我们都知道，对于自己感兴趣的一件事，做起来就会事半功倍，对于自己不感兴趣的事，总是感到各种困难。我在原来的专业就是这样，因为不感兴趣，所以学起来特别痛苦，转到汉语言文学也是因为兴趣爱好使然吧。通向山顶的路或许有很多条，选择适合自己的路才是最重要的。"安学长转专业选择汉语言文学，除了兴趣使然，还因为被宁波大学文学院的嚶鸣文学评论社吸引。"在这个社团感觉挺好的，我们每个月都会有一次沙龙，聊聊一起看过的书和电影，平时也促使自己更细致地去读书，去思考，在交流中学到的东西远比闭门造车要多得多。有时候可能会和其他事情有冲突吧，一般我们是比较自由的，甚至说随性，不会过多占用大家的时间。参加社团并不一定要搞多少活动，关键是找到真正志同道合的人。所以我们社团平时只是一起陪伴着，读书，写字，就足够了。"

作为一个转专业的学生，安永亚对这个专业的学习氛围感触应该更深一些。"我觉得这是一个双向的问题。因为是转专业，所以还要同时修大一的课程，作业会比较多一点。在班上，觉得有些同学很厉害，就会想，自己也要多努力了。同样的，如果自己足够优秀，也是可以带动其他人的。我大概带动了几个同学对报纸杂志投稿吧，哈哈。"兴趣是最好的老师，而热情和坚持则是创造成果的必需。鲁迅先生曾经说："弄文学的人，只要一坚韧，二认真，三韧长，就可以了。"承载着这种精神抑或是情怀的文学专业，怀揣着毅力和渴望的学生，才能令思想迸出激情的火花。

桃李芳菲，人才辈出；感恩母校，辛勤栽培

宁波大学中文系的优秀毕业生叶赵明坐在宁波广播电台的办公室里笑谈着当年在宁波大学汉语言文学专业就读的酸甜苦辣。"我觉得宁波大学中文系是一个很有涵养的地方，特别是对于文科生来说，中文系还是一个让人向往的地方。"叶赵明像一个对文学充满热情的学生讲述着自己眼中的中文系。

汉语言文学专业也不像想象中那么枯燥，也有许多有趣的课程与风趣的老师，"要说大学里最吸引我最有趣的课的话，还是那一门诗词格律了。我还记得那门课是李亮伟老师教的，他对诗词总有一些自己独到的见解，让学生听了后有一种恍然大悟的感觉。所以一般我们课后会到图书馆把课上讲到的书籍找来细细品味。"叶赵明还提到，在大学里那些注重传道授业的教授往往更加让学生们喜欢。李亮伟老师就是这样的一位教授，他将他的大部分精力都放在教学上，学生们对他也十分爱戴。"还有一门比较喜欢的课就是任茹文老师教的现代文学了，听说任老师现在是宁波大学中文系的系主任了，那时候任老师也是大学刚毕业不久，但她对现代文学有着不同的理解角度，同时对现代文学的解读比较透彻。还有一点就是相比其他的教授，她的表达能力也是十分出色的，她对我们帮助更大的方面还是带动了我们的兴趣，让我们对现代文学有一种不一样的认识。"

叶赵明还提到，在大学时汉语言文学专业的学习氛围是很好的。"当时在汉语言文学专业的竞争压力还是很大的，特别是男生，在中文系可能会有些弱势，所以大家在学

习上都很努力。和他同寝室的人有好几个在学本专业课程的同时还会自学法学等专业的课程,最后毕业的时候还拿到了双学位。""其实在大学里对你影响最大的不是班级,而是寝室,一个寝室要堕落一起堕落,要奋进一个比一个勤奋。"

谈到这学长又想到了他考研时的那段艰苦岁月,"那段时间早上6点多起床去晨跑,吃过早饭后就蹲在图书馆,一直学习到晚上差不多八九点钟。回到住的公寓后,还要看看英语和一些专业课,差不多要弄到快11点。每天都这样,一直坚持到考试。"

可能很多人都很好奇怎样才能做到这样下定决心,他说:"我之前在一本书上看到这样一句话:不害怕,不后悔。那段时光就是抱着这样一种信念,我现在都有点怀疑自己是怎么做到那种心无旁骛的状态的。就是想着逼自己一把,看看自己到底有多大的潜力,也是给自己的一个挑战吧。当时中文系的学习氛围和老师的帮助在那段时间确实是给了我许多益处的。"

面临挑战,与时俱进;传承文化,未来可期

俄国著名哲学家车尔尼雪夫斯基曾说:"文学是人类生活的教科书。"文学充满着血和肉,值得深入地探索和品味。汉语言文学承载着中华几千年的历史,蕴藏着无数静待发掘研究的精华。汉语言文学作为传统的文学课程,具有悠久的办学历史,该专业培养具有汉语言文学基本理论、基础知识和基本技能,教育意义深刻,应用范围广泛,曾一度受到高校毕业生的关注。然而随着社会发展,各种实用操作性的专业纷纷涌现,传统的汉语言文学专业越来越多地受到来自各方面的怀疑和压力。就此问题,我们采访到了宁波大学汉语言文学专业薛显超老师。"汉语言文学传统的教学方法确实面临挑战,以往教学满堂灌、一言堂的方式落后了,新的媒体,手机、网络等对传统课堂的冲击力不小。"薛老师说。困难固然存在,面对种种困境,宁波大学就实际问题找寻着解决方法。我们了解到,宁波大学时刻关注着专业的发展趋势,深化着教学改革。课堂教学过程中,注意改变以往的教学模式,突出学生的主体地位,引导学生自主探究和思考。探究式课程、翻转课堂、混合式教学等被在教学中大量采用。在学校大方针的指导下,探索出了"方向+模块"的人才培养模式,即在保持传统文史学科优势的前提下,增加相关模块课程,加大专业的应用性,注重学生创新能力的培养。

在当今的时代环境下,就业压力变大,社会对人才提出了更高的要求,就业问题一直是学生、家长考虑的一个重要问题。"现在学生们的就业压力增加,过分功利倾向,更加专注于考级考证、担任学生干部等,对于学生专业的选择和投入也产生了不小的影响。"薛老师说,"面对社会竞争,我们也在采取相应的措施。所有老师都会关心同学们的就业情况。除了学工办的老师以外,班主任老师,或者本科生导师,大家都尽力在帮同学们留意工作信息,指导择业及面试的简单培训等。"薛老师还补充说:"其实我们也不必过分紧张和担忧,汉语言文学专业毕业生的就业率并不低,因为有很多方面的工作可供选择。但真正了解这一点的人并不多。而且现在同学们更加具有紧迫感,学习的动力也随之加强,这也很让我们欣慰。"

↗宁波大学汉语言文学专业薛老师分析汉语言文学现状

社会竞争的加剧是社会现状,急功近利不是解决问题的最佳方法,找准正确方向才能更好地顺应时代潮流。"我们认为将来人文素质必将成为核心竞争力,趁着传统文化复兴的东风,在大潮中定位自己的位置才能更好地实现自我。"薛老师说。汉语言文学作为提升人文素质的重要学科,更应该受到重视。同时我们也了解到,宁波大学课程体系中包含宁波文化相关的内容,以此来结合地方特色,传承地方文化。这种结合实际、回归本真的研究方式也是复兴文化道路上的重要一步。

在生活节奏飞快的今日,浮躁之气盛行,我们所缺的正是一种平心静气研究问题的态度以及对文化的真正传承和发扬。汉语言文学以其最传统最朴实的姿态,描绘了世间的千姿百态。宁波大学对汉语言文化的重视,让我们看到了文化复兴的希望。传承文化,未来可期。

专业评价

汉语言的魅力不是三言两语就能言尽的,而汉语言的学习也不是三年五载就可以结束的。我们所在的是一个拥有五千年历史的国度,我们的先辈留给我们的语言财富"取之无尽,用之不竭,是造物者之无尽藏也,而吾与子之所共适"。同学们不断地学习,积极地探究,终会成为宁波大学所需要的综合型、创新型、应用型的专业人才。越是投入于汉语言文学的研究,越是能体会到古人留给我们的财富何其宝贵。江山易存,钱财易失,唯有文化与知识是难以被磨灭的。宁波大学中文系是个很有涵养的地方,它让人向往。

文/图:陈心琪 祝浩 刘洋 朱光耀 杨陆鋆

指导教师:刘建民

走近宁波大学魅力化学系

——记宁波大学化学专业

👤 专业名片

　　宁波大学化学系，可追溯到 1956 年宁波师范专科学校生化科，是宁波大学历史最悠久的专业之一。2005 年 12 月，化学系从理学院独立出来，成立了现在的材料科学与化学工程学院。在国家重点实验室培育基地（新型功能材料及其制备科学）、省级化学实验教学中心支撑建设下，依靠宁波当地深厚的工业和文化基础，宁波大学化学专业获评宁波市重点建设专业、宁波市重点学科（物理化学）、两个化学二级学科硕士点（无机化学、物理化学）、一项省级精品课程（分析化学）。2017 年 1 月 ESI 最新公布数据显示，宁波大学化学学科首次进入全球排名前 1%，是继宁波大学工程学、临床医学学科之后，第三个进入 ESI 全球排名前 1% 的学科领域。

春风化雨，海人不倦

　　我们在一个春意浓浓的午后对这个满载荣誉的专业进行了一次采访。走近材化学院门口，我们立刻被一条鲜艳的红色横幅所吸引——"祝贺我院化学专业和材料科学与化学工程专业进入 ESI 全球排名前 1%"。带着崇敬与好奇，我们拜访了化学专业的负责人梁洪泽教授。

　　由于提前预约，教授对我们的来访并不意外。因为害怕我们迷路，他早早地在门口等待我们。等我们到了，他将我们带进了办公室，映入眼帘的却是各式各样的化学仪器，只留一条仅容一人需谨慎通过的过道。与其说是办公室，倒不如说是实验室，因为只辟了一处狭小的空间作办公用，那些我们只在课本中见过的仪器似乎成了教授办公室中的装饰品，而办公室的一旁就是研究室。这与我们想象中的教授办公室实在存在着太大的差距。教授向我们解释，这样的布局是为了方便学生可以一有空就来他的办公室看看仪器，并且进行实践操作，将课本上的理论知识运用到实际中，他可以在一旁指点。办公室旁边连着研究室的布局也是为了方便同学们。同学们一旦遇到问题就可以来找他，节约了来回跑的时间。

走近宁波大学魅力化学系——记宁波大学化学专业

科研路上的梁洪泽教授

"科学家应该重视研发应用,把精力投入到研发应用中",这是梁教授做科研一直奉行的宗旨。在宁波大学,梁洪泽教授及其科研团队较早地就与企业开展了合作,为发展地方经济服务。如与宁波美康生物科技股份有限公司进行生化诊断,与宁波瑞源生物科技有限公司、江北地区医疗中心进行体外诊断等课题的合作。梁教授的研发课题来自企业,他告诉我们,之所以找各个企业进行课题合作,是因为这样可以为学生们提供很好的科研实践的机会,体现了产学研用的有机结合。

梁教授坚信科研工作的最终目标是满足社会需求,科研成果应当与企业相联系,走向市场。他说:"大多数科研工作者都奔波在参加学术会议的路上,很少有人参加行业展会。殊不知行业展会不仅对科研选题、判断发展趋势有很大帮助,而且有效地服务了社会。"

肾脏是人体的重要脏器,不但负责排泄废物和体内毒素,同时也调节着血压和人体内环境的平衡,并对维持血液和骨骼功能起着重要作用。但是肾脏疾病一般比较隐匿,只有病情比较严重时才被发现。最近几年,梁洪泽教授及其科研团队与企业联合开展了有关"海洋生物早期诊断肾脏损伤"产学研用一体化研究。由于国内市场高端的肾脏损伤早期诊断的试剂盒主要由国外公司垄断,试剂盒价格昂贵。面对这一严峻的情形,梁教授决定基于海洋生物基来源研发新的诊断试剂,并推动其产业化。

梁教授多年来一直致力于研发性课题的研究。他对接了企业与高校,使学术研究不再束之高阁。他说:"化学是一门中心的、实用的、创造性的学科。现实生活中很多我们用到的产品,虽然分属于不同的领域,但如果剥离掉应用的外衣,深入到分子水平去看,其实就是化学。"他组织研究团队进行多项研发性课题研究。就在前年,他从事研发的肾脏损伤早期诊断试剂盒问世,并在浙江省、湖南省、湖北省和陕西省等医院得到推广。

做任何工作都不可能一帆风顺。在潜心研发产品的道路上,梁教授也遇到了不少困难。针对这一点,梁教授的秘诀是培养科学的思维方式和习惯,在研究问题时具有持之以恒的毅力。

首先面临的第一大问题还是经费不足。相比于科学研究的"不计成本",产品的成本是保持该产品在市场上拥有竞争力很重要的因素。

其次,在产品每一批的质量控制方面,梁教授及其团队也有更加深刻的理解。一开始他和他的团队考虑得挺简单,认为一般化合物在企业药品纯度越高越好,但是企业并不太看重这一方面的指标。企业要求不同批号的产品之间的批间差不能太大,过大的批间差会给企业在制作配方、控制质量的时候出大难题。

对于"批间差"这个崭新的名词,梁教授通过举例子向我们耐心地解释其中的意思。一般人都会以为,化合物纯度为99%的药品一定要比纯度为95%的要好,但如果真正将这个理解运用到实际制药配药中时,会产生很大的问题。因为高纯度的药品毕竟需要

↗学生科研团队在观察反应现象，进行严谨实验中

很大的成本，且很难将每一单位内的药品都做到相同的高纯度。所以，若是将纯度参数定为 95%，而来回上下波动则会是更好的选择。这也可谓实践出真知。

作为教师的梁洪泽教授

对于梁教授在宁波大学的另一角色——教师，梁教授又让我们抱以一种敬佩的目光。梁教授从教多年，许多学生都评价他是一位教学质量高、负责又有经验的教师。他也被戏称为"工作狂"。但是关于教学，梁教授却认为自己是半路出家。尽管无数次站在讲台上，向学生授业解惑，他依然不会忘记自己第一次走向讲台的那份稍稍带着无措的紧张感。前期的备课、找资料，不知道应该如何把握课堂内容难易程度，课堂上除去自我介绍，准备讲一堂课的内容 20 分钟就讲完了。比起给学生讲解，更像是做学术交流报告。讲台下的学生也大都面带困惑，感到这样的节奏听课比较吃力。

如今这么多年下来，梁教授得到了一个对自己的每堂课教学评判的标准，就是两个70%。如果一堂课讲下来，70% 的学生可以听懂，70% 的内容可以听懂，那么这堂课的内容难易比较合适。梁教授认为，如果一个老师将所有的知识都讲完了，那么学生在课后还有兴趣去继续探究吗？答案当然是否定的。剩下的 30%，是老师要留给学生，让学生用来进一步自我学习的。

梁教授也始终认为教学是一个良心活，难以简单地用一些量化指标去考核。在教育和学习中，不仅仅是专业知识的教与学，更重要的是帮助和引导学生建立科学的世界观，培养学生发现问题、分析问题、解决问题的能力。

"专业课重要，但却不是最重要的。"他始终强调，本科教育虽只有短短 4 年，但对于学生毕业后的影响却是超出 40 年的。从 4 年到 40 年的数字跳跃，让我们深刻地感受到梁教授对于学生人格方面塑造的重视。

↗笔者与宁波大学化学专业负责人梁洪泽教授合影

他也鼓励学生研究问题要有持之以恒的毅力。"我每天都在实验室，学生随时都可以和我交流实验结果。我还会定期组织小组讨论会，让学生汇报科研进展。我希望学生能够通过研究实验原理来掌握操作技术。"原来一开始进入梁教授的办公室看到的拥挤的场面，包含着教授为学生们服务的良苦用心。

教学过程是一个教与学相长的过程，梁洪泽教授非常愿意与学生一起分享自己在学习过程中成功的经验和失败的教训，乐于倾听每一位学生的想法以及对专业的看法。而在这些过程中能够发现学生通过学习对专业有更深刻的认识，重拾对化学的好奇心，也让他非常快乐。

桃李不言，下自成蹊。梁教授指导的本科生，很多都考进了重点名校、科研机构或出国继续深造，也有很多进入医药、精细化工、生物科技企业从事药物研发、分析检测等相关工作。故此，梁洪泽教授有"宁波大学十佳教授""优秀毕业论文指导教师"的荣誉是当之无愧的。

精英化学，实力雄厚创佳绩

化学专业是宁波大学历史最悠久的专业之一。宁波大学化学系，可追溯到1956年宁波师范专科学校生化科（原宁波师范学院化学系的前身）。经过60余年的风雨变换，如今，化学专业已成为宁波大学材料科学与化学工程学院的三个本科专业之一。

在宁波，化学专业的发展并非偶然。作为全国制造业基地，又是全国历史文化名城，同时也是著名的"院士之乡"的宁波，当地专业发展的工业和文化基础都非常深厚。浙江省乃至长三角是我国重要能源化工、医药、材料、生物制品的制造基地，其中宁波港更为全球第五大集装箱港口，也是亚洲最大的原油码头。宁波现已形成以生物医药、石油化工、新材料等行业为主的高新区及专业工业园区。区域内有众多一流从事石油化工原料、化学原料药、生物医药、商品检验、新材料的生产研发、贸易等高新技术企业。

区域经济发展对化学专业人才的需求非常大。

政策帮扶为化学发展提供了机遇。宁波市政府在《关于促进生命健康产业创新发展的指导意见(2016—2020)》中提出，打造宁波生物产业园、杭州湾生命健康产业园和宁波梅山保税港区生命健康产业园，并依托产业园区建设生命健康产业中试和生产服务基地；重点在体外诊断、数字诊疗、移动医疗、高值医用耗材、微创介入机械等重点领域，突破一批核心关键技术；在新型疫苗、靶向药物、慢性病防治药物、创新中药等领域取得新突破。这一产业规划也为进一步提升化学专业发展提供了方向。

↗ 宁波化工区产业链现状及规划图

在采访前不久，宁波大学化学专业获得最新成绩，成功进入 ESI 全球排名前 1%。ESI 的全称是基本科学指标数据库(Essential Science Indicators)，它是由世界著名的学术信息出版机构美国科技信息所于 2001 年推出的衡量科学研究绩效、跟踪科学发展趋势的基本分析评价工具，是基于汤森路透所收录的全球 12000 多种学术期刊中的 1000 多万条文献记录而建立的计量分析数据库。国际学术界一般公认，进入 ESI 全球 1% 的学科为世界高水平学科，进入 ESI 前 1% 的科研机构为世界高水平的科研机构。

宁波大学化学专业负责人梁洪泽教授一边翻阅着最新的浙江省各高校专业进入 ESI 全球排名前 1% 的材料，一边对我们说道："材料与化学学院的两个专业都入选 ESI 全球排名前 1%，这样的成绩与师生的努力是分不开的。从教师团队来说，化学专业的教师人数较同样进入 ESI 全球排名前 1% 的宁波大学医学、工程学专业的教师人数少，仅有 60 人，而其他专业的教师团队却要达到百余人。所以我们从单个教师平均产出而言，在宁波大学算是高的。"

人数较少的团队，却达到了足以与别的团队相较的成绩，这就意味着化学专业的每一位教师、每一位科研工作者必须花更多的时间去研究，用更多的精力去实验，才能多收获学术上的进展。可以说，每一位化学专业的科研人员，内心都怀着对化学研究的赤

走近宁波大学魅力化学系——记宁波大学化学专业

子之心。他们在这条道路上风雨兼程，从不畏惧失败，而是一心地钻研，希望能用自己在学术上的成绩，哪怕是一点发现，也可以对社会做出一份贡献。而梁教授谦虚地表示应该更加努力加强科研方面的研究，才能维持并且在这方面更进一步。

"虽然化学专业取得一定的成绩，但发展之路依旧前路漫漫。"教授认为，宁波大学化学专业与国内外其他名校相比仍有差距，在高精尖领域发展虽有瓶颈，但化学专业在特色领域的发展却是前景良好。

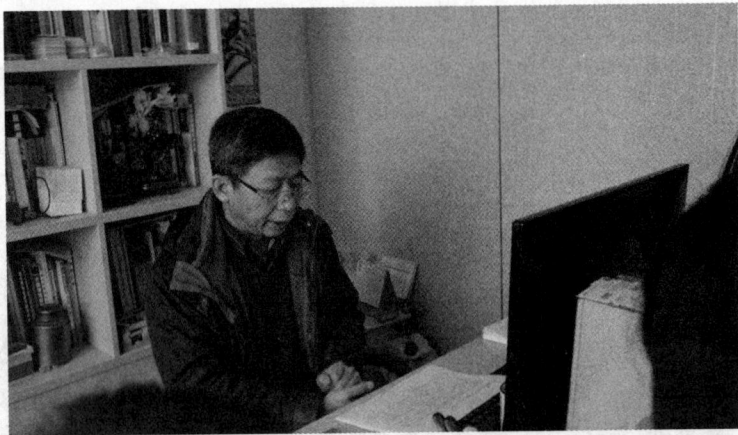

↗梁教授在翻阅最新浙江省各高校专业进入 ESI 全球前 1% 排名资料

创新人才，立足社会

化学专业取得的最新成绩，不仅蕴含着老师们的汗水，而且也包含着就读学生的努力。值得一提的，便是宁波大学化学专业的人才培养方式。

在宁波大学化学专业，老师们最看重的就是学生的兴趣。一个学生，如果失去了对化学的热爱，觉得每天和试剂瓶打交道是乏味的、无趣的，那么他在这一领域将难以有所作为。

在课程的设置上，宁波大学着重于将实验课的比重加大，鼓励学生们较早地进入实验室。"地方性学校对本科生的要求要更高一些。"教授表示，"985""211"高校的本科生大三大四才进入实验室进行研究，做课题的探讨，而在宁波大学，大一的学生就已开始接触实验。同学们根据自己的兴趣加入课题组，自己做课题，老师进行辅助指导。那些有强烈好奇心、有很大潜能的同学就会得到很多的锻炼。这样的方式，不仅是通过科研试验来提升学生的动手能力，也将基础研究与应用研究相结合。这为学生不论是撰写毕业论文，还是将来考研和出国深造都打下了坚实的基础。

之后，梁教授很热情地带我们参观了连着他办公室的化学研究室与实验室。我们也对梁教授科研团队某一同学进行了随机采访。

问：对于化学专业，你的感受是什么？

答：化学专业给我最大的感受是实操性特别强。很多知识不是在课本上学习到就够了的，一定要本人实际操作了才能发现其中的奥秘。我们每天的活动地点就是教室和实验室。有一些夸张的同学甚至睡在了实验室里，因为很多反应需要很久的等待时间。

问：平时遇到不懂的问题，你会去图书馆找资料吗？

答：会的。虽然我们学科实践性较强，但是很多理论知识必须是熟知的。据统计，我们学校化学相关教学图书有近 10 万册，更有万方、超星、APS 等数据库，我们当然不会浪费这些大好资源，它们能帮助我们更好地了解国内外学术研究动态。

问：你会不会偶尔感到化学学科有点枯燥？

答：当然。不过化学真的是一门让人着迷的学科，虽然平时的实验很辛苦，但每一次见证一些反应都让我非常欣喜。我感觉生活中处处都会有化学，化学就这样神奇地联结我们的世界。我希望自己有一天也会有所发明。

问：对于以后的发展方向，你有什么想法？

答：我们化学专业大概有两个方向，一个是师范类，一个是继续从事化学研究。就我个人来说，我可能会选择到学校当一名光荣的人民教师吧。这样既可以继续从事相关研究，又可以带领更多的人领略化学的魅力。

在人才培养模式方面，梁教授表示在国家"大众创业、万众创新"的政策指引下，他们与时俱进地提出"理工兼备，综合创新"的人才培养理念和"立足浙江、辐射长三角、服务全国"的人才培养战略目标。化学学科不仅是理论知识的学习，更是科学素养的培养。

梁教授说："我并不指望我所有的学生都能从事化学及其有关的研究或工作，只希望大学课堂能为他们塑造一种科学素养，这对他们以后无论做什么都是很有用的。"

不仅如此，在过去的一年里，材化学院团委进一步贯彻落实学校"构建创新人才培养体系，培养具有创新能力的人才"的工作精神，围绕学院"以学生为本"的工作理念，结合学院团员青年的实际，依托学院学科特色，把基层团组织建设、学生社会实践活动、学生科研、校园文化品牌建设作为团学工作的重点，全面、稳步推进学院团学各项工作的发展。

有以主题团日活动为媒，吸引广大青年团员展现自我的活动。过去的一年中，材化学院团委以主题团日活动为载体，搭建学生展现自我风采的平台，重视青年团员思想道德素质培养。围绕"感恩·励志"为主题的团日活动，先后开展了"携手宁波大学，共创美好——庆祝建校 30 周年创意作品大赛"，为同学们感恩母校、展现心中的母校提供了创意平台。团员青年还举行了为"最美宁大"写下三行情书、寻找宁波大学一角的感恩活动，增强了同学们"以校为荣"的自豪感。

也有以服务他人为前提，积极组织青年志愿者的活动。材化学院青年志愿者协会以"服务他人，服务社会"为宗旨开展了一系列青年志愿者活动，先后组成了多支志愿者小分队，在学校迎新、运动会、阳光体育活动、企业招聘会、爱心家教等志愿者活动中积极参与，发挥个人力量。在第十五届"挑战杯"大学生课外学术科技作品竞赛、化学实验技能大赛中，也有材化学院志愿者队伍的身影。另外，各团支部也在青年志愿者协会的帮助下开展了各类青年志愿者活动。

值得一提的是，材化学院以暑期社会实践活动为依托，调动同学们的积极性，打造学生培养的第二课堂。而实践内容也涉及社区专业知识普及、毕业生就业调研、"五水共治"调研及抗日战争老兵走访等方面。在组织指导学生暑期社会实践活动期间，材化学院团委举行了多次暑期社会实践动员大会，编撰修订了《材化学院暑期社会实践指导手册》，开展了暑期社会实践评比交流会，促进了学院暑期社会实践工作体系的进一步完善和发展。

暑期社会实践队伍在实践中成长。"寻访校友"小分队在实践期间，充分利用资源，发现问题、解决问题，为同学们总结出从毕业生、从企业社会得到的一手资料，为同学们今后选择就业、深造提供了有力的参考。"绿色生活，魅力化学"小分队将化学知识带进社区，为社区居民普及日常生活中的化学知识，给小朋友们做趣味实验，开办化学知识大讲堂，展现了化学学科的魅力，为化学学科特色走出学校，走向社会奠定了基础。"奔跑吧，大禹"小分队针对宁波水质情况进行"五水共治"的调研和检测，让我们更加详细地了解了水质实时情况。"探寻历史的新青年"小分队了解调查了宁波市民对抗日战争的了解，体会民族意识和历史责任感。

↗暑期实践分队：魅力化学，走进生活

人才济济，理工兼备，综合创新

我们请宁波大学化学专业负责人梁洪泽教授谈谈他的得意门生，他说，在他的一众学生中，每一个学生都有他们自己独特的故事。从事教育以来，从课题组毕业的学生，既有考上中科院、浙江大学、厦门大学、华东师范大学、南开大学等的研究生，在一流企业从事化学医药研发的骨干人才，也有自主创业成功的校佼者。另有学生已经成为某211大学的副教授，取得了相当不错的科研成果。还有毕业生已经成为某大型医药集团副总及药物研究院副院长。有一个学生毕业后虽然没有从事化学相关的工作，但是创办的教育培训机构，才短短几年，事业就有了很大的进展。

在梁教授的口中，那个自主创业，凭借一腔热血建立培训班的才俊；那个对教育始终抱有热忱之心，严格筛选任职教师的豪杰，便是一手创办了"恒思优学"的宁波大学化学专业校友任英涛。

任英涛的教育培训班如今做成了宁波最大的教育培训机构,资产已达7000万元。而令梁教授感到格外骄傲的是,毕业后的任英涛仍不忘母校教育之恩,捐款成立基金,积极参与到母校宁波大学的建设之中。2016年,他出席了材料科学与化学工程学院举行的校友捐赠仪式,和在场的老师同忆往昔,并表达了对母校、对学院美好前景的祝福以及对化学专业学子的期望。

"为什么任英涛先生的培训班可以做到这么强大?"

梁教授说,任英涛早年以俞敏洪创立新东方为榜样,秉承要为孩子们提供最优质的教育这一理念,对于教师的筛选十分严格。老师,既然要承担教书育人、授业解惑的角色,具有一定的文化素养是必须的,当然,更为重要的是要有师德。正因为任英涛坚持不懈的追求,才有了今天大家眼中值得信赖的"恒思优学"。如今,任英涛正打算将自己的企业发展得更加开放,并提供出国服务。

我们深知,任英涛对于教育事业的赤子之心,始终离不开他在宁波大学化学专业的学习中受到的思想灌溉。宁波大学的化学专业,不仅在科学研究方面打造人才,同时也培养着化学师范人才。

清明假期的一个傍晚,冯达正和家人聚餐,突然手机一闪,有人发来一条信息,"冯达同学你好,我是宁波市教育局高校专业发展采访小组的成员,正着手一个化学专业的采访,能否向你进行一个电话采访?"刚结束华东师范大学研究生复试的冯达感慨万千,回顾在宁波大学化学系的四年,成长是一步一个脚印。

冯达是化学系化学师范专业2013级的学生,一直成绩优异,在3月份华师大的研究生考试中更是取得了初试第一的好成绩。他表示,化学专业给他带来的成长并不局限在理论知识,更多是人格的塑造和意志的磨砺。

记得在大二的暑假,他参加了一个化学竞赛,炎炎酷暑,但实验室却不能开空调(因为温度会影响实验)。他说当时额头上满是豆大汗珠,T恤紧紧地贴着后背,湿了一大片。但实验仍要继续,他和队友相互激励,相互合作。最后他们在竞赛中取得了很不错的成绩。冯达说,这次的经历对他影响很大,恶劣的实验环境磨练了他的意志。因此,在之后的考研和生活中,无论遇到怎样的困难,他都选择坚持下去。

由于冯达选择的是化学专业的师范方向,学校很注重他们的教育实践能力。令他印象非常深刻的是名叫"模拟课堂"的一节课:一个同学讲课,台下是老师同学。讲完了,由老师点评和同学们之间相互批评指正。冯达说这种感觉很特别,他从不同的角度审视了自己,逻辑思维和口头表达能力都有了很大的提高。同时,化学专业与龙赛中学联合建立了化学师范教学实习基地,在中学见习的经历也使得他获得非常多的实践经验。

大学四年,冯达说自己成长了许多,母校带给他很多,但成长掌握在自己手中。他在给学弟学妹的寄语中说道:"大学里,你可以选择不同的生活方式,但你一定要有目标,有规划,接着便是用时间去发酵坚持与无悔!"

"愿每一天都对得起自己的梦想。"这是2014级化学专业的许恺怡学姐的人生格言。她加入材料科学与化学工程学院学生会已经两年,现在正准备入党。见我们到来,她放下正在聚精会神读的书，向我们问好。许恺怡学姐谈她对化学的看法："化学是一门'中心的科学'。化学在现代工业发展中具有举足轻重的作用。随着科学的发展和各学科的日益交叉，学科边界变得越来越模糊。医药、化工、材料、生命科学、食品科学等领域的发展都需要有坚实的化学基础。"在许凯怡学姐看来，化学可以说是众多产业中的一个地基。只有在大学的学习中将这层地基打结实，在上面建更高的房子才足够牢靠，不会倒塌。

"那么你希望自己成为什么样的人呢？"我们问道。对于自己的职业规划，许凯怡学姐有着自己独到的想法。"我希望自己将来能够致力于化学和医药领域，成为具有良好专业品质、科学素养、文化素养、国际化视野的通用型人才，也可以成为具有扎实的理论基础知识、丰富的实验操作技能的复合型专业人才。以后不管是从事科学研究、产品开发，还是分析检测、质量管理，只要是高校、科研机构和企业培养所需的，我就希望自己能够承担自己的一份力量。"而这一切对自己未来规划的想法，都基于她对我国化学学科就业形势的了解。她向我们介绍，中国已成为世界原料药第一大生产和出口国，而浙江省是我国精细化工、医药强省，有几十家医药行业龙头企业，对掌握专业知识和技能的人才需求旺盛。正是身处这样的大环境，许恺怡学姐对未来充满信心。

随着社会发展日新月异，化学——这个在莘莘学子心中执着而热爱的专业，如今却因毕业后难以找到对口工作单位，工资低、工作环境差、劳动强度大等因素，成为红牌专业。

尽管如此，一位化学专业博士生仍寄语学弟学妹："真正有意义的不是你获得的学位，而是获取学位的过程中，通过解决问题养成的习惯、掌握的方法，以及逻辑分析、口头表达、书面写作等功底。"宁波大学化学专业的"构建创新人才培养体系，培养具有创新能力的人才"工作精神很好地体现了这位学长的思想。

年华似水不惧平平淡淡，岁月如歌亦可涛声依旧。正如材化学院晚会的宣传语一般，这个有着创新的人才体制、强硬的师资力量和活力的学生团体做支撑的宁波大学化学专业，诸如进入 ESI 全球排名前 1% 的成绩还只是一个开始。在未来，我们相信宁波大学化学专业的所有勤勉师生可以因化学使年华绽放光彩，在如歌岁月中不懈追求他们热爱的事业，铺好每一寸漫漫化学路。

专业评价

依靠政府帮扶、地方科研文化深厚基础而发展的宁波大学化学专业，可以说得天独厚；教师科研团队一丝不苟，学生用青春为之增光添彩的宁波大学化学专业，可以说是众志成城；积极开展特色实践活动，与社会企业相互合作的宁波大学化学专业，可以说是多元立体。"理工兼备、综合创新"的专业特色不只是一个标签，更是全体宁波大学化学人为之不懈奋斗的目标和动力，是他们的汗水与辛劳使其更加耀眼夺目。

文/图：金昕炜 李佳婷 叶菲楠 岑迦南

指导教师：孙桂荣

判天地之美　析万物之理

——记宁波大学物理专业

专业名片

专业名片

　　宁波大学物理学专业最早源于1956年的宁波师院物理系,为地方教育和经济建设培养了大批骨干人才。自20世纪80年代,逐渐形成了以楼森岳教授为学术带头人的理论物理研究团队,非线性物理研究享誉国内外,奠定了本专业在国内的地位。在成立宁波大学后,物理学专业进入快速发展阶段,形成本科、硕士、博士完整的人才培养体系,成为省内代表性的物理学专业之一。物理学是宁波大学传统强势专业,在省内外同类高校处于领先地位。根据"2015—2016中国大学及学科评价报告",宁波大学物理学专业排名58名(评价学校378所,宁波大学物理专业列15.3％)。物理学先后被评为浙江省一流学科(A类)、省高校重中之重学科、理论物理省重点学科、物理师范省重点建设教师培养基地、宁波市重点高校优势特色专业。专业还设有量子信息与通信二级博士点和物理学的一级硕士点,形成了完整的本科与研究生教育体系。物理学专业拥有大学物理省级重点实验教学示范中心、宁波市纳米材料重点实验室、宁波大学高性能计算中心等实验平台。物理学专业现有专任教师36人,其中正教授11人,75％的教师具有博士学位,有国家杰出青年基金获得者、国家优秀青年基金获得者等等。本专业带头人为著名教授楼森岳。

本科导师育优秀人才,万众一心创美好未来

　　"你们好,我是宁波大学物理系的郑晓颖。"一位面带微笑、充满活力的女生站在我们面前,她就是物理专业的学霸——郑晓颖。她是宁波大学物理专业名副其实的才女,从大一以来,专业课学习成绩一直名列前茅,同时参加了许多科研竞赛,获得2015年、2016年浙江省大学生物理创新竞赛一等奖,并且将"乐歌奖学金"收入囊中。

　　郑晓颖最初选择物理专业源于高中时期对物理的极大兴趣,她想当一名物理教师将物理知识教授给更多的人。进入宁波大学物理专业之后,她对物理的兴趣也愈发浓厚,同时被学校中先进的物理实验设备深深地吸引,一直坚持从事科研方面的工作,也在科研方面获得了优秀的成绩,现在正在从事太阳能电池方面的研究,同时和团队一起参加大学生挑战杯的竞赛。"物理培养了人的一种思维能力,但是只有头脑中的思考,

对于物理学习是远远不够的,更重要的是动手实践。"郑晓颖这样说,她只要有空就往实验室跑,在实验室里动手实践不但比枯燥的理论学习更加有趣,而且还会在实验中产生新的发现和思路。物理学习并不像想象中那么繁碎和枯燥,这是一门神秘且具有魅力的学科。

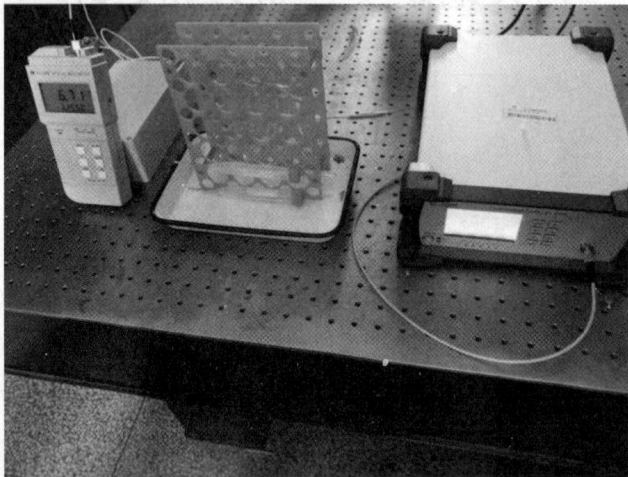

↗ 郑晓颖的科研成果

在郑晓颖的印象里,宁波大学物理专业是一个充满温暖的地方,物理老师们身上充满亲和力,他们在学习上是学生们的导师,遇到学习困难时耐心地答疑解惑,在生活中也是学生的家长和朋友,遇见时一声亲切和蔼的问候,这些是对在外求学的孩子们最好的关怀。她从大一什么都不懂,到现在取得了优异的成绩,真的有许多感慨。在这里最大的收获是成长。有时候会遇到一些不顺心的事,同学的关心、老师的关怀使她又充满力量。看着现在的学弟学妹们做着自己曾经做过的事,她对他们也有很多的期待。活泼开朗的郑晓颖大二时在学院团委组织部担任部长,在部门里她学习到了组织能力以及和他人相处沟通的能力,和部门里的朋友们一起参加活动,凝聚力很强。郑晓颖说:"我一直相信一句话,人的潜能是无限的,有时候确实很忙碌,但是坚持一下就撑过来了。但是,也不能太拼了,要不然会瘦的。"她微微地一笑,瘦弱的脸上依旧是坚定的神情。

已到大三的郑晓颖对自己的未来有着明确的规划,她想要继续深造,考取硕士研究生,现在学习到的仅仅是物理中的冰山一角,今后需要深入地学习,接触更广阔的平台,并且努力让自己有所创造,在物理方面有卓越的成就。

教研路上张娜月

宁波大学物理系不乏继续深造的人才,今年考上浙江大学的张娜月同学也是其中的一员。身为宁波人的她,喜欢宁波、喜欢宁波大学、喜欢物理,并且想要成为一名物理老师,怀揣着这样的梦想,张娜月来到宁波大学物理系。在这里,她不断学习、不断进步,物理的博大精深让她意识到自己大学所学的还远远不够,她还想要学得更多、学得更精,她不甘心自己止步于此。所以,她走上了考研的道路。

　　漫长而艰辛的备考时光很容易让人感到迷茫、想要放弃,幸运的是她的身边有很多关心她的人。回忆考研的日子,张娜月说:"考研的目标定在那里很简单,但过程中会有很多事情让自己感到心烦,压力也会很大,这个时候就非常需要朋友,他们会鼓励你,给你打气。还有就是老师,在制订目标的时候,我会觉得自己定的目标太高了,然后就会产生一种自卑的心理,害怕自己会考不上,也想换一个比较容易的目标,老师就一直鼓励我、帮助我分析。"说起老师和朋友,张娜月的脸上充满着感激之情,考研路上最辛苦的一定是她自己,但她也知道,单凭自己一个人很难坚持到最后,所以她非常感激老师和同学们。在辛苦的考研过程中有一个共同努力的研友是幸福的,张娜月说她的研友和她相互鼓励、相互监督,共同奋战考研。大多数人都体会到了来自老师的关心与鼓励,也都知道这种鼓励特别能够让人振奋,灰心的时候能够收到老师的鼓励,张娜月又能重燃斗志。

　　大学里的日子,不仅仅只有学习,还有各种的社团活动和班级活动。张娜月在认真学习之余,也参加了学院内的学生工作,并且还担任班级的学习委员。开学初,学业不忙的时候,她尽可能多地参加到社团的学生工作中;临近期末,学习任务重、学习压力大了,她便将重心放在学习上。就这样,她可以非常好地完成工作、锻炼自己,同时不耽误学习,这是她对大学生活的理解,同时她也是这样做了。

　　不满足现状,努力让自己学习更多的知识,永远追求更加优秀的自己,这是张娜月的目标。她还说,多学点,丰富自己,也许日后的工作与你当初设想的不同,但是你也一样可以胜任。考研、读研,除了能让自己收获更多的知识,也让自己有更多的时间去思考、规划未来。

刘旭的自信

　　刘旭也是一名物理系大三的学生,经过三年的学习与积累,在接受采访时,他的脸上充满了身为物理专业学子的自豪感,娓娓道来他的故事。"大一的时候在自然科学这个专业大类中学习,了解了很多物理方面的知识,也培养了一定的兴趣。大二时进行专业分流,包括物理基地、物理师范、数学基地、数学师范和微电子科学与工程。相对于其他,我更喜欢物理,比起做研究,我更喜欢教书,于是就选择了物理师范。"他这样说道,"但一开始选择这个专业的时候,我没有想到它会给我带来这么大的改变。"

　　物理师范一个班的人数不多,只有 20 个左右,大家对彼此都很熟悉,凝聚力非常强,而这也让班级拥有一个良好的学习氛围,大家时常一起交流讨论,互相激励,共同进步。刘旭道:"我们这个班想要考研的人数比率几乎占到百分之百。"无疑,这样的氛围是难得一遇的。在这样的环境下,刘旭偶尔也会感到巨大的压力,但是压力越大,动力也越大。"宁波大学拥有全国一流的实验室,实验室的排名比大学的综合排名还要高。同时拥有雄厚的师资力量,齐备的硬件设施,这些对于我进行研究与学习帮助很大。"刘旭把来到宁波大学物理系学习视作一种难得的缘分,并且相信,在这里,他的自我价值会发挥到最大。

人才培养模式

分流制是依据宁波大学创新人才培养模式,学生可依据"志愿＋考核"的原则,于第一学期末申请转学科大类、第二学期末在学科大类内自主选择专业的制度。依托"分流制"的人才培养模式,经过在物理学专业学习之后,同学们变得很上进,也非常优秀。2017年物理学子的考研成绩也是非常的傲人,30人左右中有三分之一都考上了研究生,其中不乏北京大学、武汉大学、浙江大学、厦门大学、东南大学这样的名牌大学的研究生。

是什么学生在这里学习之后有这么大的改变和进步?宁波大学物理学专业有其独具特色且行之有效的培养方案。作为拥有浙江省一流学科(A类)、省高校重中之重等荣誉的学科,宁波大学物理学专业将其目标定位为:向高端发展。他们实行小规模教学,班级人数较少,便于平时教学与实验操作,使每一个人都被关注到,都能接触到实验器材进行操作。物理学专业的人才培养目标主要为两类,即物理学及相关领域的研究型人才和服务地方的应用型人才。因此,在宁波大学"平台＋模块"的基础上,本专业建设了一批课程群,通过课程群实现多口径、分层次的人才培养目标,实现多口径就业。为国家建设提供一批应用型创新人才、多学科交叉的复合型人才。根据专业的培养目标,宁波大学物理专业形成了多个特色课程群:物理基础与专业课程群、实践类课程群、数值方法与应用课程群。

不得不提的还有宁波大学的本科生导师制,宁波大学的本科生导师制是宁波大学教务处按照学科相近的原则、结合各学院师生实际比例,选派符合条件的教师到相关学院担任本科生导师的制度。在任期间,导师们采取多种方式,开展师生交流;关心并引导学生学习状态;指导学生妥善处理各种困难,关注学生成长,充分发挥了教师育人的主导作用,有效推动了思想教育与专业教育、课堂教育、共性教育与个性教育相结合。本科生导师制成为宁波大学本科教育教学水平提高的重要推动力之一。这并不是虚设的,像郑晓颖、张娜月、刘旭,他们都是这项制度的受益者,来自老师的关怀总是让他们动力倍增,和老师的交流让他们获益匪浅。物理学专业的负责人熊永建老师认为,这项制度是非常好的,原本大学生与老师之间的交流是很少的,而这项制度拉近了老师和学生的关系,学生在和老师的交流中,能解决自己学习生活上的问题,老师也能从中听取建议,改进自己。

经过这样培养之后,宁波大学物理专业毕业生一直受到全国著名高校、科研单位的欢迎。如2017届有多名同学分别被保送到北京大学、浙江大学和武汉大学等高校读研。此外,物理系与世界许多国家、地区的高校保持良好的合作办学关系。如和香港浸会大学物理系开展本硕连读项目,物理系学生可直接升读浸会大学物理系绿色技术(能源)硕士专业。现有多名学生在美国加州大学、英国兰开斯特大学、澳大利亚墨尔本大学等国外名校攻读物理学、数据科学等专业。

活力教师建良好氛围,亲和教授引未来方向

宁波大学物理学专业最早源于 1956 年的宁波师院物理系,为地方教育和经济建设培养了大批骨干人才。目前活跃在省、特别是宁波地区中等教育岗位上的物理骨干教师,很多都毕业于本专业。自 20 世纪 80 年代,逐渐形成了以楼森岳教授为学术带头人的理论物理研究团队,非线性物理研究享誉国内外,奠定了本专业在国内的地位。在成立宁波大学后,物理学专业进入快速发展阶段,形成本科、硕士、博士完整的人才培养体系,成为省内代表性的物理学专业之一。

我们非常有幸采访到了宁波大学物理专业的负责人熊永建老师。熊老师是南京大学的博士生,毕业后来到宁波大学任教。选择宁波大学,熊老师有多方面的考虑。"宁波市在浙江省是最有活力的一座城市,不像上海规模那么大,却很令人舒服。"熊老师话语中透露出对宁波发展潜力的肯定。另一方面,熊老师也很看好宁波大学的发展前途:"2002 年选择它的时候,宁波大学刚被确立为浙江省为数不多的重点建设大学。"就这样,他与宁波大学物理专业相伴至今。熊老师在宁波大学物理专业任教的这几年中,与同学们建立了紧密的联系,同学们都喜欢找他讨论物理方面的问题,和他谈心,沟通生活上的问题。

熊老师说宁波大学物理专业的优势主要体现在它的学科优势上:第一,学科水平高,在"十二五"中被评为浙江省重中之重学科。第二,在"十三五"中被评为浙江省一流学科(A 类),在浙江省是非常难得的。第三,在学位上有博士点,有自己设立的一级硕士点。第四,从专业排名上来看,宁波大学物理专业在地方性大学里排行前列。

提到物理专业教学,熊老师脸上满是自豪,"宁波大学对本科教学非常重视。"熊老师讲道:"我们所有的教授都要求对本科生进行授课,同时宁波大学还开展了本科生导师制,学生从大一开始就有一个结对的老师,有利于师生间的交流。"这样的教学方式培养出了一批又一批优秀的学子,在浙江省重经济、轻基础学科的大环境影响下,宁波大学的物理系虽然学生人数不多,但每一名学生都是非常优秀,光是今年的毕业生,成功考研的就已占到了 1/3,而且大多是考上"985""211"这样的名校。如此高的比例背后,付出的是物理系全体师生的汗水与努力,这与宁波大学物理系优秀的教学条件是分不开的。

但面临 2017 年改革后新高考生源的培养,熊老师却流露出了苦恼之色。新的高考制度对大学的人才培养计划势必造成冲击,而对于物理系来说更是一个考验,那么如何培养新高考后招收的学生呢?熊老师有这么一些想法:一、继续在教学上加大投入,启动物理课教学改革方案。二、正确定位、树立目标。三、建立学生与老师间密切的交流,充分发挥老师的引导作用,致力于让每一个学生都有一个老师做他的朋友,也是学习上和生活上的榜样。让学生更有学习的主动性,让优秀成为一种习惯,这是熊老师的期望所在。

对于一个学生来讲,要达到哪些要求呢?熊老师认为有三个关键的地方:目标、兴

↗ 熊永建老师在作报告

趣和坚持。在这三点中，熊老师觉得兴趣是最重要的。"职业规划是一个不断在变化的事物，今天的热门也有可能变成明天的冷门，但是兴趣是不变的。"如何决定你未来的方向，怎么制订计划，兴趣都应该是着重考虑的因素。而目标要趁早定，不要到大二大三还处在一个迷茫期，让时间白白地浪费，尽早做好规划，对于以后的人生道路有很大的帮助。坚持很难，这种坚持不是一天或一个月的坚持，而是整个四年的坚持，能坚持下来的很少，但熊老师认为，坚持下来的人一定能够达到他的目标。

关于就业前景，熊老师说物理系现在专注于多口径地培养人才，学生可以有很多选择，老师也有针对性地在教。主要分两类：一类是社会应用型的人才；另一类是研究型人才，走高端研究路线，这也是目前学校鼓励的方向。

宁波大学物理专业还有一位颇有名望的行业领头人——楼森岳教授。

楼森岳教授，1989 年 7 月在复旦大学物理系获理学博士学位。国家"百千万人才工程一、二层次人选"，国家有突出贡献中青年科技专家，国家杰出青年基金获得者。现任宁波大学理学院物理学科带头人、上海交通大学物理系博士生导师。

楼森岳教授建立了求解非线性物理问题的形变影射方法、逆强对称和逆对称方法、形式级数对称法、多线性分离变量法等；发现了描述 2＋1 维非线性系统精确解的一个普适公式；定义并找到了多种意义下的高维可积模型；发现并命名了一些新类型的高维局域激发模式；估计了 Higgs 粒子质量；在实验上观察到了宏观双原子格点模拟体系的多种孤子及其从孤子到混沌的演化。现任 Communication in Theoretical Physics 和 Chinese Physics Letters 编委。同时，楼森岳教授举办了"高等教师"培训班，帮助全国的物理学教授寻找科研方向和研究灵感，推动中国物理学的发展。他的工作两次获得国家教委的科技进步奖、省自然科学奖二等奖，主持完成国家自然科学基金重点项目、国家自然科学基金杰出青年基金项目等。

楼森岳教授在教学、研究时一丝不苟,平时幽默风趣、平易近人,和同学们一起做活动,与同学们打成一片,亦师亦友。

是这些优秀的教师培育了物理专业优秀的人才,加强了物理专业的建设,才使物理专业取得更大的发展。

精密仪器助科研探索,积极实践增学习动力

我国高校的物理学专业大都存在重理论教学、轻实践类课程教学的问题。因此,我国高等教育改革提出要逐步强化实践教学,实现理论与实践相结合。同时,宁波大学有责任为地方培养高级应用型人才。根据以上情况,物理学专业提出:在保证物理基础课程的同时,重点建设实践类课程群,强化实践教学,提高学生的实践操作能力和就业竞争力,培养符合地方需要的高素质人才。在宁波市优势特色专业建设项目支持下,物理学专业结合地方人才市场需求,建设了物理综合实验室等,并以此为基础建设了实践类课程群。

同时,宁波大学物理学专业参与了建设宁波市新型功能材料及其制备科学省部共建国家重点实验室培育基地、宁波市非线性海洋大气灾害系统协同创新中心、浙江省纳米材料及器件创新团队、宁波市纳米材料重点实验室等。

在老师的带领下,我们采访小组先后参观了9个实验室,包括真空镀膜实验室、微纳光学应用实验室、电学实验室(1)(2)、光电子技术实验室、力学实验室、综合性物理实验室、光学实验室、近代物理实验室。

有些不巧的是,采访时间约在了周五下午,所以在校的老师和学生不多,不过还是能在各个实验室看到学长学姐们认真研究的身影。听老师说,有些同学课余时间都是在实验室度过的,他们很喜欢做实验、搞研究,说到这些老师感到很是欣慰。想来钟情于物理的人一定也会被实验室独特的魅力所吸引。

大大小小的实验室占满了两栋楼,实验室内的设备摆放得井井有条,很多精密的设备闻所未闻、见所未见。每到一个实验室,总有学长和学姐详细地给我们介绍、分析设备的名称和功能,从中看到了他们对实验室的深情和热爱。物理学专业的同学们在这里进行实验,探索真理,在实验中,他们不会被外界的喧闹所打扰,静下心来,在物理的海洋中探索、遨游。当实验成功后,他们欣喜万分,并且进行更加深入的研究;当实验失败时,他们也不会放弃,而是从客观条件和自身的主观操作中寻找问题,及时解决,再一次进行实验,没有任何抱怨,也不会半途而废,是对物理的热情支持着他们坚持不懈,不断向心中的真理迈进,攀登到物理的高峰。

社会助力伴学子成才,优美环境添轻松愉悦

宁波著名的乐歌奖学金是由宁波大学理学院1993届物理专业杰出校友、宁波乐歌人体工学科技股份有限公司(原宁波丽晶时代电子线缆有限公司)董事长项乐宏先生于

2006年设立。2015年共有255名优秀学生获益，这些学生很多已在专业领域小有成就。同时，"乐歌"提高了捐赠力度：奖学金金额高达105万元人民币，其中70万元用于奖励宁波大学理学院品学兼优的学生，35万元用于鼓励理学院学生的创新创业工作。截至2016年，乐歌奖学金已颁发了11届。

近十年来，项乐宏先生践行"十年助学一千万"的公益目标，在国内，项乐宏先生多次向四川、湖南、贵州等地的贫困山区学校捐款捐物。在宁波，除宁波大学外，项乐宏先生还在宁波工程学院、浙江大学宁波理工学院、姜山中学等学校设立了奖学金，成为企业家回报母校、回报社会的典范。

宁波大学位于宁波高教园区北区，截至2016年12月，宁波大学占地2738亩，校舍总建筑面积90.9万平方米；宁波大学校园环境优美、安静，物理专业所在的龙赛理科楼是一座现代化的实验楼，同学们在这里进行实验，学习物理。

走在物理实验楼有些昏暗的走廊上，似乎一切喧嚣都远离了，老师的讲解、学生的低语适时响起。在这里，物理如空气般寂静而无处不在。关于实验室的大多数细节容易忘却，然而以后看到的每一个认真的表情都可能唤起关于他们的记忆。蒲柏说："自然和自然的法则在黑夜中隐藏；上帝说，让牛顿去吧！于是一切都被照亮。"他们正是追随牛顿脚步的人。

提起物理，我们大多数人想到的可能是复杂的公式、难以理解的概念和啤酒瓶瓶底般的眼镜，但当真正接触到宁波大学物理专业的师生们时，你会感叹：哦，原来物理可以这么鲜活而平易近人！像朋友一样的老师，精密冰冷的仪器，教授幽默的讲解，物理学课程群相互交织，加上数十年的时光，打磨出这么一个独一无二的宁波大学物理系。

专业评价

宁波大学物理学专业采取"本科导师制"等独特的人才培养模式，运用强大的师资力量以及完善的实验设备，使学生在学习中探索真理，努力将学生打造成为新时代的人才。宁波大学物理学专业是一个物理学子梦想开始的地方，也是一个成就物理精英的地方。

文/图：李思佳　陈祎静　汤慧阳　鲍佳洁　卢晨夏

指导教师：孙桂荣

知行合一　建工筑德

——记宁波工程学院土木工程专业

👤 专业名片

宁波工程学院土木工程专业为教育部"卓越计划"试点专业,着力培养掌握土木工程学科的基本原理和基础知识,获得现代土木工程的基本训练,具备建筑工程领域技术与管理核心技能,达到注册建筑师等职业资格水平的应用开发型高级专门人才。

技压群雄,勇夺桂冠

阳光挤过微合的窗帘爬上桌面,桌子上的那张获奖证明染了金光显得格外耀眼——全国大学生结构设计竞赛一等奖。李俊主任拿起这份奖状看了又看,不自觉又勾起嘴角,喜悦之情真是一望而知。

能担任宁波工程学院土木工程专业的主任且不论他自身早已是获奖无数、著作等身,单就学院所获得过的奖状与荣誉,例如国家技术发明二等奖、国家科技进步二等奖、中国公路学会科学技术特等奖、浙江省科学技术一等奖、宁波市科技创新特别奖等一系列大奖来看,李俊主任也算是阅历丰富的人物了。

↗图为宁工学子领奖现场

而主任却对我们坦白,尽管自己确实见证过无数奖状的获得,可仍然会为那帮孩子取得的成果激动得不行,可能这就是所谓的初心。他说,每次看见这帮孩子为了参加大赛放弃了很多休息时间,没日没夜地投入各种各样的工程,他知道他们的辛苦,奖状是对他们付出的一种肯定,而他更多的是看到来自这份奖项背后的不容易,所以每份奖状无论大小,他都认为是弥足珍贵的,也足够令人欣慰。

此次由天津大学举办的主题为制造"大跨度屋盖结构"的第十届全国大学生结构设计竞赛,实属历届比赛中参赛队伍最多的一次,涉及高校包括清华大学、同济大学、浙江大学、上海交通大学、哈尔滨工业大学等。而宁波工程学院的学子项昌军、陈佳袁、寿柳嫣组成的团队更是在这场比赛中技压群雄,夺得了一等奖,成绩位列全国第五,也创下了宁波工程学院建筑与交通学院在此项专业竞赛中取得的历史最好成绩。

↗ 图为最终确定参赛的结构模型

校友相见,共谈母校

李俊主任还未完全从这场欢喜中缓过神来,他在思考这份新加入的奖状应该摆在橱窗的什么位置,而橱窗也早已呈现出一种饱和的状态,好像空间不多。他拿起这个,看一眼,又摇摇头放了回去,又拿起那个,仿佛也依旧不甚理想,这些奖状哪一个对他来说不珍贵? 而恰逢此时,电话铃声"叮叮叮……"突兀地响了起来。

来自沈菲君的邀请着实又让李俊主任甚为激动。

1996届土木专业优秀毕业生沈菲君,现任宁波通途投资开发有限公司党支部书记、董事长,她同时也是浙江省劳动模范、海曙区政协委员以及宁波城市基础设施建设的领军人。先后负责过开明街地下通道、日湖公园、老外滩、"五路四桥"和南北环快速路等工程的建设工作。从参加工作至今,获得了"先进工作者""建设系统十佳党员""市三八红旗手""市知识型职工标兵""市优秀共产党员""市劳动模范""省劳动模范""全国建设系统劳动模范"、宁波市首届"城市奉献之星"等一系列荣誉称号。2015 年更是成为全国劳动模范。学院里的老师谈起沈菲君时,无疑都是满面的骄傲神情。

↗ 图为优秀毕业生沈菲君

此次致电李俊主任是希望他能够出席一个宁波工程学院的毕业生聚会,这种聚会基本上是每年一次,主要是校友之间联系一下保持关系与情谊,回顾自己在学校的点点滴滴。

在聚会上,沈菲君学姐向李主任提出她对学校的一些看法。她说:"我们学校的土木专业优秀是毋庸置疑的,自 1983 年建校起就一直延续至今,更何况经过年年的不断革新与改良,就比如它现在坚持的一个'基础理论扎实,专业知识宽广,执业能力突出'的原则,依据培养目标和能力矩阵,对课程体系进行整体设计,对我们以前原有的课程进行整合重组,改革构建了以核心课程为中心的核层式课程群结构体系,将核心课程、一般课程和拓展课程三位一体的这种做法,让同学们可以更全面地获取专业知识,有更高的专业水平,这在今后的就业市场中不可谓不是他们的一个优势。毕竟专业知识在每个同学所需要具备的各项能力中算是基本功了。"可她也同样有其他的考虑。在互联网迅猛发展的当下,类似于土木工程这种传统专业仅仅是做这些小改革是远远不够的,如何跟上当代社会前进的步伐,如何适应这个不断变化的社会,是我们学院我们专业在今后的发展阶段里都不能忽视的大问题。

李主任对她明晰的看法不无肯定,甚为欣慰与赞赏。他对沈菲君谈到学校对于同学们现在在创新这块领域的一些帮助,他说:"我们专业要适应现阶段不断发展的社会现状与现实,创新确实是我们必须走的一个过程,所以现在对同学们主要就是培养他们的一种创新性思维,只有让思想先进行一个转变适应,后面的工作才能更简单地去开展实施。"

而正在李主任与沈学姐讨论得如火如荼的此刻,一位西装革履的男子前来与他们寒暄。

1994 届毕业生纪任亮是另一位足够让工程学院的老师自豪的学生。

在校期间他与沈菲君也算相识,还参与过同一个竞赛课题的制作。相见时大家不免也多多少少感叹了一把时光容易把人抛的无奈,可更多的倒像是一种调侃,这种小事

↗优秀毕业生纪任亮

谁真的会去在意呢？他也是此次聚会的主要发起人之一。离开学校的这 22 年间，他一步步脚踏实地地在行业里拼搏，最终取得了现在的位置：波德威工程造价投资咨询公司常务副总经理，高级经济师，注册造价师，并且成为中国造价协会资深会员、英国皇家特许测量师考官、香港测量师学会会员。

谈起在学校里的时光，纪任亮学长回忆道：那时候担任学生干部，相比于其他人多了一份责任感与荣誉意识，总觉得干部就是应该做到最好，所以大学里他一刻都不敢放松下来，就怕比别人差，他认为大学不是"60 分万岁"，而是无限好，尽自己所能去学习，不要浪费每一寸的光阴，如今步入社会反倒是想学习都没有那么多时间腾给自己了，"学习"对现在的他来说反倒显得特别奢侈。而站在一旁的沈菲君学姐十分认同他的观点，不无感慨地怀念那段只需要你认真学习就好的时光。对于当下部分同学期末及格就十分满足、整天浑浑噩噩地生活显得颇为心痛。

临近聚会结束时，沈菲君学姐特意对有机会被邀请来参加此次聚会的那些初入社会以及即将毕业的一些校友寄语道："你们是土木领域的新的年轻的力量，未来都是在你们手上的，刚步入这个行业一定是艰难的，你可能努力甚久也依旧诸事不顺，未取得半点成就，可是你千万不能就此放弃，人贵在坚持，不怕难，不怕苦。眼光放长远一点，不论在什么阶段都要对自身有个总结，足够清晰地认识自己是最重要的。"沈菲君学姐这样告诫在座的学弟学妹们，不经意又看到了李主任，想起之前李主任跟她讲的关于现在同学们在创新创业方面的问题，于是又接着说："每个行业想要一直发展繁荣，不落于人后，最主要还是整个行业里面涌动的创新精神，这是十分重要的，就拿我们学校现在的现状来讲，硬件设备的提供是不用担心的，这么多专业的实验室、实验基地开放给我们，我们当然要去好好利用。而在资金方面的问题也不会特别大，学校现在专门建立了一个培育计划，就是能保障同学们项目的启动资金。当然，如果你的创意足够优秀，像我们这样的社会上的事业单位也会给你们提供一个帮助。所以同学们尽量把想法放在怎么做好项目上，切不要畏首畏尾。"沈菲君学姐最后开导学弟学妹们："试着把土木专业与其他专业、其他媒介结合起来，多种技术的优势互补、联合，形成一种新的革新与创意浪潮，并从中找到新的方向。最后还是预祝你们今后有个较好的发展。"

相较于沈菲君学姐真切的教诲，纪任亮学长的话更像是一种忠告，他告诫与会的小朋友们道："我们这个行业最怕的就是搞工程造假，以 1 亿元的工程为例，相差 1% 就是 100 万元，换成成绩就是 99 分。在学校考 90 分虽然已经算是很不错了，可是在工作的时候，你可就浪费了 100 万元呀。而有时候仅仅只是浪费钱那还是小事，最怕因为工程造价坑害了无辜的性命，那就不单单是钱能衡量的事情了。所以做我们这个行业的我认为最主要的还是我们自身所要具备的职业操守以及职业素养。"

看着自己的两个得意门生有如此高的成就，现在教育自己的学弟学妹们都有如此独到又深刻的见解时，李主任颇为欣慰。

人才培养，校企合作

很多时候，我们讨论一个学校优不优秀，更多的会去看它培养出来的毕业生的质量，学校向社会输出的毕业生的好坏也直接关系到学校的声誉，而至此我们窥探而来的土木学子无疑个个算得上是人才。

到底是什么原因才使得宁波工程学院土木专业可以如此的人才济济，除了学生本身的素质优秀之外，学校长久而来形成的培养模式也是不容忽视的。

宁波工程学院的一个整体定位就是应用型本科高校，这与土木专业一贯以来坚持的培养学生的方向相吻合。我们走在学校里，采访了数个学生，人人都能说出学校的校训——知行合一。土木专业更是如此，从课程设计、培养计划到课程体系的建设和实际教学过程中的组织都在不懈坚持贯彻这个四字方针。他们不仅要掌握理论知识，还要不断把理论应用到实践过程中去。

在采访李俊老师的时候，他曾告诉我们土木专业与其他学校最与众不同的一点是"产教融合，校企合作"。学校拥有几个校办的企业和设计院，学生们可以去那里做到真正的"知行合一"，同时这些部门单位也为孩子们的创业和就业提供了强大的技术保证和物质支持，是学校坚实有力的社会后盾。并且学校还与一众建筑经济公司和建筑检测中心关系密切。主动出击，努力依托行业联合企业，加强专业实践基地建设，增加稳定、深度的校外实习基地，充分满足本专业学生的实习需要。可惜的是，由于基地的位置比较偏远，我们无法亲身前往参观。

老师告诉我们虽然实践基地在校外，但是校内有专业实验教室。一个学生带我们前往实验室进行参观。该学生叫谭钢奇，读大四，目前是学院的学生会主席。他一边走一边向我们介绍，学校初步建立和完善了 12 个专业实验室，改革了实验室管理体制，更新了实验教学内容,正在逐步增加创新类的实验项目。进入实验室,实验器具繁复多样,放置整齐,让我们感受到了工科学生们的严谨。谭同学还告诉我们,土木专业的教学和科研实验室是对学生开放的,并建有大学生创新实验室,鼓励学生积极参与科技创新活动和学科竞赛,开展课外自主实验,从而发展学生个性特长,并能够安排教室和企业导师提供有效的指导,切实提升学生的科研能力和创新能力。

当然,学校不仅鼓励,还做出了实际的帮助。实施了"合协号"计划和"薪火相传——校友导师"计划,导师对学生的选课、专业学习、科研活动及职业规划等多方面提出了指导建议。学校也向同学们提供了各种科技创新和文化活动的条件,举办了"挑战杯"、结构设计竞赛等科技创新活动,培养大学生的创新创业能力。引导学生积极参与社会实践活动,促进学生发挥专业所长,将课堂知识与实践创新相结合,提高了他们知识应用和综合创新能力以及对社会的认识和适应能力。

大国工匠,匠心筑梦

纵观人类文明史,土木工程建设在和自然斗争中不断地前进和发展。在中国的现代化发展中,土木工程业越来越成为国民经济发展的产业。同时,土木工程专业也在随之不断改革发展。不可否认,宁波工程学院的土木工程专业取得了十分傲人的成绩。他们先后参与了"余慈高速公路""东部新城""轨道交通工程""杭州湾跨海大桥""舟山跨海大桥"等一系列重大工程的建设,积极服务于地方经济的发展和产业转型。他们获得过"宁波市教育服务经济贡献奖一等奖""交通部中国公路学会科技进步特等奖及国家科技进步奖二等奖"等殊荣。这一切都在说明着宁波工程学院土木专业正在越来越好,社会影响力越来越大。

学习这个专业苦吗?当然苦,风吹日晒,既要在工地上搬得了砖头,又要在电脑前画得出建筑设计图。学习这个专业开心吗?当然开心,这是我的兴趣,我向往的工匠梦,当我画出来的大楼慢慢地砌造成真实的建筑,心底涌上的成就感无法言语。中国需要文艺工作者,需要科研技术人才,但是同样少不了这些奋斗在技术第一线的人。

🖳 专业评价

宁波工程学院土木工程专业重视学科建设,坚持工科为主,多学科协调发展。以市场需求为导向,围绕当地经济社会需要,精心设置专业。提高专业建设水平,办好优势专业和特色专业,全面实施"5+5教学质量提升工程"。该专业注重艺术与技术、理论与实践相结合,着力培养具有工业产品设计能力,产品展示策划能力,品牌形象系统设计以及市场调研、统筹能力,具备先进的设计理念和扎实的设计技能的应用型产品设计人才。

文/图:沈维敏　周　铭

指导老师:王军伟

前行路上　知行合一

——记宁波工程学院化学工程与工艺专业

👤 专业名片

　　化学工程与工艺专业 2007 年成为浙江省重点建设专业,2010 年成为教育部首批"卓越工程师教育培养计划"试点专业,2012 年被列为浙江省优势专业和宁波市品牌专业。拥有现代化工设计课程群省级教学团队和宁波市有机高分子材料创新团队。专业依托的化学工艺学学科是浙江省重点学科,设有院士工作站。支撑本科教学的实验平台包括中央与地方共建化学化工基础实验室、中央与地方共建化工专业实验室、中央与地方共建化工重点学科平台、浙江省化学化工基础实验示范中心、宁波市聚合工程与技术重点实验室等,2015 年化学化工基础实验室成为省"十二五"重点建设实验教学示范中心。本专业面向地方经济建设和社会发展需要,按照现代工程师培养思路,致力于培养具有扎实的化工专业知识和工程应用能力、良好的现代化工设计训练、创新创业意识,综合素质高的应用型高级技术人才。

　　来到宁波工程学院材化楼已是傍晚 5 点,夜幕开始笼罩住这幢沉默的楼。楼中的灯陆续亮了起来,明亮的日光灯将走廊雪白的墙壁照亮,墙边展示着的仪器设备也反射着金属的光芒。此时这幢楼就如同它容纳的专业——化学工程与工艺,严谨,一丝不苟。

　　接待笔者的仇丹老师也在这时从门外急匆匆地走了进来,这是一位非常年轻的老师,却已经在工程学院从事教学科研活动 8 年多。他带着我们去了材料与化学工程学院副院长的办公室,在这里他将细细地为我们讲述化学工程与工艺专业的建设之路。

　　宁波工程学院图书馆前高 3.2 米、总重量 12 吨的王阳明雕像底座上刻有王阳明生平和思想。诞生于余姚的明代大思想家王阳明先生创立"心学",提出"知行合一"等诸多重要思想,对后世影响深远,是具有世界影响力的浙东学派代表人物。

　　而阳明先生的主要思想"知行合一"也是宁波工程学院的校训,寓意学校教书育人将遵循理论与实践统一、智慧与美德统一、知识与技能统一的原则,学以致用、崇尚实践,将理论与实践结合。身为宁工重点专业的化学工程与工艺专业,其老师及莘莘学子也始终以"知行合一"来要求自己。

手植参天大树——人才培养

2010 年,初入宁波工程学院化工专业的施奕磊无论如何也不会想到,4 年后的他会得到一个免试进入日本九州大学继续深造的资格。九州大学是顶尖研究型国立综合大学,在日本乃至世界上均占有重要的学术地位。在旁人看来,本科毕业就有如此成就,不可谓不幸运,但这背后更多的是他个人的努力和学校的培育。

施奕磊在工程学院读本科的那段日子里,比一般的学生显得要忙碌许多,但是他始终是十分喜悦地在追逐自己的梦想。

2013 年,就读大三的他开始接触专业课程不过半年,就进入了材料与化工学院蒋仲庆老师的科研团队,跟随蒋老师研究开发新型高效质子交换膜燃料电池的隔膜的课题。

作为一个仅仅大三的化工专业学生,施奕磊还只是站在门口观望的初学者。对于一些国际学术文献,英语不好的他却逼着自己去认真学习英语,一边看文献,一边还要翻阅字典查找单词。除去为阅读文献学习的英语,他还在攻读日语。

科研是一件极有风险性的活动,对于研究者来说,也许多年的研究是没有回报的。但是显然,施奕磊十分幸运,所谓天道酬勤,经历过无数次尝试无数次失败的他完成了研究。他开发得到的多孔磺酸化氧化石墨烯纸隔膜,是一种使用超声波法制备得到多孔氧化石墨烯片,之后通过碳片之间的 $\pi-\pi$ 键及疏水性相互作用,将十二烷基苯磺酸钠吸附到多孔氧化石墨烯的表面,经过真空抽滤得到自持的磺化多孔氧化石墨烯材料。

外行人也许无法从这些专业词汇中寻觅到它的重量,但从结果我们可见它的价值。这一研究成果被发表在世界顶级期刊 SCI 期刊《材料化学》及中文核心期刊《膜科学与技术》上,成了他进入九州大学的敲门砖。

2016 年,完成两年学习的施奕磊凭借一身才华进入了日本三菱公司,年纪轻轻的他已然走上了自己光明坦荡的人生。但是他心底永远藏着母校——宁波工程学院,如果没有宁工给予的科研机会,谁也无法知道他现在会在何处。

施奕磊并不是唯一的,像他这样的学生在宁工化工专业还有许多。他们在本科期间就参与到了导师的科研团队中,有着自己独特的科研经历,在毕业后有的选择继续读研深造,也有的选择进入企业做科研工作,各自在一片领域发光发热。

化工专业 112 班的班长王磊就是其中之一。现已毕业的他大二时就在丛杨老师的引导下开始嵌段共聚物的自组装方向研究。正如俾斯麦所说:对于不屈不挠的人来说,没有失败这回事。王磊在他选择的科研道路上不屈不挠,他和学长施奕磊有一个共同点,他们坚持自己选择的路。最终,在 2014 年,他作为负责人的"嵌段共聚物超分子自组装及用于纳米功能材料制备的研究"项目顺利结题。他也在项目研究期间发表了论文《溶剂蒸汽诱导二元共聚物混合体系薄膜自组装》和《二元共聚物混合体系薄膜蒸汽退火自组装》。

在普遍的看法中,一个本科生能够参与到科研项目的机会少之又少。但是在宁工化工学院给了所有本科生一个机会,让他们在学习理论知识之余,能够加入科研团队,跟着导师进行科研活动,这就是本科生科研助手制。

本科生科研助手制是宁波工程学院作为一所新近入选国家产教融合工程百所应用型本科试点建设高校的地方院校,为了推进应用型高校建设所做出的一个尝试。科研助手制对于培育应用型人才具有重要的意义。首先,能够培育大学生的科研创新能力。学生在参与导师的科研活动中,不断提高自身发现问题、解决问题和科研创新的能力,从而使有科研潜能的学生能很快地做出科研成果。其次,科研助手制促进了教与学的"共赢"。学生通过实际的科研活动,把自己所学的理论知识应用到实践中,通过实践检验、巩固,提高理论认知。

"我担心本科生难以胜任科研工作,实验室资源毕竟有限,而且有些实验有危险。"在科研助手制被引进的最初,化工学院院长房江华教授心存忧虑。

2010年宁工化工学院提出引入本科生科研助手制,让在校本科生担任教师的科研助手,参与化工实验以及论文撰写等工作。对此不少人提出了质疑。然而如今6年过去了,看着科研助手制拿出的成绩——17篇国家学术期刊论文,连续两年全国大学生化工设计竞赛全国总决赛特等奖,再也没有人能说出质疑的话。

不断增长的除了成绩还有本科生科研助手的数量,从2010年的50人左右到如今47%的占比,进步是显而易见的。一开始学院引进本科生科研助手制的目的是实验和锻炼学生,但是渐渐的,老师们发现本科生由于不会过于担心实验结果,参与科研反而能带来意想不到的惊喜。

就连曾经对此有所忧虑的房江华院长也说道:"科研助手机制让导师能从繁琐的具体实验工作中适当解脱出来,花更多时间进行规划思考和教学指导,对自身科研教学助力也很大。"

如今科研助手制已经成为化工学院育人机制的重要载体,一个又一个优秀的人才在这种机制下从化工专业走出,走向社会的各个岗位。但在他们的一生中,在化工学院成为科研助手都将会是具有影响力的一段经历。

事实上,除了大学生科研助手制,化工学院还通过设置实践教学体系和人才培养国际化等方式培养专业型人才。宁波工程学院是一所积极探索地方应用型本科院校特色发展之路的学校。在培养应用型人才的道路上,同样坚持着"知行合一,双核协同"的理念。

在这样的培养理念下,会有越来越多的人才从这里走出去,走到社会的各个岗位,成为一棵棵结实的大树,结出丰硕的果实。而化工学院就像植树人,耐心地浇水捉虫,将小树苗扶植成了大树,最终看着他们去往需要他们的地方。

照耀阳光满树——鼓励创新

"你们在上楼的时候应该看见了两个模型,"仇老师介绍道:"这是我们对于化工设计能力的培养的体现。"

5月的阳光已经有点强烈了,正如年轻的学生的想法一样活跃燥热。近几年手工皂风靡校园,而化工专业有两个学生——化工135班陈添金和化工144班的乐梦颖,提出了要自己研究手工皂。他们结伴找到了自己的指导老师仇老师,表示想在他们的科研项目中研究"手工皂"这一课题。

"学生既然有了这个想法,我就鼓励他们,让他们去尝试。"仇老师十分支持自己的小助手们提出这样一个新鲜的想法,并且找了一间房子用作工作室。他们利用休息时间添置了家具、实验台面、各类工具和实验原料,兴致勃勃地建起了实验室。于是带着老师的支持,他们开始了一次手工研发。此时是2015年5月,夏天才刚刚开始。这个时候的他们埋头工作室开始"玩"手工皂,谁也没想到这一次"玩"大了。

7月正是宁波的酷暑时节,同校的学生们都陆续回家了,工作室里依然是他们忙碌的身影。从早到晚,在试过将近120种配方之后,手工皂终于面世了,并且出乎意料地受到了老师和同学的争相购买。

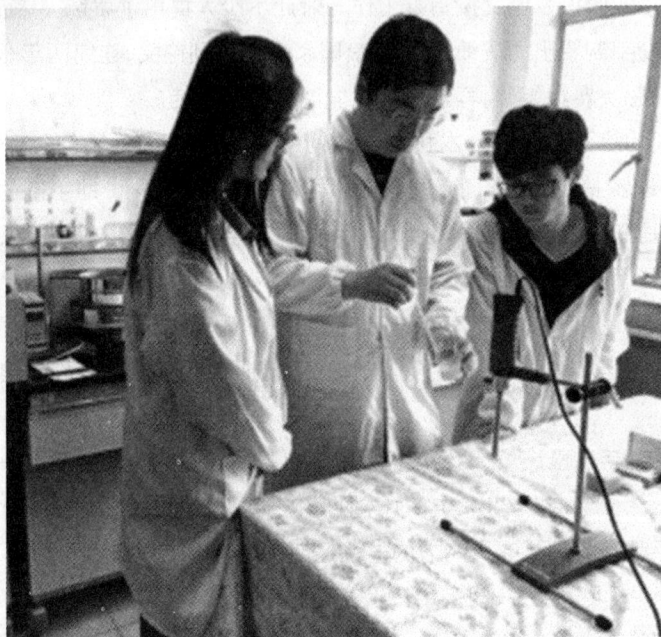

↗ 仇丹老师带领学生进行研发

在仇老师的鼓励下,他们成立了自己的工作室,并正式进驻宁波工程学院大学生创业园,开始了创业之旅。同年9月,手工皂淘宝店开张了,1000多块手工皂存货在短短2周内被认购一空。11月底到12月初,短短一周内又销出了2000余支新款研发产品——可食用润唇膏。

此后在学校、媒体和市场监管局的指导下,他们在学校的"海蓝宝"国家级众创社区成立了宁波黎源日用品有限公司。同时,这个团队为产品注册了黎源商标,这个品牌还成为省内第一个在校大学生创立的天然护肤品牌。

"其间有遇到过困难吗?"

"困难当然是有的,最初有研发的困难,后期的困难也是一个接一个,像联系厂家、推广等,但是我们始终是一个团队,不是孤军奋战,现在回顾一路走来还是很欣慰的。"

如今距离最初的想法提出已经过去一年多了,这一年里,"黎源"工作室已经发展成为拥有自主商标和知识产权的宁波黎源日用品有限公司,就在前不久,黎源系列护肤品正式上市。黎源天然护肤品也已经成为了化工专业乃至宁波工程学院的一张亮丽名片。

所谓知行合一,知与行缺一不可。在领略了知识理论的浩瀚之美后,学生们摩拳擦掌,跃跃欲试,立志将理论付诸实践。因此,化工学院也不吝惜资源,尽力为学生铺设平台,以此鼓励他们积极地进行创新创业活动。正如"黎源"工作室一样,学校所给予的支持鼓励,才让一个几乎完全是由学生组成的团队能够顺利地从梦想走到了现实。

我们在这里看到了"衫言工作室""E8设计工作室"等大学生自主运营的创业工作室。这些工作室不仅仅是学生们一腔创新创业热情的产物,更是在成立后收获了利润,无疑是成功的实践成果。这里的学生俨然褪去了学生的青涩,有了成熟的创新创业经验。

除去鼓励和引导创业活动这一理念,学院也高度重视创新创业教育课程体系建设,开设有KAB、SYB、网络创业及跨境电商等选修课程。在此前提到的"大学生科研助手制"也是教育课程体系中的一部分。

如果说人才培养是将一棵树苗种下,使之成长为一棵枝繁叶茂的参天大树,那么鼓励创新就是这过程中的阳光。作为生物生长必不可少的阳光,是大树能够长成的根基。化工学院将树苗引向洒满阳光的地方,使它们在阳光里尽情成长。

丰收累累硕果——专业成绩

"设计室里青春渡,万夫眼前锋芒展。"这是宁波工程学院对化工学院化工设计竞赛团队的评价。

2013年,化工学院的化工设计竞赛团队第三次收获了宁波市先进大学生集体荣誉称号,这与化工设计竞赛团队连续三年荣获大学生化工设计大赛全国总决赛一等奖有着重要的联系。

全国大学生化工设计竞赛由中国化工学会化学工程专业委员会、教育部和化学化工协会共同主办,面向全国高等院校化工专业的学生,是国内化工类级别最高、参赛队伍最多、影响最大的比赛。因此获得这个奖项,是对化工学子极大的肯定、对设计团队极高的认可。

"设计竞赛难吗?""又难又复杂啊!"团队成员说,"流程很多,每一个流程都是一道难关。能量集成与节能技术,工艺流程的计算机仿真,绘制PFD和PID,精馏塔、换热器、反应器等各类化工设备的工艺设计计算、车间设备的平立面布置及全厂的厂区规划……感觉我们团队成员都把学过的所有知识用上了。"

2013年8月,由徐扬、张雪琼、肖华英、黄晓敏、张伟五名学生和史玉立、方圆两位指导教师组成的"甬碳调"团队怀着期待与紧张的心情远赴哈尔滨参加第七届全国大学生化工设计竞赛总决赛。这年竞赛的题目是"为某一石化/煤化总厂设计一座丙烯制基本有机化工原料的合成分厂"。

团队的成员立刻运用专业知识,经过了激烈的讨论与反复的推敲决定了设计的产品种类、原料规格及工艺路线,技术方案,建设规模,厂址选择,社会、经济效益分析……同学们通过认真思考实验,完美地完成了项目的可行性论证。

经过努力,化学工程与工艺的化工设计竞赛团队及作品在 1103 支参赛队伍、710 件设计作品中脱颖而出,斩获了第七届全国大学生化工设计竞赛一等奖。

指导老师回忆说:"完成竞赛作品历时很长,同学们冒酷暑、战高温,查阅了大量相关资料,运用先进软件,出色完成项目的可行性研究报告和初步设计说明书。在与清华、浙大、天大等著名高校同场竞技中,能取得优异的成绩,包含太多师生的心血和汗水。"

↗ 获第七届全国大学生化工设计竞赛一等奖

其实自第一届全国大学生化工设计大赛开始,化工设计竞赛团队就一直参与其中,并且成绩优异,2011—2013 年共获得全国总决赛一等奖 3 项、二等奖 2 项、三等奖 3 项;华东赛区特等奖 2 项、一等奖 4 项、二等奖 2 项;省赛一等奖 3 项、三等奖 3 项。2011 年"C 计划"团队获全国赛团队合作奖;2013 年"聚合度"团队获省赛最佳表现奖。这样不凡的佳绩使宁波工程学院在全国化工类高校中有了很高的知名度。

化工学院已拥有一支团结奋进、乐于奉献的师资队伍,形成一支长久不衰、好学上进的学生竞技队伍,保持宁工频繁亮相在全国的竞赛舞台上。

初进宁波工程学院的化工学子如同初生的树苗,稚嫩而懵懂,经过了化学工程与工艺专业四年的精心栽培,他们变得成熟而专业,成为了矗立在自己的工作岗位上的参天大树;而化学工程与工艺专业也与莘莘学子们一起成长,所获的成绩如同金秋里结出的丰硕果实。

虽然已经打下了坚实的基础,仇老师表示本专业还是存在很多上升的空间和努力的方向,化学工程与工艺也依然面临着困难与挑战。

首先在招生方面,考生对化学化工的认识存在偏差,有些考生认为化工是一门低趣

↗ 学生在进行九龙湖镇水质分析

味、高难度、离生活很遥远的专业,因此导致家长与考生对本专业的第一志愿填写率偏低。事实的确如此,对化工专业不了解的家长与学生往往会误解这个专业并且避而远之。从仇老师的眼神中不难看出,纠正人们的误解,是一项坚定而必须完成的任务。为此,化学工程与工艺的建设团队也在不断想对策,让大家了解化工实际上与生活息息相关,除了第一线生产,日用品、护肤、保健、食品等产品产业与化工密不可分。

要努力扩大就业范围,使专业人才能够胜任化工行业研发、销售、外贸等多个领域,并且提高专业对口就业率。

其次要提高专业知名度与声誉。化学工程与工艺已经为此做出过不少努力,比如推出自主护肤品牌、给予学生创业资源和条件上的支持并且帮助宣传推广、"五水共治"时期组织化学工程与工艺专业的学生做水质报告、推进化工安全知识的普及与化工安全设施的研究、参与并获得多个发明奖项等。专业建设团队还有意在校内建立一个小型工厂,使其成为学生实践创新的平台和对外宣传本专业的窗口。

仇老师表示他们定下的短期目标是今年内成为宁波第一个通过教育部工程专业认证的专业,明年能获得工程硕士点、分数线能逐年上升,让同学接受并爱上本专业。长期目标是为宁波及周边地区相关行业发展培养输送具有扎实的化工专业知识和工程应用能力、良好的现代化工设计训练、创新创业意识,综合素质高的应用型高级技术人才。通过努力,使宁波相关产业在国内形成优势,真正为宁波"中国制造 2025"试点示范城市建设添砖加瓦。

听完仇老师对未来专业建设的计划和期望,眼前仿佛有一张清晰的蓝图铺开。这样明确的目标如同为专业发展指路的明灯,化学工程与工艺专业在现有的优异成绩的基础上,还将不断奔跑向前。

走出材化楼时天空已经被星星点缀,轻轨从高处呼啸而过,毫不犹豫地驶向下一个目的地。正如星空后会有无限的可能,正如列车有自己明确的目标,宁波工程学院化学工程与工艺专业坚定不移地走在前进的路上。这是一个骄傲的专业,这是一个用行动说话的专业,这是一个从未放弃变得更好的专业。

📖 专业评价

　　宁波工程学院化学工程与工艺（化工工艺）专业按照卓越工程师培养要求，着力培养具有深厚的化工专业知识、扎实的工程应用能力、良好的现代化工设计能力，且创新创业意识强、综合素质高的应用开发型高级技术人才。在石油化工和能源方面提供了人才，为国家现代化建设提供了强有力的后备军。

文/图：刘佳音　祝宇恬

指导老师：王军伟

走
的新闻

宁波高校：

创业精神引领专业创新发展

博观而约取　厚积而薄发

——记宁波工程学院电子信息工程专业

☺ 专业名片

　　电子信息工程专业始建于2008年,前身为电子信息工程专科专业。电子信息工程专业于2010年和2014年先后被教育部遴选为"卓越工程师教育培养计划"首批试点专业和浙江省新兴特色专业。在科研和教研工作中,本专业教师获得宁波市科技进步三等奖1项、发明专利4项、实用新型专利3项、国家自然基金1项、省自然基金6项,承担省级及以上教改项目9项,厅市级教改项目2项,获得宁波市教学成果一、二等奖各1项。

　　电子信息工程专业围绕国家和地方电子产业发展战略,秉承"面向实业需求、培养实用人才、倡导崇实学风、强化应用能力"的教学理念,努力培养基础扎实、知识面宽、综合素质高、应用开发能力强、具有创新意识的电子信息技术高级应用型工程人才。2012年以来,本专业学生获电子设计、程序设计、机器人、智能车等省级以上学科竞赛奖励63项。

"卓越"引航,勤恳钻研

　　这是一个周五的下午,本是学生们经一周忙碌课程后的短暂歇息,但电子信息工程专业学子仍在知识的田垄上孜孜不倦地耕耘。教师办公室、实验室、自习室、图书馆……同学们对学问的钻研、对科学技术的探索,让人赞叹不已。一遍又一遍地追问,一次又一次地组装、摸索,充满了求知的渴求、钻研的热情。

　　在院长室里,三位刻苦好学的学生正拿着笔记本,认真聆听讲解,专注而坚定。对此,忙碌了良久都没得空闲的老师说:"我非常欣赏这个专业的学生,与老师探讨专业学问很积极,也能提出自己特有的想法,有些学生的知识储备甚至超乎我的想象,这种亦师亦友的学习氛围感染着每一个身处其中的人,也是促使我们不断进步的重要因素。"

　　在电子信息工程学院内,东三东四两个教学楼基本都是校方为培养学生自主学习能力和实践能力而斥巨资建立的实验室。这些实验室均配置了密码锁,校方对此的重视和科技力量的投入可见一斑。

　　我们一行人在专业负责人王金霞老师的引导下,来到了电子信息工程学院的特色专业教室——电子创新实验室。王金霞老师介绍道:"电子创新实验室是专门为喜欢钻研、喜欢动手制作的学生成立的。在这里他们拥有充足的设备和不限制的时间,可以自由发挥学生的想象力和实践能力,非常锻炼学生的技能!"

在王金霞老师的帮助下,我们采访到了实验室内正在学习的大三学生黄松立同学。

问:这个专业是十分有前景的新兴专业,那能不能问一下当初选择这个专业的原因呢?

答:大概是因为兴趣爱好吧,选择之前有过基本的了解,然后还有一个原因是卓越计划。

问:当初对这个专业的理解在三年的学习生活后有没有什么改变?或者说,一开始上课后,和你的想法有什么出入吗?

答:有出入的,感觉没有那么简单,要学习很多知识才能把它们融会贯通起来。而且你要多去实践去编程什么的,才能更好地学习理解。

问:那经过三年的学习,对于这个专业的大概方向有了解吗?

答:大概也就是专业课上的那些了吧,涵盖方向很多,可以说是一个综合性很强的专业,但是都离不开电子。

问:之前提到的卓越计划,那么试点专业教学风格和其他专业有什么不同吗?

答:老师更加强调工程动手能力,会开展一些创新类互动。成绩评定方面也会有所不同。

问:那么你认为这个专业必备的专业素质是哪些?

答:基本的电脑操作和基础的专业知识,比如对电路、单片机等的了解;要精通设计电路、焊接电路;对于编程 C 语言或者汇编语也要有所了解;还有应用开发软件、keil matlab 等。此外,我们还经常需要绘制原理图。

问:这些能力的基础首先要有理论基础,那么除了理论课之外,会不会选择其他方式来获取知识,我们来的时候,看到了图书馆,还挺大的,图书馆的利用率高吗?

答:尽管我们一般窝在实验室里,但是会去寻找一些专业书籍,毕竟实践的前提是有理论基础。

问:今天是周五,但是我们过来的路上,发现很多实验室和专业教室都是亮着灯的,你们是有课吗?

答:没有,我们周五基本上没课。专业教室很多都是同学用来自学的,实验室基本上都是自主申请的,而且我们这个课程对自学的要求挺高的。

问:那么一般会在实验室里呆多久的时间?

答:一般就 10~15 个小时吧。

谈话中,我们发现除了大三的学生,甚至还有大二的学生主动来申请实验室进行自学研究。众所周知,很大一部分同学脱离高考的禁锢,以为来到了大学的温床便可以肆无忌惮地消磨青春。然而,电子信息工程专业的这些同学们在校方的指导下,在自我要求的高标准下,选择耐住性子沉下心来进行科研创造。这种孜孜不倦也正是电子信息工程专业所倡导的钻研精神。

学生们如此高涨的科研热情不仅仅是因为自身对电子信息的热爱,还因为电子信

↗ 电子创新实验室中的学生作品

息工程专业将学科竞赛、科研训练纳入人才培养体系,积极探索"科教协同"的育人模式。通过建立面向学生全天候开放的电子创新实验室、建立"合协号"导师制、开设学科竞赛选修课、举办大学生科技活动月等方式,培养学生的创新意识和能力。

围绕国家和地方电子产业发展战略,专业教师秉承"面向实业需求、培养实用人才、倡导崇实学风、强化应用能力"的教学理念,努力培养基础扎实、知识面宽、综合素质高、应用开发能力强、具有创新意识的电子信息技术高级应用型工程人才。

以"卓越计划"试点要求和行业企业需求为导向,结合专业认证标准,专业确立了以培养应用型电子信息类专业人才的实践能力、创新能力、科学思维能力和探索精神为核心的人才培养目标,建构并完善了模块化、分层次、开放型的实践教学体系。

硬件支撑,才德兼备

在王金霞老师的引荐下,我们来到同一幢教学楼的另一间电子创新实验室,采访到了大二的车岳鹏同学。王金霞老师介绍,虽然车岳鹏同学年纪轻,但是他刻苦钻研、大胆创新的精神受到了老师们一致的赞同。

采访过程中,车同学侃侃而谈:"电子创新实验室也是需要申请考核的。就是向老师提交申请,然后会看你电子设计大赛的成绩。电子设计大赛是电子协会主办的两场比赛,主要关于电子焊接和嵌入式设计。这个电子协会是我们实验室创办的,评委也是学长学姐们。电子协会有辅导老师,但是一般不来,主要进行教授的是有能力的学长学姐,然后大家会一起讨论动手。这也是我们大都会积极申请创新实验室的原因之一!"

提到电子信息专业,大家会想到失衡的男女比例。车同学听到这话,忍不住笑着说:"这倒没什么,大家都是研究的伙伴,女生和男生也没什么区别了。"

在车同学看来,该专业的男女比例失调对于学生而言或许不是个特别严重的问题,看来他们也是全身心投入学业。而关于考研出国人数远少于直接就业人数也有据可查。本专业毕业生就业竞争力强,薪酬较高,主要就业行业为通信设备制造业和互联网运营与网络搜索引擎业,从事的主要职业为电子工程师。

据资料显示,电子信息工程专业在工作中表现出扎实而全面的专业能力和良好的职业素养,学习能力较强,培养目标的达成度较高,用人单位普遍给予较高的评价;毕业生专业知识扎实,工作踏实能干,责任心强,与人沟通、协调和团队合作意识强,深受用人单位喜爱,能很快成为各单位的中坚力量,在行业中发挥重要作用。大批优秀毕业生从事与本专业相关工作,并在毕业后3～5年由将所学专业知识与所从事的具体工作有机结合起来,逐步成为单位的技术骨干或管理骨干,发展潜力较大;部分学生在毕业五六年之后成为了企业的中层技术管理者。

除此之外,电信专业仍鼓励学生出国交流学习,学习国外最新的知识并提升外语能力,通过设立优秀学生海外交流奖学金、聘请企业教师、增加"双语"教学和全外语教学等途径,提升国际化办学水平,培养学生的国际化视野和适应能力。自2014年至2016年每年有多名学生赴国外及港澳台学习交流。

车同学热情地带我们参观实验室,介绍道:"学院有两幢楼的实验室供我们使用,实验室设备非常齐全,并且全天开放,使用很自由,我们很乐意整天泡在实验室里搞发明,特别有成就感!"

在实验室里,首先映入眼帘的是满桌的实验器材,对此,车同学解释道:"要做成一件产品,需要的配件非常繁杂,所以一般做实验时都是这副场景,但我们会有条有理地摆放,以免造成混乱。"

作为专业支撑的电子技术实验中心、计算技术实验中心为浙江省实验教学示范中心,其中电子技术实验中心还是浙江省重点建设的实验教学示范中心。在中央财政的支持下,学校相继建成了电子与控制工程训练中心和多网融合与通信技术工程训练中心。与中软国际集团共建的实习基地为"国家级工程实践教育中心"。在电子技术实验中心下建有电工电子实验室、通信系统实验室、电子系统设计实验室、微机与控制实验室、传感器与检测实验室、表面贴装技术(SMT)实验室、GE智能平台实验室、4G移动通信实验室、工业机器人实验室、电子创新实验室等教学实验室。实验室总面积6000余平方米,设备资产总值3323万元,设备生均值1.67万元。

另外,我们看到了正在制作产品的两位同学。两位同学一边进行热烈的讨论,一边拿着各式各样小巧精致的零件小心翼翼地安装。他们尝试了好几种不同的零件和组装方法,最终达成了共识,完成了这一小小的部件。而这也仅仅是他们复杂作品中的一项小工程。

在另一个机器人实验室中,刚刚完成了一个实验的同学们正在安静地撰写研究报告。据了解,这些同学也是自主来进行团队作业的。我们看到墙上有这样一句话:"你一定会感谢今天奋斗的自己!"对此,车同学说:"我们老师非常注重我们实践创新能力的培养,不断鼓励我们研究自己的小作品,并经常告诫我们'无奋斗不青春'!"

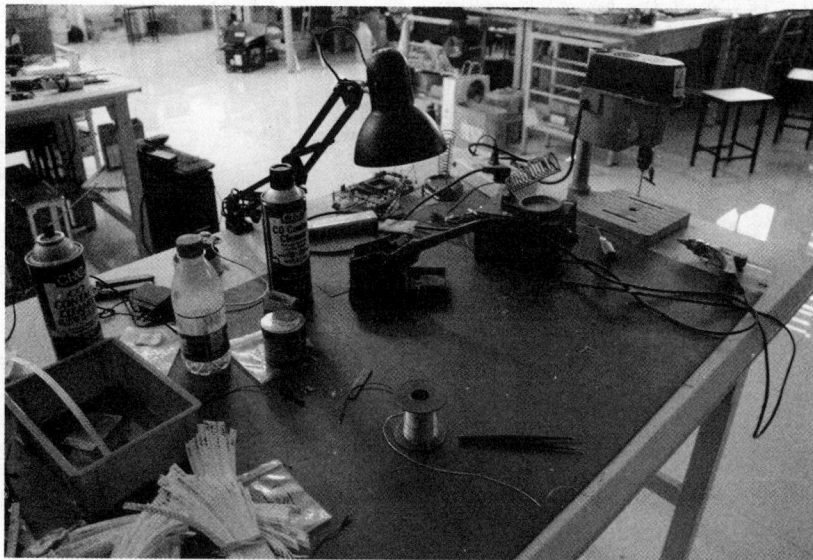

↗实验室一隅

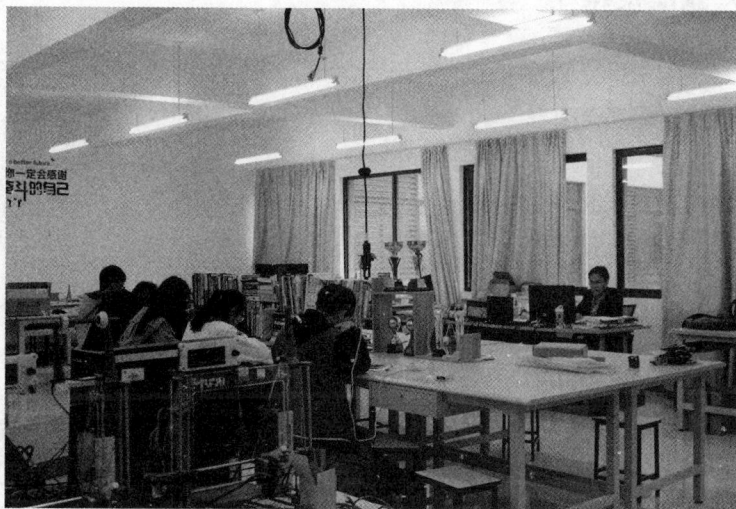

↗机器人实验室里,学生们聚精会神在做实验

合作共赢,知行合一

通过采访,许多电子信息工程专业的学生倾向于毕业后直接就业。在校内展示的电信学院 2017 届毕业生就业状况图显示,该专业考研出国的比例较小,而与企业签约的毕业生比例可观。对此,我们也很想了解考研学生的学习状况。专业负责人王金霞老师便带我们参观了考研教室,并介绍道:

"前几天,学校组织了大三的学生去杭州中控参观实践,也去参观了创业基地。这样的实践还是蛮多的,我们校方也是积极与企业联系,为学生创造这种机会。毕竟我们

这个专业主要就是动手实践。包括一些专业课,我们也会请公司的人员进行授课指导。我们专业同许多企业都有协议,比如大四实习的时候,学生就可以去有协议的企业进行实践实习。"

事实上,电子信息工程专业采用在企业建立校外工程实践基地、引进企业在校内建立工程实训中心、聘请企业工程师担任校内外实践指导教师等"三管齐下"的举措,深化校企联合培养应用型人才。分别在中软国际、宁波三星电气股份有限公司、宁波柯力电气股份有限公司、杭州华嵌信息有限公司、广电银通股份有限公司等10余家企业建立了校外实践教育基地。

其中,与中软国际共建的实习实训基地被遴选为"国家级工程实践教育中心";通过引进宁波高新区宁工电子有限公司,在校内建立了电子与控制技术实训中心,开展电子工艺和总线控制类项目实训,并得到中央财政支持地方高校发展基金专项支持;每年聘请5位企业工程师到校内担任项目实训指导教师,聘请10余位工程师担任校外实习指导教师,并为每位毕业班学生聘请1位毕业设计指导教师。

传道授业,鞠躬尽瘁

由于电子信息工程专业繁忙的教学任务,我们选择对电子信息工程学院副院长安鹏进行邮件采访。安鹏老师身为副院长,不仅为电信专业的同学们授业解惑,更是对同学们的未来十分关心。字里行间不难看出老师对学生们的谆谆教导和辛勤付出。正所谓:师者,传道授业解惑者也。教书亦是育人,电子信息工程专业的老师们遵循"产教结合"模式,并以身作则培养出一届又一届品学兼优的宁工学子。

卓越引航,资源辅佐

问:本专业在2008年成立,2010年被教育部遴选为"卓越工程师教育培养计划"首批试点专业,在这短短两年的时间里有了快速的发展,您作为一个权威人物,觉得如此卓越的成果背后,是什么在起作用?

答:首先是部省市各级教育主管部门的高度重视,"卓越工程师教育培养计划"将全面促进工程教育改革和创新,提高我国工程教育人才培养质量,努力建设具有世界先进水平、中国特色的社会主义现代高等工程教育体系。在这种背景下,电子信息工程专业自成立起就坚持贯彻学校应用型本科的发展战略,恰好与该计划不谋而合,这也得益于校院两级领导长远的发展眼光和坚定的发展思路。在师资引进方面,重视具有工程实践背景的教师引进,吸纳大批优秀企业工程师作为企业兼职教授和导师,同时重视具有海外工程背景人才的引进,甚至直接与国外的大学和知名企业签订合作协议;在教学投入方面,重点向具有企业工程实践项目背景的实践教学倾斜,引进多种企业教学案例和实际工程安全训练,丰富教学资源;在实验室建设方面,与企业共建校企合作实验室、产学研基地等,通过种种措施,一个新办的本科专业在短短的两年时间里就成长了起来,被遴选为"卓越工程师教育培养计划"首批试点专业。今后,我们还会朝着应用型本科的培养思路坚持下去,重视国家产业结构调整和发展战略性新兴产业的人才需求,采取多种方式培养工程师后备人才。

问:作为一名光荣的教师,请谈一谈您的教学理念。

答:首先是以人为本。学校最基础的职能和最重要的任务就是培养人才,在确立学生主体地位的基础上,围绕调动学生的主动性、积极性和创造性来开展一切活动。以人为本的理念,就是要以学生为出发点,充分尊重学生的价值和尊严,尊重学生的个性、利益、需要,促进学生全面可持续发展。

其次是全面发展。学生在学校不光是学习专业知识,更要在学校里培养良好的世界观、人生观和价值观,除了专业技能,还要学习生活技能、与人交往的技能,具备全面素质的学生,走上社会后会更快地适应,也有更好的发展潜力。

最后是现在全社会都在鼓励和支持创新创业理念。当前高速发展的社会使得传统的知识和理念会慢慢跟不上时代,如果要适应社会,一定程度的创新创业教育是非常必要的,创新是社会生产力发展的强大动力,也是个人发展的必走途径,现在的各行各业无不需要在理念、技术等手段上不停地创新来适应新形势发展的需要,创业则能让学生对于自身价值和理解走上一个新的高度,经过创业训练的学生,其成熟度和自身素质的全面性是其他学生不能比拟的。因此,在有限的教育时间内适度鼓励创新创业,对学生、学校和社会都有非常大的帮助。

问:对于部分专注科研的学生来说,学院会给予怎样的帮助和指导?

答:本专业一直鼓励学生参与教师的科研项目或自主进行科研活动。如果是参与教师的科研项目,主要靠项目负责教师进行指导,学院会根据学生参与的实际情况对教师进行一定程度的绩效奖励,鼓励教师指导更多的学生参与到科研项目中;对于学生自主科研活动,学院首先开放了部分专业教室、专业实验室和创新实验室,给学生提供场地条件,每个专业实验室和创新实验室中都有专任教师负责指导,学生也可以根据自己的实际需求申请各级各类学生项目,如国家级大学生创新创业项目、浙江省新苗人才计划项目、宁波工程学院王伟明助创基金等,专业内还提供了少量的预研基金,帮助没有基础但又想做科研的同学启动起来。

自主学习,创新发展

问:贵专业有许多电子创新实验室,而且我们也了解到学生对实验室的热情很高。您认为电子实验室对学生的帮助有哪些?能够培养学生哪些方面的能力?

答:电子创新实验室是本专业进行人才培养的重要平台之一。能进入电子创新实验室的同学,绝大多数都是有着自身的兴趣才来的,所以电子创新实验室最重要的就是帮助学生养成良好的自主探究学习的习惯,基于层次化实验开放内容,循序渐进地培养学生发现问题和解决问题的能力,提高学生综合应用知识的能力。一旦学生习惯了自我学习,自我寻找目标,后面的发展会非常快,对创新人才的培养也可以起到很积极的作用。

问：我们从学生中了解到贵专业有一个电子协会，每年都会举办两次大会进行比赛，您觉得这个协会对学生的技能培养等方面有什么积极作用？

答：2009 年 7 月底来宁波工程学院报到时，第一项工作就是组织电子协会的学生在暑假参加全国大学生电子设计竞赛，一直到现在，每年我都会在电子协会中指导学生参加包括电子设计竞赛、智能汽车竞赛等多项竞赛。学科竞赛的难度逐年增加，个人感觉有些竞赛已经远远超出了普通本科生能完成的能力范围。因此，每一次竞赛从知识层面和技术层面都对我个人提出了更高的挑战，也会督促我再一次深入挖掘专业知识；尽管题目很难，学校给学院的指标完成难度也非常大，但我还是坚持让学生主导完成竞赛，这样虽然会对成绩有一定的影响，但让同学们得到了难得的锻炼机会，从长远来看是有利于学校和学生发展的；同时，在各竞赛门类引入梯队机制，每年都由高年级同学和低年级同学交叉组队，形成良性的人才循环培养体系。学院的学科竞赛也逐年进步，部分竞赛已经具备可以和浙江大学等名校有了一较高下的能力，如全国大学生智能汽车竞赛在 2014 年进入全国总决赛并获得了全国二等奖的好成绩。从协会各种竞赛锻炼出来的同学，有着更强的专业基础知识和实践操作技能，工作后可以更快地适应企业的实际需要。

问：您认为在这个专业，学生应该培养哪些品质？您又是如何引导学生培养这些品质的？

答：首先是自主学习的能力，能在没有人安排任务的情况下自己找到合适的努力方向。其次是专注，保证自己在学习时不受干扰，尤其是现在手机不离身的学生们，更需要保持专注；然后是对时间的安排，保证在这短短四年的时间能有更多的收获。最后也是最重要的，有健康的身体和坚韧的心。我在平时引导学生时，更多地会通过企业实践活动来锻炼学生，把学生放到真正的社会环境中，对于这些品质的理解也会更加深刻。

温馨回忆，殷切期望

问：您教导过的学生中，有没有一些学生给您留下深刻的印象？

答：我带过的学生中，特别是在我实验室待过的学生，有许许多多都有着鲜明个性和良好品质。举一位已经毕业的同学为例，他是大一就进入我实验室的，在周围同学还在茫然不知所措的时候，他就开始按照我上导论课所说的内容一步步地去实践，大一下半学期的时候，展现出来的专业技能已经可以让我刮目相看；大二时候开始协助我完成一定的科研项目，并且自己有着明确的发展目标和动力，在大二暑假的时候，他已经可以指导大四的学长完成相当难度的毕业设计；大三时他被选为韩国某大学交换学生赴韩求学，其他同去的同学大部分时间都在课堂上度过，而他凭借自己过硬的专业技能进入了该大学一位著名教授的实验室，实际参与到该教授的科研项目中，工作完成得非常出色，我也得到了该教授写给我的书面表扬信。本科毕业后，他被浙江广电集团录取，从事设备研发与维护、对方项目沟通等工作，目前，他代表单位已经建立了与我们学院的合作,目前项目进展良好。这位同学在每个阶段都有着明确的目标,并且能付诸实践,每每与他交谈,我自己都可以学到很多。

采访临近尾声,安鹏副院长还对在校学生以及即将毕业的学生们提出了殷切的期望和忠告:大学是跨入社会之前的加油站,同学们脱离了家里和中学保姆式的照顾和教育,要尽快在大学里学会自我生活的能力、自我学习的能力和自我调节的能力,也许你并不十分喜欢你的专业,但这不要紧,完成本专业的基本要求,把剩下的时间尽可能地用来充实到自己喜欢做的事情上,这几年的大学生活会让你受益终身。

专业评价

宁波工程学院电子信息工程专业可圈可点的"产教融合"的应用型人才培养模式,亮点频现的"科教协调"的育人模式,为培养面向电子信息行业和嵌入式系统领域,从事电子设备和信息系统的设计与开发、制造与应用、维护与管理等工作的高素质应用开发型高级技术人才打下了坚实的基础。本专业为教育部"卓越工程师教育培养计划"首批试点专业,采用"3+1"培养模式,即3年在校内学习,1年与企业联合进行项目实训式培养,瞄准国际工程师培养标准,通过专业认证促进人才培养工作开展。

文/图:童冯雯　罗蓓蓓　王　雪　叶怡琳　蒋份佩

指导教师:孙桂荣

一个高起点、高定位、高水平专业背后的故事

——记浙江大学宁波理工学院机械设计制造及其自动化专业

专业名片

这是浙江大学宁波理工学院第一个一本专业。机械设计制造及其自动化学科为国内第一批硕士学位授权点、博士学位授权点和博士后流动站。1987 年经原国家教委批准为国家重点学科。学科所在机械科学与工程学院是国家制造业人才培养基地，首批一级学科博士点授权点，承担了国家"863"计划项目、攀登计划项目、"211 工程"重点学科建设项目。经过多年建设，在 6 个研究方向上，形成了以国内知名教授为学术带头人、中青年骨干为主体的实力强大的学术梯队，取得了多项具有国内领先水平的研究成果，在国内学术界具有重要地位，并且培养了一批高水平人才。

回首：人才辈出，感恩母校

"学姐，我是浙江大学宁波理工学院 2015 届的同学，想要采访我们机械设计制造及其自动化专业的优秀校友，在这里先和你预约，有空记得联系我哦。"刚下课的陈婧收到这样一条来自浙江省宁波市的短信。看着这条短信，她不禁微笑起来。想想从母校毕业已将近十年，自己毕业后便一直忙于学术，考研究生、博士，直到现在成为杭州电子科技大学的教师，不由得感慨时光易逝。回想起当年自己在学校的日子，拿奖学金，当三好学生，也可以用忙碌且充实来概括吧。当学生的时候可以用品学兼优来形容自己，而如今当老师的自己则可以用辛勤负责来形容。

↗ 优秀毕业生陈婧

随后，陈婧在采访中这样描述自己的母校和专业："以前自己是学生的时候，总以为要从事教师这一职业是非常容易的，而现在自己当老师之后才明白其中的某些辛苦。我非常感谢自己的母校，虽然宁波理工学院并不是一所名校，但是它所提供的平台却很好地锻炼了

我，给了我很多机会去努力提升自我，突破自我，这使得我在之后的学习或者是工作实践中，都有很大的收获。而且，宁波理工学院特有的那种校园氛围也促使我不断学习和进步。我也想告诉学弟学妹们，一定要珍惜在学校的生活，过好每一天，做到不后悔过去的每一天。努力提升自己的专业知识，找各种各样的机会去锻炼自己，多学习知识，多学习技能。当然，在学习之余，也可以参加一些社团或者做一些兼职，为将来步入社会打好基础。但是前提是，你必须想好自己将来要走什么样的道路。很多学生会考虑毕业之后是去考研还是直接去工作，在这两者之间纠结。这个问题你自己一定要想清楚，不要盲目听从他人的意见，不要盲目跟随大流，要听从自己的想法。因为确实不是每一个人都适合考研的。想清楚自己要走什么样的路之后，就坚定地走下去，不要后悔自己的选择，而恰恰相反的是，你要为自己做出的选择去负责，并且朝着自己的目标坚定不移地走下去，不要放弃！"

宁波理工学院机械设计制造及其自动化专业的优秀毕业生数不胜数。像陈婧这样毕业后专注于学术，从事教学工作的学生有很多。而还有一些，在毕业后直接去工作，在相关领域取得巨大成就的学生也不胜枚举。

恩施海鸣电器销售有限责任公司自创办以来，很快便打破了电力公司对工程安装市场的垄断，实现了电器工程的市场化。有了竞争作为突破口，这家公司马上抢占了市场先机，迫使原先一家独大的电力公司降低价格，提升质量。同时它也成为了同类型公司的佼佼者。而创办这家公司的正是宁波理工学院2005届机械设计制造及其自动化专业的毕业生陈志。

从宁理毕业之后，陈志被分配去了湖北恩施，他几乎是公司里最为勤快的人，凭借着勤奋的意志力在不到三年内升职为科长。就在所有人都以为陈志会在这个职位上继续向上努力时，他出乎所有人的意料，辞去自己当了不到半年的科长，和两个志同道合的朋友成立了恩施海鸣电器销售有限责任公司。

↗ 优秀毕业生陈志

如今已经是湖北恩施海鸣电器销售有限责任公司董事长兼总经理的陈志在谈到自己创办这家公司的初衷时说道："其实我当初就是想利用自己在学校学到的知识来做一些自己想做的事，这样才不会辜负我在学校学到的知识。实践证明，当初在学校学到的专业知识，以及学校给我提供的锻炼的机会很好地成就了我自己。在宁理的生活对我的影响很大，它不仅提高了我的实践能力，还让我明白只要敢想，敢坚定不移地走下去，就一定会有收获的道理。"对于学弟学妹，陈志也寄语："大学是我们步入社会前最后的'象牙塔里的生活'，不会有来自各个方面的压力，还可以尽情地做一些自己想做的事情。不要畏惧，要敢想，更要敢做，就一定会有意想不到的收获!"陈志用从学校学到的专业知识技能,以及自己在学校提升的各方面的能力,成就了自己的想法。他不断学习,也不断突破,打下了自己的"世界"。

那到底是什么让宁波理工学院机械设计制造及其自动化专业人才济济?是什么让机制专业的学生摆脱"毕业即失业"的魔咒?宁波理工学院机械设计制造及其自动化专业以其特殊的人才培养模式向社会输送着具有自己特色的人才。

高起点、高定位是宁波理工学院机械设计制造及其自动化专业在建设之初就坚持的理念。它依托浙江大学的教学和科研资源,充分发挥浙江大学母体优势,高水平、高标准地开展专业建设和学科发展,注重人才培养与宁波制造业发展需求相结合,培养学生专业技能,提高学生动手实践能力。它结合宁波制造业发展对人才需求和机制专业学科特点,形成了以制图技能、计算机技能、设计能力和制造能力为核心,以"课程实践、专业实践、科研实践和产业实践"为平台,构建四维一体渐进式实践教学体系。

2013年,浙江大学宁波理工学院机械设计制造及其自动化专业设置了境外交流基金专项奖励。境外交流奖励的第一批20名学生已于2014年6月23日抵达新加坡,将参加为期16天的大学生科技探索交流集训。此次科技交流集训班在新加坡管理大学举行,邀请了新加坡著名教授进行"电子机械一体化工程学应用——智慧机器人""新加坡精密机械加工技术""中、新、美高校教育与未来工业需求""新加坡大学毕业生职业生涯规划与团队建设"等内容培训与交流,并实地考察享誉国际的综合性研究型大学:新加坡国立大学和新加坡南洋理工大学,体验新加坡的校园文化和精英教育理念。

宁波理工学院机械设计制造及其自动化专业构建4C为核心的人才培养模式,提升了学生的理论基础和工程分析能力。以学科建设为契机,推动着专业实践平台跨越式的发展。

目睹:雄厚师资,坚实力量

阳光明媚的清晨,校园里又响起了悠扬的上课铃声。早晨还不算烈的阳光,透过窗前的树叶,斑驳地洒在张学昌副教授的身上。如同以往很多个清晨一样,张老师拿着文件站在办公室的窗下,微笑地看着楼外急匆匆赶往教室上课的同学们。他一大早就来到了办公室,准备开始一天新的工作。

张老师已经在宁波理工学院执教多年,他身上的头衔和成就更是令人赞叹。他是机械工程学会的高级会员,主持国家自然科学基金、浙江省自然科学基金、宁波市成果产业化重点项目等。曾发表过学术期刊论文30篇,其中EI及SCI收录18篇,发明专利8项。要知道,EI,即工程索引,是全球范围内的一个数据库,它可不是什么文章都录入的,被录入的文章都代表着权威与高质量。所以EI被称为全球核心,被每个国家认可。同时,他还主持了浙江省级教学研究项目2项,出版教材7部。张老师还曾经获得浙江省教学成果一等奖、浙江大学教学成果奖一等奖等奖项,2015年获浙江大学宁波理工学院教学名师称号。

张老师说,在获得过这么多的奖项里,"浙江大学宁波理工学院教学名师"这个称号最让他骄傲，并且具有成就感。因为当他培育出一届又一届优秀的机制专业学子时，那种发自内心的自豪感和满足感是获得其他任何奖项都不能给予的。他深深地热爱着这个他所从事了多年的职业，热爱着这个专业的每一位学子，更加热爱着这所具有独特魅力的学校。

另外，好的开始是成功的一半。那么，对于学生们而言，拥有一支强大的师资队伍，也是其取得好成绩的一个捷径。因此，张老师说，他的贡献是微不足道的，光靠他一个人的力量也远远不够。在他的背后，还有一支更加强大的师资队伍。例如，在机械设计制造及其自动化这个专业就有副教授和高级工程师 11 人，专业教师 22 人。其中，正高职称教师的比例达到了 29%，副高职称教师比例达到 46%。具有博士学位的教师比例达到 62.5%，具有硕士和博士学位的教师总体比例更是达到 91.7%。有如此庞大的师资队伍，才能为学生们提供优秀的教育环境和教育质量，让学生们学有所得。

伴随着窗外一阵又一阵虫鸣，其他老师们也开始了一天新的工作。堆叠在办公桌上的多份文件正等着被处理，王义强教授坐在办公桌前，拿着一支笔一边认真地在文件上标注，一边时不时地抬起头沉思一会。他是作为宁波理工学院"三江学者"的特聘教授，培养的硕士及博士研究生达 50 余名。对于自己的这一成就和学生们的发展，他坦言："现代社会对同学们的要求更高，不仅要求一个学生必须要有较宽的知识面，并且具备多方面的能力，同时还要求有一项自己的强势才能和专业技能，只有这样，才能更好地实现自己的价值，达到自己理想的目标。"

在谈到专业的培养重点时，王教授还表示："我们专业的培养重点是通过导师制、国内外交流、兴趣小组等途径来培养学生的兴趣、爱好，挖掘学生的潜能以及提升学生的专业素质，尤其是在国际交流方面。比如境外交流资助政策，就给学生们带来了很多交流学习的机会。"

在食堂吃过早饭后，陈俊华教授也提着公文包来到了办公室。他是现任机能学院研究所所长，作为工学博士、教授、研究生导师的他更是曾获浙江省高校优秀教师等荣誉。另外，他所指导的学生在全国大学生机械创新竞赛中多次获各类大奖，这也一度成为众所周知的美谈。而对于现今社会快节奏的发展，他也表示："我们也会通过改进教学内容、手段、方法，来使学生学习更多的专业技能，更好地掌握更多的知识，并懂得如何在实践中运用，而不是一味地只谈理论，没有实践。"另外，他更认为一本专业的"导师制"是既可以提高教师能力，又可造就高素质学生的双赢方法，值得大力推广。另外，陈教授也自豪地说道："在这种培养模式下，老师们像带研究生一样，既可以按专业技能、培养目标来提升学生综合素质，又可以根据学生不同特点来培养个性能力，从而增强了学生的专业适应性、灵活性，满足人才的市场需求。"

能够拥有雄厚的师资力量，是学生们获得更多有用的知识的捷径，更是一个学校发展的硬道理。除此之外，拥有装备精良的实验室，合理安排的课程体系，也是学生们发展的又一硬道理。

当下：实验课程，合理规划

李志鹏是 2013 届机械设计制造及其自动化专业的学生。"这个学校是我高中班主任推荐给我的，学校是第一次招一本生，有很多特别优惠的招生政策。"这是当初李志鹏在选择宁波理工后的感言。他在第一学期拿到了专业的第一名。学习对于他来说并不是难事，作业在白天的课余时间就能完成。学习之余，他常跑图书馆，他说一进学校最让他兴奋的就是拥有这么庞大藏书量的图书馆。平常他在这里看书拓展视野，考试期间，则在这里专心复习。

问："学习对你而言并不是难事，你觉得你们的课程安排合理吗？"

答："其实在我看来，我们专业的课程安排还是很合理的。我们主修的课程有工程图学、机械制图、理论力学、材料力学、机械原理、机械设计、工程材料、互换性与技术测量、机械制造技术基础、机械工程测试技术、机电传动控制、液压与气压传动、数控技术与数控机床、数控工艺与编程、先进制造技术等等。看起来似乎很多，但实际上并不是。这些课程几乎每一门专业课都有固定的实验课设置，有的是绘图，也有的是拆装零部件，种类很多，也比较有趣。我记得之前自己绘制和拆装减速器，给我留下了很深的印象。先绘制一个减速器，然后将它完全拆解后绘制零部件，再安装回去。这让我不仅仅在课本上看到图片，而是彻底了解了减速器的构造和原理，也锻炼了自己的动手能力。可以说，我现在不看实物也能够知道减速器大致分为几个零部件、大致是如何运作的。总之我认为学校在课程上的安排是有利于我们的发展的。"

问："你了解你们专业有什么资源投入吗？"

答："我们专业实施'机械设计制造及其自动化实践教学体系'建设，大力推进实践、技能综合培养模式，重点突出实践教学，以实践教学内容、方法和手段的改革为切入点，强化'课程实践、专业实践、产业实践'，有效地提升了我们学生的创新精神和实践能力。这对于学生来说无疑是一件令人高兴的事。"

问："你们专业有哪些学科平台呢？"

答："据我了解，我们专业目前有浙江省零件轧制技术研究重点实验室、浙江省机电与能源工程实验教学示范中心、宁波市装备制造业产学研技术创新联盟等 10 个学科平台。"

问："那你享受过你们专业带来的什么乐趣吗？"

答："我们专业还是很有趣的。比如我们会在上课时体验探究类的实验项目，还有一些实习单位的高工会来学校为我们作技术讲座，当然还有赴国外交流的机会。这些都是我们难能可贵的学习机会，而且还能在其中体会到很大的乐趣。"

问："你认为学校有什么优势呢？"

答："我们学校具有名城名校合作办学的优势，发展潜力很大。2015 年的 ACM／ICPC 国际大学生程序设计竞赛全球总决赛，我们学校的同学在 120 支参赛队中排名世界第 41 位，并夺得 ICPC 成绩排名并列第 27 名的优异成绩，2016 年的'挑战杯'大学生

↗ 学生在体验探究类实验项目

↗ 学生赴国外交流学习

创业计划竞赛决赛,我们学校的学生也拿了一等奖和多个三等奖。学校的综合办学实力很强、人才培养质量很高。"

李志鹏现在已经是大四的学生,在学校学习的三年多,他收获良多。明年即将毕业的他,将带着在学校学到的知识和技能,结束"象牙塔里的生活",拥抱满怀着期待的未来。

毛敏是和李志鹏同一届的学生。2013 年,她以 644 分的最高录取分进入浙江大学宁波理工学院。根据学校的招生政策,她获得了四年学费全免的政策优惠和境外交流奖励。2013 学年第一学期,她取得专业成绩第二的好成绩。在学习期间,她还加入了一个研究 3D 打印机的科研团队,她坦言道:"这改变了我从前想要当一名工程师的人生设想，今后我将投身于3D打印机的研究实践。学以致用是工科学习的关键，相较于理论知识学习，做科研项目能够把自己所学用到实处，反过来印证理论所学，并在实践中知晓细节，这使我觉得更加兴奋，更有兴趣。"

开展长久的专业建设，是学生得以发展的重要因素。而宁波理工学院在机械设计制造及其自动化专业的建设可谓尽心尽力。也只有这样，才能让学生们有良好的发展前景。

毕业季是离别季，更是收获季。接受采访的老师们在谈到毕业后学生们的去向时都会露出自豪的神情。机制专业的毕业生能够适应所有与机械相关的技术工作，毕业后能够进入相关公司实习，并且一次就业率高，就业方向更是多种多样，比如除了教学、营销等外，常见的还有生产总监、物流管理、设备管理、质量管理、项目管理等等。因为机械渗透到很多行业，所以能够一网打尽很多就业方向。

↗学生在吉利集团实习

↗学生在欣达公司实习

尾声

有付出就一定会有意想不到的收获。只有打造好专业建设,才是学生、学校的长久发展之道。机械设计制造及其自动化专业是宁波理工学院的一本专业,它旨在培养具备机械设计制造基础知识与应用能力、能在工业生产第一线从事机械制造领域内的高级工程技术人才。简言之,机械设计制造及其自动化专业培养的是"设计者"而不是"制造者",而我们的社会需要的正是这样的人才。要走什么样的路还是要自己去找,人生也需要自己去建筑,只有懂得的知识和技能越多,才能成为社会真正需要的人才。

专业评价

机械设计制造及其自动化专业是浙江大学宁波理工学院建立最早、实力最强、行业覆盖面最广的专业之一,拥有省、市级重点学科和省级重点实验室、省级示范教学中心。该专业形成了科学完善的本科生培养体系,坚持宽基础、重实践的教学理念,在夯实机械工程基础的同时,加强自动化技术、计算机技术、海洋技术等多学科知识的交叉融合;紧密结合我国战略性支柱产业——先进装备制造业的发展需求,培养具备机械设计、机械制造及其自动化技术的基本理论、专业知识与应用能力,能在先进制造业、海洋机电装备等行业从事设计制造、科技开发、应用研究、运行管理、市场营销等方面工作的复合型高级工程技术人才。这样一个高起点、高定位、高水平的专业,其建设过程中,有太多吸引我们的故事。

文/图:黄　婷　秦学靖

指导老师:王军伟

IT 梦想　从这里起航

——记浙江大学宁波理工学院计算机科学与技术专业

👤 专业名片

浙江大学宁波理工学院计算机科学与技术专业成立于 2001 年,经过 16 年的不懈努力,已逐步从教学为主的专业建设目标转型升级为教学科研并重型的专业发展模式,成为浙江省计算机学科领域内在实践教学、科研能力、人才培养质量等方面有一定影响力的专业。在整个发展过程中紧跟技术发展的趋势和区域产业变革的需要,针对快速发展和创新永不止步的 IT 行业,计算机专业的专业建设方案和人才培养目标也逐步调整,在应用型人才培养方面有着丰厚的积累,在人才培养、课程建设、双证书教学等方面,更是取得了卓越的成绩。2009 年该专业被列入宁波市首批服务型重点专业,2014 年获批浙江省"十二五"普通本科高校新兴特色建设专业。

ACM 集训队:因为热爱,所以坚持

蔡明伦老师是浙江大学宁波理工学院计算机科学与技术专业的副教授之一,自 2005 年以来,曾带领学校的 ACM 集训队走过 4 年的春夏秋冬。

13 年前,一群热爱程序设计的激情昂扬的大学生,一位投身于程序设计事业多年、兢兢业业的老师,他们的相遇就好像冥冥之中的注定,开启了浙江大学宁波理工学院计算机科学与技术专业建设史上的新篇章。

2003 年,浙江大学的陈越老师为了次年即将举办的第一届浙江省大学生程序设计竞赛做准备,召集省内各高校的师生参加了浙江省大学生程序设计竞赛浙大邀请赛。这个邀请赛原定于 2003 年的四五月举行,但是由于"非典"疫情严峻,主办方将比赛延后到了 9 月。那年暑假,蔡明伦老师来到了浙江大学宁波理工学院,也是因为那次比赛的延期,让蔡老师与 ACM 集训队结下了不解之缘。

9 月份比赛结束后,蔡老师得知了宁理的孩子们在邀请赛中一道题都没有解出来。这一结果不仅让刚来到学校的蔡老师感到意外,也让学生们遭受到了重大的打击。

那一天像往常一样,吃完午饭后老师们坐在一起聊天。蔡老师开玩笑地说道,没成绩是有可能的,但是一道题都没做出来是不可能的。一位老师便回了句,那你来试试。没想到,正是因为这句"那你来试试",蔡老师与 ACM 集训队的故事就此开始。

↗ 蔡明伦老师接受笔者采访

现在回想起来这段记忆,蔡老师依旧觉得不可思议。满载荣誉的 ACM 集训队竟然是因为一次抬杠而诞生的。

2003 年 10 月 18 日,10 位对程序设计有着浓厚兴趣的学生全部到位,蔡老师带着他们开始了漫长而又艰辛的训练。

然而带领一支集训队并非一件容易的事。没有相关的教材、没有专业的指点、缺乏经验……接踵而来的困难着实让零带队经验的蔡老师犯难,好在集训队学生的热情令他感到欣慰。

"蔡老师! 蔡老师! 这道题我解了好久都没解出来,您帮我来看看呗!""蔡老师,我这样解可不可以,您有没有更好的方法?"集训队成立之后的每一天,蔡老师的办公室里都会响起这样的声音。学生们似乎并不在意设备简陋、缺乏教材等问题,永远都精力充沛地准备攻克一个又一个难题。

每到双休日,别的学生都兴高采烈地出去放松时,ACM 集训队的学生依然要待在小小的实验室里,不断地做着各种各样的题目。别人放假的时候,他们需要继续待在学校里。对这 10 位学生来说,双休日和假期成了一种奢侈。

2004 年暑假,ACM 集训队的所有人都留在学校里辛苦地备战他们即将要参加的亚洲赛。ACM 国际大学生程序设计竞赛亚洲赛在每一年的下半年举办,而 2004 年的那次亚洲赛,是这支初出茅庐的 ACM 集训队参加的第一次亚洲赛。60 多天的暑假,学生们和蔡老师一起,没有一天松懈过。闷热的夏天,10 个 20 出头的大学生待在一间小小的教室里刷题。那个时候的条件简陋到甚至没有一台空调。学生们每天都汗流浃背。晚上 10 点后,教室里才能稍微凉快点。蔡老师也和学生一样,一大早就来到刷的那间小教室,听着手指敲击键盘的声音,在学生身边耐心辅导,一直到晚上 10 点都没有离开。大家都是带着激情,为了同一个目标而奋斗着。每当解出一道题时,学生们便会兴奋地跑出教室,在走廊上边跑边欢呼。

每一天的训练结束后是这支 ACM 集训队最能够释放自我的时候。蔡老师带着坐在电脑前一天的学生们去吃夜宵。就像对待自己的孩子一样,蔡老师和他们一边大快

记浙江大学宁波理工学院计算机科学与技术专业

[二] 梦想 从这里起航

139

朵颐，一边高声谈笑。

2004年的亚洲赛网络赛，这支ACM集训队中的九位学生被分成了三支队伍代表浙江大学宁波理工学院参加角逐。最终三支队伍都取得了全国前十的好成绩。作为独立学院的学生，能在这样高手如云的大赛中战胜其他名校学生取得好成绩，可谓黑马。

ACM集训队真正的辉煌要从2005年开始说起。那一年上半年的省赛，ACM队拿了金牌的好成绩。在下半年的亚洲赛中，这支ACM队伍在北大、菲律宾以及韩国赛区都取得了不容小觑的成绩。很多人在2005年之前甚至不知道有浙江大学宁波理工学院这样一个学校，2005年之后，当人们提到宁波理工，就会想到这个学校的ACM集训队有着不俗的实力。日复一日的努力铸就了2005年的辉煌成绩，蔡老师的日夜陪伴也并没有白费，ACM集训队自此走上了正轨。

2005年的亚洲赛之后，ACM集训队取得的成绩吸引了金山软件公司的一位技术总监带领着团队前来宁波理工招聘。当时ACM集训队中的所有学生全都进入了金山软件公司工作。能够在自己还如此年轻的时候就进入大型企业工作，这令学生们兴奋不已。也正是从2005年之后，金山软件公司开始参与到专业拔尖类人才培养中，每年公司对专业学生实行团购，团购规模均稳定在5～8名学生/年。除了金山软件公司以外，ACM集训队的学生还有机会进入百度、腾讯等大型企业工作。

第一批队员和蔡老师一起努力打下的良好基础，使得ACM集训队不仅受到了金山软件等国内著名IT企业的极大欢迎，还受到了国内众多媒体的关注。所取得的成绩也获得了业内人士的肯定。2009年浙江大学宁波理工学院成功组织第34届ACM国际大学生程序设计竞赛亚洲区预选赛，2016年再次赢得第二届全国程序设计大赛总决赛的举办权。ACM集训队让宁波理工的计算机科学与技术专业逐渐走了出去，更多的人开始了解这个专业，了解宁波理工这个曾经名不见经传的学校。

2009年的亚洲赛在宁波理工落下帷幕后，蔡老师便开始把带了六年的ACM集训队交给了其他老师。2011年蔡老师正式辞去了ACM集训队教练的工作，但毕竟是坚持了好多年的事业，蔡老师本人也对程序设计依然抱着极大的热情，因此他开始转向幕后，用自己的经验为ACM集训队提供帮助。

2013年，浙江大学宁波理工学院代表队作为唯一一所非"211"大学代表队，以亚洲赛第四名的好成绩出征俄罗斯参加全球总决赛，与麻省理工学院、斯坦福大学、卡内基梅隆大学、东京大学、清华大学、北京大学、浙江大学、复旦大学、上海交通大学等世界一流名校的120支参赛队伍同台竞技，最终获得排名世界第41位、ICPC成绩排名并列第27名的优异成绩。

正是因为学生们的刻苦练习加上蔡老师对这份事业的热爱与坚持，浙江大学宁波理工学院ACM集训队才能越做越好。

ACM集训队的故事还在继续，他们的下一个目标是在竞赛中获得浙江省省赛特等奖，成为浙江省第一名，蔡老师也期待ACM集训队能够创造更多奇迹。

ACM集训队的成功，是老师和同学共同刻苦钻研的成果，也是竞赛爱好者们书写属于自己的热血青春的见证。自2005年以来建立的辉煌历史，也让整个学院为计科专

↗ 集训队队员参加 2012 年浙江省第九届大学生程序设计大赛合影

↗ ACM 集训队获得的部分荣誉陈列

业骄傲。这样的传承,不知不觉中也让参加各项基础知识竞赛成为了计科专业的一项不成文的传统。随着集训队取得的成绩越来越好,学院对竞赛的重视也越来越高,渐渐地,参加竞赛成为了计科专业人才培养模式的重要组成部分之一,为计科专业人才的输送提供了过硬的基础知识培养。

专业培养模式:一个中心,三个助推

　　谈到人才培养,汪诚波老师可以说拥有最优发言权,自 2005 年进入浙江大学宁波理工学院工作以来,汪老师就作为计科专业的导师在自己的岗位上兢兢业业地为学生服务,可以说见证了专业人才培养从初具雏形到如今逐渐完善,成为宁波市高校特色专业代表之一。

↗汪诚波老师就笔者的问题侃侃而谈

计算机科学与技术专业的人才培养战略坚持一个中心三个助推的模式,已经经历了 10 年时间的考验,10 年间专业建设所经历的风风雨雨,汪老师不说了如指掌,也算得上是深有体会。

这一个中心、三个助推,具体来说就是以核心能力培养为中心,以学科竞赛、校企合作、四年导师制为助推,旨在针对浙江大学宁波理工学院的办学特色,为社会培养专业对口化且核心技术能力过硬的毕业生,也让在校同学的学习生活更为丰富,而不仅仅局限于枯燥的书本知识。

其中,学科竞赛是计科专业人才培养一大亮点,在校学生形成"金字塔"结构,金字塔底部是专业的全部学生,越接近"金字塔"顶端学生的专业素质越高,也相应能够获得更多的培养机会,当然,这种"金字塔"式的所谓分级标准,与学生自身的努力和知识储备是分不开的。汪老师说,以往学校的学科竞赛是所谓"贵族的游戏",但计科专业做到了将学科竞赛融入课程中去,上课内容就是按照学科竞赛的方式在组织的。这样就使得学科竞赛的参与度更广,所有学生都有参与的机会,人才选拔比较方便,学生们也就过了第一关——核心技术能力和计算思维的训练。

而在"金字塔"顶端的二三十个学生,在四年的学习中会一直参加学科竞赛,"365 天的课余时间天天都在参加学科竞赛,四年专注同一件事,相当于从大一入学就参与人才选拔,选拔的机制是通过机器衡量,绝对公平公正。这就相当于学生们的专业能力在校期间就获得了权威的认证,对他们将来就业的帮助也不言而喻了。"汪老师这样形容几乎贯穿四年大学生涯的学科竞赛对学生们的影响。

人才培养的另一个环节是校企合作,计科专业多与金山软件公司合作,公司营业额最大的部门几乎都是来自宁波理工的学生。很多同学毕业就职后经过努力,已经在公司做到了比较高的职位,也在业界较有名气。金山公司和小米公司的联系比较紧密,所以小米公司也有很多我校优秀毕业生就职。谈到优秀毕业生在各大公司取得的优异成绩,汪老师脸上一直洋溢着自豪的微笑。

"计科专业的校企合作不是名义上的校企合作,我们给这个项目取名叫深度融入校企合作。一般的校企合作或者说传统的校企合作,企业一定是处于被动的位置,不愿意将企业的技术让给在校大学生做,而我们专业做到了学生和企业双方自愿,因为我们的确为企业带来了利润。"汪老师这样形容,"我们的项目在设立之初考虑到了学生、老师、学校和企业四方的交叉,我们把这个交叉点放大,就有了达成合作的契机。有了这个思路之后引申出来的模式就很多了,比如说校内工厂,我们石林大楼 11 楼就有很多企业在。比如说富士联合实验室。就企业来说,将一部分富士电机软件的业务和技术人员放到我们学校实验室,我们专业的老师和学生一起从大三起参与项目研发,这样一来双方都得到了益处。企业本身获得了利润和社会效应,就一个成功的软件项目研发来说,大致需要 30％的核心技术,余下的 70％就是我们在校学生可以参与的部分。一来节省了聘请业界专业人士需要的高昂的费用,二来通过和学校学生长期的接触了解,也解决了 IT 行业招工难、通过面试无法全面了解人才能力的问题,为企业日后预备了一批优秀的基础人才。"

　　通过与在校学生长达一年的接触,企业可以了解到常规面试十几分钟远远不够了解的一个人个性、沟通能力、团队合作能力、企业文化认同等素质,企业也可以从中选择最适合自己公司的人才,也达到了企业的目的所在:优选人才,获得最大的产出比。同时,与高校合作也可以达到企业的社会宣传目的。企业会在校内开办一些兴趣班,学生从大二起就可以逐渐接触、选择自己感兴趣的方向和适合自己的企业文化,大三起学生可以到相应的企业实习,这样双方的选择余地都会比较大。和几家企业建立了长久的校企合作关系,像之前提到的金山、小米公司。金山公司在我校就建有专门的科研实验室,把一些大学生可以做的、适合做的部分交给学生来做。

　　通过学科竞赛,计科专业形成了进口、入口、出口的培养模式,各个公司在与学校共同建立实验室、提供实践操作的场所时,也会赞助在校学生参加学科竞赛。学科竞赛则为公司优选了大量基础技术能力过硬的学生,因此,计科专业的对口就业率达到 80％。

　　第三个助推是四年全程导师制度,这个制度在 10 年前理工学院成立之初就已经开始实行了,学生从大一起就参与双向选择,进入到老师的实验室,给学生一个适应的机会。四年中实行"四个一"工程,第一年明确目标,做一个职业规划,确定一个专业方向,培养一个核心技术能力计算思维。第二年专业技术课开始了,需要定一个专业方向,也可以有一个将来的规划,这样一来学生们有了实验室研究的氛围,老师进行引导,同时结合计科专业本身的特点,从大二就开始了解研究、体验学长曾经做过的商业项目等等,学生就会意识到自己需要学的东西还有很多。大三就正式地参与到各种商业项目中去,有纵向也有横向的,和老师一起合作完成。因为参与这些项目,大三的学生有百分之二三十的学生每个月可以拿到 1000 元到 2000 元的工资报酬。第四年我们要求学生开始在外面实习,或者在老师的公司,或者在其他的公司,实习对于大多数学生来说都没有问题,都能找到自己适合的岗位。

　　汪老师说,现在大四的学生能拿到的最高工资达到 6000 元左右。这个数据虽然不是普遍性的,但也不在少数,是完全能够说明问题的。作为老师我们也很欣慰,培养出了这些优秀的学生,为社会提供了技术型人才。我们的学生中,有40%~50%都进入了这个四年导师制度,导师制度实行双向选择,老师选择学生的同时学生也可以自主决定想要加入哪位老师的研究团队。

浙江大学宁波理工学院计算机科学与技术专业老师与同学们的故事还在继续,专业、热血,对技术的高要求是他们的写照,十年树木,百年树人。相信计科专业作为宁波特色专业之一的辉煌历史定能一直延续下去,写就更为华彩的篇章。

专业评价

浙大宁波理工学院是浙江省应用型试点示范建设学校,这几年一直致力于"校企一体化"合作应用型人才培养工作。计算机科学与技术专业作为该校一个技术背景很强的专业,可以说是其中的一个成功典型。

为促进计算机专业人才培养工作与社会需求的紧密联系,该专业结合自身实际,科学准确定位,发挥办学优势,推进教学改革,强化实践教学,满足地方经济对计算机科学与技术应用型人才的需求。该专业把握应用型办学定位,坚持走产学研用一体化道路,与企业开展全方位、深层次、多形式的深度融合,推进教育、科研、服务一体化协同创新,逐步探索出了具有自身特色的应用型人才培养模式。

文/图:汪　扬　陈嘉敏

指导老师:王军伟

触摸梦想的高度
——记浙江大学宁波理工学院生物工程专业

🔲 专业名片

浙江大学宁波理工学院生物工程专业创立于 2001 年,现为浙江省重点建设专业和宁波市重点建设品牌专业,在专业建设和人才培养中以科学研究、产品开发为重要手段,通过科研和社会服务进行人才培养,坚持"科研为产业服务,教育为产业服务",落实"应用型人才"培养,实现"服务型教育",通过专业—学科的一体化建设,创建了多个省、市、企业的学科平台,并利用这些平台进行专业建设和人才培养,在人才培养、科学研究和社会服务工作等方面都取得了丰硕成果,先后获得浙江省科学技术进步三等奖 1 项、浙江省高等学校科研成果二等奖 1 项、宁波市高校教学成果一等奖 1 项、宁波市科学技术进步二等奖 2 项、宁波市科学技术进步三等奖 1 项。在 2015 年经浙江省教育考试院审核批准,获列入浙江省普通本科第一批次招生。

科研竞赛,良师益友,成就精彩人生

"一等奖!一等奖!"王进波老师从凳子上跳起,难以置信地盯着荧屏上"一等奖"三个字,抓起手机,手指头还不停地在抖,终于拨出了那个号码。"朱昌盛,你们组得了一等奖啊!"

王进波老师激动,心里很明白这次的"一等奖"意味着什么。浙江省大学生生命科学竞赛是由浙江省教育厅主办的大学生课外学术科技类竞赛,是浙江省最具代表性、权威性、示范性的大学生竞赛,很多参赛队伍来自名校,比如像浙江工业大学、浙江大学。而竞争力如此激烈的比赛,能够披荆斩棘,取得奖项已是不易,更何况朱昌盛他们小组是夺得了一等奖,这又是何等的荣誉!

2016 年 12 月 10 日至 11 日注定会是不寻常的日子。浙江省第八届大学生生命科学竞赛总决赛在温州医科大学举行。经过网评、现场答辩两个阶段的比赛角逐,朱昌盛、陈建伟等同学组成的 One Piece 队披荆斩棘、勇往直前,终于夺得一等奖的殊荣。同时,浙江大学宁波理工学院的其他学子也在这场比赛中脱颖而出,分别斩获二等奖和三等奖。

电话那头的朱昌盛喜极而泣,带着哽咽的语气说:"老师,没有你,我们也不会拿到

这个一等奖。如果不是你在身旁耐心地指导,实验就不会做得这么成功!"

"昌盛啊,这也是你们努力的成果啊。"王进波老师听着那一头的抽泣,有些感触。

↗浙江大学宁波理工学院参赛队及指导老师在温州医科大学参加比赛

动人的场景并非个例,而感动的背后,除了是学生们的自身努力之外,还离不开生物工程专业教师们的悉心栽培。

"讲到这里,我忍不住想说一句我们公司最近研发的项目。"讲台上的老师按捺不住内心的激动,走到第一排前,神色飞扬,不停用手比划着。台下的学生们似乎并没有惊讶的神情,反而一脸认真地听着。而这个正在侃侃而谈的老师,就是教授生物分离工程学科的雷引林教授。

谁能将这个讲得眉飞色舞、五十多岁却激动得像个孩子的人跟一个浙江大学硕士研究生导师(化学工程专业),承担 863 重大项目子课题、宁波市国际合作项目、重大横向课题,发表 SCI 或 EI 论文 30 余篇,获得发明专利 7 项的人联想在一起?

"一个半小时并不是很短,但是每次上雷老师的课并不觉得很难熬。他有自己独特的风格,将这门课程和他的自身经历结合在一起,通过他研发的实验项目来吸引我们的注意力,而且顺着他的思路,我们也能更好地掌握生物分离工程这门学科。像生物分离工程这种课都是我们的专业课。因此,像雷老师这样上课,能够将专业课上得生动有趣,对我们来说也是一件好事,毕竟专业课都很重要啊。"

生物工程专业的同学都大力赞扬雷引林教授的讲课风格,称他为学生的良师,"相信有雷引林这样的老师在,我们专业能够发展得更好。"这么多的良师益友,才能让学生能在科研竞赛中一步一个脚印奋然前行,无所畏惧。

优秀校友,心系母校,增添宁理光辉

又是一年校庆,历届优秀校友们返校参加校庆晚会的日子。方雪恩看着熟悉的大门,"浙江大学宁波理工学院"几个大字还像当年一样,精神抖擞地挂在最显眼的大门上。

　　几天前,刚刚结束实验坐在沙发上的方雪恩收到了一条短信:"方雪恩学长,我是浙江大学宁波理工学院的同学。作为宁波理工学院生物工程专业的2002级的学长,在校庆来临之际,特邀你作为优秀校友参加校庆晚会。在这里先预约一下你,真诚希望你能出席哦,谢谢学长。"时光荏苒,岁月如梭,转眼,宁理已过多少春秋?方雪恩不禁陷入沉思,遥想那时候自己的懵懂青涩,原来时间早已在不经意间溜走。

　　脚踩在铺满梧桐树叶的小道,耳听着风吹树叶的"沙沙"声响,阳光刚好就这样洒在脸上,一切静谧而又美好。实验室所在的地方,位于北教学楼的一个小角落,正门口写着几个蓝色的大字——"生物与化学工程学院"。

　　方雪恩走进这似熟非熟的教学楼,看着"校友墙"上贴着自己的照片,有着自己的简介:"方雪恩,博士,副研究员,上海浦江人才入选者。曾获得共青团中央等主办的'挑战杯'银奖、教育部博士新人奖和复旦大学挑战学者等荣誉称号,目前已在 *J. Virol. Methods.* , *Anal. Chem.* 和 *Lab Chip* 等国际顶尖 SCI 刊物发表论文 17 篇,获得 5 项中国发明/新型专利……"方雪恩突然有些感慨,原来日子都已经过了这么久了。想着那时候,在实验室做着实验,望着窗外的银杏树叶子黄了又落了。

　　是什么支撑他走完四年征途? 又是什么让他创造了今天骄人的成绩?

　　"大学时代,我没有很刻意去想着在 SCI 刊物发表论文。在那个时候啊,学院的梅乐和教授是我崇拜的对象:在国内外刊物上发表论文 150 余篇,其中被 SCI 收录近 70 篇,被 EI 收录 40 多篇,授权发明专利 10 余项。就只是一心一意扑了学习上、科研上。现在回想,那段日子没那么苦闷,因为有了老师、同学的帮助关心。感谢宁波理工,感谢母校。"方雪恩显得有些不好意思起来。

　　我们都知道,SCI(科学引文索引)、EI(工程索引)、ISTP(科技会议录索引)是世界著名的三大科技文献检索系统,是国际公认的进行科学统计与科学评价的主要的检索工具,其中以 SCI 最为重要。

　　在对方雪恩的采访中,提及学弟学妹们,方雪恩想起了那天在实验室里看到的一张张朝气蓬勃的面孔,便道明,他对宁波理工的生物工程专业的未来发展还是寄予了相当高的期望。他希望并且相信着,在不久的将来,将有机会和母校的生物工程专业的学弟学妹们一起共事。长江后浪推前浪,生物工程专业的同学会在社会上有所作为。

　　"同学们在校学习切不可急功近利,内心浮躁。尤其是我们这个专业,有些实验耗时长,时间长达好几天也是有的。所以,碰到问题一定要把它弄明白,坚持不懈方能成功。不管以后生物工程的同学是选择考研还是就业,这门专业学习中你获得的不仅有知识理论,学习的方法和做学问的精神也是在以后生活中能够有所帮助的。"伴着方雪恩学长的谆谆教诲,天上的云朵慢慢走近了橙红边的夕阳。

实验设备,亿元打造,培养实践能力

　　宁波理工学院为了能够给学生们提供强大的支撑后盾,浙江大学宁波理工学院迄今已累计投入实验室建设经费共计 1000 万元，建设了生物化学实验室、工业微生物实验室、专业综合实验室、GMP 实验室等实验室。

谢丁缙是"亿元实验室"的受益者之一。谢丁缙是浙江省第八届大学生生命科学竞赛二等奖"肠胜将菌队"中的组员。他回忆那段准备参赛的日子："一个实验反复做反复做，做错做失败都是不可避免的。正确的结论是建立在循序渐进的实验上的。"

"像我们这样研究型的专业，实验室是否完善、器材是否到位都起着至关重要的作用。例如火箭一飞冲天，任何细小零件，即使是螺丝帽出现了偏差，最后都会造成难以想象的后果。而我们的实验也是这样，如果没有到位的器材，实验数据出现偏差，不可能得出最正确的解答。一旦出现纰漏，全盘皆输，要重新

↗ 优秀校友代表方雪恩

再来。就像我们之前做'蛋白质提取'实验的时候，做了整整三天，如果数据出现差错，我们这三天的努力也就白费了，想想也是很崩溃。"说起实验过程，谢丁缙更是滔滔不绝。

当谈到是什么让他能够坚持下去的时候，谢丁缙先是说着"信仰"二字，紧接着，他提到了宁波理工的实验设备："我第一次来实验室上课，老师就带我们参观实验室，边参观边介绍说每个仪器大概花了多少钱，还说总共投入了差不多 1 亿元……那个时候宁波市还有媒体来采访，写了篇文章叫做'亿元打造实验室'。"

谢丁缙口中所说的那篇文章，就是《中国教育报》头版以《亿元打造实验室，独立学院领风骚》为题，报道了宁波理工学院实验室建设的成就一文。该文还指出，按照浙大宁波理工学院现有万人学生的规模计算，学院投入到实验室建设的费用已经超过人均 1 万元的水平。

"按照现有万名学生的规模计算，我们院投入到实验室建设的费用已经达到了人均 1 万元的水平。这个重视程度和投入力度，在全国独立学院中是比较罕见的。"生化学院前任院长俞庆森直接在一次报道中提到了这一点。

该院实验室与设备管理处处长许洪光老师说："除此之外，要使学生们能够更好地掌握学科知识，指导教师常常会运用幻灯、投影、多媒体等现代化教学工具，产生图、文、声、像、形体、语言并茂的效果，令同学们宛若进入了一个电影中才有的高科技实验基地，更好地去了解接下来的实验步骤。'立体'试验概念刺激了学生的科学灵感，强化了知识印象，加大了知识信息传播的力度和深度。在现代控制实验室，指导教师会通过网络，对同学们做实验的每一个步骤进行实时观测，发现问题及时解答。"

宁波理工的实验设备不仅为教学和科研提供了坚实的基础和良好的环境，也为培养"三型"（创新型、应用型、实践型）人才提供了先进的创新条件，为生物工程专业的同学在各类竞赛中增加夺金获银的可能。

↗ 在微生物实验课程中学生进行微生物细胞的显微镜观察实验

考研之路，温暖如初，生工与你并肩

2016 年冬日的一个早晨，风雨如常，气温却比往日要低。而生物与化学工程的考研学子像往常一样，早早梳洗完毕，踏上了去图书馆、自习室的求学之路。路漫漫，其修远。

12 月 15 日下午，生化学院特地为学院的考研学子录制了考研成功之毕业生的"我在这里等你来"的 VCR 和来自身边老师和同学的祝福视频，并赠送了慰问品。当赵迎宪院长和金志华书记亲手将一个个慰问品送到生化考研学子手中的时候，考研学生们便更加清楚地知道，即使风雨兼程，生化学院的老师们依旧是他们考研路上最坚实的臂膀，带领他们一步一个脚印地走向成功的远方。

"很感动，很温暖，也很开心。"当询问到一个生物工程专业的备考学生收到这样的慰问品时心情如何，千言万语也道不尽她所有的感情，只能化作了这几个形容词。

其实，生物工程专业的同学通过考研之路改变自己未来的也不在少数，殷晓春就是其中一个。

"刚开始进入大学，觉得就是来上上课混混日子，我并没有什么目标，更别说考研了。"殷晓春不好意思地说着。"后来出现改变是一次梅乐和教授主讲的'我国研究生教育体系基本情况介绍'讲座，生化学院的学习氛围让我真正感受到了未来可以有无限可能。"

"给我感触最大的，大概就是梅乐和教授介绍我们专业的考研情况：每年都有超过 10% 的毕业生考取研究生进行深造，近 3 年毕业生的考研录取率分别为 15.38%、11.54% 和 19.35%，进入江南大学、华东理工大学、华中农业大学、浙江工业大学、南京农业大学等学校深造。正是这些数据告诉我，为什么我就不能成为那 10% 的其中之一？为什么我就不能通过自己的努力给自己创造一个更好的未来？"正是如此，殷晓春对自己的考研之路产生了期待。在如此激进人心的大氛围下，孕育出一批批勤奋上进的考

—记浙江大学宁波理工学院生物工程专业

触摸梦想的高度

研学子,自然是顺理成章的事情了。

为了让生物工程的同学在未来可以有更深入、体系化的学习,宁波理工学院还设置了生物制药、发酵工程与生物催化、分子检测等 3 个培养方向,在课程体系中针对这 3 个方向分别设置了 3 个相应的模块化课程群。

殷晓春说,她还认识一个学长,曾经是生物工程的学生,参加了浙江大学宁波理工学院与英国女王大学合作培养学生的交流项目。

"这是一段难忘的经历。与其说是求学之路,不如说是求人生轨迹之路。宁波理工有很多学院很多专业有该类合作项目。像'3+1+1'项目:学生在浙江大学宁波理工学院学习 3 年后,符合条件的可以申请赴英国女王大学对应专业完成本科阶段最后 1 年学业,达到规定学分和成绩要求的获得浙江大学宁波理工学院学历和学位,同时获得英国女王大学对应专业的硕士研究生入学资格,完成 1 年研究生学业且成绩符合要求的将获得英国女王大学硕士学位。"

该学长直言,这是学院给他的一次机会。能够有幸代表生物工程专业赴英学习,将成为他人生中不可抹灭的风景。

尾声

坚持不懈、踏实努力,黎明后的曙光明媚动人。浙江大学宁波理工学院生物工程专业的每一位老师都秉着"以学生为本"的基本原则,努力做到理论和实践相结合;生物工程的学子,他们身上尊重敬爱自己的老师、求上进肯钻研的精神熠熠生辉。社会的聚光灯打在宁波理工学院生物工程专业上,它带着家长、学校、社会的期许,有了一番桃李芳菲已成园、人才济济报社会的景象。

许多人或许不了解"生物工程"这个专业,他们会质疑、会猜测。生物工程作为一门新兴技术,以生物学的理论和技术为基础,结合化工、机械、电子计算机等现代工程技术,短期内创造出新物种。简单来说,和人类的遗传、基因有一定联系。1994 年系统生物工程(中科院)概念就提出,这必将成为 21 世纪的前沿技术。

我们看到,未知的路途等着生物工程专业的莘莘学子去探索。参加竞赛、参加科研项目,他们始终心怀热忱之心;感恩母校,返校探访,毕业生们成为社会国家之栋梁。所以,我们有理由相信,浙江大学宁波理工学院生物工程专业将会在"专业和学术"的路上坚定不移地走下去,培育出更好的下一代学子,培育出在社会上有所作为的人才。

浙江大学宁波理工学院生物工程专业如同一株幼苗,仍在不断地成长。终有一天,它能长成抵御风沙的参天大树,以粗壮的枝干,供生物工程学子触摸梦想的高度,看见未来的远方。

📷 专业评价

　　浙江大学宁波理工学院生物工程专业自建立以来一直坚持专业、学科一体化建设，秉持"专业培养方向与产业需求对接，注重学生创新精神和实践能力的培养"的人才培养思路，根据浙江省、宁波市的生物产业发展规划和特色，凝练专业培养方向，优化人才培养方案，通过科研创新创业项目和学科竞赛等实践教学方式，培养学生的动手实践能力和创新创业能力，构建了"产学研平台、实验实践、生产实习和毕业设计（论文）"四位一体的实践实训体系，建立了规划科学、实力雄厚、配套完善的本科生培养体系。

文/图：李青青　潘杉杉

指导老师：王军伟

—记浙江大学宁波理工学院生物工程专业

触摸梦想的高度

继往开来　时代新帆

——记浙江大学宁波理工学院网络与新媒体专业

🧑 专业名片

网络与新媒体专业是浙江大学宁波理工学院自 2013 年起开设的一个本科专业，2014 年起进入一本招生。网络高新媒体专业 2017 年获批为浙江省"十三五"特色专业。近几年来在网络与新媒体研究领域已取得了良好成绩，省部级以上项目 6 项、一级论文 20 多篇、专著 4 部。其中黄少华教授的《我国公民网络行为规范及引导抽样调查的影响研究》、李文明教授的《网络文化通论》获国家社科基金资助项目；李文明教授的《网络文化产业发展对策研究》获教育部人文社科研究规划基金。同时，为政府及企业科学运用网络新媒体进行舆论引导和形象传播提供决策建议，获重大横向课题 10 多项。

四年一剑　宝刀出鞘　一展雄风

黄少华教授翻看着毕业生的照片，一边自豪地笑着，一边跟我们讲着他们的故事。

"要不你们先回去，我在这儿守着。"钟成拒绝了同事半途离开的建议。那是一个气温低至零下的冬天，冷风瑟瑟，大雪纷飞，大街小巷都被披上了一件雪白色的外衣。钟成和同事们决定在永康拍摄一组关于狗笼中孩子的照片作为报道。无奈天公不作美，气温实在太低了，同行的同事们忍受不住这刺骨的严寒，都纷纷劝他改日再来。但他却微笑着拒绝了，独自坚守着，直到深夜。在那零点几秒时终于有了合适的角度，按下快门，记录下了让人难以想象的瞬间。黄教授得意地告诉我们："这组照片可是获得了全国晚报优秀新闻照片的银奖，金华新闻奖的二等奖，真的很不容易。"

在黄教授的描述中，钟成学长的形象缓缓输入我的大脑。我在甬城，隔着 240 公里，用感觉窥探着身在婺城的优秀毕业生。不同于我想象中的成熟、历经人事的沧桑形象，在与黄教授的交谈中，我能感受到钟成有着男孩独有的爽朗与青涩。曾经稚气腼腆的他，现在已成长为一位有担当、有魄力的小有名气的摄影记者，就职于在地方颇具影响力的金华晚报。

浙江大学宁波理工学院网络与新媒体专业以在专业成立前是以新闻学专业的网络新闻方向为特色方向，造就了一批又一批优秀的毕业生，活跃在各大电视台、杂志社等等，这背后的故事也是格外的传奇。

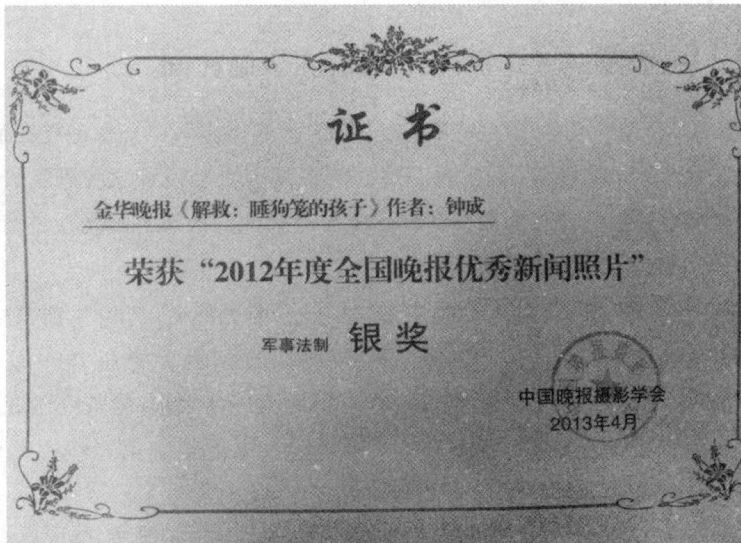

证书

金华晚报《解救：睡狗笼的孩子》作者：钟成

荣获"2012年度全国晚报优秀新闻照片"

军事法制　银奖

中国晚报摄影学会
2013年4月

2013年10月，就在事业风生水起的时候，李炜突然病倒了，连续住院四个月。住院过程中医生还下了病危通知单。随后他辗转北京、上海、杭州等地进行治疗。最初他被诊断为大脑胶质瘤，压迫中枢神经和视神经，病情严重。在丽水住院的时候，医生建议他马上动手术，而且是做开颅手术。但是风险太大，稍微不留神，就可能变成盲人甚至是植物人。权衡之下家人打算放弃，一边继续四处奔波，不断求医问药。万幸的是在家人和李炜自己不断坚持下，病情得到了控制。

谁也没有想到这个在2010年毕业后到中国传媒大学播音系进修深造，之后进入宁波人民广播电台的优秀毕业生李炜会被这样的疾病缠绕。

在大学的青春岁月中，他用温暖的声音开启了一场又一场播音盛宴，现在他又用他温暖而坚定的声音谱写了一段辉煌传奇的人生。他是李玮，新闻专业2006级学生。曾是学校广播电视台台柱，而今则是宁波人民广播电台的主持人。

在职期间，他的《娱乐先锋》节目收听率一直保持频率内排名第二、同时段广播节目第一的成绩。在宁波电台工作的三年时间里，节目主持、片花制作、活动策划、线下主持的经验都日趋丰富、成熟。就是这样一个在成绩背后不懈努力的人，竟然患上了大脑胶质瘤。康复后，他更加明白人生短暂的道理。在明天和意外不知道哪一个先来的情况下，不如做自己，做自己喜欢做的事情，尽量让自己快乐。

因此，他整装待发，开始了人生的新旅程。他来到电台继续工作，开始主持FM102.9的晚8点到9点的《8点同学会》，也继续接一些商业主持工作。这一次，他对工作、对生活，更加积极、热情，结识了新朋友。他坚信：没有道路的话，就开拓属于自己的路，无论有多远，答案一直就在自己心中。将以更高的理想为目标，对未来充满信心。

正如李炜一样，很多学生在毕业后还是选择了与新闻相关的专业，并且带着自信在这条路上走得越来越顺。我想，这跟网络与新媒体这个新型的专业和强大的师资配置是分不开的。

三尺讲台 三寸舌 三寸白笔 三千桃李遍林间

蓬乱的头发，深邃的眼神，微抿的嘴角，一件迷彩的摄影马甲松松地挂在肩头，一双时髦的运动鞋懒散地趴在脚上，坐在我们对面的正是传媒与设计学院副院长刘建民高级编辑。刘老师用他独特低沉的声音向我们缓缓道来他的故事。阳光透过窗户洒向屋内，干枯的树干上有鸟儿在啼啭。

恍惚间，我们好像也顺着刘老师的声音穿梭进了时光隧道。"30 年前，我是一名记者，也像你们一样，奔波在各个新闻现场，采集新闻讯息。我曾经在 1999 年的最后一天，和报社同事一起爬上雪峰山，拍摄报道新世纪的第一轮太阳；我曾经还在和同事聚餐的归途中突遇街边大火，然后立刻联系消防大队，马上跑到第一线去帮忙救援和采访。"

回忆起这段光辉岁月时，刘老师的眼睛亮亮的，好像一下子回到了 30 年前，变回了那个"打了鸡血般"的小年轻。"当了二十年编辑以后，我就想，我现在做报纸，影响的是一个地方的人，怎样可以影响更多的人呢？最好的办法就是当老师呀。我要把我这几十年来的工作经历、经验、教训、心得全部教授给我的学生，让他们成为一名合格的新闻人，再让他们去影响更多的人，刷新时代的风貌，让他们成为一名合格的新闻人。"刘建民老师是这样说的也是这样做的。他现在不单是传媒与设计学院的副院长，也是宁波日报报业集团的阅评顾问，兼任中国教育报宁波记者站常务副站长、东南商报教育周刊常务副主编，主持浙江省新世纪教育改革项目"新闻创造生机——新闻学专业务实课程群实践教育创新范式构建"等多项课题，他主持的"行走的新闻"更是获得过教育部全国高校校园文化品牌二等奖。刘老师的头衔很多，可他还是愿意同学们叫他"老剑"。他用自己的行为教导学生"成为一名合格的新闻人"。

踩着细碎的阳光，伴着微微袭人的东风，我们拜访完刘建民老师，又来到了陈雪军教授的办公室。陈雪军教授是网络与新媒体研究所的副所长，现任网新 161 班的班导。说话时总爱面带微笑是陈雪军教授的一大特点。陈教授微笑着对我们说："我们网络与新媒体专业是一个新型专业，很多人都不是很了解这个专业，有些高中毕业生填报这个专业的时候还以为我们是搞计算机的专业，学习一段时间以后才慢慢适应过来。我们这个专业文理不限，很多理科学生经常说，我以前是一个理科生，文科这些东西我不懂。其实，这样的观点是错误的，进了大学，大家的起点都是相同的，即便你是一个理科生，经过大学四年的努力，照样可以把这个专业学得很牛，不要因为自己是理科出身而对这个专业感到畏惧。很凑巧，我本人就是学文学出身的，我在平时不论是在课堂内还是课堂外，都不断向同学们灌输一种文科的思维方法，帮助他们更好地转型和进步。"陈雪军教授里里外外都是位地地道道的文人，谈吐斯文，举止文雅，态度谦逊。陈教授闲暇时最大的乐趣就是写诗，他的微信朋友圈里很多都是自己写的诗，传媒专业学习的《大学语文》教科书也是他亲自编写的。"时代确实在发生巨变。新闻报道从过去的报纸广播发展到电视再发展到现在的网络，新闻报道的形式在不断地变化，但新闻报道内容的核

↗ "行走的新闻"获得教招委新闻与传播学创新奖

心是永远不会改变的。当你学会了如何获取一篇报道,如何将报道写精彩以后,那么将来,无论新闻报道的形式有什么变化,我们都可以依靠优质的内容来赢得读者,来引领时代。"抛开外在的形式,注重内容的升华,陈教授带出来的学生也都如他一般,内涵斯文。

优秀的网新教授带领出优秀的网新学生。优秀精良的师资配置是网络与新媒体专业强大的后盾。一个偶然的机会,笔者从陈教授的办公桌上看到一份资料,里面的内容正好帮我们详细了解专业后面强大的后盾支持,上面写着:"双能型"教师比例达到50%,具有国(境)外留学或进修经历的教师达50%以上,专任教师中具有博士学位比例不低于80%。教师近五年发表 ESI 论文 2 篇,SSCI 和 A&HCI 等权威论文 15 篇……原来,网络与新媒体专业在不断的教学实践中逐渐形成了一支结构合理、学科交叉、富有创新意识的高水平师资队伍,这也在为学生们的开拓进取保驾护航。

当然,网新专业除了有强大的师资配置外还有一大杀手锏,就是 4P 特色的创新人才培养模式。即实施全程"导师制"人才管理新模式,经笔者了解这是由 20 位博士、副教授以上专业老师组成导师队伍,针对学生实际,在思想动态、学业、考研、留学、职业生涯等方面开展全程辅导。为了能够让效果更为突出,也让学生学习更为深入,每位导师只带 4~5 人,健全"项目带动""每月一辅"辅导机制,突破传统师生关系,构建出了更合理的成长环境,这个模式也是学生们最为啧啧称赞的,让他们受益匪浅。

在这样优秀的师资和科学的教学方法培养下,难怪网新毕业的学生个个都身怀绝技,与众不同。

——记浙江大学宁波理工学院网络与新媒体专业

继往开来 时代新帆

↗ 黄少华教授（右二）和教师们在研究教学工作

两年筹备　创新发展　引领时代

2016 年 10 月 20 日晚，传媒与设计学院"Hi，同学——网新专业师生见面会"在 SC204 教室顺利举行。在见面会上，笔者看到了传媒与设计学院副院长刘建民教授、副院长由旭声教授以及网络与新媒体研究所的专业老师集聚一堂，大家相互介绍，彼此熟悉，像是一个温暖的家庭聚会。

↗ 陈雪军教授

见面会一开始,主持人就播放了网络与新媒体专业的介绍短片,笔者通过短片了解到,网络与新媒体专业原是浙江大学宁波理工学院新闻专业的特色方向,但随着现代社会的发展,网络技术的发展,为信息传播提供了前所未有的新手段,也使以多媒体新闻为主的网络新闻成为网民上网的第一需要。

副院长由旭声教授拿"神六"发射当天在新浪网上的报道为例子,让我们明白在当今社会中新媒体的发展速度和影响力是多么惊人。当天在新浪网上所制作的专题浏览量超过了国内报纸读者的总和,达到4.5亿人次。就算是国内发行量比较大的几份报纸,例如:《人民日报》《扬子晚报》等,也不过百万而已。仅仅一个新浪网在一个专题上的影响力足以胜过国内几家主流大报,这让传统新闻媒体自叹不如。面对滚滚而来的时代浪潮,若还像过去按部就班地以单一的传统新闻写作教学为主,就极可能被时代浪潮远远甩在后面,甚至被抛弃。于是传媒与设计学院的邵培仁教授、黄少华教授等诸位教授召开会议,开始讨论成立新专业的事宜。就这样,网络与新媒体专业开始一步一步发展起来。

笔者从聂晶磊副教授口中得知,虽然网络与新媒体是一个新兴的专业,2011年开始筹建,2012年审批通过,2013年开始正式招生,但其实它在浙江大学宁波理工学院已经有十五个年头了。它拥有众多的专业支撑平台,比如:浙江省重点学科"传播学"、宁波市重点学科"新闻学"、宁波市文化产业研究基地等一系列学科平台,为教学和科研提供了强有力的支撑。当然,他还告诉我们网新的发展并没有想象当中那么一帆风顺,就像我们的人生一样,总会遇到许多的磕磕绊绊。当前国内高校新媒体有三种模式是教学界的标准,在一定程度上限制了包括宁理在内的其他高校的创新。

这三种范式分别是:一种以中国人民大学为代表的新闻流模式,主要以传统新闻学训练为主,以互联网信息传播和应用为辅;一种以复旦大学为代表的传播流模式,以传播学训练为主,以互联网信息传播和应用为辅;还有一种以武汉大学为代表的技术流模式,以互联网应用和技能训练为主,以传统新闻学训练为辅。

当然这三种模式代表了我国新媒体人才培养的阶段性成果。但浙江大学宁波理工学院网络与新媒体专业却另辟蹊径,在自我创新上也下了大工夫。陈雪军教授告诉笔者,在机能专业成立一本专业时学校就探索出了一条特色的"导师制"制度,网新专业沿用了这一制度,在一定程度上增强了专业的竞争力。

在这个网新专业的见面会上,还有许多大二大三的同学来到现场给学弟学妹们分享他们的经验:大学是一个多元化选择的地方,每个人在这里都可以寻找到想要得到的东西。你可以选择做一个学霸,也可以选择一个感兴趣的学生组织锻炼自己的能力。如果喜欢摄影,那么可以跟着专业老师一起去采风;如果喜欢播音,那么可以加入校广播电视台播音主持中心等等。

据了解,学校丰富的组织和社团也让网络与新媒体专业的学生受益不少。作为传媒的莘莘学子,掌握好一门独有的技艺也是必不可少的。因此学校也非常鼓励学生能够加入这些社团学习经验,有关摄影、播音、剪辑等各式各样的社团供学生选择,这同时也为学生插上了梦想的翅膀。

◪ 专业评价

　　两年的筹建背后是十五年的沉淀,是无数优秀教授的辛勤付出,是科学完善的系统的背后支撑。网络与新媒体是一个新兴专业,在传统与创新中,网新专业不断突破、不断发展、不断向前。正如网新专业重要创始人之一黄少华教授所言:"我们会带着自己坚定的职业操守在这条未知道路上不断探索,引导学生不虚假不作恶不违心,发出时代的最强音。"

文/图:张智敏　丁赛峰

指导老师:王军伟

行走的新闻

宁波高校:创业精神引领专业创新发展

十八载春秋铸造一个新闻系

——记浙江万里学院新闻专业

👤 专业名片

　　万里学院新闻学专业现为国家特色专业、教育部新闻传播学科教学指导委员会授予的"全国地方院校新闻传播学应用型人才培养试点单位"、浙江省重点专业、浙江省优势专业、浙江省省级高校人才培养模式创新实验区、宁波市文化服务应用人才培养基地支撑专业,是宁波市委宣传部、市教育局、市广电集团、宁波日报报业集团支持的部校"共建新闻学院"项目主体性专业。专业建设成果获得国家教学成果奖1项、浙江省教学成果奖4项、宁波市教学成果奖4项。

　　这里的青年满载朝气,四年中磨练锻造,把握新闻的视角。这里的教师辛勤耕耘,多年里言传身教,培养传媒的种子。浙江万里学院文化与传播学院的新闻专业作为"全国地方院校新闻传播学应用型人才培养试点单位"始终致力于打造有深度的专业建设背景。在人才培养、设备更新等专业建设工作中坚持"有规划、有成效"的原则。自1999年万里学院新闻专业成立至今,已经18年了。十八载春秋磨一剑,铸造了这个气势辉煌的新闻系。而今硕果累累,人才济济。学子的笑脸,家长的肯定,社会的认可,在这个专业金灿灿的成果背后,一定有独特的故事。

桃李芳菲,人才济济。感恩母校,辛勤培育

　　"您有一份来自中宣部的文件。"正在午休的万里文华学院办公室主任睡眼蒙眬地点开界面。"呀！恭喜张姝！"主任瞅了一眼文件就跳起来。

　　原来是一份喜帖,文件中张姝告知母校,她的长篇通讯《吴菊萍:勇敢的妈妈 伟大的母亲》获得2012年"第二十二届中国新闻奖通讯类二等奖"。

　　主任作为新闻界的资深人士,知道这一份大奖来得不易。在中国新闻界,最高级别的奖项是"中国新闻奖",这是经中宣部批准常设的全国优秀新闻作品最高奖项。自1991年始设,每年评选一次,由中华全国新闻工作者协会主办。张姝这次的长篇通讯《吴菊萍:勇敢的妈妈 伟大的母亲》获得含金量极高的通讯类二等奖,都市类媒体选送的作品中能获此奖的更是少见。

　　没过几天,主任又收到了另一封来自《都市快报》的感谢信,信中说:张姝已经任

↗ 张姝在中国新闻奖颁奖典礼上

《都市快报》首席记者职务。过去的她是浙江万里学院文化与传播学院 2002 级新闻学专业学生。近年来，她斩获了杭州市首届十位"杭州名记者"、杭州市新闻战线"走转改"先进个人等称号。张姝说："感谢母校的培养，谢谢老师和同学们的关注和关心。"

万里学院新闻学专业出色的毕业生数不胜数。有些在业内声名赫赫，步入省级电视台、中央电视台等传媒机构工作。

抗战胜利 70 周年大阅兵来临之际，姚文帅却要比往常更加忙碌，她主要负责联系嘉宾进行阅兵直播的解读，需要和军队系统打交道，邀请权威专家来为广大受众普及中国的抗战史和阅兵武器装备的解析。这一天傍晚，当她从天安门广场收工，回央视直播间的路上，收到一条来自浙江的短信：

"学姐，我是万里文化传播学院新闻系 2015 届的同学，想要采访我们专业的校友，在这里先和你预约，有空打我电话哦。"姚文帅笑了，原来是小学妹。想到自己入职也有快十年了，读书时也是这样青涩。毕业后一直就职于中央电视台。自己几年下来当上央视的主编和策划，忙于传统媒体的电视评论以及新媒体的原创性内容编写，有时要参加一系列重大事件的报道活动。想到母校，还蛮亲切的。随后的采访中姚文帅这样描述自己的专业和母校："万里学院虽然不是名校，但是很有校园氛围活力。学历只是求职的一部分，未来的发展还是要靠自己。而万里学院的学生在步入社会后和名校毕业的学生相比并不差，相反，由于万里学院教学中实践与理论相结合的特点，使得万里学院的学生有着灵活变通的优势。"对于学弟学妹，姚文帅寄语："当还是一名学生时，在学校就应该努力学习：学习知识，学习技能，做到'不后悔过去每一天，过好今后每一天'。在学习之余，也可以参加一些社团或者做一些兼职，为步入社会打下基础。步入社会后要记住，无论到哪都要保持自己的初衷，别因为走远了就忘记怎么出发。如果你们有自己的想法，有自己的目标，一定要朝着这个目标前进，不要放弃！"

郭晓龙在央视常常和姚文帅一起上下班，他们互称学姐和学弟。当然，郭晓龙也是浙江万里学院文化与传播学院新闻学专业学生。不过入学相隔三年。两人在校不认识，是央视工作时才"认的亲"。郭晓龙回首大学生活，遗憾在校时间太过短暂。他形容那段日子为"象牙塔里的生活"，没有来自社会各方面的压力，只管安心念书。在他的印象里，万里学院就像是自由自在的一片天空，学生有想法都可以大胆去尝试。"最开始我是一个总爱给自己设置障碍的人，在万里的学习生活让我学会了很多，周边同学的实践和自我创造能力对我影响深远。万里不但提高了我的实践能力，还让我明白了自己动手取得的成果是最为宝贵的道理。"郭晓龙感慨道。在校期间，他曾负责万里电视台的拍摄和剪辑工作。从老师那里学习基础知识、练习专业技能，提升了自己各方面的能力，工作后他从新闻前辈处获取指点，升华了自身的新闻理念和感悟。这样一路学习、一路提升自己的学习态度为万里学子做了榜样。

是什么让万里学院新闻系人才辈出？学子怀着憧憬入学，满载而归。这肯定离不开万里学院新闻学专业的人才培养模式。

以学生为本，教育为学生创造价值，是万里学院的人才培养模式。学校进一步把握市场对新闻学专业的人才需求变化，不断优化人才培养方案。把"3＋1"模式转型完善，在原先的"3＋1"模式即"4年本科学制中，前3学年学生在学校进行专业理论和实践课程学习，最后1学年在相关单位进行专业实践"的基础上，继续完善校媒合作人才培养机制、灵活柔性的培养模式、合作研讨式教学模式，提升本专业人才培养规格，实现知识、能力、素质的协调发展。

↗同学们在实验室上课

王辉是在中国传媒大学读研究生，说起在万里学院新闻专业求学的经历，王辉滔滔不绝。他曾是2012届新闻班的班长，他说："大学是一个大平台，如何发展，往哪个方向发展，每个人道路都不一样。但新闻专业搭建了这个平台让我们离自己的梦想更进一步。我的梦想是继续深造，当然也有一部分同学想要毕业后拿双学位，通过努力也是可以做到的。"万里学院可以为新闻专业的同学申请到美国纽约州立大学普拉茨堡分校、美国爱达荷州立大学、加拿大菲沙河谷大学、新西兰马努卡理工学院进行为期一个学期或一个学年的学习。其中，美国纽约州立大学普拉茨堡分校可以申请2＋2转学分项目，学习时间为2年左右，成绩合格后可同时获得两个学校的本科毕业文凭。

在两岸高校合作交流上，万里学院新闻学专业学生可以有机会赴台湾中国文化大学、静宜大学等5所高校参加一个学期的专业学习。

藏龙卧虎，师资雄厚。社团聚力，各显神通

王声平副教授坐在办公室里，文件重叠，书籍浩瀚。阳光从窗外的芭蕉叶中透过来，洒在椅背上。他来万里文华学院将近20年了。每当他走过林木葱郁的校园，可以看见橙色的建筑外墙上留着爬山虎的足迹，银杏金黄，红枫簌簌，路旁的梧桐树蓊蓊郁郁。时光倒置，大学以它独有的气质，影响了王教授，也影响了许许多多来这里求学的学生。这座大学静谧，有历史积淀，适于沉潜。落在王教授身上的头衔和成就有很多，他是武汉大学新闻学专业博士生，浙江万里学院文化与传播学院副院长，中国高等教育学会新闻学与传播学专业委员会理事，浙江省"新世纪151人才工程"第三层次人才（2009—2014），浙江省教坛新秀（第三届）。但是他和许多万里的教师一样热爱这个新闻专业，热爱这个学校，热爱一代又一代的莘莘学子。

王老师说："我只是作为一个代表，我的背后还有一个强大的新闻专业的师资队伍。老师们做学术各有专攻，但都秉持着一颗严谨治学的心，培养当下传媒行业优秀的种子。"经教育局审核评定：现当下，新闻学专业教师数量充足，年龄、职称、学缘结构合理。学校通过教师的引进与培养，使本专业的中青年教师逐步达到硕士研究生以上学历。学校通过强化管理，初步形成引进、提高、淘汰相结合的师资队伍建设机制。教师在学术和教学上做出的成果累累。

王声平教授在业余时还指导学生的社团活动。万里学院文化与传播学院的社团活动每年都得以如火如荼地召开，虽离不开老师的指导，但更多的是每一个学生的参与和付出。这几年来，学院的社团已经小有名气，拥有专业特色浓郁的四大精品社团：万里传媒社、广告人协会、编辑出版实践社、语艺社。与此同时，学院还开展相关班级的公众号，提高学生的编辑能力。王老师评价学生的实践能力时笑着说："实在是后生可畏。"

他向我们推荐几个有特色的社团，每个社团都有他们各自的故事。

现任编辑出版实践社的社长是高高壮壮的男生，现在大二的他负责社团的大部分工作。虽然比较腼腆，见了女生还会有点放不开，但一聊到他的社团，那就如泄洪的闸门，滔滔不绝。打开编辑教室的门，他一个大步迈进去，指着一排排整齐的电脑对我们说，好几个晚上团队工作到深夜，大家就在这里通宵，累了也睡在这里，那时候大家才大一，偶尔和队友一起"打地铺"，很奇妙的经历。

说到社团故事，他说："我们的编辑出版实践社成立于2008年。社团是以出版实践为主要活动内容，主要负责各种出版物的策划、编辑、设计和印制，部分出版物交由出版社出版发行。也负责策划、组织系列与出版物、出版人、出版机构等的相关活动。有时

↗编辑出版实践社和网络舆情监测与分析社的同学们交流讨论

会涉及组织、策划、参与各类出版创意大赛,同时也对外承接与编辑出版专业有关的各种活动。这是一个大家自愿结成、志同道合、非营利的社团组织。我们的社团老师就是王老师,在这里我们可以充分发挥自我管理、自我服务、自我成长的能动作用。"

浙江万里学院实验电视台也是学生的实践活动基地。自2004年电视台成立以来,学生的积极参与让这个校园媒体发挥了越来越重要的作用。占地面积也从最初的一间教室扩大到了一层楼大小。里面设备功能多样,分属电视台不同部门管理,如新闻部、新媒体部、外联部等。学校不惜花重金,意在加强学生自我管理能力、打造独立运作机构的能力,形成校园文化的多元发展。同时指导教师主要负责对电视台节目进行审查、监督,并在需要时给予技术和物质支持。

社团的发展,师资的雄厚,是学校文化的软实力。万里学院新闻系的硬实力也是相当了得,为人瞩目的实验室、合理的课程设置。软文化和硬实力,双管齐下,为学生的发展打下良好的基础。

专业设备,重资打造。课程体系,精心规划

吴东贺是"大喇叭广播电台"的主播,每天上午七点半是他播音的时间。电台在多媒体教室的最高层。静谧,宽敞。播放在校园里的音乐都从这里发出,而这里的"一把手"历年来多为新闻系的学子。学校之大,不但为这个专业"附赠"一个广播站,且在其他硬件设施上,也是全心全意地打造。说起自己专业的设备,吴东贺情不自禁地竖起大拇指。我们具体走访几个实验室,用镜头记录上课的场景,吴东贺是我们的特邀解说员,一路不辞辛劳,实在感动。

问:你们学院听说有大量的实践平台,你参加过吗?

答:当然去过,我们学校建成了9个校内媒体实践平台:《浙江万里学院报》《新闻实

践报》、大喇叭广播电台、学生实验电视台、菁英杂志等,都是我已经去实践过的,还有几个等大三再去。这个实践平台是自愿性的,如果有兴趣,每个都可以参加,现在我主要负责大喇叭广播电台。虽然每天早起比较辛苦,但可以在校园里放歌,偶尔还可以在朋友生日时点一首生日快乐歌!

问:听说你们的多功能实验室阵容庞大,你们会去那里上课吗?

答:会的。我们大一到大三几乎每个学期都有课要去实验室上。我们专业主要有6个实验室:非线性编辑实验室、数字出版实验室、音频实验室、广告创意实验室、虚拟演播厅。

我初来乍到时,正如你说的,被吓了一跳,我们学校原来这么高端。后来知道我们要在里面上课,几个哥们约好,一定要把握这么好的设备条件,搞出点名堂来。和我们一样的哥们还有很多,如果下课,大家都不愿意离开。学校还定期开放这些教室,让社团里的同学,想自学的同学,都可以畅通无阻地学习。另外我还知道,现在我们专业已经建成了"新闻学合作研讨式教学平台"和"新闻学国家特色专业网站"。我觉得这也是一个巨大的平台,不仅老师可以方便教学,我们学生也有更系统的学习机会。

问:在图书馆你可以找到心仪的专业书籍吗?

答:当然。据我们学校统计,我们图书馆新闻传播类图书已有5万余册,新闻传播学的中外文期刊及论文数据库完备,有多个中外文数据库、报刊资料库。在那里除了学习本专业课程,哪怕是学习其他专业课程,我也能找到相关的教科书。如果你也喜欢看书,在我们图书馆,那是如鱼得水!

实验中心:52417—2 机房

问:你觉得你们每学期的课程安排合理吗,能谈谈你上课的感受吗?

答:其实我觉得课不在于多,而在于学得精。很幸运,我们专业的课程安排,从我的角度看来还是蛮用心的。我们大一刚刚接触这个专业,先从浅层次入手,学习导论课、通识课较多。大二上学期,我们的专业深度就凸显出来了。当然不会很难,因为我们这个新闻专业源自于生活题材,学校培养的是我们的新闻敏锐度和深度。比如开设采访与写作、报刊编辑学、电视新闻采制、传播学这些课程,让我看世界的眼光焕然一新,揭开事件表层的面纱,追求真相。大二下学期,我在设备操作上可以说是有重大突破,学校给我们开设了电脑图文处理、非线性编辑、网页设计与制作、报刊出版质量评估、新闻发布实务等课程。如果可以,我会选择在从事新闻行业的同时,拥有更多的电脑技术,来润色我的作品。

总之,我们每学期的课相对大一大二,比较多一点,大三大四会侧重于社会实践。我觉得学院给我们的专业教材还是蛮与时俱进的,教材有《新闻摄影实务》《报刊编辑实务与电子排版》《网络媒介经营管理》和《新闻作品选读》。学校还开展专业课程的双语教学,这个对我来说比较有挑战。但社会英语的确比较重要。总而言之我认为学校在课堂教学的设计上有利于我们的综合发展。

阳光帅气的小伙子吴东贺,是2015级新闻班的学委。他陪我们走完半个校园,逛了实验室,还请我们喝了奶茶。秋天的银杏黄了,枫叶红了,小伙子颀长的身影,自信的谈吐,幽默的口风,给我们留下了难忘的印象。

专业建设,倾心倾力。社会反馈,诸多给力

"让专业成就深度",走在万里学院文化与传播学院的走廊上,这样的标语吸引了我们。细心一读,更生钦佩之心。王老师告诉我们,学校在稳定现有办学规模,提高办学层次的基础上,根据与市场、地方经济和社会文化建设发展接轨的原则,进一步巩固和提高办学质量。这几年来,学校突出培养应用型新闻专业人才。明确的专业定位,给新闻专业一个良好的导航仪,让专业建设得以长久地开展。而今这些规划已经落到实处,建设也已经取得了良好效果。例如:现新闻专业已经被部、省、市列为专业建设点,已被万里学院列入申报硕士学位的重点扶持学科。不少学生也获得了"挑战杯"等多种奖项、荣誉。新闻学专业教师在教学改革创新实验区被评获优秀等一系列荣誉头衔。良好的规划,是专业建设的前提;而践行规划的过程,可以让学生、教师获益。学校在新闻专业的建设上可谓倾心倾力。

俗话说:有付出终有回报。对于新闻专业的负责人来说,最大的回报莫过于看到招聘会上学生自信的笑容。社会对万里学院新闻专业毕业的学生给予了肯定。据统计:自2007年以来,新闻专业毕业生就业率保持在95%以上。2008年至2010年,学校连续三年对往届毕业生进行了回访,媒体单位领导对我校新闻学毕业生赞叹不绝。通过学生家长反馈,学校的课程体系与社会需求融合度较高,所以新闻专业毕业生就业对口程度也很高。有35%~40%的毕业生在媒体和企事业单位的宣传岗位工作。

当然其中也有想继续深造的同学,学校为他们搭建了巨大的平台,准备各项考研、出国咨询。到目前为止,新闻专业约有5%的毕业生考取了复旦大学、中国传媒大学、上海大学等高校研究生,也有同学申请到美国纽约州立大学普拉茨堡分校、新西兰马努卡理工学院进行为期一个学期或一个学年的学习。

↗学校就业讲座

专业评价

　　用心打造专业让万里学院新闻专业越走越好,专业的社会影响力也会越来越高。学生们怀着做媒体人的憧憬汇聚在一起。深入地学习,不断地探究,让他们在收获技能的同时,也看到自己身上的优点。万里学院已经建校50多年了,时光的流逝赋予这所大学浓厚的历史气息。在这里,每个学生都会有一片属于自己的个性舒展的天地。一个适合自己的新闻专业,是一个能够发出声音的地方。这个时代,我们不能沦为集体失语者,被网络上的八卦、社交软件的喧闹遮住了眼睛。新闻专业可以带我们跳出原有的视角,从新的高度审视自己的周遭。不出四年,你会发现,你的新闻专业素养会让你拥有与众不同的角度去看世界。你的新闻敏锐度、对社会的洞见、对文化的反思都会随着学习的深入走上一个新高度。

　　你也许会问,在这个传统媒体不太景气的年代,为什么还要选择新闻专业,不如直接学新媒体专业就可以了嘛。央视评论员姚文帅曾经这么说过:"虽然互联网已经成为新闻竞争的主战场,在时效性的问题上传统媒体抢不过互联网。但是就传统媒体本身具有的独家性、原创性而言,其内在的优势依然不容忽视。不可否认,对新闻的真假性大部分人还是愿意去相信新华社、人民日报、央视等权威媒体。新闻专业的学生在承担理性、辟谣、实证性的新闻的能力上比新媒体要强很多,因此他们对于媒介的认识和新闻的把握可以拿捏得当,我们的社会也需要这样的人才。"

文/图:郑青霞　张怀霞

指导老师:郭　晶

实践教学成就科技人才

——记浙江万里学院生物技术专业

👤 专业名片

生物技术专业为浙江省重点专业（2007 年）、国家特色专业（2008 年）、浙江省优势专业（2012 年）、宁波市品牌专业（2012 年）；在中国校友网发布的 2015 中国大学理学最佳专业排行榜 100 强中，浙江万里学院生物技术专业全国排名第 27，为"四星级中国专业高水平专业"。

生物技术实验教学中心为"国家级实验教学示范中心""十二五"省级实验中心示范中心。"现代微生物与应用"为浙江省"重中之重"学科；"微生物学、食品科学"为浙江省重中学科；"生物工程领域"获批硕士专业研究生培养试点。"服务于渔业产业的生物技术创新团队建设"获 2014 年中央财政支持地方高校发展专项资金项目；"食品营养分子生物学平台建设"获 2012 年中央财政支持地方高校发展专项资金项目；"浙江省水产种质资源高效利用技术研究重点实验室""浙江省水产品加工技术研究联合重点实验室""宁波市农产品加工技术重点实验室""宁波市微生物与环境工程重点实验室""宁波区域特色水产种业协同创新中心"为 2016 年度浙江万里学院重点科研创新平台。

专任教师人数 33 人，副高以上职称 23 人；荣获"国家级教学创新团队""全国三八红旗集体""全国巾帼文明示范岗"、省"四全育人"先进集体等荣誉称号。拥有国家级精品、双语教学示范课程各 1 门；省精品课程 4 门、重点教材 2 部、教改项目 9 项；荣获省教学成果一等奖 3 项、二等奖 4 项，实验资产有 3000 万余元。省级以上科研项目 50 余项，一级以上期刊发表论文 200 多篇；构建以能力培养为核心、以项目化研究任务驱动的研究性教学方法和校企合作的人才培养模式；与 30 余家企业合作培养人才。

你知道生物技术与人类生活的许多方面都有着非常密切的关系吗？其实生物学是农学、医学的基础，它涉及种植业、畜牧业、渔业、医疗、食品、环境保护、生物材料等方面。生物技术简单到人的血型、血压监测与高血压预防，复杂到转基因技术及对于转基因食品的检测，它与日常生活的方方面面都产生着关系。万里学院生物技术专业作为国家级特色专业在这方面的研究尤为突出。

浙江万里学院生物技术学科作为国家级特色专业，从 2002 年起设立生物技术为本科专业，到 2016 年成为浙江万里学院应用型示范专业。14 年间，生物技术专业慢慢露出锋芒，在浙江万里学院占据重要地位。2013 年，生物技术专业升为一本专业；有了"国家级实验教学示范中心"的头衔,甚至在"生物工程领域"获批硕士专业研究生培养试点。在中国校友网发布的 2015 中国大学理学最佳专业排行榜 100 强中,浙江万里学院生物技术专业全国排名第 27 名。

特色教学,硬件软件两手抓

↗ 陈永富老师

优秀的成绩离不开优秀的团队。初见陈永富老师,他一个人坐在办公室里,在笔者说明来意后,他面带笑容,和蔼可亲。当我们要求拍一张他的正面照时,陈老师摸摸自己光秃的头顶笑眯眯地说:"都没有多少头发了。"陈永富老师是一名已经在万里学院工作 20 年以上的老教师,他一直以坚持以人的综合素质培养为根本目的,他说人本身就是生物的一种,对自身的了解、并解决人类及各种生物的难题,都要用到生物技术。说话间,陈永富老师带笔者去了实验室,生物技术专业实验室的大门有着感应开关,实验重地闲杂人等不得进入。在实验室中有一位穿着白大褂的老师和三两个学生正在讨论实验研究和整理实验器材,陈老师在经过实验室老师的同意后带领我们参观了实验室。从陈永富老师与学生同事们的交谈中可以看出,他们之间的关系犹如朋友一般轻松自然。

实验室有不少实验器材:二氧化碳超临界萃取仪、红外光谱仪、制备型层析仪等。周末,仍有同学在实验室里做实验,在拍摄的过程中我们还看到有一名同学正在做药敏试验,认真仔细的样子,完全没有注意到拍照的人。老师向我们介绍说浙江万里学院生物技术专业的实验硬件设备先进,各种资源累计投入 700 多万元,而其中的 GC-MS 系统就价值 400 多万元。整个实验室中器材摆放十分整齐,所有的玻璃器材都亮得发光,连桌面都擦得十分干净。实验室的开放不仅仅限于上课时间,学生只需要在网上系统预约就可以在周末的时间做实验。

↗ 正在做实验的学生

↗ 实验室一角

陈永富老师作为一名老教师,在万里学院已经从教了20年,见证了它在师资方面的成长,因此在谈到师资的问题时,新的师资注入使得万里学院生物技术专业的师资团队不断壮大,让他感叹万里学院生物技术专业总算度过了最困难的时期,学科创立之初遇到的困难犹如昨日经历般清晰于脑。师资力量上,当初许多教师主要都是与动物、植物专业等相关的老师,不是真正从事现代生物技术专业的老师,需要重新进修、转型。人才培养定位上,"学生毕业后能从事什么样的工作""社会对人才有什么要求"等这些问题还没有一个准确的定位。生物技术专业的就业面很广,学生要以行业、企业需要确定人才培养定位,所以开设了三个模块:海洋生物技术、食品生物技术、生物制药方向。专业实习上遇到的困难主要两个方面，一是企业不愿学生去实习，原因是学生不会给企业带来好处，反而影响企业生产。有的制药企业对职工要求高，不允许生手操作。二是学生不愿去企业，认为辛苦，喜欢呆在实验室做实验，在生物技术专业的发展过程中，这些问题也渐渐解决了。

浙江万里学院生物技术专业现有专任教师34人，外聘企业高级职称兼职教师9人；教师团队先后荣获教育部"生物技术核心课程教学模式创新团队""浙江省高校'三育人'先进集体"等光荣称号。专业教师中，主要研究方向是现代农业、海洋生物资源的老师占到80％以上，取得了一系列国家级、省级的高水平教学建设和教学改革成果（国家级教学成果二等奖1项，省教学成果一等奖、二等奖各2项），在同类专业中专业建设整体水平高，已形成自身鲜明的办学特色和专业品牌，在省内和全国同行中具有较高的知名度。

生物技术专业目前主要课程有动物学与动物生理学、植物学与植物生理学、微生物学、生物化学、细胞生物学与细胞工程、生化实验技术、酶工程、发酵工程、分子生物学与基因工程、生物分离工程等课程，其中有进一步强化的课程：基因与蛋白组学、基因工程（双语）、高级生物化学、分子细胞生物学、高级微生物学等课程的安排。陈永富老师说，生物技术专业有些课程学习起来比较困难，学生们努力学习是必要的。

宁波作为沿海城市，万里学院也不愿意浪费这样的优势，结合宁波市海洋产业，在生物技术专业开设了特色课程：海洋生物资源保护与利用、现代海洋生物技术及应用、海洋生态学、海洋天然产物与功能食品、海洋生物学、水产养殖与苗种繁育、水产动物疾病防治技术。这些课程都分别在校内外实验室或者宁波市农产品加工重点实验室以及企业里完成。

说到人才培养的方向，如今的生物技术专业再也不会像之前那样迷茫，生物技术专业教学形成了自己独特的优势，首先以省重中之重学科和国家级实验教学示范中心作为依托，拥有一支产科教融合、服务地方经济、技术力量强的师资队伍，办学软硬件条件位列省内同类专业前茅；万里学院的教学研究积淀深厚，取得了高水平的教学研究成果，专业特色十分鲜明，专业也位列省内前茅，人才培养方案和定位准确、科学；以实践教学为抓手，从理念、设计、实施、管理一体化构架产、科、教融合育人体系都取得良好成效。同时建立了围绕创新、创业能力培养目标，构建产学研结合"三实一拓二创"实践训练体系（产学研结合三实一拓二创实践训练体系是指实验、实习、实训、素质拓展与创新创业。其中实验是以技能为主线，以行业技能需求为导向，突出基础技能为专业技能服务，专业技能与行业技能训练结合，强化技能的综合性与设计性训练）的特色教学策略。

万里学院生物技术专业旨在培养学生成为德智体美全面发展的高素质人才。因此，学生经过扎实的专业理论、专业技能和严格科学思维的训练，掌握生物科学与技术的基础理论、基本知识和基本技能，并能运用所掌握的理论知识和专业技能，从事生物技术及其相关领域的科学研究、技术开发、教学及管理等方面的工作，具备进一步深造的基础和发展的潜能。

走出课堂，课程实践拓视野

↗ 系主任王忠华教授

　　其实在万里学院生物技术专业中，像陈永富老师这样尽心尽力的老师还有很多，因此我们又采访了系主任王忠华教授。第二次到万里学院时，由于上一次没有在办公室找到负责人，第二次我们联系了系主任王忠华老师。原来王老师早已把实验室当做自己的办公室了，无论平日还是周末，待在实验室的时间占据了每天 2/3 的时间。王忠华教授谈起刚来到万里学院教学时，自己从事的是高分子生物方面的研究，属于比较有难度的课程，学生在学习的过程中也会出现很多的困难，还好大家都会提出问题一起解决。谈话间王教授还带领我们观看了许多学生在温室里培育出来的植物，他说温室可以调节相应的光照和温度，让植物不受外界因素的影响而生长。

↗ 学生在温室里培育出来的植物

王教授还向笔者介绍了国际教学方面的内容。为推进教育国际化工作,王教授常常需要出国,为生物技术专业建立国际化教学平台与科研平台,现已与20余所高校和科研机构在科学研究、人才培养等方面建立了合作关系。生物技术专业近几年还开设了国际夏令营,与纽约州立大学普拉斯堡分校、莫瑞州立大学等签订2+2学分互认合作办学协议,2016年就有2名成绩优异具备英语沟通与学习能力的生物技术大三学生作为交换生到美国纽约州大学进行一个学期的学习。生物技术专业还与德国AWI极地海洋研究所合作为学院教师和学生提供参与环球大洋科考与南极科考部分科研工作的机会。因为万里学院和诺丁汉大学拥有同一个董事长,因此学生不用经过研究生考试,只要根据学校的表现和雅思考试成绩,就可以直接获推荐去诺丁汉大学读研究生。为加强国际学术交流,学院定期聘请国外知名专家学者来开展学术讲座,为学生讲授相关领域的前沿研究,开阔其视野。此外,生物工程重中之重学科将资助优秀本科生参加国际学术会议。

说起实验基地,王教授介绍了万里学院不仅在校内有实验室,在校外也有20多家实践基地。有着"中国浙贝之乡"美誉的章水镇章水村,就是万里学院生物技术专业浙贝母新品种培育与繁育基地。章水镇出产的中药材"浙八味"之一的"浙贝"始自清康熙年间,至今已有300多年历史。该基地占地面积10亩,包括种质资源圃2亩(88份来自全国各地不同品种资源),新品种品比基地4亩,新品种繁育基地4亩。一般学生在大四进入实践基地,也有从大二暑假就进入实践基地的,如暑期社会实践活动去水蜜桃基地,学习桃子的培育,或者宣传食品安全的活动。农业新品种选育的实践活动中,万里学院先后培育出葡萄新品种4个,浙贝母新品系2个,贝类新品种2个。培育出的新品种对农业生产起到了极大的作用,例如浙贝母的新品种产量比对照的浙贝母高15个百分点,繁殖系数也高于对照,药效成分生物碱含量高于对照10个百分点。

师生共同研究的专利项目也有不少,王教授提到了其中一项,由汪财生老师与同学们一起研究海藻多糖的专利项目,其专利权转移给企业进行产品生产,主要在是美容护肤产品方面。

生物技术专业的实践活动数不胜数,王忠华教授指着走廊墙上自己学生的名字,一脸骄傲地介绍着,本专业许多优秀的学生都会被推荐去参加全省挑战杯比赛(大学生课外学术科技创业类竞赛),许多学生获得了前三的好成绩。研究医药方面的课题,会到中药厂、上市公司青春宝等处学习实践,学生们社会实践的脚步走遍了杭州、台州、宁波等地。

迈向社会,莘莘学子初露锋芒

生物技术专业的优秀学生代表也不少,我们通过王教授的推荐,电话采访了现任宁波市鄞州三丰可味食品有限公司副总经理、生物技术2002级学生郭斯统。郭斯统在大学本科期间,就有了将来从事农业食品方面工作的想法。学生时期他住在万里学院23号楼,宿舍附近正在挖人工湖,如山的泥土堆在附近。出于专业的敏感和喜好,郭斯统

↗ 章水镇浙贝母实验基地

看到宿舍阳台上有一个排水沟空着,就和寝室同学商量,用塑料袋把泥土拿上来,把排水沟填一下,然后种了点菜。这一个小小的举动,播种的不仅是这些菜的种子,同时种下的还有他日后从事现代农业的信念。

谈及在校求学时期的经历,他想起了在申报创业基金以及参加挑战杯比赛时,实验室和微生物学的老师提供了很多帮助以及技术指导。令他印象最深的还是在校期间丰富的社会实践活动,例如浙贝母的种培,茶多酚、紫菜多糖提取以及抗氧化性研究,东魁杨梅的技术研究等实践活动,还有动物学课程去校外的雅戈尔动物园参观,了解动物的生活习性;去天童寺考察植物的分布状况;去制药厂了解通过生物技术发酵出来的产品,还有许多有趣的课程实践活动。

在进入三丰可味食品有限公司之前,他去了很多公司工作,皆是与生物技术相关的行业,带着丰富的工作经验加入了三丰可味食品有限公司,在工作中他不断带领团队进行实验创新,通过新技术提高农产品的价值。毕业生就业方面,郭斯统是一个很好的例子,通过自己的努力,完成了自己一直以来想要到达的目标,如今在公司里把事业做得风生水起。其实万里学院生物技术专业的就业率也是很高的,根据对本科生一年后跟踪,就业率是在宁波许多高校中能够上榜的。

浙江万里学院生物技术专业为社会培育了许多人才,毕业学生中除了郭斯统在食品生物技术方面的工作以外,还有很多其他领域的人才,生物医药方面,包括疫苗、血液制品、免疫制剂及基因工程产品(DNA重组产品、体外诊断试剂)等产业研发工作;发酵工程与酶工程为主体的产业,诸如酿造、植物有效成分提取、酶制剂等生产与检测工作;以细胞工程、基因工程为主体的培育高产、优质、高产、抗病虫和抗逆的农作物新品种,商业规模生产名贵植物、药物和引种的珍稀植物;农业生物技术产业,饲料添加剂的研究、可再生资源的转化利用、功能食品、动物医学、动植物检验检疫等相关企业从事研

——记浙江万里学院生物技术专业

实践教学成就科技人才

发、生产、检疫工作。

万里学院生物技术专业还与美康公司合作开设了美康班,定点培养学生,毕业后就可以直接去美康公司,这也是生物技术专业的学生未来就业的一大优势。美康班主要由企业的老师进行教学,报考的时候可由学生自主选择是否进入美康班,它的优势在于毕业后找工作更为简单,但是美康班培养的学生人才比较倾向于美康公司所需人才。

郭斯统认为生物技术跟生活联系密切,小到日常生活的酱油味精,大到药物中抗肿瘤、抗艾滋病、抗心血管疾病的药物,以及品种的改良等方面。在生物技术专业上,本科专业的研究还不够,生物技术专业在社会中还是起步阶段,但是一个有前景的专业,在医疗救助、品种选育、食品加工、环境处理方面都离不开生物技术。

专业评价

生物技术的成就和重要性体现在社会的方方面面,农业的高产优质、培育方面;环境的工程菌的构建、环境污染治理;医学方面的重大疾病需要通过生物技术手段进行治疗,当代生物技术发展也在寻求不断的突破,如新能源、生物能源、生物材料、高分子材料等。随着社会与学院的发展,生物技术专业也将日益成熟。

万里学院生物技术专业,重构以能力培养为核心的、面向行业需求的生物技术专业创新性应用型人才培养方案;围绕创新、创业能力培养目标,构建学研产结合"三实一拓二创"实践训练体系;基于产业与技术发展,重构产业前沿的实践内容与产科教融合的实践训练方式;围绕创新能力训练,练学研做一体,实施研究性、开放式实践教学模式,形成了突出特色。

文/图:余雪林　单莹茜

指导老师:郭　晶

踏浪万里　扬帆物流

——记浙江万里学院物流管理专业

👤 专业名片

　　浙江万里学院物流管理专业是国家特色专业、浙江省优势专业、浙江省国际化专业和宁波市品牌专业，是宁波市唯一的物流工程专业硕士培养单位。学院拥有中央财政资助的物流管理国际化师资团队、浙江省高校港口经济创新团队，专业和学科建设居浙江省同专业前列。

　　浙江万里学院物流管理专业从 2005 年开设至今，12 年风雨路，专业建设和学科建设硕果累累，为浙江省乃至全国培养了无数的人才，辉煌背后，故事同样精彩。

克勤尽力育英才

　　"没想到大学拿快递这么方便，我还以为要去校门口拿呢！"刚入学不久的新生感叹着万里校园里便捷的快递点。

　　一旁整理快递的快递员停下了手中的活，对前来取快递的学生说道："还不得多亏了你们万里的学生呢！"

　　面对两个新生疑惑的目光，快递员感叹道："以前的快递都是送到校门口，学生自己来取，后来好像是你们万里物流专业的一个学生，知道这样拿快递不方便，弄了个校园快递公司，你们大学生真是聪明！"

　　快递员口中聪明的大学生就是万里学院物流管理专业 2009 级的郑裕富，郑裕富是高教园区快递公司创始人，在校期间创立了宁波甬动货物代理服务公司。

　　"其实我也没有想到能做到现在的成绩。"郑裕富对于自己的事业能够发展如此之快也是在意料之外。大四上学期，他手底下已经有 17 名正式员工了，并且拥有 5 家分店，年营业额 250 多万元。

　　很多人在大四还没有找到人生中真正想做的事情，而郑裕富已经做出了这么大的事业，同学朋友无不羡慕，郑裕富谦虚一笑："我在外人眼里是一个成功的小老板，可是公司能够走到今天，还是离不开创立之初老师对我的指导以及在万里学院物流管理专业四年的学习。"

　　杨海强是郑裕富的同班同学，在上学的时候就是好哥们，他们都是毕业于万里学院物流管理专业,到现在还是好朋友。杨海强说:"我和郑裕富在读书的时候就是班上的活跃分子,没事喜欢找老师聊聊天,那天程言清老师把我俩叫到办公室,说到万里学院学生取快递存在很多安全隐患,可以尝试着把这个业务接过来。"

程言清教授是浙江万里学院物流管理专业的带头人,现任浙江万里学院物流与电子商务学院副院长。郑裕富和杨海强十分感谢程言清教授如此看重自己。

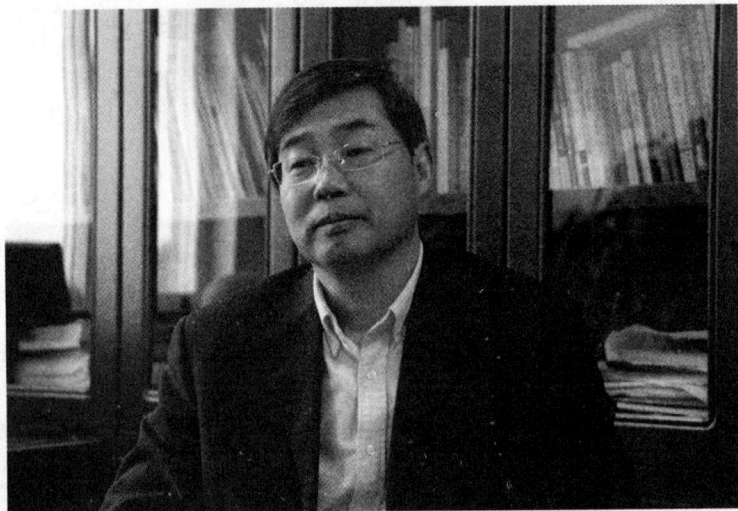

↗ 程言清教授

两人都是聪明人,一点就通。浙江万里学院学生都是在校门外取快递,但因为环境和人流的因素,给学生造成了很多麻烦,也存在很多安全隐患,如果做得好,一定会成功。

两人激动地讨论该如何去承办这个业务,说做就做,策划了几天之后,两人便与顺丰、圆通等快递公司商量,统一受理快递,跑了好几趟,给出了一系列方案,才搞定了快递公司。接着马上去和学校的后勤谈合作,后勤一听这个方案,坚决反对,认为两个什么都不懂的大学生瞎搞什么呢!两人好几天都没睡好,冒了一嘴泡,和后勤磨了好几天,后勤坐视不理,顶着巨大的压力,高教园区快递公司初步建立。

"我和郑裕富投了三辆车进去作为公司的启动资金,在万里学院做试点,没想到反响会这么好,我们就一鼓作气把业务推到整个高教园区。"杨海强回忆着当初拿到创业第一桶金的兴奋。"后来因为家庭原因,我回家继承家业,公司就交给郑裕富了。现在我从事建筑方面的工作,发现当初在万里学院物流管理专业学到的知识在建筑方面有很多是互通的,而且在工作的过程中,我发现我很多能力都是在物流管理专业养成的,我觉得这其实归功于物流管理专业的教学模式。在平常教学中,物流管理专业打破传统的以老师授课、学生听讲的固定教学模式,优化成老师精讲,布置任务给学生,让学生在做作业的时候能够独立思考,这样不仅培养了我们独立思考的能力,而且有助于我们批判性思维的培养,这对我的帮助很大。"

如今的杨海强俨然是一副成功人士的模样,他说当初读书的时候,程言清院长曾经和他说:"物流管理专业创业是有风险的,尽管鼓励你们创业,但最重要的是你们要培养创新思维。"

很多同学在毕业之初因为资金原因,都选择了直接就业,但杨海强却有自己的想法:"在创业过程中资金固然重要,有了资金如虎添翼,但是更为重要的是创意点,只要有创意,会创新,资金什么都不是问题。"

程院长听到杨海强的一番话,笑着说:"世界是年轻人的,现在年轻人想法多,创新意识强,而且顾虑不多,敢于付诸行动。而万里学院物流管理专业能做的就是让学生在大学四年间学习更多有意义的知识,能力得到充分锻炼,那么未来他们无论选择创业还是就业,都能做到心里有底,脚底踏实。"

创新实践细心裁

杨海强不知道他和郑裕富的创业事迹在很多学弟学妹中流传,赵磊就是他俩的"小迷弟"。

赵磊一大早就推开程言清院长办公室的门:"老师,你看看我这次的方案怎么样?"

赵磊是万里学院物流管理专业在校生,他从小就是个"有点子"的人。好几个老师都和赵磊说:"浙江万里学院物流管理专业积极培养创新创业人才,近几年国家也开始实行双创型人才培养,万里作为应用型人才培养的设点,一直鼓励学生培养创新意识。因为物流管理专业的创业比较困难,首先是投入资金大,这是很多大学生无法负担的;其次,风险大,是很多学生不敢尝试的。而且万里学院的物流管理专业主要是向企业输送人才,所以比较注重培养你们的创新意识。"赵磊不是不知道作为一个大学生,创业失败的后果会有多严重,但是并不是所有的创业都要大笔资金的投入啊。

程言清院长翻看小伙子风风火火地给自己递过来的一份资料,这已经是赵磊这个月第三次来找他了。原来赵磊是想将 VR 技术应用到旅游中去,目前 VR 技术正在快速发展,如果能够和一些旅行社洽谈成功,也是非常有前景的。

赵磊的家人经常在烦恼,万里学院只是一个三本院校,和那些"985""211"的学校没法比,将来学生就业肯定困难。可是赵磊一点都不这么认为,他觉得万里的学生一点都不比那些名校的学生差,因为物流管理专业十分注重培养学生的实践能力和动手能力。"我最喜欢上实验课了,我们实验室分为三种,一种是传统验证性实验项目,它把教学理论与企业做法通过实验室模拟流程,让我们在实验室熟悉企业流程,能力得到了充分的锻炼,进入企业后不会生疏,能够快速上手。另一种是设计性实验室,主要涉及仓储、货架的距离等,在实验室里通过数据的运用,培养管理型人才,我们很多学长现在都在企业做高管,他们在微信里经常会说,当初在实验室里学的东西在企业里面得到了充分的运用。还有一种是综合性实验室,物流涵盖的内容比较多,包括运输、仓储、装卸、配送等,现代企业发展需要功能的集成和资源的整合,我们在综合性实验室中进行各个岗位角色的分工,提高了动手能力和企业岗位的适应能力。"

小陈是赵磊的直系学弟,他很喜欢这个有想法的学长,课余时间经常和赵磊进行专

↗ 老师在实验室指导学生

业的探讨，但是小陈觉得自己的头脑没有赵磊学长灵活，而且家庭状况不是很好，不适合创业，所以他很庆幸自己来到了浙江万里学院物流管理专业。因为浙江万里学院物流管理专业坚持立足宁波、服务浙江，为区域经济发展培养应用型人才。

小陈笑着说："真是应了那句老话，考得好还不如选得好呢！"

浙江万里学院物流管理专业除了校内的实践，另一块重要的内容就是校外的实践，校外实践包括专业认识实习、毕业实习和短学期学习，校外实习都是到企业中实习。

浙江万里学院物流管理专业建立了若干的实习基地，比较有代表性的是与 EMS 公司的合作项目，万里学院与 EMS 公司建立了公邮班，万里学院物流管理专业的学生到 EMS 实习，EMS 的员工到万里学院来授课。

另外一个就是与顺丰的合作，顺丰在快递业内是标杆，它与申通、圆通不同，是直营的、全国统一的管理方式，所以顺丰在全国各地都有很多的门店和分拣中心，物流管理专业大二到大四的学生都可以到这些门店和分拣中心去实习。

在顺丰实习的小陈说："我们学校的学费很高，家庭负担很大，大一的时候我去外面找的兼职，都是服务生之类的，占据了我很多时间，而且不能学习到专业性的知识，大二开始我就在顺丰实习，这份兼职不仅能够增加我的收入，而且在实习的过程中，我的专业知识得到了巩固，并且和一些同事学习到了书本之外的知识，当然最重要的是我的能力得到了锻炼。"

在课余时间，小陈还加入了物流管理协会，参加了 2016 年 12 月举行的由宁波市教育局主办、宁波大学承办的物流设计大赛。"虽然这次比赛我们只拿了三等奖，成绩不是很理想，但是加入大学的社团，特别是我们物流管理协会，我的团队协作能力增强了，而且我也意识到情商的重要性，真的学习到很多呢！"

浙江万里学院物流管理专业也许不是全国最优秀的专业，但是却是人才辈出，程言清院长经常念叨着长江后浪推前浪，青出于蓝而胜于蓝。无数的学生从高考成绩不甚理想的状态进入万里学院物流管理专业，却是满载而走，他们步入社会，甚至于比其他名校的学生更加优秀。

卓尔不群响千秋

"叮叮叮……"急促的电话铃声在浙江万里学院物流与电子商务学院副院长办公室响起,副院长程言清从一大堆文件旁拿起手机,屏幕上显示的是一个陌生的号码。

"程院长,您好,我这边是浙江省教育厅办公室,经我厅审核,物流管理专业被正式授予浙江省普通高校'十三五'优势专业称号。"

程言清院长放下电话,自豪感浮上心头。本次优势特色专业建设,浙江万里学院有8个专业送审,只有物流管理1个专业获得了"十三五"优势专业称号,浙江省所有高校的物流管理专业里,也只有万里学院获得了这个称号,这又是一次对万里学院物流管理专业的认可。

↗ 物流学院成果展示墙

冬日的暖阳透过窗户,洒在程言清院长的脸上,想起自己来到万里学院已经有11年了。11年前的自己,鬓角还未斑白,怀着满腔热血与其他老师一起迎来了物流管理专业的第一批新生。

时光倒回到2005年,万里学院刚刚聘请程言清教授一起参与物流管理专业的建设。程言清教授加入物流管理专业建设不是没有理由的。

由于现代社会现代服务业迅猛发展,物流业又是现代服务业的龙头产业,具有很强的"黏合性",简而言之就是制造业、商贸业都需要的运输、储存以及信息处理,中国经济快速发展,物流管理专业的地位只会是越来越重要。

而万里学院又具有得天独厚的优势——地处浙江省宁波市。宁波有浙江最大的自然资源——宁波舟山港,宁波舟山港是浙江省最重要的自然资源、发展对外经济的资源禀赋。那么物流管理专业的发展前途就不可估量啊。

事实证明,物流管理专业的前途一片光明。

而且宁波舟山港目前已发展为世界吞吐量第一大港,集装箱吞吐量也排在世界的第四位,这无疑为万里学院物流管理专业的发展如虎添翼。

如今12年过去了,物流管理专业就像程院长一手带大的孩子,一步步成长,是什么让万里的物流管理专业发展如此迅速呢?

程言清院长说:"浙江万里学院物流管理专业形成了以产业需求为导向的拉动式人才培养模式和产教融合校企协同育人的教学方法。"

浙江万里学院物流管理专业积极对接区域物流产业,确立了产业驱动、校企协同的开放式应用型人才培养思路,产教深度融合,实施应用型人才培养,同时通过建设"1+1+N"(学校+行业协会+若干企业)校企合作平台,通过协会做介绍媒介,与企业合作,将学生分配到各个企业中,校企共同育人,确保了100%的学生到企业见习和实习。

浙江万里学院作为浙江省物流管理专业中的佼佼者,程言清院长曾到许多高校参加物流管理专业发展的研讨会。各界人士对物流管理专业的成绩表示认可。程院长认为万里学院物流管理专业的发展主要是根据自身特点发展的。"物流管理专业紧密结合区域经济(长三角)的发展,服从地方产业的需要,宁波的物流产业发展迅猛,物流企业就有4000多家,这是全国其他地区很难达到的,航运企业、仓储企业在宁波分布很广,而社会物流产业发展快,对物流人才的需求也就变大,万里学院通过校企结合发展人才。"

"万里学院根据生源的特点发展专业,万里的学生多是投身于企业当中,为企业服务,只有较为少数的学生将进行学术研究,专业主要培养运用型人才,课程设置和人才培养方位都是十分接地气的,实践性强,学院根据生源、学生的就业方向发展人才。"

但是在发展的过程中也遇到了很多问题,让程言清院长深知不能懈怠,如今物流业高速发展,市场出现了细分化,这导致对人才的需求也就更加的专业化,但万里学院对学生的培养很难满足市场细分化的需求,因为原来培养的是通识性物流人才,适合大多数企业的需要。但现在市场细分化之后,导致对人才需求的细分化,这对万里学院物流管理专业来说是一个巨大的挑战。

程院长坦言,万里学院物流管理专业将会根据市场的发展,尽力将人才培养模块进一步地细分,力争与时俱进,适应市场的需求。

专业评价

浙江万里学院物流管理专业,一个年轻的专业。与那些有着百年历史沉淀的学科相比,它好似初出茅庐的年轻小伙,但年轻不是劣势,年轻也不意味着轻率。因为年轻,所以它更有创意;因为年轻,所以它更会创新;也因为年轻,所以它更敢创造。万里学院物流管理专业在追求卓越与创新的路上,每一步都走得坚定而踏实。

文/图:洪小玲　雷飞霞

指导老师:郭　晶

培养大学生老板的黄埔军校

——记浙江万里学院会展经济与管理专业

👤 专业名片

浙江万里学院是国内首批开展会展本科人才培养的高校之一。早在 2002 年,在国家教育部尚未设立会展经济与管理专业时,学校就结合宁波市大力发展会展业的实际需要,在浙江万里教育集团的大力支持下,在国际经济与贸易专业设立"国际会展与服务贸易特色班";2003 年,市政府批准设立宁波市会展经济研究所和宁波市会展人才培养基地并挂靠浙江万里学院。国家级特色专业建设点、浙江省"十二五"优势专业、浙江省重点建设专业、宁波市服务型教育重点专业。

宁波经济界年度盛会——2015 宁波创业创新风云榜颁奖盛典于 2016 年 5 月 27 日举行,由市人社局牵头组织评审"创业创新"名单,浙江万里学院的黎冠文名列其中。

"有了好的想法一定要去实践,不要怕失败,失败其实一点都不可怕,只要每次都从失败点上站起来重新开始,不要气馁,坚持下去,就能使自己腾飞起来。"来自万里学院会展经济与管理专业的黎冠文在一次出国旅行中与手绘 POP 结下不解之缘,萌发创业想法,其间虽几经波澜,但从未放弃。

"一个高校在校生,创业年产值居然有 2000 多万元?"

"参加高达 100 多场商业演出?"

"培训学生过百万?"

许多人对此感到不可思议,但这真真实实发生在黎冠文身上。

其实在黎冠文的同学中,自己创业的不在少数。叶蓉蓉在毕业前创办了自己的会展公司,方蕾蕾正自己经营着一家国际贸易公司,年营业额达到 1000 多万元。

当创业成为一种趋势,除了学生内心的坚持与努力,更离不开学校的鼓励与支持。2013 届毕业生创业率 13.7%;2014 届毕业生创业率高达 14.1%;2016 届毕业生到当年 8 月底,创业率就达到 11.28%,可以说,10 个学生中就有 1 人创业。

浙江万里学院会展经济与管理专业为满足宁波会展业快速发展的需要而设立,又在服务区域会展业创新中不断提升,现已成为宁波会展业发展不可或缺的重要组成部分。

浙江万里学院偌大的校园充满着学习的氛围与青春的气息,穿过林荫大道,商学院的大楼便出现在眼前,儒商鼻祖范蠡的雕像时刻提醒着学生牢记经商之道,外墙上悬挂

↗黎冠文与他的手绘 POP

着各专业取得的荣誉称号的金色牌匾，其中最显眼的便是浙江省重点建设专业——会展经济与管理。

会展经济与管理专业从无到有，紧跟时代的发展逐渐成熟，它的前身可以追溯到 15 年前。

2002 年的宁波虽是浙江的三大经济中心之一，但会展业的发展并不尽如人意。在教育部尚未设置会展经济与管理本科专业时，就结合宁波会展业发展的实际需要，在国际经济与贸易专业下设"国际会展与服务贸易特色班"。这是国内第一个有明确本科人才培养方案、第一个获得会展省级教学改革项目和精品课程、第一个获得会展类市级以上教学成果奖的高校。

2006 年设立会展专业后，更是把打造国内一流特色专业作为建设目标。在市政府教育、会展等主管部门的大力支持下，会展专业短期内发展迅速。2007 年获评省重点专业，2009 年获评市服务型教育重点专业，2010 年获评国家特色专业，2012 年获评省优势专业。是国内 102 所会展本科院校中唯一一个国家级特色专业。专业教师主持会展类省新世纪教改项目、省精品课程、省重点教材各 1 项，市级会展类教学改革及课程教材建设项目 12 项。

不少专业人士和机构都对会展专业有极高的评价。教育部公共管理教指委主任娄成武称赞为"建设期最短的国家级特色专业"；外交学院院长、原世博局主席吴建民称赞为"国内建设最好的会展专业"；《高考招生》主编郭小川 2014 年在《中国教育报》撰文，称会展专业与北京大学哲学专业、南京大学天文学、南京审计学院审计学等"堪称国内同类专业领域中的翘楚"；2015 年艾瑞森校友会将会展专业列为包括港澳台在内的 118 所会展本科专业中唯一四星级专业（中国高水平专业），位居国内会展本科专业首位。

会展经济与管理专业亦是受到媒体的高度赞扬。《中国教育报》、人民网、《浙江日报》《杭州日报》《宁波日报》等媒体刊发以"会展专业深耕创业教育""会展专业首次列入一本招生""16 号陈超俊:追逐专业支点上的会展梦""浙江会展统计信息中心落户万里学院""会展专业连续 3 年毕业生就业率达 100％"等为题报道会展专业建设文稿 30 余篇。

"浙江省本科第一批招生专业""国家级特色专业""浙江省重点专业""浙江省优势专业""宁波市服务型教育重点专业",与产业具有密切联系的会展专业,通过依托产业建设一流会展专业、融入产业打造教师创新团队、服务产业提升科研学科水平、瞄准产业培养创新创业人才,使专业建设不断完善,拥有着雄厚的师资力量、专业的配套设施、优秀的人才培养。随着近几年来的不断发展壮大,万里学院会展经济与管理专业在全国开设此专业的各类院校中处于领先位置,在宁波会展业发展中占据着一席之位。它独特的设立背景与专业魅力更是让不少莘莘学子向往。

师资雄厚,担起专业建设发展的重任

长三角城市经济协调会会展专业委员会秘书长,长三角协调会会展专家委员会主任,浙江省会展行业协会副会长,宁波市会展经济研究所所长,宁波市会展业促进会副会长,集无数的头衔光环于一身的任国岩教授,在一个小小的办公室里正襟危坐,他身后的陈列柜上,摆满了专业获得的各项奖牌与奖杯。

从会展经济与管理专业建立伊始,他便在岗位上见证了这个专业在学科浪潮中的起起伏伏。

任国岩教授回想起设立会展经济与管理专业的最初想法,是起源于宁波市 2003 年发布的一个加快推进宁波会展业发展的实施意见,当时要提出将宁波建设成为长三角的一个会展之都,考虑到学院的实际情况,选择了商学院的国际贸易专业,设立了一个国际会展与服务贸易特色班,这就是会展经济与管理专业的前身。

当面临高等教育改革的大潮时,取消专科专业,转为本科专业成为一种趋势,在这种情况下,教师团队便想着在上海世博会举办的背景下,看看能不能通过国贸专业设置会展方向,也使未来科研教学方面有一个基本保障。

"如何做到既要在三本学校中培养好一本学生,又要在一个地方院校做好国家特色专业建设?"这是萦绕在教师脑海中迟迟解决不了的疑难杂症。任教授分析了近几年会展专业的教学形式变化后得出了思考,现在就他们而言,最重要的便是让学生找到对专业的热爱,对行业的喜欢。

一直以来,作为学科行业中的"领头羊",如何让会展专业在国内同专业院校中保持前列优势,专业老师与校方也有一系列未来发展规划。其中,通过一本招生培养会展专业具有较高理论水平和实践能力的学生,被作为未来创新型学科发展的一个重要的支撑。

作为全国唯一一个国家特色会展管理专业,现在承担的任务不仅仅是本专业的发展,更多要考虑怎样做好前沿性的教育理念和教育方法管理研究的工作,支持和辅助同类同专业的建立,更加注重如何通过会展专业实践在理论方法等方面形成一种特色模式,积极参与国家教育部会展人才培养的标准制定,尝试推进国家特色专业认证。该专业师生团队计划争取在 2017 年完成一本专著《会展经济管理的理论研究和实践探索》,从根本上为会展经济与管理专业建设理清一条思路,解决专业建设中存在的问题。

除了任国岩教授,会展经济与管理专业有一支政产学研结合的复合型创新团队。聘请中国会展经济研究会会长袁再青、商务部会展专业委员会副主任俞华、中国会展经济研究会学术委员会主任陈泽炎、上海市会展行业协会会长(国际展览联盟主席)陈先进、华盛顿大学教授 Marry、武汉理工大学博士生导师谢科范担任兼职教授。

专业负责人会展研究成果连续 12 次获得包括时任省委书记赵洪祝、省长吕祖善等副省级以上领导的肯定性批示;专业负责人先后获得"建国 60 年中国会展 60 人""中国十大会展理论人物"、市优秀共产党员、市接轨上海世博会先进个人、市会展业先进个人等荣誉称号和奖项,并获得由王岐山、俞正声签名的世博会荣誉证书和奖章;教师累获科研经费 700 万元以上。宁波市会展经济研究所连续 8 年获得市会展业贡献奖(创新奖)。

雄厚的师资力量,既是专业处于国内领先地位的重要支撑,也为未来进一步创新提升奠定了坚实的基础。

三大特色,支撑专业建设发展

会展经济与管理专业拥有三大特色——服务型教育、研究性学习和实验教学。这三大特色在支撑专业建设发展上起着巨大的作用。

"师者,传道授业解惑也",优秀的教师团队是整个专业的核心。老师承担着大量横向、纵向课题,系统研究会展业的基本原理、理论研究和方法提炼,通过研究在会展理论和方法方面得到提升。这就是服务型教育,旨在立足产业的发展对人才的需求。

研究性学习的目的是鼓励学生结合实际开展研究,对设定研究性课题的学生提供资金支持。"会展效益与规模,参展商参展面积、展品与企业生命周期、发展阶段之间又有什么关系。"会展专业的学生有不少的课题需要探究,但是缺乏资金成了他们科研道上的拦路虎。没有资金,再好的想法也难以实行,会展专业便为学生的研究解决了后顾之忧。每个课题有 500 元、1000 元、1500 元三个层次经费,层次低的是发现问题进行研究调查,层次比较高的是发现研究规律,每个人围绕一个规律性特征进行研究。除此之外,鼓励学生参加学科竞赛,通过竞赛可以使学生在参赛过程中锻炼自我,提高自身实践水平,与不同院校的交流借鉴有利于取长补短。

实验教学则是在实习实训基本实践环节上,突出实验能力的提升,提升学生研究性能力。除了学校的实验室之外,和宁波市政府、宁波市会展业促进会、宁波市国际会展中心等联合成立宁波会展大数据实验室,地点就在宁波国际会展中心,通过现有场馆设备以及教师组织的科研项目,用大数据判断分析宁波市会展业的现状、问题、对策来开展研究。率先推出展品吸引力等指标,组织学生撰写研究论文。注重区域合作,重视与长三角相关城市的合作,其中包括上海、南京、杭州。这个合作不仅仅是把人才送出去,把企业请进来,更多的是联合建立一些平台,依托浙江省会展行业协会建立跨城市会展中国设计平台,长三角会展教育科研合作协会——长三角城市经济协调会会展专家委员会。还负责常识性的比如联合备课制度,集中长三角老师共同备课,把教材的主编请过来,这也是区域合作的一个特点。

政府合作,努力为学生搭建平台

会展经济与管理专业始终坚持"依托产业、服务产业、提升产业"的发展思路,坚持将学科发展、科研提升与服务地方经济有机结合。2003 年,市政府批准设立宁波市会展经济研究所并挂靠浙江万里学院。

自 2006 年开始连续 9 年获得宁波市政府会展业贡献奖,会展专业也有不少与宁波市政府合作的代表性项目。

会展经济与管理专业是根据宁波会展业实际需要设置的,伴随着宁波会展业的起步而诞生,在会展业发展过程中得到壮大,通过理论研究和人才培养,促进宁波会展业发展。会展经济与管理专业与宁波会展业相辅相成,形容两者相互依托再合适不过。

会展经济与管理专业从 2003 年起承担宁波市会展业发展研究到做宁波市会展业发展规划、会展产业报告、会展项目评估、会展奖项评估、会展研究,政府决策的支持,政府主导型平台项目的评估,产业年度报告,2003 年建立市政府会展经济研究所,2004 年长三角城市经济协调会批准设立会展专业委员会。

会展经济与管理专业一直以创业率高著称,被称为大学生创业的黄埔军校,尤其是2014 年创业率高达 14.1%,根据实际情况,每年只有小范围的浮动,这都得益于学校不断为学生创建创业平台,投入资源支持鼓励学生创业。

2014 年 6 月,国内首个全日制教学的本科"创业实验班"在万里学院应运而生。根据该校商学院与宁波市"创二代"联谊会签署的校企战略合作协议,"创业实验班"采取"2+2"模式,即:大三学年,创业班学员将在一年时间里系统学习与掌握财务管理、投融资、创业等知识以及创建企业和经营企业的诀窍;大四学年,由相关投资基金出资和创业导师辅导,创业班学员组建自己的项目团队、经营自己的创业项目。学校还开设创业教育类课程,如创业基础、创业理论、创业实践等,为想要创业的同学提供理论与实践保障。另外还推行创业导师体系,邀请国内创二代、投资机构、创业成功者给学生做导师。万里学生创业不仅有学校为他们保驾护航,更是有学生创业实践基地——宁波市大学城创业有限公司,为学生创业提供合作注册、经营的平台,解决发票、财务管理方面的问题,组织学生参加国内外创业大赛,做创业训练,组织模拟创业活动。

人才济济,培养大学生创业的先行者

2012 级黎冠文同学的创业项目获得 200 万元的风险投资,年创利百万,为社会提供2000 个就业岗位,2014 年获"中国大学生自强之星"提名奖。

↗ 万里学院第一届创客创业大赛

↗ 学生参加创业集市活动

　　高中萌生的创业想法无疾而终，大一的手绘工作室再度失败，大三时的黎冠文依然坚持自己创业的初衷，那份追求自己所渴望的事物的心态，更加引人注目。

　　当其他人都忙着实习工作，抑或是毕业论文设计，会展经济与管理专业121班的黎冠文跑到北京结识了两位学习平面设计的朋友，一拍即合成立了北京Deano手绘POP国际培训机构，担任创始人。

　　经过前两次的失败，黎冠文更加熟悉这个行业，变得更加成熟。他深入开展手绘POP企业调研，并根据当地情况因地制宜，这时的他对于手绘POP已是得心应手。

　　经过不断的努力与尝试，2013年，黎冠文及其团队与仁和药业签下合同，成为仁和药业长期手绘 POP 顾问。同时,微博、微信等新兴传播媒介的广泛应用也为他的项目提供了强有力的支持。

2014 年 12 月 22 日,黎冠文带着团队,以宁波赛区总冠军的身份来到北京参加 2014 年全国校园黑马大赛总决赛,凭借"Deano 手绘 POP"项目与来自著名高校的 54 支创业团队同场竞技,获得一致好评。

2015 年 11 月 22 日的第七届全国高等学校信息技术创新与实践大赛中,他的创业项目获得一等奖。

2015 年 12 月 2 日在万里学院举行的第三届大学生创业集市上,黎冠文的手绘 POP 一时成为焦点。"今年的目标是打造一款属于手绘 POP 的 APP,还要在 100 所高校中建立手绘 POP 社团,同时还要在 50 个城市建立手绘 POP 面授班",这是黎冠文当时给自己定下的目标。而如今,公司业务遍布全国 20 多个省市,"现在,公司每个月有 110 场次左右的培训,每场次人数多则七八十人,最少也有二三十人,公司的营业额已经超过 2000 万元。"这个成绩让不少人赞叹不已。

↗黎冠文率领团队完美收官全国黑马大赛总决赛

专业评价

浙江万里学院会展经济与管理专业在专业浪潮的发展中不断成熟,所获奖项荣誉无数,称号美名也意味着更多的责任——是教书育人,培养优秀的大学生人才,更是致力于宁波会展业的不断壮大。在学校的支持与教师团队的带领下,会展经济与管理专业为保持处于院校前列地位而努力前进着。

文/图:王佳怡 戴 婕

指导老师:郭 晶

教育出真知　实践出人才

——记浙江万里学院通信工程专业

👤 专业名片

通信工程专业是浙江万里学院最早的本科专业之一，"十一五"省重点专业，"十二五"新兴省特色专业。并由"十二五"通信与信息系统省重点学科、"十三五"信息与通信工程省一流学科支撑，专业拥有两个省级实验教学示范中心，一个省级虚拟仿真实验中心，与企业共建一个国家级、一个省级大学生校外实践教育基地。"十二五"期间获得中央和省财政资助实验室项目 5 项，省级教改和课改项目 8 项，省部级以上教学成果奖 3 项，国家级科研项目 7 项，省部级 23 项，科研经费超过 2000 万元。2015 年《中国大学本科教育分专业排行榜》中本专业排名为 B＋。

寒窗四年，迈出自己的步伐

"还有什么通信工程专业的问题吗？没有的话，这节课我们就结束了，还有问题大家可以来联系我。"如往常一样，徐慧敏从容不迫地结束了这堂课。

在浙江万里学院通信工程专业毕业后她就被华为录取为正式讲师，在各个学校中演讲教学。在学校的时候她的成绩就十分优异，要在一个男生更有优势的专业里脱颖而出，她付出了许多别人难以想象的努力。她的思绪回到那年夏天，那时她还是一个大三的学生。

"老师，为什么我们这门课成绩这么低啊？我们都是按照你的要求来的呀！"一个男生怒气冲冲地在教室质问方朝曦老师。"为什么徐慧敏都这么高，她哪里比我们好呀？"

听到自己的名字，徐慧敏一惊，停下自己手上的作业，抬起头看看究竟发生了什么。

方朝曦老师推了推脸上的眼镜，对那位气呼呼的男生说："你是完成了自己的作业。"

那个男生打断道："对呀！那为什么我分数不高啊！明明我得出了校园信号的数据了！"

老师倒是也不气恼，不急不缓地说道："我叫大家试着检测校园的信号强度，你的确交给我这一份作业，但是你的数据只是校园某处的信号，你知道徐慧敏同学的作业包含什么吗？"老师拿出她的作业，一叠数据资料，光厚度，便超出了其他同学好几倍。"她不仅带着本小组的同学在我们学校空中花园、教学楼、食堂、宿舍、操场等校园的多个角落均仔细检测,完成我布置的任务后,还超额把所有的数据都整理出来。本是一个体验式的作业,却被她完成得十分漂亮、专业。"

男生一怔,脸微微涨红了起来。

老师站了起来,对讲台下的同学们说:"通信工程专业在学校虽然也有多个实验室,给大家提供实践的平台,但是自己的努力才是关键。你们在今年大三分模块的时候,选择了一个较为冷门的模块——移动通信网络模块。这个模块冷门的一方面原因是因为工作不仅辛苦而且需要很大的耐心以及钻研劲。如果没有这样一种精神,是没有办法学好的。"

徐慧敏深有所感,并暗暗下了决心。她在未来的两年里不仅出色地完成学业,也在学校构建的与华为合作实习的平台中取得了优异的成绩,最终留在那里成为讲师。

通信工程是万里学院最早的本科专业之一,学校为了提高学生的工程实践能力,构建了学历教育与职业技能教育相融合的"基本技能训练、专业基础实践训练、专业实践能力训练、行业技能训练、综合创新实践"5 个层次的实践教学体系,并利用多种渠道争取资源改善实践教学条件。在中央财政等资助下,"十二五"期间累计投入实验室建设经费 600 万元以上,建成现代移动通信、移动互联网开发等 5 个专业实验室。建设华为网络学院、移动互联网软件开发基地等 4 家校企合作实践平台。

因为学校提供平台,学生才能具备更多的技能,才会有更多的机会。

邵洋江躺在床上,空调的温度抵挡着外面的炎热,他昏昏欲睡。打开手机,也不知道要找哪个朋友聊天。"这个暑假,我要干点什么呢?已经大三了,虚度也太可惜了。这个暑假,我一定要干点有意义的事情出来。"他在心里思考着,盘算着。

"有了! 就这么做!"他为自己定好了方向,开始埋头苦干。

终于开学了,邵洋江兴冲冲地回到学校,打算告诉大家一个好消息。

室友拍了他肩膀:"好小子,厉害啊,你还真行! 没想到你真成功了,本来以为你只是说说而已。"

"你知道啦? 我还没说呢,本来想亲口告诉你们这个好消息的。"邵洋江爽朗地笑着说道。

"那当然啦! 老师都跟我们说了,早就知道了,你开发的苹果 APP,在网上引起关注,暑期收入几万元,不请客吗?"室友戳了戳他。

邵洋江笑着说:"必须的,肯定得请你们去撮一顿。你说我们要跟其他重点学校竞争,必须得另辟蹊径,必须得付出更多的努力。学校在大三的时候为我们提供的实习平台,是别的学校都没有的。但是,我们怎么去利用这个机会,除了学习到社会上的一些实践经验外,还有更多的运用与创新,都是我们需要去努力,去思考,去体验的。"

他心里十分激动,十分感谢万里学院通信专业的培养,也很感激老师的帮助。三本学生如何在重重高校中突出重围? 肯定要有跟别的学校不一样的学习之路。

由于学校的鼓励以及在暑假期间的实践尝试,他对开发 APP 有了很深的兴趣,毕业后在绍兴创办了公司。

↗邵洋江同学获奖现场

万里学院将本专业定位为：为通信行业服务，培养通信行业所需要的既具有专业知识，又具备一定的职业技能和实践经验的合格本科生。在这一条件下，在以梁丰教授为首的一批具有软件开发背景的优秀教师的努力下，独具特色地走出了万里学院通信工程专业的道路。在独特的课程设置与繁多的实践机会下，万里通信学子具备了很强的竞争力。在学校的帮助下，学生能在这里展开拳脚，发挥所长。

方朝曦老师在向我们介绍时提到："万里学院通信工程专业人才辈出，还有许多人成为了各个企业的'香饽饽'。像2013届毕业生邵洋江通过电信业务软件模块课程的学习，熟练掌握了手机软件开发，在校期间就开发了多款实用手机软件，他开发的手机软件给他带来每月最多几万元的收益，他还获得了宁波市首届毕业生简历大赛第一名，比赛过后立刻被10余家用人单位争聘。2014届通信专业毕业生方笑鹏签约淘宝软件有限公司，年薪近20万元。2013届通信专业毕业生王杰签约淘宝软件有限公司。2014届通信专业毕业生祝蕾被360公司录用等等。通信工程在专业建设以及课程调整上，做到了与时俱进，才能适应社会的变化，让学生在学校与工作的衔接上，做到真正的适用。"

推陈出新，顺应时代的脚步

晚9:00，浙江万里学院3G移动实验室依然是灯火通明，数十名2014级通信工程专业的学生正在上课。这节课的主要内容是交换机配置实验，这似乎并不是一个能够简单完成的实验，老师讲得很细致，学生们凝神盯着电脑屏幕，略微皱着眉，像是在思考如何能完成一个完美的实验。窗外已是漆黑一片，而实验室内电脑屏幕的荧光映照着学生们朝气蓬勃的脸庞，却是分外和谐。

看着学生们专心致志和眼神中的热情，不禁让人好奇通信工程专业到底有什么样的魅力能让人如此着迷,这,又是一个什么样的专业?

"万里学院通信工程专业致力于培养的是技术型人才",电子与计算机学院的吴耀辉老师告诉记者,"是一毕业就能参与工作的应用型人才。"

吴耀辉老师看着专心致志做实验的学生们,眼中透着欣慰和希望。不时有学生带着疑问向他求助,他便赶忙站在学生身后指导,直至学生明白如何正确操作为止。这一幕在课堂上时有发生,吴耀辉老师说道:"通信工程专业的孩子大多非常勤奋好学,对所学的问题充满了好奇心,这也与我们学院人才培养的特色有关,我们是以培养高素质应用型人才为目标的。"

正如吴耀辉老师所说,在万里学院电子与计算机学院中,通信工程是三大核心专业之一。作为浙江省特色专业,学校极其重视通信工程专业的人才培养,并为此采取了一系列的改革措施。

通信行业是发展最快的行业之一,3G、软交换、移动互联网、云计算、物联网等新技术层出不穷,旧技术被迅速淘汰。而在这样的大背景下,电子与计算机学院院长梁丰教授提出,通信工程专业的人才培养应顺应时代的发展,积极与 ICT 产业合作,按照产业的需要培养人才,并建立高校与行业联合培养人才新机制,探索校企联合人才培养模式,推动 ICT 人才培养模式改革,提升大学生实践能力和就业竞争力。

万里学院电子与计算机学院的方朝曦老师着重提到:"万里学院将本专业定位为:为通信行业服务,培养通信行业所需要的既具有专业知识,又具备一定的职业技能和实践经验的合格本科生。为此,我们做了许多的努力。"

为了达到这一目标,2013 年 5 月 30 日,万里学院通信工程专业与中国电信、中国移动、中国联通和华为等通信行业龙头企业合作联合培养学生,学生就业质量得到大大提升。

↗ 浙江万里学院电子信息学院(现为电子与计算机学院)成为华为工程实践教育基地

通信专业与行业龙头企业和主管部门合作建立了国内首批中国移动 MM 学院、首批华为网络技术学院、工信部全国移动互联网创新教育基地、工信部微软嵌入式联合实验室、华为工程实践教育基地、华三网络学院等多个产学研合作与人才培养平台,建立了完全由通信行业的专家组成的专业建设委员会。根据通信行业对人才的需求,通信专业对传统的通信专业培养方案进行了大幅度改革,从 2009 级开始实施"2.5+0.5+1"的培养方案。

在 1～5 学期(2.5 学年)专业基础课阶段,改革重点是结合通信技术发展,去除过时老化的知识内容,以移动通信和网络通信为主线,建立了新的课程体系;在实践教学中,把电信局搬到学校,建立了完全由实用工程设备构成的完备的华为通信实验室,使学生在通过动手实践掌握理论知识的应用外,还学会了实用的职业技能。

在第 6 学期(0.5 学年),与浙江华为(负责华为及其全球合作伙伴员工培训的分公司)合作,根据通信行业对人才的需求,结合行业技能证书培训,按四个模块方向培养学生,部分模块课程聘请了浙江华为、中国电信、中国联通、中国移动、上海九城等企业的培训讲师授课。

在 7～8 学期(1 学年),学生们除完成少量选修课和毕业设计任务外,大量时间都是进入企业顶岗实习。实习单位包括中国电信、中国移动、中国联通、浙江华信、新浪宁波等通信与互联网行业的龙头企业。

为了解决国内高校严进宽出的弊病,通信专业狠抓学生学习质量保障,建立了标准化考试中心,核心专业课程普遍采用机考和实践考试结合,机考中计算机自动生成试卷,一人一卷,有效提高了考试的客观有效性。实践考试则重点考察学生对知识的灵活应用能力和动手能力。

特别是"数据通信和计算机网络"课程,采用了与网络工程师考证相结合,采用华为网络学院和华三网络学院的课程,学生没有期末考试,考出初级网络工程师证书为课程及格,并专门建立了普尔文等两个国际化考试中心承担网络工程师考证工作,这两个考试中心同时也对社会开放。

严格的质量要求促进了学风的改变,提升并保障了学生质量,除 90%以上的学生拥有初级网络工程师证书外,每年还有数十名学生考出华为无线 RNC 软件调试初级工程师和华为无线网规网优初级工程师(华为大学)、移动开发工程师(工信部、中国电子学会)、电信业务员国家四级(工信部通信行业职业技能鉴定指导中心)等中高级职业证书。

课程改革和企业实习与联合培养使学生获得可贵的专业技能和企业工作经验,通信专业的毕业生就业质量逐年上升,并在浙江特别是宁波地区的通信行业建立了较高的声誉。每年中国电信、中国联通、浙江华信、浙江华为、四维通信、新浪宁波等众多通信企业都会来通信专业召开专门的实习生招聘会,实习生在通过半年多时间的实习后,或留下来直接就业,或进入其他通信及相关企业就业。

日积月累，引领学生的方向

夏天来得那么的急，没几天人们便深刻地体会到什么叫酷热难耐了。鄞州大道在太阳的炙烤下变得软软的行人仿佛踩在橡皮泥上；街边的树像是酷热下人们唯一的依靠，给伞下的市民带来一丝可怜的阴凉的同时，自己也泛着耀眼的绿光；整个城市仿佛在蒸锅之中，来来往往的人们也是无精打采，毫无气力。

而有一个人的身影却显得那么突兀，与这个低沉无力的世界截然不同，他充满了精气神，在万里学院门口凝视着偌大的学校。

校门气势磅礴，"浙江万里学院"六个大字夺人眼球。

大门与这个瘦弱的小伙子形成了鲜明的对比。

那一天，是他走进万里学院的第一步。

自此，他满怀激情，在高校毕业后，就直接在万里学院通信工程专业参与工作。由于大学专业对口，他在教书过程中有着很大的热情以及很高的专业度。

他就是通信工程专业系主任方朝曦老师。

↗ 方朝曦老师

大学生们在大学校园里，除了朝夕相对的同学，与自己交流接触最深的莫过于老师。韩愈在《师说》中指出："师者，所以传道、授业、解惑也。"

在万里学院多年的教学工作中，他遇到过不少困难，也遭遇过不少挫折。

刚到学校，那时的通信工程专业并没有什么明确的目标，在教学方向上大多还是照搬其他高校原有的课程设置与安排。后来，他们发现了这种设置的严重弊端。

万里学院通信专业是三本专业，如果只是简单的一些课程安排，理论课程为主，和一些重点高校相比竞争力不大。既然在学历方面不占优势，那么为什么不找寻真正适合本专业学生的专业建设呢？方朝曦老师和其他同事走访社会企业，建立联系，展开交流，希望从中找出突破口。

近年来,他们同浙江华为通信技术有限公司签约共同建设的"浙江华为宁波培训中心",学习华为公司和 H3C 公司的企业员工岗前培训课程,采用企业培训一线员工的教学方法和授课体系。许多学生未来可以进入各地通信运营商(如电信、移动公司)的网络维护部门、通信工程公司(如华信移动设计院、浙江邮电工程公司)的设计部门、通信运维公司的网络维护工作。通信工程专业的学生在掌握了一定的通信技术的背景下,通过相关课程学习后,将通过双向选择直接进入各大电信运营商,或运营商与通信工程专业合办的直营店中进行实践培训。

万里学院通信工程专业在"十二五"期间,通过鼓励教师走进地方企业、选派教师进行培训深造和引进企业工程师等方式,建立了一支专职教师与兼职教师并重、学科教授与行业专家相融的双师双能型教师队伍。

而这样一系列顺应时代脚步的改革举措,正印证了方朝曦老师所说:"现在这个时代,对我们的学生来说,既是挑战,也是机遇。"

"咚咚咚",李国胜老师的办公室传来阵阵敲门声。

原来是《宁波日报》的记者,他们是来采访万里学院电信学院通信专业 2014 届毕业生方笑鹏被淘宝(中国)软件有限公司录用且起薪 18 万元之事的。

记者提问:"一个应届毕业生究竟凭什么获得如此青睐?"

李老师答道:"关键在于学校课程体系内容与行业的紧密对接。2011 年,在多年研究性教学的基础上,万里学院开始进行专业综合改革,对所承担的专业必修课程和核心课程进行'瘦身',增设模块方向课程,以解决现有的课程体系内容与行业的对接度不紧密问题。电信学院是试点之一。移动互联网应用开发,说白了,就是做手机 APP。和许多成熟的专业不同的是,移动互联网应用没有固定的知识体系,高校也没有先例供借鉴。学院经过调研讨论,课程组教师结合科研项目中的需求、企业的人才需求以及教学条件的实际情况,以移动互联网应用软件开发为中心,设置 5 门课程和教学内容。"胡江是"手机短距离通信技术"的教师,为完成课程设计,她泡论坛、找资料、看视频、做实验,向行业专家请教。教学组 4 名老师或参加业界培训,或结合教学做科研,一个学期下来,5 门涵盖知识点的项目课程"新鲜出炉"。

据了解,该专业的 36 名 2014 届毕业生在校期间,开发作品近百件,直接经济收益30 多万元,与 15 家企业建立深度合作。临毕业时,36 名学生获得职业资格认证比例高达 96.1%。

同时,学校大力鼓励青年教师走进企业、服务地方经济发展。同时分批派送教师到浙江华为等权威机构开展培训,学习 4G 网络规划、物联网、大数据等最新信息通信技术。建设专职教师与兼职教师并重、学科教授与行业专家相融的双师双能型队伍。目前本专业 11 名专任教师具备企业工作经历,到浙江华为参加 3G/4G 网规网优工程师等高端培训 15 人次以上,聘请浙江华为戴自成总经理等 20 余位高官和工程师担任兼职教师导师。

老师不仅是知识的传播者,更是学生人生历程中的导师,指引他们的方向。

笔者走访万里学院通信工程专业课堂,并对学生展开采访。

↗ 李国胜老师

　　在采访中,许多万里学院通信工程专业的学生向笔者表示了对学校的感谢、对老师的感激,以及对专业学习的迷茫到坚定方向。

　　通信工程2014级陈有余表示:"一开始选择这个专业其实主要原因是在于父母,他们认为这个专业的就业前景不错,再加上希望我能进入手机营业厅工作,所以刚进大学的时候我觉得通信工程这个专业就是从事卖手机、跑业务之类的工作。但真正进入学习后才知道没有那么简单,它涉及的范围很广。比如我在大二时和老师一起做一个有关智能家居的项目,非常有趣的经历,但我以前是不会把智能家居和通信工程联想在一起的。很感谢老师的教导,学校的课程安排也非常适合我。经过这几年的学习,我想说,没有不好的专业,关键还是要看兴趣吧。"

　　通信工程2014级王程炜同学认为:"刚开始大家都一样,对我们的专业都不怎么了解,基本都是因为亲友的建议选择的专业,我也一样。但意外地,我渐渐热爱上了这个专业,在老师或者学长学姐眼中,我是非常积极的学生,在大二第二学期,我跟着老师做项目,最后是做了一个类似超级课程表的APP,我给它取名叫极课,虽然最后很遗憾因为种种原因没有上线,但我还是很开心很有成就感。所以我选择进入A模块学习,我想在未来成为一名优秀的编程员。"

　　通信工程2013级倪丽萍告诉记者:"作为这个专业为数不多的女生之一,我曾一度有过转专业的念头,总想着这就是一个男生的专业嘛。但因为这样那样的原因,我留了下来,久而久之,却也不觉得有如何难熬了,更何况这里还有那么多男神。但编程确实是很费脑力的工作,因为在万里学院通信工程的学习铺垫,我目前在宁波电视台实习中,负责前端工作,实习期间我学到了很多,这是在学校里所无法相比的环境,我的目标是转为正式员工。"

　　通信工程2013级陈俊透露:"我们常调侃专业的四个模块为:打代码,拉网线,爬基站,卖手机,我就是其中打代码的一员。程序员的日常和大家想象中的差不多,一帮人整日窝在实验室里敲代码,听起来很枯燥吧,但一帮人一起为同一件事努力的感觉真的很棒,最后的成品完成让我们有一种巨大的成就感。我属于比较懒的人,一般不会没日没夜地去学习,但当我做程序的时候遇到一个让我感到有趣的问题时,我会不知疲劳地连续花上数个小时去探索如何解决这个问题,这对我来说不是痛苦,而是乐趣。而我们的老师也会教导我们,虽然很多实践课程,老师只能做到指导。但是没有在大学里的学习,就不会有如今的我了。"

……

多年来,万里学院通信工程专业走出了一代又一代的优秀人才,这离不开老师们的辛勤教导,更离不开学校独树一帜的人才培养模式。

万里通信学子,勤于专业,守于本心;

万里通信老师,授予知识,教予做人;

万里通信专业,在坚守中创新,在创新中摸索。未来,依旧机会与挑战并存。

专业评价

通信行业是发展最快的行业之一,3G、软交换、移动互联网、云计算、物联网等新技术层出不穷,旧技术被迅速淘汰。在这样的大背景下,浙江万里学院通信工程专业的人才培养应顺应时代的发展,积极与ICT产业合作,按产业需要培养人才,并建立高校与行业联合培养人才新机制,探索校企联合人才培养模式,推动ICT类人才培养模式改革,提升大学生实践能力,提高就业竞争力。

在学习上他们废寝忘食;在生活中他们朝气蓬勃;在专业上他们躬行实践。浙江万里学院通信工程专业铭记,不闻不若闻之,闻之不若见之,见之不若知之,知之不若行之。学至于行而止矣。通信工程专业以面向需求、产教融合、科教融合、强化实践为改革理念,以高素质应用型人才培养为目标,进行了一系列卓有成效的教学改革,先后被评为浙江省重点专业和浙江省新兴特色专业。"教育出真知,实践出人才",他们培养了一代又一代通信专业的人才。多位成为社会栋梁的毕业生,多项获得突出奖项的科研项目,多次高达100%的就业率,多名有着专业能力的老师,证明了他们的成绩。他们的辉煌背后,也有着一系列不为人知的故事。

文/图:陈天娇 曹 影

指导老师:郭 晶

独树一帜　创新前行

——记宁波大红鹰学院计算机科学与技术专业

👤 专业名片

宁波大红鹰学院计算机科学与技术专业,以地方经济社会发展需求为导向,针对宁波、浙江乃至长三角地区中小企业产业结构特征及其面临的转型升级需求,面向新产业、新业态,主动服务现代信息产业,以创新发展、错位发展、合作共建来构建新兴的特色专业方向。经过多年发展,"计算机应用技术"成为浙江省"十二五"重点学科,"计算机科学与技术"成为浙江省"十三五"一流学科。计算机科学与技术专业是浙江省重点专业、优势专业和宁波市品牌专业。

该专业的发展目标为:紧跟国家大数据战略,以手机软件、嵌入式智能系统、社交网络微应用等技术为特色专业方向,以"数据科学"为新专业的发展契机,成为区域中小企业获取创新应用型人才的首选大学和"互联网+"创业人才的密集孵化器。

育人成才,独树一帜

"计算机科学与技术这个专业呢,就是依靠理论和实践相结合,虽然学生能通过作业的形式做项目,但远远不够,"杨昱昺老师提到,"所以啊,我们老师挺鼓励学有余力的学生来参加工作室,一来可以积累经验,二来可以更早地接触社会。"

杨昱昺、李晓蕾、章晓敏和姚晋丽老师都在采访中提及他们的工作室。工作室的组成人员很简单,除了老师以外,就是不同年级的学生。例如,杨昱昺老师的社交网络应用研究由二十多个人组成。

目前,该工作室项目共分为三块:第一块是做竞赛,大学生的服务外包大赛,该大赛的软件开发于2016年获得了全国大学生创新服务外包二等奖。第二块就是做企业项目,就是从企业接过来一些项目,之前的话实际做过的有售票系统和宁波市的市民卡一个系统。第三块是杨老师自己的科研项目。目前正在做农业项目,主要就是给许多大型农场做一个集销售、娱乐、众筹于一体的平台。

另外,四位老师都提到了当前社会的就业形式,"现在的公司都挺重视求职者的工作经验,如果学生工作经验比较丰富的话,这可以成为自己的优势。"面对在校生的工作经验如何积累的质疑,姚晋丽老师解释道:学生课堂上的作业当然不可能被称为工作经验，但是如果学生在工作室里跟着大家一起做企业项目，这些项目可以成为他们工作经验的一部分，这对我们的学生来说就是优势。"

显然，工作室的存在无疑是助力学生能力获得提升的"良方"。

坐拥如此有利的资源，为学生提供了完备的平台，学生又是如何竞争上岗，成为工作室的一员？

李晓蕾老师完全否定了"好学生才能进的说法"，笑称"成为我工作室的一员并不需要门槛，只要他们有心能来工作室，过一段时间自然能够做出成果的"。

"不过，"李晓蕾老师调皮地卖了一下关子，"我唯一一个要求，那就是大一过渡到大二的暑假的 50 天要在学校呆着。"

询问其原因，李晓蕾老师作出解答："这个待在学校并不是说他的能力在这个 50 天中多么突飞猛进，而是让他能够适应工作室的环境。然后他一开学就不会像一些学生太迷恋寝室，我觉得寝室就是吃饭睡觉打游戏的地方，那样一个环境会影响到学生学习的信心、氛围、积极性。而工作室是大家都在做事的环境，如果他太过散漫可能会感到不好意思啦，所以慢慢通过那么一个半月的时间，他就会把习惯改过来。"

那么，学生在完成项目的合作过程中，能够相互帮助和指出不足，这样不仅能增强团队协作能力，而且能提高自我执行力。

与课堂相比，工作室对外承接项目并不轻松，社会提出的考题远比老师给出的试题要难得多。王水老师指出，在对外承接项目时，你不得不深入调查客户需求，你要使得你所提出的方案既是满足社会或者竞赛要求的又是创新的。不再是单独地想要完成任务的心态，而是如何把任务准时完成和完成得漂亮。

在学生一次又一次绞尽脑汁的过程中，他们的潜能自然而然就被激发了，同样，他们在之后走上社会遭遇同类型的难题时也不会一筹莫展。

可见，宁波大红鹰学院计算机科学与技术专业一直致力于人才培养的探索。学院的陆正球老师就是一名代表人物，他的《微时代背景下为技术特色人才培养模式的探索和实践》真实地展现了人才培养的成果。

学校采用校企合作方式，学生经过面试来到上海唐腾公司实习，实习期间学生的能力获得较快提升，不仅体现在专业知识的运用，在团队合作和个人能力的展现上也毫不逊色。

另外，教师下企业实践、企业校内授课和合作编写教材等方式均有效地帮助了计算机科学与技术专业在人才培养的路途上迈进了一大步，合作和创新的研究成果颇多，广受社会好评。

"世界上本没有路，走的人多了，自然就有了路。"宁波大红鹰学院计算机科学与技术专业的人才培养之路一定能独具特色，越走越远，向世界展现其独特的魅力。

翻转课堂亮点多

伴随着简短的铃声，计算机科学与技术专业的同学们开始了他们的课程。李晓蕾老师正在上"JAVA 程序设计"课。她首先通过大屏幕给学生们播放一则简短的教学视频，引出了这节课的教学主题。而同学们在上课之前，就已经在网络平台上观看了本节课相关基础知识的教学视频，此时的观看目的是为了回忆以及进一步地熟悉课程。几分钟后，视频播放结束，就开始了小组讨论环节。学生们在课前已经针对老师布置的学习任务进行了分组，这时第一个小组的发言人走上台演示 PPT，对他们组所选取的主题进行分析，在流畅的讲演过后，第二组的同学们纷纷开始"找茬"，指出第一组所存在的欠缺之处，第三组的同学们则进行打分、评论。之后的小组也都以这样的形式进行。在学生讨论环节结束之后，就进入了师生交流环节，李晓蕾老师提出几点关键的知识点，进行适当的点拨、解答、补充或者延伸，同时学生们也可以提出自己在课前学习中不懂之处或课堂上的疑惑与老师交流。课堂内大部分的时间都是进行这样的研讨，而一些理论知识的学习则是放在了课外。

↗ 翻转课堂上，知识回顾，李老师与学生交换角色

"翻转课堂"于 2012 年在宁波大红鹰学院信息工程学院率先开始实行，对于计算机科学与技术专业的同学们来说，这种教学方式早已再熟悉不过了。"翻转课堂"是指重新调整课堂内外的时间，将学习的决定权从教师转移给学生。在互联网时代，学生通过网络共享平台上的教学视频对一些基础知识和理论知识进行学习，不一定要在课堂上接受新的知识。"翻转课堂"是对传统教学的一大颠覆，在传统教学模式中，老师的知识传递在课内，而知识的内化在课外，此外还存在课堂缺乏吸引力、师生缺乏互动、学生学习内驱力不足、自主学习能力不够等问题，而"翻转课堂"则是将知识传递放在了课前，老师不仅提供视频，还可以提供在线辅导，同时一改课后内化的方式，变成在课堂上互动来完成，老师也能及时在课堂上对学生的疑惑给予有效的辅导。

为了"翻转课堂"具有更好的效果，宁波大红鹰学院也建设了专门的教学教室。柔和的浅绿色墙壁，上面挂着大屏幕的投影仪，8 张长约 3 米、宽约 1.5 米的果绿色固定课桌,每张课桌旁都挂着一台小电视,上面能够清晰地看到投影仪上的内容。绿色、白色的课桌可以自由组合,蓝色的转椅使学生们可以温馨地围坐在一起,这就是"翻转课堂"教室。它支持全自动课程录制、课程直播,以及移动端、桌面端与显示端实时互联,满足学生小组合作、主题研讨、小组演示、多地互动等教学活动需求。

↗ 翻转课堂上学生进行小组合作

计算机科学与技术专业是理论和实践相结合的专业,对大部分学生来说,相对枯燥和抽象的理论知识经常成为学习路上的鸿沟,难以跨越,而"翻转课堂"很好地解决了这一问题。"我在课前先在网上看视频学习,碰到不懂的地方还可以停一停思考一下,学得好的同学可以提早预习新知识,学得不好的同学可反复观看视频。在课堂上我们进行小组展示和讨论,其间暴露的问题能获得老师和同学及时的更正。"计算机科学与技术专业的一位同学这样说。"但是翻转课堂比以前累,之前上课随便听听就好。现在我们不能偷懒了,课前要预习看视频学知识点,课堂上要做项目分析,课后还有一些实践活动,无形中也锻炼了我们的能力。"

李晓蕾老师对于翻转课堂也发表了自己的见解:"翻转课堂这一种教育方法,实现了老师和学生角色的转变,学生在学习过程当中不仅仅是课堂上的学习,现在在课堂上我们双方对于项目的一些研讨,学生对于基础知识的学习应该是放到课外去解决。课堂上我有更多的时间深入地去研讨这样的项目应该怎么做,在做的过程当中课堂上肯定有各种各样的问题,那我就可以马上发现学生在哪个方面有问题,我实时就可以帮他解决。"

"上完李老师的课,感觉整个人都被掏空了。"一位学生笑着说道,"因为她课堂上会非常的忙,一节课下来,大概有十几个任务要做,但是任务之间是有关联的,比如说要分析一个大项目,那么第一步可能先做一小步,然后再做一小步,等于一堂课下来,我们一个项目就完成了。"

"翻转课堂"运行期间效果显著,压力和动力督促着学生紧跟老师的步伐。学习过程中,基础知识相对扎实,减少了不少同学由于基础薄弱而耽误后程学习的烦恼,积极性受到极大鼓舞。正是如此,计算机科学与技术专业的学生能够学快、学好、学精。从来没有一步登天的成功,"翻转课堂"助力学生在成功路上扎扎实实地走下去。

创业曙光照进就业路

"用 IT 人的帷幄,成就一番属于 IT 人的事业。"这是宁波大红鹰学院计算机科学与技术专业 2012 届优秀毕业生徐丽强的座右铭。在进入大学之时,他就定下了自己的目标,要成就一番属于自己的事业。菁菁校园里,人声鼎沸的各类竞赛项目中他积极参与其中,夕阳下的图书馆一角总能看到他的身影。四年的时光如白驹过隙,褪去了一身青涩的气息,如今成熟稳重的男人也没有辜负曾经那个满腔热血的自己。"在大学期间参加的一些竞赛和校内科研项目,在老师和同学们的帮助下也取得过比较好的成绩,积累了丰富的移动应用开发的经验,我现在的成就也是靠着一步步地积累达成的。"毕业后的徐丽强在东蓝数码有限公司任职项目开发经理,其间参与了不少产品的研发工作,也曾代表过公司奔赴北京参加"京交会"。

工作生活过得顺利而充实,而在徐丽强心中始终还有一个挥之不去的想法,那就是创业。在 2013 年,他和朋友合伙创立了宁波爱尚网络科技有限公司,"我们最先开发了'乐刮刮'这一产品并且进行了线上的运营推广,日活跃用户超过 2 万人。还负责了多项大型移动互联网项目的开发,包括:宁波市智慧城市建设、宁波轨道交通 APP、微拼车等等。"看着自己梦想的结晶茁壮成长,纵使一路上不少艰难坎坷,内心还是被满满的喜悦与骄傲所填满。徐丽强追求事业的脚步不曾停止,在 2014 年 7 月,他创立了宁波蕊奇智威信息技术有限公司,担任公司 IOS 开发总监,主要负责项目管理和技术研发工作,参与并负责了大大小小近几十个项目;2015 年公司的营业额超过 200 万元。2015 年底合伙入股快发科技,来年初公司的"快剪"项目 A 轮投资 8000 万元。徐丽强在奋斗路上不曾忘记母校对自己的培养和同学们对自己的帮助,始终践行着自己的座右铭并用以鞭策自己前行,一步步向着成功的彼岸迈进。

宁波大红鹰学院向来鼓励学生创业,制订了《关于推进大学生创新创业教育工作推进方案》,举办过宁波市首届大学生创新创业博览会、"大红鹰杯"首届宁波市大学生创业大赛等活动。计算机科学与技术专业的同学们创业积极性也很高,近三年来该专业学生的创业率高于省平均创业率。

在宁波大红鹰学院计算机科学与技术专业已经任教了十多年的李晓蕾老师十分支持学生创业,也谈到了自己对于创业这一块的想法,"我有一个在宁波自己开公司的学生,创业也快两年了,说实话压力是很大的。在我看来,学生刚毕业最缺的可能是一种管理经验和社会资源,所以说在这一块上面我们也会帮他们一些。创业初期不仅要有自己的产品,更要紧的是要能养活自己。在这方面,我还是能给他们一点帮助,例如可以给一些项目对接一下。"

同时杨昱昺老师也与笔者分享了他对于学生创业的看法,"我认为自主创业的学生

↗ 计算机科学与技术 2012 届毕业生徐丽强和他的快发科技公司

有这样三类,第一种自主创业的方向跟他本身所学专业的关联度不大,这样的学生人数也不少;第二种是在企业工作了一段时间后离开公司去创业;还有一种在校内就有了自己创业的念头,就比如我团队里有个学生大三的时候就跟我们来沟通了自己的想法,当然这种学生相对来说会少一些。我们也都知道自主创业所面对的压力,所以学校也都是很支持这样的学生,也会为他们提供一些便利和帮助。"

李晓蕾老师在采访最后又与笔者分享了自己的观点,"有些人不看好计算机专业就业,但是从 20 世纪 90 年代计算机行业兴起到现在这么多年,它始终都有一个良好的态势在。我认为不是计算机的人才这一块是社会不需要了或者怎么样,恰恰相反,不管是现在还是未来,社会都是非常需要的。重点是有能力的人才,计算机的就业是没有任何问题,而最核心的是学校把学生培养成什么样子,是不是符合我们企业、我们社会的这个需求。"李晓蕾老师坚信计算机科学与技术专业会是这个时代的主流并且永不过时的专业,而学生在毕业后选择创业也不失为一个好的选择。

专业评价

新的时代呼唤新的产业变革,"互联网+"的时代也呼唤教育理念、人才培养模式、教学方法及评价方式的蜕变。"互联网+"引发 IT 热,相关专业力求转型升级。鉴于"互联网+"掀起的热潮,宁波大红鹰学院计算机科学与技术专业积极应对,从课程、创新创业、实训服务等体系建设入手,产教融合拓宽实践平台,为学生打造了一片创新创业的热土。

文/图:金 萍 徐晓云

指导老师:刘建民

一个新兴专业的崛起

——记宁波大红鹰学院大宗商品专业

👤 专业名片

国际经济与贸易专业是2008年宁波大红鹰学院首批申报并经教育部批准设置的本科专业，专业立足宁波区域经济发展，主动响应浙江海洋经济示范区、宁波港口经济圈和舟山自贸区建设重大战略，满足宁波打造国际化港口城市和"一带一路"支点城市对国际化经营管理人才需要，培养"基础扎实、应用能力强、素质高、富有创新精神"的高素质应用型人才。

2011年，被确定为学校首批重点建设专业。2011年依托本专业成立浙江省首家大宗商品交易试点班。2012年宁波市政府为宁波大红鹰学院大宗商品商学院挂牌，2014年国际经济与贸易（大宗商品交易方向）通过浙江省教育厅备案招生，同年被确立为浙江省高校新兴特色专业建设项目。

突破窘境，另辟蹊径，新兴专业，披荆斩棘，苗壮成长

当第一缕阳光照进大红鹰学院，走廊里便响起了踢踢踏踏的脚步声。大宗商品学院蒋院长回忆起起初的窘境也是皱起了眉头。在如此境况下，学校只能想办法另辟蹊径，从根源上创新，结合宁波为港口城市的特殊性，并且调查了人才市场供求关系情况，终于决定要建立起国内首个大宗商品专业。讲到这里，蒋院长也是松了一口气。

什么是大宗商品？很多人都是一脸茫然。大宗商品其实与我们的生活的联系是十分紧密的。像平常我们食用的大豆、玉米、小麦这些农副产品，又比如我们穿戴的金银，使用的金属制品，甚至是煤炭、原油等都是属于大宗商品。但正因为如此，大宗商品专业学科范畴是十分大的，涉及到的领域也是十分广的。为了在学校建立起这个新兴专业，学校以及老师也是费尽心思。我们该如何设定专业发展方向？学生教材该如何解决？上课模式该怎样去调整？该安排学生学哪些课程？如何考核学生专业知识与实践操作能力……

讲到这里，蒋院长苦笑一声，脸上出现无奈的表情，讲道："国内并没有具体可参照的案例给我们，还好学校征询了一大批厉害的老师，慢慢地，这些问题也就一步步解决了。当然这个过程是漫长而痛苦的。"

当然在这些工作进行的同时，学校也是马上向教育局申报。在2008年，经教育局批

准,学校成为首批建立大宗商品专业的本科院校。而作为学校重点建设的特色专业,大宗商品这几年的发展走势以及获得的荣誉也是不负众望。听到这里,便能感觉到蒋院长内心的欣慰以及自豪。

为了更好地完善大宗商品的教学建设,给予学生更多更丰富的学习资源,学校更是绞尽脑汁,比如建立起创新平台。而在一楼我便参观了大宗商品流通协同创新中心的会议室。这个会议室并不大,但放了比较多的东西,比如企业名师讲课的录像 CD,院里老师研究出版相关大宗商品的书籍,听蒋院长讲这些书有些都用于学生平时上课的教科书,这样将书和授课方式、授课目的、授课老师都更加紧密起来,能让学生得到更加好的知识消化与补充。有没有觉得大宗商品专业的老师十分厉害呢? 反正我是佩服得不行了!

大宗商品专业作为学院的特色重点专业,生命力十分顽强啊! 不仅在 2011 年被确定为学校首批重点建设专业,更是依托本专业成立浙江省首家大宗商品交易试点班。在出生的第五个年头便得到了宁波市政府的高度重视,不仅为大宗商品商学院挂牌,而且为大宗商品商学院的建设投入 5000 万元专项建设资金,建立起了国内首个大宗商品类专业商学院。蒋院长不禁哈哈一笑自豪起来了。对呀,大宗商品专业在蒋院长眼里不就是被呵护长大的新生儿嘛。

↗ 学院成立揭牌仪式

随着教育方针与教育模式、教育人才等一系列匹配完善,在 2014 年大宗商品专业通过浙江省教育厅备案招生,同年被确立为浙江省高校新兴特色专业建设项目。鉴于这几年专业的发展状况,蒋院长对未来发展抱着更大的期望,动力也是十分充足的。

有了收获才有了来年更足的信心和动力。一个专业好不好主要还是看学生的学习成果。根据相关老师近三年对专业毕业生的第三方面调查发现,专业学生早在就业趋势及竞争力、教学课程评价、素质能力知识培养效果等方面均得到毕业生及其用人单位的认可。负责的老师更是对蒋院长竖起了大拇指。而从数据上来看,2013—2015 届国际经济与贸易(大宗商品交易方向)专业毕业生毕业半年后的就业率达到 98%,位于全校前列。在毕业半年后月收入指标上,从 2013 届的 3158 元上升到 2015 届的 3760 元。在工作与专业相关度较高的专业比较上,大宗商品专业居全校前三,而在同类非211本科院校同专业比较中,全校仅有国际经济与贸易和大宗商品专业高出对比群体。蒋院长笑到没眼睛了,说道:"我也没想到会有这么大的收获。总归这几年没白操心也没白熬夜了!"

专业建设,重金打造。阳光采购,最大支持,冲锋陷阵

在还没有来大红鹰的时候,便听说了一系列的大宗商品专业学科建设故事。而据蒋院长介绍,为了保障大宗商品商学院更好的建设,学校目前在大宗商品商学院建设和人才培养方面已经投资经费3500万元,而在建设期间,学校还将投入3000万元。而这其中包括学科建设、专业和课程建设、高层次人才和海外课程资源引进,实验室建设、教学运行保障、专业师资培训等等。而学院还将制定《宁波大红鹰学院大宗商品商学院建设项目经费管理实施细则》,目的则是为了将资金进行统一管理,对项目建设所需投入硬件通过政府公开招标,阳光采购。"我们要将每一分钱都用到实事上,更是要花在学生身上。这是支撑一个新兴专业得以保持良好发展的重要保障",面对这件事情,蒋院长非常严肃地讲道。

而在这几个建设中,我印象最深的大概是学校高端大气上档次的四个重点实验室建设了。蒋院长明确道:近几年专业得以发展良好,人才培养取得优良成果,也是依靠于这四个实验室。这四个实验室更是学校投资近2500万元建成,能进行百余项实验项目和大数据支持的大宗商品实验中心。当然,每个实验室的功能与构造都是不一样的,分为大宗商品地理信息中心、大宗商品金融实验室、大宗商品交易实验室、大宗商品物流实验室。而其上课方式与作业模式也是与众不同的。学院实验中心在2011年获批浙江省第二批本科高校经济管理实验教学示范中心。

↗ 大宗商品地理信息中心

除此之外,还了解到学院为了让即将进入社会的大三大四学生更好地实践,与30多家企业合作建立了较为稳定的校外实践实习基地,使其能满足学院专业学生各类实习

的需要。例如：宁波大宗商品交易所、宁波神化化学品经营有限公司、宁波空港物流有限公司、大宗商品产学研联盟。在办公室还摆放着很多学生在校企单位实习时的照片，而蒋院长也提到在学生选择实习单位时大部分同学会选择学校提供的实习机会，少部分同学由于各种原因会去自己中意的单位申请实习。"这是我们能为毕业生以及即将毕业的学生最大限度的支持了。我们希望学生能够通过专业学习投身到社会上从事相关专业。这也是我们建立这个专业的初衷了。"蒋院长认真地回答道。

在创新平台上，学院拥有一个宁波市社科重点研究基地，3所研究所以及一个学校协同创新中心，这个创新中心就是之前提及的，是学院与15家关键创新伙伴单位签署了合作协议组建成立的。这也是学校希望在学生学习资源上能够获得最多最好的实例。而对于"十三五"目标，蒋院长更是兴奋地讲道：学院要在"大宗商品交易做市商制度""大宗商品交易物流金融协同""宁波多层次国际化大宗商品市场构建""宁波大宗商品市场建设政府服务体系构建""大宗商品金融化"等方面展开较为深入的理论研究，建设成为行业性区域性智库平台、区域性大宗商品政策研究中心。"我会和专业老师们带领着我们的学生向前冲！"蒋院长这时候更像是一名冲锋陷阵的团长！

师资雄厚，教师建设。步履匆匆，敬业好学，爱生如子

"当时选择这个专业不仅是因为专业就业前景相当可观，还因为这个专业的师资力量在全校都是最雄厚的。"一位即将毕业的大四学姐这样讲道。大宗商品专业令人羡慕和向往的也正是专业的高水平师资团队。据办公室老师介绍，目前，学校已形成大宗商品产业理论与政策、大宗商品金融与投资、大宗商品交易等三个高水平特色研究团队。为促进专业应用型人才培养水平不断提高，注重应用型教师队伍建设，本专业教师均拥有经济师、单证员、外销员、律师资格证等专业资格证书，应用型教师比例达到42.86%。

每一次走过校园都无法停下脚步仔细欣赏，步履匆匆成了他日常工作节奏。总是背着单肩包导致整齐有型的衬衣也时常压着褶皱，在同学们的印象中，他也不是那个一丝不苟让人望而生畏的老师。王瑞，金融贸易学院副院长，副教授，经济学博士，硕士生导师。入选宁波市领军与拔尖人才第三层次培养对象，主要研究方向为大宗商品理论与实践、生产性服务业和服务创新。长期从事国际贸易、国际物流核心课程教学、科研和社会服务工作，而王老师近三年为学生上过的课程主要是《运输与配送实务》《仓储实务》《物流企业客户关系管理》。"时间总是过得很快的，不抓紧些，学生就毕业了，我们的工作既然是为了学生，就应该让孩子们走之前带点东西走。"王老师按着太阳穴，取下多年架在鼻梁上的厚重眼镜。双眼一看就是多年熬夜积下来的黑眼圈，眼角也像是衬衣上常年留下的褶皱。他笑着说，"别看我这褶皱难看，这可都是战绩啊！"

虽然专业建立也才没几年，可在蒋院长以及王老师这样的优秀老师带领下，专业规划和建设也是逐年在完善。而在"十三五"中，学校又建立了未来发展的新目标：以大宗商品为特色的应用经济学学科建设成为浙江省一流学科和国内有影响力的特色学科，国际大宗商品流通专业成为浙江省优势专业，教育部特色专业，打造长三角乃至全国一

流大宗商品特色人才培养和学术研究基地,全国大宗商品职业岗位教育和从业资格培训基地。

学科竞赛,国际交流。教学改革,战略联盟,一带一路

当谈到学生的个性发展上,王瑞老师讲到在教导学生理论知识的同时,也注重培养学生的创新精神。近五年来,学生先后在全国大学生挑战杯、国家级大学生创新创业训练计划、浙江省大学生新苗人才计划、全国外贸从业能力大赛、全国外贸跟单大赛等各类比赛中获得国家、省市级奖项120余次。一讲到学生取得的荣誉,王瑞老师脸上便露出自豪的笑容,像是比自己发表的论文获得荣誉更高兴一样。而历年来的学生获奖照片也是完好收藏着。

"我也蛮希望从事与专业相关的职业的,毕竟在学校学了四年,但我也在考虑是否出国留学再学习。"另一位已经毕业的学姐犹豫不决地跟笔者说着。但其实学校还是很注重国际间的交流与合作。另外,院长在这方面也表示:在学院现有的国际交流与合作构架的基础上,进一步充实国际交流与合作的内涵,提升学院国际交流与合作的水平,构建和完善特色鲜明的、全方位的国际交流与合作机制。而建设重点在于推行专业教育国际化改革。

讲到上课方式,两位受访的学姐都是深有感触,赞不绝口。"上课类型还是多种多样的,而且每个阶段的课程类型分布也是不一样的,像是理论知识课程在大一大二比较多,而到了大三大四实践课程就比较多了。最有趣的大概就是企业家授课了。像什么学科竞赛就是学霸大神的聚集地了!"而蒋院长也讲到专业课堂开展的是混合式教学改革,实施"理论讲授＋专家讲座＋企业实践＋实验竞赛"的教学模式。

在教学中,不断地让学生接触社会,接触与大宗商品相关的行业也是学校的战略选择。"到了大四,我们就要去企业实习了,一般在这个时候,学校都会提供很多企业的实践单位给我们选择,但机会也是有限的,选择不好的同学也会自己去找单位面试。"当我提及学校对实习学生的安排,学姐还是一脸满意的。而学院更是以大宗商品流通产业链职业岗位需求为导向,构建大宗商品流通产业群。以大宗商品职业标准为依据,依托大宗商品产学研战略联盟,与合作企业联合进行课程体系建设。

"我们是将大众商品专业走的道路定义为积极主动响应浙江海洋经济示范区、宁波港口经济圈和舟山自贸区建设重大战略,从而满足宁波打造国际化港口城市和'一带一路'支点城市对国际化经营管理人才需要,将学生培养成'基础扎实、应用能力强、素质高、富有创新精神'的高素质应用型人才。"这是蒋院长最初跟我讲到的对大宗商品这个专业存在必要的阐释。

怀揣初梦,历经波折。永不言弃,学海无涯,不忘母校

毕业初期的唐伟兴怀揣着对金融行业的喜爱,就职于瑞达期货公司。"虽然在业务

部做普通业务员,但我要做的不仅仅是学会分析期货各个品种的行情、邀约客户开报告会,还要达到成功签约、派发传单的要求,最困难的还是上门拜访。"唐伟兴倒苦水般说着他刚就业的过往,但他的脸上却是一副甘之如饴的表情。"虽然工作的难度之大让我对金融行业产生了敬畏之意,但也学会了很多,我对金融行业的工作不会放弃。"我们还是能想象到他对这份事业的热爱。年轻就应该多拼拼!

慢慢地,随着几年的努力奋斗,唐伟兴从一开始的业务员做到了技术分析师,再升了技术总监,而到了2016年唐伟兴更是与朋友一起开创了自己的品牌——贵金宝。"当然在这个过程中,我都在不停地学习。不是说离开了学校你就不用学了。反而到了工作岗位,你更要学习,学习更认真了。"唐伟兴更像是以一个过来人的经历在告诉我们他的成功总结。

诸多感慨之后,唐伟兴回忆起母校,才发现自己已经毕业近七年了。想起当初母校对自己的帮助以及老师对自己的指导,也如众多毕业生一般怀念校园里美好的时光。也如老师讲的一般,要是重来一遍,还会这么干。

我们走了,校园还在,我们老了,校园依旧。

专业评价

宁波是全国最重要的石化基地,全国最大的塑料、铜、镍、铁矿石等大宗商品的消费地之一,拥有一批全球领先大宗商品生产商、运营商。宁波大红鹰学院大宗商品专业立足宁波区域,面向浙江,以服务区域开放型经济发展,服务区域海洋经济发展以及宁波打造国际化港口城市和"一带一路"支点城市对经营管理人才,尤其是大宗商品流通行业运营与管理人才的需求而设置,培养具备扎实的经济学和大宗商品流通理论知识,能够在大宗商品贸易、流通、投资等企业从事交易操作、信息处理、市场研究、咨询服务、投资分析等工作的高素质应用型人才。

文/图:刘　璐

指导老师:孙桂荣

利析寰宇之秋毫　帷幄商学之经纶

——记宁波诺丁汉大学财务管理专业

👤 专业名片

　　财务管理专业于 2004 年从英国诺丁汉大学商学院引进,采用完全一致的课程设置并实行全英文授课。专业自建立以来便受到社会各界人士的广泛关注和高度认可,历年来为诺丁汉大学高考统招最高分专业,并于 2012 年获评宁波市高校重点建设专业,在 2016 年更是被评选为浙江省"十三五"优势与特色建设项目。

　　本专业师资阵容强大,自 2011 年以来,共有 5 名教师获得英国诺丁汉郡迪林勋爵奖;4 名教师获得英国高等教育学会研究员称号;3 名教师获得英国高等教育学会要求的 PGCHE 英国高等教育教师资格证书。

　　不仅如此,该专业还受到国际金融研究中心等学院科研中心、中国人民银行为有效推进宁波普惠金融综合示范区试点所共建的"宁波普惠金融研究中心"的智力支持。经过十余年的建设发展,财务管理专业已经建立起一个成熟的产、学、研互动交流平台。产业协作得到充分增强的同时,也为学生提供了多样化的学习和实践机会。该专业亦开发面向企业的金融财务管理培训课程,致力于服务(满足)宁波市乃至浙江省区域经济金融发展的需求。同时,每年该专业还向中国中车集团国际化人才培养项目等高管培训项目提供财务管理学课程,市场反响良好。

　　诺丁汉大学里鼎立的钟楼,已静默地陪伴着它度过一纪,这里时刻都上演着自由肆意的青春。作为校园里的长老级专业——财务管理专业,自 2004 年建校就存在着,同宁波诺丁汉一起度过了十二载春秋。在浓厚的学习氛围的熏陶下,该专业全方位地学习,培育了一批又一批国际化人才,莘莘学子前往各国进行求学深造。宝剑锋从磨砺出,梅花香自苦寒来,那么令人瞩目的财务管理专业的背后有着怎样的传奇故事呢?

宁诺之印象,充实而美好——开放自主,成就非凡

　　吕染野毕业至今已有 7 年,但说起诺丁汉,心中的那份感情仍然溢于言表。

　　记得当初选择这个专业的原因,既有家庭长辈的职业影响,也有对于中外结合的教育环境的好奇。在他的记忆里,母校是一座美丽的校园,不仅有先进的设备,而且有和蔼的教师,他们在学生遇到问题时常常能提供宝贵的建议。难能可贵的是宽松的教学

环境留给学生极大的空间发挥自己的兴趣爱好。初进校园时，全英文教学确实令他稍有不适应，但是语言环境的长期熏陶和坚持不懈的学习，让吕学长的学习渐入佳境。

大四时，他仔细规划未来，根据自身兴趣、特长和导师建议，选择了金融研究方向。在研究生就读期间，他在法国北方高等商学院获得了良好的学习成绩，并先后在 2011 年、2014 年获得了经济金融硕士学位、资产组合与风险管理硕士学位和伦敦城市大学卡斯商学院的数学金融与交易硕士学位，严谨的自我规划给他带来了诸多机遇，如今也做出了一番成绩。2016 年，他受邀中国上海重子投资公司的邀请，任职重子投资伦敦办公室总裁和高频量化交易主管。

在诺丁汉大学这样特别的学校，他的专业学习能力得到了提升。与其他学校同专业的朋友交流时，吕学长发现虽然学习财务管理专业课程比较难，需要较强的学习能力，但是宁波诺丁汉大学的同学往往具有更高的自我学习能力，这种能力对于将来就业后的再学习有很大帮助。目前他的职业正印证了这一点，他从事的工作要求他不断地学习新知识，这些新知识每年都在更新(比如最新的 C++ 协议标准，学习相关的知识等等)。尤其是专业跨度大的知识具有一定的挑战性，但对这个能力极强的学长而言，由于在宁波诺丁汉大学时养成的习惯，让他能够敢于挑战，并且通过一定的方法学习和掌握之，在工作中得以很好运用。这无疑是在宁波诺丁汉大学的学习经历带给他的最大收益之一。

吕学长对商务法老师印象很深，在她的课上，即使是法律这样看起来很高深而且很考验记忆力的课程，也会令学生很有动力去学习。诺丁汉大学的老师们都特别平易近人，与同学们相处得十分融洽，在学业上也给了学生很大的支持和引导。与其说是导师，他们更像是朋友。

财务管理专业人才辈出，优秀之人数不胜数。

正在香港摩根大通工作的杨旭也是一位杰出校友。在剑桥大学硕士毕业后，她曾在香港赛领私募基金实习。两年前，她加入香港摩根大通，主要从事投资分析和资产管理工作。杨旭认为在宁波诺丁汉大学财务管理专业学习的会计以及金融专业知识对于自己的事业发展有极大的帮助。

宁波诺丁汉大学自建校以来就非常支持学生们出国深造，杨旭也正是因此来到这里。在国内接受和英国大学一样的教育，能让她在出国深造之前得到良好的中英过渡。出于自身兴趣，她选择了财务管理专业。善于计划的她更是计划好了大学四年该做些什么，第一年的目标是提升英语，第二年开始专业课后，目标就是优异成绩毕业。而阶段性目标包括：获得一等奖学金，交换名额，转学英国，申请研究生名校等等。一个一个详细周到的计划，一步一个脚印的踏实勤奋让她能够顺利地完成这些目标。

不过，如此杰出的她在刚入诺丁汉大学的校门时也曾遇到难处，高中英语的应试性与大学英语的开放性的差异让她遇到一道高墙，为了翻越这堵墙，她坚持每天口语练习，坚持每节课提前预习，包括预览教授推荐的书籍，浏览上课课件，使得听懂课程变得更容易。正是这样认真对待自身不足、对待每一门课的态度才使得她成绩名列前茅，在英国交换期间以均分 81 分位列三校区第二。

宁波诺丁汉大学是开放的、启发的、辩证的、鼓励的。开放的教学环境,给每个学生都提供了自我学习认知的空间;启发式的教学,强调互动,鼓励学生思考;注重辩证思维方式的培养,这对于学生一生看待事物的角度都是有极大影响的;鼓励的校风,在这里做任何尝试都会受到学校的支持,包括学生社团的组建及活动,这有助于学生能力和开创精神的培养。而杨旭所在的财务管理专业,从基础出发,注重会计知识的教学,为学生读懂企业,做进一步的财务分析打下坚实基础。

这就是杨旭眼中的诺丁汉大学和财务管理专业。

成绩优异的她在社团方面也是积极参与、收获颇丰。她加入过学生会,也参加过创行(SIFE)。在创行中他们获得了全国冠军,前往洛杉矶代表中国参加世界杯,并且取得了世界第二的好成绩。

正是宁波诺丁汉大学开放自主的环境锻炼了同学们的自学能力,也正是导师们的鼓励和支持使同学们在前进的道路上无所畏惧。财务管理专业的学子,都深深地被这个专业的精神所感染,庆幸自己当初的选择。可以说,宁波诺丁汉大学成就了他们的梦想。

↗宁波诺丁汉大学创行协会

师父领进门,修行在个人——规划未来,发展自我

财务管理专业优秀毕业生比例保持稳定,升学就业率保持在95%以上。

毕业生继续保持高比例出国深造进入世界百强高校继续学习人数逐年攀升。根据《宁波诺丁汉大学升学就业质量报告》最新统计,2016届财务管理毕业生共197名,其中150人继续升学,11.68%毕业生进入QS世界大学排名全球前10名学校深造;40.10%

毕业生进入 QS 全球前 30 名学校深造;64.47%毕业生进入 QS 全球前 50 名学校深造。

宁波诺丁汉大学财务管理专业能培养出如此众多优秀的毕业生有诸多原因。

本专业是该校历年高考统招的最高分专业,每年都会吸收大量来自省内省外的高素质人才,为其发展注入源源不断的活力。

财务管理专业从英国诺丁汉大学商学院引进,采用完全一致的课程设置并实行全英文授课。这使得宁波诺丁汉大学财务管理专业同国内的同类型专业相比,具有极大优势:在充分培养学生全球化视野的同时,也为教学与国际学术研究前沿的接轨提供了更多可能。本专业系统教授金融、财会和管理三个体系的知识,课程内容丰富全面。这一特点使得学生未来的发展方向广阔,拥有更多可能性,也有机会把专业知识和个人兴趣特长充分结合。

而这些对该专业的学生来说,充满机遇,也极具挑战性。一位同学这样描述他的财务管理专业:"专业课程设置较难,比较考验我们的自学能力。同时我们非常自由,没有众多条条框框来约束,这给了我们足够的空间自由发挥,因此我们常笑称学校为诺丁汉自学大学。但正是学校和专业的这个特点让人变得非常独立,完全对自己负责,因而成长速度很快,也能结识很多志同道合的朋友,相互合作学习,相互竞争。"

对每位同学而言,与专业知识的学习同步进行的还有在实践中发现自己的兴趣,逐渐明晰未来发展方向,明确职业规划。

在每年夏季 6 月至 8 月这 3 个月假期,许多同学会投入到社会实践中去。即将毕业的马洁怡已经参加了许多社会实践活动,她每一个假期都会出去实习,有一个暑假有两个实习。第一次去了银行,第二次在证券公司,第三次是去印度尼西亚当海关志愿者,还去了玛氏食品、北京的私募,去了大数据公司,并且在大三交换的时候还去了 18 个国家。这些丰富的社会实践让她收获多多。

财务管理专业带头人刘小泉老师认为假期的社会实践对学生的发展有极大帮助。"作为单位的一员,对单位的未来做出贡献,这样的责任和义务与在学校完全不同。实习的机会能够让学生真实地体验到工作单位里的状态,对于他们的就业和求学都有很大的帮助。同时,每年也有很多学生积极参与志愿者活动,在印度尼西亚、尼泊尔等国或者国内做支教。也有学生参加各种考证考试、外语考试,为未来做准备,或深入发展自己的爱好,比如音乐、绘画等艺术。3 个月的暑假对于实习、志愿活动和兴趣的发展,都是非常难得的宝贵时间。"

同时,学校和学院大力支持学生创业。学校将大学生创业服务作为一项各种资源共同促进的工作,以培养学生创业意识为主,突出教育导向,建设长远规划的创业生态系统。财务管理专业所在的商学院在 2015/2016 学年开设多达 20 门的创业系列课程,并举办了年度"创意日""企业驻校项目"等活动,着手在理论和实践方面培养创业创新人才。

此外,校友们为在校生提供了大量帮助。学校里常有精英校友回母校举办宣讲会,分享他们的求学经验和工作经历,与在校生面对面交流,直接地传递专业知识与就业的信息。马洁怡同学就是在学姐学长的帮助下坚定了自己学习大数据知识,日后前往硅谷从事互联网方面工作的梦想:"最初是一次宣讲会,学姐分享了大数据相关内容,我深入了解后,觉得挺感兴趣。后来在假期自学了大数据相关内容,就逐渐确定了考大数据研究生的目标。"

在毕业生培养和升学方面取得如此优异的成绩,我们对专业领导和老师们在这过程中做的工作表示好奇。而专业带头人刘小泉博士表示这更多地和学校的传统和氛围有关:"建校以来,众多学生出于自身发展和职业规划的考量,愿意利用毕业时会获得英国诺丁汉大学文凭的这个优势,申请在英国或其他国家的知名高校进行深造。我们并没有刻意地推广和引导同学们继续深造,而是他们看到自己身边的一些例子,再通过和学长学姐的交流,通过自己的规划,有出国深造的愿望,并有计划地付诸实践。比如说,许多同学会在大一尽快熟悉课程,大二大三准备语言成绩,然后大四就会申请学校,非常自主。此外也有许多优秀毕业生思量权衡之后选择先就业、创业,再根据自己发展情况制订深造计划。而我们老师能做的,就是在他们需要帮助的时候接受咨询,给出一些意见来。"

↗ 在国际化的校园里,随处可见外国学生,热情的他们会友好地向你打招呼

灵活运用专业知识,玩出一个公司——组织社团,自主发展

"只要人数够,学生就可自由地申请创建社团。社团是由学生自主管理的,行政方面的老师只起到辅助作用。"陈主管这样对我们说。宁波诺丁汉大学的社团比国内大多数高校发展更为自主。目前,学校里的学生社团共75个,分为学术类、实践类、文艺类和体育类,美国管理会计师协会和英国特许管理会计师公会宁波诺丁汉大学学生分会是财务管理专业同学所创的。在商学院,和学院教学工作相关的社团会在同学们共

同准备 CPA、CFA 等考试时拥有自己的学术教室，并请专业的老师来进行学术指导。

除了参加学术类社团，财管专业的同学们兴趣广泛、多才多艺，热衷于参加其他兴趣类的社团，结实了众多好友，各有收获，甚至影响了自己之后的就业发展。

2006 级财务管理专业学生薛志杰便是在飞盘社团中和好友一起玩出了一个设计飞盘的公司——翼鲲体育，这是全世界第三、亚洲唯一获得世界飞盘联盟认可的公司。薛志杰说，"在宁波诺丁汉大学读书的时候，我们因为几个英国外教接触了飞盘运动，从此非常热爱。那时候，飞盘运动刚进入中国，国内没有生产飞盘的企业，因而所有比赛的飞盘都是从国外进口，价格很高，所以我们萌生了让大家用上中国制造的高品质飞盘的想法。"如今，这个从社团中玩出来的公司设计了很多中国风飞盘，也走出了国门，成为很多飞盘比赛的赞助商，甚至受到了英国王子的接见。

↗ 翼鲲体育设计的飞盘"天狗 GOU"

自主的社团制度使学生能够将理论与实际结合，这也促成了人才发展、专业建设。一方面，社团的活动会涉及资金的管理等与财务管理专业息息相关的知识，使得学生在毕业之前能够对自己的专业能力进行有效的锻炼；另一方面，这种鼓励自主创建社团的制度，培养了学生自己创建组织、管理人员的经验，为其日后创业、就业提供了经验。

国际化教师团队，培养国际化人才——灵动课堂，师资卓越

宁波诺丁汉大学的学习氛围自由轻松，财务管理专业自建校起便和学校一起快速成长。作为学校老牌强势专业，它的全英文教学模式与课程规划设置毫无例外地向英国诺丁汉大学看齐，争取实现英式教育。

在刘小泉教授的联系下，我们有幸旁听了一堂财务管理专业的公选课。

↗ 飞盘社团"玩"出一个公司

暖黄的灯光,宽敞的空间,构成了这堂公选课的环境。

"Good afternoon, everyone!"来自新加坡的华裔老师 Alvin 亲切地向同学们问好。在简单回顾上周所学后,Alvin 开始了当天的课堂内容。随着知识不断深入,为了让同学们更轻松地理解,他举了一些生动易懂的例子,并不时地开一些小玩笑,注重课堂的互动性。虽然 Alvin 老师讲话带有东南亚口音,但同学们仍然能够马上理解老师的话。这是什么原因呢? 诺丁汉大学的老师来自世界各地,除了新加坡,还有马来西亚、英国等。各国的英语发声方式不同,因此难免会有一些口音,这对于习惯了听正宗英式发音的学生而言无疑是一种挑战。但是另一方面,学校的理念认为听英语不能只听纯正的英语,口音的多样化正如中文的方言一样,在不同的国家地区,口音自然是不同的,即便是在英国也会有南北口音的差异,而同学们在课堂上接受不同口音的英语教学,能够培养"听"的能力,能够适应口音,在与外国友人交流时可以更加顺畅。

除了课堂氛围的成功营造,采用特色小班也是诺丁汉大学课程设置的一大亮点,这在宁波各高校中也是比较少见的。特色小班是以小班化、互动式教学为主的课堂。财务管理专业的小课对优秀学子们的成长是如虎添翼。通过点对点教学,师生之间的有效沟通增强了,同时学生的创造性、自主性也被激发出来。

好的课堂离不开好教师,宁波诺丁汉大学的师资力量不容小觑,财务管理专业里更是卧虎藏龙。雄厚的师资力量对该专业的发展起到了中流砥柱的作用。财务管理专业带头人刘小泉教授就是曾多次在《银行业与金融国际》期刊、《经济动力学与控制国际》期刊、《欧洲运营研究》期刊等国际知名金融经济期刊上发表文章的国际知名学者。自2011年来,财务管理专业共有 5 位教师获得了英国诺丁汉郡迪林勋爵奖,该奖项只颁布给为教学作出突出贡献的教职员工,这也是诺丁汉大学三个校区教师的最高荣誉。

时光匆匆,日月如梭,商学院行政主管陈芳老师见证了财务管理专业这么多年来的

↗ Alvin 老师正在为学生上课

发展,她陪伴着一届又一届学生青涩地走进校园,自信地走向社会。每当五月和煦的阳光洒落校园,她总能看到在思源报告厅前拍照留念的学生们。他们即将离开,带着勇气去完成自己的理想,创造自己的辉煌。对于她而言,学生能在接受四年的教育之后,去更理想的地方发展,这就是一个教育工作者最大的成功。

财务管理专业的发展亦离不开学校的有力支持。学校设置双导师制度,一位老师负责学生的日常生活和心理咨询,而另一位老师则负责学生学业问题解答和研究建议,从学习和生活两方面关注学生成长。

后 记

宁波诺丁汉大学财务管理专业的师哥师姐们用各大海外高校的 offers 以及傲人的工作成就,在社会各界人士面前大展风采,同时也向社会证明:这个在宁波诺丁汉大学建校时即建立的"老牌"专业——财务管理专业,是一个值得信赖的专业。数位诺丁汉财务管理专业的师哥师姐们都表示,在诺丁汉几年里,他们具备了良好的自我学习能力,这对将来就业有很大的帮助。财务管理专业是当今世界的热门专业之一,虽就业前景十分广阔,但人才间竞争的激烈程度仍不言而喻。但不论当初选择诺丁汉的财务管理专业的初衷是什么,他们都怀揣着自己的梦想一心向前。

2017 年是宁波诺丁汉大学建校第十三年,也是财务管理专业建成第十三年。相较于国内其他高校的财务管理专业,宁波诺丁汉大学的该专业更为年轻,却朝气蓬勃,有着极快的发展速度。在这个大力追求经济发展的时代,社会急需像他们这样优秀的人才,而他们也会用自己的专业能力,向人们证明宁波诺丁汉大学财务管理专业的优秀。

专业评价

　　与国内大多数高校不同，宁波诺丁汉大学采用了外国的教学体制，而财务管理专业则是很好地证明了这个体制所带来的独特有效之处。完全引进英国诺丁汉大学的商学院课程，并使用全英文教学，是财务管理专业优秀毕业生比例保持稳定、升学就业率很高的一个很重要原因，这锻炼了学生们的自主学习能力，对日后就业非常有帮助。自由自主地发展组织社团也帮助财管专业学生们很好地展示、锻炼了自己领导力等特长。在包括财务管理专业在内的教学中，来自世界各地的老师，采用小班化互动式教学，除了增进了师生间的交流，也激发了学生的自主性、创造性。这些都造就了财务管理专业的累累硕果，它年轻但富有朝气，创新且自由自主。财务管理专业建成13年，在各项成绩中不断证明了自己的专业实力、特长，相信在之后的几十、几百年里仍旧能培养一批又一批的优秀人才，继续蓬勃发展。

文/图：朱栩沁　蒋怡婷　张歆雨　郑弟升　俞晶晶

指导教师：刘建民

"中国制造"的未来匠人

——记宁波职业技术学院模具设计与制造专业

👤 专业名片

宁波职业技术学院模具设计与制造专业成立于 2002 年,2005 年成为宁波市重点专业,2006 年成为教育部首批示范院校重点建设专业,2009 年成为浙江省特色专业,2012 年成为浙江省"十二五"优势专业,2015 年成为首批国家"现代学徒制"试点专业。

该专业主要为模具行业培养从事模具设计、数控编程和模具加工的技术应用性专业人才,模具产业也是宁波传统的特色优势产业。专业经过十年的建设与改革,已经形成自己的品牌。毕业生凭借优秀的专业技能,就业质量不断提高。近三年来获得市级以上各类奖项 15 项。专业培养方向培养德、智、体全面发展,掌握模具设计与制造专业知识及专业技能,主要从事模具设计、数控加工及编程、模具装配与调试,以及生产、技术的组织与管理工作的高素质的技术应用型人才。

该专业先后成为中国模具工业协会全国职业院校模具专业联席会议常务副主任委员单位;全国轻工职业教育教学轻工模具设计与制造专业指导委员会副主任委员单位;全国机械行指委模具专业指导委员会委员单位;浙江省模具工业协会副会长单位;现代模具联盟副理事单位。

政校企合作助力宁波模具产业腾飞

如今,宁波成为"中国制造 2025"全国试点示范城市,宁职院模具设计与制造专业也雄心勃勃,以实践经验"锤炼"工匠精神,将区域产业转型作为实训"主战场",为"中国制造 2025"潜心造匠。

模具是一切工业的基础,排在先进制造技术的首位。可以说,大到飞机、轮船、汽车,小到手机、茶杯甚至一枚钉子,几乎所有的工业产品,都必须依靠模具进行批量生产。宁波是中国的"模具之都",结合宁波区域模具产业特色,宁职院模具设计与制造专业到各县域布点办学:与北仑区政府、企业共建区域模具技术应用中心,探索产学研合作长效机制,将模具专业人才培养、企业技术研发和人力资源服务有机结合;与舜宇等余姚龙头企业合作共建模具设计制造"教学工场",将真实模具的设计与制作引进教学,激发学生的学习兴趣和职业兴趣,培养学生的核心能力等。

得益于政校企共建,近年来,数千名宁职院模具设计与制造专业的学生毕业后进入宁波当地模具企业或自主创业。

宁波新晶不锈钢有限公司位于宁波高新区,主营不锈钢材料贸易、加工、配送及异型材定制。公司总经理沃志平是宁职院模具设计与制造专业2004届毕业生。沃志平感恩十多年前母校为自己争取到了去宝新实习工作的机会,才有了他后来能和德国专家共事,到宝钢总部参与管理人员认证培训的经历,这些对他之后的创业都大有裨益。

↗ 教学场景

"我们的专业面向模具设计与制造领域企业,培养模具设计、数控加工及编程、模具装配与调试以及生产组织与管理工作的高素质技术应用型人才。"宁职院模具设计与制造专业主任柯春松副教授介绍说。

2016年,宁职院与宁波模具产业园区投资经营有限公司签署共建全国中高端模具人才高地战略合作框架协议。这次校企合作在内容上包括企业人才定向培养、组建人才需求订单班、实施私人定制因材施教等创新合作模式,为宁波模具产业园区入驻企业从根本上解决全方位实用性人才需求开出了一剂良方。

"1∶1打印精密器件,误差率不足0.1毫米。"如不是亲眼所见,很难相信模具制造中的精密元件,居然可以3D打印出来。2016年,在北仑精密模具技术协同创新中心"精密检测与3D打印体验会"现场,一台高智能数据读取装置,正在对一个汽配零件进行全方位扫描,而与电脑相连通的快速制造成型机内,复制的零件三维立体模型正逐渐成型。

北仑区是"中国模具之乡""压铸模之乡""中国压铸模具产业基地",首个被授牌的国字号模具产业基地。北仑现有1700多家模具企业中,80%以上从事压铸模具制造,产值占全国压铸模产值的60%以上。

尽管业界知名度很高,但北仑模具产业也存在"大而不强"等问题。为突破发展瓶颈,北仑区科协、行业协会以及宁波职业技术学院模具设计与制造专业共建北仑精密模具技术协同创新中心,致力于在精密检测、3D打印制造和压铸制造智能化方面达到国内外先进水平,服务并支持模具企业实现重点产品升级换代,推进产学研深度合作。

此外,宁职院模具设计与制造专业还与宁波高档模具与汽配产业园、开发区政府共建政校企共建区域性公共技术服务平台——压铸模具技术公共服务平台、宁波市模具汽配产品检验中心和金属材料检测中心;与宁波华朔机械有限公司、宁波旭升机械有限公司和宁波力劲科技有限公司共同建立模具压铸省级高新技术企业研究开发中心、精密铝合金铸件省级高新技术企业研究开发中心和宁波市企业工程(技术)中心,参与企业的技术创新,产品迭代开发。

"产业需要什么样的人,我们就培养什么样的人。"柯春松副教授表示。目前,该专业培养出来的学生深受企业欢迎,就业单位包括海天集团、上海大众等全国龙头企业。

"现代学徒制"培育高素质技能人才

2017年,宁职院在高职提前招生中首次联合企业,面向浙江省中职学校,招录45名模具设计与制造专业的新生。若被录取,新生同时成为企业准员工。

据了解,宁职院两年前成为全国100家"现代学徒制"试点院校,2017年初,宁职院与北京精雕科技集团有限公司签署合作协议,按"现代学徒制"人才培养的要求,共同培养45名模具专业的高技能人才。按照这一协议:在2017年的高校招生中,校企双方将联合招生,学生被录取后,立即拥有双重身份,既是学校的在校生,同时也是北京精雕集团的准员工。课程标准及人才培养方案,由校企双方共同设计,学生的最终考核标准,必须符合学校与企业制订的考核标准。实习阶段,企业将根据每名学生的实际情况,给他们分配不同的顶岗实习岗位。学生完成三年学业成绩合格的,毕业时,就可与企业签订用工合同。

宁职院副院长郑卫东接受采访时说,"现代学徒制"最核心的要求是双主体育人机制、学生双重身份、双导师制,学校的老师和企业选定的师傅,将负责学生的整个教学过程;学生一入学拥有企业准员工身份,毕业时通过考核就可直接录用为企业正式员工。

张海是海天塑机集团一名员工。2014年9月,宁职院和海天塑机集团签订学徒制合作办学。彼时还在学校就读的他,成为学校现代学徒制培养模式的第一批学员。谈到现代学徒制,张海笑了:"不用担心就业的问题了。"从校内模拟实训,再到校外企业海天塑机集团实训,通过现代学徒制的培养模式,张海不仅获得理论和经验知识,也在校外实训中逐步积累经验,成长为一名专业的模具"工匠",对未来的发展方向有了更好的实践和规划。

"把企业请进学校,把学生送进企业,让学生真正在实践中得到成长,学校也为企业输送了更多高素质高技能的应用型人才。"海天塑机副总经理侯四方表示,校企合作开班,一方面让学生领略精湛技艺的风采,提高自身素质与能力,另一方面也调动了企业职工的积极性、创造性,为企业注入了新鲜血液,实现了优势互补。

"在同企业的合作办学下,通过和企业的深度互融,专业教学对接企业真实项目,紧跟企业技术发展,及时了解行业企业新技术、新工艺、新方法。"柯春松副教授说。

↗ 张海(左一)在车间工作

　　此外,宁职院模具设计与制造专业围绕现代学徒制教学改革,联合宁波模具产业园及模具工业协会,与模具产业园内的大中型骨干模具企业深度合作,探索建立校企联合招生、联合培养、一体化育人的长效机制。校企共同制定人才培养制度和标准,互聘共用的师资队伍,创新基于产业园区模具企业集群的模具专业校企一体化办学模式。

　　不仅如此,该专业还推行构建"现代学徒+双证书"制度下的专业实践教学体系,将"模具设计师(三级)""模具制造工(中级)"资格证书的要求与各阶段的课程相结合,按照模具产业发展水平和职业资格标准设计课程结构和内容,优化课程体系,提高教学对企业转型升级的反应速度,实现学历证书考试与高级工、技师职业资格证书考试标准对接,职业教育制度与学历教育制度衔接。

　　目前,该专业校内外实训条件优良,拥有8个不同层次、软硬件设备齐全的校内实训基地,同时还与15家企业建立了稳定的校外实训基地,其中包括现代学徒制合作企业8家。

　　在产教结合、校企合作的快速推进下,宁职院模具设计与制造专业经过十几年的建设,目前已经形成自己的品牌,在浙江省同类院校中享有盛誉,学生参加市级以上模具专业技能大赛均取得可喜的成绩。2011年以来,模具专业学生在全国、省市级以上的技能竞赛共获奖30余项,其中全国职业院校技能大赛一等奖2个、全国模具技能大赛一等奖4个,人才培养质量得到社会公认。

　　在2015年全国职业院校技能大赛上,有一位最年轻的指导老师,他叫程磊焱,是宁职院模具设计与制造专业应届毕业生,曾在2015年国赛"三维建模数字化设计与制造"

↗ 学生在参加技能比赛

比赛中获得一等奖。而今，他再次回到赛场，以指导老师的身份，带领宁职院的参赛选手获得了该项比赛的二等奖。

程磊焱的大学生活是忙碌的，除上课外，大一就承担了班级特色项目的设计与制作、为相关专业制作提琴模板等课外任务，参加了学校安排的企业实训，打下了扎实的专业基础。高强度的备赛训练和技能比赛，更让他受益匪浅。程磊焱直言："我的成长主要得益于学校学徒制让我能有更多的机会到企业实践。"

国外课程进校园　助力本地企业走出国门

随着教育、经济等领域的"全球化"走向纵深，宁职院也以"全球眼光"布局专业发展。模具设计与制造专业与国际工业巨头瑞士 GF 阿奇夏米尔集团合作共建"＋GF＋模具学院"和"＋GF＋精密智能制造体验中心"，通过引进国外先进的设备和技术，培养国际高端技能型人才，为提升本地企业高端制造业水平服务。

同时，模具专业与国际贸易、商务英语等专业联合培养"模具国际商务"复合型人才，学生毕业之前考取剑桥商务英语（中级）证书和模具设计师（三级）证书。专业通过培养国际化背景下应用型人才，助力宁波本土企业走出国门，开拓国际市场。

"随着全球化加速，不通晓国际标准、不掌握国际规则的技术工人，迟早是要被淘汰的。"柯春松副教授说，"模具商务国际方向独具特色，学生懂技术，会外语，就有机会参加各种国际交流和会展，获得更好的发展机会。"

2014 年，宁职院与德国德累斯顿工业大学职业教育与继续教育学院签订了中德职业教育合作项目，该项目引入德国"模具设计与制造、精密机械加工（数控）"等专业德国双元制的课程体系、教学方法和管理经验,引进德国工商业联合会(IHK)职业资格证书,按照 IHK 职业培训规则组织教学,培训及考试时间、形式、流程、内容和难度与德国本土一致,由 IHK 派出专家现场指导和监督,并由其认可的 IHK 职业资格考官进行考试和评议,通过考试的同学可以获得 IHK 职业资格证书。

从引进国际先进职教教学模式,到向国外输送宁波优质职教资源……如今,宁职院模具设计与制造专业正通过"引进来""走出去",在国际化的道路上越走越宽阔。

专业评价

宁职院模具设计与制造专业现代学徒制的实施,是提升工匠精神的一剂良药。现代学徒制是由企业和学校共同推进的一项育人模式,其教育对象既包括学生,也包括企业员工。对他们而言,就学即就业。可以说,推行现代学徒制是职业教育主动服务地方经济,推动职业教育体系和劳动就业体系相互融合,拓宽技术技能人才培养和成长通道的战略选择;是深化产教融合、校企合作,推进工学结合、知行合一的有效途径。现代学徒制的培养模式中,师傅对于学生已经不再仅仅是技能的传授者,更是职业精神、价值观、人生观上的引路人。

文/图:孙彦昌　季新丽　张　洁

指导老师:李　宁

让宁波职教技术走出国门

——记宁波职业技术学院应用电子专业

🧑 专业名片

宁职院应用电子专业创建于 1999 年,并于 2004 年成为浙江省高校重点专业,2009 年成为首批国家示范专业,2012 年成为浙江省优势建设专业,2015 年以优秀的成绩通过宁波市品牌专业验收。

专业培养了具备智能电子产品设计、质量检测、生产管理等方面的基本理论知识和基本技能,能在电子领域和部门生产第一线从事智能电子产品的设计与开发、质量检测、生产管理、智能电子产品的销售和技术支持技能的应用型人才。

该专业充分利用信息化手段,课程建设和应用水平在全国领先。由于该专业在各项教学改革中处于引领和示范地位,尤其在全国和省内各项技能竞赛中成绩领先于省内同类专业,因此在浙江省高校招生技能考试主考学校遴选中脱颖而出,成为首批浙江省高校招生电子与电工类专业技能考试主考学校。

援外培训宁波老师到非洲授课

在宁职院校园里,时常可以遇到三三两两的外国人,他们有的是长期在此学习的留学生,有的是各发展中国家在此短期培训的官员或专业人士。

2007 年,该校承办商务部发展中国家职业教育管理研修班,成为中国政府人力资源援外培训工作成员单位。2012 年,全国唯一一个职业教育类援外培训基地——中国职业技术教育援外培训基地落户宁职院;应用电子专业成为首批国家职业技术教育援外专业之一。

2015 年,宁职院与非洲贝宁 CERCO 大学及浙江天时国际有限公司合作建立中非(贝宁)职业技术培训学院。浙江天时国际有限公司在贝宁设有贸易中心或工厂的中资企业不在少数,但当地技能型人才短缺,不能满足企业发展的需求。而从国内派送技术人员到贝宁,受成本、语言等方面的制约,又很难实施。因此,中非(贝宁)职业技术培训学院通过开设电子技术应用、摩托车维修和小型发电机维修、电梯维护、建筑设计与施工等与当地产业发展和民生需求紧密相关的课程,为海外中资企业提供智力支持和人才保障的同时,直接服务当地人力资源的开发,助力"一带一路"战略的实施。

据悉，中非(贝宁)职业技术培训学院以贝宁为中心，为西非各国和在非中资企业培训各类实用的技能型人才，并举办中外合作办学项目，推广中国理念和职教技术。

同年，应用电子专业派教师赴非洲贝宁 CERCO 学院电子工程专业开展了为期半个月的电子技术授课。

↗ 中非(贝宁)职业技术培训学院成立

"电子专业通过学校援外合作平台与非洲贝宁 CERCO 学院电子工程专业建立了长期合作关系，目前建立了双方教师之间互访及专业间的交流。"该专业相关负责人陈光绒介绍说。

正是这个项目，让贝宁 CERCO 学院的艾伦校长看到了"地球另一端"的职教实力，当下决定，让当时已经在贝宁就读电子专业大二的弟弟中止学业，远涉重洋来宁波求学。

宁职院外事处处长胡宇告诉笔者，CERCO 学院在贝宁、法国及西非其他国家建有六七所分校，此前贝宁的学生出国留学通常选择美国、法国等国，艾伦校长却偏偏"另辟蹊径"，将自己的亲弟弟送来了宁波。

"中国特色、世界水平"是当前我国职业教育发展的新目标，也是所有高职院校发展的努力方向。宁职院应用电子专业在国际合作与交流方面取得了显著成效。

除了援外项目，应用电子专业教师还参与到与澳大利亚堪培门学院合作共建的网络专业"中澳合作班"的交流和教学工作，双方正在洽谈下一步电子专业方面的合作计划。

深化教学改革，实训让学生"做中学"

走进宁职院应用电子专业的工作室，笔者被一屋子的电子仪器惊呆了。各式各样的电路板和叫不出名字的电子仪器整整齐齐地放在办公桌上,几名学生正低头专注地研究着电板。

"应用电子专业是一个实操性很强的专业,"该专业负责人陈光绒老师介绍说,"建立了体现现代电子生产技术的实训室——波峰焊和 SMT 实训室,并开发了从研发到生产的五大课程群,入选教育部教学改革成果案例。"

在教学中,学校严格遵照本专业规定的人才质量标准,采取教考分离的方式。为培养学生的理论知识,学校建立了专门的试题库,在电脑上考试。为提高学生的专业技能,学校规定专业统一出题让学生进行实践操作。通过这两门考试,培养既有理论知识又有实操经验的学生。

"教学模式方面,首先老师会给学生一些学习方向让他们自行选择,然后让学生在课堂学习中打下一定基础并去网上找一些资源学习。接下来老师会把一些项目交给学生去调试,对他们解释程序,让他们有一个大概了解,再把一些小项目交给学生去做,有不懂的地方再由老师讲解说明,拉着学生的手一步一步向前走。"陈光绒老师介绍说。

"我们课外有空的时候就会来工作室做一些课题,联系上课学到的理论知识,再过来现场练习一下,就会发现很多课上不理解的地方通过实践都能型弄懂明白了。"工作室的一名学生笑着说。不少学生在实训过程中,在导师的带领下,还参与了各种校企合作项目。慢慢地,学生也可以独立做好项目了。

↗ 学生正在实践操作

为实现学以致用,提高教学实效,应用电子技术专业对传统课堂实施项目化教学改革已有多年。推行"项目引领、任务驱动,课证融合、理实一体"的课程教学机制,按照"做中学"的要求,教学内容对应真实职业的工作项目,学生在完成工作任务的过程中,掌握知识和技能。教师成为类似"项目经理""企业 CEO"的角色，实现教学做一体。这使宁职院的课堂不再局限于教室，常常还在实训室、企业，甚至户外。

有了一套软的实践体系，学校还投入了大量的经费建设硬的实践环境，专业目前建有波峰焊和 SMT 生产线，建有专业机房 3 个，单片机和嵌入式（ARM）等综合实训室 4 个，新建了 LED 照明测试实验室，目前专业生均教学实验设备值达 1.6 万元，随着省电子电工技能高考考点的建设，更新并提升了基础实验室的水准。

此外，2013 年电子专业首先与台湾龙华科技大学合作办学，对接两校的专业课程体系。电子专业与台湾龙华科技大学电子工程系开展实践项目教学合作，组织两校共建的"龙华合作班"，共同设计"龙华合作班"的专业课程体系，资助学生去台湾龙华科技大学进行一学期的交流学习，考取国际化专业技能证书，所修学分和获得证书双方互认。经过三年合作，累计 62 名学生赴台湾交流学习，8 名教师去台湾做访问学者或短期交流。

目前，该专业主持了国家职业教育半导体照明与应用专业国家资源库建设，参与了应用电子技术专业国家教学资源库建设；成功建设了 3 门省精品课程，2 门国家精品课程，2 门国家级精品资源共享课，主持 4 门国家资源库课程建设，多次获得市级及以上教学成果奖；建有国家职业技能鉴定所，承担高级维修电工、技师和高级技师的职业技能鉴定，每年培训、鉴定人数 300 余人；还承担了电子设备装接工、维修电工国家题库修订工作。

学生凭过硬技能成就出彩人生

"电子专业在现今各领域确实都有应用，范围非常广泛。目前应用电子技术专业的发展核心为智能控制，即电子信息技术，再加上移动互联技术，这是该专业将来的发展重点之一。该专业学生的主要方向是在生产线里组装好产品之后进行调试和测试，是技术性的工作。另一方向是搞研发，比例较小，或者从事业务岗位、管理岗位、研发岗位以及设备的维护和管理工作。"陈光绒老师介绍说，很多学生都是通过平时的实操，加上参加技能大赛迅速成长起来。

从 2011 年以来，应用电子技术专业的学生参加了很多全国性的专业技能竞赛以及大学生系列科技学术竞赛，比如浙江省大学生科技竞赛、全国高职技能大赛、大学生挑战杯等。值得骄傲的是，该专业学生已经取得了二等奖以上的奖项 9 个。

经过十多年的发展，宁职院应用电子技术专业涌现了不少优秀毕业生。

2010 年 9 月考进宁波职业技术学院的黄银龙，当时选择了自己喜欢的应用电子技术专业。2012 年 5 月，同学们纷纷开始寻找自己的实习单位，黄银龙也开始筹划着自己的未来，把目光投向了机器人行业。

从 2008 年开始他就接触机器人行业，那时候还在读高中，指导老师带着他去比赛，接触了这行里面的一些名人，黄银龙开始联系他以前的师兄。2012 年 6 月学校一放假，黄银龙就回到了余姚开始和师兄一起搞起了机器人培训。在培训之余他觉得那些机器人竞赛电子配件自己也能做。为了证实自己的想法，黄银龙做了第一块板子，发现用用还不错，后来就修修改改量产了一批，通过师兄的人脉，发给国内老师使用，得到不错的

↗优秀毕业生黄银龙

评价,他觉得他们团队有能力设计出高水准的电子产品。

在 2012 年底,黄银龙注册了高异电子经营部。高异,就是希望在高科技的领域有不一样的想法,做出更加智能的产品。开始搞研发只有黄银龙和他师兄两个人,为了一个产品连续搞几个通宵,那时候心里只有一个目标,就是必须把产品做好。后来几个大学里的搭档也来了,研发团队变得庞大了。

2013 年初,黄银龙接到了人生中的第一笔单子——上海未来伙伴机器人公司的一单配件。虽然单子不大,但却是对他们团队的一种肯定。

像黄银龙一样,电子专业学生凭借自己的过硬技能或自主创业,或在就业岗位中发光发热。

据统计,近三年来电子专业共培养了 465 名学生,用人单位满意度逐年上升,2015年(2014 届毕业生)调查数据统计,就业率 99.02%,高于全省平均水平;用人单位满意度达到 100%,高于全省平均水平;升学率为 9.52%,明显高于全省平均值(3.81%)。学生双证书率达到 98%以上。

专业评价

中国高等职业教育改革和发展迫切需要开展各领域、多层次、高质量的国际教育交流合作,迫切需要进一步开阔思路、放眼全球谋划发展战略。中国职业教育改革和发展不但要积极引进、学习借鉴德国双元制、美国 CBE 模式、澳大利亚 TAFE 模式、英国GNVQ 模式等先进经验,而且也要实施"走出去"战略,建设中国特色、世界水准的现代职业教育体系与模式。宁职院应用电子技术专业立足校情、着眼长远,坚持把办好援助发展中国家培训项目作为国际教育交流合作的主要载体与驱动力,提高了宁波职教的国际影响力。

文/图:庞 优 胡 烨

指导老师:李 宁

当代应用化工的教育典范

——记宁波职业技术学院应用化工技术专业

☺ 专业名片

宁波职业技术学院应用化工技术专业于 2002 年开班办学,2006 年被教育部确认为"首批示范院校重点建设专业",并于 2009 年通过示范建设验收;专业现为"浙江省优势专业""浙江省特色专业"和"宁波市重点专业";是"浙江省轻化工职业教育教学指导委员会副主任委员单位""浙江省化学化工医药类教学指导委员会副主任委员单位""教育部全国石油和化工职业教育教学指导委员会委员单位",专业与国家级石化园区——宁波石化经济技术开发区签订战略合作协议,联合建立"化工特有工种职业技能鉴定站",服务高端培训,为区域经济服务方面取得了显著成果,建成宁波市石油化工应用型人才培养基地。

现如今,经过 15 年建设发展的宁波职业技术学院应用化工技术专业已成为浙江省内当代应用化工技术教育的典范。

一项技术转化产值超 30 亿元

石化产业是宁波市乃至浙江省工业经济中的重要支柱产业,宁职院应用化工技术专业是全省高职院校范围内指定对应石化产业的相关专业。

实现教师科研项目与企业实际项目相互转化,帮助企业解决实际问题,是宁职院应用化工技术专业近年来坚持以创新驱动、服务地方产业发展的重要成果体现。

2013 年,宁波职业技术学院化工合成材料研发中心主任孙向东教授主持实施研发的浙江恒河石油化工股份有限公司"17 万吨/年碳五碳九综合利用技改项目",被列入国家发改委和国家工信部联合组织实施的"2013 年国家重点产业振兴和技术改造专项"项目,核准国家专项补助经费 3500 万元。

研发并转化化工新型技术产生的巨大效益产值对于孙向东教授来说早已不是第一次。

2005 年,宁波甬华树脂有限公司因经营不善濒临倒闭。从事房地产的恒河公司想要对其进行收购,但也对今后是否能够盈利表示担忧。于是,恒河公司负责人找到了孙教授进行咨询,在得到孙教授有信心扭亏为盈的答复后,恒河公司开始接手甬华树脂。

↗ 孙向东教授

在孙教授的技术支持下,甬华树脂企业不断进行装置设备和先进工艺与技术改造、新产品的研发,次年企业就实现了扭亏为盈。2007年,孙教授对甬华树脂年产8000吨C5石油树脂装置扩建工程的技术改造,为企业年新增产值3500万元,并又接连收购了两家化工企业,企业规模不断壮大。

到了2009年,公司又与镇海炼化100万吨/年乙烯工程对接,并成立浙江恒河石油化工股份有限公司,成为国内最大的树脂生产企业,与宁职院化工研究所联合成立研发中心,成为第一批宁波市市级企业工程中心。双方共同申请发明专利13项,其中"C5/C9共聚酯树脂加氢前脱氟工艺技术"转化成的项目产值累计销售额已超30亿元。

这些年来,孙向东带领研发团队为浙江恒河石油化工股份有限公司、宁波甬华树脂有限公司、宁波鼎泰化工科技有限公司等10多家公司开展了20余种新产品研发及技术改造,申请发明专利20余项,授权专利11项;发表论文30余篇,纵、横向课题经费收入650多万元;为企业增加产值累计超过20亿元。

在教学中,孙向东通过科研兴趣小组和师徒结对的方式,指导学生参与企业产品的研发。他的学生在化工专业核心期刊上发表论文10多篇,解决企业难题并提供技术服务10余项,毕业后均成长为所在企业的技术骨干。

笔者了解到,包括孙向东在内,宁职院应用化工技术专业有着一支强大的师资队伍。

"专业多年来紧密结合产业发展,积极吸纳行业优质资源,共同组建企业技术专家、能手与学校专业教师相结合的'双师'结构教师团队。"陈亚东院长介绍说,"目前教学团队均为硕士以上学历,16名专业教师中,有博士10名;正教授3名,副教授(高级工程师)6名,讲师7名;技师资格8名,高级技师资格5名,双师资格教师占95%。团队在

2009 年成为浙江省高校优秀教学团队,2015 年成为全国石油和化工行业优秀教学团队。"

除此之外,此专业还建立起一支稳定的由 5 名企业专家组成的有较强化工生产运行控制实践经验的兼职教师队伍,企业专家主要来源于宁波石化经济技术开发区大型国企和跨国石化企业。

学生在全真实验环境里学本领

"这里一整层楼都是实验室和模拟操作室,目前已经造好的实验实训基地总面积超过 5000 平方米,固定资产差不多 1300 万元。实训基地里面的内包也很齐全,含化工流体输送过程、传热过程、精馏过程、吸收过程、蒸发过程、化工管道拆装和化工仪表等各种化工模拟操作实训室,学生可以做很多很多的化工技术类实验。"陈亚东介绍道。

走进宁职院应用化工技术专业的实验楼,笔者看到,整个楼层环境井井有条,但并不像我们寻常见到的教室一般:若干间实验室和操作室被一半玻璃、一半白色油漆门的结构一间间隔开,透过玻璃窗我们能看见里面琳琅满目整齐摆放着各种不同的实验设备、仪器。走廊里除了偶尔的推门声就再也没有别的声音。

↗ 完整的配套模拟实验器械

推开其中一间实验室的门,笔者发现有七八个学生穿着工作服,正低头盯着自己手中的实验方案或是实验器材,聚精会神地完成实验操作,旁边有专业老师进行监督指导。

通过和监督指导老师的交流后笔者得知,大部分的实际操作都有一定的危险性,但在有监督的实验室里做实验是比较安全的。化工行业中意外的发生绝大部分其实都在于认知不够以及随后误操作等偏人为的因素导致,平日的模拟操作课实际上就是学生为保障自己今后生命财产安全的"必修课",因此学校在完善设备设施、悉心教学指导、

↗认真阅读实验室手册的同学

↗仔细操作实验的同学

培养安全操作意识等方面下了大工夫，并提倡学生"学为辅，练为主"，多进行动手实践操作。前期操作准备就是让学生今后能时刻以严谨的态度对待化工这个专业并具备熟练的相关实践操作能力。

笔者还得知在平时的实操过程中，学生所使用的实验用料多数时候是水，并且每次实操课都会有至少一名专业老师在一旁监督指导，为的就是尽可能保证部分还处于入门学习阶段的学生不会因不熟悉操作设备或其他意外原因而对自己或他人造成伤害，这也让许多新生和新生家长放心学习操作过程。

陈亚东院长介绍说，专业所在实训基地为"中央财政支持的职业教育实训基地""石油和化学工业职业教育与培训全国示范性实训基地""浙江省示范性实训基地"和"宁波市石油化工应用型人才培养基地"。目前拥有 20 余个专业实验实训室，以及仿真生产与学习型兼容的操作训练室 5 个，同时拥有稳定的校外实训基地 12 家，基本建成了符合高职教育特点的实验实训实习基地，为绿色化工生产运行控制技术四年制高职教育职业能力训练与实践环节教学提供了保障。

此外，实训基地与化学工业职业技能鉴定指导中心共同成立"化工特有工种职业技能鉴定站"，拥有化工总控工、化工检验工等工种的中级工、高级工和技师等职业资格鉴定条件，常年为宁波石化经济技术开发区相关企业的高技能人才的培训和鉴定工作提供支持。

校企合作订单班　为产业注入活力

"我当初的专业选择太正确了！"宁波职业技术学院 2011 届化工专业毕业生曹恒升，现为恒河材料科技股份有限公司的分析技术主管，他感叹说："能从事自己喜欢的工作，又能发挥专业特长，感觉很幸运。"

曹恒升早在大二便进入了宁职院与恒河公司合作的订单班学习，一毕业就成为该企业的一员。起初，他担任实验室的数据分析工作，后进入研发部门，参与研究产品改进，降低企业成本，节能增效。"我们的工作就是在同等价格的基础上，研发出质量更好的产品，为企业降低成本，推动整个行业的发展。与我一样从恒河订单班毕业到企业工作的同学们，都成了部门主管或者项目负责人，我的干劲十足。"

很多人都觉得化工专业就业前景不明朗，2008 年毕业的张建光刚开始也迷茫过。而他现在已是宁波富德能源有限公司 MTO 装置工艺工程师："大一的时候就知道在校学习的时间只有两年，非常忐忑，只能埋头苦学，一有空就跟在专业老师身边，泡在实验室里。"大学两年里，张建光不断深化专业知识，打下了坚实的专业基础。大二下学期，他进入了宁波科元塑胶有限公司与宁职院合作的订单班，一毕业便进入科元工作，先后参与了一套重油催化装置和一套 MTO 装置从筹备到原始开工的全过程，目前年收入已经超过 20 万元。

"我们还想再团购宁职院化工专业的学生。"宁波大安化学有限公司商务副总邓利平表示，这批大安班的学生通过系统的专业学习与实践，顶岗就业后便成为公司一线岗位中的技术人员。多年来，他们兢兢业业，刻苦攻关，成为技术人员中的佼佼者，在员工中树立榜样，为企业的发展作出了令人瞩目的成绩。

在密切校企合作的基础上，应用化工技术专业紧紧围绕宁波区域临港大石化及材料产业的发展，培养石油化工、精细化工、有机化工、材料化工行业和生化制药行业从事生产运行控制、设备维护操作、分析检测、生化产品营销等工作的高素质技能型人才。

有80％的毕业生进入地方相关的产业，为当地石化领域的发展注入新鲜血液。

谈到专业的订单班人才培养模式时，陈亚东院长介绍说："校企合作订单班，其实就是学校和企业一起派本专业的优秀学者、行业专家共同教育学生。此外，我们还会将订单班的同学送到国外(例如日本大安、韩国 LG)和国内镇海炼化、燕山石化、齐鲁石化等大型石化企业岗位实习。"

专业评价

石油化工产业是"浙江省优势制造业和七大万亿产业"之一，而宁职院的应用化工技术专业是石油化工产业为数不多对口专业之一，多年来宁波职业技术学院应用化工技术专业持续不断为省内地方石油化工企业输送优秀专业人才，良好地服务于区域地方经济建设。

宁职院应用化工技术专业注重行业发展趋势与专业规划、课程改革的结合，注重教学内容与企业生产实际的结合，注重学生职业素质养成和可持续发展能力培养的结合，积极开展专业理论与实践相结合的"教、学、做"的教学改革，在课程建设方面成效明显。

文/图：邓嘉宝　曹春雨

指导老师：李　宁

产教融合筑技能人才高地

——记宁波职业技术学院机电一体化技术专业

👤 专业名片

宁职院机电一体化技术专业 1999 年开始招生,省内同类院校开设较早;2006 年通过教育部教改试点专业评估;2010 年宁波市服务型重点建设专业;2010 年浙江省特色专业;2011 年中央财政支持的职业教育实训基地建设专业;2012 年中央财政支持的工业机械手实训基地建设;2015 年国家首批"现代学徒制"试点专业。

专业培养面向机电技术应用领域的制造业企业,具有良好的职业素质,掌握专业基本理论和基础知识,有较强的工艺编制、工装设计,机电产品装配及检测、自动化生产线的使用与维护、质量控制能力以及一定的产品设计能力,面向生产、服务和管理第一线的高素质的技术应用型人才。专业每年向海天集团、上海大众、宝新不锈钢、三星电气、台晶、南车、通力等公司输送人才。

诞生 90 后宁波首席工人

在海天塑机集团有限公司五分厂钣金车间,穿过一条条通道,可以看到一个清晰的制作流程:首先是折弯机、冲床、剪板机等机械分布区,接着是焊接区,再过去是喷涂流水线,最后是钣金成品仓库……现代工业文明在无声中诠释着劳动光荣,车间里的标语则仿佛一声声铿锵的劳动号子。

"工作是高贵灵魂的营养"——这条标语正下方是一台近 2 米高的折弯机,1991 年出生的宁波"首席工人"王烈辉对它再熟悉不过了。2013 年,王烈辉从宁波职业技术学院海天学院机电设备班毕业,加上毕业之前在海天集团半年的顶岗实习,他在这台折弯机边已工作了四年半时间。

"首席工人"这一荣誉为表彰宁波市各个行业内所涌现出的爱岗敬业、技艺精湛、勇于创新的优秀技术工人而设立。2014 年,王烈辉经海天集团推送被评选为宁波"首席工人"。

工作时的王烈辉沉稳而冷静,折弯机旁还有一面电脑屏幕,王烈辉娴熟地用手指触屏设置参数,露在口罩外面的那张脸就像一块铁。车间里实行 8 小时工作制,钣金折弯班组的成员们每天都有必须完成的任务量,而下班之后,脱下工作服的王烈辉会立即变

↗ 优秀毕业生王烈辉

回那个活泼的年轻人——他爱骑车、爱钓鱼，在海天集团各式各样的兴趣爱好者协会中自在畅游……

"海天集团是中国龙头塑机企业，每年想进入海天工作的毕业生很多，竞争很激烈。"王烈辉自豪地告诉笔者，海天集团的工资待遇让他很有职业的尊严感，平时他的想法也很简单，就是想用自己学到的本事，为单位带来效益。

在宁职院，王烈辉是第一届海天订单班的学生，这是一个由全院各个班最热爱机械的学生通过自愿报名并经过筛选之后所组成的班级，全班总共45位学生。从第二个学期开始，海天班的学生便有机会进入海天的车间观摩实习，而海天的师傅们也会定期到学校给他们上课，同时，企业负责人会来校举办讲座，介绍海天的企业文化，后来他们班有十七八位学生毕业后进入海天集团工作。

读职高时，王烈辉为了磨练钳工技艺，曾在半年时间里打磨完成360多个工件，耗时1800多小时……后来在浙江省以及宁波市的技能大赛中都拔得头筹，还在全国中等职业学校技能大赛钳工项目中获得二等奖中的第一名。进入海天之后，学生时代练就的钳工技能让他一路过关斩将，先是在"海天杯"职工技能大赛中获得第一名，后又在"北仑区大榭开发区职工技能大赛"中获得第一名。

海天集团鼓励员工就日常工作中所发现的问题提出改进方案，王烈辉工作三年多来累计提出40多项改进方案，其中两项被公司采纳，每年能为公司节约生产成本20多万元。2015年，王烈辉被评为敬业奉献类"宁波好人"。

王烈辉在海天的"师傅"沈律告诉笔者，在他带过的徒弟中，要数读过职高的年轻人动手能力最强、上手最快，但耐得住寂寞、沉得下心的年轻人才能做得久、走得远。

在宁职院机电一体化技术专业，像王烈辉这样的学生还有很多。"本专业培养掌握专业基本理论和基础知识，有较强的工艺编制、工装设计，机电产品装配及检测、自动化生产线的使用与维护、质量控制能力以及一定的产品设计能力，主要面向机电技术应用领域的制造业企业,从事'工业机器人'模拟、编程、调试、操作、销售等相关工作;先进制造业自动生产线的安装、调试、运行、维护与管理等工作,具有面向生产、服务和管理第一线的高素质技术技能型人才。"该专业负责人耿金良介绍说。

此外,该专业打破学科壁垒进行资源整合和优化配置,依据学科专业相似、智能领域的研究方向,组成跨学科、跨专业不同类型的创新团队,与宁职院自动化控制专业实行"跨专业"组合,共同开发课程、联合科研、共同授课、联合培养等形式,满足工业机器人领域的多学科需求。

校企共建技能人才培养的"快车道"

笔者了解到,1999年起宁职院成立机械系、机电学院;2003年,宁职院与海天签订协议,订单式为企业培养机电人才。这时双方的合作,还停留在冠名以及单向输送的浅层次。一段时间后,校企共同开展了工学交替、项目化教学人才培养的实践。

2005年海天集团投资1000万元建设了海天大楼,并赠送价值700多万元的数控设备和注塑机,冠名为海天学院。机电学院与海天学院实行两块牌子、一套班子,共同实践校企资源共享、人才共育、就业共担的人才培养模式。

↗海天学院

海天学院的建立,搭建了学校主导、行业龙头企业深度参与的教学管理平台,一个以"双主体育人、教产训合一"为特色的人才培养模式逐渐清晰起来。在这一模式下,校企双方共同开发专业培养方案、建设课程、落实顶岗实习教学任务和学生就业,共同建设了26个学做一体的校内外对接教学场所。

双方还牵头制订出了"机电装备制造业人才标准"这一行业用人标准。按照这一标准,校企共同选择了大量生产中的典型案例,编辑成100多个教学案例,设计出9门核心课程的教学项目,形成了12本新型教材。

经过十多年的发展,宁职院机电一体化技术专业探索出了一条特色人才培养模式,即校企深度合作,整合人才、技术等资源,采用"专业与企业文化一体"培养学生职业素养、"师傅与教师一体"共同培养学生、"教学与生产一体"满足生产的各个环节、"课程与岗位一体"培养智能装备领域人才的"四个一体"的校企合作创新模式,形成"人才共育、资源共享、就业共担"的专业与企业合作运行机制。

王同学是2015级机电一体化技术专业现代学徒制的学生,他向笔者讲述了自己在这个制度下的学习经历:"我想跟着一位师傅将来一定可以学到很多东西,所以我毫不犹豫地就报名了。在通过了笔试和面试之后,我和其他29位同学一起组成了这个班,拥有了人生中第一位师傅。"

笔者从王同学的叙述中得知,该班30名学生按每6人分为一组,与企业选派的优秀技术骨干进行双向选择,并签订协议正式确定"师徒"关系。在大学期间,5名"师父"将带领30名"徒弟"们在海天集团开展教学实习,为他们提供技术培训,解决他们在参与项目过程中遇到的技术问题。

另外,海天英语班也采用了同样的教学模式,两三个人组成一个小组跟着师傅学习,对于基本的车床操作知识,师傅都会毫无保留地教给这些学生,而前往实训的学生也努力学习,向师傅请教自己不理解的问题。海天英语班的金腾辉说:"实训让人懂得很多,一开始进入工厂实训,一切对于我们来说都是新奇的,通过学习了解之后,我们已经可以帮助师傅完成工作,每天努力地工作让我们觉得很充实。实训期间我们和工厂里的师傅一起工作一起吃饭,在与师傅相处的过程中真的让我们成长了很多,我们学会要踏踏实实工作,不弄虚作假,只有这样我们才能学到真本事,靠自己的能力创造成功!"

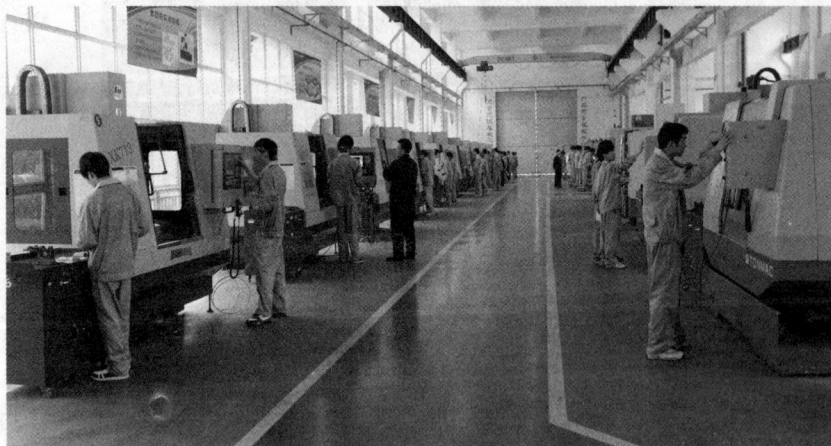

↗实训现场

这种"师徒"关系一经确立,将一直延续至"徒弟"毕业,在企业边学习、边工作。"师父"利用企业规范严格的管理制度和精湛的技术,使"徒弟"们加深对所学专业和所需技能的认识,培养他们的实际动手能力和综合职业素养,使"徒弟"们毕业后即能上手作业,实现"零距离"就业。

该专业负责人耿金良介绍说,在教学过程中通过"4个引进",建立学生的企业化理念与职业素养。"4个引进"包括:引进企业的生产操作规程,帮助学生养成生产行为规范;引进企业班组管理制度,帮助学生建立良好的团队观念与合作精神;引进企业安全规程,培养学生安全意识;引进企业产品质量检验制度,帮助学生培养负责态度,培养学生"企业主人翁"的意识。

为了让学生能更好地融入专业和拥有更好的专业学习条件,专业不惜花重金打造了各类实训基地。这极大地解决了书本与实践相结合困难的一大难题,让同学们能在学校就仿佛身临以后的工作环境以及操作流程。目前专业拥有现代制造实训中心、机械部件装配与调试实训室、产品创新设计与制造实训室、液压系统规划与实施实训室、创意结构设计实训室、机械设计实训室等。

笔者随后来到了机电专业其中一个实训室——电工操作技能实训室。笔者了解到,电工操作技能实训室是理论实践一体化教学场所,教学过程紧贴职业岗位与工作内容,主要培养电气、电子、机电等专业学生的电工操作专业技能,实训室配备常用电工仪表、电工工具、网络板、低压电器等设备60套。能进行电气基本控制电路安装与调试、常用低压电器元件拆装与检修、电工仪表及工具的使用等训练,同时承担宁波市维修电工中级电气控制电路安装与调试专业技能鉴定工作。

↗ 电工操作技能实训室

助力企业实现转型升级

从1972年海天集团研发第一台注塑机到1994年,海天集团用20多年的时间将产量做到了世界第一。之后的10年,海天集团倾力向产品"全系列"发展。进入第四个10

年，"全系列"目标已然实现，但海天集团并没有站到注塑机的"珠峰"，因为产品的高端市场仍然被欧洲和日本设备所占据。

企业转型升级最关键的是劳动力素质的提升，因此，海天集团对宁职院有着很大的期待。

海天集团通过与宁职院共建人才培养基地，提高了人才培养的针对性，缩短了毕业生的岗位适应期，成就了一条高技能人才成长的快速通道，完成了转型升级中最关键的劳动力素质提升工程。目前，海天集团在宁波本地的6000多名一线员工中，有近500名本科及以上学历研发人员，与宁职院等高职院校联合培养的技术人员和基层骨干1600多名，一线操作工和辅助人员则全部是中专、技校毕业生和通过产业化培训的技术技能人才，形成了企业一线员工的"黄金比例"。

海天学院的建立，确保了海天集团的可持续发展。海天学院全面承担了海天集团老员工的短期培训、新员工的上岗培训、一线工人的技术培训以及数控机床用户的操作培训，成为全日制育人、员工培训和用户培训的"三合一"基地。

校企共同开展的产学研合作，为海天集团创新进步提供了强劲驱动力。校企共同承担了数控母排机、液压数控机床、大型龙门加工中心装配工艺等10余种机电一体化产品的研发工作。通过产学研合作，企业的一大批中坚技术骨干逐步培育产生。

📷 专业评价

通过十多年的教学实践，宁职院机电一体化专业与海天集团等多个企业合作，积极探索"订单式培养""学工交替"育人模式，采用双主体育人，产教训合一，坚持与合作企业"人才共育、资源共享、就业共担"，为社会培养了一大批优秀的高技能人才，学生就业率和就业质量不断提高。

文/图：俞轶炜　应宇杰

指导老师：李　宁

让会乐器的人造乐器

——记宁波职业技术学院乐器制造专业

宁职院乐器制造专业成立于2007年，旨在为国内乐器制造业培养新型一线高技能大学生技术员工。专业提出的教育理念是：让会乐器的人造乐器。以提琴制作方向为例，我国是提琴制作大国，但一直只能制造低端廉价产品，虽然制琴原料好，尺寸规范，但就是声音不佳。多数提琴生产企业技术员工不懂如何把琴声（音色、音质、音量）做好，会制琴的人不会拉琴，会拉琴的人不会制琴。只有"让会乐器的人造乐器"，才有可能提升我国乐器制品质量。

随着人们生活水平的提高，越来越多的人选择在闲暇学习乐器放松身心，陶冶情操。乐器演奏也成了不少家长心中培养孩子最好的"投资"。乐器制造行业也在市场需求之下发展壮大。部分学校以此为背景，设立了乐器制造专业。与企业只追求效率与速度，雇用没有音乐基础的人进行作业的情况不同，宁波职业技术学院的乐器制造专业作为国内高职院首秀，旨在"让会乐器的人造乐器"，培养演奏家背后为乐器服务的人，如今迎来了专业成立建设的第十年。

初入宁职院，被从东南方位传来的阵阵悠扬琴声吸引。心有好奇，踩着音乐前往一探究竟。眼前的教学楼，入口处挂着相关专业牌子，这便是学校乐器制造专业的教学区了。一楼的教室，门虚掩着，本是没课的午后，这会儿却仍有三两同学在演奏练习。上了二楼，空气里弥漫着一股木屑的味道。与人约好的时间快到了，来不及细细观赏，直奔走廊尽头。

走近专业带头人胡晓光老师的办公室，目光被位于右手边的提琴制作台吸引。上面摆满了包括锉刀在内的各式提琴制作工具以及还没上色的提琴坯子。视线往左，一位满头乌发夹杂白丝，身着灰黑色正装的老先生正在调弄提琴。一边调拨弦木的接口，一边上下比对着四根琴弦的位置，直到满意后抬起头。看到我的来访，先生笑着说："我们做乐器的，不做还好，一做都忘记客人要来了，请坐请坐。"我被他的话逗乐了。眼前这位和蔼可亲的先生就是乐器制造专业的带头人胡晓光老师。

胡老师泡开一壶茶，香气在古朴的办公室里氤氲开来，他抿了一口茶，思绪回到16年前。2000年，此前一直置身于音乐表演事业的胡老师以"人才引进"的身份来到了宁波职业技术学院。初来乍到，这里对他来说是一个全新的环境。先从担任校园文化指

↗ 工作台前细心调弄提琴的胡老师

导老师开始,随后成立了校艺术团合唱团。2001 年 6 月,在胡老师的带领指导下,合唱团所代表的宁职院成为唯一一所入选参加浙江省教育厅高校合唱比赛的高职院校,并获得了一等奖。15 年前的荣誉被再次提起,胡老师心中高兴与自豪之情溢于言表。

2003 年随着学校的扩招,院系的合并,原先合唱团的训练计划被打乱,胡老师开始在其他艺术专业探索可能,先后向上申报了"音乐表演专业"和"师范音乐教育专业",却未被批准。不甘心的胡老师在仔细琢磨后,提出在"让会乐器的人造乐器"的教育理念指导下设立"乐器制造专业"。"让会乐器的人造乐器"顾名思义,专业学生应在通晓乐律、掌握音乐演奏的基础上制造乐器,调律乐器。"中国作为世界上最大的乐器出口国,在乐器制造方面 99％的工人却不会乐器演奏。即便是被誉为'中国提琴之乡'的江苏泰兴,在这一方面仍做着一些中低端、外加工、贴牌的基础工作,这是对资源的浪费。"这位62 岁、将心血花在艺术教学事业上的人民教师的爱国情怀表露无遗。基于现状,胡老师率先提出该理念,这也使得他在随后的社会调研中与海伦钢琴股份有限公司的陈海伦董事长一拍即合。公司每年提供 20 万元作为教学资金,包括补助优秀生,添置专业教学器材,学校向海伦钢琴选送专业优秀的学生。面对企业对专业人才的渴望,胡晓光老师看到了"乐器制造专业"的未来,却想不到专业发展初期所遇到的各种艰难与辛酸。

专业发展:踉踉跄跄十年路

2007 年只有钢琴调律课程内容的乐器制造专业,开始了首次招生。因为专业的冷门,报考人数寥寥,生源招收陷入困境。胡晓光老师记得很清楚,2009 年报考专业的学生数只有 13 人,通过最终考核的只达 9 人。"学校领导给别的专业学生做了思想工作,调剂了几个人过来。"胡老师尴尬地笑了，"那年的'乐器制造专业'就在只有十几个学生的情况下开班了。"

专业发展的艰难不仅体现在生源招收上，教师人才的引进也是困难重重。为配合学校专业发展，胡老师将自己"音乐表演"的重心向"乐器制造"偏移，先后取得钢琴调律三级(高级)职业资格证书、提琴制作二级(技师)职业资格证书、国家职业技能鉴定考评员和社会艺术水平考级考官资格证书。胡老师自嘲"乡村教师"，由于师资力量不足，一星期授课包括乐器演奏、乐器制造在内多达 20～30 节。

专业建设初期不尽如人意，学校领导提出了"停招一年"的建议，却被胡老师以"人才断面，专业将会一蹶不振"为由拒绝。顶着"连续三年招不到人的专业需停办"的压力，老师带领着专业一步一步坚持了下来，并于 2010 年设立提琴制作课程内容，在此后两个课程班级交替招生。"合抱之木，生于毫末；九层之台，起于垒土；千里之行，始于足下。"随着资金、设备、人才的引进，专业发展步入正轨，压在胡老师肩上的重担也有了人帮忙分担。胡老师将自己的精力更多的放到专业特色发展上，着手建立提琴职业技能考试题库，钢琴调律师资格证初、中、高级题库，取代以往学生用浙江音乐家协会、上海音乐家协会社会音乐演奏考级的资格认证，提高了专业毕业生资格证的含金量。

在课程教学上，胡老师强调，乐器制造专业应适应社会、企业发展需求。在老师的带头下，专业建立了转型发展独创人才培养课程的新体系，采用 25～30 人小班制教学，运用"50％乐器制造学习，50％乐器演奏学习"的科学、前卫、合理的专业设置。钢琴调律班与提琴制作班的同学除了学习包括试琴(根据个人对提琴音色、手感的不同认识，将琴音色调整到最佳)或雕琢提琴的刀具使用和雕刻基本功训练等的课程外，还需学习乐理知识、钢琴与提琴的演奏、弦乐的合奏以及音乐的赏析。"我们专业日后就业方向大致分为钢琴调律、提琴制造和音乐表演，"胡老师解释道，"丰富的课程内容设置可以为学生提供多样选择，我们的学生可以以这些课程为基础，从中选择自己未来的发展方向。"课余时，老师也会鼓励、推荐学生进入文化馆、琴行等地方进行社会实践。

提起专业对外交流，胡老师难忘 2008 年带领 2007 级学生(钢琴调律班)参加了捷克国际大学生合唱比赛，取得优秀表演奖，并借机进行了欧洲音乐访问，参观了德国贝基斯坦钢琴厂和 GBS 职业技术学院。

学生借此机会对钢琴的制作、调律有了一个更好的把握，对音乐传递的情感也多了一份理解。而今，随着专业建设发展取得丰硕成果，宁职院乐器制造专业也成为了中外音乐教育家、互相学习交流重要的一站。

2010 年 4 月，美国乐器制造业资深专家 Keith Bowman 先生参观了学校乐器制造专业，除了高度赞扬专业具有明确发展特色外，也针对美国与中国不同教育方式提出了自己的意见。"回国后，Keith 先生在杂志上用三个版面报道了我们专业的特色发展。"胡老师面露自豪之色。

"我带你去参观我们的实训车间！"说到这，胡老师难掩激动之情，迫不及待地向我展示他出色的"孩子"。位于一楼的是钢琴调律实训车间。几十架钢琴展现在眼前。黑白的琴键，因实训拆卸展露在外的音板、琴槌等叫人看得目不转睛，场面气势恢宏。

↗ 2007 级乐器班赵章娜同学在捷克大学田径场上扬起鲜艳的五星红旗

↗ 在捷克帕尔杜比采国际大学生合唱节中演唱

"还记得当初全校只有一架立式钢琴，现在成立了钢琴调律实训车间，囊括 12 台马克在内，专业发展有了 50 多台钢琴。"胡老师滔滔不绝，"钢琴调律班与海伦钢琴股份有限公司合作。公司会派调律师傅来学校进行实训指导，优秀的学生将有机会进入公司实习、就业。"

出了钢琴车间，转身上楼，右手边的教室由外向内分布着提琴制作实训车间、提琴练习室。提琴制作实训车间设立了近 30 台提琴工作台，几个同学埋头于提琴工作台，正在为自己的作品做着部件打磨等工作。

↗ 师生参观贝基斯坦钢琴厂

↗ Keith 先生与专业老师进行交流

　　将企业引入校园,理论与实践并重,这是乐器制造专业教学的要求。而随着教学模式的逐步成熟,专业与上海音乐学院、西安音乐学院等著名院校建立了合作关系。此外,专业独特的发展模式也吸引了中国提琴制作协会副会长、上海音乐学院副教授华天礽与意大利籍华人提琴制作大师刘朝阳,于2012年先后成立了华天礽提琴研究所和刘朝阳提琴工作室。这是值得每一位专业老师与学生骄傲的事。

↗同学用微型刨子在面板上刨弧度

专业学生：兴趣是最好的老师

　　胡老师带着我来到了专业设立的"提琴博物馆"。馆内，老师、学生的获奖提琴作品琳琅满目，足见专业在教学上对作品要求的精益求精。

↗胡老师与其获奖作品

　　"我对他印象很深。"目光随着胡老师手指方向落在了一件获奖作品上。作品的主人名叫施银淼。"他是班里的班长，专业基础好。我们一起参加过比赛，他获了金奖。后来他去上海音乐学院进修了，是个学习特别刻苦的学生。"老师笑着介绍。

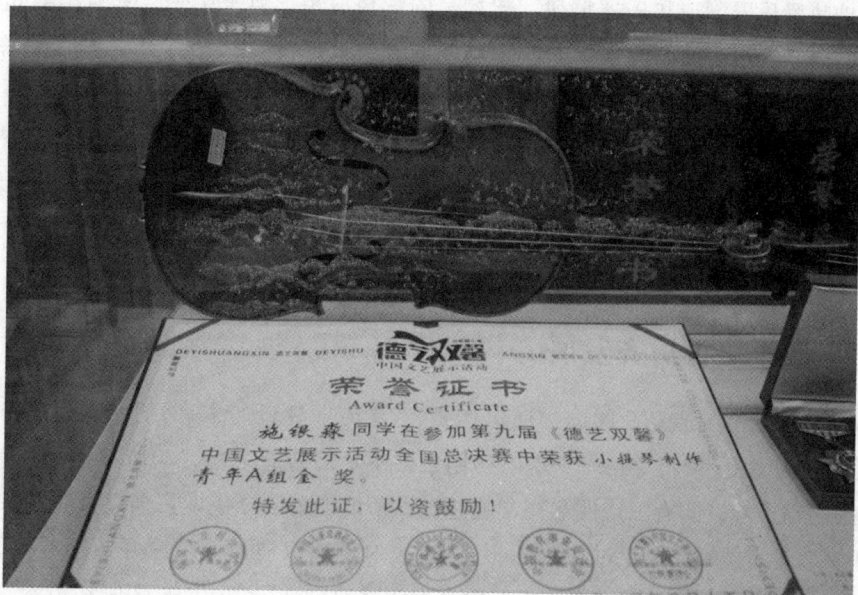
↗ 施银淼同学获奖作品展示

学习声乐出身,在高考填报志愿时得到了声乐指导老师的建议,钟情于制造工作的施银淼在与家长商量后抱着"试一试"的心态选择了乐器制造专业。带着浓厚的兴趣爱好投身提琴制作学习中,施银淼在专业成绩上的优势很快得以体现。而他心中关于"日后也要从事提琴制作工作"的发展方向逐渐清晰。目标明确后他牢牢抓住机会,认真准备,于 2014 年 5 月考取了上海音乐学院提琴制作进修班,以一名进修生的身份跟随华天礽大师继续学习提琴制作。两年内,施银淼通过上海音乐学院这一优秀平台接触到了更好的提琴资源、更好的学习资源,毕业前夕,"开一家自己的提琴工作室"的念头在其脑海中萌芽。他做到了,"银淼提琴工作室"成立了。初期,面对不足的经验,陌生的环境,他未曾想过放弃。放宽心,带着自己工作室制作的提琴跑客户,一步步建立客户关系,他离成功越来越近。看着出自自己之手的提琴在舞台上随着表演者的演奏大放光彩时,除了对演奏者的感激,施银淼的心中更多了一份欣喜与激动,恰似一位看着自己孩子取得非凡成就的父亲。

郭辣香,另一位给胡老师留下深刻印象的毕业生,当初也是因为浓厚的兴趣选择了乐器制造专业。直言自己是"笨小鸟"的郭辣香在开始确定目标成为一名调律师后便努力地学习。"我很贪心,既想把琴弹好,又想把调方法掌握好。"尽管在学习练习相关课程上花了比其他同学更多的时间,她却表示在学习过程中身心都很充实。毕业后进入公司成为了一名钢琴调律师,因为工作表现、专业技能突出,她被上调,做了一名钢琴质检师。回想起当年在学校学习的场景,郭辣香强调专业学习要坚持,不忘初心。

出师后在业内赫赫有名的学长学姐不仅激励了在校学弟学妹刻苦学习,更是吸引了越来越多对"乐器制造专业"感兴趣的同学慕名而来。

其中就包括了大一新生吴天亮同学。

在 2016 年高考中,吴天亮以 621 分高分进入一本分数线学子之列。以手风琴、钢琴见长的他热爱乐器制造和乐器调律。起初吴同学想报考上海音乐学院学习相关知识，无奈分数所限。被宁波职业技术学院乐器制造专业吸引，在查询大量学校相关背景资料后，选择填报该学校专业。明明手握高分，为何不选择填报其他专业，上更好的学校？"我自己很喜欢这个专业，也觉得这个专业很有前途，父母也很支持我的选择。"进入学校专业学习后，良好的学习氛围、专业化的教学使得吴天亮进一步了解了该专业，更加确定了自己选择是正确的。通过努力学习换来的不断进步，他坦言："很开心。"

专业未来：再接再厉齐发展

看着填报乐器制造专业的同学逐年增多，对于专业建设的未来，胡老师满怀自信，笑着说："在招生上，我们专业逐步走出初期生源不足的窘迫之境。"2016 年的招生比例更是达到了 1∶3.5（即有三或四名同学通过测试争取一个该专业学习名额），而且，该比例有继续增长的趋势。困于过往生源不足，过去对于填报该专业志愿并通过考核的学生，即便毫无专业基础也都"来者不拒"，如今专业将考核进行"文化成绩占比 30％，音乐表演成绩占 70％"设置，以此为基础招收有音乐基础、专业对口的学生。"专业发展愈来愈音乐艺术化了。"胡老师感叹道。

此外，专业目前在国内招募优秀人才，拟引进两名教师，2018 年起开展钢琴调律班与提琴制作班同时进行招生，以取代原先自 2010 年两个班级交替招生的局面。而此后的学生，不论钢琴调律与提琴制作，都要学习调律、制作与演奏。课程上也会将调律与制作设置相同比重，不允许学生出现严重偏科现象。各个方面齐发展，避免单一化的课程设置，丰富学生的学习生活。

胡老师表示，自 2015 年起，开始联系中职院校的音乐类学生。接触过程中与温州龙港二职高对接专业建立了进一步的合作关系，设立"五年一贯制"（俗称学习"2＋3"）。从中职开始学习练习相关音乐表演，为日后直升宁职院乐器制造专业打好基础。一方面保证了专业生源，另一方面也确保了生源的质量。2018 年起，除了高考正常招生的两个班外，还会增加一个直升班。

"十年了，"胡老师笑着说，"我也是桃李满天下了，与专业建设初期的一穷二白相比，如今的乐器制造专业在经历'从无到有'后，无论是在教学设施上，还是教学人才基础上，都可谓硕果累累。一路走来，心酸与喜悦并存，好在专业的发展历程虽如波浪形般跟跟跄跄，但一直是在往前走。"

一曲出色的演奏，少不了演奏家饱满情感的投入，同样少不了出色乐器音色的配合。没有太多的机会走到台前，享受台下观众的鲜花与掌声，可正是在演奏家背后为乐器服务的他们为一场场宏伟的音乐盛宴提供了乐器基础。而宁波职业技术学院正是提供了这样一个平台，为企业、社会培养和输送了一批又一批出色的乐器制造、调律人才。等待乐器制造师生们的是以一个更好的姿态迎接专业的下一个十年！

📖 专业评价

　　乐器制造专业为宁职院首创,作为高等职业教育类专业中唯一横跨艺术类和制造类专业的复合型专业,在全国第一个提出了"让会乐器的人造乐器"的培养理念,先后与海伦钢琴等知名企业深度合作,努力为乐器生产企业培养新型一线高技能的大学生技术员工,涌现了一批亮丽的学生"名片"。

文/图:张钰庶

指导老师:刘建民

十年争渡

——记浙江纺织服装职业技术学院人物形象设计专业

👤 专业名片

　　浙江纺织服装职业技术学院于 2001 年起建设了人物形象设计专业，并在 2008 年 10 月进行了重点建设专业的申报。2008 年起历经"学院重点建设专业、省示范重点建设专业群、省特色专业、省优势专业"等多轮建设，尤其在 2012 年获教育部批准开设"中韩合作举办人物形象设计高等专科教育项目"以及中央财政支持人物形象设计实训基地建设，专业发展进入快车道。

　　"梦追甬城丝路，心随大港，修德为先，乐学长技……"熟悉的旋律突然在周雅妮脑海中浮现，看着已成规模的"幸福里"工作室，她仿佛又回到了在校学习的日子……

　　时光兜兜转转，彼时的周雅妮是 2012 级的入学新生，在涵括时尚生活化妆、中医美容以及美发造型设计的浙江纺织服装职业技术学院人物形象设计专业中，她毫不犹豫地选择了化妆方向。在校期间还担任人物形象 2 班的班长，这也使她的优点日渐显露——擅于管理团队，有较强的领导力和组织力。几年的学习生活下来，周雅妮在专业方面更是近乎无可挑剔，不但在课堂上技能突出，在课外也常被专业教师带去参与化妆造型设计服务活动。充实自己、抓住机会，让她在专业实践能力以及创新能力方面得到了有效的培养，为日后创建自己的工作室埋下了种子。

　　机遇总是留给有准备的人。2013 年她参加浙江省大学生职业生涯规划大赛，通过校企师资团队的协同培育，在"指语"项目上获得了大赛一等奖。之后她对美甲产生浓厚兴趣，在指导教师的帮助下，利用课余时间在学校附近开设"雅妮美甲"，创业之路雏形渐显。毕业后，她终于回到台州老家创建了 200 多平方米的"幸福里"造型设计沙龙，主营新娘化妆、婚纱租赁、新娘跟妆、影视剧组化妆以及培训服务项目，有企业员工 12 人，在当地已颇具品牌影响力。

　　学生们都已渐有成就，周雅妮的成功像是打开了新世界的缺口，越来越多的优秀在校生、毕业生在纺院施展拳脚，甚至成为社会上专业领域的佼佼者。纺院艺术与设计学院的罗润来院长翻看近年成果总结时，总是会不由自主地深深一叹——已经十年之久了，人物形象设计专业设立以来，与各地高校竞争合作，说是争渡、争渡，也不为过了。而建设至今，人物形象设计专业惊起的也早已不止宁波市这一滩"鸥鹭"。

　　在罗院长眼中，现在的市场经济下人物形象设计专业已经进入了发展的黄金时期，

↗ 周雅妮同学（图左）

也许很多人仍旧觉得这一专业听起来很是新奇，甚至不贴近生活。但形象设计其实是存在于我国千百年文化中的重要一环，从古代士大夫便讲究峨冠博带，更是有"吾与徐公孰美"的经典故事。而从改革开放到现在，国人对外在审美和需求的发展也有了巨大变化，越来越讲究个性、时尚。再加上政府对这一行业的扶持政策，使得人物形象设计专业得到了更好的成长环境。

也正是因为如此，老师们当机立断，于 2001 年设立了人物形象设计专业，并在 2008 年 10 月进行了重点建设专业的申报。2008 年起历经"学院重点建设专业、省示范重点建设专业群、省特色专业、省优势专业"等多轮建设，尤其在 2012 年获教育部批准开设"中韩合作举办人物形象设计高等专科教育

↗ "幸福里"造型工作室

项目"以及中央财政支持人物形象设计实训基地建设，专业发展进入快车道。

专业还先后承办"全国美容美发职业教育指导委员会年会暨国际美容美发职业教育对接会、浙江省中职学校美发与形象设计技能大赛、模特表演技能大赛、浙江省中职教师化妆研修班、宁波市中小学教师化妆培训班以及宁波市美容美发美甲技能大赛"等

活动共 20 多次,多次参与行业资格考评、大赛裁判以及宁波美容美发行业技术标准修订工作。先后与企业签订横向课题 12 项,横向课题经费 20 余万元,教改、科研与社会服务水平得到行业企业高度认可。

罗院长对专业建设过程还历历在目——纺院紧密围绕着"美丽中国""两富浙江"以及宁波"时尚之都"建设宏观规划部署,依托宁波、浙江和长三角区域时尚创意产业及经济发展优势,结合人物形象设计行业、产业快速发展与转型升级,大力推进专业教学改革,建立强大的师资力量团队,构建国际合作、校企协同育人机制,为提升人才培养质量奠定了基础,不断提升专业知名度,成为浙江省优势专业、浙江省特色专业。

历经十余年,闭上眼睛,这些成就的获得还一帧帧鲜明地存于脑海。

纺院积极探索"国际合作、校企合作、中高职衔接"协同育人的办学模式,共育共赢、合作培养的平台基本建立,与韩国大邱工业大学联合招生,开展"2+1"或"2+1.5"的人才培养路径。此外,还加强中高职衔接教育,与台州椒江职业学校、杭州拱墅职业高级中学两所中职学校联合培养"3+2 人物形象设计班"。同时充分发挥企业的主体参与作用,与"静博士美业集团"开展现代学徒制试点培养。三方共育的人才培养路径,在省内外独具特色,专业办学规模逐年壮大,且形成了较广泛的辐射。

大力推进"一专三向,五美融合"人才培养模式改革创新。为满足当今形象设计行业领域细分化、高素质技能人才岗位需求迫切的趋势,探索"一专三向,五美融合"人才培养模式。设中韩合作舞台化妆方向、中医美容方向及中韩合作美发方向,供学生个性化选择,使学生达到"体美、妆美、发美、服美、心美"五项素质与能力的融合,使学生的基本能力、专攻能力和综合应用能力得以全面提升。第一学期设专业基础平台课程,到第二学期设化妆、美容、美发三个方向供学生选择。到第二学期进行分流,由学生自选一个方向,开展专项职业能力、职业素质、创新能力等方面培养。塑造一项核心特长,培养"能力专一"性高素质技术型人才。到第四学期中韩美发方向与化妆方向的学生可以选择赴韩留学深造,培养国际化形象设计专业人才,为学生搭建国际化、特色化、个性化的人才培养路径。

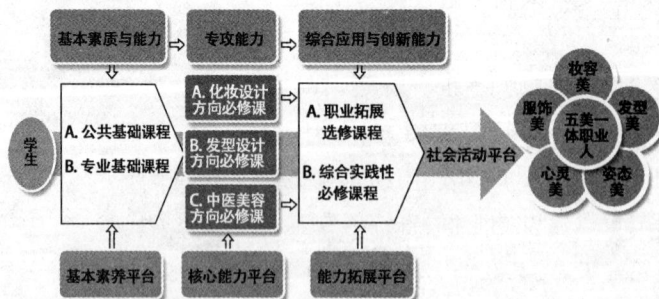

图为"一专三向,五美融合"人才培养模式

本专业侧重时尚生活化妆、中医美容以及美发造型设计方向培养,要把学生培养成为化妆、美容、美发领域的时尚技术技能应用型人才,能够胜任影楼化妆、高端化妆品牌彩妆与营销、中医美容、美容美体顾问、美发造型、影视舞台造型设计等职业岗位,以满足行业产业升级发展对中高层次专业人才的迫切需求。

在课程体系建设方面，纺院构建"四平台一体化"课程新体系。课程体系设置中坚持以够用为主旨，按照对应核心岗位群设置课程，设人文素质平台、职业技术平台、职业拓展平台、社会活动平台。通过人文素质平台搭建，培养良好的职业基础知识与技能；通过职业技术平台搭建，培养方向性技术专攻能力；通过设置职业拓展平台，开发学生的潜能，朝个性化方向发展；通过开展社会活动，达到开放性学习目的，培养学生的综合实践技能、岗位服务能力以及创新创业能力。通过此举，加强课程项目化建设与课程设计改革力度，继续深化国内国际行业、企业及兄弟院校间共同开发课程的合作力度，并通过"以赛促建"的形式培养学生综合实践能力及创新能力，深入开展以"展、评、赛"为平台的课程考核形式的改革。大力建设网络课程、微课、精品课程及慕课，现已建设完省级精品课程 2 门、校级网络课程 5 门，完成 6 门主干课程教材出版，《中医美容技术》《化妆发型技术》等"十二五"规划教材被同类专业 20 多家院校使用。课程教学提倡以"作品为载体，任务驱动为推手，展赛为延伸"的思路，培养学生的创新实践能力。

"从一个班到现在 2500 平方米的场地，人物形象设计专业已经成为纺院空间最宽裕、实践最完整的专业之一了。"——专业现已初步建设成了融"教学、实训、社会服务、创业孵化"为一体的多功能开放式实训中心，专业实训基地总面积达 2500 多平方米，投资建设约 600 万元，分化妆造型实训区、美容美体实训区、美发实训区三部分，其中包含有服装搭配实训室、摄影实训室、化妆实训室、发型实训室、美容实训室、美体实训室、美甲实训室等 9 类实训室，以及化妆造型、美发、饰品、中医美容等 4 个师生对外开放服务的工作室。

罗院长回忆着，愈发觉得感慨万千，这些年来的辛劳一言难尽。"我们学校现在这个专业是十分有优势的，与其他专业配合都是非常有建设基础的，为人物形象设计专业提供了生长发展的绝好土壤。但是人物形象设计专业也是个视觉专业，要兼顾色彩和造型，但是同时又要为新娘服务，为舞台、为演员服务。所以它是一个跨越在视觉性和表演性之间的纽带，具有两重性，所以这个专业我们是投入了巨大心血在做的。这些年来这个专业取得了很多成绩——从浙江省示范性的实训基地，到浙江省特色专业，再到浙江省优势专业，再到中央财政支持的人物形象设计实训基地建设，再到教育部审批的中韩合作项目。这些都是一步一个台阶，通过全校师生的努力建设起来的。"

现在许多中职学校也都有了对口专业，很多同学毕业之后都想升学，所以很多优秀的中职毕业生都会选择继续深造，所以这就保证了人物形象设计专业的生源十分充足。

那么优秀的生源、学校呕心沥血地建设为人物形象设计专业争取到了什么呢？——"这一专业的获奖成果丰硕，从省内大奖到全国大赛获奖，我们的同学还代表中国去参加 OMC 世界美发大赛，他们的作品还保存在学校的橱窗里。近三年获得宁波市'职业技术能手'的同学就有十多个。还有获得最高荣誉'宁波市首席工人'。这就是说这一行业里最棒的是出自我们学校的获得宁波市'技术能手''技术标兵''首席工人'称号的十多个同学。"

可能很多非专业人士还是不太了解 OMC 这一比赛的。所谓 OMC 世界美发大赛，一定要是前五名才能获奖，我们同学最好成绩是第12名，在发展的过程中纺院也同时瞄准了世界级美容美发大赛，并为此积极做着准备。

"今年世赛传来的好消息就是中国集训队第一名是我们学校一个'3＋2'的一个同学，集训结束就作为种子选手去参赛，个人全能赛每个国家只能选派一个选手，要求22周岁以下，18小时完成设计和作品制作，这是对心理素质和专业能力的全方面的考验。"罗院长看着要求，脸上慢慢现出遮不住的笑意来，参与这样的国际大赛，无论结果如何，都是对学生、对本专业最好的机会和锤炼。

从堆满书籍的办公室起身，罗院长走在人物形象设计专业的长廊上，身边是历年学生的毕业作品、获奖作品，当然也有很多学生们平时的作业。这样的专业从来不会让人感到枯燥——专业的老师，学校大力投资的实训教室，甚至是与国外学校、各大公司合作的多种项目，无一不在为人物形象设计专业铺就着美好前程。突然想起笔者采访时的一个问题："罗院长，我们专业现在发展前景这么好，那么学校有没有想过把它建设成一个学院呢？""蛮大胆的提问，但是一个专业从一个方向一个班办起，虽然说明我们已经有意识地在充实它了，但是如果变成一个学院，这是对教学的内涵、条件一个更大的考验，这也是我们一个正在考虑的方向，但是作为建一个学院来说还是太早。总而言之，当务之急就是充实这个专业的内核，使它的竞争能力更强。"罗院长说道。

纺院同样也为人物形象设计专业配备了强大的师资团体——学院不断坚持内部培养和外部引进相结合，打造国际化师资团队，形成吸引人才、留住人才的激励机制。加大专任教师的培养力度，完善教师培养、评聘和考核制度。结合学历进修、境外访学交流、技能培训、企业实训等学习方式，提升教科研水平。现有专业教师团队21人，其中高级职称8人，外籍教师5人。

而一个专业要保持领先，始终都要靠实力说话，那么这个实力又体现在哪里呢？办学条件、师资都是外在因素，毕业生的就业质量等才是更好的考核标准。

就比如人物形象设计专业通过开放工作室、创建社团、定期组织职业技能的培训和职业素养的指导训练，丰富学生第二课堂的自主学习氛围，旨在提升技能，培育良好的职业精神。通过活跃"第二课堂"，发挥以教师为主体的工作室引领作用以及开发以学生为主体的"学创社团"。建成了由专业教师负责管理运营的7个工作室，作为学生的"第二课堂"，开展技术研发、技能竞赛与社会服务指导工作。其中"人物造型设计工作室""阿果美妆工作室""饰品制作工作室""摄影工作室"的指导教师利用课余带领学生共同研创，将优秀的学生作品推送到各类展会、演出以及竞赛平台上。其中"人物造型设计工作室""阿果美妆工作室"每年承接各级各类竞赛活动50多次，学生在"第二课堂"的实践活动中提升技术水平的同时，积累了丰富的社会资源，在创新设计实践活动中，打下了创业的基础。先后已有多名学生荣获浙江省大学生职业生涯规划大赛一、二等奖以及在化妆、美容行业创业成功。

学院目前也正在大力实施两大战略：一是校企合作。学院以宁波市纺织服装产学研技术创新联盟为平台，整合纺织服装领域优质资源，共同开展人才培养和科学研究等工作，如与"静博士美业集团"的伙伴关系。二是国际合作。学院在中新、中日、中韩合作项目的基础上,近三年重点推进与英国12所纺织服装类高校合作,策划成立中英时尚设计学院。现在,中英纺织服装设计中心正在积极推进产学研合作,加快引进和转化国内外先进技术成果,着力培育发展高新技术产业,推动传统产业向高端化、品牌化发展。此次协同创新合作,是学院与凤凰庄公司、和丰广场深化合作的又一个重大成果,体现了共谋发展的美好愿景。

校企合作的最大优势就是使学生有了更多的实践机会,同时也为学生提供了更多保障。学校与社会上的合作,不得不谈起的就是与政府部门的交流——我国教育部设立了全国美容美发职业教学委员会,这是一个行业及职业教育的组织机构,全部是由在这个职业人才培养里的教育专家组成的。而纺院是这所机构里的副主任委员。

目前从生源、师资、实训条件等来说我们都朝着国内领头在努力,但要保证长久的生命力还是要更加努力,从多个方面入手,尤其是确保招生。生源质量如何是学科建设路上不可躲避、必须完善的一环。

蹀步回程,罗润来院长依旧坐在他并不算宽敞的办公室里,身后是纺织学院的平地高楼,仿佛是人物形象设计专业的机遇之路,恍惚间又仿佛一切从未改变。斗转星移,创新前行,时代脚步从来都扎扎实实地被人物形象设计专业牢牢跟进。

浙江纺织服装职业技术学院的十年争渡,也正如校歌所写——梦追甬城思路,心随大港。心向未来,拥抱新辉煌。

专业评价

高校专业设置的变化是社会经济发展的一面镜子,折射出社会的价值取向和发展进程。浙江纺织服装职业技术学院人物形象设计专业紧密围绕"美丽中国""两富浙江"以及宁波"时尚之都"建设宏观规划部署,依托宁波、浙江和长三角区域时尚创意产业及经济发展优势,结合人物形象设计行业、产业快速发展与转型升级,把学生培养成为化妆、美容、美发领域的时尚技术技能应用型人才,取得了较突出的办学成果。

文/图:王　格　赵祎慧

指导老师:张土良

实干创新织出纺织专业壮阔蓝图

——记浙江纺织服装职业技术学院现代纺织技术专业

👤 专业名片

浙江纺织服装职业技术学院现代纺织技术专业开设于2000年,现为浙江省示范性高职院校重点专业、浙江特色专业、浙江省优势专业、宁波市服务型重点专业。"十二五"期间,针对纺织产业转型升级和产业结构调整对高层次、高素质、技术性含量较高岗位人才的迫切需求,面向时尚纺织、创意纺织、技术纺织,构建新型校企合作机制,形成了基于时尚面料设计能力培养为导向,融合纺织面料设计师职业资格要求的"中外联动"的人才培养体系。

如果谈及现代纺织技术这个专业,你会想到什么? 你可能对此专业还很陌生,甚至可能脑海里一头雾水,不禁发出疑问,"这是一个什么样的专业?"

浙江纺织服装职业技术学院现代纺织技术专业成立于1982年,历经三十五年的春秋,获誉无数,为浙江省示范性高等职业院校重点建设专业、浙江省特色专业、浙江省优势专业、宁波市重点建设专业。

通过对此专业的采访,使得我们对专业原本"沉闷无趣"的印象有了颠覆,如果你对这一专业还很陌生,不妨看下去,你会发现这是一个年轻而富有朝气、具有生命力和创新力的专业。

浙江纺织服装职业技术学院位于宁波北高教园区,校园环境幽静,风景优美,建筑物错落有致,正是在这里,孕育出了现代纺织技术这一专业,同时也培养出了一批批优秀的毕业生。阳光和煦的初秋,温和中微带寒意,景物越发清疏而爽朗,在这样的节气中,我们踏入了校园。初见专业带头人罗炳金老师,此刻的他正坐在办公室,细心翻阅着一大叠专业文件资料,见到我们到来,他热情地与我们寒暄,在这样的氛围中,我们的采访正式开始。

谈及对现代纺织技术的了解,罗炳金老师面带微笑地说:"现在社会上对纺织行业有一些偏激,总是认为纺织行业是夕阳工业。其实,市场对于纺织方面的人才需求是非常大的。并不存在'夕阳专业'这个情况。纺织专业在浙江省尤其是宁波是一个供不应求的专业,所以我很看好我们专业的前景。"

正如罗炳金老师所言,纺织工业是我国国民经济支柱产业、重要民生产业。浙江省更是纺织大省,区域经济特色明显。据官方数据统计,宁波市在"十二五"期间不断调整

↗罗炳金老师

产业结构,纺织产业一向运营平稳。宁波发展纺织专业的地理优势这么明显,怎么能没有现代纺织技术呢？于是,这门专业就在浙江纺织服装职业技术学院诞生了。

虽然纺织专业的前景很好,依托宁波地理位置的优势使得专业很有发展前途。但是罗炳金老师坦言,近几年专业的招生都不太理想,专业前景好,就业率高,并没有使得越来越多的学生选择这一专业,如何吸引更多优秀的新生选择此专业,是专业现在面临的一个难题。"在我们学校,学生们分数高的都愿意填报物流管理、会计这些专业,忽略了我们,但其实现代纺织技术是一个很好的专业。"

怎样去吸引更多的学生填报本专业？罗炳金老师说:"我们能做的就是发展好本专业,参与更多的比赛,用成绩说话,用我们卓越的成绩和奖项去吸引更多的学生填报本专业。"

培养学生有门道　课程实用又有趣

罗老师从事教学数十年,对于培养学生十分有经验。他打趣地说:"因为我们是高职学院,所以很多学生并不是很喜欢看书,你让他们去死读书,对学生来说可能太无趣了,他们也提不起干劲。我们专业着重培养的是他们的动手能力,把他们打造成实用型人才。"罗老师认为,高职学院的学生和本科学生不同在于,高职学院的学生分为两种,一种是高中的时候不好好读书,高考成绩不理想所以只能报考高职学院;另一种是认真学习但是成绩不好的。所以高职学院要注重培养实用型人才,同时挖掘有创新力的人才。

为了打造实用型人才,学院建设实训基地,并让学生在企业的第一线实习,通过实践将理论融合到具体的技术中去。我们在实地走访学校的过程中也发现,在周末闲暇的时间,学生更多的是在实训基地进行技术熟悉、演练,而不是在教室或者宿舍学习。还有一部分学生很早就去服装企业学习。学院对外还有很多实习基地,与很多企业有

实干创新织出纺织专业壮阔蓝图

257

合作关系,暑期社会实践是学生们必须要在暑期完成的一项活动,学生们会深入企业,为将来的工作做好实习准备。

在对学生的采访中他们说:"在企业实习和实训基地练习比起在教室中,更让我们有兴趣。在企业实习能丰富我们的经验,给了我们更多的实践机会,而且也能勤工俭学,补贴家用。"从同学那里知道,纺院所有的大一新生的军训服装都是由大二学长学姐们缝制了,做到了军训服装的一条龙服务。让大一新生刚入学就能体会到纺院独有的风采。

不仅如此,创新力也是专业培养学生所注重的一项能力,如果在比赛中使自己的作品脱颖而出,那么创新力是必不可少的因素。"我们会挖掘出具有创新力的人才,在平时的教学活动中,我们会留意有哪些同学想法比较多,脑子转动得比较快的,推荐他们参加比赛,往往他们能设计出令人惊艳的作品。"

刘老师到现在还记得一位学生,虽然这位学生平时上课老是逃课,要不然就是在课堂上趴在桌子上倒头就睡,但是老师们却发现这个无心学习调皮捣蛋的学生交上来的作业总是能有新想法新点子,于是在老师们的推荐和鼓励下,这位学生参加了大大小小的比赛,最终取得了好成绩,不负众望。毕业的时候,这位学生十分感激这些给予他帮助过的老师,在告别时说道:"是你们发掘了我的潜力,给了我自信,让我真正热爱上了所学的专业,谢谢您们。"

↗学生在宁波海洋纺织有限公司实习

激流勇进争高下　参与比赛创佳绩

罗炳金老师告诉我们:"作为浙江省示范性高职院校重点专业,学院专业放在全国也是数一数二的,相比全国范围内的学校,无论在师资还是专业方面所取得的成就都是不相上下。我们的同学们都是很优秀的，无论在省级还是国家级的奖项，都是有所建树的。学生在历届专业相关国际国内大赛中，都取得过优异成绩，这都是我们老师学生共同努力的结果。"在采访中，老师们多次强调创新精神，他们认为创新精神是获得诸多奖项的重要因素，现在纺织技术需要在服装面料上的创新，这就需要学生和团队不断地进行钻研和创新，正是创新的好作品使得他们脱颖而出，屡创佳绩。

罗老师解释道他对学生的培养和锻炼的具体形式就是让他们参加不同的比赛，组成不同的团队。在团队内磨合，通过分工合作，使学生的技能得到提升。学生中有参加院级比赛的，也有参加省级挑战杯比赛的，还有参加全国级别的纺织面料设计比赛、国际纺织品设计比赛。这些比赛构建了各级技能比武和创新大赛平台，建立了长效的竞争机制。

鼓励学生积极踊跃参加比赛，这是罗炳金老师独特的教学方式。通过不同级别的比赛和不同的团队，让同学们在极具竞争力的比赛中打磨自己。因为比赛的强度要比日常学习要大得多，这就让同学们十分专注，鼓足了干劲，这同时也培养了学生们吃苦耐劳的精神。

在良好的学习风气下，因为有了竞争，大家都充满了干劲，对专业知识更加热爱。学生还自发组织社团平台，建立了基于"经纬原创，锦绣纺服"校园文化品牌，特色社团如"拼布社团""创意面料社团"。这些专业社团每年平均开展课外活动 200 多人次，受益者包括专业的每个学生。

我们在学校里探访了"拼布社团"。"拼布社团"主要运用拼布、刺绣、扎染等工艺开发成为家纺饰品，平淡无奇的布料在他们的巧手下变身成为一件件精美绝伦的艺术品，让人赞叹不已。一位同学说道："参加这个社团，一开始只是抱着玩一玩的心态，没想到最后会爱上这些工艺。另外，刺绣、扎染这些老工艺也能在我们手上传承下去，让我们觉得都很有意义。"不仅如此，该社团还积极参加比赛，成绩显著，在 2015 年和 2016 年全国拼布创意大赛中获得过金奖、银奖和优秀奖的突破性成绩。这样的社团，不仅好玩而且还能让同学受益，是纺织学院的特色所在。

↗ 学生社团活动

创业青年不服输　立志闯出一片天

在众多优秀的毕业生中，给罗炳金老师印象最深的就是李静。他在谈到李静时说："你别看她是个女生，她就是有那股子犟劲，有不达目的不罢休的精神。在学校的时候就十分优秀，总是能认真地完成每一项作业。出了校园也一如既往的优秀。"

我们在宁波市镇海思睿装饰品设计有限公司见到了李静，此刻的她没有像我们想象中的那样端坐在豪华舒适的办公室里，而是亲自下车间，亲自抓生产，她的同事、合作伙伴都说："她是一位好老板，好上司，好朋友，没有一点架子。"

李静坦言:自己创业并不是偶然的。在学校时就坚定了一个目标:要创业,做自己命运的主人。既然选择了远方,便只顾风雨兼程。当初刚上大学之初,在与室友聊天时,李静向室友述说了自己的理想,开一家属于自己的公司。室友都抱着质疑调侃她,认为她在痴人说梦话。李静说:"当时我觉得我这个想法是不是有点太远大,可能这就是现在说的中二少年吧!"

就是这个自诩是"中二少年"的人,开始了自己有条不紊的创业准备。除了在学校努力学习专业知识、积极参加学校竞赛之外,她也在默默地为自己创业积攒着,李静一开始就准备靠自己的能力创业,不花家里一分钱。这个倔强的女孩在大一以后就没有拿过家里的生活费,大二开始就勤工俭学了。

李静自豪地说:"我在学校的时候自己赚的钱完全是够用,在我们室友还花家里钱的时候,我不但没有花家里的一分钱,每年回家还能给爸妈钱!所以我是这么一步一步起来,从创业到现在我都没有靠别人资助我一分钱,都是我自己一步一个脚印走过来的。"李静的行为正好印证郑板桥的那句打油诗:吃自己的饭,流自己的汗,自己事情自己干;靠天,靠地,靠父母,不算是好汉。

即将毕业那一年,李静到宁波本地的一家外贸公司实行。因为同事大都是宁波本地人,总有些看不起李静这个外省女孩,又加上听不懂宁波话,与同事经常是格格不入。李静回想那时候每天就是画图画图画图!通过工作上的繁忙减轻自己与同事之间的隔阂。后来到了一定程度的时候,整个人要疯掉一样,每天满脑袋都是图。

当时实习公司带她的师傅觉得她是个人才,不愿意放她走。而且她的家人也都反对她,认为一个女生创业太辛苦,这都给了她很大的压力。家里轮番给她做思想工作,让她放弃。李静就对她哥哥说:我决定做一件事就一定要做到。我一定要创业!

直到有一天,李静和实习公司的同事聊天,"我以后一定要自己创业!"然而不变的梦想伴随的同样是不变的嘲笑。那些同事就取笑她,"李总,将来创业了别忘了我们啊!"就在这一天李静告诉自己不能再等了,一定要创业!毕业典礼那一天李静就辞去了工作。

皇天不负有心人,单打独斗终成功

李静最开始的公司就是她一个人单打独斗,从设计到业务都是自己一个人全包了。创业之初最艰难的就是没有业务,所以李静最开始就从业务员做起,从网上搜集企业资料,每天联系企业,有时候一天打了几十个电话都没有得到一个业务。

李静说:"创业路真的很艰辛。我曾经晒到胳膊上全部起水泡。我中午都不休息,中午找肯德基里去蹭空调,其他时间都是在跑业务。慢慢地一步一步地积累吧!因为从设计到具体生产,最后到成品出产,全部是由我负责的。我每次都是白天跑业务,晚上做设计。"

就像《中国合伙人》里的成冬青一样,在最开始创业"合作伙伴"是肯德基。点一份鸡块就在肯德基里蹭空调。就像成冬青一样,通过不懈的努力、良好的口碑,李静也迎来了她创业之后的第一个大单。

李静接到了宁波德安集团的第一个大单。她就像往常一样去工厂,到第一线去和老板洽谈业务。连续5天从下午的1点钟到对方工厂,到晚上9点工人下班,她一直都在等老板和她洽谈业务。一直到第五天晚上临近下班的时候,李静觉得这一天又白等了,没想到德安集团的老板让他的助理和李静说他们直接签合同。

所以天道酬勤是亘古不变的真理,天下没有免费的午餐。到现在为止德安集团的董事长还一直与李静保持着业务上的合作。李静回想自己的创业之路,她给自己总结道:"创业路真的很艰辛,但是看你怎么样去对待。德安集团也只是我人生的起步。创业有三年多,我们的业务量在逐年增长,并且一年比一年好。"

"大家现在看到的都只是表面的成功,创业路上和我一起打拼的没有成功的也是有的。这都是很辛苦很心酸的一件事情。你的陌生拜访,人家根本不会搭理你。原来我还是一个脸皮很薄的女生,但是现实就逼得你脸皮一次比一次厚。泪水我从来都是一个人往肚子里咽。但是皇天不负苦心人,我不后悔自己的选择,并且也会坚持走下去。"

从李静的故事中折射出千千万万个纺织学子的故事,他们就像李静一样,有恒心肯吃苦,无论前方路上有多少艰难险阻,他们都可以克服,激流勇进。就像李静最后对纺织学院学子的寄语一样:"未来没有我们想象中那么简单,可不论再怎样艰难,也要踏踏实实走好脚下的每一步。希望你们以后努力尝试自己,全面丰富自己,不断完善自己,做最好的自己。"

最后,关于对纺织技术的理解,采访的一位年轻老师动情地说:"我觉得我们的专业就是一个很年轻很有活力的专业,它既有传统的一面,也有创新的一面,它是年轻的,因为它有很多种可能性,可以把你的很多想法很多创意融合进去。"其实现代纺织技术离我们并不远,就在我们身边,我们的生活离不开纺织技术,利用纺织技术创造更好的未来,让人们更舒适地享受服装,感受面料带来的愉悦,就是这个专业最令人骄傲的地方。

专业评价

宁波是享誉中外的"红帮裁缝"之乡,是中国近现代服装业发祥地,拥有雅戈尔、杉杉、太平鸟等26个中国驰名商标和20个中国名牌,服装产量居全省第一。

作为传统的应用型专业,浙江纺织服装职业技术学院现代纺织技术专业从产业驱动的视角来优化高技能人才培养,融入产业转型升级和创新驱动发展的理念,以时尚纺织、创意纺织为切入,以培养"宽视野、强实践、能创新"的技术应用型人才为目标,根据纺织产业创新的驱动,抓住纺织产业发展的新业态和新技术的发展机遇,创新校企合作的发展思路和人才培养体系,形成人才培养和技术创新优势,培养具有创新性的技能型人才,提高专业创新服务能力。

实干创新织出纺织专业壮阔蓝图
——记浙江纺织服装职业技术学院现代纺织技术专业

文/图:吴　丹　郑有谦

指导老师:张土良

服装设计师从这里起步

——记浙江纺织服装职业技术学院服装设计专业

专业名片

服装设计专业开设于 1986 年,是浙江省首批高职试点专业,浙江省高职院校重点建设专业,浙江省示范院校特色专业、宁波市服务型教育重点建设专业,是我院唯一的宁波市品牌专业。本专业拥有教学所需的校内实训基地,拥有国际一流的服装工艺设备。建有中央财政支持的纺织服装技术职业教育实训基地、浙江省服装专业示范性实践教学基地以及宁波市纺织服装应用型专业人才培养基地、宁波市先进纺织技术与服装CAD 重点实验室、全国纺织行业高技能人才宁波培训基地、甬港纺织服装高技能人才培训中心等。本专业与 40 多家骨干服装企业合作,建立了共建共享、开放合作的校外实训基地,能够满足学生全面的技能实训和带薪顶岗实习的需要。

毕业仅三个月,就拥有了自己的服饰设计公司,两年后又拥有了一家文化发展公司与一家企业管理公司。出现在我们面前的这个文质彬彬的年轻人,虽只有二十多岁,但在宁波,他已是小有名气的企业家了。

他叫王江龙,2013 年 6 月毕业于浙江纺织服装职业技术学院(以下简称"浙纺院")时装学院服装设计专业。2013 年 9 月他创办了宁波六艺服饰设计有限公司,注册资金500 万元,公司落户于宁波市国家大学科技园。公司主营服装设计与服饰品设计,核心业务为青少年健美操服装设计与定制,是目前宁波唯一一家从设计到上门量体定做一条龙服务的企业。

当被问及是什么促使他毕业时选择创业时,他坦言,在浙纺院服装设计专业的学习经历对他毕业后决定自主创业起到了至关重要的作用。因为高中时是美术生,再加上个人的兴趣爱好,填报志愿时就选择了服装设计专业。在校期间,他成绩优异,大学三年一直都是班长,大二担任学生会主席。大二时,在几位专业老师的帮助下,和志同道合的同学一起创办了服装创意工作室,主要负责服装设计,工作室的核心产品是健美操比赛服设计。由于当时少有人关注健美服的设计,工作室的作品很快就成为了宁波特有的产品,也吸引了大量客源。有了大二时创办工作室的实践经验以及专业老师的引导,他决定毕业后不像其他同学一样去公司就职,而是选择了自主创业,想要继续自己的设计创作工作。

他表示自己非常感谢浙纺院的教学模式:一件衣服从最初的设计、选料、剪裁、缝合到最后的成品都是由学生在老师的指导下完成的。在校期间,学校也鼓励学生们多参加比赛,以开拓视野,增进同专业学生之间的交流。这些在一次次比赛与实践中获得的经验技能以及广泛的人脉,为他日后的自主创业打下了坚实的基础。

现如今,人们对于服装的要求早已不限于蔽体御寒,而是希望能穿着得体大方又不失时尚个性。由此,服装设计专业便应运而生,近几年也越来越受到欢迎。其中,王江龙的母校——浙江纺织服装职业技术学院的服装设计专业在浙江省内乃至全国脱颖而出。

浙纺院的服装设计专业开设于 1986 年,1994 年成为浙江省首批高职试点专业,2001 年成为浙江省高职院校重点建设专业,2004 年成为浙江省重点专业,2009 年被列为浙江省示范建设专业和宁波市服务型教育重点建设专业,2012 年被列为宁波市首批品牌专业。2016 年根据教育部新的专业目录,更名为服装与服饰设计专业,并被列为浙江省首批现代学徒制试点专业,在为浙江省培养设计人才方面大放异彩。

服装设计专业坚持"立足行业,服务全省,校企融合,特色发展"的办学定位,专业性强,更贴近市场,受到宁波市政府支持,并依托宁波服装产业的区域优势,适应浙江服装产业转型升级人才需要,以"国际协同"与"校地合作"两轮驱动,培养时尚产业发展需要的,具有国际视野、创新意识和创业能力、德智体美特长发展的应用型高素质技术技能人才。

为适应全省乃至全国服装产业转型升级向时装产业发展和浙江先进的"服装智造"的需要,服装设计专业构建了一个贯通品牌管理策划、设计研发、生产制作、终端陈列展示的服装专业链。

因材施教　注重实践

走进浙纺院服装设计专业的教室,会发现这里与平时所见的教室极为不同。教室里既有黑板讲台,又放有各种不同种类的布料,测量、裁剪工具,每个学生的桌上还有一台缝纫机。服装设计专业的主任胡贞华老师向我们介绍道:我们学生上课的教室都是这样的,听完老师的讲课后可以马上自己动手进行实践操作,结合课程灵活运用。这样在第一时间就能把理论与实践相结合。在操作的同时老师也能及时指出不足,学生可以及时改正。

服装设计专业坚持"立足行业,服务全省,校企融合,特色发展"的办学定位。想要立足于行业,最重要的就是个人的工作能力,胡老师告诉我们,在这里,理论知识仅占课业的三分之一,另外占主导的三分之二就是学生的实践动手能力,在学习中,动手是主要的。在书本上学到的知识只有在自己动手的时候才能发现问题,才能发现缺漏。而且每个人的认知不同,通过动手实践才会知道自己需要朝着哪方面发展,才能发挥自己所长。

为了方便学生们更好地学习与体验工作,专业设有独立的服装专业外文期刊阅览室 2 个,2 个电子阅览室以及 1 个宁波纺织服装特色资源中心。此外,学院建有数字化学习平台,拥有精品课程、网络课程、教学资源共享资源库等网络学习资源。在校内建有时装产业基地,建筑面积达 11000 余平方米,是中央财政支持的服装技术职业教育实训基地、宁波市纺织服装应用型专业人才培养基地、全国纺织行业高技能人才宁波培训基地等。基地设有浙江省纺织服装数字化产品研发中心,纺织服装技术培训中心,纺织服装新技术、新工艺应用推广中心,宁波纺织服装协同创新中心,校企合作研发设计中心和职业鉴定中心。

服装设计专业现分为成衣设计、成衣设计(双语)、创意设计和服饰品设计四个专业方向,学生可在大一就读一学期以后的专业测试考核之后来选择自己具体的专业方向。不同的发展方向让学生确定自己的发展方向,起到了专业引导性的作用。能让学生们在不同领域发挥自己所长,更加贴近市场需求。

↗服饰品设计的同学正在制作皮质箱包

一位正在缝制皮包的王同学告诉我们,她从一开学就打算自己动手做一只钱包,从一开始的绘制设计图纸,到后来的皮革选择,再到现在的缝制卡槽,都是她在老师的帮助下一点点自己动手操作的,虽然中间的过程繁琐复杂,但一步步过来她觉得心里很踏实,自己的设计、动手能力也得到了极大的锻炼和提升。

专业负责人胡贞华老师从 2008 年开始管理服装设计专业。近年来,胡老师带领服装设计专业的学生参加了国内外大大小小的各项服装设计类比赛,成果喜人,累计获得省级以上各类奖项 100 多项。其中,2012 年、2014 年胡晓燕、郑勤同学分别获得"中华杯""大连杯"服装设计大赛银奖,2013 年、2014 年、2015 年陈健民、施雨、李永春同学分别获得第 51、52、53 届日本服饰设计大赛日本蚕丝协会奖、企业协会奖。胡老师表示,学生能获得如此多的奖项与学校的教学制度和学生的勤奋努力密不可分。同时如此之多的荣誉也会给她带来不小的压力。但是必须化压力为动力,今后她会带领服装设计专业的同学们继续向着更高的目标进发。

新型教学　现代学徒制

学院教学模式多样化,有针对中职生的"2+3"模式:学院会面向中职招生,中职学生成绩优异可进入浙纺院就读,三年后可拿到大专文凭;"3+2"模式:在浙纺院就读的学生,雅思成绩过5.5且成绩优异,可申请在英国的对接学校就读,毕业后可获得本科文凭。

服装设计专业在教学方式上开拓创新,实行学徒制教学:邀请服装公司设计师与企业技术骨干,以其自身的创意理念与工作经验来给学生上课,培养学生的创新实践能力,为学生们日后进入企业工作打下基础。对于其中的优秀学生作品,公司可与学生进行合作,共同推出成衣制品。让学生在制作成衣作品的同时积累工作经验,能让学生们更好地学习工作模式并且提高自己的专业水平。

正因拥有"校企融合、项目驱动,协同创新、品牌育才"的专业人才培养特色,近几年专业发展快速。专业主动服务时装产业转型升级,顺应产业从规模化时代向"品牌化、国际化、时尚化、专业化、多元化"的品牌经济时代的趋势发展,根据时尚品牌、成衣品牌、外贸品牌对服装设计人才的不同需求和职位特点,细分为创意方向、成衣方向、成衣方向(双语)和服饰品四个专业培养方向,构建"品牌育才"专业人才培养模式相应的课程体系,满足社会多元需求和学生差异化个性发展。

↗ 由学生自己操作,进行成衣制作的服装悬挂系统

当问及现如今电子商务的快速发展,服装设计是否会向网络发展时,胡老师表示,今后他们会朝着这方面进行探索,网络的快速发展使得信息的传递快捷便利,这是网络时代的优势,我们要抓住这个优势。有些学生有意向成为网络设计师,我们也会为他们提供好的平台,毕竟互联网是一种顺应时代发展的趋势。目前,我们在网络上有一个梵克时尚猎人计划,这个计划的一部分就是依托网络这个平台,将学生自己的作品与需求品牌企业进行有效的对接,以及通过网络进行作品的宣传推广。

关于梵克时尚猎人计划,胡老师告诉我们,这是一个创新型的时尚产业设计项目,旨在通过现代学徒制来招募一批设计能力强的设计人才。目前,院里已有100多名学生报名参加梵克时尚猎人集训营。集训营以学徒制为培养模式,以将行业经验教学及实际操作训练相结合,采用"寓商于教"的创新型教学模式,使学生们拥有扎实的专业基础以及工作经验。

浙纺院时装学院的张福良院长同时也强调:梵克时尚猎人项目是浙纺院"十三五"开局之期构建现代学徒制育人模式的重要举措。为适应国家经济转型升级和社会发展对创新型人才的新需求,以培养具有"创新精神、创业意识和创新创业能力"的应用型人才为目标,浙纺院着力实现创新创业教育与专业教育有机融合,将创新创业教育融入到专业教育层面,同时将专业领域的创新、创意理念融入到创新创业教育中,以创新或者创意驱动创业,将意识引导、知识传授、活动熏陶、实践提升等各个环节串联起来,构建基于"专业+"的意识和价值教育、能力与素质教育、实习与实训教育、实战与孵化教育的创新创业人才培养机制。时装学院各个专业将以此项目为契机,深入推进教学相长、产教深度融合的现代学徒制育人试点,大力推进创新创业人才培养机制的创新,以全面提升人才培养的质量。

校企合作　成果丰硕

专业按照共建共享、互惠共赢、开放合作的校企合作原则,通过多种途径努力推进校外专业实训基地的建设。目前,专业已与40多家校外企业进行合作,其中与雅戈尔集团、杉杉集团、太平鸟集团、申洲集团、狮丹努集团、洛兹集团、博洋集团等大中型企业共建了12个紧密型校外实训基地,20多个合作型校外实训基地,重点开展产业认知、专业生产技能实训和带薪顶岗实习。

近年来,服装设计专业的学生参加了国内外各项服装设计类比赛,成果喜人。其中获奖的学生更是受到多家企业的青睐。例如,服装设计2007级的学生胡佳奇设计的服装作品《60之武甲麒》在日本东京举办的第47届日本时装设计大赛上脱颖而出,荣获前五名中的"日本绢业协会奖"。多家企业纷纷向她伸出橄榄枝,最终她选择成为雅戈尔集团的培训师,后成立了个人工作室。

校企合作,为校方带来了更多的资源与合作的机会,也给学生带了更多的就业机会和发展平台,同时企业也收获了服装设计方面的专业人才。通过产学研合作搭建校企合作的平台,增强了专业教师的横向课题研究、服务企业的能力,实现了企业、学校和学生三方受益的良性局面。

专业创新　展望未来

服装设计专业现成为大热门专业,在今后的发展中,浙纺院的服装设计专业将更加细分专业发展的方向,院方希望在现有的成衣设计、成衣设计(双语)、创意设计和服饰品设计大类上,再细分出男装、女装、童装等类别,使学生们能更好地专攻相应专业,更

↗学生工作室展示的成衣作品

好地融入未来就业的大环境中。今后的学生作品制作依旧按照从灵感到方案设计到成衣制作，学生都亲力亲为、独立完成的模式，每个环节都要进行考核评分，评分可在原先老师评分的基础上再加学生自评与同学互评的环节等。

宁波良好的产业背景和区位优势为专业建设、课程改革、产学研合作等提供了依托，为毕业生就业、创业提供了保障，为学校服务区域经济奠定了基础。随着服装消费时尚化、个性化及产业创新驱动转型升级加快，品牌企业迫切需要大量服装品牌策划、数字化服装设计、技术与制造、生产管理和品牌运营等岗位的专业人才。服装设计专业教育与宁波及整个浙江地区的服装及相关产业的人才需求已经形成了畅通的对接途径。浙纺院毕业生们平时有良好的实训条件，专业性更强，更贴近市场。因此，浙纺院培养的学生更受到市场的欢迎，学生就业并不成问题。

专业评价

浙纺院服装设计专业自开设以来，已有30年。这30年来，通过师生们的不懈奋斗，艰苦探索，上下求索，这里已成为设计师的摇篮，无数的优秀设计师从这里出发，走上社会，走向世界。在今后的教学中，浙纺院将继续坚持自己的人才培养模式，将让更多的设计师们展翅高飞。

文/图：吴雨轩　韩露阳
指导老师：张土良

服装设计师从这里起步——记浙江纺织服装职业技术学院服装设计专业

为学生创业插上翅膀

——记浙江工商职业技术学院市场营销专业

👤 专业名片

　　浙江工商职业技术学院市场营销专业前身为商业经济专业,1980 年开始招生,1999年开始招高职,2002 年被列为教育部教学改革试点专业,2009 年被评为浙江省示范建设重点专业,2012 年被评为浙江省优势专业。在省示范、省优势专业建设中,市场营销专业围绕学校"四个结合"的人才培养要求,传承宁波商帮精神,实施"三维联动"的人才培养模式。

从展销会为出发点的专业实践

　　"走过路过,不要错过,尝一尝南塘老街的油赞子。""带一盆多肉走吧,放在寝室很养眼哦。"……一走进浙江工商职业技术学院的大门,笔者便被学校举办的一年一度的大型商品展销会吸引住了目光。大喇叭的叫卖、卖力的歌舞表演、美味的小吃、精致的工艺品……每个摊位都有自己与众不同的特色,让人目不暇接。

　　陪同的市场营销专业负责人周井娟老师一边和迎面走来的同学、老师亲切地打着招呼,一边为笔者介绍学校举办的第十五届商品展销会,"今年我们学校商品展销会的主题是'搭建实体零售新平台,打造商品展销升级版'。什么意思呢,就是学生不再做一锤子买卖,而是有了储蓄客源的概念,也更加注重线上线下的联动,把经营电商、微商和传统展销练摊结合起来。我们学校这一次商品展销会面积达到 3000 多平方米,商品展销会共设 200 个摊位,其展出的商品有家居用品、礼品、食品、装饰品、办公用品、体育休闲用品等 10 多种。与以往不同的地方在于,所有摊位的位置按照出售商品的不同类别进行了划分,还针对为数不多的精品摊位采用全市场模式竞拍,起步价设定为 168 元,由全体学生团队统一竞价,其中热门摊位 A14 以 505 元最高价成交。都说事情做一次容易,一直坚持就难了,我们这个商品展销会已经持续举办十五年了。"

　　在展销会上,最显眼的是每个摊位前的一个二维码,"来来来,大家快过来看啊,现在扫一扫我们的二维码有优惠哟,可以随机立减哟。"不时有摊主招呼着过往的同学,指着店铺上方的二维码,对他们吆喝道。看来,新潮的"O2O"(online to offline 线上线下)商业模式已经成功融入了校园。

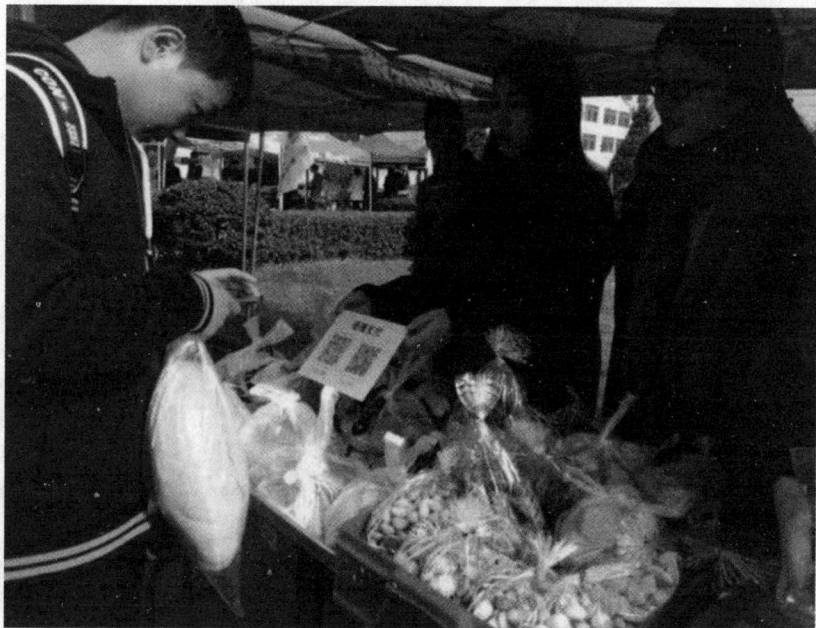

↗ 商品展销会现场

"这是我的二维码,我还开了微店,您可以扫一下,里面有优惠券今天就可以用的。而且不仅这几天在这里设摊,平时您也可以在微店中选一下喜欢的东西啊。"管理学院的林同学在自己的摊位上利索地介绍商品,还建议笔者扫一下她的微信。

周老师说:"我们学校这个展销会已经不只是经管学院学生的专业实践课程,也成为了我们全校师生共同参与的一个校园文化品牌,是一个盛大的节日。商品展销会是我们学校的一个校园精品项目。这次活动结束后,商学院专业课的老师还将对每个学生在整个活动过程中的表现进行评价,并将评价结果计入年末第三课堂成绩。"说到这里,带领笔者前往她的办公室准备详谈。

在路上,周老师边走边说,"商品展销会由最初的我们市场营销专业学生参与,都是由学生自己操作的。我们市场营销专业的同学一般都是一个寝室申请一个摊位,室友一起进货贩卖,盈亏自负。然后逐步扩大到全校所有学生参与,社会上也给予了高度评价,《宁波日报》《宁波晚报》《东南商报》《浙江教育报》等新闻媒体每年都对我们学校的商品展销会活动进行了专题报道。"

走进周老师的办公室,里面干净整洁,没有过多的摆设,只有简单的办公桌,桌上摆放着一盆绿植,还有朴素的茶几沙发。周老师邀请笔者坐下并泡了杯茶,接着刚才的话题说,"学校开展商品展销会的目的是让学生成为活动的主体、商务管理的参与者和决策者,全面实践课堂教学知识,亲身体验激烈的市场竞争环境,旨在培养学生的市场经济意识和较强的动手能力、创新能力、经营管理能力,让他们的应变能力和社交能力都能有所提高。我们市场营销专业的两位带头人先后在教育部和省工商管理教指委组织的研讨会上发言交流,还受邀去浙江金融职业技术学院、浙江纺织服装职业技术学院、浙江医药高等专科学校作专业建设经验介绍。同时,我们也接待了内蒙古职业技术学院、衢州职业技术学院、天津机电职业技术学院等省内外高职院校前来学习交流。像刚刚看到的商品展销会,它的影响力和辐射力度不断加强,融合专业学习与创业实践于一体,入围宁波市首届校园文化十大品牌项目。"谈到这里,周老师脸上不禁露出了自豪的笑容。

↗ 周井娟老师

除了商品展销会,校企合作模式也开展得如火如荼。周老师介绍到,校企合作这个项目自 2006 年开始,学校市场营销专业的同学大部分去沃尔玛、必胜客这些企业实习,做全职岗位,然后一个班结束了,下一届的市场营销专业班级继续接上去,做的都是客服,直接对客服务。"我不知道你们学校是怎么样的,反正我们学校的同学一开始听说要实习,可以说是要'造反'了,"周老师忍俊不禁,"那个时候,别的专业学生都是在学校上课学习,偶尔课余时间还可以出去玩。但是我们市场营销专业却是要出去实习,和别的同学一对比就不开心了,心里多多少少有些抵抗,加上因为都是这种服务行业,过年的时候那段时间是最忙的,各种各样的促销活动,是从早忙到晚,所以那个时候就不希望他们回去,要他们留下来。我们学校市场营销专业的同学真的很辛苦。"说到这里,周老师收敛了笑意,微微轻叹一口气,眼神望着窗外,仿佛陷入了沉思。

张源:没毕业已先创业的 90 后

笔者了解了浙江工商职业技术学院市场营销专业同学的实习生活后,又问起了市场营销专业关于自主创业的问题,周老师来了兴致,从柜子里拿出了一大堆荣誉证书、奖杯,如数家珍地为笔者介绍,"我们学校市场营销专业学生在近五年技能竞赛中获得省级以上一等奖 6 项、二等奖 12 项、三等奖 10 项,在同类高校中算得上是出类拔萃。刚开始市场营销专业毕业的同学自主创业的并不多,现在不一样了,还没毕业就创业的有很多。因为电子商务的发展,在以前电商和我们市场营销是一个分院的,线上线下的关系电商可能更多的关注网店的美工装饰之类的。我们在这方面,让同学们必修6门核心课之外,其他的由他们自己选修。这样自由度高点,让同学们可以根据自己的喜好去选择有兴趣的课程,包括投资理财、金融方面的课程。在校生自主创业热情高涨,《浙江教育报》《中国青年报》等媒体也曾经报道了我们学校营销1211班陈露和陈文渝、营销1325班张源同学等的创业故事。"

说到张源同学时,周老师是一脸的欣慰。"在同学们眼里,张源同学他是个'天生为商业而生'的人;而在我们老师眼里,他是个'有活力、有能力'的学生;而他却评价自己是'一个不安分的人'。张源同学出生在一个有着浓烈经商氛围的家庭。可能是耳濡目染的效果,他中学起就开始琢磨起了小生意。那个时候,淘宝还没有像现在这么普及,中学生大都每天过着简单的两点一线的生活,生活中的娱乐可能就是听听歌。张源同学从中看到了一些商机,于是他就自己找货源,在货源处进货,每一次都大量进货,然后以低于市场价的价格卖给同学。当然了,这是与其他有利润空间的零件配套卖出,才能赚到钱。"

"在张源同学高二的时候,他组织几个班级的同学购买MP3。在当时,MP3的成本价很便宜,大概10多元钱一个。但如果单单用比成本价高一些的销售手段卖出,可能吸引不到学生来购买。于是,他做了一个可能大多数人不能理解的决定,那就是以5元的售价销售MP3。"听到这里,笔者不免疑惑,这样一来,不是要赔本了吗?

↗张源同学

周老师仿佛看出了笔者心中的不解,拿起桌上的水杯,喝了口热水,为记者解疑说,"当时张源最好的朋友和你们现在一样,也搞不懂他到底在想什么。不过一切却尽在张源的规划之中。他的想法是MP3是一个'主营',因为这种便宜的MP3没有内置存储卡是听不了音乐的,于是在每个同学买到便宜的MP3时,会优先考虑在张源这里再买张几十块钱的内存卡。一周后,他的内存卡销售非常顺利,60个购买MP3的人有40多个人买了他的内存卡。这样一来,张源同学还是赚了。"

周老师道,"我自己也曾在市场营销专业班当了10年的班主任,在我看来,所学的都是在积累经验,不单单只是'卖东西',这只是市场营销的一部分而已。就像教材里说的'比竞争对手更有效地满足顾客需要'。在满足顾客需要的同时,还要做得比竞争对手更好,在这过程中,如何满足顾客需要,顾客的需要是什么,可以说都是围着这一点展开。学习市场营销,就是学习这句话。所有的内容都可以从这句话展开讨论。而张源同学就能够学以致用,才能在这方面取得不小的成果。"

与周老师接下来的对话中,笔者对张源同学有了更多的了解。原来张源同学除了这种简单的买进卖出,他还组织团购、卖手机配件、做外卖代理,这些零零碎碎的小生意让张源在中学期间成为了同学们眼中的"创业先锋"。他曾说,相比于赚到足够的零花钱,他更享受的是赚到钱时自己的那份成就感。

受到学校创业氛围的熏陶,2015年5月26日,还在读大二的张源成立了"宁波市镇海源创意广告策划有限公司",登上了真正创业者的舞台。2015年9月,张源作为宁波市青年创新创业代表出席了在台湾高雄举行的"双港论坛"。面对台湾的创业青年们,张源说:"虽然现在我开办了自己的公司,有自己的创业团队,但我并不是一个十足的创业者,我还有很多路要走。"在张源心中自己并不是什么天才,他只是比别人走得快一些,急一些,但正是因为如此,在成功路上他每一步都十分大胆,追求创新。

专业促进发展　发展取得成绩

周老师面对笔者,把浙江工商职业技术学院对市场营销专业的支持娓娓道来:"培养学生的创新意识和创业能力是高职院校不可或缺的重要内容,我们学校市场营销团队的老师们为此付出了巨大的努力。市场营销专业建设团队基于工作任务过程的课程开发思想已使用在其他商科类专业的人才培养方案的设计中,《市场营销学》《公共关系》等立体化教材在全国同类院校商科类专业教学中得到推广,激发了学生学习兴趣,得到兄弟院校高度评价;在企事业单位员工培训中,广受好评。我们学校为了适应互联网＋时代背景下对宁波传统产业转型升级提出的新要求,还适时推出微店营销、微商经营实践等面向企业实体和学生群体的培训项目。

"在课程建设上,我们学校以电子产品为载体,围绕电子产品营销能力和创业能力的培养,构建了'基于营销工作过程'的课程体系,实施了'教、学、做一体'的项目课程改革,完成了9门项目课程的课程开发和3门优质核心课程建设。近五年来,学校专业获得了不少省级以上立项的教学改革课题,如'基于现代学徒制的'首席工人、技术能手带徒工程'改革实践'列为浙江省科技厅高技能人才培养项目,'高职项目课程实施研究'列为浙江省教育科学规划课题,'我国高职教育推行现代学徒制的理论与实践研究:以首席工人、技术能手带徒为个案'列为教育部人文社会科学研究一般项目(青年基金)等等;宁波市教学成果一等奖、浙江省教学成果一等奖、国家教学成果二等奖等教学成果奖也被浙江工商职业技术学院频频收入囊中。在省级技能竞赛上,获奖也颇为丰富,第五届浙江省高职高专院校'挑战杯'工商银行创新创业大赛拿到了一等奖,第五届'娃哈哈'杯全国市场营销大赛拿到了二等奖等等。"

而提及比赛中的趣事,笔者了解到在 2013 年,那时刚刚步入大学的张源同学不久后便参加了学校的创业创新教育培训,经过教育培训后,他的"创业创新"思维得到了充分发挥。当时,学校有一个品牌项目——校园诚信自助超市。张源一进校园便盯上了那几个货架,通过一系列的经营方式上的改革,一个月后,当老师看到他的经营情况时,竟有些不敢相信。10 月,在浙江省第四届高职高专"挑战杯"创新创业大赛中,张源通过"特食汇"网上商盟项目获得了他大学时代第一个省级奖项,浙江省"挑战杯"一等奖。在带领自己的队伍又奋斗了半年后,他们带着升级后的"特食汇"——"特 e 购"再次走上了挑战杯的舞台,面对强劲对手,还是取得了浙江省第九届"挑战杯"大学生创业计划竞赛三等奖。

听到这里,笔者不禁感慨,浙江工商职业技术学院能把市场营销专业作为学校的重点培养和发展的专业,还是有一定资本的。

老牌专业的新发展

在与 2013 级和 2016 级市场营销专业班主任金湖根老师的对话中,他对笔者说了不少对这专业的想法。"市场营销不单单等于销售,从市场营销毕业出来的学生,可以从事的工作有很多,包括市场调研、营销策划、广告策划、市场开发、营销管理、推销服务和教学科研等工作。市场营销人员是各个企业、特别是大型企业不可或缺的人才。在我看来,市场营销是一个非常有潜力的专业。这个专业,首先从就业率来说,历年平均就业率都在 90％以上,它是需求很大的一个专业,无论大小型企业均需要。也正是由于这个原因,中国的高校普遍开设市场营销专业,培养市场营销方面的人才。现在基本上所有的高校都设立了市场营销相关的专业,这就导致了市场营销方面专业人才供大于求的状况,尤其是在发展特别快的浙江省。但是我们的市场营销专业有自己独有的优势,可能周老师已经和你们说过了,在现在这种大环境的影响下,我们浙江工商职业技术学院'点、线、面'结合的校企合作模式,从人才培养模式、教育教学改革、专业与课程设置、实验实训与实践锻炼等方面培养学生,让初入社会的毕业生有更多的实际丰富经验,凭借自身的业务能力来提升自己的薪水,提高自身发展。"

浙江工商职业技术学院院长姚奇富也表示,"创新创业是当今时代的风向标,也是社会发展的道路之一。我们学校以培养创新创业意识和应用型人才为目标的市场营销专业让在校大学生得到了新的创新创业教育,让校园成为他们创新创业的沃土。"

浙江工商职业技术学院市场营销专业,传承了宁波商帮文化,融合了营销专业建设,培育了创业人才,为全省甚至为全国都做出了很大的贡献。

📷 专业评价

　　穿越百年，宁波商帮历久弥新。作为我国有影响的商帮，宁波商人以其强烈的创业精神与杰出的经营能力，一代又一代书写了中国商业史上的辉煌，影响着世界。位于宁波的浙江工商职业技术学院市场营销专业，也将宁波商帮精神中独有的"开拓创新、敢为人先；克勤克俭、务实进取；以德立业、诚信为本；团结互助、讲求联合"贯穿到人才培养全过程，全面打造富有历史传承、地域特色、"工商"个性的育人文化。

文/图：徐加勇　范健峰

指导老师：张土良

做信息时代的造梦人

——记浙江工商职业技术学院计算机应用技术专业

⌨ 专业名片

浙江工商职业技术学院计算机应用技术专业于 1999 年秋季开始招生,在多年的发展下,构建了面向职业岗位的特色课程体系,且创造性提出并实践了独特的人才培养模式。结合宁波地区 IT 需要情况,在"秉承宁波商帮精神,培养现代商贸人才"办学理念指导下,与兄弟院校错位办学,计算机应用技术专业人才培养目标是:面向浙江中小企业,培养企业网站建设与管理的应用型人才,并服务于电子商务、系统支持、媒体制作等岗位。

2013 年 4 月 19 日,首届"湾云杯"全国云计算设计应用大赛的总决赛正在如火如荼地进行当中,作为进入决赛的唯一一所高职院校,浙江工商职业技术学院计算机应用技术专业的"工商云脉小分队"也为此付出了艰辛的努力,从报名到比赛最后进入总决赛,他们共经历了 1 年零 3 个月之久,今天,这场马拉松般的"赛跑"即将到达终点。

"工商云脉小分队"由计算机应用技术专业学生吴作锋、周强、陈承叶、周涛和林仁义组成,在陈凤和潘红艳老师的指导下,他们一路披荆斩棘,杀到了决赛。

决赛由作品展示和答辩两个环节组成,每位学生都绷紧了神经,因为他们身上不仅承担了对个人的要求,更承载了学校和老师们的期盼。看到同学们个个眉头紧锁,表情严肃,在一旁的陈凤和潘红艳老师立马走了过来,拍了拍同学们的肩膀,说道:"同学们不要紧张,放轻松,你们能走到这儿已经很优秀了,不要给自己这么大的压力,保持平常心就好!"听了指导老师们的一番话,同学们纷纷露出了笑容,围绕在他们身旁的低气压消散了,指导老师们悬着的一颗心也放下了。

经过长达 4 个小时的苦战,"工商云脉小分队"的同学们用他们优秀的作品和流畅的答辩征服了评委老师们,最终获得了优胜奖。颁奖时,学生们不禁拥抱在了一起,享受这来之不易的喜悦。

获奖的消息第一时间通过电话传到了时任计算机专业带头人申怀亮副教授的耳朵中,申老师挂了电话后,激动地连说了两个"好"字,便急忙起身将这个好消息告诉同学和老师们。"这个奖项不仅是对学生努力的回报,更是对我们学校计算机专业的认可。"每当回想起那个时刻,申老师总是十分激动地这样讲道。

理论与实践并重

深秋一个安静的午后,银杏叶掉了满地,金黄的颜色让人眼前一亮,秋季是收获的季节,笔者在多次预约后终于见到了现任计算机专业负责人韦群锋老师,落座后不久,韦老师就主动提出领笔者去参观他们专业的 IT 特长生培养工作室。

IT 特长生培养工作室是浙江工商职业技术学院计算机应用技术专业的一大特色,主要是通过挑选专业中优秀的学生来做关于网站建设和软件开发的项目,培养和锻炼学生们的个人能力和团队协作能力。近几年来,工作室的规模不断扩大,培养出来的优秀人才曾出不穷,为学校争得了许多荣誉。

↗ IT 特长生培养工作室

一进入工作室,笔者就感受到了一丝不寻常的气氛,原来学生们正在激烈地讨论手头上的项目,由于项目很大且相当复杂,需要运用许多计算机方面的新知识,因此同学们脸上都露出了难色,项目一度陷入了僵局,在一旁的指导老师王璞注意到了这种情况,他走过去耐心地跟同学们讲道:"你们现在所要需要学习的新知识太多,你们会觉得很枯燥很难,但理论知识是必需的。等到几年后你们现在所学的知识会过时,这也是必然的,因为计算机知识需要不断更新换代,但只有长久持续地学习,你们才能在这个过程中不断成长,创造未来计算机的可能性。"王璞老师的一席话,就像是一颗种子,种在了同学们的心中,等待着日后生根发芽。

王璞老师是计算机应用技术专业网站开发课程的讲师,轻松幽默的课堂氛围和简明易懂的教学方法使他在学生中颇有人气,由他指导的叶瑶莹同学在第三届全国大学生计算机应用能力与信息素养大赛中获得了二等奖的好成绩。他跟笔者介绍道:"我们教学提倡的口号是从实践中学,在实战中成长。计算机知识就是需要学生在实践中不断摸索前行才能发现其中奥秘,只有这样才能更好地将理论知识与实践相融合。"

接着在王璞和韦群锋老师的带领下,笔者前往这个专业的多媒体设计工作室,在途中,笔者注意到拐角的展览室内整整齐齐排列着各种关于计算机竞赛的奖状和奖杯。韦群锋老师谦虚地说道:"虽然这些年在计算机方面取得了一些小成果,但我们仍要为更高的目标而不懈奋斗。"

到达了多媒体设计工作室,老师们迫不及待地向笔者演示了各种器械的使用方法,一件件由学生们亲自制作的作品映入了眼帘,这些作品有些在省市各类大赛中获得了奖项,有些则是一些企业委托同学们做的。当笔者提出学生是怎么会跟企业有业务往来这一疑问时,在一旁的韦群锋老师笑着解释道:"我们专业的人才培养模式是以人为本,以项目为核心,以校企合作为平台,创新工学结合为一体,这些企业都是与我们学校有合作关系的。因为只有培养出企业需要的网站建设、管理与设计方面的应用型人才,我们的学生才能在将来更好地服务于电子商务、系统支持、媒体制作等岗位。"

现如今,浙江工商职业技术学院计算机应用技术已与多家宁波当地企业签订了实践基地共建协议,其中紧密型实践基地就有 6 家。在与宁波亿时代软件开发有限公司的 4 年合作当中,专业每年向公司输送顶岗实习生的数量都呈上升趋势,2016 年,计算机应用技术专业 1622 班就有 27 位学生去了企业顶岗实习。学生在校外实训基地的工作岗位中得到锻炼,职业能力得到快速提升,企业也能挑选到优秀人才,形成了一种多赢模式。

↗ 多媒体设计工作室

创新理念 思考未来

韦群锋双手紧握,眉头紧锁,眼神聚焦在一张来自校办的任命书上。"我在电子商务这个专业教了 10 年书,现在校领导将我任命为新一任计算机专业的负责人,对于我这个老教师来讲,心里还是会有些许的不安与欢喜。"韦群锋用真挚的语气跟笔者讲道:"我读书时学习的是会计专业,那时的我却对计算机十分感兴趣,我就觉得我与其他同学是不一样的。毕业后,我教了几年会计,之后来到浙江工商职业技术学院教计算机,之后又被安排教电子商务,这一教就是 10 年。"

再次回到计算机专业的韦群锋也对这个专业有了新的认识、新的看法,他对自己提出了一个问题:如果我是一个公司老板,我要招一名会计,在我的面前有两个人,一位是会计专业的但不会计算机,另一位是计算机专业的但不懂会计。而我只能二选一,我会选哪一个?

经过一段时间的思考,韦群锋有了自己的答案:我会选学计算机专业的人。因为学计算机的人具备了一定学习和创新的能力,他可以很快把会计的知识学会。但会计专业的人不懂计算机可能什么都做不了。如今计算机专业重点是在"应用"这两个字上,各行各业都在使用计算机,都需要计算机,在不久的将来计算机就会成为一个跨界的专业。以前我们的教育是一个萝卜一个坑,你是这个专业的人,将来就只能做这个专业方面的工作,但在实际工作中,每一个岗位都需要会计算机。我们计算机专业在学习计算机基本知识的基础上,也在适应各个行业的发展,每个行业都需要跨界。

当信息技术不仅仅局限于电脑端,手机端技术也在快速发展时,时代的潮流促使计算机各个行业都面临巨大的改革和创新。这对于教师们也充满着挑战,"必须创新,"王璞激动地讲道,"对于 IT 这个行业,不创新不是原地踏步,而是直接被世界淘汰。IT 行业必须和现代企业以及社会的环境发展结合在一起,社会需要什么,我们就做什么。"11月 16 日第三届互联网大会在浙江乌镇召开,而这次互联网大会的主题则是"创新驱动造福人类——携手共建网络空间命运共同体"。这也说明了创新对于计算机专业发展的重要性。"我们也要跟着世界的步伐来走,跟着新形式来走,不创新是不可能的。十多年前,你会打字,你就可以找工作,放到现在是完全不够的,现在的行业需要的是会手机开发、数据分析、智能化的全面计算机信息人才,"王璞补充道。

创新精神在计算机应用技术专业的教学上也起到了至关重要的作用。

计算机应用技术专业将创新与实践相结合,教师们不断改进教学方案,最后总结出了"做中学、做中教"的"教学做合一"的教学模式,并将教学训练环境由课内到课外、由学校到企业,技能训练由基础到进阶、由进阶到创新,学习资源由点到线、由线到面、由面到空间等深化过程,逐步拓展学生的职业技能和学习空间,使学生的学习与实际工作氛围更贴近。

计算机专业尊重每一位学生的思想独立性,允许不同声音的存在。因为专业教师们知道,如果不尊重学生的思想,难免会对学生的创新思维造成创伤,只有尊重了学生的思想,才有利于培养学生的个性,而兴趣和个性正是学生今后对专业领域做出创新的前提。教师现在已经不再是传统意义上的教师,他们不只是"教",更重要的在于"导",学生需要的只是一个方向,剩下的任务应该由他们自己去完成,引导他们去探索发现新的东西,学生才有"独立之人格"与"自由之思想",学校才能培养出具有创新意识的人才。

↗ 网站开发课程讲师王璞与专业负责人韦群锋老师

良师益友 筑梦未来

在一张略显杂乱的办公桌上,放着一堆厚厚的书稿,办公桌前一位教师正在奋笔疾书地修改着,原来这位教师正是编写《多媒体技术与应用》的张振宇老师,这本书已经是他编写修改的第2版了。张老师在编写这本书时,常常会参考学生们的意见。据同学们反映,张老师时常会和学生进行谈话沟通,从中了解到学生们的需求。不仅这样,他还查阅了大量资料并结合计算机的最新技术,在考虑到如何帮助学生学习的情况下进行编写修改。在短短的一年时间里,他就进行了无数次的改动,加进去不少重要资料信息,在不断推翻并修改教材内容的进程中,书的质量得到了一次又一次的提高,在采访学生对这本书的评价时,学生们纷纷竖起了大拇指。

这本教材最终入选了国家高职高专"十一五"规划教材。教师在培养和教育学生的过程中,与学生共同成长,做到了教学相长。

在这条从无到有的计算机专业的建设道路上,专业的带头团队对专业的创办是必不可少的,同时专业任课教师与在校学生也是重要的组成部分。

每年的9月是各个高校迎接新生的时间,计算机专业教师会提前准备好新生需要的资料,学院则会安排新生上专业引导课,帮助他们了解这个专业所要上的课以及未来的岗位方向,让他们能在入学时就能找到自己的目标。各个班主任会给予机会要求学生多实践、多练。专业课老师通过课程设计项目实践,挖掘学生潜在创造力,激发学生的艺术设计才能,通过组织学生进行综合项目实训和开发,培养学生的团队意识,组织协调能力,创新思维能力,形成一种学生自主学习、互动学习、创新学习的氛围。

班主任周凯说道:"我们的学生已经是一个会独立思考的成人了,每个人的想法都不同。在与学生的交流中,我不再是一个教师的角色,而是作为一个朋友的身份。在教学这条路上,我与学生一起成长。"在每届计算机全国应用大赛上,周凯老师带领的学生团队都有优秀学生获得全国一等奖。

做信息时代的造梦人

良师益友,学生与教师之间的关系,不单单是师生关系,更是朋友关系。学生的成长,不仅仅是参加各种计算机专业比赛,更多的是收获做人的道理和对未来生活的信心。

"老师,我现在不知道如何选择,是在宁波工作还是回家工作?"

"学姐,你现在在自己创业做自己的公司,我也想试着去创业,你能给我一点建议吗?"

计算机专业每年的毕业季都会迎来这样一次交流会,邀请一些创业就业方面的教师和优秀的毕业生来为学生们答疑解惑。

在正在举行的计算机毕业生交流会上,许多即将毕业的学生正在向老师和优秀毕业生提出他们的疑问。面对他们的提问,老师和学长学姐们都认真地回答每一个问题,底下的学生们则仔细地做着笔记。"我希望我的回答可以帮到你们,也希望你们也可以找到自己梦想开始的地方。"优秀毕业生在交流会结束之前讲道。顿时全场掌声响起,这场毕业生交流会圆满落幕。

我们一直在努力

从开办计算机应用技术专业到现在,17年过去了,在这17年里,许多事物都在不断地改变,唯一不变的就是教师们对于计算机的热爱和培养优秀学生的初衷。

"我们一直在努力,我们一直在坚持,"计算机专业负责人韦群峰用坚定的语气向笔者说道,"我们坚持'以就业为导向、以岗位为依据、以能力为本位'的专业建设理念;我们坚持'师德责任立人、项目能力强人、课程技能育人'的师资建设理念;我们坚持'融合职业标准、实行项目教学、注重效果评价'的课程建设理念;我们坚持'加强基本建设、建立人本机制、营造和谐环境'的教学管理理念。"

未来的计算机应用技术专业会因为有这样的团队而变得更好!

专业评价

浙江工商职业技术学院计算机应用技术专业根据IT企业对岗位的知识、技能和素质要求,会同企业技术专家重新定位人才培养目标,共同制订人才培养方案,重构课程体系,努力培养"能用、顶用、好用"的高素质应用型信息技术人才,逐步构建了以"教学合作、管理参与、文化融入、就业订单"为主要内容的"融入式"校企合作育人平台。IT产业日新月异,校企合作才能走可持续发展之路。

文/图:宋佳丽 吴金炜

指导老师:张土良

在合作中融合创新

——记浙江工商职业技术学院应用电子技术专业

👤 专业名片

浙江工商职业技术学院应用电子技术专业是浙江省优势专业、浙江省重点专业、浙江省特色专业和宁波市服务型专业。在专业建设的过程中,浙江工商职业技术学院响应了时代的号召,开设了应用电子技术专业,学校建设专业一直以"就业为导向,能力为本位,服务区域智能电子产品发展,培养创新、创意、创业的高素质复合人才"为指导思想,特色鲜明、优势明显。

截至 2016 年,电子应用技术专业已经发展成为有 9 个班级、366 名学生,历届毕业生初次就业率一直保持在 95% 以上和毕业生职业资格证书通过率 100%,专业对口率平均达到 60% 左右的傲人成绩,应用电子技术专业的学生在全国大学生电子设计竞赛中获得一等奖 1 项、二等奖 8 项,省一等奖 16 项、二等奖 17 项、三等奖 19 项,全国高职高专"发明杯"大学生创新大赛银奖 1 项、铜奖 2 项,省大学生创新项目 9 项,竞赛成绩在全省同类院校中名列前茅。

稳扎稳打办专业

浙江工商职业技术学院应用电子技术专业是浙江省优势专业、浙江省重点专业、浙江省特色专业和宁波市服务型专业。在以"就业为导向,能力为本位,服务区域智能电子产品发展,培养创新、创意、创业的高素质复合人才"的指导思想下,优势明显。

于是笔者带着对于浙江工商职业技术学院的专业如此成功的好奇,来到了这里。推开虚掩的办公室大门,叶建波教授正聚精会神地盯着电脑屏幕,看见笔者到来,他停下手头的工作,亲切地向我们问好,并起身去给笔者倒水,于是谈话就在轻松自然的气氛下展开了,负责人热情洋溢地向笔者讲述了专业建设的故事。

"它的形成早于学校的其他专业,算是学校'开国元老'级的专业。"宁波工商职业技术学院电子应用技术专业的负责人叶建波教授向笔者介绍道,"学校在 2010 年 5 月开创了电子应用技术的前身——家电维修专业,彼时的工商还是一所中专院校,但是学校对于市场的需求和发展却看得很远。在伴随着学校的不断发展的过程中,这门应用电子技术在时代的浪潮中成为学校优势专业,最具有服务性和技术性的专业之一。""应用电子技术专业的教学团队也很有来头，"叶建波老师继续说道，"专业是浙江省教学团队，鄞州区科技服务团队，电子技术实训基地为中央财政支持和省示范实训基地，校内拥有智能家电研发中心和宁波市智能家电重点服务室。"

在提及电子应用技术专业的发展过程，专业负责人叶老师自豪地告诉笔者："正因为专业立足于宁波，可以俯瞰三角洲，辐射华东地区，充分发挥高校作为科技生产力和人才资源库的作用，为智能家电及相关智能电子产品输送优秀人才、提供技术服务。"

在与叶建波老师的交流过程当中，笔者还了解到，近几年来，学校已经完成了电子技术实训中心的建设，并且成功申报宁波市重点实验室——智能家电重点实验室，投入资金近3000万元，电子技术实训基地是中央财政支持的职业教育实训基地，并且被确定为第一批省高职高专院校示范性实训基地建设点。对于市场的了解，对于资源投入的巨大，对于专业的重视，让人相信工商的电子应用技术能够向着更高更好的方向发展。"

事实也印证了电子应用技术的前景，通过5年来的不断发展，专业以市场需求为导向，创新校企合作办学体制机制，在人才培养模式、课程设置、实训室建设、师资培养、社会服务方面取得了一系列成果，已经初步形成自己的优势特色，还在兄弟院校中形成了一定的品牌效应。

2016年，宁波市成为了全国首个"中国制造2025试点示范城市"，推进宁波市制造业率先向高端、智能、绿色、服务转型升级。而浙江工商职业技术学院应用电子技术专业将以"中国制造2025试点示范城市"为依托，充分发挥专业特长，培养面向智能电子产品制造的高技能人才，从事智能电子产品设计开发、电子产品工艺与生产管理、电子电器测试与调试等岗位。

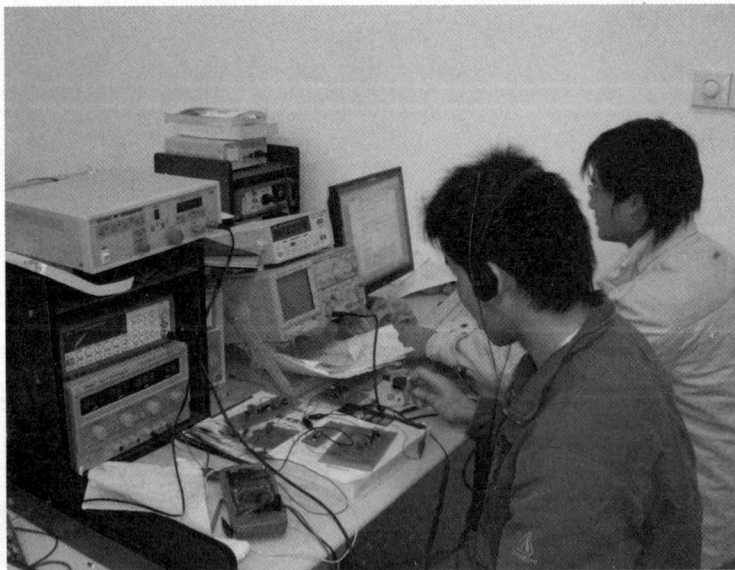

↗图为电子实训室

开拓创新强师资

一个优秀的专业必定要有好的带头人,而浙江工商职业技术学院的师资团队不可谓不强大。学校的应用电子技术专业教学团队被浙江省教育厅确定为省级专业教学团队,师资力量雄厚。叶建波老师介绍说:"目前专业教师 22 人,专任教师中正高职称 5 人,副高职称 8 人,专业教师高级职称比例超过 63%,'双师素质'教师达 95%,硕士研究生比例达 77%,博士 3 人。有 1 人获得浙江省高等学校优秀教师,有 2 人列为省级专业带头人培养对象,多人受聘于企业的技术顾问,在省内行业中具有一定的影响。专业有这么多优秀的老师,形成了一支教学理念先进、教学水平高、技术应用能力强、社会知名度高的'双师型'教学团队。优秀的老师是专业的财富,让电子应用技术专业能够更好发展的保障。"

专业带头人叶建波教授,1986 年毕业于南京大学无线电物理专业,是中国电子学会高级会员,宁波市电子学会副会长,宁波市电子行业协会常务理事,国家职业技能鉴定高级考评员。于 2007 年被列为浙江省高职(高专)应用电子技术专业带头人。他也是学校的首届教学名师,不光是擅长于教学理论,他还在企业有着 15 年的工作经历,曾担任过产品设计师、技术厂长、技术副总经理、总工程师等重要职务,设计过多种产品,还获得过浙江省精品奖、浙江省优秀产品等多项奖项,并且取得了可观的经济效益。进入学校以后,先后担任过教研室主任、应用电子技术专业负责人和电子专业群主任,主持浙江省优势专业应用电子技术专业建设,国内外发表过论文 36 余篇,其中 EI 收录 3 篇,参加省级教学与科研课题 3 项,参加企业横向课题 3 项,主编教材 3 本,主讲的"电路设计与制板技术"课程被列为浙江省精品课程,主编的《EDA 技术》教材深受欢迎,已经重印了 7 次,达到了 23000 册,主编的《电路设计与制板技术》教材被列为浙江省重点教材,发明专利 1 项,实用新型专利 3 项。

叶建波说他教学最大的感悟便是,即使条件再好,整天不努力玩物丧志的人是不会在专业上有所成就的。他提出了学生应该多花时间在专业上的想法,结合现在很多大学生的状态,很有说服力。

叶建波老师还提到,计划将来在慈溪建立一个新的校区,对应于慈溪应用电子技术人才稀缺的现状,与当地的企业进行合作,让优秀的学生直接进入企业。并且将扩大师资和设备,让学生在学习经验的同时,增加自己的就业机会和就业前景,也让应用电子技术专业能够更好地发展。叶建波老师信心十足地说:"我相信浙江工商职业技术学院应用电子技术专业一定会越办越好。"

学有所成扬远名

学校一直非常重视学生的实践创新能力,在与其他同类专业的院校竞争中,实践和创新能力也是学校的一大优势。让学生在实践中解决问题,提升自己。而学生也在这

↗浙江工商职业技术学院慈溪产学研基地签约仪式

种教学模式下,努力学习,不断创新,为专业和学校争光。

当问到浙江工商职业技术学院的学生有何成绩时,叶建波老师会心地笑了,然后又一本正经地说,虽然学校的学生都是高专,但是他们在本专业的领域上,还是有着不错的成绩。叶建波老师给笔者讲了一个鲜活的案例,一名叫伍向兴的校友。

伍向兴,2004年7月毕业于浙江工商职业技术学院,是一名不折不扣的应用电子技术专业的老学长,现任宁波市海曙区三利通信设备有限公司副总经理。

伍向兴同学毕业后一直在宁波市海曙区三利通信设备有限公司工作。刚开始,因为毕业学院的差别,伍向兴并没有受到公司的重视,从最初的名不见经传的一名维修技术员到后来成为公司不可或缺的人才,在几年的打拼之下,其间付出了很多的努力,但是更重要的是凭借着他在学校打下的良好的基础、丰富的知识和大量的实践操作,让他在工作岗位上游刃有余。他的客户群体主要是宁波市石油化工企业和政府行业,他在工作中,不放松自己,不断进取,利用自己良好的专业素养和优秀的业务水平,为公司创造更多机会和效益,受到公司客户及合作企业好评。

2006年,他被升任为技术部经理,2009年升任为总经理助理,现担任公司副总经理。主要负责公司销售部和技术部两个部门日常业务开拓和实施。2011年通过公司举荐,参加摩托罗拉系统中国有限公司工程师考核,获得摩托罗拉系统中国有限公司颁发的工程师证书。他的升迁甚至比很多名牌大学的学生还要快,令人刮目相看。能够坐到现在这个位置,靠得是他工作认真负责,积极主动,在岗位上对本职工作兢兢业业,锐意进取,以及足够扎实的专业知识和技能,能够在各方面都能起到优秀的带头作用。

叶建波老师说:"有很多像伍向兴这样的例子,他们在学校努力学习,参加比赛,拥有了高水平的技术之后,出去能够在企业里挑大梁。虽然起步的工资比名校的学生低,但是他们有本事,是金子总会发光,而实践是最好的试金石,获得企业刮目相看,得到企业重用,靠的不是幸运,而是一步一个脚印地坚实学习成长。不对自己的起点妄自菲薄,努力学习,就会有更多成功的例子。"

在与叶建波老师的交流过程中,笔者还了解到浙江工商职业技术学院每年还会对毕业生进行跟踪调查。每年的结果都表明，社会对本专业学生在思想政治素质、身心素质、专业素质、综合能力等方面给予了充分肯定，与兄弟院校同专业相比，本专业毕业生的明显优势是实践能力强、综合素质高和专业知识较扎实，在浙江及周边省市同类专业中名列前茅。

近年来学校毕业生的整体数据也印证了学校专业教学方向的正确性，用人单位也普遍反映本专业毕业生的思想稳定，敬业勤奋，富有团队意识，上岗能力和转岗能力强。人才培养方案的良好实施，绝大多数学生在获得高职毕业证书的同时，也获得职业资格证书，毕业生的专业相关度、职业吻合度以及就业竞争力不断上升，实现了人才培养目标与企业任职岗位要求对接。近两年毕业生就业签约率分别为98％和100％，毕业生职业资格证书通过率100％，电子专业毕业生普遍受到企业好评。

锐意进取谋新篇

校企合作一直是学校教学实践的重中之重，只有理论的学习对于服务类技术型专业而言是不够的，只有实践的操作和理论的结合才是好的教学，才是提升学生能力的不二法门。

学校的创新主要在于在发展快速的当今与国际上最新的技术对接以及不断与企业进行合作，到毕业实习的时候，学校就会派学生到企业去实习两个月，企业会留下认可的学生，而淘汰不认可的学生。大三的时候还会与上海大众、均胜普瑞合作，挑选十几个人，用企业课来代替专业课。这样的好处是能够让学生早日融入企业，早日实践。

带头人还向笔者介绍，应用电子技术专业在现有均胜普瑞现代学徒制试点班基础上，多渠道深层次继续探索与企业合作的人才培养，推进分层分类教学，建立分模块教学的跨专业课程体系，目前已经完善了专业实践教学体系建设，以培养学生职位能力为本位，通过对电子信息、家电产业的生产过程进行分析，职业岗位分析，职业能力分析，深化完善基于电子制造业的应用电子技术专业课程体系，实时引入行业企业的新知识、新技术、新标准、

↗学生在企业实习

新设备、新工艺、新成果和国际通用的技能型人才职业资格标准，动态更新教学内容，将企业对员工的职业素养要求融入课程，并贯穿人才培养全过程。开发与项目课程配套的15本项目导向、任务驱动型高职教材，其中8本正式出版，7本为本校教材。如此的教学计划，是为了更好地发展专业实践教学体系建设。

还有值得一提的是，以宁波市重点实验室——智能家电重点实验室为平台，拓展了社会服务、校企合作途径。

宁波市重点实验室——智能家电重点实验室瞄准智能家用空调、智能冰箱、智能洗衣机等领域在国内发展前沿,设立家用空调、冰箱、洗衣机等研究方向,实验室建有智能家电研究室、智能家电测试室、SMT生产线和集成电路测试室等,仪器设备总值超过3000万元。借助宁波市家电协会、宁波市电子学会、宁波市电子协会、宁波市电工电气协会和宁波市软件协会嵌入式分会,开展校企合作,建设10家以上紧密型合作企业,校企共同制定专业发展规划和人才培养方案,共同编写教材,互聘兼职人员,互培在职员工,共建职业文化,构建和实践校企协同发展的长效合作机制,使学校和企业有效对接。

与禾光科技有限公司、宁波太阳能电源有限公司、宁波易倍特电子科技有限公司、宁波永望电子科技有限公司等10家企业进行了紧密型的合作,满足在校学生实习岗位,学生在这些企业进行实习、生产实践以及毕业设计,为培养学生提供一定的设备和训练环境,通过校外实践基地的建设,保证每位学生在校实习期间有半年以上的顶岗实习,学生半年以上的顶岗实习达到95%以上,提高专业人才培养质量和适应社会的能力,为学生就业和发展奠定基础。

↗图为校企开展订单式人才培养

在创新的校企合作产教融合的机制下,教师社会服务效果显著。三年多以来,专业的科技服务经费达到了200余万元,为企业加工"电磁吸盘控制仪"500套,加工"金属探测仪"25000套;累计为企业员工培训3000余人次。通过校企合作,承担了"基于FOC技术的洗衣机PMSM电机变频控制器研发"课题项目经费各50万元,其中"基于FOC技术的洗衣机PMSM电机变频控制器研发"成为由浙江省人民政府主办,省科技厅、省经信委、省教育厅、各设市区承办的"2015中国浙江网上技术市场活动周"秋季科技成果竞价(拍卖)的宁波市重要科技项目。

学校固步自封,肯定不利于学校及学生的发展,所以,学校在办学上,也采用国际化合作办学,与台湾南台科技大学合作,两岸的师生交流学习成效显著。

作为学校的优势专业,为了加强专业建设,应用电子技术专业还与台湾南台科技大学合作组建了"南台班",共同培养学生。学生第二学期去台湾南台科技大学交流学习,学分共享互认的政策,极大地增强了学生的学习积极性和求知欲望。在教师方面,每年也互派教师两地进行进修学习。在本专业,共有4位老师去台湾高校交流学习,其中值得一提的是浙江工商职业技术学院的张培忠老师在台湾进修期间指导台湾学生专题制作"电子式 LED 立体五子棋"获得澳门国际创新发明展金奖,受到了当地媒体的称赞。

应用电子技术专业在合作方面不只有两岸合作,更有与境外的合作。在发展如此之快的当今社会,需要时时更新自己,专业与境外机构和企业开展高端培训项目,助推产品转型升级。

从国外引进的两个高端项目为英国的 Proteus 高端培训和美国的通用电气系统集成工程师培训项目,积极开展技师培训。与美国通用电气 GE Fanuc 公司合作开展 GE Fanuc 自动化系统集成工程师认证考试中心的建设及授权培训伙伴 STEP 计划,建成了浙江省唯一的培训中心和技能认证中心;与英国 Labcenter 电子有限公司合作,共建 Proteus 实验室及培训中心,进行 Proteus 应用工程师(PAEE)的培训、考核与认定。2016 创客先锋 Proteus 可视化设计国际大赛中,电子专业学生获得优秀奖,奖励价值 13000 元正版 Proteus 软件。

依托学校"家用电子产品维修技师"培训资质,对于维修行业员工进行技师等级高端培训,最终助推产品转型升级。

最后叶教授就学习也表达了自己的想法,他语重心长地对学生们说:"在大学里能够真正运用好自己的时间,在本专业上多花工夫才是真正的学习,有规划的学习,毕竟把握知识的人才能把握命运。"时间过得很快,谈话接近尾声,叶教授热情地将笔者送到门外,透过叶教授目送笔者离开的目光,笔者感受到了他对每一位菁菁学子的祝福和期许。

专业评价

浙工商应用电子技术专业培养面向电子生产企业,掌握电子产品开发、应用与生产管理等方面的专业知识和技能,能够从事电子产品开发、调试、检验、销售和车间管理工作的高技能人才。这个专业依托强大师资力量,基于余慈产学研基地,借助宁波家电协会、电子学会等展开校企合作,校企共同制订专业发展规划和人才培养方案,共编教材,互培员工,互聘人员,订单培养,实现校企协同发展,助推产业转型升级。

文/图:励晨峰　陈沛迪　余　杰
指导老师:柯艳艳

不一样的电商，不一般的创客

——记浙江工商职业技术学院电子商务专业

🗠 专业名片

浙江工商职业技术学院电子商务专业于 2002 年创办，经过六年的教学摸索和市场调研，2008 年独创新型教学模式，即"工学一体化"人才培养模式，培养了大批优秀的电商人。2009 年专业引入外包服务型基地，学生即是员工，有偿承接企业电子商务项目。随着基地的成熟，2015 年逐渐从单一的代运营向全方位发展。未来将依托宁波的快商经济打造多个电商生态园，整合资源，集群产业。

此专业就业率、创业率、就业薪酬均居于全省同类专业前茅。2008 年被评为浙江省特色专业，2012 年被评为宁波市品牌专业，并荣获 2013 年度"浙商集团金桥奖"。专业秉承"职业教育"理念，希望推广"工学一体化"的教学模式，培养出优秀电商人，筑梦中国电商。

从零开始，潮流中摸索创新

"11 月是个好月份，俗称冬月，又叫辜月，有吐故纳新的意思。辜月阴生，欲革故取新也。"刘永军第一次见到笔者就这样说。

刘永军一边请笔者落座，一边整理公文堆积如山的办公桌，说："最近太忙了，今天才回学校，下周还得去山东讲座。"办公室里弥漫着一股未散尽的油漆味，环顾这个办公室，角落里还有未整理好的办公器材。刘永军所在的这幢建筑是一幢刚修葺一新的电子商务基地，为了更好地手把手教导学生，刘永军就把办公室放在实训教室的楼上。

刘永军，浙江工商职业技术学院电子商务专业负责人，是国内新零售方面的实战专家，在国内电商界具有很高的知名度，培养出了大量优秀电商人才。正如他的学生说："刘老师就是电商中的战斗机。"

刘永军说，电子商务就像是他的孩子。电子商务专业几乎是在刘永军手里成长的。2004 年，刘永军来到工商学院担任电子商务专业的教师，彼时电子商务专业成立两年，淘宝成立才一年。专业是刚刚起步，2000 年初的互联网大环境对于电商的需求不够明确，淘宝还名不见经传，百度应用并不广泛，中小企业对于这股大风的走向更是迷茫，专业就业匹配率极低。

↗面对笔者的镜头，刘永军充满活力

↗笔者采访专业负责人刘永军

一扇电子商务门，应该囊括电商运营从开店到成交的一系列落地性课程，给予学员完整的电商课程体验。风萧萧兮易水寒，探虎穴兮入蛟宫。刘永军带领一批专家团队对市场进行了大量调研，最后创出了一套全新的教学模式，即工作学习一体化。直接把基地引进校园，让学生"学中做""做中学"，更接地气地学习电子商务。刘永军说，放眼全国，再也找不到第二家具备这样独特创新精神的电子商务专业了。

笔者望向窗外，深秋11月，大部分树叶都渐渐地变黄了，有的已经枯落下来，露出光秃秃的树杈伸向天空，唯有远处的一丛枫叶，火红火红的。让人不禁想起最初刘永军说的"11月阴生，欲革故取新也"。冬日阴气渐生，却隐藏着无限生机，要去掉老旧的换上新鲜的。

"树杈向上，更具生命力。桂花开了，我带你们逛逛校园吧。"刘永军起身道。

刘永军带着笔者，一路看学院美景，一边给笔者讲解自己的经历。实训基地坐落在粉色图书馆的左边，与其他两座实训基地并排在一起，门口挂了满满一片奖牌。刘永军看着基地门口的奖牌满脸自豪。

基地与慈溪崇寿、周巷、宁波江北多家电商产业园开展了紧密型合作，学生从大二开始就正式在基地"上班"，老师陪学生们一边"上班"一边授课，学生也在实践中学习。

不一样的电商，不一般的创客
——记浙江工商职业技术学院电子商务专业

学生在学习的同时，也是项目的员工。这就是构建了工学一体化的电子商务人才培养模式。只有提高自身的实际操作能力，才能创造出属于自己的未来；只有具有大格局的视野，才能有更大的发展空间。

不一般的教学模式来自不一般的人，刘永军本身也是不一般的出身。刘永军原专业并不和电子商务挂钩，他大学时期学了两个专业，一个采矿工程，另一个是软件工程。1989年毕业后从事了十几年的营销工作。刘永军说，英雄不问出处，电子商务的本质就是做生意，所以你学没学过电商不重要，重要的是一定要有从商的这种经历。本身就做了十几年的营销，只是工具手段变了，其实电子商务本质还是营销。专业现有专任教师10余人，都有丰富的企业一线实践经验。

十年风雨，发展中人才济济

笔者从正门进入基地，实训教室里老师正带着学生在上课。"双十一"刚过，工作室还有些狼藉，墙上还挂着未拆的"双十一"激励标语，似乎依稀可见那两天忙碌热闹的场景。楼梯口显眼处挂着优秀毕业生的照片，从基地门口拾阶而上，就像见证这个专业一路的坎坷成长与辉煌。桃李不言，下自成蹊。墙上优秀毕业生的照片，一张张年轻的脸上洋溢着梦想。这面墙就记录了他们的成长，镌刻了汗水与荣耀。

最难就业季，电商"逆袭"记

2013年被称为"就业最难季"，正值2010届毕业之际。

"想留我们的学生？给他们股份！"刘永军却语出惊人。这句话听起来像是吹牛，仿佛成了"招人最难季"，像是学生供不应求，企业还得送上门让学生来挑。"逆袭"最难就业季，刘永军凭什么那么自信？

2010届毕业生王仁爱，22岁，还没毕业他已经被宁波中迪鞋业有限公司下属品牌富罗迷（FOLLOWME）的老板看中，作为人才引进到了电子商务部。

而此前，王仁爱已经拒绝如博洋、雪狼、杭州杰夫等知名品牌的邀请。他有什么魅力，为何企业都争着要？王仁爱告诉笔者，马云成功的例子，使他对电子商务有了浓厚的兴趣及大概的了解。

从大一开始，王仁爱就开始一边上课一边做项目练手。最开始，他和班里的同学一起做过童装分销，也做过品牌引擎搜索，虽然没什么成绩，但一番实战让他感受到了课本和现实的差距。

到了大二，在老师的介绍下，他和同学接下了"哈比特"品牌，开始帮忙做天猫旗舰店。拍照设计、产品推广、促销、售后、数据分析，王仁爱的团队5人一组，分工已经非常明确。这一次，他们打了一个大胜仗，"我选择它，也是想给自己一个更广的平台。"王仁爱在说起自己的经历时，显得非常谦虚，他说那时候自己还是刚毕业的学生，还要多学习。

刘永军对这个得意门生的评价是,他不但业务能力强,还能带好一个团队。这大概也是众多企业抢他的原因吧。

电商换市时,创业好吃香

从 2013 年到 2015 年之间毕业生的就业方式发生了很大变化,2013 年前还为各企业提供人才,一届比一届的水平高,后逐渐出现很多优秀创业者,刘永军说,我们不鼓励学生在学校创业,我们的创业属于结果。

↗ 正在创业的沈兴秋意气风发

沈兴秋就是这批优秀创业者中的一员,他说,每个人心中都有一座珠峰。

沈兴秋,浙江温州人,2012 年考入浙江工商职业技术学院,大一开始到基地做学徒,大二开始做网店店长,完成销售额 2600 万元。还未毕业就已经成为拥有 6 个网店的部门经理,管理学生员工 200 余人。

沈兴秋是个明确方向的人,从高中就希望以后能经商,喜欢淘宝的商业模式,高三的时候就开起了自己的网店。这三年的时间里,沈兴秋说他最难忘的是刚踏入学校时认识的学长,是学长带他进入基地实习并且传授各种实践技能,在他懒散的时候督促他,在他失败的时候鼓励他,可以说是这位学长带领沈兴秋走向电商大门。而专业老师的传道授业解惑,则是给了他钥匙。

这三年里沈兴秋遇到过很多问题和挫折,大二的时候学长纷纷都毕业走了,那时候基地还不够成熟,基础也一般,学长走了后,沈兴秋就被老师委托操盘学长留下来的店铺,压力十分大。沈兴秋每天带着团队一起去学习、研究操盘的课程,在自学般探索的模式里项目逐渐呈现上升式成长。遇到问题,他从没想过放弃,只是想着如何迎面而上去改变它。慢慢地,他接管了整个基地的电商部门。2015 年毕业后仍继续留在基地带着团队操盘店铺,项目做得有声有色,很多项目一个月能做到百来万。

后来带着团队成立了电商公司。学校作为新项目和新学生的孵化培训基地,沈兴秋依旧和学校保持合作关系。现电商公司也从最初的 8 人团队发展到 25 人的团队。

问及沈兴秋是否有过迷茫,他回答道:心态要好,要明确自己想要的,去接触不同的人,机遇就随之而来了,把握住就好了。

展望未来,传承中筑梦

浙江工商职业技术学院电子商务专业经历十年风雨,满载荣誉,创新教学,人才辈出。

2016 年是浙江工商职业技术学院成立 100 周年,值此百年之际,电子商务专业的师生都感慨万分,十年树木,百年树人,电子商务专业将来还有漫长的路要走,面对未来的规划,他们既忐忑又憧憬。忐忑的是在这风云诡谲的大信息化时代,如何与时俱进地跟上潮流的变化趋势,又憧憬在未来信息多元化中电子商务将迎来更大更宽阔的舞台。

在参观网络实训教室的时候,有一个小姑娘进来,青涩的小脸蛋上一双大眼睛眨巴眨巴,笑容羞涩,她是 2016 级新生周梦茜,来自商帮温州。周梦茜说,温州女孩就是寻梦人,她家是开进出口贸易公司的,她今后也想从事电子商务贸易,所以报考了这个专业。高考时,周梦茜不但没有考上父母中意的大学,还选择了工科类专业。在传统的父母眼里,女儿就该学些教教书、做办公室文员的专业,他们并不希望女儿未来从商。经过这半年,看着女儿的成长,才稍减抱怨。

谈到招生问题,电子商务专业的老师们也有些唏嘘。所谓一个萝卜一个坑,讲的是一个甘心一个愿意。学生报考志愿时,父母起了很大的作用。国家要腾飞需要三类人才:第一类就是研究人才、技术开发人才;第二类是应用型人才,应用于技术和软件开发;第三类是技能型人才,就是高职的岗位技能,三者缺一不可。刘永军说,中国把职业教育作为了一种层次教育,上面有学历教育,把高职和专科画等号。实际上专科是学历,高职是类型,现存在一种专科是最低层次的大学教育的现象,这导致了生源每况愈下。其实学生的兴趣才是最重要的,学生要知道自己适合哪些岗位,要是没有兴趣根本做不好。父母如果确定他们的孩子喜欢互联网行业的某些特定岗位,并且有与之相配的能力,应当鼓励他们去报考职业教育类学校。

浙江工商职业技术学院电子商务专业坚持以培养优秀技能型人才为目标,优待优秀专业教师,集中资源精力用在人才培养上。招生方面,绝不舍本逐末,以就业促招生,用口碑创优质专业。

继承传统，与时俱进

↗ 优淘电子商务产业园开园仪式隆重举行

"接下来的几年里，我们将打造电商'超市'和电商'医院'。未来宁波将遍地都是电商园!"专业负责人刘永军壮志豪情地说。

对于未来的规划，笔者也采访了陈明。陈明，浙江工商职业技术学院信息系统项目管理教授，是电子商务行业专家，善于分析电子商务案例。陈明说，随着基地的服务范围不断拓展，专业逐渐从单一的代运营向项目孵化、团队打造、人才培训和项目咨询、电子商务整体解决方案等全方位发展。未来将依托宁波的快商经济打造多个电商生态园，整合资源，集群产业。

在政府政策的支持下，将会形成系统的电商生态链，我们将打造电商"超市"和电商"医院"，诊断企业问题，对症下药。提供培训、仓储、物流、金融、电商、咨询诊断等一条龙服务，这将会是跨越性的改变，将助力宁波经济的发展，同时给各地方经济提供参考模式。

浙江工商职业技术学院电子商务专业对信息时代潮流脉络的准确把握，不拘一格地吸纳不同领域的优秀师资资源，创新性"实践与理论相结合"的教学理念，成为全国电子商务院校纷纷效仿学习的对象。

对于未来中国的电商走向，浙江工商职业技术学院电子商务专业也一直在尽自己的一份力。每周末专业优秀教师都要去全国各地的高校开讲座推广特色的教学模式，即以就业创业为导向，注重上课和实践一体化，推广高职电商人才培养方案是未来的重中之重。

该专业将紧跟这股网络电商的潮流，更好地贯彻其特色教学理念，在保持原有的勇敢无畏精神的同时与时俱进，不断创新，成为电子商务大军中的领军者。

未来浙江工商职业技术学院电子商务专业将交出怎样的答卷，时间将给出最好的证明。

▣ 专业评价

　　时下，电子商务大热，但专业电商人才的稀缺却是绝大数企业跨入电商门槛的"拦路虎"。浙江工商职业技术学院电子商务专业依据浙江及宁波区域经济对电子商务人才的需求和本院校的办学特色及师资力量，始终以为社会输送商务型的电子商务高技能人才为专业培养目标。通过"工学结合、校企合作"模式，共建校内生产型实训基地，培养学生的职业能力和职业素养，在浙江省内高职类院校中具有较高的知名度。

文/图：高丽萍　孙海迪

指导老师：柯艳艳

后起之秀　先人一步

——记浙江工商职业技术学院影视动画专业

👤 专业名片

浙江工商职业技术学院影视动画专业创建于 2002 年,是浙江省高职院校最早的一批影视类专业。本专业是国内为数不多的、具备广电系统影视后期技术培训能力的院校之一,主要培养专业影视设计人才。

该专业现已成为宁波地区的品牌专业,是宁波影视公司用人的首选院校。2009 年本专业联合宁波 40 多家影视公司,发起并成立了宁波市影视制作行业协会,并在学校设立了协会秘书处;通过协会平台,校企合作深入开展项目化的教学改革,为学生提供了大量实习、实践和就业的岗位。

"……四大天王是兄弟么? 不是,是姐妹。"台下的专家们被风趣的问题逗得会心一笑。"这台词是 2015 年的动画电影《西游记之大圣归来》里面的,相信各位也知道,它上映仅仅 13 天,票房已经突破 5.4 亿元,这是国产动画电影的一个里程碑式的数字,更是给我们坚守影视动画人展现出更加光明的未来……"浙江工商职业技术学院影视动画专业主任徐健民在 2016 年宁波高等教育研究年度论坛上激昂地发表着演讲。

毕业生遍布宁波 60% 的影视公司,部分格外优秀的进入北上广开拓事业,宁波、浙江企业影视后期专业人才的首选毕业院校,毕业生大都被企业提前预订……收获颇丰的影视动画专业,作为浙江工商职业技术学院专业里面的后起之秀,飞速发展的劲头让大家不由得想伸出手揭开它的面纱。

"真枪"实战,实践出真知

"房产政策,专业解读,纵观楼市,深入分析,地产风向标,与你来分享。欢迎收看今天的地产风向标。"宁波电视台的主持人小明正在演播厅里录制节目。1000 平方米的演播厅内,包含了舞美搭建和灯光音响的布局,最后能留给机位架设的空间并不多。

但作为导播眼睛的摄像师仍然很好地利用这有限的空间,娴熟地通过推、拉、摇、移等技术动作把现场看到的场景通过摄像机拍摄下来,呈现在导播的监视器上。而导播通过筛选画面并适时调度机位、切割画面,掌控舞美灯光效果,最终把节目创意完美地呈现出来。

↗地产风向标节目录制

笔者观察到，这些工作人员当中，不乏一些充满活力的年轻人。"这是我们与宁波电视台合作的一个项目，叫《地产风向标》。"与我们同行的专业负责人杨炉兵老师很自豪地对我们说。

"我们将这个栏目整体引进校园，将课堂直接搬进演播厅，进行'真题真做'的高标准实战教学。电视台负责审片和播出，学校负责策划、拍摄、剪辑等全部制作内容。这种'制播分离'的合作，能使学生们得到更多的提升。这种与行业零距离的教学实践，既满足了电视栏目的制作需求，又锻炼了学生的核心技能。这两年合作下来，我们一共完成了460多期节目，形成了'产教结合'的长效合作机制，栏目制作人员对学生言传身教，真实地实践了现代学徒制的人才培养模式。在整个宁波地区，可以说没有几个学校的影视动画专业有实力可以很好地接下这个项目，所以一直到现在我们都在坚持完善这个项目。"

说到这里，杨老师似乎想起了什么，他将手指向了另一个方向。"除了演播厅，我们还致力于专业实训室的建设，到现在为止，已经有 6 个专业实训室：高清影视设计实训室、影视后期实训室、三维动画实训室、蓝箱虚拟演播实训室、动漫设计实训室和商业摄影实训室，设备总值达 500 多万元，也算是基本满足了专业教学的需求。与此同时，我们还积极推进'四室合一'的项目化教学改革，也就是教师工作室＋学生工作室＋专业实训室＋协会办公室，工作室采用'学校牵头、教师负责、企业参与、共同考核'的方式，保障了教学目标、项目制作的整体质量和行业标准。让学生们在实践中发现最适合自己的岗位，这是专业对'分层教学、分类管理'的一次教学实践。"杨炉兵老师非常仔细地给我们介绍专业实训室的建设和分类情况。

在杨老师详细的介绍中，我们还了解到，影视动画专业还引进了国内外专业软件（Adobe、Apple、AVID、Autodesk）的培训和考证系统，努力培养学生的高端专业技能，在

↗ 影视专业的"四室合一"工作室

2010年，学院的实训基地更是被评为浙江省示范性建设实训基地。

专业教学，巩固实力

说到教学资源方面，杨老师顿时严肃了起来，"我们专业对老师的选用要求也是很高的。我们是非常注重学生在学习课程中每个环节中的教学质量，采用小班化教学，一个班三十多个人，但基本上专业课都是分成两批，尤其是电视栏目制作，因为我们希望每个学生都能很完整地吸收老师教学的知识，更全面地掌握相关的技能，真实地体验到实训的操作感，学到的技术更加精细。让学生在实践中发现最适合自己的岗位，简单来说就是分层教学、分类管理。你们也知道，一件好的作品不是一下就能够想出来或者做出来的，跟平常老师上课和学生课后实践积累的经验和知识是密切相关的。"

在前期的准备中，笔者了解到，影视动画专业现有17名专任教师，其中省专业带头人1名，教授3名，副教授6名(高级职称占52.9％)，硕士以上10名(58.8％)，双师型教师15名(88.2％)，实训指导教师4名，企业兼职教师10多名。专业下设影像传媒与交互设计协同创新中心和影视动画创意设计团队，建有5个教师工作室。

2012年，影视动画专业团队赴美考察美国加州艺术学院、美国好莱坞拍摄基地等，了解专业相关的国际发展趋势，并形成了相关的合作意向。

2013年开始，每年选派一名优秀教师赴台湾龙华科技大学进修3～4个月，促进师资专业知识与国际接轨，推动师资核心能力的提升。

快人一步，紧跟时代

"爸爸，我回来了……"办公室的墙上电视机里播放着一部动画电影。

"老师，这个是什么电影啊？"

"这是2006年中国第一部3D动画电影《魔比斯环》，可谓开创了我们这行的新起点。"杨炉兵老师告诉笔者，浙江工商职业技术学院影视动画专业2002年就已经成立了。学院刚开始准备着手成立这个专业的时候，派出了很多专业老师专门去调研过，通过各个渠道，比如走访各大影视公司，与他们商讨，全方位地考虑影视动画的发展方向和前景。

"因为我们早期的时候是从传统的视觉平面设计转换过来的，但是为了更好地迎合市场的需求，我们相关的专业老师就开会研究，针对当时相关市场进行了深入的调查，而且和专业人士探讨了多次，当时是真心觉得以后我们国家在影视这一方面会越来越重视。"

↗ 校企影视合作基地签约

杨老师十分激动地跟我们说道，"最后终于在 2002 年确定了从广告专业分了一部分资源开始试水成立影视动画专业，试水两三年后我们发现无论是宁波市内，还是整个浙江省来看，影视动画这方面的人才需求量是非常大的，但真正的人才资源可以说是比较紧缺的。其实这真的应该要感谢我们之前的老领导们，因为有他们的市场敏感度，有他们的在外奔波交流，有他们技术及资源，让大家更加确信我们需要发展这样一个领域，专门为宁波乃至浙江省的影视圈相关产业建立一个比较好的基础，给他们提供足够的人才资源。"

学校依托行业协会平台，经过充分的市场调研，了解宁波影视行业的人才需求，依据影视专业毕业生就业岗位群调研分析，选择以影视包装和影视剪辑为目标岗位。

↗ 宁波电视台《第五频道》整体包装

杨老师带我们走进影视动画专业固定教室，一边走一边跟我们说："我们专业是以'影视后期制作技术'为核心技术，所以培养的人才也是按照影视剪辑师到影视包装师再到设计总监的岗位发展轨迹进行课程开发和建设的，是'递进式'的影视人才培养课程体系。"

桃李满园，芬芳流传

因为是下课时间，教室里学生不是很多，在走廊上我们碰到了两位大三的同学。不愿透露姓名的他们仍然认真地与笔者聊了起来。

"我们在大一开始的时候，老师会安排很多专业讲座，让我们大家更快地了解专业、工作室的培养模式，老师也会跟我们说一些毕业的学长学姐的创业情况，这样给我们营造了一种创新创业氛围。"一位同学跟我们说道。

另外一位同学想了想又补充道，"而且我们学校还有一个'四室合一'工作室建设项目，就是老师给我们创造的创新创业机会；像我们现在大三，学校有一个'创业学院'建设的项目，找了很多优秀的创业的学长学姐，给我们做创业相关知识的培训，然后感兴趣的同学还能组建创业团队，实行项目学分顶替值，说真的，我们好多同学都喜欢这种方式，参加的人可积极了呢，成功的也有不少。"

在两位热心同学的描述下，我们了解到通过项目化锻炼，影视动画专业的学生在各项技能大赛上也是屡获佳绩，真的是达到了以赛促学的效果。特别是赴台学习的影视专业"龙华班"学生，就学期间取得多项台湾的比赛奖项，反响极佳，笔者听后不由得竖起了大拇指。

"徐老师好！"这时，两位同学突然起身。

"这是我们院的专业负责人徐健民老师。"一位同学轻声地告诉笔者。笔者立马上前说明了来意。徐老师不知道突然想到了些什么，带我们走进了一间办公室，"你们等一下，给你们看个好东西。"说着就起身去办公桌边翻找着什么，"哦，找到了。"徐老师一脸笑容地朝我们挥了挥手上的东西。原来是学生们的专业获奖奖状。刚才在跟学生的聊天中我们了解到历年浙江工商职业技术学院的学生参加各类专业比赛，真的是硕果累累，一共获国家级奖项9项，省级奖项23项，市级比赛28项。其中，他们参加的广电行业三大奖之一的"中国电影电视技术学会奖"，获得片头类三等奖，是该次比赛中唯一获奖的高职院校。

"这些是我们专业学生们近几年的成果，"徐老师拿起了一张奖状对我们说，"这是2009年金麒麟大奖，视觉短片组获得优秀奖，你们别看这只是个优秀奖，这不光是国家性的比赛，而且是跟本科的高才生们统一平台竞技，我觉得我的学生们很棒了。"

徐老师看着手中学生们的心血温柔地笑着，抬起头又指向我们身后桌上的一些奖杯，"中间那个是2013年我们同学的毕业设计拿到了中国BTV国家级别的大奖，是电视包装设计铜奖，也和本科专业放在同一平台竞争，太让我们老师骄傲了。"说着徐老师又迫不及待地跟我们介绍其他的奖状，"这个是浙江省第十五届大学生多媒体作品设计竞赛得的奖，这是一等奖，这三个二等奖……"

看到徐老师满脸欣慰，笔者也为他感到很开心，正如他所说，不是说获奖多、奖项高就一定能衡量一个学生或者老师的专业知识和能力，但获奖可以说是对专业老师和学生的心血和专业能力一个莫大的肯定和鼓励，专业领域获得奖项也是代表在专业成绩方面老师和学生都交了个满意的答卷。

乌鸦反哺，羔羊跪乳

还有一个引起笔者好奇心的，便是开在教学楼的一家名为智绘影视传媒的公司。仔细一问，它的创始人原来是 2005 届毕业生池建。说起池建，那可是相当的厉害，他曾经担任北京完美动力文化传播有限公司项目主管、北京电视台制作部技术主管，现在又回宁波创业。

↗ 优秀毕业生池建

笔者见到池建的时候，他正在办公室里和下属们讨论剧本，时而耐心聆听下属们的意见，时而手舞足蹈地跟下属比划着表达自己的想法，浑身散发着对影视行业的热情。

待他工作结束，我们便上前表明来意，他停顿了片刻，便与我们聊了起来。

"我毕业大概有十年了吧，作为过来人，我也是很知道找工作的不容易，尤其是像我们这种专科毕业的。说实话我觉得我们的专业能力并不算差，就是敲门砖不够硬。决定回宁波开公司，也有一定的机缘巧合，毕竟原来上学的时候在宁波呆了挺长时间，也是有种感情吧。一方面为了更好地实现自己的理想，另一方面也是想给我的学弟学妹们提供一个实践的平台吧。"

池建若有所思地想了一会儿，又继续跟我们聊道，"其实说真的，现在很多比较大的公司不太愿意招实习生，觉得没经验。但我个人觉得吧我就喜欢实习生，他们年轻人是新鲜血液，到我公司里真的可以提供很多新的想法和创意，你们也知道我们这行创意就是灵魂。"

探索提高，未来无限

说到对未来的展望，浙江工商职业技术学院院长姚奇富认为，教学与实践脱钩，在高校中单一强调艺术创作，忽视专业基本操作技能培养，是高校培养出来的学生很难迅速成为企业希望的人才的一个重要原因。如何改变?

姚奇富认为,一是充分发挥创新思维观念,依托产业发展研究问题、明确办学的目标,同时在学科前沿探索专业发展的未来。在他看来,高校特别是高职院校人才的培养必须有社会的参与才能获得成功,也才能进一步提高人才培养的规格和质量。

"我们一定要培养满足社会就业、适应企业需要、面向市场竞争,具有创新创业能力及团队合作意识的跨学科复合型人才。我们尤其要注重'双师型'教师的人才培养,这样才能提高课堂教学管理水平,绝对要把影视动画专业教师的专业化发展作为学科建设的重中之重,创造机会,搭建平台,才能推进师资队伍建设,提高教学水平。"姚老师十分肯定地说。

为此,学院确立"双师型"教师的培养目标,根据专业教学需求,有计划地培训教师,使之既能胜任动画理论教学,又能指导学生动画创作实践。规划教师的专业化发展路径,通过专业培养和外部引进,如企业媒体挂职实训、知名高校进修、项目实践等,提升教师的专业理论、专业实践水平。

姚老师还说,在国家大力发展文化产业的时代背景下,他们将进一步借助宁波市影视制作行业协会、宁波市影视动画行业指导委员会等平台,把影视动画专业实践教学融合到浙江省、宁波市的文化产业发展和教育强省的战略背景中,进一步推动工学结合、校企合作,通过专业内部能力、跨专业能力融合,提升人才培养团队整体水平,建立和完善"融合式"实用性教学模式,最终实现高职学校实用型人才培养的最终目标。

专业评价

浙江工商职业技术学院影视动画专业与行业接轨,是工学结合、校企合作的一个缩影。其以社会需求为导向,从专业人才高度强力打造合格、标准的社会广泛认可的人才品牌。短短几年,从该校影视动画专业毕业的学生已有多位担任了设计总监的职位,创业学生开设的影视公司,业务涉足央视、湖南卫视和国际著名企业等。

文/图:盛璐攀　黄煦涵
指导老师:柯艳艳

稳步前行创奇迹

——记浙江医药高等专科学校药物制剂技术专业

专业名片

药物制剂技术专业是随浙江医药高等专科学校 2000 年高专升格而开设的专业，为浙江医药高等专科学校重点扶持、强势发展的专业，2002 年为校重点专业，2005 年为省重点建设专业，2007 年为省重点专业，2009 年为省特色建设专业，2012 年为省优势专业和宁波市重点品牌专业，2015 年被教育厅推荐为全国职业院校健康服务类示范专业点。

药物制剂技术专业是面向制药企业培养高素质技术技能型制剂人才，自 2000 年开设本专业至今已经累计毕业学生 4736 人，在省化学分析检测、全国医药行业特有职业技能省级选拔赛、省药物制剂大赛等职业院校技能省级选拔赛、省药物制剂大赛等职业院校技能大赛获得 11 项奖励，获得省大学生科技创新项目（新苗计划）12 项，毕业生迅速成长为华海药业、海正药业等知名企业的技术骨干，创造了良好的社会效益。

抓牢机遇，顺势而生

伴随着 21 世纪初新世纪的曙光，位于浙江东部的一所高校——浙江医药高等专科学校，正忙碌地筹划升级一个崭新的专业——药物制剂技术专业。

在国家和企业对药物人才的需求量大量增长的大背景下，由中共中央、国务院《关于卫生改革与发展的决定》提出"建立并完善国家基本药物制度"的精神，在保障我国人民群众防病治病基本需求的基础上，力争使广大医患者进一步了解到，国家基本药物是临床用药优先选择安全有效的品种，这将国家对药物研发的支持推向了一个更深的层次。浙医高专的药物制剂技术专业顺应着时代的潮流，抓住了这个机遇，所以它的诞生并不是充满着偶然性。

在十年风雨的历练中，浙江医药高等专科学校的药物制剂技术专业经历了从校重点专业到省重点建设专业，不断地跋涉前行，获得了"全国职业院校健康服务类示范专业点"的称号，它的不断发展和创新，是与大环境创造的机遇和自身的努力分不开的。

推开一扇木门，胡英老师正坐在电脑前，眉头微锁，望着电脑屏幕忙于工作。浙医高专药物制剂技术专业的带头人胡英老师，像过去的许多个工作日一样，她今天的日程

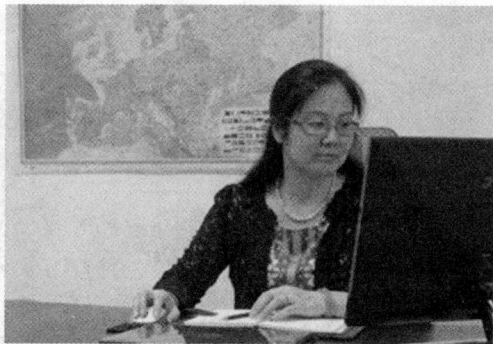
↗ 专业带头人　胡英老师

也是十分繁忙,刚刚结束完专业会议,就"赶鸭子上趟"似的回到了办公室,马上开始了新一轮的工作。

"不好意思啊,我们专业事情比较多,我的日程比较忙。"胡英老师整理了手头的工作后,跟我们讲起了药物制剂技术专业的发展历程,"我们专业呢,是在近些年才发展起来的,可专业的发展始终受着宏观大环境制约,你们可能不知道这里的宏观大环境指的是什么,"胡英老师卖了个关子,继续说道,"宏观大环境,就是中国对药物制剂做出的一些政策和改革,也可以理解为一个大的市场。"

"在社会大环境下,学校就是一个小环境,而小环境需要作出不断地改革,在学校采用'多元融合,工学结合'的办学模式下,本专业积极开展了'两环境、学训交互,四阶段、岗学通融'的人才模式培养改革。"胡英老师继续说着。

浙医高专药物制剂技术专业的改革是分层次分方向(普适班、订单班、创新班)开展的校企合作办学模式,是本专业开展的一项重点特色。说到订单班,胡英老师自豪地提高自己的嗓音,"学校做得最好的是和华海制药的合作,这种办学方式激励了学生对该专业的兴趣和热情,提高了学校的毕业生就业率,也赢得更多的校企合作机会。"

当然其间也充满了很多的不稳定性,胡老师忧虑地解释道,因为华海班的老总想从事教育,而他们的企业刚好在发展期,对人才的需求量比较大,所以开展双方互利的模式,对于他们的企业发展有极大的益处。但是对于学生半路离职的现象,学校有所担忧。企业对学生所付出的培养是追求获得正比例回报的,如果大部分学生选择了另外的从业方式而中途放弃,一旦影响到了企业的利益,便容易动摇校企合作的根基。

展现优势,志于蜕变

逐渐成长中的药物制剂技术专业,转眼就走过了 16 个年头。从最初的升级到现今的成熟,在 2015 年被教育厅推荐为全国职业院校健康服务类示范专业点,是浙医高专最值得骄傲的事。

而浙医高专药物制剂技术专业究竟是怎样在不断的蜕变中实行教学创新,而又究竟创造了哪些奇迹般的成果,才是大家所好奇的。

↗ 师生在课堂中互动

"一价请驴脚拿银(一价氢氯钾钠银),二价羊盖美背心(二价氧钙镁钡锌)……"

走入药物制剂技术专业的课堂,老师幽默地和同学们互动着元素化合价口诀,使乏味的课程变得乐趣满满。通过改变上课的形式,来改善学生的心态,带给学生更多的乐趣,尽量减少这门课程带给学生的乏味。2000年,学校开设了药物制剂技术专业,经过十多年的摸索,在教学方面形成了自己的优势,趣味课堂也取得了显著的成效。

"学者必求师,从师不可不谨也。"学生在不断地学习中才能获得知识,而老师在教学中起到了关键的引导作用,而言传身教必先从自身出发,作为专业带头人的胡老师热衷于从事教育事业。笔者猜测地问:"是因为老师您想要把自己创新的理念传递给新的一代吗?""嗯,是的,"胡老师笑着点了点头表示赞同。就在这时候,胡老师的手机铃声突然响起,她示意笔者先暂停手中的采访工作。匆忙地结束了电话,她说起当初从浙大毕业来到浙医高专并且接受负责这个专业的故事。故事从胡老师的学生时期开始,她说选择药物制剂技术专业并不是出于偶然。在高考填志愿时并没有过多的犹豫和抉择就选择了这个专业,因为她知道药物制剂技术专业在中国的发展前景是巨大的。当时做药是最赚钱的,因为制药是产业链的末端,是最终出来结果的一个关键,当时中国的市场对药物的需求量也是极大的。选择教育工作,是希望培养出更多优秀的专业人才投身于行业中,发展行业。

"那您认为该专业既然存在于这所专科院校中,为什么能走在其他同类院校前面呢?请您谈谈一些优势和特色。"

"其实当初对于这个专业在专科学校的定位还是抱着怀疑态度的,因为它不像本科那样有自己明确的定位,在定位上很难把握中职与本科之间的关系,当一个中职的学生毕业后所从事的工作是操作工人,而专科生毕业后也是从事同样的工作,那么既然这样,为什么学生要选择来我们这所专科院校而不是直接就读于中职院校呢?"

"所以学校也在努力改变现状,主要是大环境无法改变,我们只能选择改变小环境,重点抓的是学生的心态,给学生多一些鼓励,尽量减少和免除学生心理上的落差感。我们专业的优势主要是教育局对我们的大力支持,而且国家的产业链在发生改变,在今后的阶段,社会对药物制剂的人才需求量是逐步增加的。我们学校要寻求发展,要升本,把这个专业升级到本科层面是我们目前的重点计划。我们的行业背景特色比较明显,本身就是医药类的院校,更有利地受到教育局的大力扶持。

"强大的师资力量为本校药物制剂技术专业的发展保驾护航,这也是学校的一个特色。校内聘请的专任专业教师达 40 人,其中高级专业技术职务比例达到 62.5%;具有硕士及以上学位的教师占专任教师的比例为 77.5%,'双师素质'教师达 87.5%以上,为了提高学生的实际操作能力,学校还聘请了 40 名制剂生产一线技术员、能工巧匠作为兼职教师,专兼比达到 1:1,已形成了一支专兼平衡、优势互补的师资团队,从而更好地培养本专业人才。"胡老师说到这里,眼神里流露出了一些情感,是对药物制剂技术专业未来的憧憬和对专业创新的信念。

稳步前行,创造奇迹

浙医高专创造的不俗成果,是大家有目共睹的。当说起教学中印象最深刻的事情,胡老师便抵制不住内心的骄傲,开始眉飞色舞地讲述了起来。

"这个学生不知道你们有没有去学校的官网看到过,她叫徐娇娇。已经从我们学校毕业,现在在复旦就读博士学位。"

笔者发出了惊叹的声音,露出了不可思议的神情。

"这个女孩子我印象特别深,娇娇大一的时候跟着我做课题,她的专业课都是优秀,实践操作中也表现出不俗的成绩,娇娇自己也非常努力,有志于专升本。在毕业期间,她通过刻苦自学,顺利得到了温州医科大学的录取通知书,在温医大,她也没有停止努力的步伐,她取得了硕士学位,而且是四个优秀硕士中唯一的一个专升本学生。我对她的期望很高,也尽可能地去帮助她。在她读硕士的时候,学校的专业设备提供了做科研的条件,她回到了母校,跟着我做研究项目。娇娇后来在考取博士的时候,连续收到了三所高校的录取通知书,分别是厦门大学、复旦大学、浙江大学医学院。她毅然选择复旦大学就读博士学位。这是我所见过的十分有毅力的、令我印象最深的一个学生。"

胡老师停顿了一下,打开了手机相册展示了她和这位优秀毕业生的合照。照片上的徐娇娇笑得很开心,看不出来这阳光般的少女怀着如此大的雄心。徐娇娇立足当下追求未来,她不懈的学习态度和精神着实激励了许多学弟学妹。

浙医高专在培育专业人才中,徐娇娇成功的蜕变,也使校方更加支持药物制剂技术专业的学生通过专升本来提高自己的实践能力和丰富专业知识。药物制剂技术专业是面向制药企业培养高素质技术技能型制剂人才,而掌握更多的专业领域知识同时可以创造更多的就业机会。据数据显示,药物制剂技术专业专升本通过率稳步上升,就业评价优秀率高达 90%。

俗话说得好,英雄莫问出身低,黑手雄心与天齐。在胡老师的帮助下,笔者还联系到了优秀毕业生杜宇。通过电话采访了解了他不一般的心路历程。出生于海滨小城的杜宇，2006年7月毕业于浙江医药高等专科学校药物制剂技术专业。毕业后的他，入职浙江华海药业股份有限公司，从车间一线操作工开始，由于工作努力，很快历任岗位组长、车间生产主管、车间副主任、车间主任，直到制造部副经理至今。他娓娓道来："其实我的性格是一个比较急的人，做任何事情我都是要赶快把它做完、做好，之后才能安心。但是对待工作，我却是个慢性子。因为我知道，急躁是解决不了任何问题的。所以要先把情绪平稳下来才能解决问题。尽量站在别人的角度去考虑，你就会有一个理解的基础，这样很多事情沟通起来就不会太难。"回顾他成长的过程，其中的酸甜苦辣，个中滋味恐怕也只有他自己能够体会。

↗ 优秀毕业生杜宇

杜宇对母校未来充满着期盼，"母校教会我很多，我们专业重点开展实践与理论相结合的教学模式，按照人才特长不同来划分教学，更加人性化，学得更加深入，扩展学习的知识领域与技能。作为一名学长，想告诉学弟学妹们，在掌握专业知识的同时，也需要去多参加一些比赛和活动，在实践中收获不一样的精彩，为以后奠定基础。"

徐娇娇和杜宇的成功，也代表了药物制剂技术专业多样性的培养模式的成功。浙江医药高等专科学校致力于培养优秀的实践型人才和理论型人才，培养与国家医药现代化建设要求相适应的人才。考虑到学生的多样化发展，给予了学生更多发展的空间，提供给学生升学的机会，鼓励学生走得更远，跳得更高。

总结过去，展望未来

打开实验室的门，映入眼帘的是用木门隔着的房间。走进实验室，看到瓶瓶罐罐的实验器皿散在桌子上，桌子角落还搁置了几份盒饭，学生们正在等实验结果分析，准备实验的数据。

"你们怎么还没去吃饭呢？"

"老师，我们点了外卖，等会再吃，这几个实验还没做好，不然今晚又要熬夜了。"

"嗯，好的，你们先做，我带了人来参观我们的实验室。"

↗ 药物制剂技术专业实验室

"学生平时大多数时间都是呆在实验室吗？"

胡老师点了点头，若有所思地回答道，"是的，在教学中，我们一直以理论知识为辅助，专业上更注重于实践能力的培养。"接着胡老师又笑着说，"你看，学生们都要把这儿当家啦。"

在参观实验器材的同时，胡老师说校方对本专业一直是保持着重点支持和高度重视的态度，投入完备的器材和设备，并会按需升级器材引进新设备。正是有了这些先进的设备，学生们才能更好地做课题的研究。胡老师表示，自己对于本专业未来的发展很有信心，浙医高专现在处于专科转升本科的阶段，未来的药物制剂技术专业也会通过各个方式使这个专业的课堂更加完善，给学生创造一个有更多的就业机会和选择的平台。医药生产企业、医院药房、医药经营企业、药物研发与检验单位，本专业未来的就业前景以这四个方向性为主。

在笔者问及学校如何培养学生品质的时候，胡老师表示，在现在社会就业需求中，大学生更应掌握一门外语，能阅读本专业外文书刊，这样才能更好地培养解决问题的能力，还利于培养开展科学研究的能力，从而获得更多的就业机会。学生要从德、智、体、美全面发展，在掌握好本专业的同时，应该熟练掌握计算机能力，现代化的网络化发展少不了与网络的接触，所以我们对药物制剂技术专业的学生有计算机考级的要求。

如何更好地发展药物制剂技术专业？

学校副校长金辉说，药物制剂技术专业被确定为浙江省重点专业，也是我们课程建设成果丰硕的表现。学校一直积极从医药行业企业自身特点和需要出发，引企业进校园，共建、共管、共享实践教学平台，努力探索建立一种校企合作办学新模式，不断提高学生的实践能力。

学校这几年一直围绕深挖内涵，相继开展了教学规范年和专业建设年建设，着重从最基础的环节开展内涵质量建设。为提高专业教学水平和条件，学校加大投入，建立了现代化的实验实训中心，基本实现了校内实验实训与企业一线生产零距离对接。浙江医药高等专科学校的药物制剂技术专业能够不断地改变和创新专业特色，归功于

—记浙江医药高等专科学校药物制剂技术专业

稳步前行创奇迹

不断地总结过去的发展经验,在变化的大环境和挑战的小环境下稳步适应来求创新发展。

专业评价

浙江医药高等专科学校药物制剂技术专业引进企业生产与管理模式,构建职业场所即工作场所的学习氛围,依托工厂培养学生现代制药生产技术,以真实的产品生产考核学生的学习过程。"三真一化"人才培养模式在培养学生职业能力、职业素质方面有着非常大的作用,也有助于提高教师职业能力及教学管理水平,促进整体教学水平的提高。

文/图:周炜惠　陈攀红

指导老师:柯艳艳

开拓创新出新方

——记浙江医药高等专科学校中药学专业

专业名片

中药学专业是浙江医药高等专科学校最早设立的专业之一，自 1984 年招生以来，在专业团队齐心协力下，形成了具有自身特色的办学理念与办学思路，具有明显的优势。2007 年该专业被评为宁波市重点专业，2009 年被省教育厅确立为"十一五"高职高专院校特色专业，2012 年被省教育厅确立为"十二五"高职高专院校优势专业，2015 年被学校确立为升本培育专业之一。

目前中药专业有在校生共 1302 人。毕业生主要就业于浙江省内，是浙江省中药企业技术与管理人才的主要输出基地。中药专业近五年毕业生就业率都在 98% 以上，就业对口率已达 84%。学生的职业技能达到就业的职业岗位（群）要求。此外，在全国性的中药传统技能大赛和中药调剂员技能比赛中，参赛学生均取得优异的成绩，获得各类奖项 13 项，其中国家级奖项 5 项，省部级奖励 8 项。

2001 年，因为一个美丽的错误，出生于 1977 年的钱桂敏来到了宁波，来到了浙江医药高等专科学校。那时候浙江医药高等专科学校还被称作浙江医药职业技术学院，中药系也才刚刚建立。钱老师笑称："那时候还以为这个学校在杭州，就填报了，后来才知道它是在宁波。"尽管是阴差阳错来到了浙江医药高等专科学校，钱老师却没有后悔这个选择。如今钱桂敏老师已经成为一名中共党员，中药学副教授，执业中药师。在浙江医药高等专科学校担任中药专业负责人，中药系教学督导组组长，中医药基础教研室副主任。多次在校年度考核中被评为优秀，2010 年度被评为浙江省"三育人"先进个人。作为宁波市社科讲师团成员，多次为社区居民讲授中医药保健常识，深受学生欢迎。

20 世纪 70 年代末 80 年代初，高考制度刚刚恢复，为解决中药人才断档的问题，响应浙江省食品药品监督管理局的号召，中药学专业诞生在宁波商校。1984 年，浙江省医药学校成立，同时成立了中药学专业，并将宁波商校的老师请到学校进行教学工作。后几经发展，2002 年 2 月，浙江医药高等专科学校正式建立。

外引内培强师资

师资队伍建设是专业建设的关键。高素质的师资队伍是专业实力的综合性体现。

为提升专业建设水平，"十二五"期间，浙江医药高等专科学校通过"外引内培"及注重专兼结合，推进实施了"双师双能型"教师培养工程（双师双能型教师：一是既具有作为教师的职业素质和能力，又具有技师或其他高级专业人员的职业素质和能力的专业教师；二是持有"双证"，即教师资格证和职业技能证的教师就是"双师型"教师）。此外，还安排部分专任教师深入医药企业进行挂职锻炼和实践技能进修，中药系的蔡中齐老师就是其中的一人。

2013年暑期，蔡老师前往浙江中医药大学药学院天目山野外采集基地及宁波明贝中药业有限公司进行了为期一个多月的实践锻炼。蔡老师笑着说道，"我很珍惜学校给予的这次机会，中药采集本身是件很复杂也是很有趣的事。在这次实践活动中，我真切地体会到了理论与实践两者缺一不可的道理。天目山实习基地的采药实践是在浙江中医药大学的老师带队下开展的，我们在那里识别并巩固了大概300种常见药用植物。浙江中医药大学药学院天目山实习基地的植物资源真的很丰富。除了识别药用植物，我们还再次熟悉了药用植物的分布情况，如八角莲、金钱草、透骨草等量小植物的分布地点。还有一个是参考了《天目山植物志》及《浙江种子植物检索鉴定手册》，与浙江中医药大学、浙江大学相关院校师生等一起讨论并且鉴定、识别了天目地黄、天目丹参、日本丹参在内的多种药用植物。"

"明贝中药业有限公司系宁波市鄞州医药药材有限公司所属子公司，它的母公司是全国医药商业百强企业。它离学校只有2公里，是我们中药专业老师实践锻炼的理想单位之一。在明贝中药业有限公司的实践锻炼中，我跟随中药验收员缪老师初步学习了中药验收的基本程序和验收内容。我们都知道，中药验收及检验是中药质量检查的主要环节。但在接触检验工作前，我们都只是局限于书本上的理论知识，只是知道理论上的操作过程和步骤。在这次实践中，我们近距离接触并得知，中药验收员和中药检验员主要是通过中药新陈判断、含水量检查、非药用部分检查、杂质检查、灰分检查、挥发油含量检查等判断中药质量的优劣。检验内容和步骤都是严格规范的，包括取样、检验等过程都必须填写规范的单据。"蔡老师如是说。

中药学专业的实践性很强，如果仅仅停留在课本上是不可能学有所成的。蔡老师用实际经历讲述了实践的重要性。在此次暑期实践锻炼中，她不仅学习巩固了专业知识，而且在提升自身的理论知识的同时，也学习了其他院校的教学方法。这些都为蔡老师的日常教学奠定了坚实的基础。在学生的眼里，蔡老师是个上课很有感染力的老师，能够将课本知识讲得深入浅出。

开拓创新出新方

浙江炮制实训中心和药用植物采集基地被评为宁波市产学合作优秀案例。

↗ 学生们到药企实习实践

建立实训基地

浙江医药高等专科学校在离学校不远处建立了实训中心,还与宁波明贝中药饮片厂和宁波市鄞州医药药材股份有限公司共同建设了中药炮制实训中心和中药鉴定技术开放性实训基地,和余姚泰夫昌农庄有限公司共同建设了药用植物采集基地,能够更好地培养学生的实践能力。学校每年会安排300名左右的学生去进行参观、上岗培训以及进行炮制操作。所谓"炮制",就是将药材中的有效成分更多地溶出来,因为果实类的药的皮很坚硬,放在锅中炒制以后会变得很松脆,有效成分就能出来。其次是降低药材的毒性。再则是安全有效。钱桂敏老师开玩笑地说:"我们经常说中药专业的同学也可以拿到一个厨师证,因为炮制对火候的要求也很高,就好比一个厨师差不多。"

新型的"线上线下"教学方式

我们还从学生中了解到,浙江医药高等专科学校采用慕课、微课和翻转课堂的教学方式,初步形成了"线上+线下"的课堂教育方式,学生在课上没有听懂的知识,可以从网上平台再次复习巩固,这种新型的教学方式不仅激发了学生的学习兴趣,还提高了学生学习的自主积极性。学生通过登录平台,利用"线上"的时间进行学习,既方便自学,又方便老师管理,教师通过登录平台,可以对学生的学习情况进行统计,减轻了老师的工作量。

厚德载药始于本

中药学专业作为一个技能要求比较高的专业,除了传统的第一课堂外,还有第二课堂。学院不定期举办一些与专业相关度比较高的活动,让学生融入其中。

中药学院根据国医国药行业发展特色、内涵建设需要和学校医药类人才培养目标、要求,于 2006 年开始举办中药文化节,每年一届,时长为 30 天。中药文化节活动包括:中药文化会展、中药传统技能大赛、上山认药采药活动等。中药文化会展发展至今已是第十一届了,展览时间一般为 4 月下旬到 5 月中旬,它以多种形式的展出,多方位、多角度展示中药文化的渊源、历史和现状,让学生切实感受中药文化的博大精深。从而提升学生传承发扬国药文化的自觉意识,坚定发展中药事业的信心和信念。上山认药采药活动是 2014 年开始举办的,主要活动内容是上山认药以及后期的栽培。通过为学生提供接触自然的机会,让他们在观察、讨论、互动过程中进一步掌握和巩固植物的形态学和分类学基本理论和基本技能。掌握本地常见的各类药用植物、主要药用植物的特征与鉴别方法,让学生在实践中体验博大精深的中药文化与原生文化。

除了这些定期活动,中药学院中药先锋队还组织了"中药文化公益行——保健进社区,关爱夕阳红"活动。通过举办中药文化公益活动,中药学院师生为区域群众提供中药饮片巡展、中药养生保健讲座、义务量血压和指导居民开展中药养生文化活动等多方面的活动,增加区域民众的健康意识,推动区域的健康文化建设,在服务中展示优秀文化,扩大中药文化的辐射力与影响力。

钱老师抚了抚耳边的头发说:"我们专业很注重实践,会有很多与专业相关的拓展活动,让学生融入到过程中。像大二学生的暑期,我们会带他们去社区做一些社区服务。现在生活水平提高了,人们更加注重养生。很多人对冬虫夏草、野山参这类保健品都很感兴趣,但是就是不知道怎么去食用。这个时候我们的学生就可以将课堂上学到的知识运用起来了。他们会用最简单的话去告诉居民如何食用,食用时要注意的事项。再加上如今假药也有出现在市场上,我们的学生也能教居民一些辨别真假药材的方法。"

优势显著增就业

根据相关资料了解到,浙江医药高等专科学校中药学专业在近三年来的毕业生就业率都在 99% 以上,就业相关度达到 80%。相对来说中药学专业的就业选择还是比较广泛的。

"医院药房,还有就是企业,医药公司、药材公司都可以去,中药专业应该来说就业方面还是宽的。包括药检所、药物检测所、药物研究所,但是这些他们可能要求的层次可能更高一些。所以我们的学生更多的还是在基层,就是社区医院的药房,还有我们说的社会药房,因为这些地方需要的人员比较多,而且门槛不是特别高,像药检所就需要的是研究生毕业。"钱桂敏老师解释说。

浙江医药高等专科学校还与企业联系挂钩,与杭州胡庆余堂药业有限公司、正大青春宝药业有限公司等80余家医药公司签订校外实习基地协议,更大程度上为毕业生就业提供了更多的机会。

浙江医药高等专科学校通过员工班和教师的科研实现专业与产业的对接。每年都会从每个班选拔2～3名优秀且自愿的学生进入员工班,按照企业人才培养方案和学校人才培养方案进行双向培养,毕业后直接进入企业工作。

学有所成扬远名

浙江医药高等专科学校培养出了一代又一代的人才,有位同学通过在浙江医药高等专科学校的学习,在现在的事业中取得了巨大的成功,此人就是我们的优秀校友李成华。

李成华,是一个来自农村的孩子,在这个陌生的城市里没有背景,没有亲戚,没有朋友,孤身一人来到了宁波。由于当时随意填的志愿,阴差阳错地进入了中药学专业。李成华说,最终使他开始安心在这个学校读书并且喜欢上中药专业的是时任宁波商业学校校长干昌权老师的一堂课,他至今印象还很深刻,那是校长给他们上的第一堂课,内容是"商业的重要性"。从那时起,李成华开始对商业有了一个全新的认识,并树立起将来从事医药商业工作的信心。后来他被分配到绍兴医药采购供应站工作,从最基层做起,直到现在担任浙江震元股份有限公司总经理助理,他用自己的亲身经历向大家诠释了一个道理:只要一步一个脚印,诚信做人,踏实做事,付出终会有回报。

↗李成华

齐头并进创新篇

在浙江医药高等专科学校的官网有一个升本工作的板块,上面发布了各类关于升本工作的通知。自进入2016年下半年以来,"升本"二字频繁出现在各大会议上。显然,升本已然成了整个学校的头号大事。

和很多专科院校一样，浙江医药高等专科学校也有一个升本的目标在。当问到"在中药学专业建设中遇到的最大的问题是什么"时，钱老师笑着答道："目前最大的问题是2018年扩校升本创一流。升本的过程中对我们学校来讲既是个机遇又是个挑战，中药专业相对于医药高等专科学校来讲是特色专业，在升本的方面是排头兵，在过程中也遇到了一个转型上的困难。"

"与金华职业技术学院的中药学专业相比，医药高等专科学校中药专业的规模更大，招生规模（普高上来的有300多人，5年一贯制"3＋2"上来的也有300多个人，总共有600多人），而金职院每年只招几十个人，只有医药的十分之一，所以在师资方面医药里老师在数量和质量上都非常高，中药专业有将近50位老师，金职院的专业老师也只有医药的十分之一。"钱老师这样介绍。医药高等专科学校的中药学专业与浙江省同类院校相比具有明显的优势，但是在升本方面，它还有很长的路要走。

浙江水利水电学院十余年的"升本"历程，给了浙江医药高等专科学校一个很好的借鉴。升本不只是学校名称和学生学制等形式上的改变，教育教学理念、教学管理制度、教学模式、教学方法和教学水平等方面都需要做出改变。它需要从实质上提升办学层次，提高教学质量，真正体现出本科教育特有的属性，确保所培养的学生达到国家规定的本科教育学业标准，从而将浙江医药高等专科学校建设成名副其实的本科院校。

"大家都知道职业院校与本科院校对学生培养的区别，本科院校注重学科建设，职业院校注重专业方面的学习，医药高等专科学校注重实践操作，高职院校没有学科建设这一说法。我们如今面对的最大的挑战与困难就是要把学科建设搞上去，学科建设在中药学这一块上已经建立了教师梯队，内涵建设还有很大空间。"看着手上厚厚的一叠资料，钱老师谈道。

升本是医药高等专科学校近五年的奋斗目标，目前计划于2018年实现第一批本科招生，中药学专业正是本科招生专业之一。在未来可能还有更大的挑战在等着这个专业。

📖 专业评价

浙江医药高等专科学校中药学专业培养掌握中药所必须的实践操作技能和基本理论知识，具有良好的职业素养和文化修养，面向中药行业，从事中药的生产、经营、质量检测等工作的高素质技能型专门人才，推动宁波市中医药的发展。

文/图：庞瑜琪　金雯

指导老师：柯艳艳

三十年坚持做一件事：把专业做成事业

——记宁波城市职业技术学院城市园林专业

👤 专业名片

　　宁波城市职业技术学院城市园林专业前身为宁波林业学校，于1985年设立的园林绿化专业，是全国最早举办的园林专业之一。2000年宁波林业学校并入宁波大学后，以园林规划设计专业名义招生。宁波城市职业技术学院独立设置后，根据教育部高职高专专业目录要求更名为园林工程技术专业，2012年将园林工程技术和园林技术整合，更名为城市园林专业。院部位于风景秀丽的5A级风景名胜区、上海世博会"城市未来馆"——宁波溪口，是宁波城市职业技术学院办学"一体两翼"中的其中一翼。2016年根据教育部高职高专专业目录要求调整为园林技术专业，近三十年的专业建设积累，专业特色已经显现。2012年被宁波市教育局认定为宁波市高校重点（品牌专业）专业，同年被浙江省教育厅认定为省优势专业。

把冷门专业做成特色专业

　　专业负责人张金炜老师风尘仆仆赶到办公室，简单的寒暄过后，笔者就开始了关于宁波城市职业技术学院城市园林专业建设的采访。

　　宁波城市职业技术学院城市园林专业有30年的历史，怎样从一个全新的专业做到宁波市高校特色专业，大家都很好奇。毕业于西南农业大学本科，又在南京林业大学念完硕士的张老师告诉笔者："我从事这个专业大概也有17年了，"张老师思考了一会儿，接着说道："起初建立这个专业也是困难重重，因为毕竟这个专业是冷门专业，把它建设成特色专业是有些困难的事情，毕竟是个小众专业。"

　　"但这其中也有优势，我们专业历史悠久，1985年就创办了，那个时候本科院校有园林专业的也没有几所，我们就已经建立了这个专业，这是一个好的开始。"张老师接着介绍道："还有社会发展需要有这样一个新型的专业，它可以适应新的环境，特别是现在出现了雾霾等问题，引起了大家对于环境的重视。我相信我们专业是一个有朝气、长久不衰的专业。另外，学校领导也希望我们的专业可以发展成一个特色专业，多方面的原因使我们城市园林专业成为宁波市高校特色专业之一。"

引导学生　在迷茫中渐悟

城市园林，这是一个极其容易从字面上对其产生错误解读的专业。

一开始有很多学生都是被调剂到这个专业的，但大部分学生学习一段时间后都对这个专业产生了兴趣。

原来，由于很多学生是在高考录取志愿时调剂到城市园林专业的，他们会对这个专业的学习、就业前景十分迷茫。所以在开学初，学校就组织教师进行宣讲活动，并在教学楼的大厅设立咨询处，帮助同学们解答任何关于专业的疑问，并编写了专业人才培养计划，分发给同学们，帮助他们更加了解这个专业。另外，学校每学期都会进行期中座谈会，很多学生在通过半个学期的专业知识学习中，对这个专业产生了兴趣，基本上打消了对这个专业的偏见，也打消了转专业的想法。张金炜老师欣慰地向笔者说道。

"大家都会从字面上去理解园林这个专业，包括我在考大学的时候也是这样，认为这个专业和种树有关。很多同学在填报专业的时候，对我们专业并不了解，所以我们现在拍摄一个专业宣传片，希望学生对本专业有一个深刻的了解。"张老师解释。

被调剂到园林专业的应同学与笔者分享了一些学习上的小故事："很多人对于园林这个专业有所误解，觉得学习园林无非就是与花花草草打交道，说得通俗点就是一个专业种树的。但其实我们这个专业学习领域还是很广泛的。"

应同学接着说道："我们的专业叫城市园林，我们需要学习的课程中不仅有植物学方面的知识，还有工程技术方面的内容，甚至于我们还需要动手做手工。"园林专业的学生还要会做手工，这听着有些新鲜。

"其实很正常，因为我们需要学习材料与构造。比如我们就做过六角亭1：1比例的模型，还有自己设计的木构造的花架模型，经过了这样的制作，我们才能对建筑的构造了然于胸。"应同学看着笔者解释："所以不要小看任何一个园林专业的学生，要知道我们可是多才多艺，大到工程施工，小到花草种植，风水八卦，或是绘图软件，我们都能为你做一番讲解。还有测量，很多女孩子看着柔柔弱弱，但是扛起器材来、架起脚架测量起来也是巾帼不让须眉。"应同学自豪地介绍着，还拿出作业的照片与笔者分享。

这手工活看着可不轻松，煞费苦心做好的模型，还只是学生们日常的作业，可见若要成为一代"园艺大师"，下的工夫不是常人能够坚持下来的。

创新教育与时俱进

"课堂不仅仅是在教室"，是现在很多教师都奉行的教育理念，现在的教学出现了天翻地覆的变化，不像以往传统的满堂灌的模式。作为一个实践性较强的专业，城市园林专业更是提倡"教、学、做"一体化的教学模式。

学校设有很多一体化教室。在课前，老师会用5～10分钟时间，把理论知识梳理一遍，然后学生在场地上根据老师的要求进行操作，老师根据操作的情况进行考核，再进

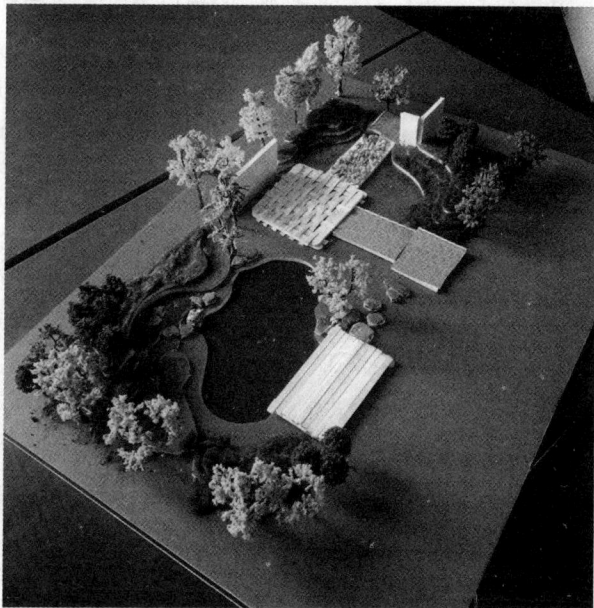

↗学生设计作品

行评价。这种将理论与实操结合起来的教学方式让学生的操作能力和动手能力有一个很大的提升。

　　谈及专业知识上的学习，应同学露出了一丝为难的表情，她说："作为园林专业的学生，认识园林植物是每个人都应该掌握的技能。但是一想到要认那么多的植物要做那么多的作业就不免头痛，所以开始的时候大家都商量交作业时要想什么办法才能躲过老师的法眼。"

　　"可是计划总是赶不上变化，第一节课上老师就让我们领略了什么叫道高一尺、魔高一丈。老师让我们出去认植物再带一些植物回来，她根据我们采摘的植物就能推断出植物生长在校园的哪个位置。并且还说她能认出作业 PPT 中的植物图片是哪年拍摄的，于学校哪个位置拍摄。"应同学带着崇拜的表情说着他们的专业课老师。

　　"那除了刚才介绍的老师，还有其他给你印象深刻的老师吗？"笔者问道。"咱们每一个专业老师都是身怀十八般武艺的！"应同学用崇拜的语气说，"咱们的专业课老师总是那么几个，但是神奇的是可能这老师大一还在带着你们外出画素描，大二就在课堂上给你讲起八卦风水；一个教工程制图的老师同时带着你们学习 CAD 绘制，我们的老师真的是无所不能！"老师们丰富的教学经验，扎实的专业知识，生动的课堂教学，使得学生们能更加投入地学习。

　　笔者了解到，城市园林专业还引进了当下比较流行的"慕课"和"微课"这种新的方式，让同学们自主地通过网络随时随地来学习并巩固知识。另外还有翻转课堂的形式，在课前，学生先通过观看课程视频、翻阅相关书籍的方式，自行完成课堂上要学习的内容，然后在课中进行讨论，老师会着重对重点案例进行分析和讨论。所以，当下的教学方式发生了很大的变化。

"我们现在的教学基本上是实行"2＋1"模式，两年在学校学习基础理论，一年在校外上岗实习、岗前综合训练以及毕业综合实践。"张金炜老师向笔者介绍。在大学前两年，学校基本上以基本操作技能为主，培养技术。最后一年，让学生利用这一年来做岗前综合训练。

"岗前综合训练，学校与行业内的典型企业——杭州真知景观培训公司联合创设专业训练基地，并依托行业企业整体的工程项目、技术人才、就业岗位等优势，校企共同制订人才培养计划，实现岗前训练、顶岗实践、就业三位一体的校企合作工学结合的教学新模式，有效可持续合作培养高素质技术技能型应用人才。学生在培训机构，通过现场真实的操练，比如说做一块实际的绿化场地，包括设计图纸、施工、招投标、预决算，包括一些植物的搭配和种植以及水电安装等。"张老师说。

学生现在通过实际操作来学习，而以前在学校，学生基本上都是通过课本来学习知识，或者老师在课堂上用一个展示性的模型来讲解。学生通过在企业中的实际操作，能更清楚地了解一个操作流程，他们所在的工作岗位在企业中也是一个真实存在的工作岗位。通过岗前综合训练之后再进行一个顶岗实习，形成"岗前训练、顶岗实践、就业"三位一体的实践教学模式，提升了校企合作、工学结合实践教学成效。

"顶岗实习中，我们需要学生就业的岗位是跟专业相关的，比如设计员、预算员、造价员以及与工程相关的施工员等等，他们根据自己想要的方向去选择岗位顶岗。在最后一个学期，根据自己的顶岗实习的内容来做一个毕业答辩。"张老师说道。

分层分类　推进人才培养新模式

学院深入行业企业开展调研，认真梳理专业定位，明确专业人才培养目标，根据学校"素质引领、校企一体、分类培养"的人才培养方案修订指导思想，根据学生个性发展需求，分岗位培养景观设计、工程施工与维护、庭院营造与护理方向分类培养理念。相比于本科院校，专业的分类更加细致，根据学生的情况量身定制，培养学生的应用能力。

学校会根据学生自身的特点和兴趣爱好，帮助他们去选择方向。文化水平较好，有绘画功底的同学就会选择景观设计；也有一部分同学文化水平一般，但动手能力较强，他们都会偏向施工类；相对比较全能的同学就会选择庭院营造与护理。

张金炜老师提道："园林技师培养是我们专业的一大特色，也是我们分类培养非常重要的目标。"专业根据学生的学习能力等级，创新中级工、高级工、技师等分层人才培养模式，并突出"卓越园林技师"培养。根据人才市场的需求，拓展城市园林办学定位，提升城市园林专业学生培养规格，更好地满足学生、园林企事业单位的需求。

据笔者了解，普通的学生到毕业的时候，会有职业绿化工三级或四级的证书，但是有些学生对自己的要求比较高，并且学习能力、专业能力比较强，就会去参加学校的技师班，通过技师班的学习，让自己的能力得到更大的提升，可以考二级造价师或者更高级的证书，有助于今后的就业。

"双向导师制"也是城市园林专业的特色之一。学生选择老师，老师选择学生，通常一个导师会同时带五六个学生。每个学生的学习水平有所不同,在毕业的时候达到的高度也不同,优秀的学生能在毕业时拿到更高级的职业证书或是参加技能竞赛,但是在学习过程中也会有中途放弃的学生。

创业对大家来说是非常具有诱惑力的,每个人都想成为老板,但是创业是需要机遇的,天时地利人和才能得以促成。正是因为这样的诱惑力,学校有另外一种培养方式。"我们学校还有一种分类培养模式,叫做创业型,"张老师接着向笔者介绍道,"平时我们会给学生灌输一个创业思想,首先,都说'不想当将军的士兵不是好士兵',学生得先有这种想法。所以我们的老师们平时会给学生介绍一些优秀学生的案例,他们在做老板之后年薪会有 80 万~100 万元,有时候一个工程做下来就有上千万了。我们有些老师自身就是老板,平时也会从侧面把这些灌输给学生,学生们还是非常感兴趣的。"

接轨企业　校园起步　校企合作共建专业

为实现将理论运用于实际工作中,专业初步建立了校企合作共建专业的机制,保证行业企业参与专业建设和教育教学各环节,及时根据行业人才需求和产业结构变化调整专业定位。

为此,学校还创新了"蓝海绿业"现代学徒制模式和"城市园林产学研联盟"校企合作体制机制。学校与浙江蓝海绿业合作试行现代学徒制培养模式培养学生,构建基于行业企业人才需求规格的专业人才培养方案、课程体系。

以往,学生的导师就是学校任职的老师,但是现在,在现代学徒制模式中技术班是双导师的制度:学生有一个校内的老师和一个校外的老师。在平时上课的过程中,校内的老师已经把实践的知识灌输在了教学之中,同时学校也安排了校外的企业的老师对学生进行指导。相比于其他学校,只有在大三实习的时候才能接触到校外的实践知识。所以这种现代学徒制模式可以让学生提早进入校外的企业实习,学生能在大一下半学期就进入企业进行实践、操作。

为使学生感受真实的企业氛围,学校把班级改建为集团分公司,按照企业管理运行模式实施班级管理。在人才培养教学改革方面,企业有一个非常重要的作用,即企业知道现在需要什么样的人才。学校如果单纯地培养自己认为需要的人才,在社会上并不受企业欢迎,那三年的学习完全没有意义和用处。为使得学生的专业技能更符合社会需求,张老师说学校提出了这样的方案:"同学们利用暑假的时间,到工地去真实体验,虽然很辛苦,但是同学们都很感兴趣,兴趣是最好的老师,有兴趣的同学就会从实践中学习到很多课堂中学不到的东西,没有兴趣的同学就会慢慢淘汰掉,所以通过实践,同学们的能力才能得到一个更大的提升。这也正是我们引进企业到我们学校共建的原因。"

在企业与学校的共同努力下,现在城市园林专业毕业生就业签约率大于 90%,就业率大于 98%,企业满意度 90% 以上。

在传统中创新　提倡"新中式"

香樟是宁波的市树,茶花是宁波的市花,但是在宁波放眼望去,这两个元素运用在城市绿化中是比较少的,甚至看遍全国,很少有城市是有自己的园林特色的。

如何将城市代表植物运用到城市园林建设,张老师作出了这样的解释:"设计特色这块,是一个做设计的学生务必要具备的,像宁波的月湖或者南塘老街,还可以稍微找到一些历史的痕迹。地方特色这个部分,着实值得我们深思,不光是我们这个专业的人,还有做其他设计的设计师。现在很多现代的、国外的东西主导了我们的市场,特别是欧美的一些东西,很多人家里面装修风格现在也是偏向欧美风更多,而不是中式风格。由此可见,在当下的市场中,真正传统中式的东西接受度不够高,因为年轻人都喜欢新潮一点的,太传统的东西灌输给学生有一定难度,只能说通过一些新的东西让他们接受传统的东西,不能逼迫他们全部接受传统的东西。像我们现在所说的新中式,我们平常所说的粉墙黛瓦,可以用现代的材料、简洁的手法去设计,比如用钢材替代瓦片等等。"

如何用创新的手法去做一些传统的东西,也正是现在专业学生需要探究的问题。

三十年只做一件事:把专业做成事业

现在社会发展得太快,大家都生活在一个浮躁的大环境下,大部分人急功近利,生活条件也比较好。部分学生自身缺乏毅力和恒心,但是如果学生能够沉下心来,用心去做一件事情,并且一直坚持着,那他肯定能够做好。"就拿最早期那批学生来说吧,从他们毕业到现在,一个班级里面有80%的学生能够坚持下来,这些学生就陆陆续续在行业中小有成就。"张老师介绍道。

"但是从事本专业的毕业生随着时间的增加人数在减少,"张老师说,"刚毕业的时候,从事本专业工作的学生还是蛮多的,大概占到了百分之八九十。但是随着时间的推移,每个学校每个专业都会发生一些变化,从事本专业的人数都会下降。近五年的情况并不是特别乐观,改行的人特别多。因为我们这个专业比较艰苦。但是这五年,如果能坚持下来,这些同学也能成为行业的骨干,并且做得非常的不错。"

据笔者了解,鄞州园林经营部的经理,就是城市园林专业的毕业生,现在在公司主要负责预决算、造价,张老师对他的印象也是非常深刻的,"他的能力非常强,在学校期间学习就很努力。毕业后也一直在坚持做自己本专业的工作,很认真,很努力。"正如张老师所说,很多事情还是贵在坚持,如果说一件事只做了一次,那么他是平凡的,但如果这一件事每天都做,长年累月,那他必定是不凡的。

说起印象深刻的毕业生,张老师似乎还有很多话想说:"咱们学校有挺多优秀毕业生,现在在宁波也发展得非常好,比如我做班主任带的第一届学生,是我们班的班长,现在也是园林公司的老总,他叫沈国庆。"

据笔者了解,沈国庆现在是宁波雅静园林的老总,从一开始的经理,通过努力,慢慢积累多年的经验,现在晋升成了公司的老总。"带了这么多的学生,我觉得他们都有一个优秀的品质,就是对母校非常感恩,感恩母校的培养。母校的培养对于他们而言确实是起到了奠基石的作用,让他们走得更高更远。"张老师微笑着说道。常怀感恩之心也是成功创业的必备品质。

现在宁波大中型企业当中基本都有宁波城市学院园林专业毕业的学生,由此可见宁波城市职业技术学院城市园林专业在宁波园林专业领域的影响力。

宁波城市职业技术学院城市园林专业发展成了宁波市高校特色专业,这是师生共同努力的结果。"十年树木,百年树人。"未来有更大的挑战等着这个专业,但同时也有更多的机遇等待着城市园林专业的学生们。

专业评价

宁波城市职业技术学院城市园林专业培养具备园林专业的基本理论知识,了解园林建筑的设计原理,具有一般园林建筑的方案设计能力,具有绿地、住宅区绿化设计和中小型公园的规划设计能力的应用型高级技术人才。学生毕业后能在园林规划设计及相关单位、房地产公司、物业公司等从事景观设计、工程管理等方面工作。学生们在宁波城市园林规划和建设方面都有建树。

文/图:吴 靖 钱 瑜

指导老师:戴巧泽

独辟蹊径探寻设计美学

——记宁波城市职业技术学院艺术设计专业

👤 专业名片

宁波城市职业技术学院艺术设计专业自 1994 年创办至今历时 22 年,已建设成为浙江省特色专业、宁波市重点专业、宁波市服务型教育重点专业。本专业作为该校创意设计专业群的龙头专业,一直致力于改革创新,达到了为宁波、浙江乃至长三角地区经济发展培养高素质艺术设计人才的预期目标。

2016 年 6 月 1 日,"水墨划——青年水墨实验展"在深圳画院美术馆展出,来自宁波城市职业技术学院的约 60 名学生的水墨作品呈现了他们对传统水墨的敬意与自己的艺术创新实践。宁波城市职业技术学院艺术学院潘沁院长作为本次展览的策展人,谈及为何开展"水墨划"青年水墨实验时说,"希望鼓励青年学生学习与反思东方传统美学,为大学生提供一次回望传统、超越自我的实践机会。"从展览的设计作品中"过去"与"未来"的吸收融合,许多新的实验技术在创造中呈现的特殊效果,无一不显示了"工作室"制的人才培养特色。

这已不是宁波城市职业技术学院艺术设计专业的学生第一次参加此类设计展。学院学生获得国家设计比赛金、银、优秀奖 7 项,省级设计比赛奖项 27 项,市级设计比赛奖项 31 项,成绩居全省同类专业学校前列。其中,114 件作品获得国家产品外观专利。是什么原因促成了这样的成果?笔者采访了宁波城市职业技术学院艺术学院院长潘沁,潘沁教授回应,艺术设计专业于 2006 年在省内率先推行"工作室"制设计人才培养模式,并建立政府引导、产教融合的"211 创意设计空间"实践基地,2011 年在"工作室"制人才培养模式的基础上,引入"视觉东方"概念,积极探索具有东方特征的设计教育。经 10 余年的努力,培养效果明显。

打破常规 创新人才培养模式

1993 年,毕业于浙江美术学院(中国美术学院前身)的潘沁来到宁波师范学院任教,后来到宁波城市职业技术学院参与艺术设计专业的筹建工作。刚出校门的他一腔热情,但也缺少经验,在专业筹建初期遇到了很多困难。1995 年开始构想的"工作室"制人才培养模式,是一种以师傅带徒弟学习的形式。2006 年 7 月,宁波城市职业技术学院艺

↗ 潘沁工作室学生作品《秘色越器》

术设计专业在学校全面推行"2＋1"人才培养模式的背景下正式导入了"工作室"制高职艺术设计人才培养模式，用"双选制"的方式，由聘用的导师开设不同专业方向的工作室。这一形式一时间引起了省内外职业院校和各大媒体的高度关注，省内外高职院校也纷纷效仿推行此模式，起到了较强的示范和引领作用。

工作室模式行至如今，艺术学院探索与实践以东方人文哲学为核心、以"视觉东方"为理念的设计人才培养模式改革。近年来，艺术学院"工作室"制人才培养模式依据"视觉东方"理念，推展东方美学的视觉创新，立足传统，面向国际，构建当代东方的艺术设计办学模式。艺术学院分别开设了漆器艺术工作坊、饰品设计工作坊、玻璃艺术工作坊、陶艺工坊、金属制品工坊等20余个工作坊，注重以传统手工技艺为主要手段的现代设计创新，工作室办学模式正逐步向"视觉东方"办学方向转型。

在宁波城市职业技术学院艺术学院2015届毕业生的毕业作品展上，一群90后的"小鲜肉"设计师从中国传统文脉出发，让现代设计作品穿梭光影生长出"中国风"的艺术触角。此次作品展以"鸠工庀材"为主题，意为借助东方传统语境，探寻中国传统文脉之根源。每年的毕业生设计作品展，是宁波城市职业技术学院艺术学院的传统。为了毕业展，2012级艺术设计(2)班的钱俊潮回忆，他早早开始构思自己的作品，想设计具有东方特色的作品，所以选择镇纸，它是古代文人的文房用具。钱俊潮介绍说，"用漆器这个传统工艺进行创作，要经过七遍以上刷漆和自然风干，工序耗时长达4个月。"2015年5月12日，他的漆器《犀皮镇纸》成为学校精选的140余件作品之一，一起在宁波美术馆展出。"能从400件作品中被选中，真的很兴奋。"更让钱俊潮高兴的是，即将毕业的他，目前已经留在一家公司就职，"这多亏学院的'工作室'，我的导师就是公司的总经理。"

2012级平面设计(2)班学生钟诚，在大三时进入"太阳系工作室"学习，在导师的带

↗ 艺术学院 2015 届优秀毕业生设计作品展部分作品。图片来源：学院官网

领下，先后获得中国西部数据硬盘包装设计大赛优秀奖、德国 trolli 橡皮糖海报设计三等奖，积累了丰富的专业知识和实践经验。在毕业来临之际，他选择创业开店，一个人包揽了两家店面的所有品牌形象设计，开业还不到一个月，已有人申请加盟，月收入过万。

像这样每年从各个工作室走出了很多创业、就业的典型。2013 届毕业生蔡成斌，现任宁波汉莎设计主任设计师。2012 年 9 月他加入东钱湖 211 创意空间谭秋华工作室，同年加入深圳市洪涛装饰股份有限公司，参与文化广场Ⅱ段氧动力健身会所项目建设并完成该项目的竣工图，负责过鄞州中学迁建的幕墙工程，还在福苑别墅、外滩多处酒吧等进行作品设计，这些经历都为他的成功奠定了基础。

专业依托"工作室"，弘扬以"工匠精神"为核心的职业精神，加强了学生素质教育和能力培养。

配合互补　培养职业能力

2009 年，学校牵头与宁波东钱湖旅游度假区管委会共建，签订了 211 创意空间的合作项目，启动了政校、二级学院与地方共建产学研基地的合作模式。创意空间共有 8000 平方米，组织了 25 个实体创意企业进驻其中，基地内还建有大学生创意创业拓展基地、211 艺廊等创意平台。以"视觉东方"理念为引领的 211 创意设计产学研基地建设，在省内乃至国内文化创意产学研基地建设领域是一个十分创新的举措。2010 年，2 个宁波市首批非物质文化遗产教研基地——"民间美术教研基地""手工技艺教研基地"落户学院。2014 年，在宁波东钱湖 211 创意空间内，聚集着艺术学院的 20 个工作室，由 24 位在艺术设计领域有杰出成就的校内外导师领衔，负责带领学生进行"准就业式"的教学训练，提升学生的艺术设计职业能力和职业素养。

由于每个工作室背后均有一家或一家以上的公司或企业作为依托,因此,"工作室"与企业建立了直接的合作关系。从某种角度来说,企业与"工作室"是一体的,学生介入"工作室"就意味着介入企业,由此做到了实践教学与职业岗位的近距离接触。这种"工作室"与实训基地紧密融合在一起,由任课教师或相关的专业教师与企业进行联系,企业的艺术总监担任工作室导师,学生跟着导师完成企业的真实案例,这样,学生的职业能力在实训基地得到了全方位的培养。

潘沁教授深深地了解,校企合作还处在一个非常初级的阶段。"高校里面包括本科院校都在做校企合作,它有很多的水分在里面,这种水分并不是刻意的水分,而是很难在真正意义上做到高校跟企业之间强有力的有效的一种结合,不过这只是一个未来实现校企合作的必经之路。一个问题是在于学校真正能够对接到社会的资源、社会的企业,在选择层面来看不一定是最好的企业。往往最佳的资源,你很难在高校里去对接。比如你跟世界上重要的品牌——耐克、阿迪达斯这些企业,是做不到校企合作这个程度的。所以说在合作上,社会的优质资源还没能落实到高校办学当中来。"

他停了片刻,继续解释道:"另一个问题就是教育和整个企业的运营是两条路径,它实际上是有很大的差异的。教育是人才培养为主,可是对企业来说,经济的产出,这是它的一个考量核心,我们的诉求是不一样的。一个是带有理想主义,一个是很现实的,两者想真正平衡是很难的。还有一个问题就是,目前中国高校特别是高职院校都没能真正意义上做到一个很好的教育储备,都还存在问题,包括教育的机制,教育的师资,教学体系,都还没做好能和一个企业对接的准备。对一个企业来说,最重要的两点无非是一个对企业的贡献,比如我们好的、高水平的老师能为企业提供比较好的帮助;另外一个就是我们学生在教学中能当做企业一员一样进行产出。这两点如果没能做到的话,企业的兴趣自然会减少。所以我觉得目前来说校企合作还是不成熟的,是走在路上的一种状态。"

当笔者问起本专业毕业生的创业情况时,潘沁教授沉思了一下,回答说:"211创意设计空间这个平台,对于创业的学生,头两年我们是免费为他们提供这个空间的,学校会帮助他们承担一部分创业的风险。另外一个,在他们的创业过程当中,导师也乐意继续去帮助他们慢慢把这段路走好。从这个方面来说,我们已经做了很多帮助和改良,学院的这种改变,对他们来说,创业风险可能会降下来。还有一个,我们给他们的创业指导相较于开一个大型的设计公司,其实是更鼓励学生先以一种半实践半工作的状态介入,投入不要太多,等到技艺成熟了,可行性比较强了,再以这种方式投入到整个创业当中去,实际上这还是一个如何将高校跟真正实践创业这两个节点串联起来的过程。"

潜移默化　新型师生关系

提起潘沁教授,学生们脸上呈现出的不是敬畏,而是亲切,这背后是有原因的。走进潘沁教授的工作环境,会发现他是一个极其热爱生活,同时也会生活的人。从学生对他办公室的熟悉程度,可见他们的关系不那么"简单"。

记宁波城市职业技术学院艺术设计专业　独辟蹊径探寻设计美学

来自潘沁工作室的两位学生,向笔者说起他们与潘教授之间亦师亦友的师生关系,"潘老师平时经常会和我们一起喝喝茶聊聊天,带我们出去玩,"刚进入工作室的杨阳回忆当时选择进入工作室的原因,"最直接地说,潘老师是宁波最有名的平面设计师,以前就是慕名而来。接下来就是自己就业方面的问题,我对平面设计挺感兴趣的,自己也有意向毕业以后做这一块,我就是想学到一些比别的普通的老师教得更深层的东西,所以我选择了潘老师。潘老师比较和蔼可亲,平时听他讲课,我对他还是有一些了解的。潘老师在专业上比较严格,这也是我想要的,所以我就选了他。"面对笔者提出的从高中的教育模式突然转变到工作室制模式,是否会给学生带来不适应的问题,她个人觉得不会,"在分工做事的时候,大家都是志同道合的,都有同一个信念到一个工作室,接触的环境就不一样,以前在班级里,有些人上课就不是很积极,会影响身边的人,但是到了工作室就不一样了,我现在接触的人都是很好的朋友,专业上生活上都是志同道合的,这个对我影响是很大的,学习的环境很重要。"

↗ 潘沁教授带领工作室学生下乡采风

坐在潘沁教授身边的王杨杨接过话茬,"进入工作室,说实话让我整个人都有改变,认识提升了不止一两个阶梯。比方说对设计这一方面,当时的话细节方面根本都不用想,但是在潘老师严格的要求下、琢磨下都解决了。还有一些对美学、事物的看法,潘老师的课程非常开放,就像一个美女一样,非常吸引着你。"说起对未来的规划,王杨杨希望自己在毕业之后先找一个公司再系统地学习一下,然后工作个一两年之后,跳槽到大一点的专业公司工作。"我在潘老师处学到的最重要的一句话是,'未来不迎,当下不杂,既往不恋',一直没有忘记,我最想参透的就是这一句话。这一句话让我很受用,就是我遇到什么困难,我都会想这句话,想过之后,困难也没什么大不了。"(这是潘教授引用曾国藩的话,他认为就是这三句话代表了人生态度,每个人都迟早会明白这些事,越早明白越早受益,无谓的弯路和无谓的付出太多了之后是不值得的,也是希望学生早点明白这些道理。)

在创业这个话题上,杨阳表示自己也有想过,"但是如果一毕业就去创业的话又觉得会不会太早了,我自己知道我学得还不够多,所以我打算先去公司实习几年,然后再去创业。"

同时,笔者了解到潘沁教授之前在微博上发表了不太赞成大学生仓促创业的言论,而现在潘沁教授对此的看法是否有改变呢?"说实在的,成功的可能性比较小。积累很多的经验,包括人生的阅历,对公司的掌控,人际关系,还有就是专业项目的执行力等等,这些实际上通过高校两三年的学习基本上是不太可能完全解决好的。这种时候创业的话,一种是资源上的浪费,如果100个里面有一半的人成功的话,那这是很好的事情;如果只有30%,也是不错的;但是往往就是100个里面只有五六个会成功,大部分学生在商海的第一波就会被淘汰掉。这样的话,实际上对整个社会的资源,个人的资源,甚至对人生继续往前走的信心都会有打击。所以我不是特别主张动不动就要提创业,这种靠激情创业实际上是不合适的。"潘沁教授表示自己现在还是坚持这个观点,就现在机制来说,有时候把一个年纪轻轻的毕业生,非常急迫地推向创业的浪尖,实际上还是不合适的。

"最近一两年,我在思考这个问题,我们其实可以通过一些其他的一些手段,比如说艺术这一块,'视觉东方'这个理念提出来之后,更多的是教技艺方面的东西。技艺方面我们相较以前已经成熟很多了,这样学生创业的时候不是靠大的理念,他只是靠这样一种技艺,加上已有的美学基础,他再去创业的话,这样会比较合适。"在创业的问题上,潘沁教授更多的是为学生考虑。

立足现在　展望艺术未来

艺术是一个非常好的行当,因为在一生当中,你能够找到一种专业的技术,能够陪伴你一生,这个是很多专业所做不到的。有些工作就是工作,生活就是生活,而艺术这个行当,工作就是生活,生活就是工作,非常的快乐,创造出很多可能性。潘沁教授觉得自己是幸运的,因为所从事的工作是自己生活的组成部分。他认为,这个专业不可能突然消失掉,是整个社会当中很重要的一个环节,所以说,这个专业还是前景很好的一个专业。说到对艺术设计专业未来的期待,潘沁教授下定决心要寻找更好的办学条件和可能性,在慈城清道观边上有一个很大的废弃水泥厂,占地面积有100多亩地。他是在一个下雨天的时候,偶然看见在云雾当中,有一个20世纪60年代的水泥浇铸成的厚重的圆筒式结构,在半山腰上呈现出来,完全像梦境一样吸引了他。后来他找到一些有意愿的政府机关,想把那里改造成一个宁波的文化创意新地标。它看起来是一个文创产业园,潘沁教授想把艺术学院完全融入到那里面去,相当于是建立一个分校的概念。但在模式上来说,完全改变了现在教室、实验室的状态,在那里教室就是实验室,实验室就是教室。它就是一个文创的生产基地,同时也是一个教学的空间。学生既是学生,同时也是生产产品的一个工人抑或是一个匠人。如果能做到的话,这将是中国高职教育实践中在目前来说是最好的一种状态。"但是在过程中遇到了一些困难,这还是我们的一个梦想,如果机缘合适能够实现的话,对中国高职艺术设计历史来说将是一个比较大的改变。"潘沁教授憧憬道。

↗ 潘沁教授正在工作室向学生讲解奉化传统手工纸的制作流程和用途。图片来源:学院官网

采访结束后,潘沁教授送笔者出门,走廊上悬挂着学生的作品,他驻足为笔者介绍,脸上洋溢着骄傲的神情,仿佛父亲在炫耀自己优秀的孩子。潘沁教授用一种平易近人的方式去探索艺术的本质,也以同样的方式去育人。

专业评价

宁波城市职业技术学院艺术设计专业培养具有较强就业能力(包括专业技能、专业能力、职业素质等)、较强的专业创新意识和专业应变能力,能在大中型企业、装潢公司、广告公司、平面设计公司、互动媒体公司等单位从事媒体广告设计、企业形象设计、包装设计、书籍设计等高素质高技能的应用型人才。

文/图:郁雨绮 单 佳

指导老师:戴巧泽

不忘初心　方得始终

——记宁波卫生职业技术学院护理专业

专业名片

宁波卫生职业技术学院护理专业开设于 1925 年,有着 90 年的办学历史。自 2001 年开始招高职学生,培养高职护理人才,是学校的龙头专业。

护理专业是浙江省高职高专特色专业、浙江省高职高专优势建设专业、宁波市服务型教育重点专业、宁波市品牌专业,校优势特色专业、校品牌专业,依托护理专业孵化的护理(老年护理方向)专业获 2016 年首批全国职业院校养老服务类专业建设示范点。

这个专业作为宁波护理人才主要培养基地,坚持以需求为导向,创新专业内涵建设,打造专业特色品牌,提升服务宁波乃至浙江省的经济社会发展的能力和水平。

"最美的双彩虹"——四明大地上的仁爱延续

2015 年 7 月 21 日,一道双彩虹刷爆朋友圈。在双彩虹下,在四明大地上,发生了感人的一幕。那天傍晚,郑秀丽在路边冒雨救了一名车祸伤员。前天上午,在市第七医院脑外科病房,伤员王某紧紧握住郑秀丽的手:"谢谢你救了我。要不是你及时救助,真不知后果会怎样!"

37 岁的郑秀丽是该医院大内科的护士长,从事一线护理岗位已 17 年。21 日傍晚,她冒雨救人时,一度被路人怀疑是肇事者。

"当时感到委屈,甚至害怕,但我没有忘记作为医护人员的责任。"事后,郑秀丽这样说。

当天傍晚 5 时许,天下起了阵雨。郑秀丽下班开车带着儿子回家。车子开到望海北路朝阳村路段,郑秀丽发现前方路边躺着一个人,穿着粉色的雨衣,边上还倒着一辆电动车。她立即停车,跑过去查看。

倒地的女子头部流血,昏迷不醒。"能听见我说话吗?"郑秀丽大声对她喊道。她举目四望,有一辆小型货车已经远去。几分钟后,受伤女子慢慢醒了。"你不要乱动。身上哪里不舒服?"郑秀丽询问道。"我的头好痛,腿也痛⋯⋯"女子迷迷糊糊地说。

根据经验判断,女子很可能脑部受伤。郑秀丽立即拨打 120 急救电话。她从车上取来纸巾,小心翼翼地给伤者清理伤口,并且不断地跟她讲话,让伤者保持清醒。

10 分钟后,救护车赶到,将伤者送去医院。郑秀丽站在雨中,等待交警到来。

"这个人是你撞伤的吧?"围观的人中,发出了质疑声。

"不是我撞的。我车上有行车记录仪。"郑秀丽回应道。但她到车上一看,顿时傻眼了,可能因为接触不良,行车记录仪偏巧"罢工"了。

好心救人反被诬肇事,并不鲜见。"那一刻,伤心、委屈、难过、郁闷、彷徨、无助甚至是打心里害怕,五味杂陈。"事后,郑秀丽在微信朋友圈里这样描述当时自己的心情。

不过,围观者中也有力挺郑秀丽的,还有人给她打起了伞。

"妈妈,你做得对!"10 岁儿子的一句话,让她鼻子一酸,差点落泪。

前来处理事故的骆驼中队民警马承银勘查完现场后,对她说:"您放心,我们会很快把事故调查清楚。"

两个小时后,马警官打来电话:"通过调取现场视频监控,事故是由一辆小型货车尾部刮蹭造成的,当事人已找到,你不要有任何压力。"

郑秀丽如释重负。那天,雨后的天空出现了一道美丽的彩虹,她也掏出手机拍了一张照片,发到了朋友圈:"现在一切雨过天晴,犹如这绚烂的彩虹,以后我一定要继续善良下去。"

而这个人善心美的护士长正是从这个护理专业毕业多年的老校友。

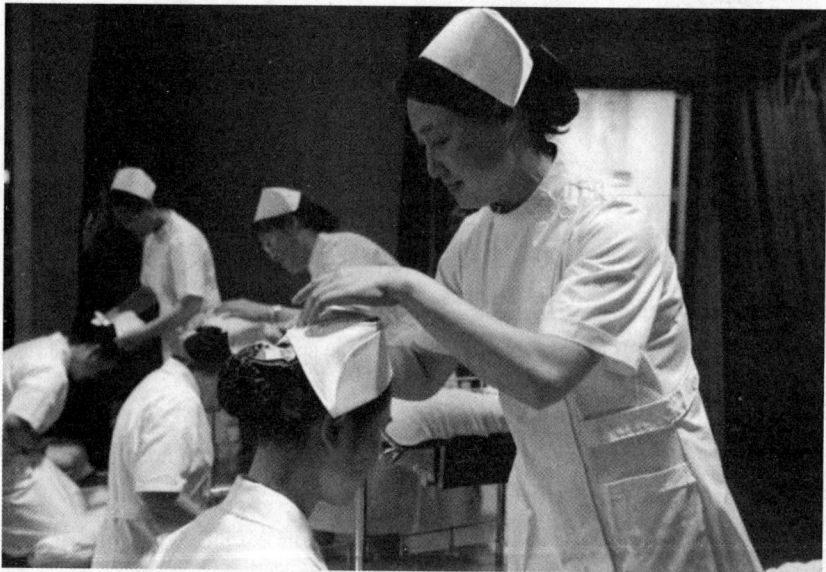

↗"5·12"国际护士节暨准护士加冕仪式

秉持"仁爱 健康"的校训,传承南丁格尔的精神

曾经有人说过,拉开人生帷幕的人是护士,拉上人生帷幕的人也是护士。护理工作是爱与奉献的演绎。

经过多次预约,冯小君院长终于从她忙碌的工作中留出了一下午的时间来接受我们的采访,为我们讲述护理专业的发展历程。聊起郑秀丽的事迹,冯小君脸上甚是欣慰。冯小君说道，像郑秀丽这样优秀的校友不止一个。在 2015 年 9 月 29 日上午 11 时左右，吕瑞花回老家甘肃平凉，途中在西安中转。"当我看到乘客病情稳定特别开心，感觉从事护理工作是一项特别伟大的工作。"从宁波开往西安的火车快到西峡站的时候，吕瑞花同学翻看自己微信中网友的留言，她怎么也想不到，自己只是无意间做了一件事，却引起社会这么大的关注。

原来，10 多个小时前，吕瑞花同学在列车上及时成功抢救了一名突发癫痫的乘客，受到列车上其他乘客的点赞。"传播正能量，给宁波学生点赞"，网友在网上热议。9 月 28 日下午 16:15，吕瑞花同学正坐在宁波开往西安的 K466 次列车上，欣赏着外面的秋色。车过萧山不久，忽然，广播室传来紧急通知："15 号车厢内有一位乘客突然倒地，请乘客中的医护人员前往抢救。"

吕瑞花在 9 号车厢，听到广播后，她想也没多想，就赶紧冲了出去，一口气冲到 15 号车厢。现场，一名 20 多岁的女乘客口吐白沫，意识不清。吕瑞花初步判断是癫痫发作。随车医生也赶到了。他们一起开始抢救该乘客，吕瑞花先找到一块毛巾塞进该乘客口中，让其咬着以免咬伤舌头。此时，列车缓缓进入杭州站，吕瑞花与其他乘客一起合力将该乘客抬下火车。

就在此时，吕瑞花突然发现该乘客心跳停止，动脉波动也停止了。旁人马上拨打 120，但 120 过来需要一段时间。就在大家一筹莫展之际，吕瑞花立即对该乘客实施心肺复苏。连续实施了三个循环的心肺复苏动作后，该乘客的心跳恢复了，吕瑞花大大松了口气，顾不上去擦脸上淌下的汗珠，一直在旁边护理着这名乘客，直到 120 救护车赶来。当吕瑞花同学回到座位上时，周围的乘客纷纷投来赞许的目光，鼓起了掌，竖起了大拇指。"我觉得这都是我应该做的，谢谢母校对我的培养；亲手救了一条生命，我对护士这个岗位有了更深刻的认识。"当笔者拨通手机时，正在车上的吕瑞花同学连连说不好意思，这是每个卫院人都应该做的，也是每个医护人员的职责。

冯小君说，其实除了她们之外，我校还涌现出了杭州实习期间街头挺身救人的"最美学长"吴亮、26 岁生日当天在《中国人体捐献志愿书》上签字捐献器官的校友周洪铄、拾金不昧为失主挽回百万损失的蒋冰鑫、第三届中华慈孝节"中华十大慈孝人物"提名奖陈君艳、宁波鼓楼救助老人的方卿云等学生。他们把传承"仁爱、健康"的校训时时放在心上，处处体现在行动上。

就在 10 月 12 日，"宁波教育"以《有爱！宁波卫生职院三名学生实习路上急救女孩》为题报道，引起广大网友的好评。当日，学校官方微博、微信以《暖心男神、女神养成记——用尽洪荒之力只为救人》为题报道了毛云涛等三位同学，当天阅读量就达到了 6000 多，许多同学纷纷表示，要向学长学姐们学习，做一名心怀仁爱的护理人。我们怀着仁爱的心学习着，也将带着仁爱的心走下去。

陪伴是最好的尊重——临终关怀，让生命有尊严地谢幕

冯小君多年来一直从事临床护理、护理教育、护理管理及护理研究工作，主要研究

方向有护理教育和临终关怀。关于临终关怀这一研究方向,我们似乎有点陌生,但听过冯院长一番介绍后,笔者也大致了解清楚了这个陌生名词的意思。

临终关怀是近代医学领域中新兴的一门边缘性交叉学科,是社会的需求和人类文明发展的标志。就世界范围而言,它的出现只有二三十年的时间。

宁波卫生职业技术学院护理学院早在 2006 年就开始了临终关怀服务,这个服务最早是在李惠利医院、鄞州人民医院实行,到现在已经有 10 年的时间了,这 10 年来遇到过很多困难,好在坚持下来了,临终关怀主要是针对癌症晚期病人进行关怀。陪他们聊天,通过一些日常小事的帮助,对他们进行心理疏导等基本护理。

说到这,冯小君停顿了片刻,不无感慨地说道:"在这个过程中,我们送走了四个生命。我记得,其中有一位是白血病患者,他最后安详而有尊严地离开了世界。还有一位黄爷爷,我们的小伙伴陪伴到他走,他走前说我们的小伙伴们对他的照顾他非常感动,他的三个女儿都没有小伙伴们对他那么好,最后他把遗体捐赠给了我们学校。虽然这项服务我们不是做得最好的,但是我们在这条道路上坚持着,并且会坚持走得更远,同时我们的同学们也感受到了生命是如此重要,这也是我们学校对学生'仁爱'精神方面的培养。同时这个精神也不仅仅只是在校期间的培养,我认为这是一生的培养。"

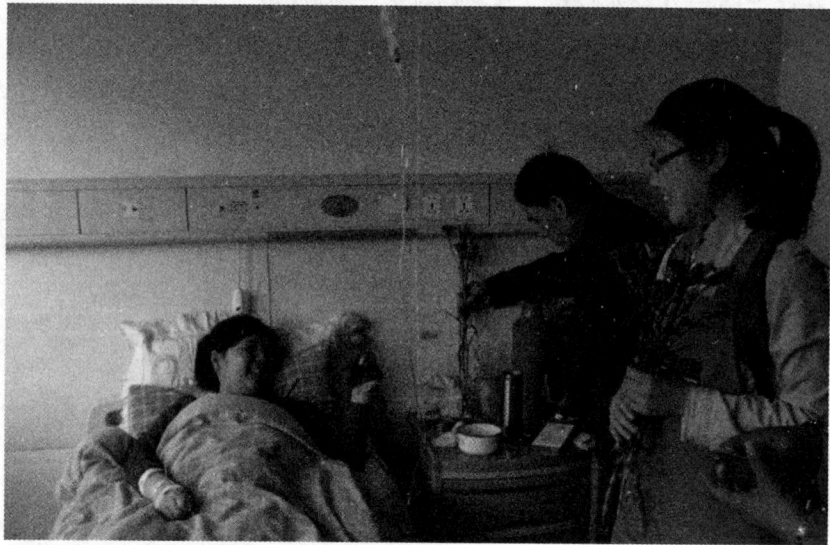

↗ 病房里的春天

冯小君还给我们介绍了"仁爱"精神践行的典范——陈君艳同学。在校期间她曾获得"时代魂·改革情·青年志"诗歌朗诵大赛二等奖、2010 年宁波市大学生暑期社会实践先进个人、"2010 感动宁波高校十大人物"提名奖、护理学院第一届"最美丽的天使"职业礼仪大赛优胜奖、宁波市建党九十周年"党旗·颂"诗歌朗诵大赛三等奖等荣誉。2010 年 8 月,陈君艳被中华慈孝节组委会评为第三届寻找当代中华最感动的十大慈孝故事(人物)活动(宁波地区)倡导员,走进宁波电视台《人物》栏目。2015 年 10 月 5 日,《东南商报》头版整版及 7 版大半版面报道陈君艳校友事迹。毕业后的她考入宁波市中医院担任呼吸科护士。在工作之余,她常会和身边的同事聊起她的临终项目。慢慢地,身边聚集了一群来自各大医院医护人员队伍的热心公益的小伙伴,目前已达 38 人,最终形成了"彼岸天使"临终文化促进项目,拿到了政府的公益创投基金,开始在镇海俞范社区和鄞州下应街道落地实施,该项目的目的是通过社区讲座、沙龙、一对一暖心服务的方式普及临终文化,帮助并陪伴临终患者安详地走过人生最后一段旅程,让生命有尊严地谢幕。

在继承中创新,在创新中发展——冯小君谈创新

问起冯老师在专业建设中有什么故事时,冯老师说得最多的词就是"改革"和"创新"。

我们护理专业有 91 年的办学历史,一个专业能坚持那么久的办学,并且成为宁波市的品牌专业,这些荣誉奖项都是我们不断改革创新的结果。不进行创新,死守原来的一些教学方法,肯定是不行的。因为护理人员一直是国家紧缺型人才,而随着社会经济的发展和科学技术的进步,人民群众对健康的需求、对卫生服务质量的需求日益提高,社会对护理人才的数量、质量和结构都提出了更高的要求,我们不断优化专业结构,调整课程体系,增设选修课程,改革教学方法,以满足人才需求的变化。而我认为我们最大的创新就是在教育教学模式上的创新和人才培养模式的创新。

我们不断提高"硬件设施"和"软件设施",与时俱进。

我们加大经费投入,为优质教学条件提供保障。现如今,我们已经建成了高度仿真、具有人文环境、职业氛围的"仿真医院",目前设备总值 2000 余万元、面积约 1 万平方米,实训项目开出率达 100%。目前拥有 13 间理实一体教室,部分实训室配备了投影装置与电脑供理实一体授课。针对不同的专业课程配置了适合不同课程特色的相应设备,比如急重症护理课程配备了国内医学模拟教学最先进的设备——综合急救模拟人,该模拟人能模仿真人的生命体征(体温、脉搏等),也可通过电脑控制出现各种危重症病人的症状(心跳呼吸骤停、血压下降等),目的是加强对学生综合素质的培养,强化学生整体护理理念和人性化服务意识。外科护理课程配备了全真模拟现代化医院手术室,共有建筑面积约 9000 平方米。儿科课程配有 Simbaby 等先进模拟人,可供学生根据不同场景不同患者实施不同护理措施。

在教师团队上,我们加大对护理专业所需师资的培养与引进力度,尤其对专业带头人的培养与引进,并重点引进和培养"双师"型教师;每年分期分批选派教师赴企业和行业一线挂职锻炼和顶岗实习;通过"访问学者"等方式选派专业骨干教师在国(境)内外知名院校进修,积极打造一支稳定、高水平、学科结构合理的专兼职结合的教师团队。

我们在专业人才培养特色上不断创新。通过行业需求和学生个性化发展对接、与临床优质护理工程对接、与国际护理教育发展对接,我校护理专业在人才培养上已树立了"多样化、优质化、国际化"培养护理人才的品牌。这个品牌并不是一朝一夕就能建设而成的,是通过我们教学团队上下一心,不断摸索,改革而得到的成果。

首先,我们根据对接行业需求和学生个性化发展要求,多样化培养护理人才。开设

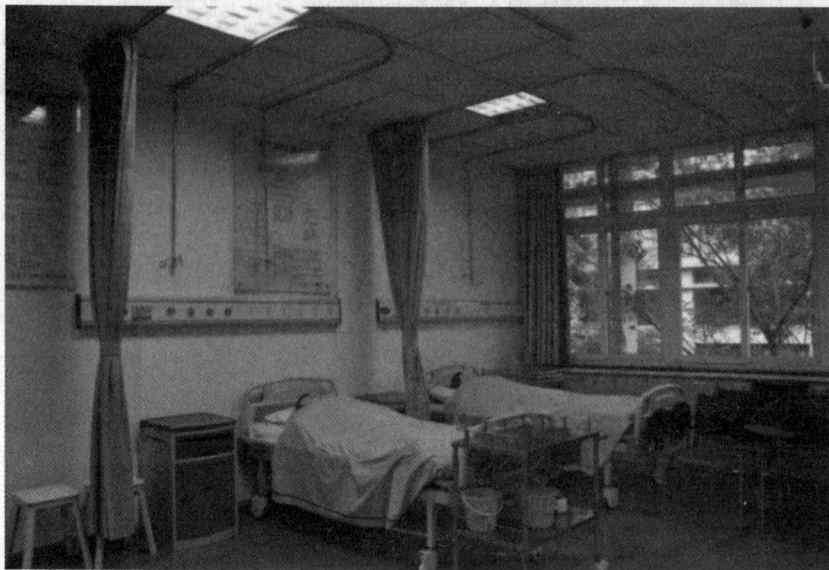

↗ 模拟病房

了老年护理、康复护理、口腔护理、社区护理、涉外护理、美容护理、中医护理7个专业方向供学生自主选择，进一步增强了专业与人才需求的契合度，提升了学生的自主选择权。

其次，我们以岗位胜任力为导向，以冰山模型为框架，构建了浙江省首个护生岗位胜任力模型，制订和实施了"以岗位胜任力为导向"的人才培养方案。依据国家执业护士资格考试标准，设置思政与公共素质课程教育平台、职业能力素质课程教育平台，保证人才培养的基本规格；设置专业岗位方向模块实现分流培养，满足社会和学生的多样化需求；职业素质拓展模块关注素质教育，培养鉴别性胜任力。

再次，我们为适应临床优质护理工程需要，探索培养卓越护理人才，借鉴国际护理教育理念，打破学科界限，根据人的整体理念，按"人体系统"来将原有基础医学课程与临床护理课程优化整合成12门一体化融合课程。为对接临床优质护理服务工程，优质化培养护理人才。整合教育资源，充分利用临床学院、校外实训基地等合作平台，深化"三早"教学模式(早接触社会、早接触行业、早接触岗位)，在各系统的学习过程中，采用"理论与临床实践同步教学"工学交替人才培养新途径，目标是以工作任务引领、工作过程为主线指导学生，使学校教学与临床实际密切联系，促使学生掌握护理专业各系统的理论知识和技能，培养学生具备较强的人际沟通和社会工作能力，能以人的健康为中心，对护理服务对象实施身心整体护理。此外，有校外实训基地70余家，其中紧密型的临床学院有6家。学校改造了"大学生创新创业园区"，开拓集实践、实习、创业及就业为一体的创新创业基地。

自2004年以来，护理专业根据浙江省和宁波市卫生事业发展需求，开展"行业—专业—职业"有效对接，注重内涵建设，在师资队伍、课程建设、教材建设、实验室建设及教学科研等诸方面取得了显著的成绩，招生规模逐渐增长，人才培养质量不断提升，每年培养的护理人才占浙江省高职护理人才培养总数的 60%，目前在校生 2409 人，近 3 年毕业生就业率 97% 以上，毕业生一年后就业岗位与专业相关度约 93%，用人单位满意度约 80%。

创业教育，贯穿整个大学生涯

谈起对学生创业怎么看时，冯小君思考了片刻说道："大家对护理这个专业看法存在一些局限性，认为护理专业是个服务行业，与创业一点都不搭界，但我不赞同这个想法，我认为我们护理专业的学生在学好护理专业知识，扎实掌握护理技术的同时，可以在护理这个专业领域进行创新创业，我们教学团队也一直思考如何树立学生的创新意识，鼓励支持学生去创业。"

冯小君认为，作为国家护理专业领域技能型紧缺人才培养培训基地、宁波市唯一的高素质技能型护理人才培养基地，创新创业教育是推动护理专业创新发展的战略选择。近年来，护理专业依托校内外资源，组建创新创业团队，发挥专业优势，开展创新创业教育。

我们将创新创业教育作为学生职业发展教育重要内容纳入人才培养方案。创新创业教育贯穿整个大学生涯，在始业教育、实习前教育等环节开展专业思想教育和创新创业文化讲座，强化学生创新创业意识；组建护理急救社等五个专业社团，配备专业教师指导学生开展公益活动和社会实践活动；每年举办创新创业大赛，并推荐优秀学生参加省级大学生创新创业比赛。

我们充分培育和发挥校内外创新创业资源，利用学校毗邻的"鄞州区科技孵化园""鄞州区大学生创业园"等，为学生创业提供发展空间，学校设立"创业一条街"，为在校学生或毕业 5 年内的学生提供创业实践平台；组建由"创业指导师、创业咨询师、辅导员、专业教师"组成的创新创业指导团队，为学生创新创业提供指导保障。

在护理专业的学弟学妹眼中，2008 届的项海霞学姐一直是榜样般的存在。

项海霞创建的"益起来"社区交互式健康沙龙项目于 2015 年 1 月在宁波市民政部门登记注册。目前这个"益起来"公益团队是宁波市唯一一家专门从事健康文化传播、健康理念推广及现代健康教育的专业社会组织。这个团队自 2012 年 7 月成立以来，从原有的 3 人发展为 53 人，由来自宁波市各大医院及相关专业机构热心公益的护士、康复师、美容师、育婴师、中医师等专业人士组成，合作团队 7 个，可支持志愿者 2100 名，专业顾问 4 名。该项目在全国第二届创新为老服务大赛决赛中以总分第二的优异成绩获银奖，也是我省唯一进入决赛并获奖的项目。截至 2016 年 10 月，已累计开展活动 300 余次，并利用"互联网＋"开展公益服务 23000 余人次，其中 2016 年开始推出健康家园百场公益活动，内容涵盖急救、养生、母婴等领域，至今已完成 120 余场，受益 3000 余人次。

项海霞说，在创业初始并不容易，之所以能成功，这都归功于在母校学习到了扎实的护理知识，在学生时代受母校创业观念的培养下，树立了良好的创业意识，但最重要的是母校让她明白，不管从事哪个行业，怀有仁爱之心，不忘初心，有志者事竟成。她对现在收获的成绩很感恩,她说自己是幸运的,不仅毕业之后仍然从事与护理工作相关的行业,还帮助了更多需要帮助的人。

2015年从护理专业毕业的吴滨滨在校就有着创业的思想,毕业后更是毫不犹豫地踏上了创业之路,并于同年4月成立"宁波乐享母婴平台",组建由宁波市母婴童行业34家中小企业加入的宁波乐享公益联盟,成功入孵鄞州区大学生创业园,先后开展"支持母乳喂养""关爱小候鸟"等公益活动,多次被宁波电视台等多家媒体报道。同年8月,吴滨滨组建的"iSide高端智能社区服务平台"项目被鄞州区科技局孵化项目立项,正式入住鄞州区科技孵化园,并利用"互联网＋"为宁波市广大社区居民提供公益服务。吴滨滨不无感慨地说道,在自己熟悉的行业进行创新创业,不仅用到护理专业知识,还通过帮助他人,收获了自身的价值。

说起这些优秀毕业生时,冯小君眼神里充满了对这些优秀毕业生的肯定,她满脸笑意地说,我为人师最开心的时刻就是看到学生延续仁爱精神,并将这个精神落实到护理工作中。

采访的最后,冯小君对笔者说的一句话,令笔者久久不能忘,她说:"作为宁波市唯一一所培养护理人才的高职院校,我们肩负着社会责任,不仅要为社会输送专业的护理人才,更要促进护理行业的发展,提高社会贡献度。"

专业评价

护理人员一直是国家紧缺型人才,而随着社会经济的发展和科学技术的进步,人民群众对健康的需求、对卫生服务质量的需求日益提高,社会对护理人才的数量、质量和结构都提出了更高的要求。宁波卫生职业技术学院护理专业不断优化专业结构,调整课程体系,改革教学方法,以满足人才需求的变化。

作为一所与行业有着天然联系的专业,能否搭建一个联系专业与企业、课堂与职业的平台,直接影响着专业人才培养模式改革创新的效果和人才培养的质量。宁波卫生职业技术学院护理专业根据浙江省和宁波市卫生健康事业发展对人才的需求,开展"行业—专业—职业"有效对接,走出了一条内涵发展特色办学之路。

文/图:郭丹丹　郑　鑫

指导老师:戴巧泽

为残缺的生命注入阳光和希望

——宁波卫生职业技术学院康复治疗技术专业采访札记

👤 专业名片

　　宁波卫生职业技术学院康复治疗技术专业于 2005 年起开始专业招生，紧扣健康卫生领域产业的双重需求推进专业发展。目前已通过中央财政支持的职业教育实训基地、省特色专业、省高职高专院校示范性实训基地、市服务型重点专业建设验收，为校优势特色专业、校品牌专业、全国职业院校健康服务类示范专业点。2009 年 1 月至 2016 年 1 月先后任教育部高职高专相关医学类教指委康复治疗技术分委会和全国卫生职业教育指导委员会医学技术类专指委康复治疗技术专业分委会主任委员单位、浙江省高职高专医学类教指委康复治疗技术分委会主任委员单位。

用阳光和笑容温暖人

　　"有你们这些热心的孩子专程过来给我们按摩真好，每次按摩完回家我睡觉都舒服多啦!"陈奶奶拉过赵同学的手淡淡地笑着，轻拍她的手背说道。

　　这一天，在宁波市鄞州区民安东路的新城社区，陈奶奶像往常一样又早早地在社区居委会的大厅前等待着。半年前她在骑车出门买菜时，因为雨天路滑不慎摔倒，在之后的很长一段时间右上肢常常举不起来，生活受到了一定的影响。

　　康复治疗技术专业 141 班的赵同学在这次社区服务中给陈奶奶揉搓前锯肌使其紧张状态放松，从而减轻疼痛，使她的手臂能更好地上抬。赵同学运用学过的知识耐心地给陈奶奶一边讲解一边用手势示意道:"您的右上肢举不起来主要是由于前锯肌肌张力过高，导致手臂上抬受限容易产生疼痛。"陈奶奶说:"我这个不识大字的人在你们给我的细心讲解下，也能很清楚地知道自己疼痛的原因了。"在经过几次按摩之后，陈奶奶已经能够正常地抬起手臂。

　　几个学生坐在社区办公桌前，给每一位上前的居民量血压，每周的这个时间在金馨社区都会出现这一幕。不仅如此，同学们还会教社区的阿姨们做颈部保健操，让她们的肩颈不适能够得到有效的缓解。

　　当然这只是康复治疗技术专业的学生们数百次实践中的一两次，他们放弃了自己的休息时间，融入社区中与患者面对面交流，享受着别样的"亲情"。

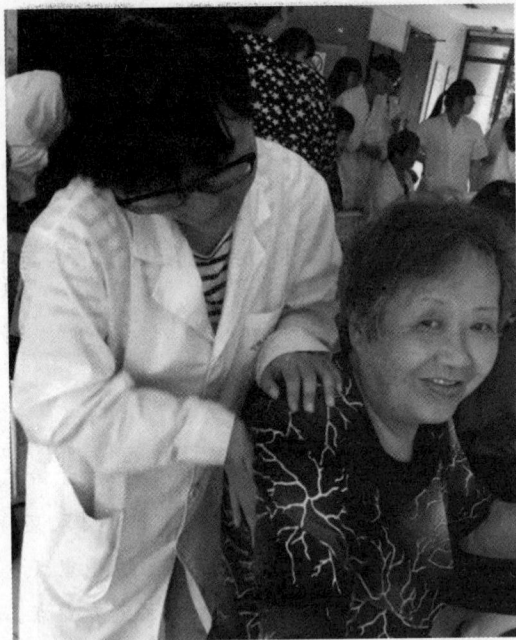

↗ 赵同学给陈奶奶按摩

↗ 学生在社区服务

周菊芝老师是校教学督导委员会主任、康复治疗技术专业主任、康复治疗技术专业带头人。她主持国家、省市级康复治疗技术专业建设、课程建设、实训基地建设、师资培训等 10 余项。现任中国康复医学会康复教育专业委员会职业教育分会常委、全国卫生行业指导委员会康复治疗技术类专委会委员、全国医学高职高专教学研究会康复专业学组委员会常委、浙江省医师协会康复医师分会委员、宁波市康复医学会常务理事。

谈到学生的志愿活动时，周菊芝老师面带笑意地说道："学生们在平时周末的时候会组织去社区服务，给社区居民按摩、量血压。学生们在服务他人的过程中不仅能互相

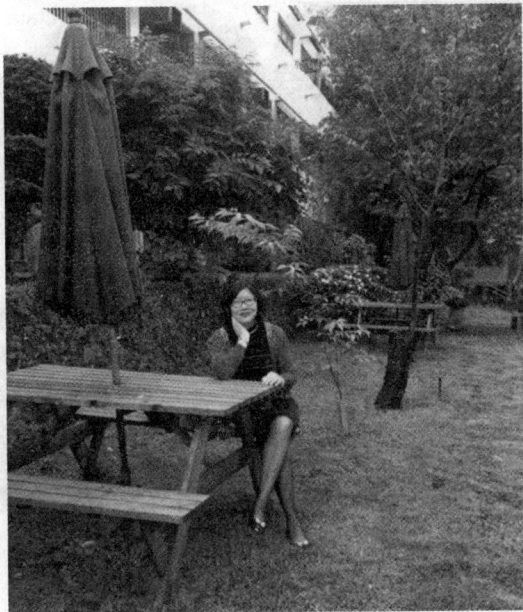

↗ 康复治疗技术专业负责人周菊芝老师

学习上课时老师讲的康复治疗方法和按摩手法,也能在实践中更加熟悉,学以致用才能更好地进步。这些保健操都非常实用又方便,其实现在很多的上班族都可以学习。康复不仅仅针对的是老年人、残疾人等,亚健康人群学习这些小小的保健知识也可以防患于未然。现在很多人会等到身体状态差的时候才想到去治疗,而亚健康人群也是我们更要注重的。我们康复治疗技术专业发挥特色优势,为健康凝聚合力,让学生在康复技术交流和康复志愿服务中不断成长进步。"

康复就是积极的生活态度

国际著名残疾人社会活动家邓朴方也早对"康复"的概念说过一段意义深刻的话语:"所谓康复,实质上就是能让残疾人恢复像健康人一样的权利。"

在一次阳光健康行活动中,李海舟老师和余俊武老师带领着康复保健协会的 5 名志愿者来到洞桥镇,走访了 5 户结对两年的残友,为他们进行了康复评估和家庭康复指导。

一位患者中风有两年半时间了,老师现场指导学生给他做按摩来放松肌肉,解决他肌肉僵硬的问题。由于患者的跟腱和小脚三头肌挛缩,指导老师让学生将患者的足跟垫高,使他能更舒适地行走,而这位患者现在也能够很自如地穿脱衣和行走,学生在与患者的交流中也结下了良好的关系。在指导老师给患者做的一系列评估和治疗之后,学生能渐渐了解到更多临床上的康复知识和在面对患者时应该以什么样的交流方式来与患者沟通。

在教学方面,除专业课程外,学校还开设心理学课程,让学生理解心态对健康的影响之大,在实践过程中能够更好地鼓励患者,并促进其在身体上、心理上、社会生活上、

——宁波卫生职业技术学院康复治疗技术专业采访札记

为残缺的生命注入阳光和希望

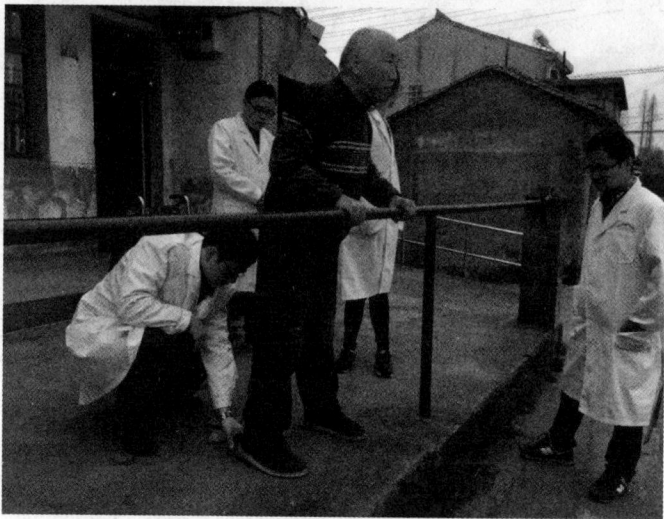

↗ 老师带领学生走访中风患者

业余消遣上和教育上的潜能得到更充分发展。

　　病人的心理状态会影响疾病的恢复，为了将患者的残疾与残障降到最低，这不仅需要康复治疗师的努力，更需要患者以一个积极的心态来面对康复治疗。中风轻度偏瘫患者，在一个完整的康复治疗过程中都有责任医生、责任护士、责任治疗师，他们对其进行一对一的帮助，为患者树立自信，手把手地教患者做康复，让患者重新站起来。有的患者可以通过几个月的时间便可恢复活动能力，有的则需要几年。经过积极的康复治疗，积极的心理暗示，患者可以更快地恢复活动能力，回归正常生活。

　　周菊芝老师说："学校的发展依托的是一个个专业的发展，人才培养、服务地方是我们专业努力的方向。学校康复治疗技术专业在浙江省起步早，发展快，对周边医院、社区的辐射作用凸现，对宁波市康复医学的发展发挥着积极的推动作用。我们以康复治疗技术实训基地作为载体，利用临床康复教学资源和行业背景，与医院、社区、康复中心进行科研合作，逐渐成为行业支持、社会认同的职业技能培训、服务机构，扩大了社会服务功能。"

　　学生在实践中不仅很好地运用了书本上所学的知识，通过实践提高了自己康复治疗的技术，同时也加强了学生的职业使命感。

在志愿服务中成长，在成长中回报社会

　　"老师们，你们辛苦啦！"这是康复保健协会成员们的心声，为了表达他们对老师的敬爱与感谢，特别组织了"爱在校园——康复模拟诊疗周"活动。在这五天期间，同学们为到场的老师做了肩颈按摩，专业的手法得到了老师们的一致肯定。

　　"手法很专业，很舒服，同学们在活动中得到了锻炼，我们老师也得到了放松。"

　　"同学们能够学以致用，在接受按摩之后，我的肩部以及背部的酸痛得到了一定的

缓解,希望以后能多多开展。"

"老师们的肯定是对我们最大的鼓励,我们会继续努力。"2015级康复2班的江同学说道。

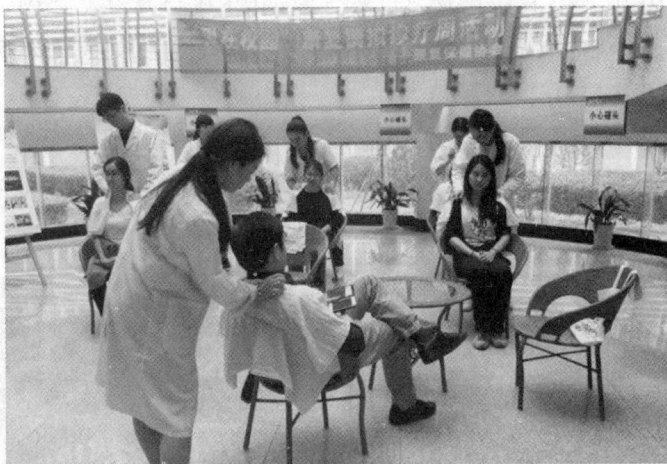

↗ "爱在校园——康复模拟诊疗周"活动

康复保健协会的指导老师余俊武也表示,康复协会的目标就是发挥康复治疗技术专业特色优势,为健康凝聚合力,让学生在康复技术交流和康复志愿服务中不断成长进步。他们有很多机会学习康复保健知识、康复治疗方法、养生保健技能,学校也会邀请康复专业老师、协会干部为会员上课及办讲座,参加实践技能训练等丰富多彩的活动,提高广大会员的康复治疗与康复保健的知识和技能。协会定期开展一系列康复技术志愿服务活动,服务社会,进行康复宣教。志愿者们也经常下医院、社区、福利院、敬老院等开展康复志愿服务活动。

↗ 余俊武老师指导同学探讨病例

每周的志愿者活动也让同学们获益匪浅,"作为康复治疗技术专业的学生,从一开始的完全陌生到如今的渐渐了解以至热爱,每一次的社区志愿服务都让我学到了很多,看到爷爷奶奶的笑容,那种愉悦和内心的情感是真实的。以后还要多多锻炼自己的社会实践能力,在帮助别人的同时也是在快乐自己啊!"2014级康复1班志愿者杨洁洁如是说。

随着"健康中国"概念的提出及习总书记在全国卫生与健康大会上的讲话精神,康复作为卫生健康产业的支柱力量,更多时候康复不仅是病后康复,而是疾病之前的预防,即针对亚健康人群。

学院从2013年5月开始的"阳光健康行——社区康复志愿服务队"志愿活动至今已有3年,现在每周都有学生外出进行志愿服务,在社区里的健康服务最常见的就是推拿,对象主要是社区的居民,尤其是老年人,效果也比较好。

↗ 康复保健协会暑期社会实践活动

学校还有校园化品牌的社区康复小分队,学校与鄞州区洞桥镇卫生院合作的残疾人辅具进家庭的康复指导服务项目有48户,康复小分队会进家庭对固定结对的残友进行指导康复训练,上门为残疾人做康复服务。带队老师也经常带领学生骨干去走访,对他们进行康复评估和家庭康复指导,在这过程中学生们能更真实地接触到这些残友的问题。《社区康复实践》在经过近两年的实践后,也被纳入2013版康复治疗技术专业人才培养方案。

康复保健协会位于学校的康复实训中心,它属于中央财政支持职业教育实践基地、省级职业教育实训基地示范点,实训中心是独幢三层面积达3000多平米,设备投入800多万元,21个职场化设计的功能实训室,集教学、科研、培训、社会服务、职业鉴定为一体。设施全面,理论和实际结合,以实践为主,让学生在实训过程中完整地学习到康复治疗的各方面内容。家庭环境的模拟,更是出院评估的模拟,不仅是让患者在康复治疗过程中有针对性地训练,更是为了让患者逐渐适应家庭环境,培养其独立的生活能力,促进其活动能力和参与社会的能力。

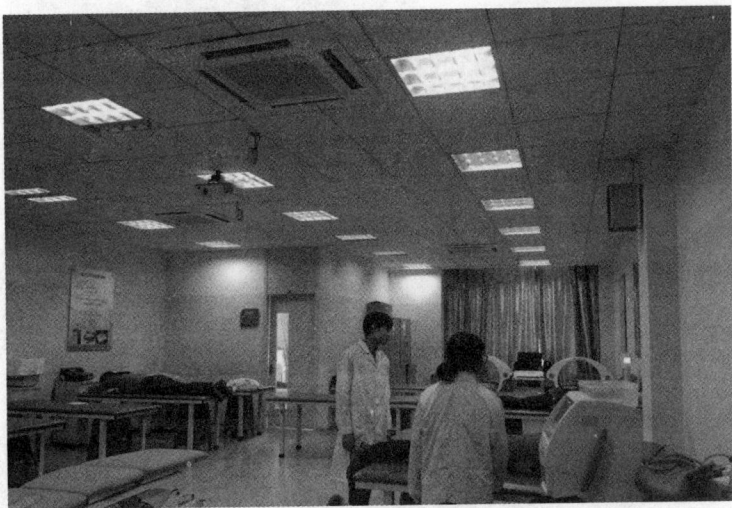

↗ 同学在康复实训中心为患者做治疗

荆棘前行，不负康复之名

现实习于杭州邵逸夫医院的康复治疗技术专业 2014 级学生俞益飞这样描述她心中的康复："是康复，让我明白了生命的价值；是康复，让我懂得了团结协作；是康复，让我有了积极的阳光心态。"

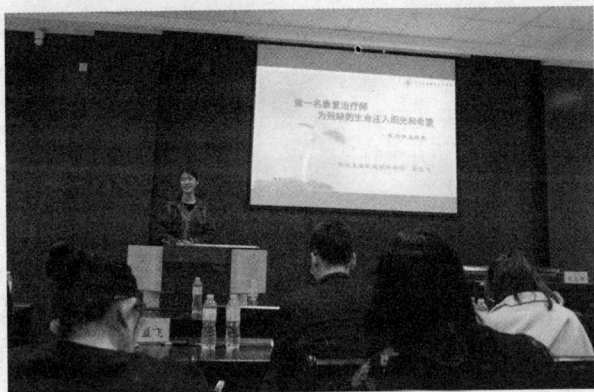

↗ 俞益飞参加全国康复医学教育学术大会

2016 年 11 月 2 日俞益飞参加全国康复医学教育学术大会并作了相关主题演讲。以她就读康复治疗技术专业以来的切身体会，用 15 分钟时间向参与大会的全国院校代表介绍了康复治疗技术专业的人才培养情况，获得在场代表的好评和认可。

2013 届优秀毕业生黄梓飞在毕业后工作于广州市市政医院康复科，他现在是龙氏治脊疗法第三代传承人，师承香港中医骨伤学院常务副院长、广州龙氏手法首席研究员钟士元教授，他曾多次被邀请到佛山市中医院康复科、广州市物理治疗学会、南方医科大学花都医院康复科等三甲综合医院讲课教学和技术指导。

↗ 优秀毕业生黄梓飞回校参加校友讲座

2016 年 12 月 4 日,黄梓飞应邀回校参加校友讲座,讲述龙氏脊柱保健功和脊柱侧弯的预防,他对学弟学妹们说:做人要知足,做事要知不足,做学问要不知足,学无止境。踏踏实实学习专业知识,健康积极地面对生活。

康复治疗正处在发展阶段,随着中国社会人口老龄化带来的疾病谱改变,老年人高发率病种本身的康复需求加上慢性病致残带来的需求,持续扩容康复治疗的需求空间。

当提及康复治疗师这一职业,专业带头人周老师描述:"康复治疗师虽然没有临床医生面对生与死的压力,但是他们却肩负着每一个残疾人的自由和其家庭的幸福,他们让更多的残疾人回归了家庭的怀抱,让更多功能障碍者重拾了生活的希望,树立了新的人生目标。

"残疾患者坐在轮椅上或躺在床上,忍受疾病带来的身心折磨。康复治疗师需要与患者感同身受,需要用自己的热情去感染患者,使患者对自己和医生都建立信心,切身感受到患者的难处,才能用心地给患者制订合适的治疗方案,从患者的好转中见证自己的成就。

"康复治疗师更要学好各种运动疗法,综合运用物理、言语、运动、心理,切实地解决患者的症状,作为一个治疗师用自己的本领让患者真正好转起来是莫大的幸福。康复治疗是小组的治疗,需要康复医师、康复治疗师、康复护士、心理医师等共同协作,才能使团队得到更好的发展。"

康复治疗技术不仅是在帮助患者回归正常生活,更是让康复治疗技术专业的学生学会以一个积极的态度来面对患者,面对生活,用阳光和笑容温暖人。在帮助他人的同时,享受这一份热爱,既提升了自我,也为残缺的生命注入阳光和希望。

勾画专业发展蓝图

周菊芝老师谈到,随着社会经济发展,人民生活水平提高,健康意识增强,康复医学事业发展迅速。康复治疗技术专业社会服务对象涵盖面广,目前主要包括老年人、残疾人、慢性病与亚健康人群，康复治疗技术在防治亚健康方面也发挥着重要作用。康复治疗技术服务对象几乎覆盖了所有人群，社会需求量极大，体现了康复治疗的重要意义。而现在康复治疗师在数量和质量上远远落后于康复医疗实际的需要，就业前景广阔。学校的实习生基本在"二甲"以上医院实习，处于供不应求状态。

康复治疗技术专业是一门促进伤患者和残疾人身心功能康复的新的治疗学科，也是一门新的技术专业。它的目的是使人们能够尽可能地恢复日常生活、学习、工作和劳动，以及社会生活的能力，融入社会，改善生活质量。康复治疗师这种新的职业显示了强劲的发展势头和成长的活力，也是医疗和康复市场对这门新的专业及人力资源的迫切需要。康复治疗技术专业的开设，正是顺应社会民众健康、审美的需要，满足人们对意外伤害、疾病所致的残疾、手术后的恢复等在治疗疾病、延年益寿等多方面的需求，有着广泛、深厚的社会基础，市场广阔。

周菊芝老师说："针对行业发展需求，我们专业在教学课程安排以及设备上不断地改进，努力给学生营造良好的学习环境，尽可能多地提供实践机会。构建了学校仿真实训—医院临床见习—社区社会实践—毕业顶岗实习的实训教学体系，将学生学习的主阵地从教室转移到实训室、临床实践基地上来。在教学模式上强调工学结合，在教学形式上更多地采取了案例教学、问题教学、任务导向教学和体验式教学，改变以教师为中心、灌输式的教学方法，收到了良好效果。我们十分注重对学生可持续发展的职业能力培养，特别设置了公共素质类选修课、专业选修课、拓展选修课等课程，给予学生充分的选择权，目的在于培养学生的思维能力、实际操作能力和职业态度。

"学校康复治疗技术专业在浙江省起步早，发展快，对周边医院、社区的辐射作用凸现，对我市康复医学的发展发挥着积极的推动作用。我们以康复治疗技术实训基地作为载体，利用临床康复教学资源和行业背景，与医院、社区、康复中心进行科研合作，逐渐成为行业支持、社会认同的职业技能培训、服务机构。"

专业评价

宁波卫生职业技术学院康复治疗技术专业在浙江省起步早，发展快，对周边医院、社区的辐射作用凸现，对我市康复医学的发展发挥了积极的推动作用。以康复治疗技术实训基地作为载体，利用临床康复教学资源和行业背景，与医院、社区、康复中心进行科研合作，逐渐成为行业支持、社会认同的职业技能培训、服务机构。

文/图：张婷婷　王依情

指导老师：戴巧泽

勇于做"第一个吃螃蟹的人"

——宁波卫生职业技术学院家政服务与管理专业建设纪实

👤 专业名片

宁波卫生职业技术学院家政服务与管理专业是宁波卫生职业技术学院在宁波贸易局等部门的大力支持下开设的,层次为高职(大专)。宁波卫生职业技术学院目前是中国职业技术教育学会教学工作委员会家政服务专业教学研究会副理事长单位、宁波家政学院副理事长单位、浙江省家政服务培训联盟副理事长单位、宁波市家政与养老服务人才培养培训联盟理事长单位、宁波市家庭服务业协会常务理事单位、中国家庭服务业协会理事单位。家政服务专业校企合作开发的《家庭照护》被列为学校第一批岗位胜任力系列教材立项建设,一项教学成果获得宁波市教育科研优秀成果奖三等奖,2016年家政服务专业被推荐为新兴特色专业建设项目,《搭建政校行企协同育人平台,推进家政服务专业人才培养》获得学校第五届教学成果奖三等奖。一个好的专业可以成就和完善一个行业,宁波卫生职业技术学院家政服务与管理专业三年来在其特色办学道路上不断强化、成长,形成了具有借鉴价值的特色办学之路。

创新:把握市场需求设立家政专业——36名毕业生是如何被企业一抢而空的

"我们这个专业是不是做保姆的?""我们这个专业今后的就业去哪里,工作好找吗?""我们这个专业要上哪些课程?"在"2014家政黄埔二期"家政专业第二届新生QQ群里,一群新生正在兴奋地提出问题,班主任和学长学姐耐心地解答着新生们源源不断提出的各种疑问,对专业的课程设置情况、职业考证和就业前景等问题进行了交流,新生们的这份热情让坐在屏幕前的老师和学姐学长们开心不已。

在新生迫不及待地想要了解专业情况的同时,另一边36名毕业生已经被企业一抢而空:"我是9号选手,我的家政梦想是成立一家服务高端化、O2O模式的家政服务公司!"李煜璐同学自信地介绍自己的"家政职业梦"。10家家政企业的老总都高高地举起了手中的牌子表示要聘请李煜璐去他们的公司,最终,李煜璐加入了美乐门家庭科技服务有限公司。这是在2015年学校举行首届家政服务专业与行业导师双选会上激动人心的一幕,家政专业招生情况冷淡的现状和企业的求贤若渴之间,形成了巨大的反差。多家用人单位对高素质管理人才有很大需求,20多家企业40多名行业导师,共为36位首届家政服务专业毕业生提供了130多个岗位,共圆家政服务职业梦。那么宁波卫生职业技术学院家政服务与管理专业是如何做到的呢?

↗ 家政专业的学生参加首届家政服务专业与行业导师双选会

家政专业的创立缘于校政合作的时候宁波商务委委托宁波卫生职业技术学院开展一些关于母婴护理方面的培训,而病患照护、母婴照护等都属于健康领域,卫生系统对于这些内容涵盖较少,而当时学校对于未来几年的规划正是从卫生领域往健康领域发展。2013年学校与宁波市贸易局联合成立了宁波市家政学院,同年7月,学校牵头成立宁波市家政与养老服务人才培养培训联盟,分别与宁波市贸易局、宁波市民政局签订了家政、养老服务人才委托培养意向书。

家政专业是在走访了多家用人单位,召开专家论证会、家政服务企业负责人座谈会以及养老服务与管理人才校企一体化培养研讨会,确定了人才培养方案的前提下设立的。家政服务专业人才岗位胜任力除了具备家庭事务的基本技能外,也需具备护理、康复、营养配餐等专业化的技能要求,同时对于社会工作能力、社会服务意识和基层经营管理能力也不可缺少。家政专业通过培养学生能胜任工作的基本素质和能力,促进学历教育与职业资格教育的融合,增强学生基准性胜任力;通过素质拓展教育促进学生"个人特质"的形成,提升学生鉴别性胜任力,促进学历教育、职业资格教育、素质拓展教育的有机融合,并由此构建了本专业的核心课程体系。

在家政行业发展得还不够成熟完善时,宁波卫生职业技术学院大胆开创家政专业,可以说是"第一个吃螃蟹的人"。家政服务行业逐渐兴起,家政人才的培养也渐渐变得重要起来。而自2013年至今三年来,家政专业得到的发展与成就也证明了学校长远的眼光和坚持创新不断奋斗的精神。

↗ 首届"大众杯"家政服务专业技能比赛中，参赛学生在插花比赛

改变：纠正专业认知，转变传统观念——我们培养的不是"保姆"，是懂技术的家政管理人员

提高专业认可度，致力专业人才培养

"我们专业的目标绝对不是培养保姆，而是培养懂技术的家政管理人员。"家政服务专业的主任朱晓卓副教授如是说。

"在家政服务专业人才培养中，至关重要的一点就是让学生对本专业有正确的认知，只有对自己的专业有正确的认识，他们才能更好地吸收专业知识，形成良好的专业素养。我经常跟学生们说不要小看家政，以为家政专业等同于一个保姆专业，为什么我们会把家政专业看得这么低，其实最早家政都是大家闺秀来学的，只是社会发展到这个阶段，很多人把家政公司跟一些保姆、佣人联系起来，认为这个工作档次低，没有社会地位。其实在社会上很多看起来高大上的工作也是属于家政服务体系。空乘是飞机上的服务员，是飞机上的家政。护理人员是在医院做家政服务，我们的学生在家庭社区里做家政服务，只是工作环境的不同，但都是为人服务，所以怎么去改变学生对专业的错误认知，是我们首先需要解决的问题，也是本专业学习的第一课。"

据了解，为了进一步提高家政服务专业学生的专业认可度，加强学生对家政服务行业的认识，培养良好的职业素养，促进学生专业成熟度和职业认可度的提升，在始业教育中，专业组织了实地参观、行业负责人座谈、专家讲座等多种形式的活动。学校在学生在校学习期间安排"社会工作实践"等课程，开展各类社会公益活动，邀请行业骨干为学生做"家政服务大家谈"讲座，融入创业教育并鼓励学生开展自主专业实践，强化学生职业体验，顶岗实习阶段以行业导师制培养为特色帮助学生获得职业发展。此外，学校还开设了学生社团"馨语心家"，以这个社团为基础，开设社会工作实践，贯穿四个学期，让学生去养老院、社区举办活动，让学生认知他们的服务对象，鼓励他们去接触未来的工作环境。

↗ 2013级家政服务班开展"情温夕阳、冬至更暖"志愿服务活动

朱晓卓老师说:"家政首先是家,家是一个充满爱的地方,不管是去养老院也好,去医院也好,都是爱的奉献,都是需要关爱的地方,所以说家政其实是一个解决社会难题、家庭困难的一个产业。我们希望既提高学生的专业技能,又培养学生从事家政服务工作的爱心和奉献精神,把学生培养成为家政服务行业的业务骨干和领军人物。"

家政服务作为民生的朝阳行业,随着经济社会发展水平的不断提高,人们生活方式也在不断转变,对家政服务水平和人才培养提出了越来越多、越来越高的要求,而对家政服务越来越旺盛的需求,也带动了家政服务业的发展,家政企业对管理人才的需求十分迫切。但家政服务人员学历普遍较低,接受政府专业培训少,加上家政服务企业管理薄弱,家政服务行业的发展受到了一定的制约。如何让家政人员走上专业化道路,如何让家政人员成为受人尊敬的劳动者,这是需要全社会转变观念共同努力的事,而加强对家政人员的培训,提升他们的专业技能和服务水平是当务之急。

专业课程多样化,高端人才专业化

朱晓卓副教授介绍说:"学校以'健康+家政'为理念贯穿课程体系建设全过程,家政服务涉及面特别广,我们只能聚焦,如果学生都学,学生可能也不知道学什么。家政服务分为对物的服务和对人的服务,专业集中于对人的服务,也是目前家政服务行业发展的新的经济生长点,比如母婴、老人、病患这一块的照顾。家政技能是学生基础的专业知识点,贯穿始终。然后开设辅助知识的课程,例如社会工作,因为家政这一块是跟人打交道的工作。既要跟那些知识层面比较低的一线工作者打交道,可能也要跟那些有很高要求、追求高品质生活的雇主打交道,从传统的学科体系来说,家政学是在社会学下分支,跟人接触必不可少。此外,目前家政很多都是采用O2O营销模式,因此课程还加入管理的知识,如企业管理、市场营销、电子商务等课程。"

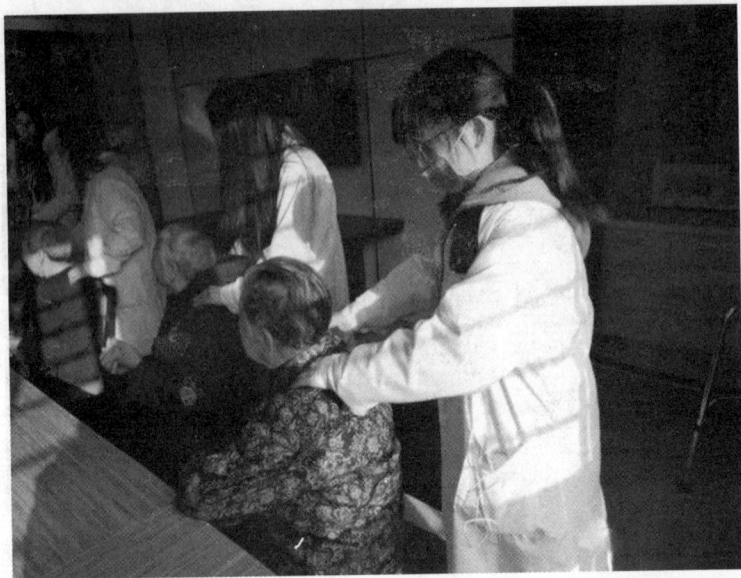

↗家政服务专业学生给江东怡康院的老人们提供保健按摩服务

　　家政服务专业是面向基层一线就业,主要到各类大型家政服务公司以及各级政府部门、社区、非政府组织等主办的老年服务机构,培养熟悉家政服务的相关政策法规、具备基本保健知识、具备家政服务和管理技能以及企业基层运营管理能力和具有仁爱健康理念的高端技能型家政服务专业人才。

　　据了解,目前家政服务专业设置了养老照护与管理、母婴照护与管理、病患照护与管理等三个课程职业发展模块,专业开设课程有:母婴陪护、老人陪护、营养与膳食等课程,也有管理类的家庭管理、家政营销、家政培训等课程。教师会综合考虑学生的个人能力需求及社会对人才的需求,提供专业的学习内容,让学生对专业知识与职业发展机会达到充分的了解。

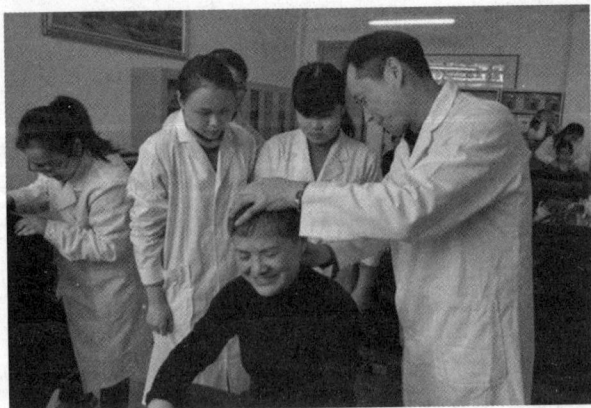

↗周立峰老师现场教授学生按摩保健技巧

理论与实践相结合，树立专业人才典型

　　培养学生自然少不了载体和平台，基于专业根据自身特点以及行业需求，在学校"厚人文，明医理，强技能，高素质"的总体目标下确定岗位胜任力模型，以培养懂家政服务技术的家政服务行业管理人员为专业人才培养定位。2013 年学校与宁波市贸易局合作成立宁波家政学院，整合了商务、教育等政府部门以及家政服务行业协会、企业等各方资源，同时本专业聘请 81890 求助服务中心原主任、宁波市家庭服务业协会原会长胡道林为校外专业带头人，通过搭建政行企人才培养平台，培养学生一线服务的概念。

　　"下面我们的比赛项目是中餐摆台，请我们的 20 位选手上场准备开始比赛。"几位选手认真地在现场开始摆台，经过评委的认真观看和点评后，又展开了客房铺床的比赛项目，这一幕发生在宁波华侨豪生酒店。2015 年 1 月，学校签订宁波华侨饭店有限公司华侨豪生大酒店为实践教学基地，学校与酒店的紧密合作将有力地保障和推动酒店的人才引进和培养，也能丰富学校的就业实践教学。安排学生在华侨豪生酒店学习客房清洁、餐饮服务等技术型工作。

↗ 家政专业学生参加"华侨豪生杯"家政服务技能竞赛

　　朱晓卓副教授说："我们专业目标是培养懂技术的家政管理人才，家政服务的技术要学会，提供机会让学生去做一线服务，做会了才能去指导别人。今后的发展方向是做家政管理人员，家政行业是一个朝阳行业，但发展层次不高，从业人员普遍年龄偏大、学历偏低，这样我们的学生可以做项目主管、家政经理人、客服经理、家政培训师，这些都是可以尝试的。同时我们也要转变家长的传统观念，给他们看到行业发展的希望，未来的希望，目前二胎政策的落实，人口老龄化问题的出现，必然带来家政服务的需求，家政行业在社会上有很大的发展空间。"

　　2014 年 8 月，国家机关事务管理局北戴河服务局作为实践教学基地，延伸教学场所，让行业可以承担的课程直接交由企业上，课程考核成绩由企业和专业共同组织技能比赛或是专业实践锻炼情况作为重要参考。家政服务专业学生在国家机关事务管理

局北戴河服务局进行专业实践期间,职业能力受到多位国家领导人的肯定,中共中央政治局常委、国务院副总理张高丽评价:"你们学校与北戴河服务局合作的路子是对的,学生的素质和服务是好的,在北戴河两个月的社会实践,非常有利于学生的成长成才。"

此外,学校还通过与一些大型的家政公司合作,与家政公司联合开展专业技能比赛,重点培养学生对企业文化的认知,比如跟宁波大众家政服务有限公司合作的"大众杯"技能大赛,总经理莫小芬在致辞中表示,举办"大众杯"家政服务竞赛,让学生更爱家政行业,同时也是凝聚企业员工向心力、提高员工技能的重要措施。81890求助服务中心原主任、宁波市家庭服务业协会原会长胡道林在总结发言中表示,让学生与企业员工同台竞技,互相学习,互相切磋,能解决以前对家政服务专业的大学生"眼高手低"的担忧,激发他们学习家政服务技能的热情,展现他们的优秀技能风采。

目前"大众杯"家政专业技能竞赛已经成功举办两届,朱晓卓副教授表示,我们举办活动目的在于要给学生看到企业是有实力的,家政是能赚到钱的,给他们信心。只要他们多学习多实践,学历比外面的从业人员高,而且年轻,在技术方面肯定没问题,发展是有前途的。

展望:登高望远砥砺前行——保障毕业生就业机遇,争取成为"省特色专业"

推动行业规范与新型人才培养良性循环

谈起接下来对于专业发展的期待,朱晓卓副教授说:"我们家政专业不像'护理'和'看护'两个老牌专业,具有一定的影响力。所以我们近期的目标是争取一下省里的'特色专业',目前省内可能也就是我们一家在招这个专业,希望在专业上能更进一步,比如国际化、社会培训这一块,以及社会服务这一块,包括我们的行业推送,我们希望多做一

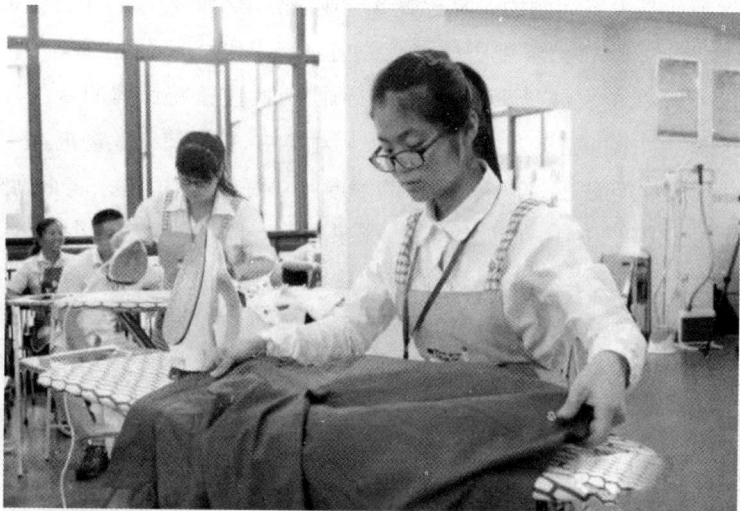
↗ 学生选手与大众家政公司员工同场竞技衣服熨烫

点。因为这个行业好了，我们培养出的专业人才才有落脚的地方，如果行业不景气，就没有学生愿意来。只要行业发展得好发展得平稳，行业规范起来，我们的专业就会好起来。所以我们想通过人才培养推动行业的发展。"

朱晓卓副教授表示，专业目前的目标是努力争取成为省里的特色专业，家政服务专业是针对家政服务行业的，是比较专业的，学校希望通过人才培养推动行业发展，如果行业得到良好发展，得到规范，那将与专业的发展形成一个良性循环。

另外，家政服务专业在前期安排的课程里有涉外家政英语的课程。但家政行业还在培育阶段，目前专业致力于培养学生承担这一块工作的能力，现在做家政名气最大的就是"菲佣"，但目前在国内也就上海地区可以，其他地区目前还是属于非法的。谈起这一点，朱晓卓副教授表示，今后如果有机会也会引进一些菲佣的培养模式，进行一些对接，进一步提升学生的专业水平。

保证学生专业能力，鼓励学子积极创业就业

家政服务专业的学生会考家政服务员、养老护理员、保育员等证书。宁波市家政行业，如宁波市商务委、家协都有自己的证书，如幼儿照护员、母婴护理、家庭保洁等。家政的类别有很多，所以学生可以考取的证书种类也有很多。目前许多企业是评等级企业，需要持证上岗，而专业学生考取这些证明可以增加学生就业的含金量。

在毕业生就业方面，家政专业是带薪实习，不同于护理行业。实习在 800～1000 元左右一个月，高的则有 2000 多元，在 2016 年有实习生拿到的实习工资较高的能达到 3000 多元。2016 年刚毕业的学生转正后的工资，基本在 3000 元左右。其中在专业学生中较为优秀的李煜璐同学底薪在 5000 元，她对专业的认知度较高，在校期间曾参加各类比赛和实践活动，目前的职务已经是经理级别。朱晓卓副教授说，只要学生能坚持并不断锻炼自己的专业能力，就业后都会有好的发展，在规范的企业里做到中层，年

收入 7 万～8 万元是没有问题的。家政服务专业培养学生的目标对于行业来讲是服强不服弱,朱晓卓副教授认为,学生应该去大公司实习工作,而不是去些小中介公司,去小中介公司对于学生的发展是不利的,对于行业来说,应该将优秀的专业人才输送到优秀企业,这样才能把企业实力做强,使人才相对集中,更能使行业规范。

在毕业生创业的问题上,许多人都认为家政行业好创业,但在朱晓卓副教授看来,如果学生创业仅仅停留在有一个门店,有一张桌子,有一部电话,有一台电脑,这样的创业是没有太大意义的,大学生如果只是做一个中介商,是不值得的。他认为,"创业一旦失败了对学生打击会很大,所以专业前期需要考虑的是怎么让学生有创业的想法,后期则是看企业及学生自身的条件,例如有学生在实习阶段被企业作为店长来培养,先做一线工作,一线做几个月后做店长助理,然后考核合格以后做店长,人员就会来他这边打工。这其实也是一种创业,我们现在就在跟这类企业合作,提供这样的机会,会给他们进行培养,创业关键是要勇气,我们专业女孩特别多,希望找一份安稳的工作。如果有好的想法,好的项目,一切都水到渠成,公司的老总也愿意去做一些好的项目的尝试,就看我们有没有好的机会了。"

家政服务专业在关于人才培养计划方面,将与人沟通的能力视为学生职业发展的首要必备素质,学校会为学生提供平台,例如双选会,让每个学生上台谈论自己对于职业发展的想法与规划,借此锻炼他们,给他们机会。现在的家政服务行业中不是缺保姆和一线工作者,而是缺合适的专业工作者,客户的满意度主要还是需要靠专业人才与客户之间良好的沟通来提升。家政服务专业培养的并不是保姆,而是旨在培养不仅掌握家政服务技术,更能指导别人的管理人员。

宁波卫生职业技术学院自创办家政服务专业以来,在专业领域进行了各方面的探索与了解,形成了一套较为完善的专业教学系统,使这一专业逐步走向成熟。通过这一专业的设立,也为宁波市家政服务行业输入了不少新兴力量。三年来的坚持探索与努力完善也必能推动整个家政行业的发展与规范。国家二胎政策的开放、人口老龄化问题的出现,必将带来更大的家政服务需求,家政行业也将成为服务行业中冉冉升起的一颗新星。

专业评价

宁波卫生职业技术学院家政服务与管理专业培养掌握营养学、护理学、心理学、管理学基本知识,具备家务料理、营养指导、人群护理的基本能力,从事家庭服务、营养指导、健康管理、综合事务管理等工作的高素质技术技能人才,深入宁波的家政市场,推动宁波服务行业的发展。

文/图:朱 璇 陈 倩

指导老师:戴巧泽